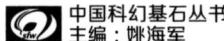

STRANGER

异乡人

E伯爵 著

四川科学技术出版社

图书在版编目（CIP）数据

异乡人／E伯爵 著 . -- 成都：四川科学技术出版社，2018.7
（中国科幻基石丛书／姚海军 主编）

ISBN 978-7-5364-9109-0

Ⅰ. ①异… Ⅱ. ①E… Ⅲ. ①科学幻想小说—中国—当代 Ⅳ. ① I247.5

中国版本图书馆 CIP 数据核字（2018）第 136176 号

重庆市渝中区宣传文化专项资金资助项目

中国科幻基石丛书
异乡人

出 品 人	钱丹凝
丛书主编	姚海军
著 者	E伯爵
责任编辑	宋 齐 拉 兹
封面绘画	deo.R
封面设计	施 洋
版面设计	施 洋
责任出版	欧晓春

出版发行 四川科学技术出版社
　　　　　四川省成都市槐树街 2 号 出版大厦 邮政编码：610031

成品尺寸	147mm×208mm
印　　张	17.75
字　　数	465 千
插　　页	2
印　　刷	四川省南方印务有限公司
版　　次	2018 年 7 月成都第一版
印　　次	2018 年 7 月成都第一次印刷
定　　价	58.00 元

ISBN 978-7-5364-9109-0

写在"基石"之前

■姚海军

"基石"是个平实的词，不够"炫"，却能够准确传达我们对构建中的中国科幻繁华巨厦的情感与信心，因此，我们用它来作为这套原创丛书的名字。

最近十年，是科幻创作飞速发展的十年。王晋康、刘慈欣、何夕、韩松等一大批科幻作家发表了大量深受读者喜爱、极具开拓与探索价值的科幻佳作。科幻文学的龙头期刊更是从一本传统的《科幻世界》，发展壮大成为涵盖各个读者层的系列刊物。与此同时，科幻文学的市场环境也有了改善，省会级城市的大型书店里终于有了属于科幻的领地。

仍然有人经常问及中国科幻与美国科幻的差距，但现在的答案已与十年前不同。在很多作品上（它们不再是那种毫无文学技巧与色彩、想象力拘谨的幼稚故事），这种比较已经变成了人家的牛排之于我们的土豆牛肉。差距是明显的——更准确地说，应该是"差别"——却已经无法再为它们排个名次。口味问题有了实际意义,这正是我们的科幻走向成熟的标志。

与美国科幻的差距,实际上是市场化程度的差距。美国科幻从期刊到图书到影视再到游戏和玩具,已经形成了一条完整的产业链,动力十足;而我们的图书出版却仍然处于这样一种局面:读者的阅读需求不能满足的同时,出版者却感叹于科幻书那区区几千册的销量。结果,我们基本上只有为热爱而创作的科幻作家,鲜有为版税而创作的科幻作家。这不是有责任心的出版人所乐于看到的现状。

科幻世界作为我国最有影响力的专业科幻出版机构,一直致力于对中国科幻的全方位推动。科幻图书出版是其中的重点之一。中国科幻需要长远眼光,需要一种务实精神,需要引入更市场化的手段,因而我们着眼于远景,而着手之处则在于一块块"基石"。

需要特别说明的是,对于基石,我们并没有什么限定。因为,要建一座大厦需要各种各样的石料。

对于那样一座大厦,我们满怀期待。

科幻原本应该这么轻松有趣

■ 拉 兹

　　一本书让编辑来写序言，是不太合适的，编辑理应做一些幕后的工作。但因为和作者是老朋友的关系，加上《异乡人》这本书是我在E伯爵动笔伊始就磨着要过来的，作序竟成了不能推却的义务。不过，由于身为编辑的特殊原因，倒是可以借此机会，谈一谈对这本书和科幻小说的一些理解和思考。

　　这几年科幻出版很热，热得很多作者、编辑以及读者都有些无所适从，热得市面上突然就出现了很多"奇奇怪怪"的科幻图书——这里的"奇奇怪怪"当然是比较委婉的说法，其中一部分是指小说的质量，另一部分则是指小说的宣传方式——比如言必称"硬科幻"并与《三体》作比较。当然，在现在的环境下，虽然不能说无可厚非，却也是无可奈何了。

面对这样的变化，读者只能擦亮眼睛、做好功课，顺便祈祷好运；而作为科幻编辑，只能祈祷鱼龙混杂之下，能够诞生出更多种类的科幻小说，而不是所有作品一味地挤"硬科幻"这条独木桥，甚至只是把"硬科幻"当成标签、用于攀附《三体》做吆喝。

科幻小说是类型文学，但和其他类型文学一样，它不应该是冰冷单调的钢本色，而应是百花齐放的绚烂多彩。更何况，科幻并不像历史、言情或者其他某些类型文学一样，是一种特定的故事元素，科幻更多的是一种表达方式或者说背景色调，因此可以拥有更加宽广的风格空间。换句话说，科幻其实是并未发生的现实，是现实世界在更多时间节点和更多空间节点的投影，因此本来就应该而且可以包含其他所有类型文学。从这个角度看，把以虚构的科学技术为主要特色的一类科幻称为"硬科幻"并当作某种分类标签当然未尝不可，但现在很多人显然不是这样，他们是把"硬科幻"当成了宣传点——在他们心里，"硬科幻"似乎天然地拥有一种不知从何而来的虚妄的优越感。且不说把科幻简单粗暴地分为"硬科幻"和"软科幻"是否科学和必要，单纯强调"硬科幻"这件事本身就是狭隘的。事实上，从历史上看，真正被更多人接受的作为文学而非娱乐商业的科幻中，所谓的"软科幻"成就可能更高。一味强调"硬科幻"既是对科幻的不尊重，更是对科幻不了解的反映。

正因为这个观点，我历来是反对所谓"披着科幻皮的××"这种说法的。类型文学从来不是分门别类的中学课本，往往互有交叉，甚至不同类型文学之间的碰撞，更能激发出绚烂的火花。从发展历史看，科幻小说也从来不是与其他类型文学水火不容的。文学史上公认的第一部科幻小说——玛丽·雪莱创作的《弗兰肯斯坦》（又译《科学怪人》）就是典型的恐怖小说；对科幻小说发展产生重要影响的爱伦·坡更是一位恐怖小说大师；举世闻名的阿瑟·柯南·道尔不但是侦探小说史上最重要的作家之一，也是科幻小说史上一位非常重要的作家。科幻小说的产生和发展，始终有恐怖小说、冒险小说、奇幻小说、推理小说、爱情小说等各种类型文学的陪伴和扶持。不同类型文学之间的碰撞、交织以至融合正是推动各类型文学发展的重要动力之一。当然，这种碰撞、交织乃至融合不可避免地有主次之分，或偏重于科幻，或偏重于其他，但因此就说那些科幻处于相对次要地位或者没有浓墨重彩描述的小说就是"披着科幻皮的××"进而鄙视之、抵制之，完全可以说是无知者无畏甚至数典忘祖的"科幻原教旨主义"了。

当然，不可否认的是，不同类型文学的交叉对创作的要求不是降低了而是提高了，因此也产生了相当一部分质量不佳的小说。对于这种情况，我们当然遗憾，但不能因此就去辱骂抗议，你可以不看不买，更可以批评批判，但不能因此说这是一条错误的道路。此外，由于近年来科幻出版的热潮和市场的青睐，一些的确不是科幻小说的作品略施粉黛便以科幻小说之名出版、宣传。对于这种小说，同样可以不看不买，可以不认同这种商业操作手法，却不能说它们因此就不是科幻小说了——它们只不过不是你心中的科幻小说或者我们心中的科幻小说，但它们中并不乏优秀之作，也的确丰富了科幻小说的内涵。

经过数十年清贫而寂寞的坚守，中国科幻终于迈出科幻圈，向外走了一小步，但也只是刚刚迈出科幻圈向外走了一小步。而一旦迈出这一步后，除了坚守传统这一不可或缺、不能丢弃的类型之外，与其他类型文学的融合将是不可避免的发展方式，甚至是越来越常见、越来越重要的方式。对此，真正的科幻迷应该以开放和成熟的心态坦然接受，毕竟我们心里能够容下无数个宇宙。

其实，各种类型的科幻小说得到充分发展，正是一个国家科幻文学繁荣的反映之一。没有"披着科幻皮的历史小说"，就没有《星球大战》；没有"披着科幻皮的恐怖小说"，就没有《异形》；没有"披着科幻皮的爱情小说"，就没有《时间旅行者的妻子》……即使中国科幻小说得到了充分发展，各种类型的科幻小说也是必需的，包括那些"科幻元素"并不突出的科幻小说。更何况，中国科幻还远远没有发展到可以高傲地"清理门户""闭关锁国"的程度。

因此，对于不同类型文学的交叉和融合，我的态度不但是不反对，而且是鼓励的，只有这样，才能吸收各种类型文学的优势和特长，产生更多的创意，诞生更丰富多彩的世界，功利一点说，才能吸引更多的成熟作家甚至名家参与到科幻创作中来——这也正是我从E伯爵那里要来《异乡人》的最重要的原因。

对很多知道伯爵的读者来说，她的作品一直都是以推理小说或者奇幻小说为主，但《异乡人》并非是蹭科幻出版的热潮。事实上伯爵很早之前就创作过很多科幻小说，在《科幻世界》上发表过短篇作品，出版过科幻长篇，跟我一起合作过科幻电子杂志，她创作的中篇科幻小说《吞噬鱼》更是深深地打动了我。但跟很多跨界作家一样，她创作的这些科幻小说和传统科幻作家创作的科幻小说具有明显的内容、风格乃至气质差异，这也是很多其他类型文学作家创作了科幻小说而不为传统科幻读者所知的原因之一。但在今天，在这个中国科幻终于迈出"科幻圈子"迈向更广阔世界的今天，是时候让他们跟更多科幻读者见面了。

不过，选择《异乡人》还是有些冒险。它不但不是传统的科幻小说，即使站在不同类型文学跨界的角度看，科幻的部分也是非常"弱"的；而且，熟悉马克·吐温的半自传体游记《苦行记》的读者能够轻易看出《异乡人》与这部名著气质风格的相似之处：从故事的发生地和时代，到淘金狂热下的百态众生，再到充满历史感的西进运动、种族歧视，甚至连章节标题的格式，《异乡人》都进行了刻意的模仿。但我仍然很欣赏这部作品，因为作者模仿的只是形式，相似的背景设定更是激发故事中人物困境的必要条件，更能产生荒诞的喜剧效果，从这个意义上讲，这其实是一种独特的创作技巧，也是隐藏在整部书中的"梗（哏）"。这种背景和形式上的"拟态"显然是成功的，能够给科幻读者带来全新的感觉，特别是西进运动、淘金时代、华人劳工、种族歧视等等熟悉又陌生的元素，在疏离感和好奇感之间取得了恰到好处的张力平衡。作者推理小说和奇幻小说的创作经历，则让整个故事的情节性更强，人物形象也更加鲜明。此外，不管是人物对话还是情境描述，随处可见的马克·吐温式幽默更是让阅读变得轻松起来。在这部书中，你不用担心人类的未来，不用担心什么怪兽或者天灾，不用担心科技会被坏人利用，只要看着两个误入19世纪的现代宅男在美国西部荒野中窘迫地冒险，在紧张的担心和没心没肺的调笑中和他们一起摸爬滚打，经历阴谋，收获友情，直到最后一刻来临时舒心一笑。

　　是的，笑，可能是阅读这部作品时最常见的表情。或许是并非"科幻作家"的原因，包括伯爵在内的跨界作家并没有背负被传统科幻作家视为天职的多少有些沉重的思索，对他们而言，创作科幻小说只是记录一个个或紧张或有趣的故事，更容易轻装上阵，创作本身就是一件充满了乐趣的事情。这种有些"玩乐"的心态在国内的科幻小说创作中并非没有，却很少被当成"值得宣扬的事情"，但这其实正是创作力的重要源泉——即便不是最重要的。

　　科幻创作还有一个不同于其他类型文学的重要特点，那就是其更加彰显的亚文化生活影响，因此对某些科幻桥段、科幻概念和科幻人物的共鸣——也就是玩"梗"——成为科幻爱好者心有灵犀的重要乐趣。美国作家恩斯特·克莱恩的《玩家1号》可以说是有史以来玩"梗"的集大成之作，并通过史蒂文·斯皮尔伯格执导的电影《头号玩家》将"梗"的乐趣传递到科幻爱好者之外的一整代人。一个显而易见的事实是，这种玩"梗"只有在轻松恣意的心态下才能最流畅地融入故事，让人兴奋的是，在《异乡人》中你能同样感受到这种发现"梗"、懂得"梗"的巨大乐趣。除了前面说的关于《苦行记》的"梗"，各种关于科幻、西部、动漫的"梗"更是随手拈来，我甚至怀疑《异乡人》可能除了是《玩家1号》之外最多"梗"的科幻小说之一，找"梗"也成了本书不同于其他原创科幻小说的另一个有趣的特点。

总之，这部融合了西部小说、推理小说、幽默小说和科幻小说的跨界作品，能真正让你耳目一新、会心一笑。

1

旷野

狂奔

这一切不合逻辑

戴维·杨格是一个讲逻辑的人。

比如他每买到一件新的商品，总是会先读一遍说明，然后按照上面的要求逐步操作，确保自己能够正确使用而不出错——不管那玩意儿是一个复古唱机还是新款手机。

比如他为了预防面包片涂黄油的那一面不会掉在地上①，从来都是把它们平放在盘子里才开始做这件事，然后煮咖啡，最后再煎蛋并且撒上盐。

比如他绝不轻易与人辩论，因为一旦开始，他得默默地记下对方给出

---

① 此处指"墨菲法则"的经典案例：假定干面包片不小心掉在地毯上，则面包片的两面均可能着地；但如果面包片的一面涂有黄油，则往往是涂着黄油的一面落在地毯上。"墨菲法则"反映的是人们的一种经验：若某事可能出岔子，就一定会出岔子。

的信息，分出大前提、小前提，然后推导出自己的结论，再劈头盖脸地用这种三段论攻势打败对方。这一过程持续的时间会达到半个或者一个小时，最长的纪录是两天——那是在他十岁时，对方是他的父亲，从那以后杨格决定轻易不干这种事，即使他父亲不会再为此而揍他。

比如他在开始工作前会将客户的要求全部梳理成条款和树状图，然后标注出层级，不完成第一层绝不开始第二层。无论那位客户的要求是多么不合理以及愚蠢得对现代计算机技术和互联网毫无概念、活像从石器时代穿越过来的，戴维都会尽量让他们得到一个合乎逻辑的结果。

当然了，这和戴维·杨格的工作有关，他是一家网络公司的程序员。

绝对不是简单地管理一下公司的局域网或者解决行政部门某个傻子员工电脑不能开机的问题（绝大部分是由于头天晚上清洁人员打扫的时候不小心碰掉了电源线），戴维有一些需要编程的工作，虽然都不是很复杂的软件，但客户的要求千奇百怪，他就像一个需要时刻换装并且搔首弄姿的模特，要满足许多人古怪的口味。

不过总的来说，这份工作还算合他的胃口——对于一个凡事注重逻辑、做事一板一眼的人来说，每天上班下班对着电脑屏幕敲击键盘总比销售部门的可怜虫们时刻带着微笑奉承一帮啥也不懂的门外汉要好得多。

戴维·杨格安贫乐道，根据自己的薪水和时间安排规划着自己的爱好，在总结过健身太耗时、学习乐器投入太大、户外运动太费钱等等利弊之后，他决定选择手工模型制作——小模型，耗材简单，绝不精密，但做得好的话放在 eBuy 上也是可以卖掉的。

当然了，以上信息很容易让人分析出一个结论——他，没，有，女，朋，友。

只是，在戴维喜滋滋地做好一个"神奇女侠"时，他并没有觉得这件事值得烦恼。

戴维·杨格就这么平静地生活在纽约，居住于皇后区，上班在曼哈顿，喜欢骑一辆半新不旧的自行车上班。他身材瘦削，皮肤苍白，面孔斯文，喜欢穿带帽子的套头衫和外套，还有深色牛仔裤，随身的斜挎包里装着手机、平板电脑和瑞士军刀，走路的时候微微驼背，鼻梁上架的平光眼镜偶尔会滑下来——这是唯一不像程序员的部分，他竟然没有近视，戴眼镜只是为了减少所谓的蓝光和辐射伤害。

如果他愿意，他可以一直这样生活下去。当然他也是愿意的。

不过，事情总有意外。

——对了，这也是戴维憎恨的一件事："意外"，这意味着不合逻辑。

当年，在精心准备好毕业舞会的礼服和鞋子后，戴维经过认真分析，选择了邀请自己以为肯定邀请得到的那个女生做舞伴，但他"意外"地被拒绝了——虽然他认为那个因为无趣而单身的女生是很好约的，但没想到她居然去向校橄榄球队的四分卫肌肉男表白并且得到了回应。

这让戴维懂得了任何事情都会有百密一疏的时候，当然，从概率上讲这也是符合逻辑的。

反过来说这也使得戴维往往会多思考一些可能出现的推导方向，这样他就不是一个容易慌乱的人了，他会尝试补救。

现在，此时此刻，他就在思考这样的问题。

他抬起手腕看了一下，现在是正午十二点，太阳正悬挂在天空最高处，地面上的一切都没有了影子，赤裸裸地袒露着。

戴维热得要死，他脱下了外套，只穿着 T 恤，上面是一个拿着光剑的尤达大师，他在阳光下站了十五分钟，身上的汗水争先恐后地从毛孔往外涌。

他开始怀疑自己是在做梦，但是打了自己三个耳光以后他清楚地感觉到了疼痛。

然后他掏出手机，确认时间是 2014 年 10 月 3 日上午 10 点 34 分，他这时应该站在公司的茶水间里为自己泡一杯难喝、但是勉强可以凑合的速溶咖啡。从他自己的工作台边起身步行至茶水间，花费的时间在一分钟以内。他打开茶水间的门，看到了一片白光，然后他失去了意识。

昏迷、休克、短暂失忆，怎么说都可以，总之他就是不明白那一下子发生了什么事。

当他再睁开眼睛时，发现自己躺在一片戈壁中，地上的石子儿硌得他的背部疼得要死，发白的阳光照得他双眼刺痛。他犯恶心，四肢沉重，但是很快爬了起来，环顾四周。

如果这地方是曼哈顿的写字楼，他就把自己的脑袋摁进土里让沙鼠吃掉。

这里是望不到头的荒野，灰黄色的土地一直延伸到远处，除了大大小小的石子儿和沙土，就只有偶尔冒出头的仙人掌以及灌木。远远地能看到几株怪模怪样的树。

这他妈的究竟是哪儿?!

戴维迅速地在脑子里想出了几种可能:

第一，有人在茶水间里袭击了他，然后把他搬出写字楼，连夜开车扔到了野外。

但戴维立刻否定了这种猜测。他的随身财物没有丢失，他的头一点儿也不疼，他的嘴巴里没有哥罗芳①的气味儿。况且他不觉得自己值得谁大费周章地搞迷昏以后驱车上百公里丢到这个地方——应该是上百公里，因为据他了解的情况，纽约周围都不会出现这样的地貌。那棵树是约书亚树②，对吗?

第二，有人催眠他，让他以为自己正在美国西部，也许是内华达州? 或者是亚利桑那州?

但戴维还是否定了自己。催眠需要被催眠对象配合，而他顽固得像头牛——他爸爸就这么说过，所以到目前为止，还没有任何迹象显示他能

---

① 一种麻醉液体。
② 一种生活在北美西南部沙漠地区的植物，生长缓慢，寿命可达200年，最高可达15米。

被轻易地牵着鼻子走。

第三，他陷入了一个圈套。比如那个有名的整人节目《倒霉的一天》。他们选中了他，串通了他周围的人，然后通力合作，将他丢在这里，偷偷观察他的反应。他们会拍一个短片，就叫《杨格的世界》……

这些连续不断的假设让戴维觉得简直荒谬，他只有在热昏头的情况下才会这么想。

但是戴维也清楚一件事：当所有可以排除的选项都被否决之后，剩下那一个无论多么荒谬，都可能是真相。

戴维曾经看过他旁边的同事偷偷地上那个节目的网站，然后点击"推荐"和"抽奖"的对话框。

好吧，他决定不给那些捉弄他的家伙们任何甜头，他们很快就会发现自己选择了一个很不合适的拍摄对象，他们会放弃他，然后捶胸顿足地遗憾自己白白浪费了时间和人力、物力。

戴维终于恢复了常态，他再次看手机，现在的时间是上午10点40分，他们能够细致地将手机时钟校准也是值得称赞的，但这节目还是注定要失败。戴维开始辨别方向，并注意观察哪些地方可以隐藏摄像头。按理说，节目组会藏在不远的地方，他们就像狡猾的郊狼埋伏在他周围，戴维压根儿不打算喊他们出来，也没有歇斯底里地咒骂的冲动，因为就算他叫破了喉咙，那些贱人也绝不会有一丝同情心。他得自力更生。

戴维低头寻找痕迹，无论是车轱辘印还是鞋印都很重要，很遗憾这个节目组干得棒极了，他没有找到任何一种。于是他决定向着东边前进——无论节目组有多混蛋，他们总不会看着他干渴而死。

戴维信心十足，充满了反抗精神，被解放的黑奴都没有他这样的豪情。

半个小时后，这一腔豪情被磨去了一半，一个小时后，就像被吸干的可乐杯，里面只剩下两三滴了。

就在戴维越来越窝火时，他终于看到了一点儿令他振奋的新迹象。

在大约一百码①远的地方有一块高出地面的岩石，那是一坡红褐色的丘陵，在岩石的阴影处似乎有些东西。他鼓起勇气跑过去，决定无论接下来遇到谁，他都会有礼有节地阐明自己想要退出节目的愿望并保证不会揍他们。

戴维现在累得像条老狗，T恤都湿透了，但他还是跑得很快，越来越近，直到能看清楚阴影里是一辆马车，就像西部片里的那种，车厢上覆盖着厚厚的帆布。但车辕上空荡荡的，并没有马。

戴维越过一丛仙人掌，站住了：那辆车的周围躺着几个人，四个男人，两个女人，穿着西部片里才有的衣服，就是那种灰扑扑的牛仔装和棉布长裙，还有扔在一旁的宽檐帽。他们看上去被打劫了，两个男人脸朝下，背上有一大片血印；另外两个侧卧着，看不清楚伤势，但身下有一大片血迹。而那两个女人仰面躺着，一个咽喉上有个刀口，血肉可怕地翻着；另外一个还是个小女孩儿，不超过十岁，被女人抱着一只手，脖子都要断掉了。

就在他赶到的时候，他清楚地看到几只秃鹫想要下来大快朵颐，但因为他而决定再盘旋着观察一会儿——大概在估量他是不是来抢食的。

戴维不由得在心里赞叹：这场景做得可真他妈的逼真呀！

"嘿，伙计们！"他大声说，"你们知道吗，我超喜欢《虎豹小霸王》的！如果你们现在缺一个角色，我很乐意帮忙，但是得有人给我一身你们那种戏服！"

没人回答他。

"我说，摄像机在哪儿？我总得试个镜……"

一片寂静，躺着的人似乎连眼睛都懒得睁开。

"好吧！"

即便是个毫无存在感的宅男，戴维也觉得自己被冒犯了，他大步走上去，踢了那个侧卧的男人一下。对方的身体滚动了半圈，四肢摊开，肠子从肚皮上哗啦啦地流了一地。

---

① 1码等于0.9144米。

戴维的大脑 CPU 暂时停顿了，他就像突然死机了一样站在原地，直到扑鼻而来的血腥味将他重新激活。

他手脚发抖，胃部翻腾，双眼发直，但居然还没晕过去。他大概只犹豫了一秒钟，接着发出了这辈子最响亮、最果断的惨叫。

这声音简直惊心动魄，徘徊的秃鹫从中听出了"别惹我"这样明确的警告，遗憾地叫着飞走了。

而戴维转身就跑，一边跑一边叫妈妈，他已经放弃了矜持，放弃了自尊，要是那该死的节目组想要的是这种镜头那就随他们吧，他现在唯一的念头是离开这里，回到他安全的电脑桌前。

他觉得自己跑得过长耳野兔，跑得过郊狼，肾上腺素在给他加油鼓劲儿，他大概有直追博尔特的天赋。但实际上他在这十几秒中只跑了不到五十码，并且随即就听到左耳边传来嗖的一声响，脸颊感觉一阵剧痛。

一支箭擦过他的脸栽进了面前的沙地。

戴维回过头，看见红色的岩石丘陵上突然冒出来几个人影，赤裸着上半身，皮肤是纯净的古铜色，脸上画着五彩图案，戴着鲜艳的羽毛头饰，穿着鹿皮裤，还背着长长的弓箭。

印第安人，西部片的必备要素之一。骁勇善战，冷酷无情，爱好是剥人头皮钉在自己的皮带上。

戴维拿不定主意是跪下高举双手还是继续往前冲，但他很快决定执行前一个动作。

那几个印第安人中有一个走到岩石的边缘处，向着他拉开了弓，即便戴维还搞不清楚状况也能看得出他准能射中自己：那个印第安人个子比其他人都要高，身材健壮，脸上和身上都涂满了油彩，他的羽毛头饰也更华丽，看上去像个领头的。

"别杀我！"他用英语叫道，同时后悔没学过一点儿印第安原住民的短语，比如"行行好""求求你""我是好人"，或者"我爱你"也行。

但那个印第安人似乎听见了他的祈求，放下了弓箭，戴维还没来得及松口气，又看见他猛地抬起手，松开弓弦，箭头呼啸而来。

完蛋了！戴维的泪水夺眶而出。

但箭头越过他飞向更远处。岩石上的印第安人发出呼哨，纷纷转头消失在斜坡那头。

与此同时，戴维听到一阵清晰的马蹄声传来，夹着阵阵枪响。

他根本没胆子回头，立刻向前一扑，抱住脑袋贴在地上。

马蹄声越来越近，震动传到他的身体上，他闻到了尘土飞扬的味道，还有溅起的小石子儿打在身上。戴维一辈子都没有像今天这么虔诚地当个基督徒，他起码颂扬了耶稣的圣名一百遍，还赞美了耶和华一百零一遍，甚至连圣母他也没忘记。要是为他主持洗礼的牧师还活着（上帝保佑他的灵魂安息），一定会高兴得抹眼泪。

枪声和马蹄声忽大忽小地在他耳边响着，中间夹杂着污言秽语的谩骂和印第安人特有的呼哨。

最后呼哨渐渐远去，枪声也停止了。

戴维依然在瑟瑟发抖，直到有人跳下马，抓住他的领子把他提起来。

"嗨，小子，你尿裤子了吗？"那个人问道，口音很奇怪。

戴维狼狈极了，他灰头土脸，面无人色，眼镜也摔得不见了，脸上挂着眼泪鼻涕，简直是"废物"这个词最好的注解。

"他吓傻了。"另外一个人说道，口音也不像美国人。

"好吧，"第一个人蹲下来，平视着他，"告诉我你的名字，小子。你是跟他们一起的吗？"

他跷起大拇指朝着那堆尸体的方向。

戴维撩起 T 恤抹了把脸，终于找回点神志。他面前这个人身材宽厚，长着一张标准的西部牛仔的脸，古铜色的皮肤，浓眉大眼，满脸胡茬，歪着嘴笑并且露出雪白的牙齿。他穿着棕色的外套，粗布长裤，裤子的大腿内侧缝着鹿皮，腰间的宽皮带上插着两把巨大的手枪。裤脚扎进了两只长靴里，靴跟上镶着马刺和锁链。

"你是谁,先生?"戴维哽了一下,问道,"你救了我?"

"先生?"他嘿嘿地笑着,递给旁边的人一个眼色,"听起来你像是念过书的?我是德拉克·卢卡斯警长,本地的治安官。是我救了你,没让你可怜的头皮跟着那堆红野人跑,所以老老实实地告诉我你的名字和身份。"

"戴维,戴维·杨格……警长。"他终于发现这人胸前挂着的银色五角星。

"你是犹太人?"

"我不知道,至少我爸爸不是。"戴维顾不上质疑他有种族歧视。

"那么,戴维,你跟那边的人是一起来的吗?"

他还是在问尸体的事情,看起来很认真,如果他不是奥斯卡影帝,那就意味着他真的是个警长。真人秀节目是请不起奥斯卡影帝的,戴维这么认为。

所以他犹豫了,他不知道怎么回答才能让这位警长明白他是个完全无辜的路人,并且一门心思想要回到自己的写字楼去——他发誓一定勤恳工作,绝对不再偷偷地玩游戏。

最后他舔了舔嘴唇,小心翼翼地说:"警长先生,我想问问,今天是几月几号?"

卢卡斯警长皱起眉头,仿佛这个问题冒犯了他。但他随即又同情地看了看戴维,那目光就像在看一个傻子。

"5月20号。"

"是哪一年呢?"

这下的确是在看傻子了。

"1870年。"

戴维想了很多种可能,但是居然漏掉了最最荒谬的一个——他穿越了时空。

这位程序员开始心跳加速,呼吸急促,脸色从苍白一下子变得通红,接着他往后一倒，彻底放弃了意识。

"哇哦！"

周围的人哈哈大笑，德拉克·卢卡斯烦恼地顶了顶他的宽檐帽："我还没开始恐吓他呢！"

"最短的审讯记录，警长！"一个男人取笑道。

"是啊，看起来还不像是装的。"卢卡斯轻轻拍了拍戴维的脸，嫌恶地说。他把戴维放在自己的马背上，像对待一头野鹿的尸体一样捆得结结实实的。

戴维对此毫无知觉，他如愿以偿地昏过去了，不必再回答警长的更多问题，他不知道答案，也没有答案。这一切对他来说都不合逻辑，完完全全地不合逻辑！

2
绝望与希望

不幸的亲戚们

和劳拉一样美

蛮荒之地

戴维趴在一堆干草上。

确切地说,是趴在铺着毛毡的干草堆上,那毛毡的气味异彩纷呈:它也许在某匹癞皮马的脊背上搭过;也许在某个醉鬼吐过以后盖在他身上,给了他一点点温暖;或者是容易出汗的大胖子抱着擦廉价香粉的妓女在上面滚了一百多个来回。

戴维从来不知道毛毡也会有如此丰富的一生,每一种味道似乎都在嘲笑他前半辈子的单调。

"所以我就落到这个鬼地方了吗?"戴维喃喃地说。

他翻了个身,仰面躺着叹了口气。

窗外的月光很亮,足以将这间狭窄的牢房照得清清楚楚。戴维记不得自己是怎么被丢进这里的，那时候他还不省人事，但他知道现在得重建整个世界观和人生观。他完了，他孤立无援，他只有这一身衣裳和一个没有信号的智能手机，哦，还有几张十美元和一美元的纸币——他记得这个时候应该还在流行西班牙银元吧，所以他基本上就是一个穷光蛋。

他忧愁地在毛毡上辗转反侧，又看着这间牢房。这里并不宽敞，大概只能容纳两三个囚犯——如果那位卢卡斯警长真讲人道的话。牢房周围的墙壁是坚实的木板，铁栅栏外的墙壁上挂着一盏昏暗的马灯，旁边是皮鞭、镣铐、火枪等等一看就不好惹的玩意儿。正对着它们的是一张书桌，虽然老旧而且满是灰尘，但是出乎意料地精致，应该是某个移民带来的好东西，也许是西班牙古董。

戴维为它难过，因为它的边缘上有许多伤痕，全是擦剐出来的。光看着，戴维就能想象那位警长肆无忌惮地把双脚放在它身上，任凭马刺在它身上拉出一条一条的痕迹。文明和理性在这个时代这个地方毫无用处，戴维阴郁地想，他的遭遇不会比这个古董书桌好多少，哪怕他大学毕业、是个不错的程序员，这里没人会了解这个工作多么有趣。

"如果我给他们讲二进制，他们一定会把我当成只认识 0 和 1 的弱智。"

如果我坦白自己来自未来，再亮出手机会怎么样呢？戴维的脑子飞快地冒出了一串又一串的惊悚画面——

油印的报纸，上头有关于他的大标题："惊世的预言者？""疯子的胡言乱语！"

有可能被装在笼子里运往秘密的地方，剩下的人生都在默写今后一百年的历史。

或者他将面对这些淘金者贪婪凶狠的脸："告诉我们哪里有金子！你知道哪儿发掘了最大的金矿吧？""也许他知道的秘密还没有完全说出来……"

接着就是锁链、镣铐和皮鞭。

如果真的暴露自己是未来的人，那就别想安全地离开这里！

戴维沮丧极了，简直要哭出来。

他不明白这种事情怎么会发生在自己身上，他一直以为穿越时空一定是休·杰克曼这样的帅哥或者是身材火辣、面孔娇艳的绝世美女才有的特权，因为他们能有机会跟错乱时空中的男女来一段罗曼蒂克，上帝也才有好玩的肥皂剧看。而戴维，他无论推演哪种情况，结论都只有一个——

他死路一条。

他的技能在这个时空中毫无用途，找不到工作，他会干点儿零工，但很快就会沦为乞丐；他搞不清楚这里的风俗和文化，还有医疗状况，很可能染病，一个小伤口都会让他死于破伤风引起的败血症；他不会动刀动枪，要是不小心踩到谁被要求决斗，他可以直接在脑门上画个靶子……

他又叹了口气，转身把脸朝向墙壁。

他开始努力回忆自己知道的科学知识，那里面有哪些是关于穿越时空的？但目前他剔出来的只有跟黑洞有关的天文学常识，连爱因斯坦场方程他都背不出来，就别指望能分析出什么白洞可以让自己钻进去了。但他觉得，也许他还是应该碰碰运气，如果在这里真的是死路一条，他就应该回到属于自己的地方去——那混乱又忙碌，偶尔还堵车的"大苹果"①，他爱它。

戴维擦了擦眼睛，忽然灵光一闪：他醒来的地方也许有一个时空夹缝，或者是时空隧道。他应该试一试，说不定还有万分之一的希望。

这个想法让他激动起来，似乎终于在一片漆黑中看到光亮，尽管它一闪一闪地简直要熄灭了。

戴维决定无论如何也要回到他最初醒来的那片戈壁去试试，为此他得先获得自由。

他想到了那几具尸体，他感激那几个枉死的移民，他们给了他灵感，

_____

① 纽约市的别称。

为此他决定将他们都充作自己的家人。他给四个男性分别取名为约翰·杨格(来自于他早逝的叔叔)、吉姆·希金斯(五年级时欺负他的一个混球)、汤姆·怀特(他曾经养过的狗)和理查德·肖(他的顶头上司),第一个是他亲切的叔叔,其他的是同路的雇工。而那两个死去的女性,一个是他可怜的婶婶,一个是爱丽丝,他最最可怜的小侄女——他们都死于抢劫,罪犯就是无处不在的残暴的印第安人。

戴维觉得警长肯定会盘问他为何幸存,然后他就以"反正你们都断定我是个懦夫,那么我就是受到了惊吓,脑子不太好使"来搪塞。不管如何,只要他一获得自由,就头也不回地奔向旷野,用他所有的力气去拥抱故乡!

当然,如果去那地方路太远的话,他准备借一匹马。

不过,认领尸体会不会惹上麻烦呢?如果还需要后续的手续呢?如果他们原本有熟人在这里怎么办?万一跳出来揭露我……

戴维翻了个身,有些烦躁——

不过,现在似乎也没有更好的办法了,这几个死人是他所能得到的最好的伪装,他是个低调的人,只想低调地回到自己的世界。戴维终于决定采纳自己靠谱的主意,心中的烦闷消散了不少,他放松下来,再也不责怪毛毡上的味道了。他闭上眼睛,对富有逻辑的推演感到满意,为自己的聪明和勇敢感到欣慰,终于满足地进入了梦乡。

戴维是被照到眼睛上的阳光弄醒的。他感激这道光,因为他正在梦中被印第安人追得在戈壁上狂奔,痛哭流涕,屁股上还插着三支箭。

当他揉着眼睛坐起来的时候,看到卢卡斯警长正摇晃着手上的钥匙走进来,他叮叮当当地打开了牢房的门,随手把钥匙挂在腰带上,然后靠在门口向戴维挥手。

"叫杨格的小子,"他说,"过来,我们聊聊。"

战斗开始了!能不能回家就看这一次的了!

戴维打起精神，跟着他走出牢房。

卢卡斯警长斜斜地坐在那古董书桌上，戴维能听到它悲惨的呻吟。如果这么一个大个子压在自己身上，估计他的骨头也会惨叫的。卢卡斯警长看上去有六英尺①高，肌肉结实，穿着西部常见的格子衬衫和牛仔裤，鹿皮在膝盖和大腿内侧的地方磨得油亮，他一边斜眼看着戴维，一边玩他的两把左轮手枪——真正意义上的两把，一把柯尔特，一把亚伦，都是野蛮的凶器。

戴维有点惧怕这样的男性，他们强大、粗鲁、不讲道理，就像中学橄榄球队里的四分卫，在兄弟会里充满了号召力，却最喜欢折磨他这样的书呆子。他恨这种类型的帅哥！

"坐下。""四分卫"对他说。

戴维四下看了看，拖过来一把三条腿的凳子，辛苦地保持平衡。

"那个……你说你叫戴维·杨格？"警长用那把亚伦的枪管搔搔头。

"是的，"戴维心惊胆战，万一走火，他可没有换洗的 T 恤，"我不是犹太人。"

"那个不重要。"警长随意挥了下手枪，"现在你清醒了没有？需要来杯白兰地吗？"

戴维简直受宠若惊："不，先生……我是说，我已经准备好回答您的任何问题。"

卢卡斯警长啪的一声把枪拍在桌子上，戴维闪了一下，差点儿坐到地上去。"很好，戴维。"警长放下长腿，坐正了身体，"现在把你遇到的事情前前后后地给我说清楚，然后我们再讨论你下一步怎么办。"

说谎的秘诀在于你得一半真一半假，戴维以前在书里读到这个，他还没有太多机会尝试。但是今天他几乎调动了他所有的想象力来为自己昨晚杜撰出的亲人们编造一个心酸的故事：

在纽约过得不怎么开心的一家人，接到某个朋友的电报，说是有一个

①1 英尺等于 0.3048 米。

矿脉——好像是银矿——需要合伙人,这不但能让他们摆脱债务,还可以发一笔大财。于是他们怀着希望,买了大篷车出发,但对于银矿的渴望还没有被满足,就遭遇到了更令人沮丧的事。要知道,印第安人是整个西部最让人捉摸不定的存在——唯一值得安慰的是死者的头皮还在。

"他们就这么死了。"戴维努力用悲伤的口气结束这通胡编乱造,他实在挤不出眼泪,只好低下头。

卢卡斯警长用他灰蓝色的眼睛盯着戴维,指甲在满是胡茬的下巴上刮出嚓嚓的声音,然后问道:"你们没有带枪就上路了?"

"有的,警长。我们反击了,不过后来寡不敌众,枪被印第安人抢走了……在他们杀死我的亲朋好友之后!"

"然后你逃了,昏倒在附近?"

"我见血就晕,警长,我手发抖,拿不住枪……他们一般都不叫我上场……而且我被吓着以后还会失忆……"听起来就像个双料的废物,戴维一边压抑着自尊心,一边给自己泼污水。

"好吧,你能记得自己从哪儿来真不容易。记得要到哪儿去吗?"

"不记得了,先生。"

"那个给你们拍电报的人呢?"

"如果我还能记住他的名字,先生……"

"你记得自己要去哪儿吗?"

"很遗憾……"

戴维把自己和警长一起赶进了死胡同,他"社交杀手"的名头不光在公司里有效,现在也能起一点儿正面作用。

"那么,你打算去哪儿呢?"关键句终于出现了。

"嗯……我想回纽约,我熟悉那儿,而且我还有别的亲戚,麦吉叔叔……"戴维来不及想个完整的名字,"当然了,我首先得整理下约翰叔叔的遗物……也许大篷车我用得上。"

卢卡斯警长没说话,只盯着戴维,那摩擦下巴的嚓嚓声简直让他心烦意乱。

"好吧,"警长终于站起来,冲着外面偏了偏头,"跟我来,小子。"

他们终于踏出了这间充满了权威主义臭味的木头房子。

外头强烈的日光让戴维的眼睛短暂失明,他忍不住遮挡了一下,然后狡猾地缩到警长身后,慢慢地睁开眼睛。

戴维是个在城市中长大的小孩儿,但也有在堪萨斯农场的亲戚。他见过破破烂烂的建筑,但真没有见过这么多聚集在一块儿的。不,严格地说它们并不是破烂,而是杂乱。那些西部电影里的布景肯定都为了照顾观众最起码的审美而搭得能入眼了。真正的西部小镇可不是那样,眼前的就是证明:

在一片完全没有加工处理过的泥土地上,那些石头和木头搭建起来的房子毫无规则地散落开来,有尖顶、平顶,有平房、小楼,有朝着东边的,有朝着西边的……似乎就没有人考虑过强迫症患者看到这些房子会有什么心情。涂过漆的部分已经被烈日彻底晒掉了,有些木头边缘开裂,看得人胆战心惊;而房子们中间被马蹄、车轮和靴子踩得稍微坚实一些的就是宽阔的主路了。每当有风吹过,尘土就高高兴兴地飘起来,毫无偏见地落在每一幢房子上,活像一群被抬举的贱人。戴维觉得,哪怕上帝用一晚上的暴雨将这些房子洗干净,只要水汽一蒸发,所有一切都会很快恢复原样,因此在这里上帝已经彻底地放弃了"清洁"的概念。

这也影响到了人,那些行走着的和靠在墙上、屋檐下、栏杆旁的家伙们都穿得潦草,活像一个月都拿同一套衣服在对付,跟他们比起来,卢卡斯警长简直是位绅士。

但他们的腰上都插着枪,一副缺人干架的表情,眼睛直勾勾地盯着戴维这个外来者,似乎一旦他露出一点儿鄙视的苗头,立刻会被排队要求决斗。

"来吧,小子。"卢卡斯警长把他从自己背后拎出来,"让我带你去看看

17

你叔叔的遗物。他们现在都在教堂里，安德鲁神父正在照料他们。"

戴维惴惴不安地跟着卢卡斯警长往前走，一边练习着如何做出沉痛的表情。实话说，被这样一群大拇指扣着皮带和枪的凶徒这么盯着，戴维的表情简直像立刻要哭出来一样。

当他就这么战战兢兢地走过一幢棕色小楼的时候，有人从门里走出来，跟他们打招呼。

"早上好，"那个穿红色长裙的女人高声问，"警长先生，要来杯咖啡还是白兰地？"

戴维的表情改变了——他觉得没有一个性取向正常的男人在看到她以后还能板着脸：

那是一个大美人，像斯嘉丽·约翰逊，又有些神似梅根·福克斯。总之她是他喜欢的类型，性感又火辣，她的头发是浓密的黑色，皮肤如同蜂蜜，绿色的眼睛璀璨迷人。当她开始说话的时候，戴维发现她的嘴唇丰满又嫣红，简直是就像——

对了！

戴维激动地在心里拍掌，他发现了，她就像劳拉！他心目中最狂野的女神！为了她，戴维玩遍了每一代《古墓丽影》。

"别像个傻瓜一样流口水。"卢卡斯警长用手肘碰了碰他，低声说，"那是一头母狮，小朋友，你征服不了她，只会被她撕成碎片。"

但愿她那丰润的嘴巴真的能"咬"遍我全身。

戴维万万不敢让自己这点下流的意淫被警长发现，所以他相当郑重地点了点头。

卢卡斯警长叮嘱完毕，然后用最热情的模样向着那位美人挥手。"黛安娜！"他大声说道，"多谢你的好意，但是现在我必须送这位不幸的朋友去处理他亲人的后事。也许等一会儿他能从你的饭店里得到一点儿可以振奋的东西。"

"那好吧，"叫作黛安娜的女老板抬了抬下巴，"我这里治疗每一个受伤的灵魂，比那边的可靠。"

戴维顺着她示意的方向望过去，隐约能看到在一片泛白的屋顶中间，有一个灰色的尖顶上竖着一根十字架。

他们在这位女士和其他人的注视下继续前行。戴维在习惯了那些探究的目光之后，终于有了一点儿胆子打听具体的消息，比如这到底是什么地方。

"这里叫作洛德镇，离卡森城不远，"卢卡斯警长慷慨地告诉戴维，"坐驿站马车只需要三天就到，那边是内华达州的州府，比这里繁华得多。如果你想要回纽约，可以到那边去看看能不能买到太平洋铁路的火车票。如果不行，再找找驿站马车。"

我要找的是一个时空夹缝，原始人！

戴维在心底哀号，揣在裤兜里的手捏了一下他的苹果手机——还好他们没有搜过他的身，那些零钱和手机都在原来的位置。

"我要怎么去卡森城呢？"为了逼真，他仍然一副诚心诚意的模样，"我是说，如果要回纽约……"

"我们这边偶尔会有人去州府办事，你可以搭车，不过——"卢卡斯警长斜眼看了看他，"得先处理好你的叔叔他们，我想你肯定不愿意带着六副棺材上路吧？"

"我想他们可以安葬在这里！这是个可爱的地方……"戴维一面提醒自己不可以操之过急，一面说着违心的话。

"这是个操蛋的地方！"卢卡斯警长露出轻蔑的表情，"我知道你在想什么，小子，从纽约来的娘娘腔。觉得这里很脏很穷很乱？告诉你，还不止呢。这里的人有一半都是罪犯，他们犯过偷窃、抢劫和杀人罪，但只要不在我眼皮子底下乱搞，他们就跟你一样有公民权。这里什么东西都得靠本事挣，哪怕是你睡觉时盖的那张破毛毯。这里没有娇滴滴的女人，她们每个都会开枪，特别是戴安娜·道尔顿，她能在二十码外用猎枪轰爆你的头。还有印第安人，那些阴险的家伙，郊狼的亲戚，他们从来没有放弃这个地方,经常来跟我们闹一闹。有些人晚上会失踪,然后白天在荒野上找到他们被野兽吃掉了一半的尸体——头皮也不见了!所以,小子,这是个操蛋的地方,别净说好听的。"

戴维觉得额角上流下了一滴冷汗,连连点头:"这么听起来……真是个操蛋的地方。"

"一点儿没错!"卢卡斯警长哈哈大笑,冲着戴维挤了挤眼睛,"但是我打心眼儿里喜欢这鬼地方!"

这人的确是疯子。

戴维在心里默默地给身边的人盖了个戳。

3

看上去最正常的神父

莫名其妙的外债

爱尔兰小精灵

中国人？

洛德镇的教堂是用木板搭建的，石头打的地基，再在上面搅拌一些灰泥，组合一些木头，敲敲打打，刷上白漆，镶好玻璃，最后在顶上竖起十字架，就算完工了。至于将白漆晒得发黄、斑驳、脱落，再让木头呈现出跟沙漠一样灰黄的颜色，把门和墙壁弄出一些裂缝，再塞进来一个神父，那都是上帝管的事儿了。

戴维刚走进这间教堂的时候，觉得上帝虽然不怎么认真，干得倒还算尽职。

不过，当他跟安德鲁·贝茨神父接触了以后，他立刻觉得上帝干得棒极了。

安德鲁神父大概是这个镇子里唯一正常的人类了。

他看起来有三十多岁，金发碧眼，一表人才，穿着黑色的外套，开口的时候带着一些法国口音，柔软又文质彬彬。戴维注意到他白色的硬领上没有一点儿脏污。

这是一个文明人啊，戴维简直感动得要哭出来了。

"我对您的遭遇深表同情。"听完卢卡斯警长的简单说明以后，神父揉搓着双手，怜悯地看着戴维，"请进来吧，就在最后排坐一下。很遗憾里夫斯先生正在布道台那边收殓您的亲人，我建议您最好不要去看。"

没有兴趣，也没有这打算。戴维咧咧嘴："谢谢，神父……"

他被身后的警长推了一把："坐下吧，小子。"

"安德鲁神父作证签字，之后我会给你出具一份死亡证明，"警长说，"接下来你得清点遗物，交点儿税，等把他们下葬，就可以走了。我没漏掉什么吧，神父？"

他跟安德鲁神父说话的口气非常柔和，简直要让戴维以为之前那个流氓是他的双胞胎兄弟。

"辛苦您了，警长，您说的完全正确。同时我也需要在您的监督下让杨格先生清点下死者的遗产。请过来吧，我把东西都摆在这里了……"

他把白色的桌布铺在木椅子上，把那些看上去还值得捡回来的东西都摆在上面，包括表壳凹进去的怀表、沾了血的羊毛披肩、破破烂烂的瓷娃娃、被折弯了的几只银勺子……天哪，戴维在心底哀号，他原本以为"遗产"这个听起来闪着金光的词儿能帮他换来一匹马什么的，现在看来只能换只马蹄铁了——还不包括钉子！

他心情复杂地看着那堆破烂儿，不敢让失望的表情暴露得太明显。但这要哭不哭的模样的确打动了软心肠的神父。

"有上帝的怜悯他们将不畏惧行走过死荫之地。"安德鲁神父在胸前画十字，按住了戴维的双手，他的皮肤干燥而柔软，让人觉得舒服。戴维忍不住也握住他的手，用最为痛苦的表情说："我不能接受……这些遗物，它们让我想到家人们的可怕遭遇。您看那些血，神父，我不想带着它们。

那娃娃都碎了，我可怜的小丽莎。"

安德鲁神父一个劲儿地点头，看上去像一只纯种的绵羊而非牧羊者。

"请您帮我卖掉它们行吗？"戴维说，"事实上，我回纽约还需要点费用，能有一点儿钱就够了，也许我至少能租一匹马……您最公正了，神父，由您来帮我卖掉它们我将感激不尽。"

"哦，先生……"

戴维在心里搜刮自己可怜的历史知识，在心里换算着这时的美元购买力："您估计它们能卖几美元？三美元，五美元？那几个银勺子，它们应该可以卖到十美元吧？租一匹马需要多少……我记得还有大篷车……"

"先生，杨格先生，请等一等！"安德鲁神父终于提高了些声音打断了他的话，"事实上它们已经不属于您了。"

戴维一下子怪模怪样地盯着他。

安德鲁神父交握着双手，略带歉意地说："刚才核算了一下，如果除去您的大篷车，这些东西大概能卖五到七美元，除去本镇需要征收的税费，您还得支付运送遗体到镇子里的租用马车和拉回大篷车的费用，以及购买棺材的钱，最后还有举行葬礼的必要花费，总共算下来在十三美元五美分左右。实际上按照优先扣除税款和教会收入的原则，您还需要向其他人支付至少六美元。"

你怎么不去抢？

戴维瞠目结舌，眼珠子几乎要滚出来。

你这个披着天使皮的恶魔——他盯着安德鲁神父，觉得他简直面目可憎——你的圣坛下面藏着什么？全是赎罪券和耶稣裹尸布吧？你是不是还在征收什一税啊？①

他的表情肯定足够精彩，以至于站在一旁的卢卡斯警长忍不住笑起来。

他走上前来拍了拍戴维的肩膀，咧着嘴："也就是说，你得付钱，杨格

---

① 以上都是中世纪时候教会敛财的方法。

先生。在没有了账之前，你哪儿也别想去。"

阴谋！戴维悲愤地想，我被他们坑了！这操蛋的地方！

"哦，千万别被警长吓着了，杨格先生，其实没有那么严重。"被戴维在心底装上了犄角和尾巴的安德鲁神父依然在尽力安慰他，"其实只需要请胡克先生喝杯酒就能抵消掉租马车的费用了，而且他愿意五美元买你的大篷车——他认为那车磨损得厉害。主要是棺材的成本，剩下的完全可以去跟艾瑞克商量一下，让他打个折。"

棺材还能打折？你们这里的物价也未免太坑了。

戴维默默地注视着神父，让他简直不好意思再多说一个字儿，只能草草地结束了这次会面，并且保证把遗物都陈列在圣物柜附近，下一次布道的时候就能够拍卖掉。在戴维缴费之前，他都会好好地保管它们。

戴维在教堂里干的最后一件事儿是去圣坛下看了一眼正被收殓到棺材里的遗体，虽然神父再次劝阻他，但他还是去了。神父只好独自将那些可以卖钱的破烂收起来。

那几个不知道真实姓名的倒霉鬼都已经被整理过衣服放进去了，规规矩矩的，甚至连快要掉了的脑袋也缝回了原位。

"这是皮克林医生干的，"卢卡斯警长说，"别担心，这个不收钱。而且，他不喝酒的时候手艺还是很不错的。"

戴维咧咧嘴。说真的，他丝毫不关心这个，就算那酒鬼医生把死者的头缝到背后去，只要不收钱他根本不在乎。他只是做出悲伤的表情，蹲下来摸了摸那棺材的木板。

他不认识这种木头，其实作为一个不喜欢外出远足的宅男来说，只要不是叶子和树皮完整的树木，他基本上很难认出来。但他能感觉到这木板的厚薄和硬度，这就足够了。

他在心底大概地估计了个价钱，准备好好地跟那卖棺材的谈谈折扣。

"那……现在怎么办？"有了估价以后，戴维问卢卡斯警长，"既然还有证明文件，还有税费和别的什么，我应该先办哪个？"

"你得在这里待一阵子了，至少在葬礼前不能走，证明文件是小事儿，税费也是小事儿，我甚至可以再给你免一点儿，但教会的钱你一分都不能少。"警长压了一下帽檐，"否则安德鲁神父会紧紧跟着你，让你每天都觉得上帝的爱就在身边。"

听起来简直是恐吓。

"可我的钱明显不够，那怎么办？"

警长耸耸肩，"在这里，没有哪个四肢健全的男人赚不到钱，除非你真是个废物。"

我随便写一个小游戏都可以拿几千美元的！戴维愤怒地在心底咆哮，只有你们这些不懂信息时代的家伙才不明白我的价值！

"先带我去找那位艾瑞克可以吗？"戴维依然温顺得像只兔子一样对卢卡斯警长说，"至少我可以先给一点儿棺材钱。"

警长倒是很爽快地同意了，"很好，我会带你去找艾瑞克，他是个……嗯，是个很有趣的人。"

戴维觉得后背有点儿凉。

戴维走出了教堂，明晃晃的太阳晒得他浑身冒汗，他闻到自己的 T 恤衫有股让人不愉快的味道，但他连一块能换的布条都没有。

钱，现在是他最迫切要弄到的东西。

"那个……警长先生……"

卢卡斯警长转过头看着他。

戴维咽下一口唾沫，"洛德镇上有什么工作缺人呢？"

"很多，"警长上下打量着他，"你会开枪吗？"

戴维想起了自己在靶场被后坐力弹出去的经历，"不……"

"你对矿业了解吗？比如寻找矿脉或者下井挖掘一类的。"

这个年代好像基本没有什么可靠的安全措施，"不……"

"赶马车也成，驿站马车偶尔会为邮局招募一些车夫和押运员。"

我只会四轮驱动的, 对会喷气摇尾巴的那种我没辙,"不……"

卢卡斯警长擦了擦鼻子,"好吧, 你到底会什么?"

编程, 给我一台 PC 机, 我能创造世界!

"我会算数, 读书写字……"戴维强忍着羞辱的痛苦说道,"我一直读到……大学一年级……"我都不敢说我有学位, 生怕吓着你!

但卢卡斯警长还是表现出了惊讶,"竟然这么有学问, 那么你没有完成学业?"

"家里难以承担学费, 所以我们才会离开纽约。"

戴维一边完善之前编造的身世, 一边努力用轻松的态度跟卢卡斯警长聊起来。他开始意识到, 也许这位看起来粗鲁的标准西部硬汉会是这镇子里最能给他提供帮助的人。

"我说, 你衣服上那怪物是什么? 你自己画的?"

卢卡斯警长指着戴维的 T 恤衫问。

对尤达大师①要有基本的尊重啊! 戴维默默地祈祷原力与自己同在, 一边回答:"嗯, 是啊, 传说中的一种爱尔兰精灵。"

"怪模怪样的, 不过……搞不好他喜欢。"卢卡斯警长的口气有些奇怪。

"谁?"

"你希望我带你来见的人,"他在一幢两层楼的木屋前停下脚步, 朝门口抬了抬下巴,"到了。"

他走上台阶, 敲了门, 但没人来开。他干脆握着把手, 一扭一推就自己进去了。"来吧。"他朝呆立在原地的戴维偏了偏头,"他可能在忙。"

这就是区别, 戴维一边踏进这间屋子, 一边想。在文明社会这叫作擅闯民宅, 警察不亮出证件也会被赶出去的, 但在这里, 卢卡斯警长显然就是上帝。

房子里一边是木制的柜台, 一边是沙发, 上面铺着的毛毯已经被磨得

① 经典科幻电影《星球大战》中的人物。

发亮。空气中有一股木头的味道，干燥、清香，如果它们不是来自那些摆在地上的刚刚做好的棺材就更棒了。虽然是布局简陋的屋子，但所有的物什都收拾得很规矩，甚至连那些棺材都按照大到小的顺序自左到右地整齐排列。桌子和柜子上没有多余的东西，甚至连墙壁旁边的酒瓶子都按照大小顺序排了两行。

这房子的主人一定有强迫症，戴维想，而且还挺严重。

从房间后门的里面，传出来一阵乒乒乓乓的声音，卢卡斯警长领着戴维朝那边走去，大声招呼道："艾瑞克，你在吗？你的顾客来说说价格的事儿。"

即便是这样的工作间，也充满了强迫症患者的痕迹：工具全部都按照长短大小悬挂在等高的钉子上，木架子上摆着棺材的半成品，地上的木屑和刨花扫成了一堆，新的则还没来得及整理，散了一地。一个柜子的顶上放着一座木雕的神像，看上去有点儿年头了，颜色有些陈旧，仿佛是一名武将，拿着大刀，上面披着一块红布——这是中国的神仙，戴维以前在中餐馆里见过。

在木头架子旁对着原料敲敲打打的男人停下工作，站直了身体。他看着来客，先一手解下了罩在嘴上的方巾，另一只手把锤子和凿子挂回钉子上，然后拍拍身上的灰，才转向戴维和卢卡斯警长。

中国人？

戴维意外地看着这名棺材铺老板，从轮廓上看他很显然是个黄种人，身材精瘦，黑发黑眼睛，长得还不赖，头发剃得很短，穿着白衬衫和牛仔裤，但很干净——戴维在这里见过的人中，除了神父和那个叫戴安娜的美女，就数他最干净了。

"这是艾瑞克·吴，他来自中国，具体什么地方我忘记了，反正也不重要。"卢卡斯警长说，"给他说说好话，他会帮你的忙。卖棺材的不一定都是铁石心肠，对吧？"

"德拉克。"那个中国人用不满的口气说。

"我在夸你。"卢卡斯警长拍了拍戴维的肩膀,"看,这倒霉的小子跟你当年一样,都是被那些红野人给打劫了,不过他比你惨,他的亲人都被害了。既然老胡帮了你,你也许可以帮帮他,怎么样?"

"也教他做棺材吗?"吴走过来,他的个头儿不高,但看起来倒是很精神。

"你的口音倒不像中国人,至少比黄西①标准多了。"戴维讨好地说。

吴吃惊地盯着他,而卢卡斯警长则皱了皱眉头,"黄西?那是什么?"

他们没看过脱口秀。戴维懊恼地解释道,"呃,那是我认识的另外一个中国人。"

卢卡斯警长耸耸肩,吴却皱起眉头看着他,"你就是那个向我要了六副棺材的人。"

"不是我!"戴维反射性地说,接着又尴尬地笑起来,"那个,也算是我……总之,很感谢吴先生给我可怜的家人提供最后的容身之处,我来是想问问棺材的价格。"

"五副大的一副小的,给我五十五美元。"

又一个抢劫犯!

戴维控制着面部的肌肉保持微笑,"吴先生,您知道,我刚刚遇到印第安人,我的身上没有现金,我还得交税,还有葬礼的费用……"

"最少也得五十美元,小的算赠送。"

"那些遗物卖完也没有这么多钱,我还得考虑将来回纽约……"

他简直想抱着这个中国人的腿大哭"行行好"。

"纽约?"吴抱起双臂,打量他,"你来自纽约?"

"是啊,怎么?你也去过?"

"没有。"吴的视线在他胸口的尤达大师身上转了两圈,"你穿的衣服……那是什么?"

"哦……"戴维低头看了一眼,想起了警长说的话,于是重复了一遍谎

---

① 黄西(Joe Wong),美籍华人,因表演脱口秀节目成名。

言,"我自己画的爱尔兰小精灵,表示看家护院的意思。"

吴一下子瞪大了眼睛,突然猛烈地咳嗽起来。他弯下腰,把旁边的卢卡斯警长吓了一大跳。

"嘿!"警长扶住这个中国人,"你要是嫌丑就不给这小子减价了!"

喂喂!这说的什么话?戴维在心底大吼,刚才他居然认为这大流氓是唯一能帮自己的人!

但吴只是摆摆手,重新直起身子平复了一下呼吸,他的脸膛发红,眼睛湿润,神情说不出的古怪。

"那个……"他指着戴维说,"把衣服脱了!"

啊?

惊恐的宅男立刻双手抱胸,脑子飞快地闪过一系列过于刺激的画面。旁边的卢卡斯警长则拖长了声音:"艾瑞克……"

"把你的'爱尔兰小精灵'衣服给我,"棺材铺老板说,"我可以再给你减免十美元。"

戴维大大地松了口气,却依然悲愤:我这件 T 恤可是正版周边,买的时候花了四十美元呢!这里到处都是吸血鬼!

但他还是飞快地脱下衣服,递给那个吸血鬼,生怕他会反悔。

吴接过 T 恤,被上面的灰尘和汗味儿熏得往后仰了一下。

戴维光着上半身站在对面,有点儿自惭形秽。他感觉到皮肤上凉飕飕的,风好像能穿过他的身体吹进来,而对面的两个人:一个高大强壮,全副武装,一个虽然个头比自己矮了点儿,但从挽起袖子的手臂就能看出他肌肉结实……大概自己是这个西部小镇上最弱小的人了。

戴维忽然感觉到一阵忧虑——在这样的环境下,他要活下去真的不容易。

这不公平,而且不合逻辑,戴维鼻子发酸,他明明是一个受过高等教育的人,具备现代科学知识,他现在比爱迪生还有价值!可这些人简直把他当成一只瘦骨嶙峋的野狗,羞辱啊!就算是以前遇到过的最白痴的客户也不会用这种怜悯的眼神看他。

就在戴维伤感的时候,吴转身从柜子里找出一件棉衬衫丢给他,那衣服虽然旧,但洗得还算干净。

"我一个人住这里,以前是两个人,之前的主人姓胡,叫胡阿北,也是个中国人。是来修铁路的,铁路完工以后他活下来了,但没有回中国,也没有去旧金山,在这里住了下来。他是个木匠,手艺不错,我跟着他学了很久。他半年前死了,因为喜欢威士忌胜过自己的命。"吴简单地介绍说,"楼上有一个空房间,有段时间没打扫了,可能有点儿灰尘,不过家具之类的都挺全。哦,对了,还有一些旧衣服,对你来说大了点,老胡可胖了……将就点儿也能穿……"

戴维惊奇地看着他。

卢卡斯警长用大拇指顶了顶帽子,"嘿,艾瑞克,我说你这是什么意思?"

"我缺个帮手,你知道的,我一直没雇到一个合适的。黛安娜说,总有人要死,就像总有人要吃饭一样,所以我的棺材店还得一直开下去。"吴解释道,"他先给我干活儿,我管他的吃和住,等他的欠款都还清以后我就给他发工钱。"

卢卡斯警长把手指插在皮带里,歪头看着戴维,让他有点心惊肉跳——他赶紧穿上了那件旧衬衫。

"听起来是个好主意。"警长最后做了决定,"就这样,解决了个大麻烦。"

戴维的命运被决定了,就在这几分钟内,他连发表意见的机会都没有。

卢卡斯警长倒是兴高采烈,似乎把戴维甩出去可真是让他轻松了,他向他们挥手告辞,并且恭喜吴得到了"爱尔兰小精灵"和一个雇工。但吴的脸色并不好看,戴维发现在卢卡斯警长说话的时候,吴总是忍不住去看他的靴子。

警长准备离开的时候, 棺材店老板小声说了 "再见", 又忍不住补充道:"你左边靴子的马刺断了半截, 你知道吗? 还有右边靴子的皮扣开了。"

卢卡斯警长哈哈哈大笑。

"我故意的!" 他开开心心地转身出门。

而戴维忽然有些担心自己将来的工作了。

4

有了新工作

葬礼六个坑
女神来了
警长的嘱托

戴维·杨格在 20 世纪 80 年代末 90 年代初刚刚接触计算机的时候，比尔·盖茨是他的偶像。他为此记住了很多不知道是不是偶像说的话。

比如这句：

"社会充满了不公平的现象。你先别去想着改造它，只能先适应它。因为你管不了它。"

现在戴维觉得，这话简直是真理，人只有在历史的洪流中才会发现自己的渺小。比如他现在，不到一天的时间就从曼哈顿办公室里的技术人员变成西部矿业小镇上棺材铺的学徒；他敲键盘摸鼠标的手很快就会和锤子、斧头、凿子等硬家伙亲密接触；他细皮嫩肉的肩膀很快就要扛起木板了，用不了多久就会磨出老茧。

而且这还不算完，他的老板有强迫症，这才是最可怕的……

吴给了他一件衣服后，领着他去了老酒鬼遗留的房间，告诉他要想住得舒服就得自己动手。于是戴维跟霉味和灰尘"搏斗"了三个小时，总算给自己收拾出一个栖身的空间。最后，他拿出宝贵的手机和零钱，把它们藏进了床垫里。

他又饿又渴，满腹牢骚，坐在床垫上发呆，情绪跌落到谷底。直到那个中国人推开门，说了一句"吃饭了"，才给他一点儿动力。

他来到楼下，坐在一堆棺材旁边，圆形的小木桌油亮，桌上摆着一瓶水，两个杯子，还有干面包和熏肉。

"今天没有时间做热菜。"吴说，"这里蔬菜少，你只有将就吃了。"

我想念麦当劳！

戴维慢吞吞地用两片干面包夹起一片熏肉，然后塞进嘴里，他的牙床嚼得发酸，面包像一团砂纸摩擦着喉咙往下滑。他喝了一口水，碱味立刻冲到了鼻腔，他差点咳出来。

在纽约，流浪狗都会嫌弃这玩意儿！

戴维用力地吞咽着，眼圈都红了。

但他对面的中国人却不以为意，不紧不慢地用钢制餐刀把面包和熏肉都切成小块，慢条斯理地用叉子送进嘴巴里。他细嚼慢咽的做派仿佛是在米其林三星餐厅吃鹅肝。

"这里都是打井抽取的地下水，碱味有点重，只能忍一忍。这一瓶是我烧开过后再饮用的，已经好很多了。"他一边吃一边说，"等会儿你先休息一下，给我写个借条，我可以预支你一些薪水，你拿给卢卡斯警长和神父，先把逝者下葬了吧。"

戴维停止了咀嚼，看着他。也许他没有想象的那么难以相处。

"谢谢您，吴先生。"戴维说，"我是个外来者，而且我们今天才第一次见面，您这么信任我实在太让我感激了。我是说……您不担心我偷偷溜走吗？"

吴看了他一眼，突然笑了笑，"你可以试试……我保证给你的那副棺材不要钱。"

之前的话收回，这镇上没有一个好人。

他们吃完了饭，吴从柜子里找出一本破破烂烂的《圣经》和一截短得让人落泪的铅笔放在戴维面前："老胡不识字，这是他画圆圈记账的东西，你写在最后一页就是了。你会写字吧？"

又一种侮辱。

但戴维已经不发火了，"会几个字母。"

"很好。"吴收起两个锡餐盘和刀叉离开，戴维认真地写完了借条后，他过来看了看，便将那一页纸撕下来，折好揣进了衬衫口袋里。

异教徒，戴维想，中国人信什么？好像是菩萨，他记得刚看到的那个立着的拿大刀的菩萨像。他打赌安德鲁神父一定不喜欢吴。

"我们去教堂吧。"吴说。

"啊？现在吗？"戴维吃惊地说，他的效率未免也太高了。

"当然，早点了结这件事你就可以开始工作了。"吴想了想，又从工作间里拿出一把锈迹斑斑的铁铲递给他，"你不是要省钱吗？所以墓穴你可以自己挖。"

戴维盯着比自己稍微矮了半个头的中国人，想从他的脸上分析出点儿开玩笑的意思，但那双黑漆漆的眼睛直勾勾地盯着他。戴维慢吞吞地接过了那把沉重的铲子，就像基督把十字架扛上肩头。

他抬起头，看到后窗外面，他的T恤已经被吴洗过一遍了，正随风摇晃——尤达大师和过去的生活都已经彻底不属于他了。

安德鲁·贝茨神父用手支着头，靠在布道台上，好像是在思考。落日的余晖从彩色玻璃窗外照进来，给这座简陋的教堂增添了华丽的装饰，连安德鲁神父仿佛都有些神圣之光。

他的模样真容易让人忘记这是偏远的西部，有一种身处俄勒冈州某个森林环抱的镇上一幢新英格兰风格的小教堂中的错觉,仿佛推开彩色的玻璃窗就能够吸一口含氧量超高的空气。

但这一切都是假象,戴维知道在神父漂亮的脑袋里,说不定正在疯狂地计算着这场葬礼有没有亏本。

戴维坐在第一排长椅上,用铁铲支撑着双手,浑身的衣服被汗水湿透,头上脸上都是土,喘得像条狗。他刚刚挖了六个坑,虽然是在松软的沙地上,但每个坑都有六英尺深,他的手掌被磨得通红、起泡,钻心地痛。太阳从他头顶上缓慢地划过,他都快冒烟了,怀疑自己随时都会死于热射病。

完全没有同情心的吴只在他身边放了一瓶水就回棺材店了,神父也只是不痛不痒地鼓励了他几句,就钻进教堂里说是要准备,孤单的戴维拼命干了四个小时,终于把坑都挖好。

安德鲁神父换上了白色的法衣,同时问戴维是不是要去整理一下仪容。但戴维只是拍了拍头上的土,用袖口擦了擦脸,便表示他现在还站得住,趁着他还有勇气面对死亡,赶紧开始吧。

安德鲁神父终于不再劝他改变主意。"好吧,"他说,"虽然我不太建议您今晚举行葬礼,但如果您坚持,我也可以主持。不过,这时候来宾不会太多。"

我也不想坚持的,可我已经烦透了,要知道会这么麻烦我宁可不认领这几个倒霉鬼,戴维想。而且,他觉得愿意来参加葬礼的估计也只有秃鹫,它们会齐声合唱"把肉体献给泥土是世间最大的浪费"。

他把所有的怨气都咽进肚子里,"我想明天尸体就会……嗯,发臭,这可真不好。"

而且再停放一个晚上还会收钱吧?他哀怨地看着神父,显然打动了他。

神父叫来门房,把六副棺材运到后面的墓地里。那两个龋齿严重的老头勉强把棺材都塞进了坑里,脱下帽子站在旁边,准备着一念完悼词就赶紧填埋——现在可是晚餐时间。

夕阳正在远处的戈壁收拢它最后一道光线,远处是黑红色的晚霞,一层层地向着大地压下来。墓地离镇子中心有一段距离,周围很开阔,风吹过来已经多了一些凉意,神父站在墓穴前捧着《圣经》的模样搭配着这样的景色,还真让戴维感觉到了一点点苍凉。

他流下了眼泪,一半是为了几个横死的陌生人,一半是为自己落到如此凄惨的地步。

神父开始用优美的声音念诵悼词,戴维垂手而立,却忽然听到身后有脚步声传来,而且还不止一个人。他赶紧抹了把眼泪转过头,是卢卡斯警长,他身边居然还跟着那个叫黛安娜·道尔顿的大美人。

他们在他身旁站住了,卢卡斯警长竖起食指放在嘴边,那个美人儿头上戴着黑色面纱,朝他笑了笑。

他们居然是来参加葬礼的吗?

戴维很纳闷,但现在不是个发问的好时机。他忍耐着,一直到神父结束了悼词,几个人画着十字说"阿门"。门房开始填土,一切都结束了。

"晚上好,警长。"戴维乖乖地打招呼,又转向黛安娜,"晚上好,女士。"

"晚上好,杨格先生。"黛安娜笑眯眯地看着他,撩起了面纱,"请节哀。"

近看她更是美得惊人,戴维千疮百孔的心稍稍得到了一点慰藉。她甚至还握了一下戴维的手。

"听说艾瑞克收留了你。"黛安娜说,"他可真是个好人,这里就属他心软。"

没看出来。

但她这样的美人说什么都不能反驳。

"他居然没来参加葬礼?"卢卡斯警长看了看周围,挑了一下眉,他那动作让戴维觉得他真像年轻时的保罗·纽曼。

"也对,反正他不信上帝的。"卢卡斯警长重新戴上帽子,一手搭住戴维的肩膀,"过来,杨格先生,有些事情我想跟你聊聊。"

真让人心惊肉跳。戴维的寒毛都竖起来了,"聊什么,警长。"

"警长!"安德鲁神父也走过来,"晚上好,没有想到您和道尔顿夫人会来参加葬礼,洛德镇上还是有慈悲的人的。"

卢卡斯警长的面部肌肉抽动了一下,然后戴维就感觉他搭在肩膀上的手把自己拉过去了一些。

这是什么意思?

戴维还来不及理解,就听见戴安娜用尖锐的口气说:"别这么客套,神父,你知道我是个恶毒的女人。我只是来找这男孩儿打听点儿消息,可没空帮他缓解悲伤。"

但安德鲁神父丝毫没有生气,他的双手交握在身前,好脾气地对戴安娜微笑,"夫人,您总是这么爱开玩笑。我知道您一定心存善意,您如果想跟杨格先生聊聊,欢迎你们到教堂里坐坐。上帝对所有人都会敞开大门。"

"那是因为他给不了任何承诺。"戴安娜倨傲地抬起下巴,"抱歉了神父,我要招待杨格先生饱饱地吃一顿,还有新到的啤酒,他想喝多少就喝多少。"

我成了斗争的武器,戴维想,可好像还不赖。

"晚安神父。"卢卡斯警长机智地拖着他远离战场,"已经天黑了,快结束这忙碌的一天吧!"

戴维被带到了洛德镇女神的家,也是她的产业——那幢棕色的小楼,门口的一块木牌上画了朵黄玫瑰,还写着"旅馆"这个词儿。他们推开百叶窗门,一股复杂的味道立刻扑面而来,那是酒精、沙土、汗水和食物混合起来的味道,让人觉得恶心,但又很暖昧。

在油灯下,很多像是矿工又像是牛仔的人正大口地灌着啤酒,开粗野的玩笑,有人按着跑调的手风琴在鬼哭狼嚎,还有的满脸通红地和人争论,一副随时准备摸手枪的架势!

戴维战战兢兢地跟着戴安娜走进这里，看她跟熟客亲热地打招呼，走过他们旁边的时候对试图摸她屁股的两个大汉扇耳光，最后来到最里面的一张桌子前，把瘫在上头的一个醉鬼扑通推到地上。

真是太辣了！

"坐吧，杨格先生。"她摘下帽子，脱掉披肩，冲着女侍者大声说，"珍妮宝贝儿，叫约翰给我们准备吃的，还有酒。"

"就来，夫人！"

那个穿着格子棉布长裙的年轻女孩儿答应了一声，蹬蹬蹬地跑开了。

"珍妮是个好姑娘，"戴安娜说，"她在我这里干活儿，偶尔也做点皮肉生意，只要你不是粗鲁的家伙，都可以去找她。"

戴维想了想那姑娘脸上的雀斑和有些发黄的牙齿，以及自己空荡荡的口袋，还是坚决地摇了摇头。

戴安娜也不介意，她耸耸肩，"你自己考虑吧，反正你短时间内是不能离开这里了。"

珍妮把三杯棕色的啤酒端上来，还有一大盘炖菜和切好片的面包、土豆。大概里面加了咖喱和辣椒，闻上去味道竟然还不错，但也可能是自己太饿了。戴维决定不管那么多，他从来没有做过这么久的体力劳动——挖六个墓穴？这简直是修建巴别塔的工程。

卢卡斯警长把铁铲小心地靠在墙边，在戴维身边坐下来，亲手舀起一大勺炖菜放在他盘子里。"吃吧，"警长说，"艾瑞克的手艺很好，但他不怎么喜欢做饭，你中午一定吃得不太好。"

"您真了解他。"戴维咧咧嘴，"不过，先生，您带我来这里到底是想聊什么？我知道的已经告诉您了。"

"还有一些细节，"卢卡斯警长说，"事实上道尔顿夫人也想知道，但这并不会导致要不要再把你关起来，你照实说就行了。"

戴维放下心，往嘴里塞了一块土豆。

"你昨天是被印第安人袭击了，还能说清楚他们的样子吗？"

他们离我足足有五十码，我能看清楚是几个人就不错了。"唔……"戴维又灌下一口啤酒，"说不好，我当时给吓坏了。反正就是红皮肤，黑头发，身上挂着骨头胸甲，头上插着羽毛，脸上还画得五颜六色的。"

"你的亲戚们身上是被砍杀的伤口，他们袭击你们的时候应该离得很近了吧？"

戴维的背上冒出了点汗，"嗯……倒是这样，但当时我逃出去了一段距离，他们没追上我……"

"穿着一双鞋，没骑马？"

"嗯……我偷偷从车底下溜走的。"

戴安娜盯着他，戴维不敢看她的眼睛。

"就是这双鞋？"她用靴子踢了踢戴维的左脚，"我从来没见过这样的鞋，鞋底是橡胶的吗？"

戴维穿着的是一双匡威，已经脏得不成样子了。他低头看了一眼，打哈哈，"在纽约的唐人街买的，据说是东南亚生产的，帆布和橡胶都是，很轻巧，声音也小。"

"他们什么时候发现你跑了？"

"我……我也不知道，反正我回头的时候他们已经在我身后了，我大概运气好，他们冲我射箭的时候，卢卡斯警长赶到了，救了我的命。"这话倒是带上了一点儿诚心诚意的感激。

戴安娜端起啤酒朝卢卡斯警长笑了笑，继续问道："那些印第安人里有没有一个特别高的？大概跟警长先生的个头差不多，更擅长使用弓箭或者长矛，跟别的印第安人比稍微白一点儿。"

"好像还真有这么一个人。"戴维一边咀嚼着炖菜里的鸡肉块，一边含含糊糊地说，"我实在记不太清楚，但您说的这模样的人我看到过，就是他向我射箭来着，但是……唔，太乱了，我没看清楚他的长相。"

"我知道他长什么样儿！"戴安娜咬牙切齿地说，砰的一声把酒杯砸在桌上，几滴啤酒飞溅到戴维脸上。他噎了一下，顿住了。

戴安娜的眼睛里满是怒火，有点吓人。他说了什么要命的话吗？

卢卡斯警长按住了她的手，戴安娜依然怒气难消，"你听见了，德拉克，就是他！你还要说什么？你应该立刻向卡森城报告，让他们派人过来，一起去赶走那些红野人！把他们抓起来，吊死他们……"

"戴安娜！不能确认吧……"

"他们还在杀人！有人亲眼看见了！他们还会继续杀人的！"

戴维心里有点发忱，他的确没有"亲眼"看到，只是……印第安人劫杀白人，简直就是西部故事里顺理成章的。

他决定当个聋子，什么都听不见，他只想好好地吃完这顿难得的晚饭。

"冷静，戴安娜。"卢卡斯警长牢牢地抓住了那双纤细但结实的双手，把它们都压在桌子上，"听说我，现在还不是时候。我再重复一遍，别冲动，你是个聪明的女人，你知道克制自己。"

哇，这个吊儿郎当的西部片男主角认真起来还有点帅！他们两个是一对儿吧？戴维捧起啤酒杯遮住脸，咕咚咕咚地往肚子里灌。

戴安娜做几个深呼吸，擦了擦泛红的眼角，终于恢复了平静。"我知道了，"她说，"但你得派人手多去周围转转，他们既然敢抢劫移民，说不定就会摸到镇里来。"

"我会的。"卢卡斯警长放开她。他们又说了点儿别的事，但戴维听起来无非就是这间旅馆的生意，还有一些驿站马车送来的商品的事儿，他一点儿也不关心。

吃完以后，卢卡斯警长就带着他离开了。虽然美丽的老板娘并没有收他的钱，可她对他的热情也像那盆炖菜一样，只剩下点儿渣滓了。她跟他说"再会"时的口气，简直像离婚时拿了全部家产的女人。这让戴维很不是滋味，他只好再次确定完美的女性只有他心目中的那位"黛安娜"[1]。

"现在你得回到艾瑞克那里去。"卢卡斯警长将那把铁铲塞到戴维手

---

[1] 美国超级英雄漫画人物"神奇女侠"的名字。

里，领着他往回走，"但我给你个忠告，杨格先生，晚上最好少出来闲逛。既然我不把你关在牢里，你也得让我有基本的信任。"

"我绝对没有想过偷了钱和马匹悄悄溜走，我一点儿都没有想过。"戴维真诚地保证，"您看，我不认识路，我也没想过搞什么干粮和水，我得找到一匹听话的马，还要跑到一个保证你们追不上的地方，这一切对我来说都是很艰难的事。"

"看来至少你认真考虑过了。"

戴维觉得自己说得太多了。不过卢卡斯警长似乎松了口气，"其实我一点儿也不担心，杨格先生，在我看来你是一个……"

他认真地挑选了一下词儿。

"嗯，你是一个比较直率的人。所以呢，我也尽量把话说得简单点儿：你并不老实，但我还能忍受。"

戴维没说话，咽下一口唾沫，"这是误会，警长……"

但卢卡斯警长摇晃着左手食指，打断了他："得了，杨格先生，我打过仗，也押送过囚犯，跟印第安人谈判过，吊死过杀人犯和强盗，在戈壁跟狼搏斗过，我经历过许多事，你说了多少真话我能感觉到。只要你没给我惹麻烦，我并不太想把你扒得干干净净的。但只要你在洛德镇一天，就必须安分守己，等你能走的时候，才会走得顺利。"

这是在演"教父"吗？美利坚合众国的警察早期都兼任流氓吗？

"我明白您的意思，警长。我保证，我可以发誓。"

"一钱不值，"他敲敲腰上的手枪，"这个才是人格的保证。不过，你的确可以帮我做一件事。"

只要不是陪你睡觉。

"帮我好好看着艾瑞克。"

戴维愣了一下，"我的……老板？"

"没错，艾瑞克·吴，那个中国人。他跟你一样是独自来到洛德镇的。"

"好，没问题！"戴维对当犹大其实也没那么憎恶，反正吴也不是耶稣，

"他干什么了,卖鸦片? 走私酒? 造假币? "

卢卡斯警长站住了,前面就是那间棺材铺,挂着帆布窗帘的地方透出昏黄的灯光。隐约可以看到一个影子闪过。卢卡斯警长转头对戴维笑了笑,"这个嘛,就得你告诉我了。"

5

神秘的老板

印第安人的阴影
全镇总动员
告诉我你不是恋物癖!

　　戴维·杨格花了两天大致了解了一下洛德镇, 他从艾瑞克·吴那里打听, 也偶尔去黄玫瑰旅馆为棺材铺运回新的工具和木板。他开始跟那些干活儿的人搭讪, 听他们说一些关于这个镇子的事儿。

　　这里虽然接近卡森城, 却是内华达山脉中最为干旱的地方之一, 原本只有零星的居民, 但十多年前这附近发现了一座银矿, 因此逐渐有了许多人来这里定居。现在整个镇子有四百多居民, 大部分是矿工和生意人, 还有妄图找到新矿脉的探险者。

　　虽然这里叫作洛德镇, 实际上依然是一个非建制的地区, 因为临近卡森城, 也被划归州府直辖。不过它如此不起眼, 卡森城也懒得管理。只是每个月会例行派人来看一看, 找找有没有什么可收的税。

于是在这里，德拉克·卢卡斯警长成了事实上的最高长官。他认识镇上的每个人，每个人也都认识他。他维持着这个镇子最基本的秩序。

找矿脉、挖矿、种地、赶马车、卖身、喝酒、打架、决斗、偷情、赌博、贩枪……这些事他都可以容忍。但是他严格地控制着那些越界的行为，比如谋杀和诈骗。听说他唯一一次去卡森城请法官到洛德镇来，就是因为有三个无赖策划了一次谋杀，害死了镇上一个铁匠。

卢卡斯警长率领两名警员和十名民兵一直追击这三个逃犯到内华达山脉的深处，十六天后将他们捆得结结实实的带回来了。他让所有人在镇警局外面的空地上集合，竖起了绞架，法官宣判了他们死刑，他亲自把他们脚下的踏板踢翻。

洛德镇虽然粗陋、偏远、复杂，却是一个光明正大的蛮荒之地。

现在，银矿的矿脉已经被开采得差不多了，很多人依旧没有放弃寻找。据说在距离旧矿脉附近不太远的地方，应该还有一条金矿脉。虽然只是传说，可在西部，有时候传说能在一夜间变成现实。

如果回到纽约的梦想也能成真就好了，戴维由衷地希望。但他明白现在来说是不可能的，从已经了解的那些消息看，他虽然在为中国人工作，但真正的 BOSS 是卢卡斯警长，所以卢卡斯警长要他做什么，他就得乖乖地听话。也许这样有点儿对不起吴，可戴维觉得当警方的卧底，应该是合众国公民的义务——哪怕他是一百多年后的公民。

但戴维也搞不懂警长为什么要让他监视吴，甚至不知道应该监视他什么，吃饭睡觉干活儿，这就是吴每天的生活。

这个中国人不大出门，跟镇上的人虽然认识，但并不亲密。他不光做棺材，也做一些别的木器。技术说不上特别优秀，好在洛德镇的人都不太讲究，因此也是能满足需要的。他雇佣戴维以后并没有立刻让他参与到木器制作中来，只是先让他熟悉木料的堆放，工具的归位，每天定点要做的事儿——比如八点之前一定要吃早饭，吃完早饭一定要在九点之前做好房间清洁，衣服两天必须换洗，一定要用两枚夹子夹在晾衣绳上，位置要平均，所有的皱褶都得牵扯平整……

为了测试吴的强迫症严重到什么地步，有一次晾衣服的时候，戴维故意把一枚夹子夹在了衬衫的肩部，另一枚则夹在了衣领的位置。

吴在没有发现的时候一切都好，但他的习惯是这房子里所有的事情都要知道，哪怕是他没有经手的。于是他在工作间里给一张四脚板凳抛光的时候，会不时地看看后窗外那根晾衣绳。

第一眼还好，第二眼也还好，第三眼的时候吴的动作凝滞了一下。他不自在地动了动手腕，继续干活儿，但速度慢了些。不一会儿，他又抬头看了一眼，终于放下工具，走了出去，等他再进来的时候，衣领上的夹子移到了肩部。戴维发现他手里的动作重新变得轻快起来……

病得可真不轻。

这大概算是唯一值得跟卢卡斯警长报告的情况了。此外，戴维真没有发现什么特别的。

哦，对了，还有一点：身为一个中国人，居然做饭那么难吃。

戴维在纽约的时候，最爱光顾的就是中餐馆，而且他曾经有一个中国人做邻居。在他的认知里，中国人天生就会做饭。就算是一个普通的番茄，他们也能做出无数花样儿。可他第一次吃吴做的晚餐时，简直要哭出来。

还不如吃干面包和熏肉片呢！卢卡斯警长竟然说他做饭的手艺不错，搞不好那个大个子压根儿就没吃过吴做的东西。

所以，戴维觉得，也许吴不是中国人呢。

"你来自哪儿，艾瑞克？"戴维在吃饭的时候，也旁敲侧击地打听过。

"中国啊，"吴面无表情地回答，"南方的一个城市，反正说了你也不知道。"

戴维承认自己的世界地理学得不太好，他只喜欢看计划中的旅游目的地。"那你怎么会来美国？还是在这个地方。"

"铁路公司招工，所以就来了，你应该知道的，修建太平洋铁路……后来我活下来了，就留在这里了。"

"你不想回家吗？"

吴用古怪的眼神盯着他，"当然想了，能回去我早回去了。你不也是吗？"

Bingo[1]！竟然被他说对了。

戴维干笑了两声，"当然了，当然了，再干几个月，等攒够了基本的路费我就回去，回纽约。"

吴不说话了，事情又回到了原点。戴维依然不知道自己的老板到底哪里让卢卡斯警长产生了怀疑，但他知道如果下次警长大人找他要答案的时候他给不出来，可能不会有什么好脸色。

事情的转机出现在两天后，那是戴维来到洛德镇的第七天，上帝说，要有光……

洛德镇的气候算得上炎热，但因为有地下水，也有些盐水湖，所以不是那种只有黄沙的地方。在镇子的外围，还有很多绿地，有一些被开辟为菜园。虽然远处的山峰是光秃秃的花岗岩，但山腰和山脚下倒能看到一簇簇的绿色。

尽管洛德镇的居民们大部分都是些粗野的文盲，但依然偶尔会到靠近山脚的绿地那边远足。他们会带上一大块脏兮兮、光秃秃的毯子，铺在地上，装模作样地好像是在野餐，但那些家伙们是连半个野餐篮子也不会带的。他们马背的褡裢上只装着酒瓶子，白兰地、威士忌、苦艾酒……总之他们搜刮一切能找到的"神之水滴"，另外剩下点儿空隙就全是烟草和白纸，还有扑克牌。

他们坐在那些破烂毯子上畅饮，同时向一起干杯的人保证，一旦找到金矿后成为勘定者和产权人，一定要给对方多少的股份，要怎么样用含金量超高的矿石或者矿砂砸在曾经嘲笑自己的人脸上。他们喝得越多，就越兴高采烈，对未来就越期待。各种许诺就像卷烟喷出的雾一样越来越

---

[1] 好极了的意思。

多,越升越高。等醉成一摊烂泥以后,他们就挤在那块毯子上呼呼大睡。第二天醒来会带着满足和难闻的体味回到镇上,继续拿起鹤嘴镐干活儿。

这大概是洛德镇很多居民的常规度假活动,除了喝醉和输钱时偶尔有点儿小小的肢体冲突之外,这活动经济实惠,又有很好的心理调节作用,一直广受欢迎。除了戴安娜的黄玫瑰旅馆,洛德镇居民也可以拥有更加私人的空间,就跟贵族们都有俱乐部似的。而且,这也在卢卡斯警长容忍的范围之内。

不过,凡事总有意外。

马歇尔的外号叫作"皮球",因为他的身高是五英尺六英寸,体重却是250磅。他的鼻子总是红得像被蜜蜂蜇过一样,他的呼吸总让人以为他肚子里有一座酒窖。他是一名马车夫,也是度假爱好者,洛德镇里就数他喜欢干这个。每个月起码有两个星期他都会邀约一些人去度假,有时候是去山艾树坡,有时候去白鸭子盐水湖。"因为受够了畜生的坏脾气,所以我也得有点儿轻松时光。"他这么宣称,于是每次收入的一半儿都用来放松心情了。

昨天晚上他照例联系了三个人,他们长期玩惠斯特①,也会赌点小钱。本来一切都正常,直到第二天早上他们哭哭啼啼地回来,四个人光溜溜地裹在一张毛毯里,眉毛、胡子和头发被剃掉了一半。

"是那些野人!"马歇尔对卢卡斯警长说,"他们袭击了我们,抢走了我们所有的东西!所有的!我的衣服、酒和烟草,还有一整条熏羊腿。"他一边说一边用毯子裹紧圆滚滚的身体,脸上愤愤不平。

至少还有毯子。

但重点并不是被抢走的东西,而是印第安人从来没有这么干过,他们从来不会如此接近洛德镇。

卢卡斯警长没有轻举妄动,他只是命令两个手下,威尔·克莱门特和马克·格林,写了一张告示,要求近期暂停度假,最好是把消遣地点都选

---

① 一种四人纸牌游戏。

在镇上。

但告示背后的糨糊还没有干，又有两个人来报案了。

一个外号叫作"鼻烟壶"的矿工说，他昨晚睡觉的时候没有关窗户，他外面那间屋子的立柜被翻了个底儿朝天，所有的东西都被扔在外面，能吃的焦糖和熏肉都没有了，还少了几根皮带。

另外一个人的报案就更糟糕了，作为一名马车押运员，他丢的东西是一把手枪。

"绝对是印第安人干的！"鼻烟壶和押运员都这么说，证据是他们没有听到任何响动就被盗了，而且丢失的都是食物、衣物、银元和武器等，那些股权书都没有动过，矿脉的产权证明书也丢在原地——虽然它们几乎跟废纸差不多。

"还有窗台上留下的脚印，"鼻烟壶说，"那是印第安人的鹿皮鞋，我能认出来，只有他们的软鞣粗皮鞋才会留下那种印子。"

卢卡斯警长去看了他说的那种"印子"，毫无疑问鼻烟壶说得没错，于是押运员丢失手枪的事情就变得让人更加不安了。

卢卡斯警长让警员和民兵们安排好晚上轮流巡逻，并且保证印第安人绝对不会再次出现。

"我觉得印第安人还会来的！"

"他们在探路，然后再找机会一举杀进来！"

"他们以前只是抢劫过路的人，现在他们忍耐不住了。"

"也许我们应该先下手为强，先干掉那些红野人。"

……

在这个不大的小镇里，任何风吹草动在两个小时内就会尽人皆知，各种乐观和悲观的议论立刻就会在两个及两个以上的对话中展开。

比如马歇尔和他的朋友们裹着毛毯回来时谁的屁股露在外面，以及鼻烟壶收藏的一件女士内衣也被偷走，甚至押运员的那把枪里至少还有三枚子弹这种事，戴维都很快地从来取货的顾客口里知道了。

戴维觉得虽然做不了社交软件，但如果他在这里办一份手抄报，说不定也能打下一个传媒帝国的基础。

但吴的反应则显得比他现实多了，在听说印第安人袭击居民并且进入小镇行窃之后，他有点儿担心起来，开始上上下下地检查房子的窗户和门，并且叮嘱戴维入夜后一定要把它们都关好，检查插销。

戴维觉得有把枪会更安全，但吴显然没有那玩意儿。

"总之，晚上睡觉的时候警醒一点儿吧。"吴这么说着，开始第三遍检查门窗。

戴维想了想自己初到这里的时候，那面目模糊的印第安人对自己射出的一支箭，忽然打了个寒噤，也赶紧回屋去检查自己房间里的窗户。虽然那房间里连一根电线也没有，跟他在皇后区租住房中的双屏 PC 机和光纤网络比起来，就仿佛地狱与天堂的差别，可是他依然感觉有个自己的房间好得多。至少他还可以偷偷地在房间里打开手机，看着自己从前那些手办模型的图片掉眼泪。

就在这样不安的氛围中，夜晚很快再次来临。

戴维发现端上来的晚饭是牛肉和土豆番茄烩在一起的东西，再加上一点儿罗宋汤，那味道实在一言难尽。但作为一个寄生生物，绝对没有任何权利抱怨宿主。戴维很聪明地一言不发，只管填下那堆好歹是食物的东西。

说真的，他和吴不怎么聊天的原因，主要还是在对方。他简直要把自己关于中国的那一点点知识都掏出来了，比如饺子、烤鸭、宫保鸡丁，还有熊猫、春节、功夫……另外一些筛选以后根本不敢说，比如他觉得不错的女明星章子怡，还有他最爱的 Bruce Lee 和 Jackie Chan。

但是他每次试图跟吴聊这些，那个中国人都眯着眼睛看他，看得他心里发毛。谁说亚洲人的单眼皮让眼睛显得小来着？戴维觉得吴的眼睛就算是单眼皮也完全跟冰锥一样锐利。一边被扎，一边要找话题，简直比看金·卡戴珊演戏还痛苦。尝试了两三次以后，戴维不得已放弃了跟吴拉近关系然后撬开他嘴巴的念头。

哎，这不合逻辑，不是说中国人都喜欢群居的吗？自己能跟吴住在一起，说明他至少是愿意接受同居人的吧？

戴维躺在床上，叹着气翻了个身。

窗外连一丝亮光都没有，被虫蛀过的窗框鼓起一块，像是有人从缝隙里朝着它吹气。这鬼地方可真是让人不寒而栗。戴维恨不得跳起来，什么也不顾地朝着旷野狂奔，一直跑到他当初穿越的地方。不管那里有个光晕还是深坑，他都毫不犹豫地跳下去，这样也许他一睁眼，又会回到原来的生活……

一阵轻微的响声在门口响起，打断了他的幻想。戴维浑身的寒毛都竖起来，立刻闭上眼睛装作熟睡的样子。门发出吱嘎的声音，有点点微光朦胧，接着又黯淡了。戴维听到咔嗒一声响，门被关上了。他睁开眼睛，看到光慢慢地移走。

这是在拍恐怖片吗？

戴维吓得直冒冷汗，但依然鼓起勇气下床，从门缝向外张望，看见灯光慢慢地飘下了楼。他光着脚走出去，托这老房子的福，他能透过楼梯旁边的地板缝隙向下面张望——

在他能够看到的地方，吴穿着衬衫和外套，用格子方巾包着头，把油灯放在柜台上，然后从柜子里把一件衣服拿出来，摊平，仔细地看着。

是那件星球大战 T 恤。

为什么吴突然在这个时候拿出来，是要穿吗？

但显然那个中国人并没有这样的念头，他只是用手摩挲着衣服，凑近了仔细看。

他果然是个变态！这是恋物癖吗？戴维背后的冷汗更多了……哦不，自己是个好人，绝对不会歧视性癖异常者，只要他没盯上自己。戴维忍着不安继续监视吴，但没有发现他进一步侵犯那件衣服，只是细致地打量着，然后又翻了一面，最后把衣服里面的标签找到了！

完蛋了！戴维捂住嘴——

他不是个勤快的人，他买来的衣服里只有特别贴身的会剪掉标签，其他的只要不烦他，他都让它们待在原地。这T恤不会还写着MADE IN CHINA吧？

吴仔细地看那个标签，过了好一会儿才重新站直身体，他微微仰着头，闭上眼睛。戴维看得出他在做深呼吸，胸膛剧烈地起伏。过了一会儿，他又俯下身子，继续看那T恤。

这到底是怎么回事？戴维困惑又紧张地缩在楼梯上，猜不透吴的意图。

忽然，吴把T恤折叠起来，戴维以为他要回房间，吓得赶紧往后退。但吴却没有上楼。他把T恤塞进外套，忽然吹熄了油灯，打开房门。

他……他是要去哪儿？这个时间，这个时候！

戴维看着吴猫着腰，提着油灯出了门，又轻轻地将门虚掩过来。

眼前发生的事情大大地超乎了戴维的预料，现在他面临两个选择：一，跟上去，看看那鬼鬼祟祟的家伙要去哪儿，要做什么，如果他发现了重要的违法行为，就可以马上跑到卢卡斯警长的面前，一股脑儿地告诉他，并且要求合适的奖励，这样他的所有问题就可以迎刃而解了，债务、税费、口粮、马匹，还有自由……以及回去的希望；二，他现在就扭头回自己的房间，装作什么也不知道，他才不要冒险在印第安人和巡逻民兵的威胁下出门跟踪一个不知道底细的嫌疑犯，万一他们看不清楚就冲自己开火呢？

戴维用大拇指抵着头，咬牙切齿地犹豫着，那架势就好像是必须在"当个和神奇女侠结婚的穷光蛋"以及"领取一千万美元乐透大奖就孤独终身"里选一个。

这么挣扎了五六秒钟以后，戴维决定和神奇女侠结婚。

他站起来，依然光着脚，走下了楼梯，打开门，进入了茫茫的夜色……

有时候就是这样，人生，你永远想不到在前面等着你的是什么。

6

吴的秘密

倒霉不只我一个
话太多了
血狼，多么帅气的名字

　　风刮得猛，而且温度比白天要低得多，夹着沙砾打在身上的时候就像是一场酷刑。戴维深深地后悔没有多加一件衣服出门，还应该穿上鞋，哪怕鞋子会在地上摩擦出声音。

　　黑夜中的洛德镇没有白天那种野蛮的生气，反而像歇业的嘉年华怪兽屋。虽然还有个别房间会透出一点点昏暗的灯光，但那一点点光亮投射在沙地上，简直是惨白的。

　　戴维艰难地跟着前面的那个中国人。吴熟练地靠着房屋的阴影走，他避开窗户和光线，很好地隐藏了自己。他一定有不可告人的秘密，戴维想，他这么干肯定不止一次了，只是因为很狡猾，所以几乎没有被发现过。

　　他为什么要带走自己的 T 恤？想到卢卡斯警长说的他喜欢奇怪的东

西，戴维把给吴贴的标签从"恋物癖"变成了"囤积症"。

他跟着这个囤积症患者绕过了小半个洛德镇，中间还避开了一次民兵的巡逻，最后在一个破破烂烂的木棚前停下来。戴维机灵地闪到一幢房子背后，果然看见吴往身后望了一眼，才推开门进去。

电影看得多还是有好处的，戴维有些小小的自得。他快速地跑过去，贴在木棚外面，从木板的孔洞往里面看。

那木棚里开始是漆黑一片，但吴很快划燃火柴，把油灯点着。他把灯光调到最暗，还解下头上的方巾遮住了一半。于是木棚中除了吴跟前的那一块地，几乎全是漆黑一片了。戴维费力地窥视着，只能勉强分辨出那大概是驿站马车堆积草料和废弃零件的地方，充斥着灰尘的味道。

吴端着那比萤火虫亮不了多少的油灯，来到一堆废车轮旁边，他蹲下去使劲地掏了半天，摸出来一包东西，接着他打开这个包裹，从里面拿出一件白色的东西，抖了抖，把那东西展开。

戴维顿时觉得腿有点儿软……

那是一件白色的 T 恤，因为对比强烈，即便是在这样昏暗的光线下，他也能清楚地辨认出那 T 恤衫上画着的是达斯·维达。

这是星战同款限量版啊！

这意味着什么？星战 T 恤会穿越？

难道以前也有穿越者来到这里？那个人在哪儿？为什么就只有一件衣服了？难道他们杀了他？（很明显那 T 恤是男款的）

在电光石火间，戴维的脑子里已经补完了一个悲惨的、轰轰烈烈的故事：一名大好青年，乐观向上，有着自己的理想和安定的生活——这个"理想"和"安定"的意思是，也许那个穿越者也有手办模型放在家里的展示柜中，可能是莱娅公主，也可能是达斯·维达，甚至是神奇女侠、猫女、毒藤女、神力女孩或者黑寡妇。

说不定他还有一个很辣的女朋友，却突然间被残酷的命运带到了这里。在这个毫无文明可言的地方，这名青年肯定小心翼翼地隐藏着自己的秘密,但各种窥探的眼睛终于发现了他的秘密。

他们把他视为巫师、魔鬼,在愚昧和野蛮的酷刑之后吊死了他,然后丢掉他的尸体,这样才让一个棺材铺老板最终得到了他的遗物。

一想到这些,戴维简直悲从中来,快要哭了。他不知道该怎么办,难道最后他的衣服也会被一个棺材铺老板当作私人收藏,而他自己则在此地郁郁而终? 他的眼泪都要下来了。

但更加残酷的是,戴维这同病相怜的眼泪还没来得及从眼眶里滚落出来,远处就突然传来枪响,接着火光亮起来,并且迅速地朝这个方向移动,人声也越来越大。

戴维慌张地四处打量,想要找个地方躲起来。但他还没有找到,就看到两个人影飞快地从一幢房子里冲出来。在昏暗的光线中,他们几乎都要跑到他面前了,这让戴维看到了那两人长长的黑发和浅棕色的皮肤,以及他们脸上涂的颜色。跑在前面的那个人佩戴着骨管制成的胸甲,上身赤裸,手里拿着一把刀。他黑色的眼睛扫了一眼戴维,就像一支箭射过来!

戴维吓得叫不出声,而就在这一瞬间,那人已经向着戴维投出了一个东西。戴维膝盖刚好软下去,就听见旁边的木板发出砰的一声响,有什么东西钉在上面了。

戴维斜眼一看,是一把匕首。他再也顾不上别的,大叫着冲进了木棚,一下子把门抵上。他简直用尽了前半辈子积攒的所有勇气才让自己没有发抖。门外的人没有继续攻击,更多的喧哗逐渐传来,戴维听到了卢卡斯警长的声音。

他们在追捕这两个印第安人!

马蹄声和喧哗声越来越大,戴维只能从木棚的门缝里看到乱糟糟的人影和晃动的火光,他不关心卢卡斯警长有没有抓住印第安人,只希望眼前这场混乱能赶紧过去,最好两边的人都别发现他在这里。

虽然戴维是个不虔诚的势利之徒,但他最近的遭遇,还是让上帝觉得混蛋也需要怜悯，所以几十个白人追捕两个印第安人的不平等战争，最终还是渐渐远离了他藏身的木棚。

当火光和躁动的呼喊慢慢消失以后，戴维的肩膀才放松下来，就像一只弓着背的猫看到对面咆哮的恶犬走开时的样子。

但是身后的一声咳嗽立刻又让戴维全身的毛像是通电一般竖起来。

情急之下，他已经忘记了自己的老板还拿着穿越铁证站在原地。

大概这个时候说自己是出来散步的有点侮辱老板的智商。戴维握了握拳头，先预演好一个亲切的笑容，才转过头来，对着吴挥了挥手，说："嗨。"

你以为你是在跟女生第一次约会吗？吴的表情由于油灯灯光从下方射出来的缘故，简直称得上狰狞。

赶紧找点儿话来说吧，戴维尴尬地看着吴手里的那件 T 恤，嘿嘿地笑了两声，"那个，吴先生，我觉得你穿这件衣服有点大，不合身。"

吴没有回答，他盯着戴维，那眼神让戴维深刻地觉得自己选错了话题。也许该提醒他试试我那件，戴维尝试着再次开口，然而吴却看了看手里的衣服，开口说道："它当然合身，因为它是我的衣服，我买的时候就试穿好了。"

他的意思是他是从那个穿越者手里买来的？他想说他并没谋害那个穿越者？戴维的脑子还没有脱离自己的故事，但在一瞬间，他突然意识到什么，猛地抬起头来，眼睛发亮地看着吴。

"……原力与你同在。"戴维用颤抖的声音说。

吴沉默了很久，缺乏表情的脸上竟然有点悲喜交加的红晕。

"我是……"中国人哽咽了一下，"我是你爸爸[1]。"

两个穿越者紧紧握住对方的手，不约而同地流下了眼泪。

"跟你说吧，兄弟，哎，这事儿都不好开口，倒霉透了，简直倒霉透了。

---

[1] 和"原力与你同在"一样，都是科幻电影《星球大战》中的经典台词。

我叫吴有金，有金你懂吗？就是很多很多钱的意思。我知道这名字俗气了点儿，不过我爸爸的确是很想我成为一个有钱人。我的故乡在中国浙江省杭州市，你没听说过？淘宝网呢？啊，对，只要懂互联网的人都听说过，很好用的，你也该试试……马云你知道吧？他去纽约敲过钟。嗯，扯远了，总之，我爸爸的确让我受到很好的教育，可我偏偏喜欢工科，这就是命运……后来我考入清华大学，专业是材料学，我读到研究生，对高分子材料感兴趣。是啊，哈哈，很多人都说这专业听起来像书呆子。但其实我爱好很多的，我喜欢机械，也喜欢武术——对，对，就是你知道的功夫。没有啦，我没有那么厉害，武术重要的是强身健体。哎，又扯远了。反正我就是这样一个并不特别的人。我去年，啊，天啊，我说错了，是我穿越前的一年，那是 2012 年，世界毁灭年啊！我的世界的确是毁灭了……我那年得到一个很好的机会，作为交换生到加利福尼亚大学戴维斯分校学习一年。准备了好几个月，我在第二年来到美国。我原本很喜欢这里的……真的，虽然你们这儿很多人都有枪，但我还没有遇到用枪指着我的。我喜欢迪士尼，我喜欢《星球大战》，我喜欢好莱坞和百老汇，还有同学们，虽然有点儿蠢——对不起，他们人很好，但不能不说有时候真有点儿，嗯，有点儿缺心眼儿。我以为这一年我会过得很顺利的，但是……啊，请原谅，我的鼻子发酸，让我冷静一会儿，每次我回忆这件事情都忍不住伤心落泪。是的，但我回想起来还是觉得太不可思议了。我记得那是 2013 年的 5 月，我和几个朋友去迈阿密玩，我躺在沙滩上晒太阳，看那些比基尼美女，然后……我就闭着眼睛睡了一会儿，就一会儿，比抽支烟的时间还要短！要是我知道会遭这个罪，我死也不会闭眼的，我会拿胶水把眼皮都粘住了一直睁着！但我还是睡了，我觉得睡着以后越来越热，就好像有人在对着我全身吹热风，我难受得滚来滚去，接着全身都像被粗钢毛刷子一遍又一遍地刷。我的皮都要被刷掉了，于是像条铁板上的鱼那么弹跳，跳着跳着就把自己跳醒了——什么，你没有在睡觉的时候弹跳？那当然了，兄弟，你又没被活烤过！反正，我就这么醒了！我的老天爷啊，一只蜥蜴就这么大摇大摆地从我脸旁爬过去。就眼睛一闭一睁，整个世界都变了。我以为是做梦，以为有人设计了一个整蛊游戏来对付我，我开始怒气冲冲，就想找个人打架。可在光秃秃的戈壁中，除了蝎子、蜥蜴、蛇这些玩意儿，我连个会喘气的都没见到。我走得快要脱水了，终于看到了一群人在打架……哎，可不是闹着玩，不是白人打红番，是红番打红番，一群印第安人在玩人类自古以来的游戏——努力砍死对方。也许是两个部落吧，反正我是一个都不认识的，就看见他们都插着羽毛，穿着皮裤和鞋，还涂着乱七八糟的颜色。我以为走到片场了，那叫一个高兴。我连滚带爬地跑过去，还脱下衣服在头顶挥舞，发出欢呼……是吗？你也以为是拍电影？看来那是正常人的思维。现在想起来虽然不能说错，可我真他妈蠢啊——请原谅我说了脏话。你见过两只狗打架吗？啊？你去劝架，它们就会转过头来一起咬你！我冲出去了，当了一个活靶子，你没见过那些印第安人的表情，我这辈子都难忘！他们盯着我，足足看了一分钟，我想他们是被惊呆了。当他们向我跑过来的时候，我还以为他们是来帮忙的。但有一把短刀向着我扔过来，直接插进了我面前的沙地里。我这才发现他们是认真的，要吓死了，转身又开始狂奔。哎，兄弟，我简直不想说，我这辈子从来没有跑得那么快。但那些印第安人就像羚羊一样矫健，我头也不敢回看，就能听到他们哇啦哇啦的声音，还有一些箭跑得比我还快。是的，我被抓住了，这还用说吗？但当他们发现我不是任何一边儿的，就对我毫无兴趣了，他们还有杀死对方这么重要的事儿呢。他们把我捆起来，就像捆一只鸡，丢在一边打算作为胜利者的奖品。我像一条毛毛虫一样挪动着身体，就希望别有任何刀啊箭头啊之类的东西落到我身上。最后是血狼那边赢了。血狼，没错，是叫这个名字的。这是我后来才知道的，他原本打算把我带到他的地盘去，但我尽力地向他表示我宁愿在这里待着。他们当时剩下的人不太多，而且筋疲力尽，对于我赖在地上的策略也懒得再费力解决，就决定把我丢在戈壁上当一条晒干的咸鱼。我的眼泪和汗水都被晒干了，大概有五分熟的时候，老胡路过了。他运了一些棺材到卡森城，刚好发现我躺在沙漠中，他原本以为我需要一副，但我还在喘气。于是我来到了洛德镇，在晒伤的皮脱了一层之后，成了老胡的徒弟，这样他喝醉的时候也能有人帮他干活。他是个好人，说话带着福建口音，当他发现我是中国人以后都哭了，他说终于可以跟一个人说说中国话了，洛德镇的人都说他讲英文听不懂。他还羡慕我口语不错，要我说他这样的华工能学到那样流利的英文其实真的不错。但是我不能跟他说我来自未来，那时候中国人已经没有那么容易被卖猪仔了！你说那个神像，哦，没错，是老胡的，关二爷——嗯，就是中国一个特别讲义气的英雄，又能打又不对嫂嫂下手，死了就成了神了——他自己雕的，手艺不错。总之，他收留了我，对我还挺好的。再后来他喝酒喝死了，我就有了这个铺子。"

多么生动而详细的描述啊！

原来吴并不是一个沉默寡言的人呢，戴维敬佩地看着他，这么能说，又能在这么多天里忍住不说，需要多么大的毅力。

"喝点水吧，看你一口气说了那么多。"戴维给吴递上杯子。

他们坐在棺材店的二楼，确切地说是在戴维的房间里，两个人灰头土脸，一个不大不小的木箱子就放在他们脚边。这是在警察和民兵追捕印第安人离开以后，戴维和吴偷偷摸摸一起抬回棺材铺的。他们离开木棚的时候，吴还顺手拔下了钉在门上的匕首。

吴很慷慨地将那个小木箱子里的珍藏都展示给了戴维：那是他穿越时带来的东西，包括他的T恤、牛仔裤、防水运动手表和已经没有电的黑莓手机。从戴维那里得到的T恤也在其中。

"你其实一开始就已经发现我也是穿越来的吗？"

"只是怀疑，"吴老老实实地说，"毕竟没法证明你是不是真的穿越，也可能是你偷了谁的衣服。我观察了你一段时间，这次确定你有百分之八十的可能跟我一样。"

"你隐藏得真好啊，伙计，我还以为你只是脾气古怪。为什么不坦率些？"

"我要防着点儿，"吴说，"那个卢卡斯警长，他太精明了，他一直在怀疑我。而且这破地方还没有经历过现代科学洗礼，我们这样的人对于他们来说只有两种'真相'更容易接受：第一，我们都是骗子；第二，我们都是巫师。无论是哪一种，我们都会被搞得很惨。你到我这里来，是卢卡斯带来的，我不能贸然相信，万一你为他干活儿呢？"

还真是！戴维背后流下冷汗，他决定立刻背叛警长，跟吴结成同盟，但千万不能让吴知道自己跟警长的交易。

"我当然不会了，"戴维脸都不红地保证，"不过，为什么卢卡斯警长会这么怀疑你？你露馅了？"

"这是种族歧视吧！"吴愤慨地挥了挥拳头，"就因为我是个中国人，他就把我视为这个镇上最阴险的人。他盘问过我的来历，但我都糊弄了过去，反正修建太平洋铁路牺牲了太多中国劳工，我就当自己是个幸存者。我说我受伤了，我可是被印第安人打了头，还得了热射病，我记忆混乱是正常的。"

"他如果相信的话，为什么还不放过你。"

吴的脸上阴晴不定，但最终他抹了把脸，"我不该说他的裤门襟……"

"什么？"

"他当时的裤门襟开着……没扣纽扣……我忍了好一阵儿，终于憋不住提醒他：他的鸟在放风。"

戴维能想象警长当时的表情，"就这样？"

"他没说话，我解释了一下我没有恶意，只是告诉他仪表整洁是很重要的。他邋里邋遢地来盘问我，我怀疑他只是想敲诈我一些钱，并不是真的警务人员。"

我的天啊……"后来呢？"

"没怎么啊，他把警徽亮出来我就闭嘴了。"吴气冲冲地说，"结果他是一个小心眼儿，一个卑鄙小人！"

虽然说得没错，但并没有什么用。

戴维又抹了一把脸，内心一阵疲惫，他决定换个话题："那个……今天晚上来镇上的印第安人，个子高高的，很凶悍，我在来这里的第一天碰到的应该就是他，他朝我射箭，还朝我扔匕首，跟你来时遇到的那些印第安人是同一个部落的吗？"

"长什么样？"

戴维把那个人的外貌叙述了一下，包括脸上和身上的油彩，带着明显不太情愿使用的褒义词来。

吴若有所思地摸着下巴，"听起来就像是血狼本人。只有他才跟洛德镇的人有这么多过节。他是休休尼人，也有说法是阿帕奇人，反正洛德镇附近的部落不是休休尼人的，就是阿帕奇人的。我听说过他，洛德镇和周围的白人都知道他。你知道印第安人的名字都来自于他们的个人功绩吧？我还是从一个跟白人做生意的印第安人那里听说他名字的来历的——他在十三岁的时候就已经独立杀死了两匹狼，剥下血淋淋的皮披着回了部落。他是个出色的猎手，不过他的猎物可不只限于狼，他杀掉的狼多，白人也不少，剥下的头皮可以钉成一串流苏。传说他喜欢猎杀移民和落单的探矿者，州政府也发布过对他的通缉令，但从来没有人捉到过他。"

听起来简直是男主角的设定，戴维想，这么出名的话，那自己应该找他要个签名才对。不过，这样的机会还是不要有才好……

"他会经常跟洛德镇的人对上吗？那个叫血狼的。"

"以前没怎么注意，不过最近这几个月倒是真挺频繁的。"吴想了想，"我记得卢卡斯警长已经组织人围剿他好多次了，不过始终没有抓到他。反正白人和印第安人的事我们都知道，他们可不会像我们一样坐下来愉快地聊天。"

如果他们同时被丢到侏罗纪……这么想就不太舒服了。

不过，戴维对这些事情其实毫无兴趣。他坐直了身体，严肃地对吴说："这么说起来，我们两个穿越到这里其实没有任何征兆，也没有任何异常，对吗？"

"你看到过飞碟吗？"

"没有。"

"那你走进 TARDIS① 了吗？"

"我可是在美国，伙计。"

"所以我们俩其实什么也没有做过，什么异常也没看到，莫名其妙就来到了这里。"

戴维点点头。

"那来到这里的原因应该不会出在我们身上，"吴有金说，"到底是怎么回事对我们来说还是个谜。"

"你说得对，艾瑞克，所以我们应该少管那些原始人的事情，我们应该考虑的是搞清楚真相，弄明白怎么回去，对吧？"

---

① 英剧《神秘博士》中的时间机器，外形像一个警亭。

7

回去？谈何容易

洛德镇的奇怪传说

神父的敌人

黛安娜女神的伤心往事

　　房间里的油灯火苗就只有黄豆大小，为了不让太多人看见灯光，吴已经把灯光调到最暗了。戴维知道，在这样的光线下，人的脸色黯淡是很正常的，但在问了关于"回去"的问题，他还是注意到吴的脸都衰变成了灰色。

　　"回去啊……"吴拖长了声音说道，"我最开始也是这么想的。我花了很长的时间来确认自己的确是穿越了……比如我的手机没有信号，我必须排除屏蔽这个可能。我仔细在接触到的日用品上去寻找 20 世纪科学发展的痕迹，比如使用的油漆、有没有塑料的成分。我还故意在跟当地人的交谈中蹦出几个词儿，比如'夏威夷州'和'阿拉斯加州' [①]，他们都当我

[①] 这两个州一个于 1900 年建州，一个于 1959 年建州。

是口误，还嘲笑我的口音。我说我可能感染了 HIV，酒馆里的人还以为我是在说感冒，叮嘱我在吃饭的时候找点辣椒放进去。"

"那你感染了吗？"

"哦，天哪！"

"对不起，我只是开个玩笑，请继续往下说，"戴维抱歉地揉搓着双手，"你接下来怎么做的，在你确认这个地方的确是 19 世纪的时空以后？"

"我认真地想了一下时空隧道这件事。请等一等……"吴说，然后起身跑到楼下，又噔噔噔地跑回来，手里拿着那本破破烂烂的《圣经》和短得伤心的铅笔，"看，事情是这样的。"

他写下了一个公式。

"爱因斯坦场方程表达过空间弯曲，弯曲的缝隙，可以让事物从衔接点进入另外一个时空。"吴说，"在我读到的理论中，时空穿越这种事情应该发生在有超光速运动的时候，而能够穿越的理论环境应该是黑洞中心。并且，一旦进入黑洞，穿越之后的时空也应该是在黑洞的引力场中，是无法再从一个白洞里穿越出来的。但很明显，我们仍然在地球上，只是改变了所处的时间。这就很难解释了……"

"那个……或者是平行时空呢？不是说在高维空间中，平行世界其实有很多吗？"

戴维的理论一半来自科幻小说，一半来自漫画。

"这只是一种理论。"吴又在那本《圣经》上写写画画起来，"理论上说是我们如果在某个时间点上改变了历史，就会相应地延伸出一条时空线。但，我们突然来到一条时间线，这很奇怪。我们难以判断这条时间线是否会如我们所知道的那样发展，因为我们本身的存在就会改变历史。"

"蝴蝶效应。"戴维信心十足地说，他超喜欢那片子的，同时觉得后面越拍越烂，令人伤心。

"嗯，好吧，这么理解也可以。"吴显然不愿意向没有概念的人进行一场费力气的科普，他接着说下去，"总之，我们穿越的原因跟我所知道的有很大不同。很明显，我们现在并非在黑洞之中，而这样的话，也许虫洞是个很好的解释，因为根据霍金的理论，的确会有虫洞存在于量子泡沫中。但是这些虫洞应该比分子甚至原子还小，根本不可能让人穿越。除非是出现了变异，有一个大得能让我们通过的，甚至比人体还要大的……"

"你过来的时候身边有别的东西吗？我是说除了这身衣服和手机之类的。"

"没有啊！"

"如果比人体还大，应该再带点别的东西过来吧？"

"是的，这也很奇怪，为什么只有我们和我们穿戴的东西通过了虫洞？所以无论怎么想，我也想不明白。"吴苦恼地拍打起额头。

戴维忍不住安慰他，"你可是个理工科的高才生啊，钱钱……"

吴眯起眼睛，"你叫我什么？"

"金钱（money）！"戴维说，"你的中文名字不是这个意思吗？就当是亲切的外号好了，就我们俩知道，你也可以叫我史蒂夫。"

"为什么这么叫？"

"他发现了神奇女侠，伙计，他跟她关系最特殊！"

"我还以为是美国队长呢！"吴耸耸肩，"算了，我还是叫你戴维吧。总之，我只是个学材料的，我只是了解一些理论物理的东西，我的好哥们儿是物理系的，我也上过一些他们的兴趣选修课。我知道他们在黑板上推演运算，而实证物理学家们搞出东西来会进行验证。但他们做的推测我都是从书上看来的，我没有办法从已有的现象中搞清楚我们来到这里的真相，时空缝隙是一个很容易被想到和接受的解释，但这都是建立在我们相信科幻点子刚好能击中现实的基础上。"

"就是说，回头看不见路？"

"嗯……"

"时空缝隙时空隧道什么的，只是骗人玩儿的？"

"是一种可能存在的东西，但我没法验证。"

"那就是回不去了？"

一想到将来食物都只能吃新鲜的，没有冰激凌，没有可乐，没有鳕鱼汉堡，自己走得远一点儿都要靠骑马，磨得大腿内侧长老茧，并且要几十年以后才能有电力普及，看上默片，听上收音机，戴维就悲从中来，简直要痛哭流涕了。

"你尝试过吗？"他不死心地问吴，"你比我自由，有没有回到你出现的那片沙漠去？万一你真找到了时空隧道呢，那你回去就能拿诺贝尔奖了！"

"我去过，但是……我不能锁定确切的区域，而且那里是血狼的部落活动的领域，我去了很可能再被他们捉住。我相信这一次他们可不会把我绑起来丢在地上就完事儿了，我还想保住我的头皮！"

戴维的肩膀垮下来，极度的失望让他整个人都好像一摊快要融化的蜡烛油，慢慢地把伤心铺满整个房间。

"不过，这两年来，我倒是在这里发现了一些奇怪的事情。"

"如果是卢卡斯警长喜欢不关裤门禁就不用告诉我了。"戴维垂头丧气地说。

吴推了他一把，"振作点，伙计，我要说的还没完呢！虽然我无法证明这里有时空缝隙的存在，但这个镇子里的确有比探矿者和开矿者更加古怪的人，可惜他已经死了……但是我听人说过他的事儿。"

"跟咱们有关系吗？"

吴耐心地解释："这么说吧，如果我们俩都是在不同的时间穿越到这里来的，那说明这个地方出现虫洞也许不止两次，可能以前就有，以后也还有。我们仔细找找不同寻常的地方，说不定能够发现蛛丝马迹。"

要是找到别的穿越者已经长眠了十年，那还是赶紧给自己也挖个坑吧。戴维恹恹地看了看吴，"好吧，钱钱，你告诉我你听说过什么？"

"二十年前——就是太平洋铁路还没有修的时候——这个镇子只有几户人家……那时候印第安人比白人多，他们还不把白人当回事。"

二十年前，好吧，戴维在心里翻了个白眼。

"有一个叫作凯文·米洛的人，他来到这里，修建了一幢不错的房子，住了下来。跟着他一起来的还有一个叫艾丽娅的女人，看上去比他小很多，但自称是他的妻子。他们大概算是洛德镇的第一批居民，不过却不是来探矿的。要知道，这破地方可不像俄勒冈或者堪萨斯什么的还能圈个牧场，这里到处都是沙子和石头，喝口水都得撅着屁股往地下挖上三十英尺！你不知道啊，伙计，我帮老胡打外面那口井的时候有多费力，可后面提水就方便多了。他居然从来没想到要打一口自己的水井，每次都到隔壁威廉姆斯家去……"

"他们在这里修了房子，然后呢？"戴维觉得自己有必要按一下返回键。

"哦，对不起，"吴摸摸鼻子，"那个，总之他们移居到洛德镇却不是为了探矿是一件非常奇怪的事。他们看起来也不为金钱担心，只是把那幢房子修得很不错，然后每天都跑到附近去，还提着工具箱。"

"你说了他们不是探矿的。"

"的确不是。据说他们从来没有打开过那个工具盒，而且也没有带回过什么矿石样本之类的。有探矿的人告诉过他们该用什么工具，也告诫过他们哪些地方根本不可能有矿脉，但是他们似乎毫不在意。"

"说不定是躲债的，也说不定是销赃的。他们大概是有点儿不合群，但也不好说啊，搞不好当年人太少了，晚上没有电视电影，没有XBOX，没有互联网，甚至连女人也没有几个，就只好乱编点儿奇闻逸事逗自己玩儿。"

"如果只有这些当然是可以那么说的。"吴笑了笑，他那诡异的表情让戴维忍不住往后仰了一下头。

原来，凯文·米洛的古怪行径在洛德镇的人都逐渐习惯以后，日子就这么过下去了。但是在一个雷雨交加的夜晚——没错，即便是在戈壁边缘,依然还是偶尔会有一次雷雨的——他和艾丽娅突然在暴雨中爬上了屋顶。

看到这件事的矿工开始大叫,但是那对夫妇还是不为所动地爬到了顶上,把一个长长的东西竖起来,那东西又细又长,是一支金属杆,高高地戳向天际。

接着他们回到了屋子里,当乌云一层层地压下来以后,电闪雷鸣,那些银色的霹雳撕开了黑暗,的确像是宙斯往地面上投掷的标枪。

这些可怕的标枪伴随着雷声一支支地扔在地上,并且越来越强。终于,有一支标枪被主神准确地扔到了米洛家屋顶的金属杆上。

伴随着一阵火花和骇人的爆炸声,镇上的人看见米洛家的房子燃起了大火。在大火中,有红色的光线从窗户里射出,又慢慢地变白了。这奇异的景象持续了好几分钟,直到镇上的人都跑来救火的时候,那光线才消失。

"就算是富兰克林,也是用风筝来捕捉雷电呢。"戴维说,"而且他就在莱顿瓶里灌了一点儿,都被电了个跟头。那位米洛先生做的实验太危险了。他到底想干吗?"

"据说,那屋子里烧得一片狼藉,特别是客厅,只剩下一堆焦黑的金属,还有些熔化的东西。凯文·米洛身上也有灼伤,头发都焦了,可人没事儿。他怎么也不肯说那奇怪的光是怎么来的,更诡异的是……他的妻子艾丽娅从此以后就失踪了……"

干吗要在深夜的时候讲这种故事啊!戴维觉得背后有点儿发凉。

"那女的……被谋杀了吗?"

吴用古怪的眼神看着他,"我花这么多力气给你说了半天,你以为这是一个侦探故事吗?"

"啊!"戴维终于醒悟过来,"你的意思是,他的妻子穿越了?!"

吴咳嗽了一声:"我并没有这么说,但是镇上的人在他家里找不到他妻子的踪迹。他们也猜测过是不是被雷电引起的大火烧焦了,可就算烧焦了，也会有碳化的尸体，烧成灰也会有没烧尽的骨骸。总之，他们什么也没有找到，艾丽娅就这么凭空地消失了。这是我听说过的关于这一带最接近时空穿越的逸事了。"

"那个米洛先生，你找他聊过吗？"

"他五年前就死了，人们按照他的遗愿把遗体交给了印第安人，让他们安葬了他。"

完蛋，这唯一的线索又断了。

"他干吗要找印第安人帮忙，为什么不葬在教堂里？这样我们去撬开他的棺材，说不定还能找到点儿有用的东西。"

吴笑起来，"有趣的事情就在这里，他是个无神论者，天生跟教会犯冲。你可以猜猜，在这镇上对他记得最清楚的人是谁。"

"难道是那个喜欢算钱的安德鲁神父吗？"

"没错！"吴突然一拍大腿，笑起来，"听说神父曾无数次登门向他传播福音，但米洛先生总会用他朴素的科学理论来回击神迹，这场较量一直持续到米洛先生寿终正寝。据说神父特地穿上法衣跑到了他的床前握住他的双手，打算趁着他神志不清的时候来一场正式的忏悔，不过米洛先生的坚强毅力让他对神父比了一个下流手势才断气。"

真是了不起！

"就是说，在那场大火之后这位奇怪的先生又活了十几年才去世？他的房子里没有再出现那些奇怪的光什么的吗？"

"没有，而且他似乎也很少再去野外，只是闷在房子里写写东西。哦，对了，他还在这个镇上教了很久的书，虽然来念书的小孩儿就十来个。"

戴维终于露出了一丝笑容，"我懂了，钱钱。你就喜欢绕弯子，对吗？你一定打听了他的遗物在哪儿。"

"我的确打听了，我问了那些老矿工，问了他教过的孩子，我还为了向神父询问而忍受了他长达两个小时的传教。但所有人都告诉我，米洛先生的遗物很多都拍卖掉了，甚至连房子都卖了。不能卖的他自己毁掉了一些,剩下的跟他的棺材一起交给了印第安人。"

戴维烦躁地揉弄着自己的头发,"嘿,钱钱,为什么每次你说出来的事儿都能给我点儿甜头,很快又给我灌一杯苦药水儿!"

"马上又是甜的了!"吴压低声音,"至少他的房子还在,这可是最大的遗产呢!"

戴维眼睛一亮,"就在镇上? 在哪儿?"

"黛安娜·道尔顿的黄玫瑰旅馆,那就是米洛先生的房子改建的。"

戴维眨了眨眼,一时间没有说话。一种说不清是兴奋还是忐忑、是期待还是纠结的情绪占据了他的胸腔。他脑子里浮现出那个拉丁裔美女的火辣风情,然后吞了一口唾沫。

"我之前一直想要好好地去房子里看看,但是我一个人显然不行。道尔顿夫人是一个很精明的女人,她要是发现我在她的店里东翻西找,一定会揍我的! 不过现在好了,我们一起行动,你可以当我的搭档。"

"没错!"戴维挺起胸膛,一下子对接下来的行动表现出了无限热忱,"我可以去拖住她,上次我跟她聊过,她很想知道我编出来的那些关于印第安人的事情。我就说我又想起来一些了,要给她说说。哦,对了,钱钱,我觉得道尔顿夫人好像跟印第安人有过节,她很关注他们的消息。是发生过什么吗?"

"嗯,"吴点了点头,"这也是我听来的,就在她的那间旅馆。说实话我觉得那儿可真是个宝地,矿工和探矿者累得筋疲力尽以后都喜欢去那里灌啤酒。他们特别好套话,只要请他们喝一杯,他们就能滔滔不绝地说上一整夜,当然了,绝大多数都是废话,但好歹有一些能听的,哪怕是一百句话里有个七八句能提供你需要的东西。这其实就是信息收集和整理——"

"他们说了她什么?"按退格儿。

"哦,就是关于她的来历。她好像是从路易斯安那来的移民,她的一家人,父母和两个弟弟,赶着大篷车,带着枪,目的地是卡森城。不过走到洛德镇附近的时候,被印第安人劫持了,他们干掉了男人,想抢走马车和财物,顺便也带走她和她母亲。不过这位'劳拉·克劳馥'①从自己的裙底抄起一把柯尔特,打伤了两个印第安人,那些家伙就像兔子一样逃走了,但他们临走前把她母亲割了喉。"

"哦,不……"

"就这样,她来到洛德镇,只有十六岁,又孤身一人,后来嫁给了一个年龄能当她爷爷的矿主。在那老头死了以后继承了一大笔钱,这样才买下了米洛先生的房子,当起了老板。"

"她要是在 21 世纪绝对是邓文迪和希拉里那样的厉害角色。"

"没错,而且比她们都要漂亮,枪法也比她们好!"吴说,"总之,她不是好糊弄的,如果我们要想去她的房子里调查,一定要制订个周密的计划。"

"我不反对,请让我去拖住她,你就放心地去干别的吧!"

吴点头,对于戴维的积极狐疑地皱了皱眉头,但他来不及多想,楼下的敲门声就打断了他和戴维的对话。

两个人同时跳起来,吴指着小木箱,"快,快!把手机和衣服都收进去,藏好藏好!"

戴维迅速行动,吴又小声说:"你待在这里,装作睡觉,我下去看看。"

"我跟你一起去!"戴维把箱子推到床下,把头发一顿乱揉,做出一副刚爬起来的样子。

他们又检查了一下对方,一前一后地下楼,打开了门。

卢卡斯警长站在外面,提着马灯,只穿着衬衫和长裤,没戴帽子,额头和胸膛上全是汗珠。他脸色泛红,两把枪都插在腰带的皮套里。

"嗨,先生们,"他微笑着向两个人打招呼,"今天晚上没有惊扰到你们吧?"

他真是挺迷人的,戴维想,但他还是忍不住去看他的裆部。

①《古墓丽影》女主角的全名。

8

双鱼座威武

黄玫瑰旅馆易守难攻
套话的艺术以及又一场攻防战
双面间谍

卢卡斯警长并没有注意到戴维的古怪眼神,他看着吴,动作和表情都没变,哪怕吴又戴上了高贵矜持沉默寡言的假面具,他都只表现出一副"反正今天我已经不能睡个好觉了,你不回应就让我们这么耗着吧"的样子。

大概是感受到了警长的决心,吴终于不情愿地说了声:"还好……"

"那两个印第安人捉住了吗?"戴维问。

"没有,他们跑得很快,而且他们的马就在驿站旁边,他们跳上马就跑了。进入戈壁以后就没法子了,那地方他们更熟悉。"

戴维耸耸肩,并没有觉得遗憾,大概他对于印第安人和白人的恩怨没有那么强烈的感觉。而且,对于这段历史,他觉得显然是印第安人更倒霉,所以他们多活下来一些, 也是件好事。

"不过, 我发现了一件奇怪的事情," 卢卡斯警长还是看着吴说, "我们在镇上追捕那两个红野人的时候, 他们逃到旧木棚那里时似乎放慢了速度。我追捕回来以后就去那边看了看, 那木门倒是关着, 不过木门上有个新鲜的口子。"

"什么叫新鲜的口子?" 吴装傻。

卢卡斯警长从靴子中迅速抽出一把匕首, 擦着吴的脸砰的一声钉在了门框上。

戴维吓得膝盖一软, 靠着门才没倒下去。吴的脸色虽然没变, 但戴维依然看到他的喉头动了一下。对于逐渐了解吴的戴维来说, 他明白其实吴也被吓坏了。

但卢卡斯警长很满意自己达到的效果, 他慢条斯理地把匕首拔出来, 然后提着马灯凑近那个位置, "看到了吗? 锐器扎进木头里会留下这样的痕迹, 新鲜的。如果是陈旧的, 那么木头的开口部位不会是这样的颜色, 会更灰暗一些。那木门上的裂口很多, 但都是风化的, 所以新的口子无论是颜色还是形状都很容易被看到——虽然光线有些不足, 但贴近点儿就行了。我的眼睛不错!"

"那……跟我们有什么关系?" 吴又咽了口唾沫。

"我觉得, 那两个红野人应该向木棚的方向投掷了短刀, 或者是匕首——嗯, 看口子的形状是匕首。那口子很深, 因为木头都不算结实, 匕首应该嵌进去了。你说, 为什么红野人要朝一个破木棚的门丢匕首呢?"

为了把我扎个通透! 或者他们只是觉得我站在那里很碍眼, 顺手丢一丢! 戴维干笑了两声: "大概他们以为门背后有埋伏?"

"或者是他们看到有人站在那儿! 而且那个人还在他们走了以后拔下了匕首。"

戴维哈哈大笑起来, 连他自己都觉得笑声相当不自然。

"我不擅长推理, 警长。" 还是吴决定结束这场非正式的询问, "既然你知道我们今天被吵醒了，就让我们早点回床上睡觉吧。"

"嗯。"卢卡斯警长终于往后退了一步，低头看看他们的脚下，"去睡吧，你们急匆匆起来，居然还穿上了靴子，真是有礼貌。"

戴维和吴同时感觉该抽自己一耳光。

"晚安，先生们。"卢卡斯警长抬了一下他的帽子，转身离开了。

门关上了，戴维和吴靠在门背后，相互看了一眼，心里咒骂着对方为什么一副衰样子：眼神虚浮，额头冒汗，一看就是心里有鬼。

戴维首先咳嗽了两声，"那个……我觉得，他是来试探咱们的。他没有证据，是吧？"

"的确没有，他只是看到了一个匕首印，只要我们死不承认，他什么证据也没有。"吴说。戴维松了口气，中国人又补充道，"可这有什么用，反正他从来不在乎证据。他是个直觉动物！"

"他是双鱼座吗？"

"不……狮子座。"

这个你居然知道？戴维看了吴一眼，叹了口气，"那他是怀疑我们了吗？"

——确切地说，是怀疑你。

"我说了他一直看我不顺眼，他就是个记仇的人。"

这可真不怪他。

"如果是这样的话，我们去调查黄玫瑰旅馆是不是会很被动？"

吴却笑起来，"怎么，你觉得如果警长不怀疑，我们对付道尔顿夫人就很容易吗？"

这游戏真是不折不扣的"困难"模式啊！"那……"戴维说，"我们得制订一个计划。"

"明天吧……"吴看上去兴味索然，"我今天的心情就像坐过山车。"

"我也是。"戴维鼻子有点儿发酸，"但是我要说，真高兴认识你，钱钱。"

吴的眼睛也有点儿红，"兄弟，两年了，你不知道我多寂寞……"

他们热泪盈眶地拥抱了一下，互道晚安，拖着步子回到房间，沉入了黑甜的乌托邦。吴有金梦到自己站立在哆啦A梦的任意门前，打开门就看到穿越前的迈阿密海滩，比基尼美女们在愉快地玩着沙滩排球，他的躺椅空着，仿佛在等他回去，他就只需要迈出最后一步……而戴维梦到自己躺在家里的沙发上，手里捏着PS4的手柄，对面的屏幕上是劳拉，她跳过一个接一个的障碍，丰满的大胸晃啊晃啊……这就是天堂呀。

戴维在梦中无限满足。

从吴的两层小楼里其实可以看到黄玫瑰旅馆，那幢房子虽然也是两层，但修得又大又气派，而且占地挺宽。大概是经过重新修补的缘故，屋顶造得很高很倾斜，有点儿哥特式建筑的影子。那里面应该还有一层阁楼。

在被改建为旅馆之后，房子重新装修了外墙，甚至奢侈地刷了点漆。不过，因为洛德镇恶劣的环境，那油漆很快就褪色脱落了，最后风沙和阳光联手把房子变成了棕色。女主人大概也明白再想让它漂亮点儿是徒劳的，就像满脸褶子的老太婆再怎么往脸上涂抹胭脂也没法变成窈窕少女。

但洛德镇的居民不在乎黄玫瑰旅馆的模样，就算它年老色衰，也是个让人习惯了的舒适所在。那里面每天都有客人，熏肉、奶酪和啤酒消耗得很快。

戴维曾经数次经过，不时看到有人踉踉跄跄地走出来，或是相互搀扶着走出来。

让他记忆深刻的有两次，一次是两个淘金者，吵吵嚷嚷，愤愤不平，揣着枪出来决斗。酒馆里的人呼啦啦地全跑出来围观，打赌，戴维也押上了一个鹰元——在吴偷偷免除他的债务以后，其实他已经攒了一些钱。

两位决斗者倒是守规矩，可惜枪法太烂，独眼龙的子弹打到了天上，他侧后方的倒霉蛋吃了瘸子一枪，膝盖碎了。于是两位决斗者友好地决定共同赔偿被误伤的人，把他交给了醉鬼大夫，自己则亲亲热热地回到黄玫瑰旅馆继续喝酒。

原本坐庄的人想要偷偷溜走，但黛安娜踩住了他的衣角，一把将放钱的宽檐帽夺了过来。在她的公正主持下，戴维拿回了自己的鹰元，同时也注意到她穿着衬衫长裙，黑发挽起来的样子真是美得销魂，甚至包括插在腰带上的两把左轮手枪。

另外一次，他看到黛安娜挽起袖子，抓着一个矮个子男人的脖子把他拎出大门，狠狠地扔在了台阶下，她拍拍手回到旅馆，周围的人只是冷漠地看了看，依然各走各的路，只剩下那个醉得一塌糊涂的家伙躺在沙地上呻吟。

基于这两次的记忆，戴维和吴商量他们的"借助现有简陋条件，调查并发现时空隧道从而草拟回到 21 世纪计划书"这个项目时，反复说了三遍的是：

"我觉得我们的计划必须非常详尽。"

吴对此深表同意。他们整整一天什么活儿也没干，趴在棺材盖上用小木块儿摆了个模型。一人一边儿对着，抱着双臂，脸色严肃，就仿佛盟军在沙盘上演绎如何用游击队阻击德国坦克。

"那地方我去过几次，楼下一层最宽敞，有六张桌子。如果坐得挤一些，再加上吧台的七八个座位，大概能容纳三十五个人；如果他们把桌子挪到一边，搞点舞会什么的，可以容纳四五十个人。旅馆里常驻的有六个人，道尔顿夫人不用说了，还有那个女侍珍妮，厨师是双胞胎——他们叫酒桶和烟斗，具体的名字我也不知道。吧台有个大高个子，瞎了一只眼睛，名字挺可爱的，叫波比。还有一个女佣，老得跟那房子一样，基本不管楼下的活儿，只负责收拾房间和做清洁。厨师们最常去的地方是厨房和地窖；波比管吧台，也在道尔顿夫人懒得出手的时候揍那些醉鬼和惹事儿的。至于珍妮，她基本上是个傻姑娘吧，反正道尔顿夫人说什么她都唯命是从，所以只要生意好，她只会忙得团团转，不会注意到别的。"

"听起来一切都顺利,但是……"戴维指着中间那个细长而高挑的木块,"道尔顿夫人呢?这才是最终 BOSS 啊。"

"她的确是最大的变数,"吴的口吻仿佛他是盟军司令,"她游走不定,兄弟,她可能在楼下,也可能在楼上,或者是吧台,要么就是在厨房,你必须把她留在一个固定的地方,我才好行动。"

"这个固定的地方我建议是吧台,我可以跟她聊得很开心,同时还能保证波比也留在吧台——他肯定会为她服务的,对吧?"

说不定她还愿意请我喝两杯。

戴维没有把自己的这点儿小心思说出来,他避开了吴的眼睛,一脸认真地看着眼前的"沙盘"。

吴用手拨弄着那些木块儿,终于拍了拍手。

"好!就这么办!"他做出了分头狙击的决定,"你负责缠住道尔顿夫人,至少确保我有二十分钟的时间,能撑到三十分钟最好。"

"一个了不起的挑战啊!"戴维拍拍胸口,"交给我吧。我们什么时候开始行动?"

"晚上,旅馆人最多的时候。他们会很忙,那时候我们更容易找到机会,也不会有太多人注意我们。"

戴维看了一眼墙上的时钟,现在离天黑还有五个小时。他决定从现在就开始在脑子里把看过的西部片都重放一遍,这样他可以编出稍微像样一点儿的故事,让洛德镇女神有耐心跟他多说说话。

"不过,"戴维始终有些忐忑,"这就是说,我们必须默契配合。"

"把握时间节点,伙计,"吴说,"我没法顾及你。反正如果我在二十分钟内完事儿就会先撤,如果情况允许,最多三十分钟。然后我会从正门进来叫你,让你回家。"

"如果你超过了这个时间还没有出现呢?"

"那你最好赶紧自己溜。"吴说,"道尔顿夫人太精明了,你说得越多,就越容易暴露破绽。她最恨别人骗她了!"

戴维打了个寒战,他想到劳拉开枪的姿势并换上了道尔顿夫人的脸,又回忆起她腰上的枪。有些美实在无须亲自领略。

"好,"戴维重重地点点头,"我记住了!就这么办!"

吴也点点头,但他的表情有些复杂:"这就意味着,我们要单独行动了。"

"往好处想,钱钱。"戴维鼓励他,"我们就像是詹姆斯·邦德——你看过《诺博士》对吧?还有《金手指》。我们可以学着像肖恩·康纳利和罗杰·摩尔那样,所向披靡。"

"可我只看过皮尔斯·布鲁斯南的007,《黄金眼》和《明日帝国》都挺好看的,他比较帅,还有杨紫琼的邦女郎。"

"哎,你真该看看肖恩·康纳利演的那几部啊,钱钱,我保证那才是经典。虽然丹尼尔·克雷格也是英国人,可还是不如康纳利有气势。"

他们又讨论了一会儿邦女郎,公认苏菲·玛索简直迷死人。戴维觉得这些并非废话,其实很励志。

"看,如果这次顺利,我们说不定就能找到回去的办法。我会请你去我家看投影,我收藏了康纳利主演的所有007的DVD。"

"好!"吴眼睛闪闪发亮地说,他们俩同时觉得充满斗志。

夕阳很快从地平线上沉下去了,最后一丝血色夕阳消失以后,洛德镇迎来了它惯有的夜生活。

黄玫瑰旅馆无疑是全镇最热闹的地方,在其他人回家只能沉闷地吃完晚餐就坐着发呆,或者读读书打打牌的时候,旅馆里满是来挥霍美元的人。有些探矿者会占据角落里的桌子,小声讨论今天在旷野和地下敲打挖掘之后的成果,会偷偷摸摸地拿出一点矿石样品来看,然后再被鉴定为一钱不值。挣到钱的矿工会换下脏兮兮的外套,跟朋友们一起灌啤酒,如果谁运气好,可以买到珍妮一个小时——当然得等旅馆打烊之后。还有些女人也会来,多半是有男人的,只是一起来快活一下,跳跳舞,或者是打算在跳过舞之后把身旁的人换掉……

总之，人们到这里来各有目的，还真没有人会特别留意别人干什么。

吴和戴维还没有走进大门，就看到了玻璃窗透出的灯光，还有手风琴和小提琴的声音。

"噢，又跑调了，"吴用手捂住耳朵，"他们说这是马祖卡舞曲，我说就像他们掐着鼹鼠的喉咙要它们唱歌。克莱蒙特兄弟真是这个世界上最糟糕的乐手。"

"他们是兼职吧。"

"专职怎么可能养活自己？"吴整理了一下他的黑色夹克，"算了，今天不会有更糟糕的事儿了，走吧，进去。"

他们一前一后进了旅馆。

扑面而来的糟糕音乐和灰尘、酒精、汗水的味道让两个人同时皱起了眉头。但显然吴更有迎难而上的勇气，他向戴维点了点头，挺起胸膛往里走去。

哇哦，他的架势可真不像是来做贼的！

戴维无限佩服，他把手揣在牛仔裤里，慢吞吞地挪着步子，找准了吧台旁的一个空位子蹭了上去，小心地把高脚凳往旁边移了点儿，离旁边那两个因为又挖出了废矿而借酒浇愁的大汉远一点。

"喝点儿什么？"酒保一边用脏兮兮的毛巾擦拭着吧台上的酒渍，一边问。他身高惊人，保守估计也超过六英尺，虎背熊腰，油腻的黑发长至肩膀，一只黑色的眼罩盖住了他的左眼，而右眼仿佛是从狼身上挖出来安上去的。

这就是波比吧，还真够可爱的。

"给我一杯威士忌，谢谢。"戴维客气地说，"那个……道尔顿夫人在吗？"

波比给他倒了酒，朝另外一个方向抬了抬下巴。

戴维看见旅馆的老板娘正和三个男人站在一起，对面五码外的墙上挂着一个木制的圆靶，他们拿着匕首投着玩儿。三个男人大概已经投过了，他们像绅士一样把最后那把匕首送到道尔顿夫人面前。道尔顿夫人用她丰润的红唇咬着匕首,先把披散的头发挽成一个髻,才拿起匕首,猛地丢过去。那匕首叮的一声擦过蓝圈旁的那把,栽进了中心的红点。周围的人都爆发出欢呼和掌声,道尔顿夫人也插着细腰大笑。

"我请你们每个人都喝一杯!"她对她的手下败将们说着,大步来到吧台前,对波比说:"把他们的酒记账上。"

大个子独眼龙点点头,排出三个杯子倒酒。

她真是个女王。戴维咽下口唾沫,把整杯威士忌都倒进肚子里,趁着食道和胃部的一阵灼热,大步走了过去。

"晚、晚上好,夫人。"

戴安娜·道尔顿转过头来看着他,微微一笑,"晚上好,杨格先生,您可是稀客。"

"啊,我也想多来的,可您知道我的钱包有多可怜,我还得努力工作。"戴维说,"不过今天我拿到了一点儿工钱。"

"吴是个好老板,虽然不怎么爱说话,对吗?"

"是啊,这几天多亏他照顾我。"戴维虚伪地笑着,如果钱钱都叫不爱说话,那么我一定是个哑巴。

"他呢?没跟你一起来。"

"刚才还在,说是要跟路易斯先生谈谈他定做的柜子。"戴维急忙岔开话题,"那个……夫人,实际上今天晚上我是来找您的。"

美人儿的眉梢往上挑了一下,"哦?"

"这几天我睡得很好,夫人。我心绪平静,大脑清醒,我努力地回忆了一下,也许可以再多告诉您一些信息。"

他的确吸引了她的注意,道尔顿夫人客套的笑容消失了,脸色变得严肃。她握住了戴维的手,领着他来到吧台最里端的两个座位。

这可真是没有过的待遇,戴维被那双算不得娇嫩却修长有力的手牵着的时候,有点儿小小的激动。

"来,坐下,"她对他说,"从头到尾慢慢地告诉我。"

看着这样的脸就是说一个晚上也没问题啊，戴维心神荡漾。他开始讲述准备好的故事，其实他都快忘记亲戚们各自的名字了，所以他绕开了太多的细节描述，他知道道尔顿夫人需要的是关于印第安人的部分。在他的剧本中，他决定把黑锅都甩给那个胆敢向他扔匕首的狂徒。

"我现在能清楚地想起他的长相了，"戴维描述的是昨天晚上和他面对面的人，"那个印第安人大概有六英尺高，轮廓很深，不太像印第安人，肤色也浅一些，留着长长的黑发，有些编成了辫子；额头上绑着一根绳子，后面好像插着羽毛。他没穿上衣，挂着骨管胸甲，穿着长裤和鹿皮鞋。"

"再跟我说说他的脸。"

"他挺帅的，"戴维顿了一下，观察着道尔顿夫人的脸色，"我是说，就一个印第安人来说，他的确轮廓分明，然后眉骨有点高，鼻梁挺直，眼睛是黑色的，脸上的油彩是这么画的……"

戴维用手指在脸上划拉了两下。

"果然是他……"道尔顿夫人的声音像是地狱门缝中吹出的带着硫黄味儿的风，"血狼，凶手……"

血狼，昨天吴也给他说了那个印第安人的事儿。很好，戴维想，他结的仇可真不少。钱钱也在他手里遭过罪，看道尔顿夫人这架势，他一定干了不少"好事儿"。

"恕我冒昧，夫人，血狼就是那个印第安人的名字吗？"

"嗯，"她很快控制住了情绪，"他在这附近很有名，他跟白人不共戴天。"

"他……伤害过您？"

"不是他，但他也必须为此负责。"道尔顿夫人含糊地回答，又看着戴维，"你那天不是说离他很远吗？为什么今天能这么详细地回忆起他的模样？"

我就知道她会这么问。

戴维胸有成竹地回答："我刚来的那几天，还处于惊吓之后，记忆很混乱。这其实是人的一种自我保护，忘掉那些惨痛事情，忘记自己害怕的瞬间。您看我现在也很难想起我可怜的亲戚们惨遭毒手的瞬间。但是因为这几天的调养和休息，我发现我能想起他们距离我最近时的场景，我的眼神很好，没有近视，所以看得很清楚！"

"原来是这样。"道尔顿夫人的脸色似乎舒缓了一些，甚至带着些同情，"我可以体谅，杨格先生，我为你的经历难过，还有你的亲人们。警长给我说过，那个小姑娘真可怜，是你的侄女艾伦吧……"

"是的，夫人，上帝保佑她安息。"

老板娘用手支着头，眼神专注地看着他，看得戴维心脏怦怦直跳。她不会是因为同情而爱上我了吧？戴维想，西部片儿里有这样的情节。

但道尔顿夫人的眼神很快就变了，她把视线移向他的身后，优雅地挥了挥手："嗨，你来了……"

戴维突然有一种不祥的预感，他提心吊胆地转过头，看到了他最不想见到的那个人。

"晚上好，夫人！"德拉克·卢卡斯警长穿得人模狗样地走过来，光鲜的外套，铮亮的马靴，擦过的手枪，甚至连胡茬都剃过了……他是来泡妞的，戴维笃定，同时担心——

如果他是道尔顿夫人的情人，不会现在就要去二楼来一发甚至来几发吧！他看上去就不是一次完事儿的人！

天啊！

戴维迅速扫了一眼一楼大厅，没有看到吴的身影。

钱钱不会已经上去了吧？戴维内心一片绝望。

"嘿，杨格先生，为什么不跟我打招呼？"卢卡斯警长赶走附近的一个醉汉，在戴维跟前一屁股坐下。

"晚上好，警长。"戴维挤出一个难看至极的微笑。

卢卡斯警长拍了拍他的肩膀："晚上好，你怎么来这儿了？艾瑞克在哪里？"

这真是一个很难回答的问题……

9

独自面对

冒险之夜

原来你是这种人

有惊无险, 但后面的事儿天知道?

吴有金站在黑暗中, 身体紧紧地贴着墙, 屏住呼吸。

那个佝偻着身体的老太婆刚刚拖着藤编篮子从一个房间里出来, 进入另外一个房间, 速度慢得让吴有金以为她要用上一个世纪。

这是他第一次干这样的活儿, 偷偷摸摸地溜进别人的家, 像贼一样东翻西找。更糟糕的是, 他甚至不知道具体要找什么。但他并不会为此感到沮丧或者气馁, 应该说, 在来到这地方的两年中, 此刻应该是他最乐观的时候。

他虽然明白穿越回去的可能性依然微乎其微, 但有戴维这个活人, 起码能证明穿越这件事儿在这个地方这个年代中是真实发生的, 一定有什么特殊原因造成了时间隧道。戴维大概对物理学一窍不通, 也说不出有启发性的线索，而且他拿不动枪，揍不了人，还是个二次元宅，可是他好歹是 21 世纪的人，他知道星战，知道 XBOX，知道苹果手机和脸书，光是冲着这些，他就不能不喜欢戴维——更何况，他是这里唯一懂他在说什么的人了。

"我一定要跟他聊聊游戏，不知道他喜不喜欢《最终幻想》。如果我们真的回不去了，大概还可以设计点儿类似的 TPRG 什么的。前期能先手工做点 UNO 啊万智牌什么的……"

关门声终于从旁边传来，打断了吴有金略有些脱缰的胡思乱想。

他稍稍探出头，看到走廊上已经空无一人，终于呼出一口气。

楼下的喧闹虽然还是能听到，但因为楼板的阻隔，还是小了很多。吴有金竖起耳朵辨别着细微的响动，同时放轻脚步走向最前面的那间屋子——最近的这一间老太婆已经进去了，他得小心避开。

二楼的格局跟楼下比起来显得狭窄了许多，从楼梯上来是一个 U 形的走道，四个房间分布在上面，还有一个楼梯在最里面的地方通向天花板。尽头是一扇上下开合的门，但此刻是关着的。墙上没有贴纸，也没有护壁板，但已经粉刷过，以前的痕迹都已经被掩盖在了灰浆之下。

或许房间里还有点值得寻找的东西。

吴有金走到了房间门口，推了一下门闩，同时感谢这个房间的主人没有上锁的习惯，他轻而易举就进来了。

他关上门，外面的声音更加细不可闻，他仿佛突然之间就陷入了另外一个被隔绝的世界——还好这个世界有一盏暗淡的油灯。

这应该是女侍珍妮的房间，那个兼职的性工作者。

房间里有一张大床，上面收拾得很整齐，另外的家具很少，只有一个三角柜和一个橱柜，以及一张椅子。但几乎没有什么东西堆在上面，无论是衣服还是梳子和发带，都规规矩矩地收在柜子和抽屉里。

那姑娘是一个勤快爱干净的人，吴有金顿时对她充满了好感。

他仔细看了看家具，款式相当简单，朴素到没有任何装饰，上面的棕色油漆有些磕碰掉了，但磨损的部位并不多，这应该是道尔顿夫人买下房子以后购置的。

看来这里不会有什么米洛先生的遗物了。

吴有金轻手轻脚地退出去，又进入了隔壁房间。

他差点被门口的裙子绊倒——

天啊，这是怎样的一个房间啊！如果刚才那个房间里住着勤劳的灰姑娘，这个房间肯定就塞进了她的后母和那两个懒惰的姐姐！

毫无疑问，这个房间比刚才那个大得多，家具也更多，但似乎它们都没起作用，所有的东西都被堆在外面，衣服一件重一件地搭在椅子上，地板上散落着两双靴子。发梳、香水和另外一些精致的玻璃瓶都放在橱柜上面，一面硕大的镜子倒扣在旁边。

床上丢着好几条裙子，一个床柱上挂着几顶帽子，而另一个则挂着条很宽的皮带，上头坠了两个枪套，里面还插着一只左轮手枪。

管理一个旅馆肯定很花时间，同时还得树立无上的权威，保持重要的神秘感——否则道尔顿夫人不会没有时间来收拾，也不会不让老女仆来帮她这个忙。

她是怎么做到在这样凌乱的房间生活下来而又保持着光鲜亮丽走出门的？

吴有金越看就越觉得难受，胸口仿佛有一只暹罗猫在拼命刨，他握了握拳头，又放下，咬紧牙关，脑中激烈翻腾。终于，他掏出老胡的怀表看了一眼，确定自己还有十五到二十分钟的缓冲时间以后，便像发现猎物的豹子一样快速地扑向那些衣服，把它们分开，叠起来，一件件地往柜子里放。然后他拉开抽屉，把瓶瓶罐罐按照从高到低的顺序放进去……

"这些柜子是新做的，抽屉也是……"吴有金一边收拾，一边提醒自己他是来搜查的，他的确注意到了很多情况。

然后他转向那张床，把裙子都卷起来，也往柜子里放。

"被子应该也是新的，当然了——没什么被子能坚持几十年。"他看着那些帽子，"算了，帽子挂在那里倒不碍事，反正这房间里也没有挂钩。"

他一狠心转过头，也不打算去动那把枪。

他捡起靴子，把它们放到墙边，然后他看到了地板——

地板上也不太干净，原本放着东西的位置被收拾出来以后，露出了深浅不一的颜色。

要是有拖布就好了！吴有金在心底怒号，他用鞋蹭了蹭地板，忽然愣住了。

他并没有蹭掉那些灰……不对，那些地板本来就深浅不一。

吴有金一下子趴在地上，用指关节一下下地敲击着地板，仔细地看那些纹路。这些木头都只经过简单的刨平，干燥后连漆都没有刷，已经有许多磨损的痕迹，但有些是浅棕色，有些是深棕色，有些却如同黑色。

吴有金在黑色的地方刮了两下，指甲间落下一些粉末，看上去不太像积垢。这应该是碳化的木质。

那么，当年这里果然是被烧过？

他挪动着身体，去敲打那些黑色的地板，它们虽然被火烤焦了表面，但其实依然很结实，而且很多都是在椅子和柜子下面，一直延伸到墙边。

可惜他什么也没有发现。

但吴有金并没有感到沮丧，因为他至少证实了这房子果然如传说一样曾被前主人折腾出的大火灼烧过，而且里面应该还有更多的地方保留着原来的材料和结构。

他又看了看，没有发现更有价值的痕迹，这才恋恋不舍地退到门边，先看了看外面，在确认安全以后才慢慢地挪出来，贴着墙往第三个房间走去。

但就在他迈出第一步时，楼下传来了说话的声音，不一会儿就近了，楼梯上有人。

吴有金想要退回房间，但脑子里电光石火般闪出一个念头：万一是房间的主人回来了呢？

他飞快地看了看周围，把目光落在通往阁楼的楼梯上。

几乎是用平生最敏捷的动作，吴有金几步蹿上楼梯，顶开木门，钻了进去。在他放下木门的时候，刚好从缝隙中看见两个熟悉的身影走上来。

是卢卡斯警长和道尔顿夫人！

搞什么鬼？他暗暗皱眉，戴维不是信誓旦旦要拖住道尔顿夫人起码二十分钟吗？这可只有十来分钟啊！

但他不敢再多看，轻轻地放下了木门，那两个人都没有注意到他。

吴有金屏住呼吸，把眼睛凑近门缝……

道尔顿夫人在走廊上站住了，离她的房间只有两步远，就在吴有金以为他们要一起进去的时候。

"他是个骗子，"她用不大不小的声音对卢卡斯警长说，"他满嘴的谎言。说不定连名字都是假的，戴维……多寻常，也可能是亚历山大，或者是杰克。"

我的天啊！吴有金惊愕地想，可他真的叫戴维啊，我看了他的驾驶证的。

卢卡斯警长摘下了帽子，拿在手里，他今天好像跟平时有点儿不一样。但他一开口，那语气依然让吴有金无比讨厌。

"或许是的，名字是假的，但这都不重要，"他说，"杨格先生的目的才最重要！他来做什么，他想得到什么。"

道尔顿夫人突然笑了一下，"无论他的目的是什么，我觉得他都难以达成，他实在太蠢了，连自己编的人名儿都记不住。"

"而且更蠢的是，他原本该站在我们一边。"卢卡斯警长接着说，"但是黛安娜，我觉得他也并没有完全说谎，很可能里面掺杂着一些真话。我们得分辨清楚。"

"当然，可现在他才刚刚露出点儿狐狸尾巴。你从什么时候开始怀疑他的？除了他来的时候穿的那身衣服。"

"还有他说话的语气和方式,他对待死者疏离的态度和勉强至极的悲伤。我看得出他在刚来的时候最关心的是怎么离开这里,而现在他好像不那么着急了。这变化很有趣,而且是他跟艾瑞克凑到一起以后才开始的。更有趣的是,我原本是让他帮我看着那个中国人的。"

"那个中国人有魔力,自从他来到这里以后你就一直在关注他,可他没有干什么,对吗?"

"他绝对不简单,他在伪装。我只是还不明白他到底要做什么,但我有一种直觉,他早晚会干点儿让我们吃惊的事儿。我不明白的是,为什么我们的小戴维会投向他那边。"

"他们两个很像,你不觉得吗?"

"一样无亲无故,一样遭难以后来到洛德镇,一样言行古怪,甚至一样穿着我们没见过的衣服。"

"说不定他们本来认识。"

卢卡斯警长想了一会儿,但还是摇摇头,"不,在第一次见面的时候很明显不是这样的。"

道尔顿夫人抱着双臂在走廊上踱步,那轻微的脚步简直是踩在吴有金的心尖上,每一步都刺痛一下。

"他们和印第安人有勾结吗?"她严肃地问,"如果有,我割下他们的头的时候,你不能阻止我。"

"我知道你要复仇,黛安娜,可这两个小傻瓜显然不会那么有心计。"

"但是他们两个出现的时候都跟那些红野人有关系。而且,这几天印第安人都摸到镇上来了,这可是戴维来了以后才发生的。"

"偷一点钱,抢一点东西,不需要专门安插两个人在这里。"

"凑巧不能解释这一切,德拉克,我们需要知道得更多。"

"那就不能拆穿他们。"卢卡斯警长说,"让他们继续折腾,我们继续看着。"

"但是,就像艾瑞克,他来这里已经两年了,我们还无法摸透他,再加上这个戴维，难道很容易吗？"

"他们凑在一起就说不定了，就像是煤油和火把，本来都是安全的东西，可放到一起就很容易燃烧起来。瞧，杨格先生不是已经主动找上门来了。他向你吐出一串胡编乱造，肯定是有目的的。"

"总不可能是为了跟我上床。"

卢卡斯警长撇嘴，"事实上，我觉得他有这个心思，可在这件事上，他知道自己的斤两。"

他看得可真准！吴有金暗暗地想，作为《古墓丽影》的玩家，戴维就是对这种美丽强悍的女性没有抵抗力，可自己却是一只弱鸡，有心无力罢了。他就知道不该让他来承担什么套话和拖延时间的任务，现在好像一个菜鸟小偷原本要偷别人东西，自己的口袋却被摸了个底儿朝天。

"但他今天来的目的一定不是为了这个。"道尔顿夫人说，"他是在跟我套近乎，想多喝两杯酒。如果你没有出现，我大概还能再从他嘴巴里套出点儿什么来。"

"我是看到棺材铺关着门又没有灯才过来的，遇到他也是个意外。"卢卡斯警长摸了摸下巴，"你真没有看见艾瑞克？"

"我说了我刚才跟人赌飞镖呢。"

"他们俩居然没有一起来，我觉得很古怪。"卢卡斯警长说，"也许我该去找找那个中国小个子。"

吴有金听得并不太明白。他觉得这两个人就像西门庆和潘金莲，嗯，总之就是奸夫淫妇，心如蛇蝎，肯定是在算计谁。

"好吧，"道尔顿夫人整理了一下头发，"等一会儿下去我会继续套话。这活儿我一个人干更加得心应手，你可以逛一逛别的地方，找找你的羚羊。"

她向自己的房间走去——果然，那乱像从来没有整理过的狗窝一样的地方就是道尔顿夫人的闺房！吴有金在心里嘀咕，她要进去了，她会认为是那老太婆勤快了吗？还是她会觉得另外有别人帮她整理了？她会不会觉得很惊喜?

道尔顿夫人打开了门,她站在门口的一瞬间呆滞了,但她没有开口惊叫,也没有走动,就是僵硬地站在原地。

但她叫了一声"德拉克",正要下楼的警长站住了。

"你得来看看这个,"道尔顿夫人说,"有趣极了。"

卢卡斯警长走回来,在她身边朝里面看了一眼,忽然大笑起来。道尔顿夫人也没有说话,笑吟吟地看着他。他们两个几乎同时朝四周张望起来,而卢卡斯警长的目光如同鹰眼一样飞快地掠过吴有金所在的方向。

警长朝道尔顿夫人比画了一个手势,从吴有金的位置看不清那手势,但是在手势过后,她的目光很明显向着自己这个方向投过来。

吴有金吓得本能地往后面挪了一下,但立刻发现有股拉扯的力量——他的外套被门夹住了。

完蛋了!他匆匆上来以后立刻趴下,关上扣门,却没有发现外套的衣角露在外头。

他背心冒汗,又凑近门缝……

那两个人正放轻了动作,慢慢朝这边移动。吴有金像热锅上的青蛙一样扑腾,用最快的速度把夹住了一个角的外套脱掉。他站起来,扫视了一周:

这个阁楼上才是宝库,到处都堆满了老旧的家具和行李,也许米洛先生的遗物就在其中,他早该到这里来的。

但现在他克制住在灰尘中挨个儿翻找一遍的念头,只能先脱身。

他搬起最近的一个箱子,压在扣门上,赶紧打开阁楼上的一个圆窗,从那里钻了出去。

就在他把肩膀探出去的时候,那扣门发出了砰砰的敲打声。

吴有金不敢耽搁,他知道那脆弱的木门完全没办法抵挡卢卡斯警长,可现在他没空同情它,甚至也没空同情自己的衣服和裤子。他从屋顶上滑下去,把所有的灰尘都裹在身上,然后攀着屋檐和窗台往下跳。等他落到地上的时候，结结实实地摔了个四脚朝天，好在那只是一层楼的高度。

他也没空同情自己的胳膊腿和疼得要命的屁股，一骨碌爬起来，在阴影中朝着棺材铺的方向溜回去。

卢卡斯警长很快就会来找他的，他猜得到：那家伙发现任何不对劲第一个怀疑的都是他，他得赶紧洗去一切会露馅的痕迹。而且他听到了警长和道尔顿夫人的对话，他们俩竟然对自己和戴维都有着极重的疑心。他们俩在防备什么？只是印第安人吗？吴有金觉得也许有更重要的事情其实自己还不知道。

还有，他一边揉着腰一边想，这次跟戴维的配合真是失败透顶！

10

到底是谁比较无能，这是个问题

露馅的边缘

神父爱上帝，也爱钱

又是一起袭击事件

　　关于这个世界，戴维以前并没有想太多。作为一名程序员，而且是一名讲逻辑的程序员，他觉得万物自有其规律，不管那规律是所谓的上帝，还是数不清的宇宙法则构成的一张严密的网。总之，他安心地按照他所认知的世界的规律生活，因为在这规律之内，一切都是合乎逻辑的。

　　但是在半个月前，他理想的生活崩塌了。更糟糕的是，从那一刻开始，崩塌就没有停止，甚至连他自己也陷入一个在虚空中不断坠落的过程。让他觉得稍微好过一点的是，倒霉的人不止他一个，钱钱比他更衰——那个中国小子已经在这鬼地方待了整整两年了；他想过最坏的事儿，说不定他也得待上两年，甚至一辈子……然而最最让他不好受的是，这一切他没法儿跟别人说。

即便他从来都不招人喜欢，除了去世的父母和中学同学，只跟几个魔兽世界里的玩家做了朋友，但他也是需要倾诉的，并且需要一个安静的聆听者，让他舒舒服服地把心里的垃圾倒完。以前有聊天工具的时候，这件事对戴维来说不是那么困难，可现在，他连选择一个墙角都得小心翼翼。

如果不是压力太大，如果不是灌了那么多杯酒，戴维一定不会选择道尔顿夫人作为倾诉对象。她是他在这里遇到的唯一美好的存在，是他的虚拟女神变成的实体，他实在不想让她觉得自己是个唠唠叨叨、婆婆妈妈的男人。可是她那么善解人意地请他喝酒，又告诉他他的眉宇间有一种犹豫，戴维瞬间想到了克拉克·盖博①——按照剧情片的节奏来说，这表示他应该向女主角掏心掏肺了，然后……两个人会感动地拥吻。

戴维当时就跟她干了一杯白兰地，内心的苦闷就像是胡佛水坝溃坝了一样倾泻而出——真的，就跟《末日崩塌》里的场景一模一样。

他要抱怨的东西只是这里没有自来水，井水和湖水的碱味让他想吐；他讨厌一刮风就满天满地都是尘土，晾在外面的衣服都能扫出五百克灰；他受不了正在睡午觉外面就响起枪声，跑出房门才知道又有两个傻瓜决斗；他忍受不了那位警长总是在他心情稍微好点儿的时候出现在他的视野里，然后冲他毛骨悚然地笑……戴维最真实的理想就是赶紧离开这里，越快越好！

"总之，我可不喜欢这里了。"戴维又喝了一杯白兰地，总结道，"这里缺水，并且像缺水一样缺乏文明，我要回纽约，这就是我的目的。夫人，黛安娜……我太喜欢你的名字了，你问我的目的，这就是……"

道尔顿夫人用手撑着头，她慵懒的姿态相当迷人，但是她的确是克制不住地打了个呵欠。

"我只问了一个问题：你来到洛德镇想要什么，然后你花了四十分钟来告诉我你讨厌这个地方。你在回避我的问题吗，杨格先生？"

---

① 美国著名男影星，曾因《一夜风流》的演出获得奥斯卡最佳男主角奖，后又饰演过《乱世佳人》中的白瑞德，并获得奥斯卡最佳男主角提名。以风流潇洒的气质在好莱坞独树一帜。

虽然有酒精的作用，但戴维还是守住了最后一丝理智，对着那么美的一张脸，他依然摇了摇头，"我说的都是我的真实想法。"

"好吧，"道尔顿夫人直起身子，之前的妩媚就如同她的苏格兰格子披肩一样，被掀在一边，"很高兴你这么诚实，不过到此为止了。"

戴维低下头看看手里的杯子，打了个酒嗝。

"回去吧，杨格先生，我们也要打烊了。"戴维抬起头看了看周围，人的确少了许多，有两个喝醉的矿工正在勾肩搭背地往外走，蹩脚的乐手正在收拾他的家伙。珍妮在抹桌子，一个年轻的男人坐在楼梯上，眼神直勾勾地看着她。

"快回去，杨格先生，"道尔顿夫人的口气像是在赶他，"你跟我耗了一个晚上了，这真让我刮目相看。"

戴维不太明白她的意思，酒精的作用让他的脸和眼睛都通红，脑子一片沸腾，但是他觉得道尔顿夫人是在称赞他。为此他快乐起来——大概也因为他的确把心里的垃圾倒出来不少——向道尔顿夫人说了晚安，步伐跟跄地走出了大门。

晚上的气温很低，一阵扑面而来的寒风让戴维发热的脑袋稍稍清醒了。他觉得自己今晚的表现很棒：

第一，他拖住了道尔顿夫人，她除了去洗手间的那会儿用的时间长了点儿，一直都跟他在一起——就算是美人也得上大号的，他完全理解。他们说了很多话，道尔顿夫人讲了她遭遇的事儿，又让戴维说他的。

第二，他完全没有透露自己和钱钱来自于未来的事情，他守住了他们的秘密。尽管道尔顿夫人一直在请他喝酒，可他依然没有说出最关键的一点，他是一个意志坚定的人。

第三，他没有让卢卡斯警长看出破绽，警长大概想要套他的话，可他——

等等，戴维在走到一半路的时候突然停下来，卢卡斯警长在哪里？他记得自己和道尔顿夫人说话时警长来了，他问钱钱在哪儿，自己回答了好像在家，接着警长和道尔顿夫人说了几句话，道尔顿夫人说她要方便，就上楼了，警长也跟上去了。戴维暧昧地笑着，知道他们去干什么，但下来的时候只有道尔顿夫人一个。

她下来以后对自己很热情，他们聊得很投机，戴维以为她爽过以后心情太好，所以也彻底忘记了关注卢卡斯警长在干吗？他后来又下来了吗？还是他一直留在楼上？可那上面什么都没有，除了一个老太婆……

他不会口味那么重吧！

戴维突然一阵恶心，扶着墙呕出了一摊白兰地。

他开始仔细回想从卢卡斯警长出现到他最后上楼去的那一段儿，这才发现不太对劲：他和道尔顿夫人待在上面的时间并不长，就算要打一炮也很勉强，除非卢卡斯警长虚有其表，只是个快枪手，当时自己还非常担心他和钱钱撞上……

天啊，难道真的撞上了！

戴维简直要魂飞魄散。他的酒一下子醒了一大半，拔腿就往棺材铺的方向跑，但脑子里却闪过丹尼尔·克雷格被赤身裸体绑在板凳上打蛋蛋的场景！就算是007也会被俘，就算是詹姆斯·邦德也会被人用刑。

戴维终于回到了棺材铺，他抬头一看，二楼的灯光让他松了一口气，接着有个人影出现了，那翘起的头发倒有点像钱钱不服帖的后脑勺。还好，还好，吴有金已经回来了，看起来平安无事。

他拍着胸口，喘息得如同一匹拉了十车矿石的老马。汗水湿透了他的衬衫，他抹了把额头上的汗，打算去敲门。

就在这个时候，又一个人影闯进了窗口。

高大的黑影，即使是一个侧面，也能看见高挺的鼻梁。

戴维刚放下的心又提到了嗓子眼儿，他咕咚咽了口唾沫，再也无法把悬着的心压回胸膛。

其实戴维并不知道，吴有金刚刚回到家里的时候内心是多么的崩溃。

他简直像一头在沙地里打过滚的驴！他全身都是灰土，耳朵里，鼻子里，嘴里，甚至喉咙里，而且他的裤子还被刮破了一个洞！他心脏狂跳，胳膊肘擦掉了一块油皮，屁股和大腿隐隐作痛，肯定青了一大块。

可他还不能歇着。

他一关上门，就像闪电侠附身一样，火急火燎地把自己扒光了跳进浴缸，举着水罐从头浇下来，飞速洗了个战斗澡。伤口沾水的时候疼得他龇牙咧嘴的，可他连半分钟也没耽搁，迅速地擦干身体，又把脏衣服丢进水里，吭哧吭哧地揉搓。

就在他还没来得及把脏水泼到后窗外面的时候，楼下已经砰砰砰地响起了敲门声。

该来的还是来了！

吴有金心中一凉，知道自己已经毫无选择。他歪过头冲着满是划痕的镜子看了一眼，确定自己确实是一副刚洗了澡要准备睡觉的样子，这才深深地吸了口气，走下楼去。

打开门，卢卡斯警长抱着双臂站在他面前。

"你不要学劳勃狄尼罗，装酷站在巷子口那里等我……"吴有金的脑子里突然冒出这句歌词儿，那是谁唱的来着？徐怀钰？他小时候多喜欢那个娇俏的大姐姐呀！可那首歌的名字为啥要叫《我是女生》……

"晚上好，艾瑞克。"卢卡斯警长偏了偏头，他发现中国人的脸上毫无表情，眼神也有点飘。但好像不是第一次这样，吴总是在意想不到的时候走神。

"晚上好……"吴有金冷漠地回应。他注意到警长的衣服穿得很整齐，似乎最近都是这样，让他没法挑刺儿，虽然这的确让他舒服了些，可不能挑刺儿好像又有些失落。

卢卡斯警长也上下打量着他，"你洗澡了？"

多奇怪啊，好像你不洗澡！就算是缺水也应该注重个人健康，更何况不洗澡的话岂不是要让你给抓住了？

"是啊，洗了个澡，我准备睡觉了。"

"湿着头发？不，这不是个好习惯。也许我可以陪你消磨消磨时间。"卢卡斯警长随手把吴有金推开，长腿一跨就进了门。

"你干吗？"吴有金脸上终于出现了一点儿慌乱的神情，但他还是绷着，想要摆出威严的样子——不是说好了在美国私人财产神圣不可侵犯吗？不是风能进雨能进国王不能进吗？骗子，这区区小镇的警长就可以随意闯进我的家！

卢卡斯警长完全没有理会吴有金满腔的愤怒，他站在客厅里，环顾四周。

"还是这么井井有条啊，艾瑞克。"卢卡斯警长回头对他说，"你真是太喜欢收拾屋子了，中国人都跟你一样勤快吗？"

这是做人的基本素质，你们还在树上的时候中国人就已经开始写小说了！

"保持干净整洁的环境才能少生病。"他一本正经地说。

卢卡斯警长脸上的笑容简直明媚得刺眼，吴有金快忍不住像猫一样扑上去挠花！

"说得真是有道理，"警长说，"我觉得你有这样的天赋。"

这话听起来怎么这么奇怪："我的工作挺忙的，警长先生。你看我明天还有两具棺材要交货，我今天一天都在打磨表面，我想休息了……"

他说得再多也无法阻止卢卡斯警长自顾自地走上了楼梯，迈向二楼。

"楼梯也没有灰，这是奇迹，艾瑞克。"他一边走一边说，"你知道洛德镇其他人的房子里有多少老鼠、蟑螂和跳蚤吗？"

"不知道。"那关我屁事！

"你的房间还是里面那个？你把右边这间让给杨格先生了？"

老胡在床上抽烟所以他的房间里永远有烟味，就仿佛他的灵魂徘徊不去，我怎么可能住在这样的鬼地方！

"那里有现成的床和家具，反正他也只是打算暂住。"吴有金有些气馊,他恨自己居然这么老实地就回答了。

"哦,你们相处得不错,对不对?"

"还行。"他是我唯一能说说话的人。

"那可真不错。"卢卡斯警长意味深长地眨了眨眼睛。他继续朝前走,马靴碰撞出的噔噔声简直让吴有金血压升高。他来不及阻止了,他简直一点儿办法也没有,就这么看着卢卡斯警长进了他的房间,拉开简陋的麻布隔帘,一眼就看到了浴缸里脏兮兮的泥水和衣服。

"哇。"卢卡斯警长挑了挑眉毛,吴有金的心都要跳出嗓子眼儿了。完蛋了吗?难道他凭这就要宣布他非法入侵黄玫瑰旅馆,并且因为帮女主人整理了房间而逮捕他?

"我说,艾瑞克,就算是你的房子收拾得这么干净,衣服也还是这么脏啊。"

"我干的是木工活儿,我还要扛木头,收拾房子也要跪在地上使劲抹的。"吴有金奋力挣扎,有点窃喜——也许警长没有他想的那么聪明,他并没有发现他的秘密,他只是在试探他。

"不过你居然是在晚上洗衣服吗?我一直以为你都是早上洗了才晾出去。你后面的晾衣绳都是上午的时候挂衣服。"

你这个偷窥狂!

"偶尔……也有例外,比如脏得我自己都看不下去。"吴有金不自然地笑了笑。

"真遗憾,住在洛德镇上你大概经常都会对自己看不下去了。"卢卡斯警长放下了隔帘。他脸上的神情变得微妙起来,他朝吴有金走过去,那眼神让吴有金忍不住咽了口唾沫,觉得脸上投下了一片阴影——

简直难以接受,卢卡斯警长竟然比他高了整整一个头!

肯定是马靴的关系!

吴有金觉得自己不能后退,虽然这个混蛋步步紧逼,但他还是硬挺着坚决不退半步。这真有点悲壮,吴有金在心里想,我能体会当年抗击八国联军的同胞们不让寸土的心情了。他想抓我的包，我知道，他大概已经怀疑是我偷偷进了道尔顿夫人的房间，他在找机会抓我，他就想把我关起来⋯⋯

"艾瑞克，"卢卡斯警长居高临下地看着他，"你真是一个不会做坏事的人。"

"那当然，我是守法公民！"

"那可得小心，别让我发现你骗我。"

镇定，吴有金，他说不定是在试探你！

他看到阁楼的窗户肯定就知道有人从那里逃走了，他是来试探你是不是那个"贼"的！你不能中他的圈套，你要保持礼貌。

"我会配合你的一切指示，不过，"他望着门口，"你看，现在这么晚了，而且我刚才就准备睡了⋯⋯"

但卢卡斯警长没动。就在这个时候，有人噔噔噔噔地从楼梯跑上来，很快又冲进房间。

"吴先生，你有药吗？我喝多了想吐——"戴维带着一身的酒气插入两个人之间，他还到位地捂着嘴。

房间里诡异的气氛被他停住了，他呵呵地笑着跟卢卡斯警长打招呼。

"我没打搅你们吧？"他又打了个酒嗝，"我是⋯⋯真想吐。"

卢卡斯警长压根儿没理会他，只是朝吴有金抬了抬帽子，"你不是要休息了吗，艾瑞克，早点睡，不过⋯⋯记得把头发擦干。"

他走出房间，轻松惬意，脚步好像踩着舞蹈节拍一样。

吴有金呕得血都要吐出来了。

"你没事吧？"戴维担心地看着他，"你的脸色跟日本艺妓一样白。你看过《艺伎回忆录》吧，里面有我喜欢的章子怡⋯⋯"

吴有金幽幽地看了他一眼，没说话。

"我在下面看到你们的影子了，我担心他来查探，所以赶紧冲上来了，我来得及时吧？"戴维的表情带着微微的自得。

"早两分钟会更及时。"吴有金现在一点儿也不想跟他说话。

戴维并不知道吴和警长之间发生了什么，但从他们剑拔弩张的气氛看来，警长已经开始对钱钱施压了。他一肚子要问的话没法说，憋着回到自己的房间，在酒精的帮助下勉强合上了眼睛。在做了一晚上被印第安人架在火上烤的噩梦以后，他又带着两个浓重的黑眼圈起了床。

他收拾好自己，从镜子看到发青的脸色和发直的眼神，他这辈子除了大学一年级的时候被灌醉过，还没有喝过那么多酒呢！

戴维换好了衣服，决定去找钱钱好好谈一谈。昨天晚上吴心情糟糕，戴维没法跟他对一对各自的任务完成情况。但这事儿没法拖，就算是钱钱再不乐意，也得赶紧做。他觉得自己昨晚的经历还算好吧，为什么钱钱的反应那么大？难道他真的被抓了个现行？可那样的话，警长为什么不逮捕他？

怀着这样那样的疑问，戴维出了卧室，下楼去找吴有金。

他的同盟军此刻正坐在他们的小餐桌旁边，托着腮望向窗户外面，眼神飘忽，右手的叉子在白蜡盘子里戳来戳去。尽管那块黑面包看起来就像是发育不良的小麦颗粒被受诅咒的磨坊磨成粉以后再用巫婆的炉子烤出来，可也不应该受到这样的对待。

戴维走上前去，深吸了口气，用最开心的口吻说道："早上好，钱钱，今天天气不错，是吗？"

"刮风了，灰尘吹得到处都是，而且很闷热，肯定会有雷雨，然后整个镇就像洗了一个泥水澡。"

哇哦，看起来他的心情依然很糟糕。

戴维在吴有金对面坐下来，叹了口气，"昨晚不好过，是吧伙计？告诉你，我这辈子都没有这样喝过酒，我就像是一个鸡尾酒调和器，几乎喝了吧台里所有的酒，我只要站起来转两圈，吐出来的东西就是五颜六色的还分层。我很高兴有个美人能陪我喝，可是，钱钱，我从来没想到这件事儿做起来并不如之前想的那么让人舒服。我得跟她说话,小心翼翼地,但同时又不能让她知道得太多。唉,幸亏我还留有最基本的理智,所以我没有泄露任何关于我们真实身份的事情。你知道的,虽然我并没有从道尔顿夫人那里得到太多的线索,但是至少我拖住了她,而且没有出什么岔子。"

"这么说起来好像岔子都是我出的,"吴有金幽幽地说,"我被捉到了。"

戴维刚送到嘴边的面包掉到了桌子上。

"也许算被抓到了吧,差一点点,也很难说没有。"吴有金把昨天晚上的经历慢慢地讲出来。按照他的性格,他无法遗漏所有的细枝末节,他甚至用了十分钟描述道尔顿夫人的房间有多凌乱以至于他无法忍受。

"你没有去整理吧?"戴维说,"那可真的太浪费时间了……"

"没有,"吴有金面不改色地回答,在他的标准里那的确不算"整理","我只是稍微收拾了些东西,这样我才能发现线索。"

他告诉戴维他确认关于这幢房子的火灾传闻是真的,而且大部分老家具什么的已经不在房间里了,它们都被收到了阁楼上。他说了自己多么狼狈地躲进阁楼,误打误撞看到了宝藏,却因为警长的紧跟不得不放弃调查。还有他逃回家,用最快的速度处理了证据,但还是留下了一点尾巴被警长揪住了。

"他看到了衣服,可这没法证明我就是从黄玫瑰旅馆逃走的'神秘人',所以他大概怀疑我们,可他没法逮捕我们。"吴有金拒绝承认自己做贼了,"总之,我们和警长处于心照不宣的状态,以后对他要更加小心。"

好极了,那他以后可就笃定我是双面间谍了,总有一天他会收拾我的!戴维在心底哀号。

"那这么说起来,我们暂时得低调一些了,对吗?"他对吴有金说。

"嗯,虽然线索都在黄玫瑰旅馆的阁楼上,但那里已经成为高危地带,那只狼狗一定会牢牢地盯着那儿,我们去正好掉进陷阱。"

"狼狗?"

"德拉克·卢卡斯。"

"哦，"看来昨天他们真的很不愉快，"你高兴就好，钱钱。不过接下来该怎么办？不会这么干等着吧？要等到他们麻痹大意可真说不准时间呢，也许半年、一年就这么过去了。"

吴有金脸上阴晴不定，他继续用叉子虐待那块面包，最后把叉子狠狠地叉进它唯一完好的部分，"我们去找安德鲁神父！"

"啊？"戴维花了一点儿时间才想起来那个长得跟天使一样的葛朗台，"为什么要找他？"

"他是米洛先生晚年交手最多的人，而且他直到米洛先生临终都还去跟他见面——虽然不怎么愉快。你想，就算是收保护费的黑手党，一次次地去教训同一个人，也多少会知道那个人的一些秘密的。"

戴维觉得这类比真是烂极了，可一时间也没有想出更合适的，只有点点头，"总之你的意思就是也许神父那边还能探出一些有价值的消息？"

"没错！比如神父去给米洛先生布道的时候为什么有那么激烈的交锋，难道在内华达州一个鸟不拉屎的小镇上还有神学和科学的战斗？还有，为什么米洛先生要把自己的后事交给印第安人？"

这也许真的是一个突破点，戴维想了想："你说，如果我们去找神父套话，他会给我们布道吗？他一定会的，对吧？如果我们要问出几句有用的话，说不定得听他唠叨两个小时。"

"还有一个办法。"

戴维看着吴有金的眼神，摇摇头，"不……"

"给他钱。"

"不……我们的积蓄本来就不多。"

"就当是买回程车票，朋友。"吴有金说，"我们去找安德鲁神父，告诉他我们很苦闷，所以打算给教会一点儿捐赠，让我们心灵得到平静。"

"两个连礼拜都不去的人居然要捐款，这不合逻辑，他会怀疑的。"

"什么也不说，只要给钱，他不管我们的理由是什么。你点个牛郎陪聊也是要给钱的。"

这类比更烂了，不，简直没有更烂的……不过神父的长相倒也还行。

他们重新振奋起来，为了回家的目标，昨天的沮丧和失落（这个主要属于戴维），还有挫败和愤怒（这个属于吴有金），统统都暂时放下了。他们决定早饭后就去教堂，用最积极的态度面对又一次挑战。

这就像玩"魔兽"，一个任务没做好，总不能连这个游戏都不玩儿了。

他们争执了一阵到底是给神父八美元还是五美元，在最终决定七美元之后，走出了房门。这个时候已经上午九点多了，气温正在升高，但天上却盖着乌云，到处都变得闷热，让人心里烦躁。

看见一些人急急忙忙地跑过，他们感觉更烦了。

"出事儿了吗？"戴维问，"还是镇上有球赛？选举？决斗？"

吴有金瞪了他一眼，快步走到一个人跟前，跟他说了几句，然后走回来，脸色阴沉，"又有移民被打劫了。"

"印第安人干的？跟我一样？"

吴有金顿了一下，"我不知道，戴维。而且，印第安人真的打劫你了吗？"

11

受害者还有希望

凶残的血狼?

羊和牧羊人的战斗

劳埃德先生, 一个大人物

开战!

严格地说, 印第安人的确没有打劫过戴维·杨格。

戴维认真地想了想, 说自己被印第安人打劫, 其实是他根据逻辑推理得出的结论, 是他依据白人和印第安人的仇恨传统, 加上鲜血淋漓的尸体和偶遇的袭击推导出的结论。只是推理而没有直接证据。他其实没有想过论证它是否真的牢不可破, 缺乏直接证据是最大的硬伤。如果那些移民并非印第安人所杀, 那么他后来给警长和道尔顿夫人说的话, 明显就给无辜的人安上了可怕的罪名。

当然, 逻辑上说得通的事, 应该是有极大的可能性——至少它也同样不能证伪。

"他们也许打劫了我，也许没有，在我不知道的情况下，这件事是薛定谔的猫。"戴维小心地用准确的语言描述，"但是，我之前确实没有办法给自己更合理的掩饰了，况且那种情况，要说不是他们也很难。"

"嗯……好吧，"吴有金也觉得这个时候讨论这个问题有点不合时宜，"先去看看。"

他们也跟着镇上的人过去了。

人们聚集在警察局周围——就是戴维醒来以后被关着的地方，一幢同样老旧的二层小楼。但与众不同的是，这房子的外墙多了一些垒砌的石墙，前面有一片宽阔的空地，还竖着一根旗杆，上面飘扬着美利坚合众国的旗帜——那上面的星星还只有三十一颗。

戴维和吴有金来到这里的时候，空地上已经聚集了几十个人，还有的正在陆续赶来。在他们围拢的中心，一个男人正被搀扶着慢慢地往警察局里走。但他虚弱得上不了台阶，当他试图努力一下的时候，打了个趔趄。尽管旁边的人赶紧扶住他，他还是身子一歪，跌坐在了台阶上。

他转过身子面朝大家，露出满脸的灰土和鲜血，他手臂和大腿上包扎的绷带也被血浸湿了。更骇人的是，他的腹部还插着一支箭，箭尾折断了，只有一节短短的黑色箭杆露在外边。

周围的人发出一阵吸气声，还有同情的叹息。

"医生来了！快让开！"有人叫道。于是人群让开了一条路，让体型肥硕、顶着酒糟鼻的皮克林医生小跑过来。大概一清早他还没有喝酒，很快地打开了手提袋，准确地拿出一瓶嗅盐①，凑到了伤者的鼻子底下。

"撑着点儿，孩子，我们会救你的。"医生说，"起来，我们到屋子里去，我得先看看你的伤势。"

那个人缓缓点头，"我……我休息一下，我眼前发黑。"

看起来像是失血过多，戴维觉得。他对这个人深表同情，他看起来很年轻，甚至不超过二十岁。在这个年代，又是失血又是腹部受伤，医疗风

_____
① 一种由碳酸铵和香料配制的药品，可用于减轻昏迷或头痛，保持清醒。

险挺大的,就算救治及时还得担心后期感染。但愿他扛得住……

"警长在哪儿?"戴维悄悄地问吴有金,"真奇怪,这个时候他居然不在。"

吴有金仿佛没有听见他的话,抿着嘴默不作声。

就在医生和其他人帮助伤者站起来往里走的时候,远处传来了马蹄声,而且越来越近,人群又一次散开。卢卡斯警长和几个民兵从马上跳下来,有两匹马背上驮着两具尸体。

"没有生还者了。"卢卡斯警长把缰绳扔给一个民兵,快步走向这边,"他的伤怎么样?"

"说不好,"皮克林医生耸耸肩,"但我会尽力,这孩子也得尽力。"

当着病人这么说真的不会打击他吗?戴维不满地想,果然还是未来的医疗服务比较人性化。

"那现在就回答我的问题吧。"更没有人性的卢卡斯警长说着蹲到伤者面前,"告诉我你的名字和年龄,还有你来自什么地方,要去哪儿。你们遇到的印第安人长什么样?有需要联系的人吗?"

伤者看上去在努力控制着自己别生气别发抖,尽快回答完这一连串的问题。

"我叫马克·斯庄德,我和维恩、理查德一起去卡森城,我们是给劳埃德先生送东西。但是……我们走过峡谷的时候,突然有一队印第安人朝我们冲过来……我们开枪了,好像打中了两个……但他们的人太多了,马也很快。维恩和理查德被射中了,我也被射中了,可我运气好……我的'狮心王'跑得飞快,甩掉了他们……如果您能够联系劳埃德先生派人过来,我感激不尽……"

"那些印第安人长什么样子?"

"就是红野人一直以来的样子,狰狞,野蛮,插着羽毛,发出号叫……"

"有没有一个特别高大的,留着长发,脸上画着红色的横条纹,胸前戴着骨甲。哦对了,可能他的肤色比较浅。"

"有一个,大概是您说的,看起来很像,可印第安人长得都差不多……哦,天啊,先生,我疼得厉害。"

"别问了,警长。"皮克林医生说,"给我留点儿时间。"

卢卡斯警长放过了他,挥挥手,于是众人又七手八脚地把那个人搀扶进了警察局。皮克林先生大呼小叫地要求民兵赶紧去黄玫瑰旅馆找点干净的热水来。

卢卡斯警长留在原地,若有所思地用马鞭摩挲着下巴。

"走吧,我们去教堂。"吴有金小声地对戴维说,"现在他和我们是汤姆和杰瑞的关系。"

干吗把自己比作老鼠,虽然是聪明的那种!戴维想了想,反过来似乎也有点恶心。

他们刚要跟其他人一样转身走开,却没想到听见了"汤姆"叫他们:"杨格先生、艾瑞克,原来你们也在,过来一下好吗?"

戴维和吴有金几乎同时翻了个白眼,无可奈何地转过身。

"正巧你在,艾瑞克。"卢卡斯警长对吴有金笑了笑,"你的店里还有合适的棺材吗?"

"您这身材的刚好有一副。"吴有金说,戴维闻到了他嘴里的硫黄味儿。

警长大笑起来,"不,艾瑞克,虽然很高兴你给我留着,但我说的是里面那位斯庄德先生。万一他没好起来,我们得让他有个可以待着的地方。"

"没有现成的了,得做新的,"吴有金冷冷地说,"另外我觉得你那房子里很适合放死人。"

人类为什么要有"情绪化"这么危险的大脑运动,戴维简直想哀号了。

警长却依然没有被激怒,他笑吟吟地看着吴有金,那神情就像看一只胡乱蹦跶的柯基犬。他转头对戴维说:"不管怎么样,我希望斯庄德先生活下来,因为这样的话,再加上你,杨格先生,我们就多了一个指控血狼的人。"

"你是说，这次袭击又是同样的印第安人干的？"戴维说出"又"这个词的时候，其实心里有些发虚。

"很可能，"警长说，"至少最近这几日他们休休尼人又开始在附近活动了。他们和阿帕奇人有点宿怨，如果附近有阿帕奇人，有些休休尼人就会去报仇。这个时候有些人会认为顺便从白人那里捞点东西也不错。趁乱打劫的强盗就好像沙漠上的鬣狗，杨格先生。我觉得不能再这么下去了。"

他要干吗？戴维僵硬地点头。

"我现在需要跟伙计们商量点儿事，"卢卡斯说，"总之，我还会找你们的，先生们，回见。"

他抬了抬帽檐，眼睛却看着气鼓鼓的吴有金，然后转身向警察局走去。

戴维感觉到压力消失了，他忍不住拍拍胸口。

"走吧，我们还是去教堂。"他对吴有金说。

"我想用鞋子抽他的脸，灌他辣椒水。"吴有金说，"以前电视里看到过纳粹折磨反抗组织战士，我觉得如果换成我对他来做，我简直要高兴疯了。"

到底有什么仇什么怨啊？

戴维觉得中国人真是难以捉摸。

看着安德鲁·贝茨神父，戴维有时的确感觉到了上帝的无所不能，他让这个已经三十七八岁的男人依然拥有跟青少年差不多的天使外貌，让他在这个混乱、野蛮、尘土飞扬的偏僻小镇上依然保持着整洁，看到他就仿佛能听到无形的天使在脑袋里唱"哈利路亚"。但真的了解他以后，就会震惊于这位神父的兴趣除了第一位的布道，就是列于第二位的算账——什么账都算，教会的收入，接到的捐赠，做弥撒购买面包和红酒时砍下来的折扣，主持葬礼时募集的捐款……

总之，戴维觉得，用那张无邪的天使面孔来掩盖银行经理一样的本质，正是上帝的神迹之一。

同时他也感谢上帝给了安德鲁神父这样的爱好，使得他和吴有金能很容易就让神父卸下对他们的防御。他只要对神父说：

"这是给教会的七美元，请收下。"

安德鲁神父慈祥地看着他们，湛蓝的眼睛里仿佛射出了天堂的暖光。他立刻把那几个鹰元拿起来，仔细地数过一遍以后放进了他法衣的口袋。

"我就知道你是个好人，一个守信用的人，勤劳、虔诚、诚实。"神父把一系列的高帽子戴在戴维的头上，还肯定地点点头，"我从一见到你就知道了，杨格先生，你肯定不是犹太人。"

妈的这地方连神父都搞种族歧视——虽然基督教神父的确歧视犹太人。

吴有金咳嗽了一声，戴维冲他笑了笑。实际上刚才的钱基本上可以算吴有金的积蓄，因为对戴维来说，他的劳动还不至于在短期内攒足这笔钱。可现在他和吴有金基本上算是一体的，就像泰坦尼克号上的幸存者，趴在同一块门板上——平行地趴着，绝对不像杰克和萝丝那样有一个在冰水里傻乎乎地泡着。

"神父，这些钱应该够了吧？"戴维对安德鲁神父微笑，"上次您跟我说的，我一直没忘记。我觉得别的欠款都可以等等，但给上帝的不能等。"

"上帝会保佑你的，杨格先生。"

那就别掷骰子了，开个洞让我和钱钱都回自己原来的地方吧！

戴维画了个十字，继续说道："神父，实际上，我注意到这座教堂是本镇唯一的精神堡垒，您为了加固它一定付出了很多努力，是不是需要募集捐款呢？"

"我时刻都在这么做，先生们。"安德鲁神父说，"每次探矿者出发，我都劝说他们承认发现矿脉也是上帝的功绩，如果他们许诺将一部分捐给教会，一定会有收获，可他们从来都无视我的建议。"

他们没揍你就已经是给上帝面子了。

"哦,看得出您在洛德镇传播福音并不怎么顺利,我听说……"戴维故意朝着外面抬了抬下巴,"黄玫瑰旅馆的道尔顿夫人对您这里不怎么友好,她告诉我们去那边能得到的安慰可比教堂多。"

"哦,她啊……"神父的语气中却没有戴维预料的那种厌恶,反而充满了同情,"道尔顿夫人的遭遇让她对上帝产生了一些误解。实际上,上帝一直都没有背弃她,只是她现在并没有感受到上帝之爱。她把黄玫瑰旅馆当作了一个堡垒,我很多次都试图进去,可她非常排斥。"

"那地方真是有传统的,"吴有金插话道,"我听说,上一任屋主也对上帝有点意见呢!"

"哦……"神父抬起头,"那是米洛先生的房子,我刚来这里担任教区神父的时候,他就住在那里了,那个时候我才二十出头。"

"关于米洛先生的传闻很多吗?"戴维装成一脸懵懂的样子,"我听说他能招来雷电,他是个巫师吗?"

"哦,不,不,没有那回事,"神父说,"他只是脾气古怪了点儿,喜欢琢磨一些上帝的秘密,那些关于造物的事儿。不过他不是个坏人。在我看来,他或许也是对上帝有点误解。我去找过他很多次,想帮他解开这个结,但是他一直不接受我的帮助,一直到他去世。"

"他让您吃过闭门羹?"

"还拿酸掉的汤汁儿泼过我的鞋子,把我送的《圣经》点蜡烛,对我比画下流手势……"神父说着,忍不住笑起来,"不过,上帝还是会保佑他的灵魂得到安息的。他其实没做过什么坏事儿,就是脾气不太好。"

戴维开始觉得神父也不是那么可恶了,他好像对于那些反对自己和教会的人并不会深恶痛绝。

"我听说他在临死的时候也对你比画来着。"吴有金顺着接话。

"啊,是的,我只是想抓住最后的机会再试着帮他一把。"神父说,"可惜他到最后也没有机会感受上帝,这是他的不幸,也许是我还不够努力。

我反思过很久，从米洛先生这件事儿之后我就决定，将来再遇到这样的人我一定要付出更多的努力。我觉得主一定是听到了我的祈祷，所以后来我才会遇见道尔顿夫人……"

天啊，戴维和吴有金相互看了一眼。

别让他岔开话题，吴有金给戴维递眼色。

"米洛先生的房子现在属于道尔顿夫人了，"戴维接着问道，"他没葬在洛德镇对吗？听说他更相信印第安人……"

"嗯，是的，虽然我在墓园里给他留好了位置，可让我们很意外的是，他宁愿把棺材和一箱子遗物都交给印第安人，让他们来埋葬自己，也不愿意留在洛德镇。"

竟然是真的！

吴有金有些激动，他探过身子，追问道："为什么要给印第安人？他们把他埋在哪里了？那些遗物呢？后来有人找到吗？"

安德鲁神父用奇怪的眼神看着吴有金，他对一个早已经死去的人如此感兴趣让他觉得有些不同寻常。

"你们……"神父说，"你们要是想去盗墓或者寻宝都是不可能的，米洛先生并不是大富大贵的人。"

"没有，没有。"戴维说，"我们只是好奇，神父，这是闲聊。您知道，刚才钱——哦，就是艾瑞克，他在介绍洛德镇的风土人情时讲了一些关于米洛先生的传说，所以我们才会聊到他身上。我们都是安分守己的公民，神父，您看我们如此虔诚，是不会做违法和冒犯上帝的事儿的。"

"这样才好。"神父安心地把双手交握，"不过我想就算你们要去查探米洛先生的坟墓，也是没有线索的。他的东西都交给休休尼人了，那些不信上帝的土著，崇拜着他们的图腾和萨满，天知道他们会怎么处理米洛先生的棺材和遗物，说不定烧了。反正之后很多年，探矿者把这附近的山脉和戈壁都走遍了，也没有看到像是米洛先生坟墓的地方。"

"那他交出去的到底是什么东西呢？"

"我们也不知道，只有一副结实的柏木棺材，还有一个更结实的木箱，我记得四角还包了铜皮，用铜条加固了，挂着一把很重的铜锁。可我不知道米洛先生把钥匙放在哪儿，说不定他自己攥在手里呢！那些来接他的印第安人都不说话，只有那个浅肤色的年轻人能说点儿简单的词，他也没有说到钥匙的事情。"

线索似乎又断了！

戴维和吴有金同时感觉到心中一股重压，他们对视一眼，目光中带着苍凉。

"休休尼人……"戴维又想起了那天晚上被狼一样的眼睛看到的恐惧，"说起来，他们最近似乎经常袭击移民，这是为什么呢？"

"我也不知道。"神父耸耸肩，"实际上我到这里已经十几年了，休休尼人袭击白人的事情虽然有，可并不太频繁。他们主要是以打猎为生，并非靠劫掠。他们的男人都是好猎手，以前甚至还跟我们做点小小的交易。"

"也许最近能打到的猎物只剩人了。"戴维说，"今天刚刚救回来的一个人就说他被袭击了，他是去卡森城的，还不算移民，是一个叫什么劳埃德先生的雇工。"

戴维说出的名字让神父的脸色一变，他重复了一遍："劳埃德先生的人被袭击了？"

"哦，好像是的……"戴维转向吴有金，"我听着好像是这个名字吧。"

"是的，"吴有金附和道，"是这个人。"

"哦，上帝啊，"安德鲁神父轻轻地叫了一声，在胸前画了个十字，"劳埃德先生，这可真麻烦了。"

"这个人很厉害吗？"听起来像是不得了的家伙。

神父点点头，"是个大人物，很不同寻常的大人物……"

但他还没说完，就听到教堂外面喧闹起来，声音越来越大，好像聚拢了很多人，兴奋地喊着什么。

"出什么事儿了？"

　　三个人一起从长凳上站起来，去大门外看。只见外面一下子聚集起好几十人，都荷枪实弹地从教堂前走过。最前面的一个人高高地扎起头发，穿着有暗红格子的衬衫和棉布长裙，细腰上捆着一条粗牛皮带，旁边挂着枪套。

　　"是道尔顿夫人，她简直太辣了！我的女神！"戴维的小心脏一下子就漏跳了好几拍。

　　"他们在干吗？"吴有金问。

　　"哦，我的上帝！"神父按住了胸口的十字架，"他们该不会是去斗殴吧？"

　　其实更严重，吴有金皱起眉头，他努力分辨着那乱哄哄的声音，听清了几句话。

　　"干掉他们！剥下他们的头皮！"

　　"这是最后一次了，让他们不能再碰白人一下！"

　　"让印第安人来尝尝我们的子弹！"

　　事情好像变得麻烦起来了……

12

这是战争！

按照逻辑来说他们很安全

追击血狼，不是被血狼追击

生死一线间

　　戴维和吴有金跑出教堂，神父也紧跟在后面。他们看到人群向着警察局的方向移动，很多人大喊大叫，他们手里要么握着斧头，要么抓着枪，还有几个甚至拿着铲子——戴维觉得示威也要好好地挥才行啊，可别不小心打到旁边的人。

　　"他们是知道消息了吧？"吴有金在嚷嚷的人群外围对戴维说，"今天上午那个人，那个叫什么的。"

　　"显而易见，"戴维冲前面抬了抬下巴，指向道尔顿夫人的背影，"她本来就已经浑身都是火药，这个消息把她彻底点着了。"

　　如果现在有个印第安人站在道尔顿夫人面前，戴维相信她能活吞了他。

"这些人是想干吗?" 吴有金说,"难道他们要去复仇?"

也许还真是的,因为神父满脸焦急,就好像有人抢他的钱似的。

"快去找卢卡斯警长!" 神父从他们俩中间挤过去,向着警察局那头撒腿就跑。

吴有金和戴维互相看了一眼,似乎也意识到事情的严重性,紧紧地跟在神父后头。

他们闯进卢卡斯警长的办公室——如果那个放着古董桌子和三条腿椅子的房间也可以叫办公室的话——发现卢卡斯警长正在帮助皮克林医生扶着伤者的身体,以保证医生能用绷带将伤口牢牢地缠起来。

"你们用伏特加冲洗伤口了吗? 我觉得你们应该先用沸水把绷带煮一下。" 吴有金看着简陋的急救条件,忍不住地说,"伤口感染也是会死人的。"

这个年代的人,而且是蛮荒西部的人,对于医疗卫生谈不上什么系统的认识,但是吴有金还是有些后悔自己没有早点把一些基本的消毒方法告诉他们。

卢卡斯警长转头看着吴有金,把活儿交给了旁边的一个警员,然后站起来。他的双手和衣服上也沾满了血。"他不会死的!" 警长说,"他是个结实的小伙子,只要熬过这两天,他就会重新站起来。"

卢卡斯警长从脖子上解下方巾,擦拭着手上的血,他看了看另外两个人,注意力放在穿法衣的那个身上,"神父,真是奇怪,你上一次来我这里是为修缮教堂的屋顶筹款。"

"现在是为了给你一个警告," 安德鲁神父气喘吁吁地说,"警长先生,请让道尔顿夫人别这么冲动。"

"她干什么了?" 卢卡斯警长刚刚说完,注意力就移向了门外。喧哗声传来,随之而来的是满脸怒气的人们,他们很快就来到了警察局门口,都站住了。这些五大三粗的男人们像是约好了一样,把目光投向唯一的一个女人。道尔顿夫人向他们摆摆手,大步走上台阶,就在门口说道:"德拉克，来吧，我们现在应该行动了。"

戴维看到警长的表情瞬间就变了，就好像是原本在散步的狮子突然发现有别的母狮踏入了他的领地。哦，不对，这联想似乎太偏向"动物星球"了，他现在可是在"荒野求生"①呢。反正他就是觉得，虽然警长和道尔顿夫人有点说不清道不明的关系，但这一刻他们的感觉不太对劲。

警长扔下了方巾，但看到手上的血还有些残留，他又把壶里的水倒在方巾上继续擦手。

"行动什么，黛安娜？"警长的口气显得很平淡。

道尔顿夫人拍了拍腰上的皮带："我带上了家伙。我们应该去找他们，这次要让他们付出代价。"

"一窝蜂地跑到沙漠里去，寻找跟郊狼一样难觅踪迹的印第安人，再跟他们互相射击，带回更多的伤员和尸体？"警长摇摇头，"不，黛安娜，我不认为这是个好主意。"

道尔顿夫人浮现出意外的神色，"现在很明显了，德拉克，那些红野人已经肆无忌惮，如果不让他们血债血偿，这种事情永远不会停止。"

"纠集一帮酒精上头的矿工无济于事，况且你真觉得你们这样就能找到袭击者吗？"

"他们今天才犯了事，血迹都还在，受害者也活着，再也没有比这些更有力的证据了。"道尔顿夫人提高了声音，"他们不可能逃得太远，战利品也一定在他们身上。我们现在去追捕，完全来得及。"

"黛安娜，你知道追踪术吗？你知道那些印第安人的数量吗？更重要的是，你怎么能肯定我们找到的部落就一定是当年杀害你家人的那些？"

道尔顿夫人踏上前一步，她的眼神变得锐利，仿佛燃烧着两簇暗绿色的火。"你怎么敢这么说，德拉克！"她虎视眈眈地看着他，"你怎么敢！"

戴维被她的模样吓得背后一阵发毛，他悄悄地用手肘碰了碰吴有金，龇牙咧嘴地暗示他跟自己一起溜。但吴有金瞪了他一眼，选择留在原地

---

① 二者都是 Discovery（美国探索频道）的知名节目。

继续看好戏。

"对不起,黛安娜。"警长平静地说,"但是事实如此,你太冲动了,我不能支持你。"

道尔顿夫人冷笑着说:"你总是这样,德拉克,瞻前顾后,畏畏缩缩。就是因为你不下定决心,所以那些红野人才会一而再再而三地袭击移民。最近不到一个月,他们就袭击了白人两次,而且偷偷摸摸地来到了镇上,你是要等到他们晚上进来割我们的头皮才会去干掉他们吗?你什么时候变得这么没种,下面那玩意儿还在吗?"

哇哦,这人身攻击简直是核弹级别的。戴维觉得连自己都要为警长愤怒了,但吴有金却捂住了嘴——他的动作不够快,戴维看到他的嘴巴快要咧到耳朵后面了。

但卢卡斯警长并没有生气,他甚至连眉头都没皱一下。

"叫那些人回去,你也回去。"他说,"我和亨利他们几个会去案发地看看,打探一下情况,等我们回来以后,再告诉你要做什么。"

"上几次你都这么做了,可连个鬼影子都没看见。"

"看这个,"卢卡斯警长用手指点了点他上衣上别着的一个银色徽章,"我只抓捕罪犯,不是去搞屠杀。黛安娜,我知道这么多人出去会发生什么,死人我比你见得多了,我是从尸体堆中爬出来的。"

道尔顿夫人高耸的胸脯剧烈起伏着,脸上一阵红一阵白,但最后她抬起了下巴,冷冷地看着卢卡斯警长,"那好……我看看你能找到什么。我得提醒你,德拉克,这次的受害人可不光是屋里的小可怜和他的朋友,他们是劳埃德先生的人。"

卢卡斯警长没有说话,过了好一会儿,他才点点头头,"我等一会儿就出发,你走吧。"

道尔顿夫人干脆地转过身,大步走下台阶,几把推开围观的人群,向着黄玫瑰旅馆的方向走去。那些聚集起来的男人们都面面相觑,有些手足无措。

卢卡斯警长探出头去,喊道:"吉姆,去把弗兰克和威利叫来,带上他们的枪,半小时后你们几个都跟我走。"

人群中的一个矮个子男人答应了一声,挤了出去。

卢卡斯警长朝其他的人挥挥手,"去干你们的活儿,先生们,对付印第安人是我的责任,你们给州政府交税就够了。"

人群中发出一阵嗡嗡的声音,接着武器被放了下来,人们陆陆续续地转身离开。除了一两个恋恋不舍的,门前的空地上再没有多余的人了。

安德鲁神父长长地松了一口气,在胸口连着画了几个十字。"上帝保佑。"他说,"您还是有威信的,警长,我就知道只有您才能阻止这件事,我可不想再主持一次集体葬礼。我相信吴先生也不愿意销售那么多棺材。"

吴有金咳嗽了两声,"那是,我也做不了那么快啊。"

他也有不爱钱的时候嘛,戴维看着神父,这次他又发现了神父属于正常人思维的地方,这让戴维在心里给他加了点分。

不过,原本在这个情况下会调侃几句的卢卡斯警长,却依旧紧绷着脸,他看着戴维和吴有金,命令道:"你们两个,杨格先生和艾瑞克,现在你们也去牵马,跟我一起出发!"

戴维以为自己听错了,而吴有金叫了出来:"为什么?我们不是民兵。"

关我屁事啊!戴维在心里怒号,我上次骑马还是去堪萨斯玩的时候!

"你们两个也是幸存者,"卢卡斯警长毫不让步,他来回打量着他们,慢慢地说,"没有马我可以借给你们,没有枪我也可以借,但你们必须跟我走。我需要你们告诉我,你们究竟知道些什么?"

该怎么形容戴维对于"被胁迫"这件事情的厌恶呢?

在他还是个毫无反抗能力的孩童的时候,他母亲曾把不太甜的苹果打成泥往他的嘴里喂,他憎恨那味道,就用力往外吐,结果被信奉"营养均衡大过天"的母亲更加强势地填了满满一嘴，他只好边哭边往喉咙里吞咽，这导致他长大以后依然不喜欢吃苹果。上中学时他讨厌地理课，但是他父亲觉得某次地质模型大赛能帮助他增加学分，就让他去报名了，并且此后在每个周末的晚上都"陪伴"他完成课件。虽然最后的确得了三等奖，可为此他整整三个月没能看《神奇女侠》的漫画书，同好们都以为他"叛变"了——他完全没有告诉父亲，他喜欢做美女的模型而不是那些石头土壤和棉花云。工作以后，他只喜欢在亲爱的电脑前待着，可是有一次营销部的同事要求他必须在一个项目说明会上陪伴一个对现代电脑技术一窍不通的史前老爷爷，他万分抗拒，依然被责令照做。他不得不像陪酒女郎一样全程带笑，回答诸如"为什么电脑有猫又有老鼠"这样的问题，还被营销同事埋怨招待不周，他因此自我厌恶了三天。

他曾经不止一次地发誓，不让任何人再胁迫自己做不愿意做的事情，但实际上平均每两个月他就会被胁迫一次。他觉得人生需要历练，每次都当作是游戏中总要出现的小任务，虽然麻烦，好歹完成了就会有点"人生积分"。现在他骑在马上，安慰自己说，如果他真能连此刻的任务都完成了，那么他将来回到 21 世纪的纽约就可以中乐透彩票了。

他们一行八人，正驰骋在内华达州的戈壁上，阳光照得他们全身出汗，即使骑在马上依然会觉得消耗了不少体力。

卢卡斯警长走在最前面，身旁是他的两个警员和三个民兵，戴维和吴有金拖拖拉拉地掉在最后。他们每个人都装备齐全，带上了枪和绳子，还有毯子、三天的干粮和水。对于在这里生活了很久的卢卡斯警长他们来说，这基本上等于去郊游，不过对于戴维和吴有金，特别是对戴维来说，简直是犹太人出埃及时所受的折磨——当然他真的不是犹太人。

他的衣服被汗水浸湿了，戴着帽子的脑袋又闷又热，挂在腰上的手枪磨得胯部和大腿很不舒服，嗓子快冒烟儿了，可担心水不够又不敢大口喝——警长说每个人的水都有定量，如果谁先喝完的话不会有人助人为乐的。

眼前是一片红色和黄色组成的炼狱，偶尔有点灰扑扑的绿色出现，还有许多白色的东西隐藏在沙土里。他们正按照斯庄德说的方向走，卢卡斯警长要求所有人在日落前赶到红蜥河，那里有山丘和不太茂密的树林，可以扎营。

"听说过了那条什么河再往前走就是印第安人的地盘，"吴有金悄悄地对戴维说，"我以前从来没有离开洛德镇这么远过。我曾经想去我穿越的地点找线索，但是走到沙漠里其实根本分不清东西，说不定我会倒在某个地方被秃鹫吃干净。而且我也没有走太远的装备，比如指南针、压缩饼干、净水器和工兵铲什么的，如果是在咱们老家那边，说不定我还可以搞到卫星电话……"

哦，听听他说的那个词儿——"咱们老家"，不管是纽约还是中国那个叫杭州的城市，都让人怀念到要流泪了。

"钱钱，"戴维打断了他，"少说点儿话，警长不会给我们补水的。"

"我带的大概够了，你要是口渴倒可以匀给你点儿……"吴有金依然低声说道，"他们这次应该不会跟印第安人正面交锋吧，毕竟他们的人数不多。一个印第安部落少的有几十个人，多的几百上千个，要是惹毛了，我们几个人的大腿就会被他们吊在帐篷顶上晾着，而且还会抹上一层厚厚的盐。你知道吗，在中国我们制作火腿就是这么干的，要新鲜的肉和粗盐，然后摊平了一层层地往上抹……"

"哦，钱钱，别让我想恶心的事儿。"

"对不起，实际上这相当好吃，你知道金华火腿吗，还有宣威火腿……"

"说点儿正经事，钱钱，虽然我承认中国的食物的确很好吃。"

"好吧，你觉得最前面的那个混蛋到底打算怎么做？"

"卢卡斯警长看起来是个聪明人，而且他跟印第安人应该没有深仇大恨。"戴维努力调动自己还没有沸腾的那部分脑浆，"按照逻辑来说，他只是在辖区有案件发生以后履行一个现场调查的程序，不过就是这个现场稍微远了点,而且有一点危险性,所以他带的人比较多。"

"我们算帮手吗?"吴有金说的时候都不怎么有自信。

"算目击证人吧,"戴维又想了想,"但他应该还不知道我们做了伪证。"

最后那个词让两个人同时心中一颤。戴维深深地吸了口气,尘土的味道刺激了他的鼻腔和喉咙,他剧烈地咳嗽起来,前面的卢卡斯警长转过头来看了一眼。

戴维又压低了些声音:"我觉得按照逻辑来说,卢卡斯警长是要拿到证据,了解作案的印第安人到底有多少。这不是一个白人杀人犯,这是一群红野人——对不起,我这绝对不是种族歧视,这里的人都那么称呼他们。"

"算了,反正此时此地也没人在乎这些了。"

洛德镇的人只在乎矿脉。

"总之,警长这次应该是取证。只有进展顺利,他才会围剿。"戴维说,"不过,洛德镇的人应该不会真的跟印第安人火并吧。"

"至少从我到这里开始,没有看到他这么干过。按照惯例,他应该向卡森城汇报,并且要求调来法警支援吧。"吴有金说,"这么说起来真不用太担心了……我们得好好想想,他真让我们指证的话,我们该说什么。"

反正都做伪证了,串供也没什么大不了的。

他们俩有意识地和队伍又拉开了一些距离,不停地窃窃私语。直到太阳在戈壁尽头沉下三分之一的时候,一条半干涸的河床出现在他们眼前,河岸平缓,中间仅存的一道水流发出哗哗的响声。更远处是凸起的丘陵,被夕阳涂上了红色,密密麻麻的灌木长在上面,似乎每一根枝条的末端都闪烁着金光。

"就在这里扎营,先生们。"卢卡斯警长转头对他们说,"升起篝火,把你们的马鞍卸下来。"

他们扎营的地方在河床旁边,地势平坦,有几块裂开的大岩石作为掩护,离树丛有很长一段距离,离水流也有一段距离。马都拴在岩石旁的一块小石柱上,跟主人很近。

卢卡斯警长和他的手下们围着熊熊燃烧的篝火喝酒聊天,其乐融融,但戴维和吴有金阴沉得像火光之后的黑影。他们浑身疲惫,被长时间的赶路和担惊受怕折磨得没有任何谈兴,匆匆地吃过一些玉米饼和熏肉之后就各自躺下了。

戴维选择了离火堆最远的位置,身子下的小石块硌得他背疼,头顶上的巨石遮住了一小块天空。但他入迷地看着另外一边的天空,忽略了身体的酸痛不适。

他的确是第一次看到这样的天空,幽远,浩瀚,同时又迷人,所有的星光看起来都异常璀璨,简直不像他曾经在 21 世纪的每个晚上匆匆一瞥的夜空——地上永远比天上亮的那种夜空。

这里的星空让他暂时忘记了自己的困境——被甩进时空隧道的惊惶,失去原来生活的沮丧,对未来的恐惧,对亲友的思念,对陌生环境和陌生人的担忧和戒备,还有对亲手制作的"神奇女侠"树脂模型的怀念……他欣赏着眼前令人震撼的美景,似乎第一次领略到宇宙的宏大,这让他感受到自己的渺小。这一瞬间他只想脑袋空空地沉入梦乡,忘记一切……

他几乎就要成功了,他的眼睛已经闭起来了,但就在这个时候,一阵叫喊把他重新惊醒。

戴维睁开眼睛,马的惊叫声此起彼伏,看到卢卡斯警长正扯着吴有金的领子把他提起来,而那个叫弗兰克的警员正拽着他的胳膊摇醒他。

"印第安人来了!"卢卡斯警长叫道,"艾瑞克,还有杨格先生,现在躲到石头后面去,拿好你们的枪,如果你们还有点儿用,就朝着远处的那些红野人开火吧!"

天啊!

戴维喜欢克林特·伊斯特伍德,也喜欢保罗·纽曼、约翰·韦恩,他喜欢《关山飞渡》《大地惊雷》《荒野大镖客》《红河谷》,还有《虎豹小霸王》，当然他也最最喜欢凯文·科斯特纳和《与狼共舞》。但是——他只是喜欢那些老电影，并不是想自己来一次情景体验啊！

戴维手心出汗，死死地捏着警长借给他们的那把柯尔特左轮手枪，看了一眼旁边的吴有金。中国人也握着手枪，正架在石头上，他那满头大汗的样子就算在三码外有只死兔子也打不中的。

戴维心中真是绝望，他已经听见了丘陵上传来的呼哨，看见星光下许多黑色的影子正朝着这边疾驰。他们越来越近了，甚至连那些羽毛的摆动都能看清楚。卢卡斯警长和他的人靠在另外一块岩石后面射击，枪声接连不断，远处偶尔有一个黑影惨叫着消失在马背上，但仍然有更多的接近了这边。

"有多少人？"戴维问。

"大概二十个，或者四十个！"吴有金大叫道，"我也数不清！"

他终于开枪了，戴维看到篝火里溅起一蓬火花。

"他们人太多了！"一个民兵叫道，"警长，咱们抵挡不住。"

"他们没有枪！"卢卡斯警长的两把枪都用上了，他一边射击一边吼道，"弗兰克，你们上马，沿着河岸跑，不要上丘陵。艾瑞克，你们跟着我！"

印第安人的确没有枪，所以他们暂时不敢冲到面前来，当他们来到河床的那一头时就停下了，纷纷靠在石头后面跟白人对峙。但这距离已经很不安全了，印第安人的箭头很锋利，而且准头不差。戴维看到那些箭栽在了沙地上，还有的碰到了石头掩体，离自己都只有几码远。

现在不跑，估计下一刻箭头就会射进他的身体！

戴维咬着牙，看了一眼岩石旁边的马匹，对吴有金说："赶紧跑吧，钱钱！我想留着我的头皮！"

他举起枪，一边胡乱扣动扳机，一边摸到马匹前，解开缰绳，也顾不上放马鞍，就笨手笨脚地爬了上去。

警长一边开枪一边掩护吴有金摸上了自己的马，他们向着河床下游狂奔。

为了不掉下去，戴维死死地抱着马脖子，双腿努力夹着马肚子，催它快跑。还好这畜生争气——也可能是被枪声吓着了，撒开四蹄跑得飞快。

枪声还在继续，戴维转头看了一眼：因为他们的撤退，印第安人已经走出掩体，向着他们这边追来，而最前面的那个人，虽然戴维看不清他的脸，但那轮廓实在是眼熟！

我的天啊，他向上帝祈求，可千万别是那个"血狼"！

上一次被匕首威胁的恐惧让戴维的求生意志立刻满格，他又狠狠地夹了一下马腹。

虽然靴子上的马刺很钝，但他的坐骑依然被这野蛮的动作激怒了！它喷着粗气，像恶灵骑士的摩托车一样跑得四蹄都要冒出火光了。

风刮掉了戴维的帽子，吹得他睁不开眼睛。他也不太敢回头看，他听到了枪声和惨叫，但不知道究竟是哪边的人——因为惨叫声没有口音。他只知道自己这匹被诅咒的"血肉哈雷"越跑越快，超过了一个警员，然后是民兵。吴有金在他身后叫他的名字，但那声音又突然飘到了别的地方……戴维明白自己应该握住缰绳控制胯下的畜生，可枪声还在响，他最终决定让马儿继续释放本能。

也不知道过了多久，他除了耳边呼呼的风声，再也听不到别的声响了。马儿的脚步也渐渐地慢下来，最后它开始溜达、站定，喷着响鼻，摇晃着脑袋和脖子。

戴维的肌肉从僵硬的状态中缓解过来，就像石化的人被解除了魔法，他睁开眼睛，松开备受折磨的马儿，接着扑通一声，从马背上掉下来。

他还活着，竟然还活着。戴维真想痛哭流涕地感谢上帝，但他还没来得及这么做就看到了周围的景色，立刻觉得也许上帝告诉他这究竟是哪儿再说"谢谢"也不迟——

他来到了一个陌生的地方，不再是光秃秃的沙漠，也不是干河床，相反还有一片不太茂密但明显还带着绿色的树林。

这是哪儿？他惊惶地站起来乱看。卢卡斯警长在哪儿？还有钱钱呢？

难道他跟他们跑散了？

在荒野中？孤身一人？不会开枪？

戴维觉得自己的脑门上就写着"肉鸡"这个词儿。他会被狼吃掉吧？

就在他感觉到自己陷入另外一种险境的时候，一阵急促的马蹄声传来。戴维有些惊喜：也许他和钱钱并没有跑散，他只是跑得快了一点。

他立刻向着马蹄声传来的方向望去，果然看见一个黑影很快来到他的面前。

那个人身材高大，长发，赤裸上身，头上插着羽毛，身上背着弓箭，一手握着缰绳，一手拿着刀，居高临下地看着他。

戴维的心都凉了，眼泪夺眶而出。

13

从没有当俘虏的经验

乖乖走还是捆起来

反抗与镇压

笑着活下去

　　戴维和对面的印第安人对视着,一时间谁都没有动,只有两人的坐骑分别甩了甩尾巴,鼻子里喷着粗气。

　　实话说,戴维其实没有办法看清楚对面那个人的模样,即便星光很亮,可也仅仅是在对方的额头和身上镀了一层亮边儿。

　　但是戴维能感觉到对方的目光像钉子一样钉在自己身上,他莫名其妙地觉得这目光熟悉,同时又很危险。这大概是一种生物本能,就像猫在面对恶犬时竖起全身的毛,他现在背心和手掌也在不断地出汗。于是他只能在心底不断地祈祷千万别是他最怵的那个人。

　　足足一分钟,他们就这么相隔不到五码,但谁也没有动。

　　得做点儿什么。

现在的僵持状态让戴维全身不自在，但他不敢贸然调转马头逃命，把脊背亮给对方。他慢慢地伸手去摸枪——即便在那惊心动魄的逃命途中，他也牢记着把枪塞进腰带里，即便那枪的准心在两码外就漂移了。

但他的手刚刚摸到枪柄，一支利箭就呼啸而至，戴维只觉得牛仔帽顶上一颤。他伸手摸了一下，那光滑的箭杆让他像被电了一样立刻缩回来，接着一股怒气从胸口一直蹿上！

"嘿！"他朝印第安人大吼，"你差点杀了我！你没必要吓我，完全可以好好说的，我又不会反抗！"

对面的印第安人放下弓箭，提着缰绳慢慢走过来。

戴维立刻后悔了，他意识到生死之间的那一瞬间他竟然让情绪盖过了理智，他应该礼貌一些的，而且——这个人其实根本听不懂他在说什么吧。不知道现在举起双手的话，印第安人能不能明白他的意思，或者说，印第安人的投降动作是什么？他是不是该五体投地地趴在沙土里？

"别误会，"对面的人开口了，"我没有吓你，我只是射偏了！"

他会英语！戴维只高兴了 0.01 秒，咧咧嘴就突然意识到——他竟然真想杀了自己？

所有的怒气又重新变成了恐惧，戴维立刻举起双手，"我再也不乱动了，请饶过我吧，酋长！"

印第安人没有说话，他的马也没有停下脚步，最后他终于来到了戴维跟前，立刻让戴维的恐惧达到了顶峰：他见过这张脸，就在不久前的夜里，在洛德镇，在那个木棚前，这张脸出现在正前方，而且这个人还向他的头掷出了一把匕首。

两次，竟然两次试图杀死他！

戴维全身都在抖。

这个印第安人放松了缰绳，慢慢地绕着他走，在来到侧面的时候，一把将他的左轮手枪抽了出来。

完了，被缴械了，这下他就跟被拔了牙的狗一样无力了。

戴维提心吊胆地僵立在马背上，肌肉绷紧，不知道接下来会怎么样。

这个人就是"血狼"吗？传说中凶狠残忍的刽子手，杀了无数白人的印第安凶徒？那自己一定逃不过了，戴维悲观地想，想不到他的生命竟然终结在二十六岁这么美好的年纪，而且还保不住头皮……

"我见过你。"印第安人却没有动手，依然慢吞吞地绕着他上下打量，"那天，有白人的大篷车被劫杀，你走过去了。"

戴维猛地转向他，脸上充满了震惊。

"你从沙漠中走来，一直到大篷车附近。"印第安人说，"你查看了尸体。"

戴维穿越到这鬼地方的第一天碰到的印第安人果然是他！

那么他就是三次试图杀死自己！

戴维真是想咆哮了：这是在演《死神来了》吗？转来转去都要这个人来终结自己？莫非自己穿越一百多年就是为了让他杀死吗？

不行！

戴维深深地吸了口气，决定打破诅咒，或者是宿命之类的东西。就算他是《死神来了》的男主角，也得为保命而折腾一番。破罐子破摔的决心让戴维凝聚起了勇气，他慢慢地放下手，但腰上立刻就被枪口戳了一下。

"别动！"

他的手顿时伸得更直了，他咽了口唾沫，挤出一个讨好的笑。"血……血狼先生……"他说，"您是血狼先生，对吗？"

对方勒住了马。

戴维仿佛得到了鼓励："血狼先生，您看，既然我们之间能够交流，为什么要如此剑拔弩张呢？"

对方没有说话，依然用漆黑的眼睛看着他。

"我觉得我们可以好好谈谈，我没有恶意，我跟警长他们完全不同。我只是路过这个地方，警长命令我帮忙，我才来的。我不是士兵，也不会参与到你们双方的战争中去，我觉得您完全没有必要把我当成敌人。血狼先生,您看,您追我完全是搞错了,如果您要对警长他们开枪,应该转身去另外的方向……"

"别叫我先生,"印第安人冷冰冰地开口,"那是你们白人的称呼。"

那你现在还在说白人的语言呢——虽然带着明显的口音!戴维对种族偏见如此之深的人充满了想要讥讽的冲动,但为了性命还是压住了舌根上的刻薄话。

"好吧,血狼,我发誓我绝对不是你的敌人。为了表示诚意你可以拿走我的枪,让我自己回去就行了。"

血狼低头看了看手枪,把它插在自己的腰上,接着把弓箭背好,在戴维的注视下又从另一侧拔出一把短刀。

都收了东西了怎么还这样啊?戴维脸色发白。

但血狼只是朝旁边抬了抬下巴,"下马……"

戴维立刻照做了,但他还不死心,"等等,先生……不,酋长!马还是留给我吧,我不能靠两条腿走出沙漠啊……"

血狼没有理会他的哀求,也翻身下了马,从自己的口袋里抽出一根绳子,割成两段,用一段短的把戴维的手捆了起来,又用另一段把他拴在了马鞍上。

这是什么意思?他暂时不杀自己?

"你是我的了。"血狼说,"现在跟我走。"

等等!他要做什么?他想带自己去哪儿?

"不,不,别这样!"戴维用力拽着绳子,"我真的对印第安人没有恶意,我只是暂时寄居在洛德镇的,我还要回纽约呢!"

"骗子!"

"我是说真的!"

"好了!"血狼不耐烦地大吼一声,他一把抓住戴维的领口把他提起来,凑近他的脸,"我跟你们打的交道可多了,毛嘴子,你们都满口谎言。"

你到底有多深的心灵创伤?这都跟我无关啊!还有……什么叫毛嘴

子？因为白人留胡子而印第安人都下巴光光吗？戴维脑子顿时乱成了纠缠的线团。

不过这么近看，血狼的眼睛真亮啊，简直跟卢卡斯警长的目光一样让人感觉到无形的压力。这就是杀气吗？

血狼放开戴维，用短刀拍拍他的脸，说："现在我给你两个选择，要么乖乖地跟我走，要么我现在把你的脚也捆上，让你的马拖着你走，就像拖一个死人。"

这叫什么选择！

戴维沮丧地垂着头，"我只有一个问题。"

"嗯？"

"你都要捆我的脚了，为什么不让马驮着我呢？"

血狼用奇怪的眼神看着他，突然爆发出一阵大笑，接着把短刀插回了腰间。他用戴维听不懂的话嘀咕了几句，摇摇头。

"你在说什么？"

血狼翻身上马，一手握住自己的缰绳，一手牵上戴维的马，他们往前走的时候，戴维一下子打了个趔趄。

血狼回头来看着他，"我在说，原来今天我抓住的是个白痴。"

戴维想吐了……

其实他并没吃多少东西，应该说从昨天晚上八点钟开始就没有吃过东西了，但他还是一阵阵地反胃，甚至真的发出了干呕的声音。一阵阵酸水涌上喉咙。更糟糕的是，身子下面的马鞍硬邦邦地顶着他的胃部，仿佛是要磨穿个孔。

戴维终于忍不住，哇地吐出一口酸水，眼泪都涌出来了。

他从来没有受过这样的罪，他在一个文明社会里出生、长大，习惯了尊重人权的环境。就算上学的时候因为太书呆子气而被欺负过，可那也不过是丢番茄酱或者把作业藏起来这样轻飘飘的玩笑。他当然也知道人可以对同类做出残酷的事，但从来没有想过这一切会发生在自己的身上。

他不过就是在沙漠中跟着前面那个暴君行走的时候多说了点儿哀求的话，他连自己的嗓子也说得沙哑了。是，他的确尝试过弄断手上的绳子，甚至用牙齿咬，可绳子没断不是吗？当然了，他躺在地上装昏倒只有一次，为此还被马拖了几米呢，手臂和脸颊都被擦破了。

好吧……也许他不该试着攻击血狼。可是，他是个俘虏啊，俘虏难道不应该努力试着逃跑并奔向自由吗？

这些事情都是符合逻辑的！

《桂河大桥》《坚不可摧》《哈特的战争》……所有的电影都在阐述这个道理！可那个野蛮人根本不懂这些，他狠狠地给了戴维一拳，然后就不由分说地把他的双脚也捆起来，用可怕的力道将他脸朝下丢上了马背。戴维如同一头死猪般被马儿驮着，从夜晚走到天亮，从寒冷得发抖到热得冒烟，他哀求过，威胁过，也许诺了金钱，甚至愿意给印第安人做洛德镇的内线，可血狼完全不理会他，只是拔出短刀挥舞了两下。

戴维精疲力竭，完全绝望，他愤怒又委屈，难受又悲伤，终于呜呜咽咽地哭了起来。

就在这个时候，血狼勒住了马，来到戴维的身边，一下抓住他的后衣领，像掀翻一只麻袋一样将他拽下了马。戴维重重地摔在沙地上，尘土飞扬起来，笼罩了他全身，他大声地咳嗽着，却没法爬起来。他用手抹了把眼睛，脸上顿时一塌糊涂。

"你可以休息一下。"血狼对他说，"太阳升到最高处的时候，我们就到了。"

"到哪儿？地狱吗？"戴维声音沙哑地说。

"我们的营地。"血狼心平气和地说，"也许那里是你的地狱，但对于我们来说，那里是家。"

"我也想回家。"

家，甜蜜的家……纽约那个。

戴维鼻子一酸,又忍不住流下了眼泪。

"从来没有见过一个男人这么容易流泪。"血狼皱起眉头,"就算是我们的孩子也不会!"

"既然……"戴维哽咽了一下,"既然上帝让人拥有泪腺,那哭一哭也是……很合逻辑的……"

安德鲁神父听到他的回答,一定会感动得拥抱他吧。

"毛嘴子的上帝是个邪神……"血狼在戴维的面前蹲下来,"你们到来以后,杀了我们很多的勇士,把我们从家园里赶走,你们都说那是上帝的旨意。你们的神让你们崇尚杀戮,并且还砍掉树木,挖开大地,他一定是在黑暗中诞生的邪神。"

他的英语有些语法问题,并且带着很古怪的口音,但戴维能听懂。他无法反驳。他明白白人西进运动中印第安人遭遇的灭顶之灾,但他还是委屈地嘀咕:"上帝生在哪儿这件事,我觉得你可以和洛德镇那个穿黑衣服的金发家伙讨论,我甚至可以帮你介绍一下,但我一个印第安人都没伤害过,我也没打算伤害任何人。"

"你也朝我们开枪了。"

这次总不能说"你们先动手的"了,戴维词穷,在开火这件事儿上他只是听到卢卡斯警长的命令条件反射而已。但是现在要跟一个没有接受过现代生物学教育的印第安人说巴普洛夫的狗①实在太艰难了。

"在夜里什么也看不清,我都是朝天上射击的,"戴维急中生智,"你看一看就知道了,那破枪连准心都做歪了,什么也射不中。所以我是清白的,我们完全不是仇敌,你没有必要这么防着我。"

"你见过狼放走它的猎物吗?"

"实际上我连狼都没见过。"

他终于成功地噎着了对方,戴维看见血狼的嘴角抽动了一下,接着印第安人站起身来,又嘀咕了几句,向马儿走去。

---

① 著名心理学家巴普洛夫用狗做的实验,常用来形容一个人不经思考的反应。

"你又说我是白痴，我听见了！"戴维大喊，人格侮辱有一回就够了。

"不，"血狼背对着他说，"我是说，为什么毛嘴子会让你这种笨蛋参加战斗呢？"

笨蛋是白痴的亲戚，所以依然是人格侮辱。

"我只是个……"戴维顿了一秒，他该怎么定位自己的身份呢？不能太离谱，又不能完全没用，否则无法说服眼前这个精明的猎手。

"我是个医生，"戴维说，"队医，嗯，你知道白人组队出门的时候，总得有人补血——我是说预防着受伤和照料伤口。"

"医生？"血狼显然对这个说法感兴趣，"你的意思是，你会祈祷和治疗。"

"这两件事儿分工不同，不过在洛德镇安德鲁神父管前面那个，我……可以对付后面那个。"

好歹我当过童子军，读过野战生存手册，还在社区的诊所做过义工。

血狼又拔出了他的短刀！戴维脸色发白：天啊，难道说错了职业？医生不是最受欢迎的职业吗？等等，在游戏里要打败对方的确是应该先干掉能恢复 HP 值的人……

要不是手被捆着，戴维简直想给自己两个耳光。

但血狼却用短刀割断了他脚上的绳子。

"起来吧。"他说，"医生不必受到如此对待，只要你答应也同样医治我的同胞。"

就算你要我做全身按摩也没问题啊！戴维心中狂喜，连连点头。

血狼扶住他的胳膊，把他从地上拽起来，甚至拍了拍他身上的沙土。"我尊敬每个照料病人的医生，只要你老老实实地跟我回营地，我就不会再捆着你。"他说，"如果你能为我们的人解除痛苦，我甚至可以解开你的手。"

"我一定会。"戴维说，有个骨折或者止血、消毒什么的活儿，他还是可以干的。

于是两个人之间的气氛终于趋向缓和，他们友好地相互点头，定下了承诺。

血狼用手遮光远眺,又看了看地上的影子。

现在他们已经走出了全是细沙的地方,进入了一片泛红的戈壁,虽然还是十分干旱、炎热,但植物却多了起来,有高大的仙人掌和约书亚树,还有一丛丛的灌木。继续往前走,戴维毫不怀疑他们将更加接近一片绿洲。戴维不知道昨天晚上他是怎么从宿营地跑出来的,加上被血狼捉住以后行进了那么久,他再也找不到原来那条干涸的河床了。实话说,就算这个时候血狼放他走,他可能也没法回到洛德镇了。

算了,走一步是一步吧,说不定警长还会跟印第安人交换俘虏。对了,钱钱呢?他有没有被捉住?

"我能喝点儿水吗?"戴维指了指血狼的马鞍。

血狼把水壶解下,却无意松开戴维的绳索。好吧,就让你来伺候——怀着自我安慰的想法,戴维张开嘴,让血狼把水倒进来。

他又活过来了,就像晒干的墨鱼干重新泡够了水,就像冬眠的蛇被农夫的胸膛温暖,这种感觉简直让他的眼眶又要再一次湿润了。

但就在他感动的时候,水流断了。

血狼捏着皮水壶站在原地,微微侧过头。

"怎么了?"

血狼做了个"安静"的手势。

很快,他放回水壶,把耳朵贴到脚边的一块岩石上,仔细地倾听了一会儿。

可这附近什么都没有啊,戴维四处张望。还没等他看到一只野兔或者狐狸,血狼已经把他推上了马,他自己也立刻翻身上马,一手握住戴维坐骑的缰绳,一手握住自己的。他嘴里发出响声,催促着马匹开始小跑。

到底怎么了?戴维纳闷儿,也许是救兵?不,他可不能抱有太美好的期望。此时此刻,能不被横放在马背上驮着走就够了。

戴维用双手紧紧地抓住了马儿的鬃毛。

14

劳埃德先生大显神威，然而并没有什么用

一趟艰苦的旅程

文明的野蛮人

逃走还是留下？

血狼的神情充满了警惕，但是戴维却不明白是为什么。

他从骨子里渴望是卢卡斯警长的追兵。昨天晚上的战斗到底结局如何，他并不知道，也没法知道，他只能希望钱钱平安无事，警长和他的部下也能顺利撤退。只有他们都保住了性命，才有可能来救他。

但是，万一他们认为他已经死了又怎么办？戴维和洛德镇的人可没有好到能让他们冒险回来搜索他的尸体，然后埋在那六个坑旁边。

也许钱钱有这个想法，但恐怕他也无能为力，他能做的可能也只是因为这个临时盟友的死而陷入更加孤独的悲伤中。

戴维一边乱想，一边在马上颠簸。现在血狼带着他和坐骑跑得很快，他们已经进入了灌木丛，穿行在一些倒塌和风化的岩石中。

就在这个时候,戴维终于发现远处腾起的一片烟尘,好几个人影出现在烟尘中,同时还伴有枪响。

是救兵?

戴维兴奋地挺直了身体,努力抓着鬃毛,鼓起了眼睛。那些烟尘向着这边过来了。

但前面的几个人看起来却不太像白人,他们头上没有帽子,只是竖着羽毛。

还是印第安人?

戴维心里凉了一截,但很快就看到烟尘中紧接着又冲出几匹马,那些人戴着宽檐帽,紧追不舍。

果然是救兵,他们正在追击印第安人。

戴维心中狂喜,大叫:"我在这里——"

但他话音还没落,就被一双大手一下子拉下马来!接着血狼把他扔在地上,翻身下马,又用刀狠狠地划在自己骑的马臀上,马吃痛,拉着戴维的坐骑就开始狂奔。

"你干什么?"戴维愤怒地大叫。

但血狼只是紧绷着脸捂着他的嘴,把他往石头后面拖。戴维如同一条离开水的鱼那样扑腾,可惜他的力气跟血狼比起来简直像是挠痒痒,最终还是被镇压下去了——血狼把他摁在沙地上,拔出刀架在他的喉咙上。

"如果你再发出一点儿声音,我就让你的脖子多个洞。"

那我也还是会有呼吸声的!戴维用眼神表达着自己的愤怒。但血狼的回应是把刀刃又往下压了一点儿,戴维能感觉到那金属冷冰冰地贴着自己汗津津的皮肤。

这野蛮人大概不是说着玩的。

戴维垂下眼睛,屈辱地呜呜了两声,表示服从——就像一只被大棒伺候的狗。

血狼放开了他的嘴,但刀依然贴在他的脖子上。

　　紧张、恐惧和炎热让戴维全身是汗,他抖动了一下,汗水顺着眉毛落下来,在沙地上发出啪嗒一声。现在他和血狼隐蔽在一块岩石后的灌木丛中,透过枝条间的缝隙,他们能看见已经来到不远处的那些人。

　　追击者朝着印第安人开枪。这些印第安人显然也有枪,他们还击了,然而无论是火力还是准头都差了很远。很快,那三个逃跑的印第安人中枪摔了下来,而追捕的白人赶到,有两个从马上跳下,验尸,其他的人都看着他们。

　　也许是确定三个人都死了,验尸的人对后面的人说了几句,接着又捣鼓了一会儿。

　　这时,马背上有人指着这个方向,似乎是发现了被血狼放走的马。

　　很快有三个白人策马向这边跑过来,其中一个验尸的也跟了上来。

　　啊,上帝啊,如果你真的管事儿,就让他们把我从异教徒手里救走吧!戴维心脏狂跳,用最大的热情祈祷着,一遍又一遍地给天上的父说好话,甚至许诺他回去就把做"神奇女侠"的热情都投入到圣母像的制作上。

　　那四个人越来越近了,但他们显然没有发现岩石后灌木丛中的人。他们追上了那两匹乱跑的马,把它们牵住,检查马上的东西。

　　那两匹马很明显分别属于白人和印第安人。血狼的那一匹辔头上装饰着他们的彩条和标志物,而戴维的那一匹虽然没有马鞍,辔头和缰绳却不折不扣是白人的东西,马臀上还烙着主人名字的大写字母。

　　追击的人留下一个牵着马,另外三人开始分头搜寻四周,仿佛是想要找到这两匹马的主人。他们各自散开,有两个人朝着不同的方向去了,另一个则朝着这边慢慢地溜达过来。

　　戴维的心跳得更厉害了,他无比希望突然天黑,然后浓黑的云层中只有一束圣光投射下来,就落在自己身上,就跟探照灯似的;或者是有土拨鼠钻出地面,衔着一个路标,上面画着一个"SOS"的标志。

　　那个人越来越近,离他们只有六七码的距离了。戴维能看清他戴着一顶深黄色的呢帽,穿着浅灰色的夹克和深蓝色的衬衫,脖子上还有块苏格兰格子的方巾。帽子的阴影让他的上半张脸模糊不清，但下半张脸上能清楚地看到整齐修剪过的胡须。他一手握着缰绳，另外一只手捏着一支多筒手枪。

这是个厉害角色——戴维有种感觉，这感觉在他面对卢卡斯警长的时候有过，在跟血狼对视的时候也有过。他来不及想原因，或许等他平静下来就可以明白，兔子、田鼠、幼犬……这些小动物在面对天敌和克星的时候都会有这样诡异的第六感。

他真想冲这个救星大喊哈利路亚，但是随着那个人越来越接近，血狼也更用力地压住他，那把短刀也更紧地贴在他的喉咙上。

如果这位先生主动发现我，那就不算我喊了。戴维很后悔没有跟血狼事先讲好道理，对于"割喉咙"这么严重事情，他竟然没有先设立好唯一条件，真是不聪明。他也想给印第安人说，他其实当个活的人质比死了有价值，如果血狼是个聪明人，就可以用他来交换安全。

但他现在没法开口，连哼哼也不行——脖子上的刀已经贴紧到让他连唾沫也不敢吞了。

胡子先生继续朝这边走……五码。

他的装备真是精良，靴子上的马刺雪亮。

四码……啊，朝这边看一眼啊帅哥，看一眼就有惊喜！

但他停下来了，似乎这些乱石和灌木丛让他感觉到了危险。

而戴维感觉到了揪心。

另外一个骑马的人过来了。"劳埃德先生！"他叫道，"这附近没发现有人。"

那个人点点头，"牵上马，带上那几个红野人的尸体，我们回去。"

他掉转马头，和他的同伴一起重新走远。

没有圣光，没有土拨鼠，没有神迹，没有上帝，没有希望，世界一片黑暗。戴维想起《黑暗侵袭》里女主角爬出了洞穴的假象，醒来却是一场梦，她依然深处黑暗的地下并且被怪物包围。有一点点希望却立刻破灭才是最好的恐怖片结局——但当自己是主角的时候,这就不是恐怖片了,这是死刑!

戴维眼睁睁地看着那个劳埃德先生带着他的人马和印第安人的尸体,绝尘而去。

血狼放开了戴维,把刀插回腰上。他的弓箭和水都在马上,现在他的行李也没有了;而戴维更惨,只剩下一身衣服、鞋子和捆着双手的绳子。

"起来。"血狼对他说,"我们现在得靠双腿了。"

戴维还是维持着原来的姿势,心如死灰。

"快起来,"血狼踢了踢他的腿,"如果晚上还在这里,就会遇到郊狼。"

戴维懒洋洋地爬起来,"有什么关系,你们是亲戚。"

血狼蹲下来,盯着他的眼睛,"现在立刻跟我走,如果我数到三你还不动,我就割掉你一只耳朵,如果数到五,就割掉另一只。"

"应该是数到六吧,部落里不教数学吗?"

"……"

戴维站起来,"朝哪个方向?"

血狼指了一个方向,但戴维其实并不知道东南西北。他慢吞吞地朝前走,手上拖着绳子,满身都是沙和灰。"对我好点儿,我是医生……"他说,"虽然我是你的俘虏。"

"俘虏?"血狼怪腔怪调地重复着那个单词,"那是什么意思?"

还得负责当文法老师。戴维继续用死气沉沉的腔调介绍了一下这个单词的意思。

"哦,我明白了,"血狼把拖在地上的半截绳子拾起来,走到戴维前面拽了一下,"就是意味着,你是我的猎物。"

他们一直走到日落。

没有马匹以后,两个人的体能差别立刻显现出来了。戴维的双腿像灌了铅一样沉重,开始还和血狼有个两三步的差距,越到后来越往后拖拉，最后变成了血狼牵着他手腕上的绳子，拽着他往前走。

戴维又渴又饿，他的干粮和水昨晚就给弄丢了，血狼的水原来还能让他喝点儿，但现在也没有了。途中血狼割下了一点仙人掌肉和他一起吃，那又苦又怪的味道让戴维胃部抽搐。他满心满意地怀念麦当劳的垃圾食品，并且发誓再也不捣毁他们家大叔的形象了。

少得可怜的卡路里摄入和缺水让戴维的体力消耗很快，太阳悬挂在头上，像倒扣的烤炉一样，而他就是烤炉里的鱼。他的全身都湿透了，还沾满了尘土。这些满是碱的尘土是绝望的灰色，并且乐于把周围的一切都变成这种颜色。浑身潮湿的戴维显然很得它们欢心，它们在他衣服上裹了厚厚一层，裸露在外的皮肤上则裹了两层，甚至连靴子里也没放过。当他们从乱石戈壁进入了一个山区后，太阳从背后照过来，他们的影子映到山坡上，也是灰色的。

戴维看着眼前的景象，不再是沙漠了，但这海拔不高的光秃秃的山上同样缺少植被，到处都是荆棘和山艾树。这些植物就像是沙漠的奴隶一般，也被涂成了灰色。戴维一点也不相信预兆或者象征之类的，但他此刻真觉得这颜色就如同他现在和剩下的人生。

虽然他不是天才，只是比公立学校的其他同学聪明那么一点儿，但也不该这样。他念的大学是华盛顿州立大学，因为对编程很有兴趣，所以参加过几场比赛，得到过几个不轻不重的奖。这帮助他在纽约的一个小型IT公司里找到了工作，并且一待就是好几年。他没有天才的荣光，但也不至于落魄。他明白这个世界上很多人的位置就只是亿万拼图游戏中最不起眼的一小块儿——或许就是灰色，掉那么一块，并不会影响拼图的整体构造。像这样的图块儿，哪怕再掉一些，也没有关系，它们无足轻重，也会很快被替代。

所以他意识到，自己的消失除了让另外一个时空的亲人和朋友悲伤一段时间之外，对其他人没有任何影响，特别是他的顶头上司和老板——他们大概已经将他以旷工为由除名，找了新的程序员来顶替。而在这个时空里,如果他暴晒在沙漠上被郊狼和秃鹫啃成白骨,也同样不会激起半点儿水花。

戴维的眼泪流了出来,在灰扑扑的脸上滑出两条线。他现在不生气了,也没有怨恨,他只是很伤心很伤心,从来没有这么伤心过。

走在前面的血狼仿佛跟他有种奇怪的感应,他转过头,看到了默默哭泣的戴维。印第安人愣住了,但他并没有流露出鄙视的神情,他只是皱着眉看了一会儿,然后走近戴维,说:"真奇怪,你的眼泪是灰色的。"

戴维不想跟他说话,他的喉咙很痛,什么都不打算讲——他似乎也不在乎自己会惹恼这个印第安勇士。

但血狼似乎变得柔和了一些,他主动指着一块巨大的岩石,从那里开始植物变得更加茂密,灌木甚至长得超过了人的胸部,"再往前走,就到我们的部落了,"血狼说,"这是红手的部落,有最好的猎人和战士,如果你守规矩,你就会很安全。"

戴维仿佛没有听到,他沉浸在自己的悲伤中。

即便是强悍的土著,在没有马的情况下步行了这么久,也是很累的。血狼不打算再在戴维身上浪费口舌。他们俩就在这样的沉默中走到了血狼的家。

在一片起伏的丘陵中,巨石和灌木围出了一块空地,刚好能容纳下整个部落,印第安人在这里搭建起棚屋,竖起帐篷。他们并不是杂乱无章地占地,而是有规律地排列着,将一顶最大的帐篷围在中间,其他的棚屋和帐篷之间也保持着固定的距离,虽然有三四十座,却一点也不拥挤。一条地下河的出口就在靠近边缘地方,刚好将营地切去了三分之一。

他们走近这片营地的时候,便有放哨的人站在一块巨石的顶上,发出有节奏的呼哨。

血狼也回应了那哨声,那些印第安人就欢呼起来,不一会儿有更多的人跑出来,带着激动和欣喜的表情。除了女人和孩子,还有很多跟血狼一样穿着鹿皮裤、戴着骨甲、编着发辫、涂着油彩的印第安人。

他们围住血狼，用戴维听不懂的语言大声说话，并拍打他的胸膛和肩膀，拥着他向部落中走去。他们也看到了戴维，注意到他捆住的手腕和牵在血狼手里的绳子。有些人笑起来，有些人指指点点，还有一个印第安人拔出匕首挥舞。

也许他们在嘲笑他，幸灾乐祸，也许有人想剥他的头皮。戴维知道，虽然他不懂阿兹克特语的任何一个分支，但他猜得到：他们以为血狼在昨天的战斗里失踪了，担心他已经死了，或者被俘，但现在巨狼却带着一个毛嘴子回到了部落。这可真是天大的喜事，就好像掉了零钱包却捡到金子。

戴维的悲伤已经如潮水般退去，他勉强让自己保持矜持和理智，重新鼓起勇气面对生活，因此即便在一堆好奇与敌视的视线包围中，他也挺直了背。还好血狼在欣喜之余，还记得手里牵着一个人，他挡开一些围拢过来的战士和孩子，抓住戴维的胳膊，用英语对他说："现在，我们要先去见红手。"

听起来像是酋长。

于是他们来到了最大的那个帐篷。

一进去，戴维就被呛得咳嗽起来。在这个巨大的帐篷中，好几个印第安人围坐在一起。他们全都在抽烟斗，加上作为照明的一小盆篝火，整个帐篷里烟雾缭绕，只能勉强辨认出跟自己说话的是个人。

考虑过二手烟致癌和室内污染的问题吗？戴维愤怒地环视着这间帐篷，又看到几个印第安妇女在另外一头摆弄晚饭。

还有女士在场。

看到血狼进来，好几个人都站起来，纷纷向他打招呼，唯一一个没有起身的是最正中的那个人。他的头发已经灰白了，脸色涂着红色，头上插着羽毛，披着一件五颜六色的斗篷，上面还有一些珠子作为装饰。他胸前的骨甲白得发亮，手里捏着一只黑棕色的烟斗。

血狼终于丢下了绳子，摊开手掌向那个人行礼。

他们交谈了一会儿,直到那个人把目光转向戴维,又和血狼说了几句,血狼才用英语对戴维说:"这位就是红手,我们的酋长。昨晚的事情他已经知道了,他们以为我失踪了,但没想到我回来了,还带来了俘虏,所以会好好地犒劳我,等下我可以分一些吃的给你。"

"我要熟食。"

听说印第安人都生吃牛肝,味道都是其次,染上寄生虫可就麻烦了。

血狼怪模怪样地看着他,"都是熟食。"

"你们打算拿我怎么办?"戴维说了两句,又咳嗽起来,这屋子里的烟雾简直要熏死他了。

他的模样让几个印第安人都笑起来,他们又愉快地讥笑他,讨论了几句。最后血狼说了一句,他们突然安静下来,都看着戴维。

"怎么了?"戴维有点毛骨悚然。

然而血狼并没有立刻回答,他再次向屋里的几个人行礼,带着戴维走出了帐篷。

"你们到底说了什么?"戴维有些沉不住气。

"他们觉得你没有威胁,可以不割断你的足后跟。"

"我真是感激不尽啊!"这是真心话。

"我告诉他们你会治疗,这是你最大的用处。如果你能好好地治疗我们的人,我们会给你一个名字。"

"我以为报答应该是送我回去。"

"只有当你有了名字,你才会是一个'人'。"

戴维顿时语塞,他不是很懂印第安部落里关于种族的划分,也许他目前已经不算是灵长类了,大约等同于猫科或者犬科动物。

"他们建议由我来看管你,如果能证明你有用,你就可以活下去。"

"不交换俘虏吗?"

"很少,"血狼说,"抓到毛嘴子我们不会轻易释放。"

戴维低头看着自己满是尘土的靴子,现在天已经黑了,他觉得没有任何必要再为自己争取权利了，因为他的肤色，他注定要承担一些事情。他现在必须留下来了，也许他只有用那最基础的急救知识，才能找到逃走的机会——至少可以先去掉手上的绳子。

"你打算把我拴在哪儿？"他低声说，"我至少可以坐下来吧？"

血狼指着东边的一顶帐篷，那里跟别处不同，帐篷前没有篝火，看起来黑漆漆的。

"你先和我住在一起。"血狼说。

戴维咽了口唾沫，肩膀终于垮下来了。

15

负罪感，哀悼与不合时宜

脏兮兮地睡觉

那是赃物吗？

吴有金是在刚刚天黑时回到洛德镇的。

他和卢卡斯警长骑着一匹马，如果不是靠着背后的这个人，他已经从马上摔下去好几回了。他真是连一丁点儿力气都没有了。

这是他有生以来经历过的最为混乱的一个晚上。他正在梦里诅咒着卢卡斯警长，把他绑在警察局的铁栏杆上抽鞭子，却一下子被施虐对象蛮横地抓着衣领从梦里拽了出来。接着他摸出枪，胡乱向着据说是印第安人冲过来的方向扣动扳机。

老实说他从没体会过这么复杂的人性交锋：他希望自己开枪什么也打不中，这样他就不会伤害到任何生物，但同时他又希望自己能阻止那些土著继续往前冲，他们的箭头和长刀可千万别招呼到自己头上。

好在这状态持续的时间不长，那些印第安人的冲锋让卢卡斯警长很快就决定撤退。他被警长拽着上了马。

这匹马真是好样的，就算背着两个成年男性，依然拼尽全力奔跑。大概它喜欢白人的辔头和马鞍，而它那些在印第安部落里工作的同胞，鬃毛和尾巴上全都是五颜六色的装饰，甚至还有各种各样的小珠子。审美带来的恐惧会激发强烈的斗志，连马也不例外。

吴有金能感觉到胯下的坐骑在黑夜的戈壁上飞奔，他的内脏都被颠簸得要从嗓子里吐出来了。他没有回头，也能听到密集的枪声，还有印第安人的呐喊和马蹄声。卢卡斯警长原本是两手握着缰绳的，后来把右边那截往他手里一塞，说了声"拿好"，吴有金就听到耳朵旁枪声大作。

他是个土生土长的中国人，在来到这里之前，从来没有摸过枪，更何况是开枪了——他第一次看见真枪也是到美国念书以后的事儿。而刚才他不但被强迫拿起了枪，还扣动了扳机，现在甚至有人在离他不到一码的地方开枪。这都是什么事儿啊？

所有美国公民都该支持全面控枪！

吴有金在心底怒吼。

但枪支毕竟比弓箭的杀伤力大，大概也因为卢卡斯警长的枪法不错，吴有金听到身后呜里哇啦的叫喊中夹杂了几声惨叫，接着追逐的声音就渐渐地变小了。他攥着缰绳的手被卢卡斯警长握住，然后他们停了下来。

吴有金满身满头的大汗，气喘吁吁。他能感觉到身后卢卡斯警长的体温也很高，剧烈的心跳从背上传来——原来就算是开枪跟吃饭一样寻常的人也不轻松。

"其他人呢？"卢卡斯警长对一个赶上来的人说，好像是叫弗兰克的警察。

"都跑散了。"那个警察抬了抬帽子，"我看到有人往西边跑了，但没看清是谁。现在怎么办，头儿？"

卢卡斯警长想了想，"休休尼人不会再追上来了，我击中了三个，他们应该会忌惮一些。"

他的判断是对的。

卢卡斯警长带着吴有金和弗兰克沿着原路返回，一路上印第安人再也没有出现，而原本跑散的另外四个人也回来了，其中有两个都带着伤：一个被射中了肩膀，一个被射中了腿。

只有戴维没有出现。

"我看到杨格先生往南跑了。"名叫吉姆的民兵说，"我的上帝啊，他跑得可快了，不对，是他的马，那是道尔顿夫人借给他的马吧？跑起来就像闪电，嗖的一声就蹿到了我前面，他好像没睁眼，我叫了他一声，他也没听见！哎哟哟，你们是没看见啊，那架势……他肯定是吓着了，所以把马肚子夹得太紧，这肯定让那畜生以为他在说：'给我使出吃奶的劲儿跑，不然我宰了你！'哈哈哈哈……"

这个没心没肺的家伙竟然笑得很开心，吴有金简直要气疯了。但吉姆说清了很重要的一点：戴维的确在混战中跟大家跑散了，他糟糕的骑术使得他的马将他带往了另外一个方向。

吴有金觉得他们有必要立刻去找他，但卢卡斯警长否决了他的提议。

他们七个人只有六匹马，其中只有警长的这匹马上还有水袋和食物。现在离洛德镇足有一天的距离，他们必须在这点补给消耗完之前赶回去。而且，虽然印第安人不会再追上来，可那只是休休尼人而已，这附近还有一个阿帕奇人的部落，如果碰上也不是什么好事。卢卡斯警长当即决定返回。

"难道就把戴维丢在这里吗？他没有食物和水，他也不会寻找这些，而且说不定他会撞上印第安人。"

"那是他的运气。"吉姆说，"实话说，艾瑞克，印第安人往往会用白人俘虏交换一些粮食和武器，如果他真是落进了印第安人手中，说不定还能捡回一条命。"

"要不然呢？"吴有金黑着脸。

弗兰克插嘴，"饿死或者渴死，在尸体还没有完全腐烂前就被狼和别的什么玩意儿吃个精光。"

一股凉气直愣愣地透进吴有金的胸口，他猛地从卢卡斯警长的马上挣脱下来，去拽马鞍上挂着的水袋。"让我去找他！"吴有金嚷嚷着，"我们不能把他丢在这儿！"

他失去理智的行为让周围几个人错愕，但警长跳下来，严厉地制止了他。

"现在我们不知道杨格先生到底跑了多远、跑到哪儿去了。我们没有时间漫无目的地在沙漠里找一个人。如果我们留下来，说不定就会和杨格先生在同一只秃鹫肚子里重逢了。"卢卡斯警长冷酷地说，"现在请你乖乖地跟我上马，我不想再说第二遍。"

他说的全是对的，他的命令是英明无比的，一个声音在吴有金的脑海里这样说。但吴有金依然死死地抓着那个水袋，僵硬地站在原地。卢卡斯警长试着掰了下他的指头，惊讶地发现这家伙力气还真大。他果然不再劝说，一下子把吴有金摁在地上，掏出皮带把他的双手反绑起来，将他丢到马上。

"走吧，"警长对周围目瞪口呆的下属说，"我们必须在水喝光之前赶回去。"

吴有金的胸口和大脑已经被愤怒、担忧、伤心、绝望和羞辱烧成了一片糨糊，他心头有道栅栏被推倒了。他开始用中文滔滔不绝地咒骂起身边这个人，那句式如此丰富多彩、变化万千，修辞如此奇妙，简直没法用英语来表达。洋人们不能欣赏一个工科生在文学上突然迸发出的灵感，无法理解中文的博大精深，成了吴有金甚为遗憾的一件事。

他就在这样的遗憾中，被带回了洛德镇。当卢卡斯松开他的手时，他一言不发地穿过围观的人群，回到了自己的屋子，紧紧锁上门，然后走到戴维的房间门口，看着空荡荡的木床，愣了很久。

吴有金并不会想到，自己被放在马上像货物一样运回来的时候，戴维也遭遇到了同样的事情。他也不会想到，在他的内心被负罪感和伤心淹没，并且想象着戴维毙命的样子双眼发红的时候，那个人已经获得了两天中最为舒适和平静的一刻。

戴维抱着膝盖坐在帐篷里，拘谨、胆怯，像一个被怪叔叔囚禁的小姑娘。然而当他抬头打量自己身处的环境，心里却有一丝庆幸：他以为会看到血肉模糊的猎物和毫无卫生观念的垃圾堆，但其实这里很干净。帐篷用五根木头交叉支撑，一层黄色的皮革覆盖在上面，最上方是一个开口。在这个开口正对的下方地面上，有一个用石头围起来的火塘，尽管是在内华达州，但是沙漠夜晚的温度也很低，还是需要燃着火。火塘的周围是柔软的沙地，上面铺着类似帆布一样的垫子，还有一块编织得很精细的毯子。垫子上方悬挂着一些硝制的皮革和很多五颜六色的石头磨出来的珠子，它们被串成长长的链子，装饰在鹿皮衣物上。在帐篷的另外一头，没有铺帆布的地方，堆放着一些狐狸和野兔的皮毛，还有很粗的绳子，看起来很结实。

戴维看着血狼，这个印第安人在自己的帐篷里取下头上的羽毛，脱下骨管胸甲，在火塘边坐下来。他的神情看起来很放松，哪怕是最凶猛的战士，在自己家里也会卸下一些防备。

一个印第安女孩儿进来了，手里端着木盘，上面有两块串起来的肉，还有一些黄色的饼子和绿色的菜叶。她穿着鹿皮裙，漆黑的头发编成两根辫子，末端缀着羽毛和珠子的装饰，脖子上挂着白色牙齿和蓝色石头串成的项链，一条颜色鲜艳的腰带束在她纤细的腰部，再往下是两条优美的腿……真是个活生生的宝嘉康蒂公主[①]。

但"公主"对他这个俘虏显然没有什么好感，她用印第安语跟血狼说了什么，就算是一个词都听不懂，戴维也能感觉到她的不满。两个人交谈了一阵，她出去提来一桶水，就退出了帐篷。

血狼拿出一小块皮革，沾湿了水清洗自己的脸和手，又把肉串放在火

[①] 迪士尼动画电影《风中奇缘》的女主角。

塘里烤。

"她是谁?"戴维问,"你的妻子吗?"有这么漂亮的少女人妻,运气真是好到让人嫉妒啊。

血狼把饼子放到光滑的石头上,"是我的妹妹,她叫'灰雨'。"

印第安人的名字果然都是起得很随意。"她跟雨有关,在这沙漠里可真不容易。"戴维努力营造一个聊天的氛围,用一个少女做话题显然最为愉快。

"她出生的时候,刚好在下雨。"血狼竟然搭了他的话,这无形中让两个人之间的气氛缓和了一些,戴维终于放开了膝盖,悄悄改变了之前防御的姿态。

继续,他对自己说,现在这氛围超好,别让他把你锁起来才能睡觉,让他觉得你们可以做个朋友。

"你怎么会说英语?"戴维继续问道,"我听起来不像本地人教的。"

血狼看了他一眼,"在我八九岁的时候,这里的毛嘴子还没有那么多,住得也离我们很近。但是他们不认识路,所以会到我们部落里来,找一些人带路。我给他们干过活,其中有一个教我说了你们的话。"

"他一定是个英国人,所以你的口音有点儿……"戴维用手做了一个往上勾的手势。

血狼皱了皱眉。

"算了……"要一个印第安人明白英国人说话时上下起伏拐弯的腔调实在不太容易,"那个时候你给那些人,就是你说的'毛嘴子'做什么呢?"

"他们是来挖开地面的,总是在找可以挖的地方。"

看来是探矿的,最早的一批淘金者。

"那个时候我们部落的人比较多,毛嘴子们人少,他们不敢把我们怎么样。他们会拿锋利的刀、漂亮的布和一些亮晶晶的玻璃玩意儿来跟我们交换货物,让我们去给他们带路。不过后来毛嘴子越来越多了,他们开始在这里修木头房子,为了挖出地下的东西还炸开了一些山洞。那个时候我们就不喜欢他们了……他们却不愿意离开。"

所以就打起来了。戴维在心里默默地叹了口气。

"不过教我说话的那个毛嘴子倒是个不错的人,他对我很和蔼,也来得很频繁,所以我还算喜欢他。他也不喜欢跟其他的毛嘴子一起翻找什么东西,他只是爱捡石头。"血狼一边说,一边把饼子翻了一面,然后起身去拿皮毛旁边的粗绳子,把它们打成了一个活扣。戴维心里有些发酸:"听着,先生,或者酋长——"

"我不是酋长,我说了这是红手的部落。"

"好吧,血狼先生,我跟你以前见过的毛嘴子不一样,你看,我甚至都没有毛。"戴维用手指在自己的嘴唇上拉了一下,"我对印第安人没有任何偏见,而且我真喜欢你们跳来跳去的那种舞蹈。我欣赏你们吸烟的传统,还有这些艺术品……"

他指着那些可爱的珠串。

血狼默默地制作自己的活扣,看都没有看他一眼。

戴维没有气馁,他挪动着身体,蹭到血狼身边,"我保证不会逃走,你看,我对沙漠充满了恐惧,没有马我是绝对不会进入那个地方的。我从来不做没有准备的事情,从来不!所以……"

"吃吧。"血狼放下活扣,把一串肉塞进他的嘴巴。

戴维连忙把那块肉抓出来,挣扎着说完:"所以,你不必把我绑起来睡觉,我是说不用捆手也不用捆脚,我就乖乖地躺在这里,这块垫子上。"

他甚至拍了拍身下。

"这是我睡觉的地方。"血狼说。

"哦,我不介意睡那边,"戴维立刻指着另外的方向,"没有垫子也可以,那些皮毛借给我保温就行了。"

"你可以用,但不能在那里。"血狼说,"如果不想被捆起来,就睡到我身边。"

"我浑身很脏很臭,我还没脱靴子。"戴维威胁道,"你不会喜欢我脱下靴子的。"

血狼指了指面前那桶水，"清洗好你自己，灰雨去给你找合身的衣服了。"

穿鹿皮，睡帆布，看着帐篷顶上的星空，旁边还有一头"狼"，这要能睡着就奇怪了。戴维很想再努力争取一下，但他意识到不能把帐篷的主人惹得不耐烦，这个时候不被捆着睡觉已经算是有人权了。

他迅速地把那块烤肉咽下去，又狼吞虎咽地干掉了烤在石头上的饼子——那味道尝着像是玉米做的。在解决了"晚餐"后，戴维解下领口的方巾，开始洗脸和擦身体。又把满是沙土的靴子脱下来，丢到帐篷外面，用桶里剩下的水冲洗双脚。

这简陋的清洁手段在过去会被戴维认为是对卫生的敷衍而嗤之以鼻，但此时此刻却仿佛是让他重生的弥撒。他回到帐篷里，把湿漉漉的双脚放在火塘旁边烤干，终于不再有饥饿和寒冷。

"把你的衣服脱掉，"血狼面无表情地说，"它太脏了。"

戴维低头看了看，这件衬衫上确实满是灰土和汗渍，他又看了看血狼的"床"。好吧，他认命地解开扣子，虽然不想承认，但那张垫子看起来的确算得上干净。

这时，那个叫灰雨的印第安少女又从外面走进来，手里拿着一件衣服，她递给血狼，又说了几句，扭头出去了。血狼又把那件衣服扔给戴维。

这是一条裤子……戴维艰难地辨认了两次，确认它只是一条裤子。虽然它是柔软的鹿皮，用粗线缝合得很好，裤型也不错，有点 H&M 的感觉，但它仍然只是一条裤子。

"上衣在哪儿？"戴维问，他有种不祥的预感。

"冬天的时候有，或者老人们会穿。"血狼命令道，"换上裤子你才可以睡觉。"

我会在晚上冻死吗？我会因为冷而抱住这头狼吗？我不换的话他会不会把我从帐篷里踢出去？或者把我重新捆起来吊在帐篷上，就跟那条狐狸皮一样?

戴维屈服了,他扒下裤子,套上被施舍的这条。之后,他来到那堆皮毛前,把能裹在身上的都抱起来——反正血狼许诺过他可以……

但就在拿开皮毛的一瞬间,戴维却突然愣住了。

在这堆皮毛下,是一个箱子。一个深棕色的木头箱子,不大不小,四角包着铜皮,两根铜条给它加固了,上面还有一把满是铜锈的大锁。这箱子怎么看,也不像是印第安人的东西,倒有点像戴维·琼斯放心脏的聚魂棺[①]。

他蹲下去,握住那把铜锁,用指甲刮去表面一层浮绿,看到铜锁上雕刻着两个名字的简写:"K·M&A·M"。他的脑子里闪过一种奇怪的感觉,就仿佛黑夜中一只萤火虫突然飞起来,但又很快投身于灌木的阴影中。

这个血狼是个骗子,戴维想。他说毛嘴子是坏蛋,可很明显他也打劫过白人,甚至连赃物都还保留着呢。不过从另外一个方面来说,自己的确得非常小心,万一被他发现自己时刻准备着要逃走呢?

---

① 出自《加勒比海盗》第二部。

16
带回希望的男人

解密，这宿命的箱子
血狼的往事
与狼共舞

　　一个夜晚过去，世界重新回到起点。

　　吴有金拉开窗帘的时候，正看见生气勃勃的朝阳从远处的丘陵后面升起来，但他心里没有任何感动，反而感觉到眼睛干涩得难受，嘴巴里也满是苦味。

　　他昨天晚上一直半梦半醒，被追赶的恐惧和戴维若隐若现的脸不时地出现在他的脑子里，他难过、无奈又愧疚，在床上翻来覆去。因为睡不着，干脆起来叠衣服，可惜他的衣服总共也不超过十件，翻来覆去折腾了几个小时，换来一对大大的黑眼圈和仿佛从坟墓里爬出来一样的脸色。

　　也许他应该重新进入那片戈壁，找回戴维，不管是活人还是尸体。即使那个短暂存在的盟友真的已经死掉，那么至少在洛德镇的墓地里，他还有一个可以哀悼的人。

一想到这点，吴有金握了握拳，转身去盥洗室打理自己。他决定去杂货铺老板那里买绳子、麻袋、匕首、子弹和枪，去马贩子温斯顿那里买下他最好的那匹马，接着他会带上指南针，离开洛德镇，进行他这辈子最勇敢、最讲义气的一次冒险。他会像关云长千里走单骑一样找回他的兄弟——虽然他们还没有结拜，也没有好到那个份儿上，但他的确会在老胡留下的关二爷像前郑重地点上一支烟。

就在吴有金洗好了脸、刮干净了胡茬、找出新衣服换上（他甚至特地找出那件星战 T 恤贴身穿着），正打算出门的时候，他听到楼下有人砰砰地敲门。

那熟悉的频率让吴有金好不容易振作起来的情绪再度恶化，他臭着一张脸下楼，拉开了门。

卢卡斯警长也换上了新衣服，刮干净了脸，但和吴有金一样，他的脸色并不见得有多好，眼睛下的阴影就是这两天过度刺激的证明。

"哦，"他上上下下地打量吴有金，"很高兴看到你恢复过来，艾瑞克，但是请告诉我你不打算干傻事。"

"什么是傻事？"吴有金挑衅地看着他——还得抬着头。

卢卡斯警长指了指他露出衬衫的那一件 T 恤，"去寻找你的那个雇员，对吗？你挺照顾他的，如果不是我把他带到你这里，我都快以为你们是认识十年的好朋友了。我不明白为什么对这镇子上的一切都漠不关心的人怎么突然就变成一个热心肠的游侠了？"

他说的竟然无法反驳，吴有金只能用不耐烦的口气说："你到底来干什么？我很忙，还有两副棺材得做。"

卢卡斯警长并没有因为他的恶劣态度而退缩。他向外面偏偏头，"给棺材付钱的人来了，还带回来一些你愿意见到的东西。"

吴有金满腹疑虑，但他很快想到这两副棺材是为遇袭死掉的人准备的，而他们是被一个好像很不得了的人雇用的，好像是被称呼为劳埃德先生。安德鲁神父提到他时那夸张的表情吴有金还有印象。

尽管满腔的不情愿，但卢卡斯警长的话还是吊起了吴有金的好奇心。他跟着警长来到警察局，远远地就看到几个男人牵着马站在门口空地上，还有一个人在门廊上坐着。他穿着浅灰色的夹克、深蓝色的衬衫，戴着苏格兰格子的方巾，深黄色呢帽捏在手上，腰上挎着枪。即便没有走近，吴有金也能感觉到这个男人散发出一种压迫人的气势。

吴有金来到那人面前时，发现他的表情其实很柔和，但这只是维持着礼貌的样子，吴有金注意到他的眼神透露出一种凌厉。

"这位就是理查德·劳埃德先生，"卢卡斯警长介绍说，"那两位先生的棺材钱他负责支付。"

"吴先生。"安德鲁神父口中的"大人物"向吴有金伸出手，"很感谢，希望能尽快将我的伙计们收殓，如果我明天就能带他们回卡森城，我将感激不尽。"

如果我不偷偷地溜走大概能如期完工。

吴有金握住他的手，那只手粗糙有力，仿佛是在沙地中磨砺过。"我会尽力的，先生。"他只好敷衍道，"呃，如果您对棺材的要求不那么高。"

"快一点，吴先生，快一点，另外体面一些，不要在我带他们回去的时候被人认为我对我的伙计们太吝啬。"劳埃德先生从夹克里掏出一个小小的皮口袋，塞到吴有金的手中。

是金币，那沉甸甸的感觉跟鹰元完全不同。

吴有金虽然不是个财迷，但这种慷慨夹杂着威严和仁慈，简直让他无从拒绝。他咳嗽了两声，把钱收下了。"卢卡斯警长说您昨天也加入了追捕？"吴有金说，"您找到了什么？"

"哦，那个……"劳埃德先生打了个响指，高声说，"艾伦，把马牵过来。"

空地上的一个男人抬了抬帽子，牵过来两匹马，一匹个头不太大，灰色的，属于印第安人；另外一匹是棕色的，个头高一些，带着白人制作的辔头和缰绳。

吴有金的脸色变了——

他记得这匹马，那天晚上他们逃命的时候戴维骑上的就是这匹马，他那么慌乱，以至于马鞍都来不及捆好，瞧这马儿光秃秃的脊背。

"您认得它吗？"劳埃德先生问，"这两匹马是在地狱湖附近发现的，它们没有主人，我们在周围找了一圈也没有看见，就牵回来了。卢卡斯警长说，它应该属于你们一位失踪的朋友。"

他是个说话谨慎的人，没用"死"这个词。

"这是戴维的马，"吴有金难以抑制心中的波动，上前抚摸那匹马的脖子，"您确定没有看到他吗？"

"那里一个人都没有。"

"那……"吴有金咽了口唾沫，"那您有没有看到……看到……"

"如果附近有尸体，我们至少会看到盘旋的秃鹫。但是——"劳埃德先生耸耸肩，"我们什么也没有看到。不过印第安人的马上还有水壶，我觉得他们应该是忽然离开坐骑的。也许是远远地看见了我们，就躲起来了。"

吴有金脸上发光，"那您认为戴维可能还活着？"

"很有可能，他如果不抵抗，印第安人也不会杀死一个投降的人。现在他们也变得狡猾了，知道跟我们交换俘虏。"劳埃德先生笑了笑，"可惜这次我没有遇到休休尼人，只带回了三个阿帕奇人。"

他朝另外一边偏了偏头，吴有金顺着他的视线望去，吓得往后退了一步，卢卡斯警长扶住了他的肩膀。

原来在门廊的另外一边，还并排放着三具尸体，全都是印第安人。他的胸口泛起一阵恶心，一股酸味冲向喉咙。他把脸转向一边，压下呕吐的欲望。

虽然知道在这种蛮荒之地，杀人，特别是白人杀印第安人，实在不算什么"犯罪"，但现代的法制观和道德并不会随着穿越而倒退，他依然觉得眼前这一切让他难受。

他只是个过客，他不属于这儿，早晚都要走的，吴有金这么劝自己。他必须忍耐，别去评判任何人。

"哦，很抱歉让您感到不快，吴先生。"劳埃德看到吴有金明显的排斥，只是微微一笑，"下一次我会把尸体放在更加不引人注意的地方，或者就地掩埋。"

"下一次？"卢卡斯警长开口问道，"这么说您还打算继续追击印第安人。"

"别误会，警长，我并不是在怀疑您的能力，我个人的行动不会跟您的行动发生任何冲突。我只是为我的伙计们讨回一点公道。"

"您已经杀死了三个印第安人了。"

"三个妄图袭击我们的阿帕奇傻瓜？发起袭击的是休休尼人，我还得继续寻找真正的仇家。哦，说不定我会捉住一个两个活的，把吴先生的朋友交换回来。"

那我一定会免费送你两副棺材的！吴有金差点脱口而出，但还好他仍然保有一丝理智，把这表达感谢的话闷在肚子里。

"如果您要行动，请记得告诉我，劳埃德先生。"卢卡斯警长用大拇指抬了抬帽檐，"不管如何，公民们进入危险的地方我总得知道，这样才能履行我的职责。"

"我记住了，警长。"那个大人物说，"我可能还会在镇上待一段时间，也许道尔顿夫人那里还有空房。"

"她一定会欢迎您的。"

他们又聊了几句，吴有金在一旁觉得很无趣。因为害怕看到那堆尸首，他还拼命地别过身子，把自己的目光集中在劳埃德先生挺直的鼻梁上，他的目光专注到连那位先生都有些奇怪了。谢天谢地的是卢卡斯警长终于结束了对话，吴有金赶紧跟着他的话头找到一个机会告辞。

但当他离开警察局往回走的时候，刚刚经过一个拐角，突然有人从后面拍了拍他的肩膀。

"干吗?"吴有金转过头来,又看到了几分钟前才分开的那个人,"你跟踪我。"

卢卡斯警长把双手扣在皮带上,冷笑了一声,"为了让你聪明点儿。"

吴有金抱着手臂,摆出一副"不管你说什么我都不配合"的架势。

"你原本打算做什么?看到劳埃德先生的能耐以后又打算做什么?"卢卡斯警长低声说,"是不是觉得在你找回那个最佳雇员的时候他能帮上忙?"

"很明显他比你积极一些。"

"别把他当成一个乐善好施的人,艾瑞克,你在洛德镇上接触的任何一个混蛋跟他比起来都像是天使。他自称来自路易斯安那州,具体是哪儿他从来不说,他号称有过一个庄园。他穿过军装,又脱掉了。北方人接管了他的庄园,他们要审判他,但是他来到了这里。我只相信他这个部分,因为军队里的东西他都学得很好,他简直出类拔萃——我是说那些杀人的技巧。"

"这吓唬不了我。"

"你听说过'剥皮者杰克'吗?"

"我只听说过'开膛手杰克'。"

卢卡斯警长显然不太明白他说的是什么,"我好像没有听说过有这个外号的罪犯。"

"他犯的事儿在英国。"

"剥皮者杰克这个名字的由来是因为他犯的案子都不会留下活口,并且喜欢像印第安人那样剥掉受害者的头皮,或者割下耳朵。他和同伙在三年内抢劫了十五次银行,还有那些富有的摩门教徒、带着金沙的矿主、藏着全副身家的移民……有油水的他都吃得下。到他被抓住为止,大概掠夺了超过五千美元的财物。"

吴有金默默地在心底换算了一下,那也相当于 21 世纪的两百多万美元了——真是个超级大盗。

"他最后一次下手的对象是索罗兄弟矿业运银锭的车,可那一次是个圈套,埋伏了足足五十名警官。剥皮者杰克这次没能剥任何人的皮,自己倒掉了一层。他很快就被吊死了,但那些抢走的钱却无影无踪。"

"等等……"吴有金打断他,"我记得你刚才是要跟我说劳埃德先生的坏话。"

卢卡斯警长只是看了他一眼,继续说道:"他行刑的那天我去了现场,他是个中等个子的秃顶男人,肌肉发达,满脸横肉。不管是把绞索套到脖子上还是牧师为他的灵魂祈祷,他都面无表情,他一声不吭地被吊死了。当然,他是个凶徒,可他老婆不是。那个瘦骨伶仃的女人离开了卡森城,后来有人跟我说她在南卡罗莱纳过得不错,但还不像有五千美元的样子。"

吴有金试探着问道:"你的意思是……那个人其实不是剥皮者杰克?"

"他是顶包的,很明显,那些劫案都不是一两个人能完成的。理查德·劳埃德才是他的老板,不止一个证据证明他们有联系,但是最后他所有的罪名都洗脱了。他给了那替死鬼份子钱,可能超过他应得的,又供养好他的老婆孩子。"

"你这些都是道听途说吧。"

"他拥有两条金矿脉是真的,亲手干掉了五个决斗者是真的,他在内华达州有些影响也是真的。有人见过劳埃德冲着活人开枪,还有人用刀向他挑战过,结果也很悲惨……离他远点儿,艾瑞克,他不是你这样的小绵羊能够打交道的。"

那你跟那位剥皮先生都是灰太狼吗?

吴有金忍了又忍,终于皮笑肉不笑地向卢卡斯警长挤出一句话:"你知道吗,其实我不太擅长结交新朋友,我真没有你想的那么在意劳埃德先生。"

我只在意戴维那个笨蛋能不能活下来,然后找到他一起回去。

戴维仰面躺在帐篷里，看着顶上开口处的天空颜色从深黑慢慢地变浅，闪烁的星星们也变成了浅色，最后慢慢地淡化在微蓝的天幕中。

戴维轻轻地叹了口气，抱紧了身上的那堆皮草——就算是库伊拉①看到他现在享受的这堆被褥也会羡慕的，除了黑色和灰色的狼皮，柔软的鹿皮之外，还有一张非常完整的棕熊皮。

"真是残害野生动物呀……"戴维一边感叹，一边伸手摸了摸盖在胸口的那张狼皮，暖和的感觉让他简直不想爬起来。他是个赖床爱好者，以前每到周末，只要不加班，他都会睡过中午十二点。对于一个忙碌的都市人来说，能和柔软的羽毛枕头和被子缠绵到自然醒，简直是天堂般的享受。

而对于一个穿越者来说，在经历了箭头乱飞、拼死逃命、烈日暴晒、沙漠跋涉、要死要活之后，能在一堆柔软的皮草中舒舒服服地睡到现在，那感觉就跟以前在家里享受的美好时光一模一样了。

戴维把脸转向旁边，却只看到空荡荡的垫子，一丝热气儿也没有。很明显睡在上面的人已经离开好一会儿了。

最开始戴维以为挨着血狼那种人应该会失眠，但他实在低估了自己的心理素质，他一躺下就睡着了，甚至都没做梦。食物和睡眠让他就像重新蓄满电的电池一样满身干劲。

戴维没有急着起身，他把双手交叠在脑后，看着上面敞亮的天空，试图理清现在的状况：

首先，最清楚的事情就是：他现在是个战俘，他被扣留在了敌人的部落，他们对他有处置权；

其次，看起来血狼和那个叫"红手"的酋长目前还不打算要他的命，也没打算虐待他，否则他们就不会给他吃的、衣服，还让他躺在这里；

第三，他们希望他能"治病"，就像一个真正的医生那样，这将是他赖

---

① 电影《101斑点狗》中爱好皮草的反派。

以活命的最重要筹码。

戴维觉得目前他面临的选择有两个：一是乖乖地留在这里，等待着印第安人给他送来病人；二是找到机会，偷一匹马逃走。无论做什么选择，结局都有好有坏。

冒充医生，撞大运医好几个人，受到尊敬；治不好，被揭穿以后可能会丢掉性命。

逃走，前提是偷到马，不然即便离开这里也没法穿过戈壁。如果运气好，能找回镇上（这概率简直不会超过百分之二十）或者碰到白人，那就得救了；如果倒霉，很可能被拽回去，那时候脚后跟就保不住了。

戴维按照逻辑推演了一下，觉得保持现状，观察观察再做决定是最明智的。

这么打定了主意，他的身体似乎也被灌注了一些力气，终于摆脱了柔软皮草的挽留，从那张垫子上坐了起来。

刚起身，就有人撩开帐篷门走进来。

戴维这辈子，除了他妈妈和未成年时候的女同学，还没有光着上半身坐在"床上"面对一个女人呢。

那个叫作"灰雨"的印第安少女来到他的面前，放下了一罐水和一个装满了土豆和豆荚的陶盘。"谢谢！"戴维想起用牛粪洗手的马赛人，他在脑子里 google 了一下，好像没有发现印第安人有同样的习俗，这才放心地拿用木勺舀起食物往嘴里塞。

忘掉牙膏吧，忘掉洗面奶吧，在这样的条件下你不能要求保持原来的个人卫生习惯。戴维一边自我辩解一边吃着那些食物，他欣慰地发现有盐和辣椒粉的调料，总体来说味道还不错。

那个姑娘就坐在他对面静静地看着他，似乎也不打算回避。就算是最热爱食物的人，被这么专注地看着也会不好意思继续吃的。

"嘿，公主。"戴维放下了木勺，看着她，"我没打算逃走，而且就算我跑的话，你也无法阻止吧？"

灰雨咬了下嘴唇，忽然开口说话。遗憾的是她说的全是印第安语言，戴维一个词儿也不懂，但他没打断她，保持着最礼貌的态度看着她说话。大概是为了让他好理解，这姑娘一边说，还一边打手势。戴维愉快地看着她摸摸自己的头，又摸摸胸口，用手比画着各种形状——不管多么滑稽的动作，美丽的少女做出来都赏心悦目，脸果然是一切的决定因素。

大概是他脸上那暧昧的笑容让灰雨意识到这混蛋的注意力并没有放在理解自己的动作上。于是她顿了一下，用手指了指旁边的"聚魂棺"，又用手点了点自己的头。

戴维的脸色变了，"这是什么意思？"

灰雨又指了指哪个箱子。

她不会是说箱子里装了个人头吧？戴维背上一阵冷汗。

"她对你抱有很高的期待。"血狼从帐篷外面进来，对妹妹说了几句话，女孩儿却摇摇头，再次指了指那个箱子。血狼又说了几句什么，语气似乎发生了变化，灰雨的表情变得不太好看，她站起来离开了帐篷。

"干吗对小姑娘那么凶啊。"戴维打抱不平，"她十八岁了吧，还是十七？"

"十六。"血狼说，"她是个寡妇，她的丈夫死在了毛嘴子的枪口下，现在我是她的保护人。"

这算是童婚吧，戴维吓了一跳。血狼在他的旁边坐下来。这个印第安人的头发和皮肤都湿漉漉的，胡茬也没有了，仿佛刚刚沐浴过。没有画油彩的时候他的皮肤看上去没那么黑，发色也比较浅，下颌方正，鼻梁挺拔，有点像罗马雕塑。

"你说她对我的期待，是什么？"该不是想嫁给我吧，戴维忍不住想到了"站立舞拳"和邓巴中尉[1]，那可真是一段蛮荒罗曼史。

"她希望你能治好部落里的病人，就像铁圈一样。"

---

[1]这是《与狼共舞》中的剧情，男主人公邓巴中尉救了因丧夫之痛打算自杀的印第安妇女"站立舞拳"——其实是印第安人收养的白人女孩儿——两人后来经历种种，结为夫妻。

"铁圈？"真令人泄气啊。

"也是一个毛嘴子，但他跟你们不一样，他是一个好人，他为我们做了很多事，包括治疗那些被诅咒的病人。"血狼指着那个箱子说，"那就是他留下来的。他死去以后，就没有人会治病了。灰雨希望你能像他那样帮忙，她以为箱子里有神奇的工具。"

原来不是打劫来的赃物，如果是听诊器什么的还凑合，虽然戴维听不出来什么东西，但是好歹会装模作样。"等我吃完以后可以看看，"戴维一边继续享受早餐，一边问道，"那个铁圈，他一直待在你们部落？"

"不，他只是偶尔来，他是很早以前来到这附近的毛嘴子之一，但是他不像其他人带着工具到处挖掘，他喜欢摆弄一些机器。他对我们很友好，他会拿出礼物请我们的带路，走遍了这附近。他还会教我们说毛嘴子的话，还带酒来给我们喝。所以红手很快就给了他名字，把他当作朋友。"

"说不定是圈地的。"

"不，铁圈只是到处走，他走过的地方就像他来之前一样，没有修房子，也没有挖洞，他跟其他的毛嘴子不一样。"

戴维心中一动，"这个铁圈，该不会就是教你英文的人吧？"

血狼看了他一眼，没有否认。

一个白人能跟印第安人做朋友，教他们英文，还看病，并且没有占领印第安人的土地，他要不是做慈善，就是个人类学家。"他雇你当向导？"戴维记得血狼提到过，"他拿什么付账？"

"各种东西，包括玻璃镜子、铁勺子和别的，"雪狼说，"我们并不像你们那样只要金子。"

"实际上，银条我也是不拒绝的。"戴维笑着说，"你们的交往持续了很多年吧？你的英文肯定不是短时间能说到这么好的。"

"早些时候他经常来这里，我还很小的时候就认识了他。但是后来就来得非常少了，已经是隔很久才来一次，不过每次会多待几天。再后来，他就去世了。"

"哦，"在这鬼地方身子弱的都待不了多久，"那他是怎么死的？"

"正如所有人都必将走上最后的这段路程，他也是在岁月之中归于沉寂的。作为朋友，我们安葬了他。"

"你们还挺重情重义的。"戴维敷衍地赞美了一句，"而且难得有个白人竟然不愿意埋在教堂里——"

戴维的尾音好像突然被利刃斩断一般截住了。如果他是海绵宝宝，他就能感觉到一个气泡突然从体内升起，在头顶炸裂开；如果他是小黄人，他一定会突然跳起来大叫"芭娜娜"！这突如其来的预感让他鸡皮疙瘩都起来了。

"那个，铁圈，"他的心跳加速，舌头发干，"他叫什么名字？我是说，他的英文名字。"

血狼歪着头，想了想——这模样可真萌——"黑文·米洛，"他说，"米洛，是这个名字。"

"是凯文·米洛吧？"

"嗯，也许是这么念的，我只叫他我们取的名字。"

管你们叫他什么，他就是那个捕捉雷电的西部富兰克林！戴维激动地想，又看了看那箱子。对啊，"K·M&A·M"，这不就是凯文·米洛和艾丽娅·米洛的名字缩写吗？

戴维在脑子里飞快地理了一遍现在已经知道的情报：米洛夫妇在二十多年前来到这里，他们跟印第安人认识，他雇佣眼前这位帅哥的儿童版做向导。然后他在洛德镇的房子发生了雷击和火灾，米洛太太失踪了——或者死了，米洛先生就减少了来印第安人地盘的次数。此后的十几年他在洛德镇当教师，并且跟后来的神父搏斗。最后他赢了，死也没有加入上帝的羊群，反而把自己交给了印第安人。

还有他的遗物！

戴维扭头看着那个箱子，现在他百分百肯定那是一个聚魂棺！

"我说，"在这样激动人心的时候，戴维尽量维持着平静的面具，"既然这样,不如你打开箱子,让我看看有什么工具是我会用的。"

万一能找到穿越时空的证据,那可就真是惊喜了!这就是上帝给他打开的另外一扇窗!

血狼却没有动,他摇摇头,"我现在没有办法打开。"

"你不是说灰雨对我充满了期待吗?我很想证明她的期待没错,让我看看有没有听诊器什么的,我就可以告诉你这里哪些人的心脏有杂音,我说不定还能判断谁有高血压。"

血狼显然听不懂那几个复杂的词儿,但他能明白戴维说的是什么意思。尽管如此他还是摇摇头,"不行,我没有钥匙。"

"啊?"

"这个箱子的钥匙已经被铁圈藏起来了,他说过,将它留在这里是在等待合适的人打开。"

你在扯什么鬼?戴维瞪大了眼睛,这是在演《还魂》吗?我箱子都找到了你却跟我说这个?

戴维的怒火刚刚升腾,突然被血狼一把拽住了胳膊,强大的力量一下子就把他拉了起来。

难道他有读心术?

但血狼显然不是要跟他说冒犯的问题,他拽着戴维走出帐篷,"别磨磨蹭蹭的了,你先证明一下你会治病吧。"

17

勉强算个庸医

劳埃德先生的新动作

寻找墓地

涅槃钢？我的天啊！

治病，戴维想，但愿他们这里最严重的病人只是得了感冒。

抱着侥幸的念头，戴维跟着血狼走出了帐篷，乖乖地站在外面。灰雨在远处跟几个印第安妇女说话，血狼冲她高声说了几句，她的脸上浮现出喜悦的表情，很快跑开了。连旁边的几个女人也变得很高兴的样子。

他们肯定是去召集病人，说不定还有装病的。戴维心想，同时努力回忆自己在童子军里学到的那些基础的草药知识。

熬柳树的皮和枝条可以治疗头痛，那里面有水杨苷，可以起到和阿司匹林相似的效果。

熬蒲公英一类的玩意儿，可以缓解胃病。

熬接骨木树皮，可以退烧。

感冒咳嗽，可以泡荨麻的叶子喝。

哦，对了，车前草，那东西才超级管用，把叶子捣成泥可以止血，把茎叶浸泡了以后可以治腹泻……

但是——戴维抬起头来看了看周围——这个营地虽然是就在山区，但周围的植被也算不上茂盛，看起来能利用的并不太多。

这也许反而是件好事，如果有病人治不了，至少还可以怪罪到"药品"不足这一条上去。

戴维一边安慰自己，一边看了看身边的血狼。他脑子里还在想那个箱子。如果那真的是凯文·米洛先生的东西，他就必须找到打开的方法，说不定可以发现有价值的线索。但打听这件事儿的确有风险，至少现在不是好时机。总不能让血狼发现他对米洛先生的箱子有相当程度的兴趣。

他得找到机会，在顺利逃走之前（没错他的确还一直记挂这事儿）还要再详细地打听清楚米洛先生下葬的地点，还有他为什么留下那奇怪的遗嘱。

当然了，还不能完全排除血狼胡编乱造的可能性。

他觉得凭现有的线索还无法做出清晰的有逻辑的推断，剩下的还得见机行事了。而眼下更重要的是那些陆续向他走来的病人。

戴维吞了口唾沫——天啊，他看到了一个不停颤抖的老头，还有一个脸色看起来就是肝病晚期的"姜饼人"，那个满身是红点的小孩儿，难道是荨麻疹？

他偷偷地抹了把汗，却刻意挺直了背。虽然没有 ECFMG 证书[①]，但他至少看过《急诊室的故事》，还一直追到了大结局呢。

吴有金站在街道上向对面望，那里是道尔顿夫人的黄玫瑰旅馆。还是那么热闹，人来人往，但是跟以前比起来，似乎陌生的面孔更多了。吴有金猜想他们都是劳埃德先生的人，只是他没有具体数过。他们来得很

---

① 美国的基本行医资格证书。

零散,也没有聚在一起,看上去就像是随意雇来的。

但他们肯定会有动作的,吴有金在交付棺材的时候听老威廉姆斯说他们要集结起来去找印第安人,也许是寻仇,也许是寻找失踪的戴维·杨格,但后者肯定不是主要目的。如果真的要去把那个笨蛋找回来,说不定跟着这些人倒是一个很好的机会。

勇敢点儿,吴有金对自己说。戴维虽然是个慢半拍又脱线的家伙,但他好歹是文明社会的人,是自己在这个半野人出没之地唯一的盟友。

于是,吴有金拉了一下格子衬衫的下摆,勇敢地踏出第一步。

但一匹呼啸而过的马车吓得他立刻退了三步。他惊魂未定,朝着那远去的马车恶狠狠地扔出一串诅咒。万事开头难,他在心里默念着中国的老话,天将降大任什么的,重新向黄玫瑰旅馆走去。

这次"摩西"顺利地分开了红海,来到彼岸。

尽管吴有金已经尽量保持着一副"老子就来喝杯酒,别把我当菜鸟"的表情,但是过上过下的人还是会向这个黄种人多看两眼。

毫无疑问,聚集在旅馆中的杂碎更多了。以前吴有金从来没有在洛德镇见过他们——他们跟这里的常住居民很好分辨,洛德镇虽然是一个由淘金者和冒险者组成的野蛮之地,但是它本质上是聚集着愿意靠正经劳动和一定的运气来发财的一群人,而现在这些外来者显然都是亡命徒。

他们的穿着不同,有的粗陋,有的阔气;有的穿着掉色的衬衫,有的则穿着上好的皮夹克;有的人靴子上的马刺锃亮,有的人靴子磨掉了后跟,但他们的眼神都是一样的:冰冷、麻木,看人的样子像在看一只狗、一条蜥蜴,或者别的什么东西。他们就像是蛇,也许就这样冷冷地爬过身边,也许会出其不意地咬上一口,至于猎物到底死还是不死,他们都不会在意。这是一种对生命无所谓的态度。

吴有金想起有以前看武侠小说的时候,说是高手能感觉到杀气——虽然他不是高手,但是他能感觉到那些陌生人身上有类似的东西。他相信那种描写还真不是瞎说,而是一种预感危险的本能。

怀着这样的戒备和畏惧，他来到了吧台，用指关节敲了敲桌面。

"嘿，波比，"他对身高超过六英尺的长发酒保说，"给我来杯威士忌。"

独眼的酒保默默地看了他一眼，给他斟满一杯。

他看人的样子真可怕，道尔顿夫人从来没有意识到拥有一个甜美的吧台服务员才比较好招揽生意吗？光是名字甜美有什么用。

吴有金用酒沾湿了双唇，跟酒保搭话："我说，波比，这里最近有活儿吧，能给我介绍吗？"

酒保的头发虽然又长又油腻，但是他手里这条毛巾倒是异常干净。他就用这样的毛巾擦着酒杯，同时又用他的独眼瞥了吴有金一眼："第一，口气别那么亲热，我们俩不熟。第二，介绍活儿有规矩的，不打折。"

吴有金假装喝了口酒，从裤袋里掏出一个鹰元放在吧台上。

波比拿走了鹰元，朝东南边抬了抬下巴，"那边坐着一个男人，穿着灰色的外套，秃顶。他在找人去地狱湖附近，报酬是日薪，五美元。"

"地狱湖？"那里是印第安人出没的地方，也是戴维的坐骑被找到的地方，"去那儿干什么？"

"不知道，不会是轻松的工作。"波比说，"至少不比做棺材轻松。"

吴有金尴尬地笑了笑，"现在生意不太好做，得找点外快……"

酒保耸耸肩，"这不关我的事，你自己考虑。我只是建议，弄清楚工作比较好。我曾经干过日薪五十美元的工作，我赚了八百四十美元，但赔了只眼睛。"

吴有金好不容易才挤出几句言不由衷的话表示遗憾。然后他心一横，把剩下的威士忌都倒进肚子里，转身向那个坐在东南角的人走去。

酒精给他脑子里的内燃机增添了动力，他竟然毫无障碍地向那个秃头表达出"我现在缺钱，让我干什么我都会勇往直前"这样的意思。对方等着吴有金尽情表达完毕之后，抬起头来看着他。吴有金盯着那秃头的脑袋，虽然光光的，但又有一小块地方长了点细毛，他的心中难受起来，恨不得手上有个发推子。既然都是秃头了就有点圆润的美感好不好啊！

"吴先生，"秃头慢条斯理地问道，"您的枪法怎样？"

"我射中过兔子、狐狸和狼。"也许有印第安人，但那天晚上是在逃命，他并没有瞄准，也没有检验过战果。打猎这件事儿他倒是体验过。

秃头的嘴角好像抽搐了一下，"哦，那么，您的骑术怎么样？"

"我会骑马。"这话不假，至少在马鞍上抱着马脖子，轻易不会被摔下来。

秃头继续看着吴有金，似乎正等着他做出更多介绍。吴有金也微笑着看他，手里痒痒的，那一小撮毛越发刺眼。

这就有点尴尬了。

一分钟过后，秃头咳嗽了两声，"很遗憾，吴先生，可能中国人并不是我们理想的雇员。虽然你们体力活儿也干得不错，比如修铁路什么的……但你大概更适合洗衣服，或者做饭，我记得你的同胞们都喜欢开洗衣作坊吧。"

这就叫种族歧视！吴有金脸涨得通红，还想要再做一次尝试，"我并不太在意工作的性质，也许有些项目需要的人不是那么单一的，我还有其他的长处。"

秃头男有些不耐烦，但吴有金抢在他再次开口拒绝前又继续说道："能修理一些机器，就算没见过也能摸索出原理。在冶炼方面我也懂一些。哦，对了，还有一些基础的医疗护理知识我也知道，我上过急救志愿者培训来着——"

就在他急切地推销自己的时候，秃头的眼神从不耐烦变得有些吃惊，接着站起身来。吴有金还没有意识到的时候，背后已经响起了一个男人的声音。

"我不太明白您最后那几个词是什么意思，但我觉得那或许是跟医术有关的，对吗？"

理查德·劳埃德先生站在离他们很近的地方，饶有兴趣地看着吴有金。他今天换上了黑色的皮夹克和灰色的长裤，还有油亮的马靴——就算是在尘土飞扬的洛德镇,那双靴子看起来也干净得如同苍蝇站上去会打滑一样。在他敞开的外套下面是同样一尘不染的浅色衬衫,在领口的位置系上了一条丝质的方巾。

在这位绅士的旁边,是盘起头发的道尔顿夫人。她的黑发垂在脸庞,一只手挽着劳埃德先生,一只手叉在她纤细的腰上,脸上带着疏离的神情,甚至还有一点戒备。

他们好像是刚刚从楼上下来,就站在离楼梯口不远的地方。

哇哦,吴有金心想,卢卡斯警长的宽檐帽已经变成绿色的了。

劳埃德先生当然不会知道吴有金心中冒出的龌龊联想,他饶有兴趣地走近了几步,对他说:"请原谅,吴先生。我刚才正巧听见了您的话,您似乎对于我提供的工作有点兴趣。"

紧张的感觉又加强了。吴有金不知道是不是卢卡斯警长给他说的故事已经影响了他对于劳埃德先生的看法,反正他觉得自己现在编不出特别漂亮的话了,手心也有点出汗。

"我已经有了足够的枪手、猎人……"劳埃德先生挥了挥手,"但工程师,或者是队医,这种技术性的工作还缺人,我会很愿意让你加入的。"

看起来医生的确是古往今来最受欢迎的职业,不管是什么社会,不管是什么人。

戴维觉得自己干得还不赖,真心实意地这么觉得。

在调动了自己所有的童子军技能和少得可怜的草药知识以后,他至少包扎好了两个伤口感染的小孩儿,缓解了一个腹泻和两个肌肉拉伤的男人。当然更严重的偏瘫他是没办法了,还有摸上去像是肝硬化的……但他让这个部落里的人多知道了一些避免伤口感染的方法。

印第安人对他的评价并不算高,而且有些还是认为巫医显然更好,但是无论如何,一个毛嘴子帮忙治病还是能赢得很多好感的。他们甚至讨论着要不要给他一个名字,在讨论的时候戴维看到灰雨笑个不停,甚至连血狼都有些忍俊不禁。他本能地猜测那些名字肯定不是他想要的那样。

"他们打算怎么称呼我？"在结束了一天的"义诊"之后，戴维终于忍不住问道，"你们是只给关系好的毛嘴子起名吧，这代表你们至少不讨厌我，是吗？"

灰雨正在用陶罐熬着兔肉汤，她抬眼看了看戴维，居然又笑起来了。

"说吧，"戴维沉痛地看着血狼，"再难听的我也受得了。"

血狼看着他，那眼神跟之前比起来少了一些锋利。他没有直接回答戴维，反而是跟灰雨说了几句话，两个人一起笑起来。

戴维气得胃部抽搐（当然那也可能是饿的），好不容易修补起来的自尊心又一次千疮百孔。

"你很白，"血狼说，"灰雨和其他人，他们都说你比以前见过的毛嘴子都要白，白得像沙漠上的牛骨。"

"哇哦，"戴维冷冰冰地说，"这比喻真是妙极了。"

他低头看看自己，按照印第安人的习惯他光着上身，觉得凉才借来了一件属于血狼的鹿皮褂子，缺乏锻炼的胸膛露在外面，对比黄色的衣服和其他人棕色的皮肤，确实看起来近乎苍白。

他当然白了，他是高加索人，按照有记录的家谱来看从来没有和蒙古人、尼格罗人这些有色人种混血。而且啊，他从小不喜欢室外运动，对于日光浴和沙滩排球更是嗤之以鼻——为什么那么多人都不明白紫外线和皮肤癌的关系？就这一点来看，戴维的审美的确不太紧跟时尚。

看起来即便是在印第安人的部落，他的肤色都不是值得欣赏的——顶多是猎奇。

"他们打算叫你……"血狼说了几个发音古怪的词儿，"意思是'白皮白骨'。"

不如叫我德古拉！戴维觉得这名字让他像一个死人。"这名字能改吗？"戴维不抱希望地问。

"名字都是别人给起的，如果你想要一个更好的名字，那么你必须做出了不起的事情来。"

"比如起死回生吗?"戴维没好气地嘀咕了一声,放弃争取自己的权利。他有气无力地接过兔肉汤,"今天我尽力了,虽然不指望你们感激涕零,可也应该得到点儿好的。对了,今天那个脸色发黄的人,我觉得你们该让他吃点儿好的,他大概没多久了。别混用他的餐具,还有,如果他去世的话,最好是火化。"

"火化,那他无法安息吧。"血狼皱了皱眉。

那个看起来就像有传染病的家伙如果把病毒传播开,整个部落都无法安息。"那就埋深点儿。"戴维克制着没说出刻薄话,他觉得面前的男人虽然勇猛强大,但要让他理解疾病的可怕还是需要费点儿口舌,他现在没力气。

戴维脑子里刚闪过这个想法,另外一个小心思又冒了出来。他偷偷瞥了一眼血狼,问道:"你们安葬死者是土葬吧? 没有做成木乃伊?"

"这是不同的,一般人和酋长的葬礼不一样。"

"那……铁圈是怎么安葬的,他是个毛嘴子。"

"他不是我们的人,但是我们的朋友,我们按照他的意愿安葬了他。他希望被埋起来。"

土葬,耶! 那么遗体肯定是完整的。

"那他穿着什么衣服? 有什么东西陪葬吗?"

"我不知道。"血狼说,"我们接到他的时候,他已经躺在棺材里了,你们的人封好了棺材。我们带着他到了他要求的地方,为他举行了仪式,让他长眠。"

"听起来真贴心,那后来你们去看望过他吗?"

"当我们路过的时候,会的。"

戴维心满意足,他知道适可而止,况且他已经得到了一些有用的信息:凯文·米洛先生的安葬的确是血狼经手的,他知道埋葬的地方;那位脾气古怪的先生是带着他的秘密走的,棺材里除了现在已经是一堆白骨的遗体,说不定还有些别的什么东西,所以才会封起来;他肯定渴望被找到,不然他不会留下一个锁着的箱子给他的印第安朋友……所以,戴维觉得自己有希望解开米洛先生身上的谜团——如果他能想办法找到他的墓地的话。

"我说,"他真诚地对血狼说,"如果——我是说如果——你下次要经过他的墓地,能让我也去吗?我可以给他献朵花什么的,就是表达一点哀思。好歹他也算我的同胞,我们都是毛嘴子,他一定很高兴看到我。"

血狼静静地看着他,黑色的眼睛里透露出的东西让戴维觉得有些紧张,他很不自然地笑了笑:"我完全是出于人道主义……"

"好。"

"呃……"承诺来得太容易。

"如果那时候你还在我们部落。"

戴维立刻陷入了一种难以言表的窘境:如果他在此之前就得到一个完美的逃跑机会呢?

算了,他很快对自己说,反正那是如果,等真的出现了再说吧。

一旦下定了决心,他立刻变得高兴起来,似乎终于从俘虏生活中找到了目标和亮光,之前感受到的屈辱都减轻了许多,甚至连跟血狼说话的口气都变得轻快了。

"说起来,米洛先生那个印第安名字,也就是铁圈,你们是怎么给他取来的?"

血狼也开始喝妹妹端来的兔汤,同时对戴维解释:"他带了几个铁圈,那是一种神奇的铁圈。很坚硬,所有的武器都无法在那上面留下痕迹,最尖锐的箭头都不行。它能砸烂很多东西,甚至是其他的铁。并且,它很轻很轻,如同指环和手镯一样的大小,却轻得像几只羽毛。当我们见过这个东西以后,就叫他铁圈了。"

"哇,那个铁圈在哪里?"

"他带走了,我也没有见过。"

"他没有教你们怎么做吗？"

血狼沉默了一会儿，才说道："那不是我们应该学的东西，铁圈说过，它原本不应该被制作出来，也不应该被人发现。那也许是天神所丢弃的东西。"

陨石？稀有金属？或者只是一个白人糊弄印第安人的东西！

戴维这么想，忽然忍不住笑起来，"我知道那玩意儿，有人拿它做盾牌，还有人把它灌进骨头里，然后他们都变得超级厉害了，喇喇喇！"①

他嘴里发出呼哨，左手做出爪子的样子乱晃。

血狼惊讶地看着他，"那是谁，这么了不起？"

"一个老头，"戴维笑得肚子都酸痛了，"名字叫作斯坦·李②。"

①漫威经典角色"美国队长"和"金刚狼"，一个用振金做盾牌，一个将其灌入了骨骼中。
②漫威漫画的创作者，被称为漫威之父。

18

警长很生气

你以为是在演《日落狂沙》吗？

不可告人的目的

神奇的环

　　吴有金翻箱倒柜地找出了一个破旧的小皮包，抖掉上面的蟑螂尸体，比画了一下，他觉得能塞进去三件衣服和一条裤子，可能还有一些饼干，但水壶显然是不行的，只能挂在身上。它看上去又老又可怜，却是他能找到的最适合放在马背上的包了。毕竟作为一个从来没打算在沙漠中长途跋涉的人来说，这种马鞍上披挂的皮包可不怎么常用。

　　就在吴有金回忆以前在网上看过的一种空姐收纳行李的方法，盘算着怎么带更多的东西时，楼下突然传来砰的一声巨响。

　　他抖了一下，突然有种不祥的预感，下意识地将翻出来的皮包又重新塞回了橱柜里。

　　一阵噔噔噔的声音从楼梯上传来，那是靴子重重踩在木板上的声音。

光是从这种声音里就能听出那人带着什么样的情绪。

"艾瑞克!"卢卡斯警长一把推开房间门,门板撞在墙上,灰尘瑟瑟飘下。

完了,他这么快就听到消息了!吴有金面无表情,心里却紧张得要死,他就知道道尔顿夫人会把他接受劳埃德先生雇佣的事儿告诉这个野蛮人。他不该有那么绅士的念头,他应该抢先告诉警长他的女人已经红杏出墙了!

卢卡斯警长一步一步地走进房间,沉着脸,灰蓝色的眼睛藏着怒气,双手捏紧拳头,就像是一头准备把敌人挑在角上狠狠抛起来的公牛。

吴有金往后面退了半步,脸上还努力绷着。"你撞坏了我的门,"他指责道,"楼下的,还有这一扇,它们可难修了。"

"有必要的话我可以连这幢楼都拆掉,你这个白痴!"卢卡斯警长在他面前站住了,盯着他的样子就像是要揍他,"艾瑞克,你疯了吗?居然主动去找理查德·劳埃德,还要跟着他去地狱湖,你知道那意味着什么吗?"

"日薪十美元,比其他人多一倍,并且不用开枪。"吴有金梗着脖子说。

"还有死在沙漠里,被秃鹫和郊狼吃得只剩骨头。"卢卡斯警长咬着牙,"去,告诉劳埃德你生病了,脑袋疼、肚子疼,或者恶心反胃,总之让你离开洛德镇半步都没办法。你要退出他的队伍,在这里安心待着。"

"这是我的事,我的工作,警长,你未免管得太多了。我可没犯法。"

"你做的是比犯法更傻的事情!"卢卡斯警长说,"我告诉过你劳埃德是什么人,你真觉得他找的那堆亡命徒去地狱湖是救人吗?"

吴有金感觉到智商受到了侮辱,"就算我不怎么跟你们这种暴徒打交道也明白,他不是个宽宏大量的人,他才不会为了救戴维花这么大的人力和财力,他……他是想去找印第安人的麻烦。他们杀了他的人,抢走了他的东西。"

这才是一个睚眦必报的恶棍的选择。

卢卡斯警长原本怒气冲冲的脸上露出了一点点错愕,随即竟然笑起来,那笑容中带着过于明显的轻蔑。"报仇?"他冷冷地哼了一声,"看来我是对的,跟你说那么多都是废话。"

"德拉克·卢卡斯!"吴有金愤怒地叫起来,"你们怎么能这么野蛮?什么时候才能懂得尊重别人!"

卢卡斯警长的眼睛眯起来。"我们?"他说,"我和谁?戴安娜?理查德·劳埃德?还是洛德镇上所有的人?艾瑞克,你终于说出来了,是吗?从两年前你来到这里开始,就一直游离在外。你住下来了,可你还是不属于这里,你一直把自己和我们隔离开来。"

吴有金一时语塞,就好像毫无防备地被人扒了件衣服。

卢卡斯警长走近他,目光炯炯地直视着他的双眼:"我从一开始就注意你,艾瑞克,一个皮肤白得一看就不像是干过重活的人却自称是铁路竣工后留下来的华工,并且也没有留那种可笑的'猪尾巴'①。我想你是有目的的,你留在洛德镇有你自己的理由。我原先的打算是只要你乖乖的不给我找麻烦,随便你在这里住多久。你倒也没让我失望,简直是洛德镇遵纪守法的模范。不过那个戴维,他来了以后你似乎全变了……艾瑞克,你和他有什么秘密?"

听起来简直是在说他和戴维有奸情!

吴有金涨红了脸,满腔愤怒却无法反驳。也许应该告诉卢卡斯警长他和戴维都是来自于一百多年后,莫名其妙地遇上了一个单向的虫洞;而他们发现也许这个镇子上几十年前就有人在做神秘的研究,搞不好能够帮助他们回去……

可惜理智让吴有金知道当他说出第一句话,卢卡斯警长可能不会把他关起来,但一定会让那个醉鬼医生皮克林把他捆成木乃伊,再用壁虎粉末和昆虫尸体混合的药灌进他肚子里来治疗他的妄想症——这个年代的精神科治疗手段只能用简单粗暴和莫名其妙来形容。

"他是特别的……"吴有金努力地寻找合适的词,"只有他跟我的经历

---

① 指清朝人留的辫子,也是当时西方人对中国人形象的歧视之一。

很相似，只有他明白我在做什么。所以，我必须去找到他，他是我的朋友，如果他死了就只剩我一个人留这里，我不想这样……"

如果连一个懂我的人都没有的话，我会很孤独。

如果我不能回去，我没有勇气孤独地过完剩下的人生。

卢卡斯警长长久地凝视着他，灰蓝色的眼睛里没有任何波动。吴有金从来没有这么坦然地直视这个人的眼睛，他此刻一点也不想隐藏自己，不想再像以前一样回避卢卡斯警长的探究。他可以保证在这一刻他说出了自己真实的想法。

过了很久——也许只有一分钟，可吴有金感觉足有半小时——警长向后退了一步。

"随你的便。"他说，然后转身走出了房间。

接下来的三天，卢卡斯警长再没有出现在吴有金的面前，他就好像消失了一样。当他完全从吴有金的生活中消失以后，愤愤不平的中国人才意识到似乎以前的确是会在很多不经意的时候"碰巧"看到警长先生——比如在他开门堵着来传教的神父时，警长会饶有兴趣地在一旁围观，有时候甚至会帮他解围；比如在他因为种族而被人嘲弄时，警长会管束那些恶棍，让他们滚开；比如他去道尔顿夫人的旅馆里买甜酒时，警长会邀请他喝一杯……

也许他真的没那么坏，吴有金这么想，但随即被自己的这个念头吓了一跳。

吴有金觉得自己只是在内疚，他明白，毕竟从另外一个角度来说，警长的确是在为他的安全着想。那家伙是个尽职尽责的人，虽然就像他说的那样，自己从来没有真正地融入洛德镇，可他还是将自己纳入了"洛德镇公民"这个被保护的群体中。

越是冷静下来，吴有金越是内疚，但是他还没有准备拉下脸来主动去找警长道歉。警长说对了一点，他不属于这里，也不准备久留，所以有些事情没有必要做到尽善尽美。

第四天的时候，前往地狱湖的队伍终于要出发了。

理查德·劳埃德先生集结了三十个人，有些是在洛德镇招募的，有些是他带来的，还有几个是从卡森城和加利福尼亚那边来的。他们都是些让人畏惧的汉子，人高马大，全副武装，互相打招呼的时候喷出的呼吸都带着硫黄的味道。

吴有金大概是这支队伍中唯一的异类，他已经尽力武装自己了，然而也只有一支可悲的小号柯尔特和一把削木头时会用到的匕首。当他穿好衣服，带着干粮和武器，骑着马来到集合地点的时候，一个留着八字胡的混蛋用怜悯的眼神看着他。

"瞧我的'胡椒粉瓶'。"他对吴有金展示着一把造型古老的手枪，"当然我还有几支别的，可还是这个老伙计好用，它永远不会过时。射击嘛，最重要的其实是瞄准、快，对吗？我的'胡椒粉瓶'能轰掉一头郊狼的脑袋。"

吴有金勉强向他笑了笑，偷偷摸了摸腰上的手枪，再次默默地复习一下开枪的步骤——每次都要用拇指去扳开枪击锤，怪不得西部片里的那些英雄在连发射击时老用一只手抽风似的压枪屁股。

但愿关老爷保佑，他没有机会开枪。

吴有金和那位炫耀武器的队友没什么共同语言，实际上，在等待人到齐的时候，他跟其他人都没话说。他就站在旁边，默默无语，直到有人用马鞭轻轻地碰了碰他的肩头。

"嗨，艾瑞克。"戴安娜·道尔顿骑着一匹枣红色的马站在他背后。

道尔顿夫人今天的打扮跟平时大不相同：她漂亮的黑发扎成一束，藏在牛仔帽下面，身上穿着男式的衬衫和长裤、马靴，还有一件皮质的外套，腰间的皮带上挂着两把枪。

那两把枪有点眼熟，吴有金想起了上次偷偷摸进这位女士的房间所发生事情。一想到隔了这么久以后那个房间说不定又乱成一团，吴有金就忍不住难受。

"您好，夫人。"他努力克制着自己的想象，向面前的人礼貌地打招呼。

道尔顿夫人意味深长地"嗯"了一声，"你还是要来，对吗？"

多奇怪呀，她为什么觉得我不会来呢？

"当然了，夫人，我是一个守信用的人，既然接受了劳埃德先生的工作，就一定不会半途而废的。"吴有金又仔细看了看她，"不过，您也要出门吗？"

"跟你的目的地一样。"

吴有金睁大了眼睛，"您是说……"

"嗯，跟你们一起，不过我不是为了挣钱，我还没那么缺钱。"道尔顿夫人的笑容有些凌厉。

"当然，夫人，那么您是为了……寻找印第安人？"

"也许，"道尔顿夫依然笑吟吟地说，"或许我早就该去看看那些红野人躲在哪儿，看看他们是怎么像沙蛇一样缩在洞里，逮着机会就出来咬人一口。"

她是去报仇的，吴有金立刻就明白了。也许她早就想去了，但卢卡斯警长之前并不太支持她。作为一名女性，她很聪明地没有独自施行这个计划，但现在不同，劳埃德先生的人马声势浩大，可以保证她的安全，她终于可以成行了。

她从来没有放弃过复仇，女性的坚韧有时候真是让人惊讶。

"劳埃德先生能找到他们吗？"其实吴有金心中有些不安，他看过西部片，特别是有个片子讲一名退伍老兵的家人被印第安人杀掉，侄女被掳走，于是他花了很多年去寻找侄女，手刃仇人。电影的名字[①]他已经忘了，主演很有名，戴维一定知道，那家伙真是超爱看电影。吴有金觉得道尔顿夫人就有点像那个主角，而且更赏心悦目，同时她的复仇之火也跟主角一样并没有因为时间流逝而熄灭。这样的话，她如果真的碰上了印第安人，

---

① 指约翰·韦恩的《搜索者》，也翻译成《日落狂沙》，1956年上映，是西部片的经典之作。

或许会出现一些血腥的场面。

吴有金知道自己不能阻止白人对印第安人做的事，但他也不愿意当什么历史见证者。也许他可以想办法避开这个场面，毕竟他的主要目的是找到戴维……

"你最好跟着我，"道尔顿夫人对吴有金说，"咱们俩待在一起，会好点儿。"

"啊？"吴有金瞪大了眼睛，他还不习惯女性这么直接主动。

"别误会，艾瑞克。"他的表情让道尔顿夫人大笑起来，"我允许你这几天跟我睡在同一个火堆旁的原因，是你比其他那些家伙都更爱干净。而且我觉得理查德让你加入，也并不是指望你能骑着马开枪。在这一点上，我自信比你还是稍微强那么一点儿。为了你这趟行程的安全，为了我过得稍微舒服些，我建议我们暂时相互照应一下吧。"

听起来她的意思是自己给她当个伴儿，她就能保护自己。

吴有金的自尊受到了小小的伤害，但这伤口就像他拔出一颗木刺一样很快就愈合了。他有些不自然地点点头。"好吧，"他说，"为女士效劳是我的荣幸。"

道尔顿夫人的态度变得亲昵了许多，她驱策着枣红马向吴有金靠近了一些，称赞道："看起来你还是很好沟通嘛，真不知道德拉克觉得你不爱跟人交流这个结论是怎么来的。"

"只是跟他说得很少。"吴有金不自然地咧咧嘴。

道尔顿夫人耸耸肩，"知道吗，其实他很心软，只要是他地盘上的人，他都觉得肩负着责任，他希望镇上的人都能信任和依靠他。"

地头蛇，吴有金明白，问题是他并不打算在这里待太久。吴有金原本就想过，如果——他是说如果——真的没有办法找到逆向的虫洞，他也不会一直留在洛德镇。这个被沙漠包围的地方，连个图书馆都没有，他不能在这里度过余生。他会乘坐太平洋铁路去东边，在稍微有点都市模样的纽约或者波士顿生活。

"我能依靠的人只有自己，夫人。"吴有金对她说，"其实，您明白我是对的。"

他的语气和表情如此认真，反而让道尔顿夫人愣了一下。不过他们这小小的尴尬很快就被另外的事情给打断了。

大概是该来的人都来齐了，最后劳埃德先生骑着他的黑色骏马慢慢地过来，后面跟着四个人，很明显是他的贴身保镖。人们为这个大人物让开一条路，于是他走到了最前面的位置。

他掉转马头，看了看聚集的人，大声说："先生们，还有女士……"他甚至向道尔顿夫人抬了抬帽檐。

"各位，你们都知道我们要去的目的地，你们也知道会面临什么。但我想说的是，我们不是杀手，也不是军队，我们甚至不是去狩猎，我们只是生意人。对于印第安人，我们要求的东西只有两样，第一是被俘虏的人，第二是尊重。我的规矩也很简单，尊重我，尊重你们的朋友——在沙漠里，只要是白皮肤的人，彼此都是朋友。我是个宽容的人，我也很慷慨，但我不能容忍不守规矩的人。你们听过我的许多传说，有真也有假，也许在这几天中，你们能够分辨出真假，这对于你们很重要。"

最后他转过身，随意地挥了挥手，"走吧。"

对于吴有金来说，在沙漠中跋涉并不是多么新奇的经历。在刚刚被神奇的造物主抛到这片蛮荒之地的时候，他就曾为了生存在一望无际的黄沙中走到精疲力竭，眼睁睁地看着自己的生命通过汗水被烈日一点点蒸发掉，那时候他几乎已经看到死神的侧影了，更不要提被印第安人追逐、围捕，差点真的把小命交代在这无情的沙海中。

大概就是这种无法用"愉快"来形容的经历，让他对沙漠有了一定程度上的畏惧。他也曾想过去找回去的路，但是一想到要再次独自进入"死亡之海"，他总是满心抗拒，无法真的踏出一步。

现在可以说是他阴差阳错得到的一个机会。

他终于走出洛德镇，虽然跟着一个目的难辨的队伍，但是他的确是再次进入了沙漠。在真正开始"拯救大兵戴维"之前，换句话说，在他不得不开枪之前，他不能只把时间花在骑马和打牌上。

他记下他们的行进线路，修订不怎么靠谱的当地地图，还用带来的小口袋给沙土采样。他用温度计探测地表和空气温度，并且分时段记录在小本子上。他带了指南针，这指南针经过改造，把刻度细化，能够体现出最细微的偏差——当然这细微也只是相对而言。现在想进行量子观测简直是做梦，但吴有金依然期待这样粗陋的转化测量法能够让他发现一点点时空裂缝的痕迹。

当然，以上那些烦琐的动作让骑术本来就烂的他不出意外地掉到队伍的末尾，需要时不时快马加鞭才能追上队伍。

总在最后等着他赶上的是道尔顿夫人，她对于吴有金的举动有些好奇。有一次，当吴有金把温度计重新放进口袋里，赶着马又一次来到道尔顿夫人身边的时候，她看着他手里的小本子说："你记了什么？我远远地就看着你在写写画画了。"

"嗯，只是一些感兴趣的地质数据。"吴有金大大方方地向她展示笔记本，为了保密，他全都是用汉字写的，连数字也不例外。

道尔顿夫人只是扫了一眼："想不到你还有这样的爱好啊，艾瑞克。我还以为你对什么都不感兴趣呢。"

其实我只是对低俗娱乐不感兴趣。吴有金莫名其妙地有一丝优越感，"这误解当然是因为您太不了解我了，夫人。"

道尔顿夫人耸耸肩，"倒不如说是你根本没打算让我们了解吧。真难相信你那么关心姓杨格的家伙。"

她说了和警长差不多的话。吴有金感觉很别扭，他试着岔开了话题："我们还有多久才能到地狱湖？"

"还有三天。跟上次警长带着你们去河床的线路不一样，为了不让那些印第安人觉察，劳埃德先生的向导带着我们绕了点路。"

怪不得，虽然看起来都是戈壁沙漠，但风景还是有些不一样的地方。

他们俩说话的空当，前方有人过来，刚刚才提到的人在他们不远处勒住了马。

"夫人，吴先生，"劳埃德先生向他们抬抬帽檐，"也许你们现在必须中断谈话了。如果你们能尽快赶上队伍，我将感激不尽；如果你们需要继续这场谈话，不如边走边聊。"

快要掉队了啊……吴有金向劳埃德先生说了抱歉，踢了踢马肚子赶上，于是就变成了三人同行的情形。

这气氛有点诡异，吴有金尴尬得低头不语，但是劳埃德先生显得自然多了，他说他注意到这几天吴有金似乎都在做观测，是不是考虑找一条新矿脉。

我如果说找的是时空隧道会不会被当成神经病啊。

"大概吧，"吴有金谨慎地回答，"但是我对于寻找矿脉没有什么经验，我还没有真的找到过呢。"

"实际上这里面有很大的运气成分，我是如此理解的：有时候上帝把财富摆在我们面前，有时候他把它们藏在一个隐蔽的地方，需要我们付出汗水甚至别的东西才能得到。"

他这话听起来像一个哲学家才会说的，但依然可以理解为"不择手段"的委婉说法。

"我想这一带应该没有新的矿脉了，劳埃德先生。"吴有金说，"洛德镇有人聚居以来已经探测过周边几乎所有的地方了，很难再有新的矿藏。"

劳埃德哈哈大笑起来，"不，不是所有的。至少在地狱湖以南的地方还没有探测过，那里是印第安人的地盘。"

吴有金忍不住心中咯噔一下……

但劳埃德先生却忽然转换了话题："上次说到您的特长，我记得您提到过冶炼，冒昧地问一句，您对于金属和冶炼方面的事也很了解吗？"

"也只是知道一些普通人不太懂的原理而已。"吴有金学的是材料，但在中国念本科的时候, 有个好哥们儿的女朋友是冶金专业的学霸, 曾帮他联系过实习, "我曾经跟朋友的朋友去钢厂待过一段时间, 算是观摩学习。"

劳埃德先生看他的眼神有点怪, 但并没有说出来。"好极了。"他从自己的外套里掏出了一个东西递给吴有金, "也许您可以告诉我这是什么矿石炼出来的。"

鉴宝? 吴有金的脑子里猛地冒出和大人的声音——"有请藏宝人"。他怀着一种第一次当专家的忐忑心情接过了劳埃德先生递来的东西。

那是一个巴掌大小的金属环, 目测直径不超过十厘米, 整体是一种浅灰色, 并没有金属惯有的光泽。让吴有金觉得神奇的是, 这个金属环的重量非常轻, 大概只有铁的三分之一, 他随手颠了颠, 要不是冰凉的触感, 几乎会认为自己拿着的是一个木头圆环。

铝? 不, 比铝还要轻。难道是锂? 不, 锂的话早就起化学反应了, 而且工业化制锂要在二十多年后[1]才出现呢!

而且, 吴有金用指甲在那个金属环上划了两下, 半点印记都没有留下。

看到吴有金的动作以后, 劳埃德先生从靴子里拔出一把匕首, 抛给他, "试试这个。"

真是豪迈, 吴有金狼狈地接住匕首, 用手指摸了摸刀锋, 这才往金属环上割了两下。当他拖动匕首的时候, 就有了预感: 这金属环硬得超乎他的想象。

果然, 当他拿开了匕首, 圆环上依然什么都没有。

"给我看看。"旁边的道尔顿夫人也开始感兴趣了。

吴有金把那个环给她, 她仔仔细细地摩挲了一会儿, "这是什么合金?"

"我看不出来,"吴有金老老实实地说, "如果要测定成分, 我得有合适

---

[1] 工业化制锂 1893 年才出现。

的试剂,而且我不保证准确。"

毕竟现在的环境和条件太有限了。

道尔顿夫人的脸色有些奇怪,似乎对这个圆环也产生了兴趣,但跟女人见到珠宝的感觉不一样,也不太像看到金条。她足足地看了五分钟,才把这个圆环还给了吴有金,而后者顺手递给它的主人。

"不,"劳埃德先生却摇摇头,"先放在你那里吧,吴先生,你可以再多琢磨一下,过几天再给我也没有关系。"

吴有金很意外,但想想这也许是他晚上休息时可以作为消遣的一件事,于是他将那个金属环放进了口袋里。

"您从哪儿得到这个的?"吴有金随口问道,"如果能找到它的制造者就可以问明白了。"

"买的,"劳埃德先生回答,"不过是从一个印第安人的手里买的,他一句英语也不会说。我只知道他是从一个死人那里拿到的。"

19

白皮白骨上线

一大早就强迫补充蛋白质

孤独的坟墓

隐藏着什么秘密呢?

当第五天的太阳升起来的时候，戴维躺在专属于他的皮草上，闭着眼睛享受犯懒赖床的时间。

他实在低估了自己对环境的适应能力。其实他以前出差的时候挑剔旅馆的床和空调，只是因为他要对得起自己付的钱，但是，如果他真的没有选择，或者他是白享的，他顶多在心里抱怨，绝对不会将不满形之于外。他知道有时候说得太多还是挺让人讨厌的，即便不怕被人讨厌，可也没必要让自己陷入被动。比如现在他在印第安人的地盘，虽然对食物和住宿都有些意见，但他还是会乖乖地吃和睡，不让看管他的"狱卒"太操心。

哦，其实严格地说，血狼并不是他的狱卒，他是监狱长。整个部落的人，哪怕是一个光着屁股到处跑的小毛孩儿，都是狱卒——他是这个部落的囚犯。

印第安人对毛嘴子的确充满戒备和敌意，戴维不怪他们，毕竟他在书里读到过西进运动中白人对他们干的事儿。他只是有点儿委屈，要知道，在人权这个事儿上，他绝对是站在印第安人一边的。可他们看他的眼神都不太和善，尤其是他们看着他却用休休尼语交谈的时候，听语气也知道不全是好话。

好在他多多少少帮他们治疗了一点磕磕碰碰和头疼脑热的毛病，这让印第安人中的极端分子没有趁着他落单的时候特地上门来揍他。他们释放的最大善意就是给了他"白皮白骨"这个名字。

当第二天血狼正式告诉他这个消息的时候，表情严肃，好像是递给他一袋金沙："'狐耳'同意给你这个名字，他从炉火的灰烬中看到了圣灵的明示。"

狐耳是部落里老巫医的名字，如果不是他已经老得难以从自己的帐篷里挪动出来，也许人们不会那么急着找医生，甚至不介意他是个毛嘴子。

听起来已经没有什么转圜的余地了，戴维有些气馁地说："帮我谢谢他，虽然我不太肯定有哪位路过的神会在火堆上写那么复杂的词组。嗯，当然英文的 YES 要简单很多，但我相信你的圣灵们也没有这个时间。"

血狼蹲在他面前，盯着他说："名字是一个身份，是别人对你的评价，如果你不喜欢，想要换一个，那么你必须用行动去改变人们的看法。"

你是哲学家还是心理医生啊，戴维咧咧嘴，"那个，你们想叫就叫吧，不过你既然会说英语，还是叫我戴维吧，怎么样？作为交换，我可以叫你……"他使劲想了想部落里对"血狼"的称呼，幸好这个印第安语发音并不难，"血狼？是这样说的吧？"他看了血狼一样，那个家伙依然没有任何表情，"别像对待米洛先生那样叫他铁圈，这老让我觉得他是个A.I.……"

血狼皱了下眉头，显然不明白 A.I. 是什么，但他也没有问。"监狱长"

集中注意力考虑了一下囚犯的提议，觉得这个要求不过分，于是就这么成交了。

大概新名字的确有魔力，当部落里的印第安人用那几个词儿称呼他的时候，好像连语调都一下子变得柔和起来了，他们甚至会在他干活儿之后递给他半块玉米饼什么的。等到第二天的夜里，几乎每个见到他的印第安人都能称呼他了，他也已经记住了自己新名字的发音，并且可耻地觉得它顺耳了……

"今天不会还有割破手或者吃坏肚子的倒霉鬼上门吧？"

白皮白骨结束了对昨天的回顾，终于从"床"上爬起来。他睡眼惺忪，下意识地看了看旁边——他的"同居人"早已经离开了。作为部落中数一数二的猎人，他很早就和其他人一起出去寻找食物了。他们会带回野兔、蜥蜴、沙鼠和蛇，运气好的话还会有一些鸟。血狼说如果这里的猎物不够了，他们会再往山脉那边走一段，在植被茂盛的地方重新扎营。如果不是拉科塔人，他们可以走得更远，围捕那些迁徙的野牛，那是更加充沛的食物来源，而且它们还有很多可以利用的东西……

戴维对印第安人的分类和历史都很模糊，他不太明白拉科塔人到底是什么来头，反正血狼说的时候，牙缝里都透着厌恶。

算了，反正不是很懂他们部落之间的爱恨情仇，戴维也没有多问。

他打着哈欠走出了血狼的帐篷，因为感觉早上还有些凉，身上披着一块鹿皮褂子。他打算找灰雨要一些早饭，如果不是玉米饼就更好了。那玩意儿虽然滋味还不算坏，但也不想天天吃啊。

也许上帝在冥冥之中听到了他的祈祷，他没有找到灰雨，却有个小女孩儿站在帐篷外等着他。一看见他出来，那孩子就高兴地叫了他的名字，把手里的一个陶盆递到他的面前。

哇哦……

戴维有些困难地咽了口唾沫，即便现在他饿得肚子咕咕叫，这投喂的食物也太超过他的接受下限了：那是一串肥大的蚱蜢，或许还有别的昆虫，被辣椒和其他的粉末包裹着，烤成了深棕色，虽然旁边还点缀着几个浆果，但毫无疑问她要他吃的是虫子。

"早上不能摄入太多的蛋白质吧？"戴维挤出一丝难看的微笑，把那个陶盆往小女孩儿的方向推了推。这个动作意味着拒绝，虽然戴维拒绝的只是这份早餐，但显然那个小女孩儿理解的不一样，以为连自己更进一步的要求也被拒绝了。她着急地上前一步，把那个陶盆塞进了戴维的手里。

语言不通简直是造成惨案的根本原因啊，戴维哭笑不得，他指指那虫子，又使劲摆摆手。那孩子反而捡起一个塞进嘴里，嚼得咔嗞作响。

"我不是说这东西不能吃，我只是不喜欢吃。我的口味很传统的，宝贝儿。"戴维指指虫子，又摆摆手。

那女孩儿干脆捡起一只朝他的嘴巴里塞去。

你吃了我的东西，就是我的了！戴维觉得这小女孩儿的表情和眼神都在坚定地表达这个意思，她将来一定是位女王。

就在他被准女王塞虫塞得都要哭出来的时候，有人用印第安语喊了几句，那孩子停下动作，转过头去。

谢天谢地，"监狱长"回来了，正朝着这边走来。他的手上拎着两只倒霉的兔子，另外一只手提着一柄长矛。

那个女孩儿跟他说了几句，他也轻声回复了，于是那个女孩把陶盆递给他，又转头看了看戴维，一溜烟跑了。

戴维大大地松了口气。

"断刺是想你接受她的好意。"

"心领了，我个人还是比较偏向哺乳动物的肉，比如你捉到的。"

"兔子？"血狼说着，提起来看了看，"这个要分一点给那些不能狩猎的人。灰雨在哪里，她应该在帐篷外看着你。"

"没必要，你知道的，"戴维说，"毕竟拿炸虫子袭击我的不法分子就那一个。"

"她不是保护你，只是限制你就这样随便地走出帐篷，毕竟你是俘虏。"他好像很喜欢那个单词的发音,再次强调,"你是一个俘虏,虽然你有了名字,也帮我们的人治疗,但你是毛嘴子。"

好不容易建立起来的舒适感被这样一桶冷水浇散了,戴维想起这个男人对自己投掷匕首时的表情,心中有种说不出的感觉。就好像你原本以为跟一头猛犬做了朋友,结果它转过头的时候还是会对你龇牙,并且发出威胁的声音。

但血狼显然没有体会到戴维这细腻的心思,他把兔子放在地上,朝小女孩儿跑走的方向指了一下:"断刺说她的父亲需要你帮助,前几天他受伤了。等灰雨回来,你吃点儿东西,我带你过去。"

"然后呢?"

血狼挑了挑眉。

"又给人看病吗?"戴维烦躁地说,"我总不能就这么一辈子当白皮白骨,你们打算拿我怎么办?"

戴维没有得到他想要的答案。

当他一时热血上脑地吼出他的疑问后,血狼只是看了他一眼,就掏出了他的匕首,戴维刚想说"算了,不回答也没关系,动手就不好了",就看到血狼蹲下来,开始给野兔剥皮。

印第安人压根儿就没打算回答他,看起来也像是没有答案的样子。

戴维按照自己的逻辑推算过:或许那个叫红手的酋长还没有最后决定拿他怎么办,是拿来当祭品,还是拿去敲诈毛嘴子们——如果他们愿意为他付赎金,或者干脆就这么把他留在部落里,当作奴隶。他们也许还在观望,冷漠地看着他干活儿,评估到底怎么处置才能把他彻底榨干。

戴维心里不是滋味,在怒气过后有种深深的疲惫。他在理智上很明白这种插曲只是情绪上的发泄,血狼说的再真实不过了,大概印第安人没有毛嘴子那么多的弯弯绕绕,所以反而直接得有些残忍了。

戴维坐在帐篷门口,看着血狼收拾野兔,觉得那个人血淋淋的双手仿佛是在剥自己的皮。他扭开了头，僵硬地忍耐着让人尴尬的时间。

就在他反复体会相对论中关于时间的粗浅理论时，灰雨终于回来了。看样子她是去弄了点果子，但血狼显然是口气不好地责备了她擅离职守，兄妹两人你来我往地说了好几句。戴维撑着下巴看了好一会儿，最后他们休战，终于腾出手来喂饱了他。然后血狼就领着他去"出诊"……

这一次他无能为力，那个叫断刺的小女孩儿的父亲伤口已经感染，他发着烧，一看就是败血症。在这个时代和这个地方，没有任何抗生素药物，除了尽力让他降温，只有补充点营养，希望他能靠着自己的免疫系统扛过去。

戴维看着那个印第安女孩儿用黑而亮的眼睛看着自己，充满祈求和期待。戴维不敢迎接她的目光，他头一次对自己冒充大夫的这个行为感到了羞愧，虽然即便有真的医生来到，这个满脸通红、高烧不退、身上出现脓肿、神志已经不算清醒的男人恢复健康的可能性也不太高。

他艰难地给血狼说了他的看法，就钻出了帐篷。

太阳已经靠近了最高点，发烫的日光让他感觉光着的脑袋和上半身都被炙烤得难受。在帐篷的周围，还有一些人看着他，都是一些女人、小孩儿和老人。戴维的皮肤在阳光下更是白得发亮，在一片黄色和棕色中显得那么醒目，很难让他们不注意到他——他们的目光各式各样，有些是好奇，有些是探究，但其中没有凶狠，甚至有些是友善。

不过戴维还是在这样的围观中感觉到自己的孤立。他不属于这里，他始终是一个异类。也许他们对他失望之后，他的处境就会恶化，甚至更加糟糕。

他僵硬地站在原地回避那些目光的时候，血狼从帐篷里走出来，他身后还跟着那个小女孩儿。

戴维不敢看那孩子，只是向血狼嗫嚅道："我很抱歉，她的父亲……如果有药可能会好些……"

"他的时间还有多久？"

"我不知道……"戴维说,"应该是一个星期,哦,就是七天,或者更长一点儿。"

血狼点点头,转身蹲下,对身后的女孩儿说了几句。那孩子紧紧地攥着拳头,黑色的眼睛里迅速地浮起一层水雾,接着两颗晶莹的眼泪顺着脸颊滴落下来。

戴维心中有些堵,他走开了两步,背对着他们。血狼低声和小女孩说话,戴维能听见那孩子拼命压抑的哽咽,还有粗重的呼吸声。过了好一会儿,他感觉到一只小手拉了拉他的手。

他转过身,断刺站在他的背后,脸上还有些湿漉漉的,眼睛肿着。她往他手里塞了点什么,然后说了一句话,就钻回了帐篷里。

戴维意外地看了看手里的东西,那是一个皮口袋,装着炸虫子,是早上他没有能吃得下的食物。

血狼走过来,"她说,她不怪你。"

戴维低头看着手里的东西,那些深棕色的虫子身上沾着辣椒的粉末,他颠了颠,拿出一只不大不小的蚱蜢放进嘴里。香料和辣椒的味道竟然让焦脆的虫肉有点好吃。

血狼看着他把那一口袋的虫子收好,对他说:"今天你不用给大家看病了,你需要休息。"

他在同情我,戴维看了一眼这个印第安人,连他都看出了我的沮丧。不知道是自己表现得过于外露,还是因为尽管文化不同,但人类的情感还是可以轻易地互相觉察。

戴维和血狼只牵了一匹马就离开了部落,向着山脉的深处走去。尽管有些印第安人对血狼说了什么,但是他并没有改变计划。他们从宿营地出发,两个人步行,让马儿驮着水和干粮,就仿佛去郊游。戴维并不明白血狼为什么这么做,可能在这个时候暂时逃离印第安人的注视,对他而言会轻松一些,他可以喘口气。

实话说，这山中的景色并没有什么好欣赏的，虽然这里有一些植被，但总体上还是光秃秃的，并没有那种绿意葱茏的感觉。戴维看到了几个从地下冒出的泉眼，细小的水流沿着岩石中间的沟壑流淌着，有些又钻回了地下。再往上走，他还看到一个不大不小的湖，湖边是一堆奇形怪状的火山岩，还有沙土和浮石，湖水泛着一种诡异的白色。血狼告诉他那水不能喝，也不能洗澡。

"我知道，因为碱太多了。"戴维回应道，"所以你们没有在这里安营扎寨，因为水源不行。"

血狼并不是太明白碱是什么，但他明白戴维懂得他的警告。

"你知道为什么这一带叫作地狱湖吗？"他对戴维说。

"啊？"戴维有点意外，"等等，你们也这么称呼这个地方？我以为这个地名是白人取的。"

"在白人来到这里，有些人学会说我们的话以后，我们把知道的一些地方都告诉了他们。"

看来是有过一段时间的和平，戴维想到现在的状态就觉得惋惜，"他们——我是说洛德镇上的人没有跟我说过，我也……不太感兴趣，我是个外地人，可能不会待太久。"

"传说在很久以前，这里有许多的树和花，还有很多很多的野牛，人们不用迁徙就能获得很多食物。但是后来他们太懒了，并且变得贪婪，屠杀了许多野牛，甚至连小牛都不放过。于是神就让一只浑身冒火的野牛从地下钻出来，那头牛在平原和山地上狂奔，树木都烧毁了，河流都干涸了，还有很多人都被烧死。于是祭司们向神祈祷，并且献上祭品，恳求神终止这场灾难。神接受了祭品，天上就裂开了大口子，一团火焰从裂口投掷下来，将那只火牛包裹在里面，烧成了灰烬。"

"哇……真精彩！"戴维看了看地形地貌，认为也许很早以前这里有一次小型的火山喷发，"我觉得能从现实环境中创作作品并且同时进行环保教育是件很了不起的事。"

血狼用古怪的表情看了他一眼。"戴维,"他头一次清晰正确地叫出他的名字,"铁圈说我讲毛嘴子的话很流畅,我听你们说话也很容易,但有时候你说的我真不太懂。"

"没关系,很多毛嘴子也不懂。"

"你跟其他的毛嘴子不一样,"血狼说,"你有点像铁圈。"

"我们都是白色的。"

血狼笑起来,"不,你们是同一种人。我今天看到你对待断刺的时候就发现了……你们两个人跟我们说话的时候,眼睛里没有一层雾。"

"好极了,现在你说的话我也不太懂。"

血狼站住了,他遮挡着阳光远眺了一会儿,指着远处,"快到了,你要坐下来吃点东西吗?"

戴维朝他指着的方向看了看,却没有看到什么。他摇摇头,"我现在不饿,既然快要到了,我想早点揭开谜底。"

血狼笑着点点头,打开皮水壶灌了一口,然后递给戴维。

在现代卫生习惯的影响下,戴维犹豫了一下,但还是接了过来,擦擦壶嘴,这才喝了一口。

他们继续往前走,从脚下的影子可以看出现在时间应该已经过了正午,气温正慢慢地爬上最高点。他们爬上了一段斜坡,杂草和灌木从碎石中间长出来,地面凹凸起伏,路很难走,那可怜的马前蹄都打滑了两三次。最终他们还是来到了斜坡的顶端。

戴维睁圆了眼睛——

他眼前有一个圆形的坑,目测直径大概五十米,似乎以前是一个不大的湖,但现在已经干涸。这坑里全是形状诡异的石头,没有任何植物生长。它并不深,斜斜地看下去也就一个人的高度。在这个坑的最中心位置,有一个石头垒起来的东西,看上去像是一个规整的圆锥,又像一座塔,顶端似乎还有什么装饰。

"那就是铁圈的坟墓。"血狼说,"他的棺材就在那座塔下面。"

戴维愣了一下，"啊？"

"我觉得你该到这里来见见他，"血狼对呆滞的毛嘴子说，"你不是对他也有些好奇吗？你们是同一种人。"

他说了两次，但到底指的是什么，戴维并不太明白。他把自己带到这里，是不是因为上午的事情呢？

现在戴维并不急着弄清楚这一点，他的注意力都被坑底那孤零零的坟墓吸引了。他小心地踩着那些碎石向中心走过去，终于来到它面前。

实际上这座灵塔比他在远处以为的要大得多，而且基座是一个比较明显的长方形。石头都是天然的，没有经过打磨，但是被很巧妙地垒起来，中间塞入了一些植物纤维和黏合剂，让它稍微稳固一些。这座灵塔大概超过六英尺，在最上面巴掌大的地方，有一个被立起来的圆圈，但那是个石头磨制的圈。

"铁圈？"戴维指着那东西问，"这是你们给他命名的依据？"

"是仿制的。"

"真的在哪里？"

血狼没有给他答案："你想打开那个箱子的话，应该好好看看这个地方。如果铁圈真的愿意让你知道他的秘密，那你应该能在这里得到他的允许。"

他说话越来越像是猜谜了，为什么听起来就像是米洛先生还活着？难道印第安人真的给他施了巫术？在明晃晃的日光下，戴维忽然有种要开始演《驱魔》的感觉。

这根本不合逻辑！

戴维坚定了"米洛先生作为一个无神论者绝不会搞什么超自然玄学"这样的观点，认认真真地考察起他的埋骨之地来。

"我说，"他对血狼说，"你带我来这里是因为上午的事吗？但我没有能救断刺的父亲。"

"也许吧，"血狼一边把马的缰绳压到一块大石头下，一边回答他，"你难过了，这就够了。"

20

空气中有火药的味道

谜语难猜

入侵

卷入战火

多看西部片

吴有金躺在毛毯上,静静地看着篝火。

现在夜已经深了,除了守夜的两个人,其他人都已经睡着了。就算他和道尔顿夫人离那些粗野的家伙有一段距离,甚至单独燃了堆篝火,但还是能听见此起彼伏的鼾声。道尔顿夫人裹着她的毯子,把脸都盖住了,枕着马鞍一动不动,不知她是不是真的睡着了。无论如何,吴有金是难以入睡的,倒不完全是因为那群打鼾的粗野之徒,还有很大一部分原因是忧虑——

没错,虽然独自在这个陌生又糟心的地方待了两年,但吴有金一直用坚强的意志鼓励自己寻找回去的路,戴维的到来更让他意识到自己有

198

多想念"未来"的生活。他以前没有想过孤独这回事，好不容易有个人可以倾吐秘密，却突然又失去了，他能感觉到心底那根铁柱子好像锈蚀了底座，再不补救就摇摇欲坠了。

火苗在他的眼里跳动，他又想起了卢卡斯警长的脸。他们之间最后那场不友好的交谈所点燃的怒火在这两天已经熄灭了。吴有金认真地检讨了一下自己，尽管很不情愿，也不得不承认从任何方面来看，卢卡斯警长阻止他都是出于好意。虽然那个野蛮人的确偶尔捉弄自己，可他对镇上的每个人都很负责，无论是什么时候，从哪儿来，只要在洛德镇住下，他都会尽力去保障他们的安全。这大概就是中国人常说的"刀子嘴豆腐心"……

如果吴有金不是那么强烈地、有意识地把自己跟这个时代隔离，如果他安心在洛德镇生活，说不定还真能跟卢卡斯警长喝喝酒，打打牌，成为朋友。

一片阴影遮挡住火光，打断了吴有金的瞎想，他抬起头来，看到劳埃德先生站在他旁边。他刚要出声，劳埃德先生却做了个"嘘声"的动作，在他身边坐下来。

"怎么样？"他小声地问道。

吴有金坐起来，用一把短刀从篝火里把那个金属圈慢慢地挑出来。金属圈的颜色一点也没变，还是那么暗淡，而且也没有灼烧的痕迹。吴有金稍稍凑近它，感觉到一股热气扑面而来，他把水壶里的水倒在上面，滋的一下腾起一股白汽。

"没有变化，"他对劳埃德先生说，"已经烧了四个小时了，它看上去比热很大。"

"我曾经把它丢到钢厂的炉子里去，但它没有熔化，也没有附着其他的铁水。"

"那证明它很稳定，应该不是合金。"吴有金脑子里迅速搜寻了一下性质最稳定的金属。会是铱吗？但他立刻又否定了自己的看法，密度不对，这玩意儿真的太轻了。

"没有试剂真的很难说啊，要找到王水之类的说不定得去卡森城。"吴有金最后还是放弃了揣测，"如果您不着急的话，劳埃德先生，也许等我们回去以后会有机会搞清楚。"

"会有机会，当然。"这位大人物说，"实际上，我觉得也许这东西会有原矿石，如果有机会给你，会对你的鉴定工作有帮助。"

吴有金愣了一下，还没有来得及追问，劳埃德先生已经冲他压了一下帽檐，"晚安，吴先生。"

吴有金看了看面前那个依旧很烫的金属圈，开始觉得这事情透着诡异。

"喂，"一个轻柔的声音打断了他的沉思，他抬起头，看见原本用毯子盖着脸的道尔顿夫人探出头来，目光炯炯地命令道："坐过来，艾瑞克。"

"嗯？"

"我要你坐到我身边来，现在。"

"可是……"

"手脚放轻，快点儿。"

我并不想为卢卡斯警长的宽檐帽再添一抹绿色啊！可是拒绝美女的邀请是会天打雷劈的——况且以前可从来没有这样的艳福啊。

吴有金丢下那块金属，脸色发红地挪到道尔顿夫人的卧榻前，但在两步远的地方，他被要求停下来，就地坐下。"尽管沙漠的夜晚很冷，我还是愿意让篝火来温暖我，而不是男人。"道尔顿夫人似乎看出了他的误会，妩媚地娇笑道，"跟我说说话，艾瑞克，你难道不觉得古怪吗？"

"那个铁圈吗？"吴有金说，"的确，我从来没有见过这种金属，它的锻造工艺很高超，我没有发现接缝的痕迹，应该是一次成型的，而且这个硬度要打磨成这么光滑的样子也很难。"

"不光是这个，"道尔顿夫人冷笑了一声，"这一路上，劳埃德跟你说这个金属圈的次数多，还是说到寻找杨格先生次数多？"

吴有金沉默了片刻，"你是说，他的主要目的其实是寻找这种金属？他说这个圈是从印第安人那里买来的……"

"付的大概是血钱。"道尔顿夫人低声说，"反正我觉得他去找印第安人的麻烦就是为了这个，而且他都亲自出马了，搞不好已经有了眉目。如果这种金属真是在印第安人的地盘发现的，他会想办法拿到手的。"

吴有金的背心有点发凉：就算中学时他的世界历史学得不怎么样，他也知道西进运动中白人是怎么跟印第安人做买卖的，特别是劳埃德先生这样的人——就算卢卡斯警长的八卦有夸大之嫌，但这位先生不好惹是肯定的。一时间，吴有金觉得鼻端仿佛闻到了淡淡的火药味，他变得不安起来。

"但是……既然这样，您还会跟着他继续走吗？"

道尔顿夫人侧过了脸，火的阴影让她有一半的脸都隐在黑暗之中，"明天就到地狱湖了，那里有一个休休尼人的部落。他们是一群饿狼，他们在这片土地上抢劫过很多次。所以，我希望他们那里真有这种金属原矿石，真的，他们有就最好了。"

她是复仇女神。

吴有金不知道说什么好，他觉得有些不忍心，不管是对即将遇见的印第安人还是对面前的道尔顿夫人。这些原本都跟他没什么关系，他也不想扯上什么关系，但现在他却无法像看西部片时那样嘲笑每个俗套的情节。

过了好一会儿，他才试着换了个话题。

"那个金属圈，你不好奇吗？"吴有金问道，"我看到今天你也拿着看了很久，有没有什么可以参考的意见？"

"啊……"道尔顿夫人拖长了声音，"实际上，我知道它不止一个。"

"什么？"

"我买下黄玫瑰旅馆那个房子的时候，曾经在地下室里发现过两个，但是大小跟这个不一样，而且有一个是有锯齿的。我把它们挂在地下室里当靶子，往正中心开枪，后来偶然发现就算我打在了这圆圈上，子弹也不会在上头留下痕迹。我觉得它们可能是好东西，就藏在了我的房间里。"

"我怎么没……没见过？"

道尔顿夫人白了他一眼，"你怎么会见过？"

可我进过你的房间，还帮你收拾了那堆乱得让人发疯的东西。

但这话吴有金死也不敢说出来。

戴维坐在地上，石头硌得他屁股痛，但是他没有力气爬起来。他已经绕着这个被称为"坟墓"的东西走了三十圈，也没闹明白死鬼米洛先生到底在里面藏了什么。

他曾想动手拆掉它，但被血狼阻止了，他还表示如果戴维动了"铁圈"的安息之地，那他只有狠狠地揍戴维以表示对"铁圈"的歉意。而且，"铁圈"并没有说过要靠掘墓来破解他那莫名其妙的"遗言"。

他是认真的吗？

一股邪火在戴维身体中燃烧，他现在又累又热又渴又饿，内心充满怨气。

血狼似乎没有戴维那么心浮气躁，他坐在马旁边，安静地看着这个毛嘴子围着灵塔左看右看，摸一摸，比画比画，只有当他试图去抠挖的时候，才会出声阻止。现在太阳正在往西边下沉，夜幕正在降临，他们回不去部落了，今晚注定要在这里扎营。

"喂，戴维，"在毛嘴子筋疲力尽、坐着动也不动的时候，印第安人终于开口了，"你要吃东西吗，要喝水吗？"

戴维悻悻地点点头，于是血狼取出了干粮和水袋。

"我们今晚睡在这里？"戴维有些不情愿地说，"请告诉我我猜错了，躺在这些石头上简直像是在跟十几只刺猬同床。"

"你可以在这个坑的外围睡下，但我还是愿意留在'铁圈'的坟墓附近。"

"为什么？"戴维表情古怪，"你爱他？他半夜会出来跟我们聊天？还是说他会用别的方式显灵？"

"在这个灵塔的周围不会有狼出现，"血狼平静地说，"还有狐狸，或者是沙蛇，它们都会躲得远远的。"

还有这么诡异的事？戴维瞪大了眼睛，又看了看那个石头灵塔。难道是有辐射？或者是有能让动物探知的危险，比如毒物什么的？

"但是人在这里休息却从来没有出过事。"血狼仿佛看出了他的担心，"放心吧，我们在这里为铁圈修建坟墓的时候，住了好几个晚上，我们没有做噩梦，也没有生病。"

"哦，"他居然猜得到我想的，真神奇，"修这个东西你们还花了不少时间啊。"

"这是为了兑现给铁圈的承诺，他把他的安葬托付给我们，是因为至高无上的友谊。"

还为了避免被埋进安德鲁神父的地盘，成天听他唠叨。戴维接着问道："那么，能给我说说你们接到他和安葬的情形吗？"

血狼开始慢慢地讲述。在红手的部落还没有跟毛嘴子关系恶化之前，他们住得离洛德镇不算太远。当米洛先生觉得死神正在门外徘徊的时候，他写了一封信——当然不是英语，而是一些图画——让跟印第安人做生意的移民带了血狼。可惜当血狼和另外三个印第安人来到洛德镇的时候，米洛先生已经最后一次反击了神父，咽了气。

安德鲁神父还是将米洛先生的遗物全部转交给了印第安人，包括那个箱子。他指定血狼来接手一叠图纸，那些纸上全是画。米洛先生要求血狼按照他的遗愿安葬他，特别是这座灵塔，必须完全按照他的图纸来修建。

"他说只要是后面有人能从灵塔中获得他的启示，就能打开他的箱子。"血狼用这句话完成了讲述。

戴维很长一段时间没说话，仔细地过滤了每个细节，最后问道："那怎么才能知道我有没有找到铁圈先生的 G 点啊！"

血狼向他皱了皱眉头。

"哦，抱歉，我是说，怎么才能确认我解开了这位先生留下的哑谜呢？"

"我会知道的。"血狼回答，"他已经把答案给我了。"

好吧，这可真是"公平"的游戏。戴维气鼓鼓地咬了一口干粮，用力地嚼。

他们坐在大坑的斜坡上，一边吃东西，一边注视着不远处的灵塔。这里虽然不是山脉的最高处，却是一个独立的丘陵，周围没有遮挡，能够一眼望到远处的戈壁。现在正是夕阳落下的时候，金色的沙漠变成红铜一般的颜色，突兀的岩石下一片黑色阴影，它们就好像在这片沙漠上远行，目标是那个发亮的圆点，身后拖着一道道长长的影子。

它们永远也走不到终点，戴维悲伤地想。

他把目光重新转回到灵塔，那个建筑在金红色的光线中涂抹上了浓重的阴影，一些从未注意到的东西进入了戴维的视线。他一下子站起来，把半截没吃完的烤饼塞给血狼，冲到灵塔前。

他把脸凑近这堆石头垒起来的圆锥，夕阳的光在它们的侧面形成了一条边线，让它们的轮廓很清楚地显现出来。它们是印第安人一层一层叠起来的，从方形的底座到最上面的那个圆圈，一共有好几十层，全部都是不超过半个拳头大小的小石块。虽然粗粗地看上去它只是个圆锥，但当光线勾勒出它的侧面时，戴维看出原来每层石块的厚度并不一样，甚至有些石头明显很小，缩进去一大截，于是整个灵塔的侧面线条就呈现出清晰的长短和空隙……

短，短，短，长，空……

戴维内心一阵狂喜：这明明就是莫尔斯电码啊！

他迅速打量了一下这个圆锥，顶上的圆圈很明显就是 0 的意思，代表了原点，这个密码应该从上往下看！

戴维咧着嘴放声大笑，但那笑容很快又从脸上退去，因为这表情变化得太快，他的脸部肌肉扭曲得近乎狰狞。

米洛先生果然是老狐狸！想到用灵塔来隐藏莫尔斯电码，这可真是高招啊！但是……戴维简直要哭了——他背不全莫尔斯电码与英文字母的转换表，他玩这个东西还是在高中的时候，现在除了"A"是".–"、"B"是"–..."、"C"是"–.–.",他可什么都记不起来了。

怎么办？怎么办？功亏一篑吗？

戴维咬紧牙，握着拳头，脑袋里一阵晕眩。如果钱钱在就好了，他说不定会记得。哦，等等，莫尔斯电码是19世纪上半叶发明的，也就是说现在应该能找到对照表，只要在一个有电报的地方就可以破译。

好吧，那么现在问题又来了，他还有机会把这个密码传到钱钱手里吗？他还有机会找到一个可以发电报、懂莫尔斯电码的地方吗？

戴维内心一片绝望。

在篝火还剩下一点点微弱的红光时，东方的天边已经透出了金色，遍布沙砾、岩石、仙人掌和灌木的戈壁，又开始慢慢地升温。

吴有金是被道尔顿夫人毫不温柔的拍打叫醒的。所有人都在整理行装，或者在吃干粮，准备出发。

"再走半天就可以到地狱湖了。"道尔顿夫人冲着劳埃德先生的方向抬了抬下巴，他们的领队正在人群中走来走去，跟这个说说话，拍拍那个的肩膀，拉拉马肚子下的皮带，"劳埃德让大家都准备好，因为马上就要进入休休尼人的地盘了。"

"准备好是什么意思？"吴有金觉得腰上发麻，他那几乎没怎么用过的手枪就挂在皮套上。

"给你的枪上膛，傻瓜。"道尔顿夫人眨眨眼睛，"不过你也不必太害怕，因为我们的线路跟之前不同，我们会从山脉的一个侧面入口过去，不一定会碰到印第安人。"

"但总会碰上的吧？"吴有金一边嘀咕着"我是一个和平主义者"，一边顺从地起身，摸了摸皮套中的手枪。

整个队伍继续朝前走，太阳渐渐升高，他们身上开始出汗，地势也渐渐地开始倾斜，他们从一个缓坡慢慢地往上爬。

"这里发生过火山喷发吗？"吴有金为了避开刺目的阳光，一直垂着眼睛，把注意力放在路面。

"嗯？"道尔顿夫人诧异地看了他一眼。

"这些石头看上去像是火山碎屑岩风化后的样子……"

"火山什么？"

算了，虽然她是个美人，但她没有接受过义务教育。"哦，我是想问问你，听说过这里有火山喷发的事吗？"

"没有，也许有个火山什么的，可我们来这里也没多久，再远的事儿你就得去问问印第安人了，如果你能跟野蛮人对话的话……"

真有意思，她认为印第安人是野蛮人，而我和戴维也认为自己身处于野蛮人中，这个究竟算是社会学的问题还是行为科学的问题？吴有金默默地想，再一次怀念起那个才认识不久的纽约人。

这时，前方出现了一点儿小小的骚动，走在最前头的劳埃德先生扬起手臂，让所有人停下来。原本在最前方很远一段距离做前哨的一个男人回来了——好像是叫查克，也许是查德，管他呢，总之，他指着丘陵的最高处说："那上面有两个印第安人，应该就是休休尼人，昨晚在这里宿营，刚刚起来。他们应该没发现我，我看了一会儿，有一个肤色不对，看起来像个白人。"

"也许只是个涂满了白颜料的傻瓜。"另外一个人哈哈大笑，接着好几个人也笑起来。

"安静，先生们。"理查德·劳埃德严肃地说，"我欣赏你们的幽默感，可现在我们面临着很实际的问题。我需要两位枪法出众的人去干掉他们，越快越好，干脆利落。"

人群中安静了一会儿，吴有金忍不住"哎"了一声，于是好几个人都回头看着他。

"您自告奋勇吗，吴先生？"劳埃德先生怀疑地看着他。

"不，不，"吴有金连忙摆摆手，"我完全不行，我只是说……他们是无辜的，不用这样做吧？"

他的话引起了一阵诡异的沉默，人人看他的眼神显然都是在说"这傻瓜到底是怎么混进来的"。旁边的道尔顿夫人拉了一下吴有金的衣服，咳嗽了两声。

但劳埃德先生却没有这种鄙夷。他用寻常的口吻回答："不，吴先生，您错了，我们必须经过这个丘陵，从背后进入休休尼人的腹地，这两个人如果逃走去报信，无疑会破坏我们的行动。"

吴有金忍不住嘀咕："我们的行动不是杀人吧……"

"这得看您更珍视谁的性命，是我们的，还是那些红野人的。"

这没什么区别吧，吴有金真想给他说说佛家的众生平等观念，但最终他把那一堆话都咽回了肚子里。这是一个价值观和道德观落后了近两百年的地方，他不属于这里，也没有能力改变这里的人。

他知道西部是什么样子，知道这些人的本性，好歹他也看过《大地惊雷》。

就让他们做他们的事儿吧，自己除了坚持自己的底线，别的都是白费力气。

这场短暂的争论就此结束，吴有金不再说话。队伍里有两个带着柯尔特转轮步枪的家伙表示他们可以干这个活儿，他们就喜欢远距离射击。

吴有金注视着他们下了马，猫着腰跟着那个侦查的人慢慢地向丘陵顶端走去。他们的身影越来越小，接着他们似乎趴在了地上，向着远处瞄准。所有人静静地等着，不久就听到啪啪两声枪响。

然而紧跟着，其中一个人却突然撑起身子，发出了一声惨叫。另外两个人又连开了几枪，也大呼小叫起来。电光石火间，第二个人也倒下了。

剩下的那个人转身滚下斜坡，来不及爬起来就大喊："他们发现我们了，他们有弓箭。"

队伍里的人都咋呼起来，他们想要往上冲，却又不得不看着劳埃德先生，等他命令。

"他们人数不多，不会硬拼，现在正是他们逃走的机会。"劳埃德先生掏出了手枪，"去吧，先生们。打烂他们的脑袋。"

当即就有几个人抽打着坐骑往前冲，嘴里发出狼一般的吼叫。吴有金当然不会那么做，他朝着另外一个方向跑去——那两个枪手倒下的地方。

那两人一个被射中了肩膀，一个更倒霉的被射中了右胸，伤口虽然小，但箭头很尖，扎进肌肉里，必须小心翼翼地取出来。他们两个基本上算是丧失了战斗力。

远处响起了密集的枪声，雇佣兵们催促着马儿向着两个印第安人的方向奔去。吴有金回过头，看到他们的进攻并不能算迅速，因为丘陵顶上是一个类似于火山口一样的大坑，里面都是碎石，他们的马显然不习惯这样的地面。更远处有两个人正在奔跑，他们好像只有一匹马，所以在用自己的两条腿逃跑。

吴有金眯着眼睛仔细辨认了一下，只能看到两个模糊的影子，唯一能分辨清楚的，就是其中一个好像是有点过于泛白了。

21

逃不掉, 第二次当俘虏还是被解救?

劳埃德先生的算计

人道主义很艰难

摩西被拉美西斯二世追赶的时候大概就是这样心急如焚吧。尽管杨格不是犹太人, 也没有承担引领一大群上帝选民的责任, 但现在他完全体会了那位犹太先知的心情。

他前一天晚上决定复制铁圈灵塔的信息, 但没有合适的纸和笔, 只好在惊喜、懊恼和忐忑不安中入睡, 打算第二天早上再用篝火燃尽的木炭和鹿皮来完成这个工作。然而当他还迷迷糊糊地趴在凹凸不平的垫子上时, 血狼突然一脚踢醒了他。他刚睁开眼睛, 就看到这个男人飞快地从行囊中抽出弓箭射向远方。

似乎有一声惨叫传来, 接着就是枪响。

"快跑!"血狼对他说, "是黑蛇!"

黑蛇? 什么意思?

但血狼没有解释,他拽起戴维的胳膊往后面一推。接着又是一声枪响,这次在离他们很近的地方爆开了一颗小石头。

枪?是毛嘴子?白人?

戴维心中的第一个反应是有人来救他了!然而接着又是一声枪响,让他瞬间出了一身冷汗——现在他穿得跟印第安人一模一样,在那么远的距离他可没法表示自己也是白人。

血狼紧跟着又射出第二箭,枪声中断了。

"快点儿!"血狼命令道,他起身解开了马,把行囊丢下,想要上马,但远处响起了一阵喧哗。

"他们人不少,都骑着马。"血狼听了最多两三秒,"我们得往灌木丛里跑,他们追不上的。"

这是自己获救的最好机会,戴维心底明白,但前提是他没有被误杀。

于是他当机立断,开始跟着血狼逃。他们很快就接近了土坑的边缘,而身后的喧哗也越来越大,怒骂的声音和马蹄踩踏着碎石的声音响起,中间夹杂着枪声。

他原本不该回头的,就像罗得的妻子不应该回头一样[①]。

在他几乎可以听到那些毛嘴子的怒骂时,他回头看了一眼,一匹跑得最快的马和他的主人已经快要接近米洛先生的坟墓了,而他身后还有一大群……他们的架势是要把这座灵塔夷为平地啊!

戴维突然忘记了误杀,忘记了身上的印第安人衣服,忘记了身旁的血狼!

那是他们回到21世纪的唯一线索!

戴维只觉得一股热血直冲脑门,一下子站住,转身向着灵塔的方向跑过去,边跑边挥舞着双手!

---

① 《圣经·创世纪》中的故事。罪恶之城所多玛毁灭的时候,天使将罗得和他的妻子、两个女儿救了出来,让他们逃到琐珥去。罗得的妻子不听天使的警告,顾念所多玛,在后边回头看了一眼,就变成了一根盐柱。

"停下！"他伸手挡在灵台和那些人中间，大吼道，"我说，站住！你们这些傻瓜！站住！"

血狼喊着他的名字，但戴维已经听不到了，他的眼睛里只有那座灵塔。

大概这"印第安人"突然返回并迎上来的举动让毛嘴子们也觉得错愕，所以倒没有急着开枪。劳埃德先生第一个勒住缰绳，并且抬高了枪口。

"停！"他命令道，"这是个白人！"

被雇佣的骑兵们散开来，把戴维和坟墓都围在中间。血狼也因为这个突如其来的意外被拖住了脚步，毫无疑问地被追上了。他手里捏着弓箭，却没有机会再举起来。有一个人把枪口对准了他，但劳埃德先生做了个手势，制止了射击。

于是四个强壮男人走上来，用枪托狠狠地砸他的脑袋。他是个战士，但不是超人，所以最后还是伤痕累累地被捆了起来。

劳埃德先生跳下马，向戴维走去。他用枪管顶了一下帽檐，打量着戴维，"你看上去不像印第安人，先生。"

"纯粹的高加索人，先生，而且我应该是日耳曼人，"戴维顿了一下，"我不是犹太人。"

真像纳粹的台词，戴维唾弃自己。

那些大汉们都笑起来，劳埃德先生也笑了，"我猜你应该是戴维·杨格先生？"

"是我，请问您的名字，先生。"

劳埃德先生介绍了自己，然后随意地一挥手，"这支搜救队里的人都是从洛德镇出发的，我们在找你。你知道吗，穿成这样让我们差点儿打爆你的头。"

"如果我能穿回自己衣服，我也不想搞成这样。"戴维注视着面前这个男人，觉得他有点眼熟，仿佛是在什么地方见过——西部片里有头有脸的人似乎都这样。

劳埃德先生的目光从他身上转移到米洛先生的坟墓上，他微微抬头，看到了顶上的圆圈。

"有意思，"他说，"看起来你原本要逃跑，可突然又回来了，是为了这个东西吗？"

戴维顺着他的目光看到背后，这才意识到自己居然也有这么勇敢的一刻。"哦……"他拖长了声音，脑子里飞快地闪过一丝防备，"这是一个白人的墓。我希望他不要在死后还不得安息。"

"白人的墓？"

戴维点点头，"很久以前一位洛德镇的居民，他认识休休尼人，所以埋葬在这里。这位血狼……"他顿了一下，又用英语翻译了一下，"这位血狼先生带我来这里，就是想让我给这位同胞献献花。"

"花呢？"

啊，谎言果然不能说到尽善尽美。"这里只有荆棘，我倒是想找点儿小花儿什么的，"戴维耸耸肩，"不过能一下子来这么多同胞，米洛先生一定很高兴吧。"

劳埃德先生轻轻地笑起来，"血狼'先生'？你叫那个红野人'先生'？他是自愿带你过来的？"

"印第安人很遵守《日内瓦公约》。"

"什么？"劳埃德先生皱起了眉头。

说漏嘴了！戴维暗暗地苦笑，那玩意儿现在应该还没签呢，"总之，他们待我还不错，没虐待我，大概是因为我帮着给部落里的人看了点小病。他们除了不放我走，对我还行。"

劳埃德先生似乎已经厌倦了这不温不火的寒暄。他让人牵来血狼的马，把血狼拴在后面。

"行了，杨格先生，也许我们可以回去之后再好好聊聊你的遭遇。现在你可以换下这身野蛮人的衣服了。"他从自己的行囊中翻出棉布衬衫和长裤丢给戴维，"现在我们要商量接下来的事情。"

戴维接住衣服，看了一眼血狼。

那个印第安人被揍得很惨，原本轮廓分明的脸已经青肿了，鼻子和嘴角都在渗血，胳膊和上半身也有不少的口子。但他并没有露出畏惧的样子，只是沉默地任由他们摆弄。

戴维迟疑了一下，还是问道："那个……血狼怎么办？他其实没有伤害过我，可以放他走吗？既然你找到了我，部落的宿营地里也没有别的俘虏，咱们就可以回去了吧。"

"哦，不，"劳埃德先生翻身上马，"我们暂时还不能回去，杨格先生，我还有点儿重要的事情。这个红野人也不能放，他会去通风报信的，说不定还会找来他的同伙给我们制造麻烦。但是既然你为他说好话，我可以暂时不杀他。"

戴维还想说什么，劳埃德先生却挥了挥手，"对了，杨格先生，咱们不说这个，你还是先见见另外一个人吧，那是你真正的朋友，他可是为你第一次加入我们这样的冒险队呢。"

戴维眨巴着眼睛，猜到他说的是谁了，"艾瑞克？"

"对，吴先生可真是个有趣的人，他不仅参与战斗，现在还在救治伤员呢。"

戴维心花怒放——钱钱啊，如果我是蝙蝠侠，你就是罗宾；如果我是美国队长，你就是巴基！我们联合起来，回家指日可待！

吴有金真的见到戴维的时候，其实有点晕乎乎的。他刚刚帮那两个倒霉的雇佣兵简单止血，包扎了一下伤口——肩部中箭的那位有点麻烦，箭头入肉太深，说不定还需要做个小小的手术，可这不是吴有金能够对付得了的。

当他忍着恶心和嫌弃用手巾擦着指头上的血时，就听到劳埃德先生的声音："我要祝贺你，吴先生，快看看这是谁？"

大概是同样倒霉的印第安人，如果没有被你们揍出鼻血可真是他的运气。吴有金一边腹诽一边抬起头来,却猛看见他那位"老乡"兼"盟友"跳下马背,叫着他的名字扑了过来。

"钱钱!"戴维热泪盈眶,用力把矮个子的中国人抱紧。现在戴维的胸口充满了感情,特别真挚的感情,他叫着吴有金的名字,就像恰克在木筏上声嘶力竭地叫着威尔森的名字[①]。

吴有金被这突如其来的情感冲击震得一愣,接着才意识到现在这个用力抱着他的穿着印第安人服饰的家伙竟然真的是戴维。他高兴地笑起来,稍微退了一步,上上下下打量他——戴维有些憔悴,毫无疑问他吃了不少苦头,但看起来没有受伤,也没有缺胳膊少腿,真是谢天谢地。

"你怎么会在这里?"吴有金紧握着戴维的手,"你的衣服呢?难道印第安人要收编你?"

"他们倒是真有这个打算,可要解释清楚这事儿得说一整天。"戴维眨巴着眼睛,把那一点儿激动的眼泪憋回去,"我只是出来透透风,没有想到在这里碰到你。你知道这是什么地方吗?"

"地狱湖,据说再往前走就会到休休尼人的营地。"

"没错,但是那边……"戴维指着身后大坑的中心,"是一个白人的墓,据说他原来是洛德镇的人呢。"

戴维背对着劳埃德先生,因此他可以放心大胆地朝吴有金挤挤眼睛。

他的表情让吴有金有些不解,虽然不知道怎么回应,但吴有金聪明地选择了沉默。这时候,穿着男装的道尔顿夫人走了过来,她的右手按在枪套上,左手向戴维挥了挥。

"嗨,杨格先生,见到你真高兴。"

"啊……"戴维没有想到在这里见到她,"您这身真是帅气……"

"你还能说客套话,看来并没有受到惊吓。"

那是因为最艰难的日子已经过去了,你都想不到我掉了多少眼泪,平

---

① 电影《荒岛余生》中主角恰克用排球画了个人头的样子,取名叫威尔森,是他在孤岛上唯一的伴侣,最后遗失在大海中。

静背后是历经磨难的沧桑——戴维第一次用"你什么也不知道"的眼神看着道尔顿夫人,感觉自己就像个圣人。

劳埃德先生打断了他们的寒暄,"我不想打搅你们叙旧,各位,但是现在我得请你们继续往前走,我们还要去休休尼人的营地。"

"什么?等等!"戴维转头看着他,"要去找印第安人?干什么?"

"一些需要解决的事,包括您遇到的,我的雇工们遇到的,"劳埃德先生又看了看道尔顿夫人,"还有一些发生在道尔顿夫人的亲人身上的。"

他要去收拾印第安人吗?这些人……戴维打量着周围的大汉,他们全副武装,看上去可不像是去谈判。他所知道的关于白人对印第安人做的事情都在脑子里浮现出来。

这不关他的事,他压根儿不属于这里,一切都是历史上自然而然发生的,他阻止不了。

戴维这么对自己说,又看了看吴有金。中国人显然也明白劳埃德先生会做什么,他们看到彼此的眼睛里流露出犹豫和不忍。没办法,就算是努力地跟这个时代割裂开,他们依然被 21 世纪的世界观拷问着良心。

"那个……"戴维清了清嗓子,"我不认为现在就去找印第安人是个好主意,他们的人数比我们多,而且我们还有人负伤了。"

"但他们没有这个。"劳埃德先生晃了晃手里的枪,"我相信他们的那些破箭头并不具备威胁性。"

戴维想不出什么理由来阻止他们,吴有金也尝试了一下。"现在出发的确不好,劳埃德先生。"中国人说,"这两位先生的伤势比较严重,他们不能承受马背上的颠簸,更何况面对印第安人说不定会有点小冲突,我们得专门分出人手来保护他们。我建议至少休息半天,让他们的伤势稳定一些。"

"他们可以留在这里休息,"劳埃德先生否定了他的提议,"你如果担心,可以和他们在一起,我们很快就会回来,那时候再一起回洛德镇。而杨格先生,如果你能带我们去休休尼人的营地,那么我们可能回来得更快一些。"

"我?"戴维假模假样地笑起来,"可惜我不太认识路,印第安人带我带我来的时候我没记住,而且你知道,他们走的都是山路……"

气氛变得有点诡异,劳埃德先生看着两个人的眼神也微妙起来。"你也可以和吴先生留在这里,"他对戴维说,"其实我相信对那个印第安人强硬一些,他也可以给我们带路。"

这话里隐藏着一些锋利的东西,戴维的心脏漏跳了一拍,他不由得把目光转向远处的血狼——那个印第安人被捆着手拴在马后面,几个人在肆无忌惮地嘲笑他,甚至有人用马鞭抽了他一下。

劳埃德先生顺着戴维的目光看了那边一眼,又说道:"他给你说过这个坟墓的事吗?"

"啊?"戴维不明白他为什么突然这么问。

"你说那个顶上有圆圈的坟墓是一个白人的,是他们建造的吗?他们也会对白人这么友善?"

"哦,他还会说英文呢!"戴维连忙说道,"所以他可以沟通,也许没必要对他动粗。"

这个时候道尔顿夫人突然笑了一声,"你想说其实这个印第安人是文明人?"她冷冷地看着远处,"我看出来了,杨格先生,你和那红野人的交情不错。可现在不管你们打什么鬼主意,如果他就是我要找的人,我就崩了他的脑袋——还有他那些会号叫的亲戚,我不会放过的。"

天啊,他们忘记了还有一位复仇女神在这里。戴维不由后怕:幸亏刚才自己一直是在叫血狼的印第安名字,否则要是让道尔顿夫人知道那就是"血狼",要保住他的性命和他那个小小的部落可就不容易啦!

幸好劳埃德先生也没有点出俘虏的名字,对于印第安人,他和其他的人一样,更乐意直接叫他们"红野人"。他说:"不如我们先跟这个红野人聊聊,如果他愿意配合,比如说说这个埋葬的白人,或者告诉我们去营地的路线,我们就可以让他少吃点儿苦头。"

戴维又飞快地看了吴有金一眼,后者使了个眼色——现在他们可以先妥协,吴有金是这个意思,毕竟现在讲人道主义会被视为同一种族的叛徒。

"好吧,"他对劳埃德先生说,"要不让我先去劝劝他?"

"当然可以,"这个领头的人说,"也许他会信任你,而我也希望如此,我们都省点力气。"

22

逃亡计划

善意与勇气
机智地记录谜语
危机边缘

　　戴维没有见过血狼这个样子，脸上和身上都是伤口，头发上满是沙土，血迹涂在皮肤和裤子上，就好像跟一群郊狼搏斗过。但是他并不像是一名俘虏，就算他被捆着，也依然站得笔直；就算是那些粗鲁的雇佣兵对着他赤裸的背部抽鞭子，他也没有弯腰躲避。

　　戴维觉得难过，他不愿意看到这个场面，就好像不愿意看到一只狮子因为落进猎人的陷阱而被嘲笑和折磨。他想起自己被血狼俘虏以后，虽然被绑着双手走了那么久，可他没有被施加暴力，甚至在抵达部落以后还受到了可靠的照顾。

　　"能先把他松开吗？"戴维对劳埃德先生说，"反正这么多人看着，他也跑不了。"

"他们都是狡猾的野兽,轻易就能拧断你的脖子。"

"他不会的,"戴维也不知道自己哪儿来那么强的自信,"让我跟他单独说说,怎么样? 我可以劝他的,好歹我也给他们当过几天医生。"

劳埃德冲他挑了挑眉。

"当然,我并不是学医的,"戴维挤了挤眼睛,"不过我们所知道的医学知识对付印第安人绰绰有余。他们买我的账,先生,让我和他说说,他会爱惜自己的性命。"

"好吧,杨格先生,如果你真的那么有把握。"

"我只需要二十分钟,不,可能更短。"

劳埃德先生掏出怀表看了看,"不必勉强,我甚至可以给你三十分钟,但我还是不能解开他的绳子。"

要是戴维的脸皮够厚,一定开始恭维他的慷慨了,但此刻他只能抽搐着面部的肌肉拉出一个弧形切口般的笑容——活像个小丑。

劳埃德先生冲守在周围的几个人偏偏头,他们就催动着马走开了些,站在二十码开外的地方。

现在他们的确是听不到什么了,戴维紧绷的肌肉有些放松,长长地出了一口气。

血狼静静地看着他,没有说话。戴维咳嗽了一声,说道:"我现在不能放你走,但是我找到时机就会那么做的,而且我会尽快……你别想着报复这些人,如果得到自由就赶紧回去,告诉灰雨和其他人都躲一躲,毛嘴子带着枪,你们是没法抗衡的。"

血狼还是盯着他,没有说话。

这就有点尴尬了! 戴维不自然地哼哼了两声:"我可没让他们揍你,当然我也没法子阻止,我和他们不熟。我放你走都是冒了很大的危险啊,他们会认为我是个叛徒,会把我的肠子掏出来。"

"你为什么不跑?"

戴维古里古怪地看着血狼,不明白他怎么突然冒出这个问题。

印第安人又说道："刚才你本来跟着我，可又突然折回去了，是为什么？你站在铁圈的墓前，是为了保护它吗？"

那只是我一时头脑发热，不想看着回家的希望被一群傻瓜毁掉。

"本能反应……"戴维不想对血狼过于坦白，"我这个人就是太多愁善感，对于不幸、孤独又埋骨他乡的人充满同情——"

"你对铁圈那么感兴趣，到底是为了什么？"

我要是跟你从头说得从牛顿发现苹果落地开始讲，戴维咂巴了一下嘴，满脸的"一言难尽"。

"我说，现在谈这个不太合适吧，"他继续耐着性子对眼前丝毫没有意识到自己危险处境的俘虏说，"总之我只能做到这一步了：给你个机会，让你逃命，你再领着你的人逃命。"

"铁圈的箱子，你不是很想打开吗？"

"想啊，比我八岁的时候期待圣诞老人送我一把光剑更迫切，但那玩意儿只要你遵守诺言，等我们解开了谜语，我还有机会打开的。如果你被他们这样——"戴维用食指在脖子上画了一下，但看到血狼似乎没有理解，"……就是被他们干掉，那对我们来说也没有好处。"

"我们？还有谁？"

天啊，戴维简直想尖叫，这个印第安人能不能不要那么聪明！他握紧了拳头，横下一条心："好吧，伙计，我也给你交个底，也许铁圈给你留下的嘱咐就是在等待我们，无论他那个箱子里装的是什么，都对我十分重要！没错，我还有同伴关注这件事，但我可以用我的脑袋发誓，我们绝对没有也不会有伤害你们的念头。我们只是觉得米洛先生留下的东西会帮助我们回家……如果，我是说如果我们真的猜中了铁圈留给你们的谜底，我保证会把一切都告诉你的。"

血狼沉默地看着他。

说句话，帅哥，除非下一秒你就能把这几十个人打趴下，不然就别再要酷了！

"好吧,要是你真能找到一个机会……"

戴维心里不是滋味,为什么现在的情形仿佛是求血狼让自己来拯救。"我会找到机会的。"戴维说,"我建议你最好假装配合,他们会让你带路的,你完全可以绕道,这一带你很熟。"

"你只需要给我解开绳子。"血狼说,"给我一把刀就可以了,剩下的你不用管。"

"你不能杀人,否则他们的报复会很血腥。"

"我不能保证,但我知道该怎么做。"

这的确已经超出戴维能控制的范畴了,他想了想,"随你的便。哦,对了,还有一件非常重要的事:别透露你的名字,你可以暂时起个假名。这些毛嘴子里,有人似乎对你……嗯,对你有些意见。"

"谁认识我?黑蛇?"

对了,之前他也说过这个名字。

"谁是黑蛇?"戴维问,"在这些人里有你认识的?"

"一个毛嘴子,就是那个。"血狼抬抬下巴,指着那群雇佣兵中的一个,个子瘦高,顶着油腻的黑色长发,骑在马上,手里拿着枪,"他不是第一次来地狱湖,他很凶悍,打死过我们的人,而且他经常在沙漠中出没。"

"哦,"戴维对此并没有在意,反正这些雇佣兵他都不认识,"不是他,是一位女士,你杀了她的父母和她的弟弟,她一直想找你报仇。不过我肯定她不太能认出你,印第安人长相都差不多,化妆也相像,何况你现在这鼻青脸肿的模样。"

"我从不杀女人。"血狼淡淡地说。

"那就是有什么误会,或者是你的同胞干的。"戴维漫不经心地挥挥手,"总之,现在这情况下你最好别暴露自己的名字。"

"我可以用另外一个名字,"血狼说,"'逆风投石'。"

"你们的名字找不到丝毫的逻辑关系,真是充满了创意,还好你们不用办身份证……"戴维勉强恭维道,"好了,那么现在我会去说点儿半真半假的故事给我的毛嘴子同伴，如果你不能跟我配合，就少说话吧。"

带着这好不容易达成的合作约定，戴维向远处的劳埃德先生挥挥手，同时在心里盘算着该怎么把一些无关紧要的真相夹杂在谎话里说给这个厉害角色听。

"都谈妥了！"戴维张开双手向劳埃德先生走去，脸上带着灿烂的笑容，并且大方得体——这笑容是他从克林顿的新闻图片上学的，那时候前总统左手边是阿拉法特，右手边是拉宾。

劳埃德先生却好像没有被感染，他平静地看着戴维，没有开口。

戴维觉得自己的表演的确不太自然，但现在他已骑虎难下，于是用轻松的口吻说道："他同意带路了，但是他想要吃点东西再出发，而且他要求称呼他为'逆风投石'，只要不叫错，他会和我们合作。"

劳埃德先生挑了下眉头，"这要求可真是古怪透顶。"

"前一个很好理解，后一个嘛，他说这种投降的行为并不是勇敢的选择，所以他必须抛弃他原先的名字。大概印第安人从某些方面来说还是挺注重形式的。"

戴维从来不知道自己也这么能编瞎话，反正他得保证这一路都别让那位女士发现自己要找的仇人就在身边。

"啊，这些事情都没问题。"劳埃德先生又冲远处那座灵塔抬抬下巴，"那个坟墓的事儿他给你说了吗？"

戴维扭头看了一眼，"哦，那个啊……"他继续微笑，"他给我说是一个名字叫'铁圈'的人的坟墓，只知道是个白人，应该是个人类学家什么的，喜欢研究印第安人，所以死后也埋葬在了印第安人的地盘。听说还是住在洛德镇上的人呢，也许我们回去以后可以打听打听。"

希望这些话能够糊弄过去，戴维在心底暗想，反正他认为印第安人都是野人，那不清楚一个白人的事很正常。

但劳埃德先生的眼神却似乎变了一些，"你说那个白人的名字叫

'铁圈'？"

"或者是钢圈什么的，反正你知道这些印第安人的名字都起得随心所欲。"

"为什么叫这个名字？"

"我不知道。"戴维摊开手，背后却有点流汗。

劳埃德先生眯起眼睛看着远处的那个墓，"好像墓碑顶上有个石头磨的圆圈是吗？"

"也许他们埋他的时候只是想做个跟名字贴合的记号。"

劳埃德先生并没有说话，他把目光重新放在戴维身上，视线就像 X 光一样，让戴维觉得自己已经从里到外被扫描了一遍。

"好吧……"最后他大发慈悲，"那个红野人，那位'逆风投石'先生，你给他一点儿吃的吧。"

一切都搞定了，虽然差强人意，但好歹暂时取得了一个微妙的平衡。戴维觉得自己的手心里全是汗了，他离开这个领头的大人物，来到吴有金身边，说："你有多余的干粮吗，钱钱？"

"有，还有水，你饿了吗？"中国人把自己马上的口袋打开，掏出一块干燥的玉米饼，还有一个水囊和熏肉。

"不，给'逆风投石'，就是那个印第安人。"他说，同时瞥了一眼站在旁边的道尔顿夫人。她抓住了他偷窥的目光，冷笑道："真有意思，杨格先生，你好像很照顾那个红野人。"

"我善待俘虏。"戴维赔笑道。

"但他们最后可能会割掉你的头皮，傻瓜。"这位美人儿残忍地说，"你们真是小红帽，宝贝儿，知道家里的床上睡着什么吗？"

没救了，满心复仇的女人。

戴维拉着吴有金向血狼走过去，一边压低了声音说道："我打算找到机会就放他走，钱钱。"

中国人的表情僵硬了一下，但是很快恢复正常，"这是在冒险。"

"非常冒险，"戴维说，"但只有让他回去报信，才能让那个部落逃走，他们有许多老人、妇女和小孩儿。我觉得劳埃德先生的人不会介意向手无寸铁的人开枪。要知道，现在在白人的眼里，印第安人跟猴子差不多。"

"如果他能成功逃走当然可以了，但他们也会组织人手来抵抗吧。"

"这支队伍可比警长之前找的那些人要冷血多了，他们那样子就是反派，血狼知道该怎么做。"

"血狼？"吴有金睁大了眼睛，"你是说，那家伙就是曾经向我们投匕首的血狼？"

"也是道尔顿夫人一直要追杀的家伙。他用另外一个名字，千万别说漏嘴了，钱钱，不然道尔顿夫人可能会直接打爆他的头。"

"可是……"

"他们之间也许有些误会，可我们是管不着的，这事儿原本就跟我们没关系。"

"那你还要这么做？"吴有金责怪道，"我们本来就不该掺和到这个时代的恩怨中去。"

戴维沉默了一会儿，"你说得对，钱钱……可是，我们现在已经在这里了。"

吴有金也沉默了。戴维接着又说道："还有件事儿，我拖了点儿时间让血狼吃东西，趁这个机会我要你赶紧跟我去看看那个坟墓。"

"什么坟墓？你在说什么？"

"还记得凯文·米洛吗？黄玫瑰旅馆的前主人？"戴维朝灵塔的方向抬抬下巴，"他就埋在那儿，我已经确认过了，就是他。而且他还留了个打不开的铁箱子在印第安人部落里。他的遗嘱中有一条，说是从他的坟墓能得到打开箱子的方法，而这个谜底血狼知道，他就像是守护巫师宝藏的龙。我们要是能说出谜底，就能知道米洛先生到底隐藏着什么。"

"我的天啊，"吴有金兴奋起来，"你这是——"

中国人噎住了。他其实想说"有心栽花花不开，无心插柳柳成荫"来着，可这用英语也太难表达了，他们得上半个小时的中国古代文学课。

"你就跟比尔博·巴金斯掉到哥布林洞里遇到咕噜姆偏偏还捡到了魔戒一样。"吴有金最后选择了一个最容易理解的类比。

"我也这么觉得。"戴维点点头，"就是从这个角度来说，我们也必须保证血狼的安全，他现在也是我们回去的重要线索。"

这么想起来吴有金就觉得自己有了动力。他们很快走到了血狼面前时，中国人咳嗽了两声："还好，现在只要不泄露名字，道尔顿夫人也不会认出他来。"

看到帅哥的脸青一块紫一块地肿成这样还真是让人遗憾。

他们把食物和水给了血狼，戴维简单地介绍了下吴有金，并且表示虽然血狼曾经也惊吓过这个中国人，但他还是大度地不计前嫌，决定帮助这个俘虏逃走。

"你带了刀吗？"戴维看了看周围，几个雇佣兵还在周围不远的地方，并没有把他们看得太紧，这个时候这个地方，逃跑基本是不可能的事情。

吴有金悄悄地在口袋里掏了两下，把自己那把削木头的匕首摸出来，尽管它钝得像个老爷爷，可还是能磨磨绳子。戴维用从未有过的敏捷动作将匕首从吴有金手里拿来塞给了血狼，后者迅速地插进鞋子里。

"别做傻事，懂吗？"戴维叮嘱。

血狼没有答话，他用水漱漱口，吐出一摊淡红色的东西。

"这些都给你了，"吴有金说，"我还有点儿吃的和备用的水。"

血狼向他点点头。

真酷，吴有金心想，在他们部落里一定是万人迷，印第安吴彦祖什么的。

"走吧，"戴维说，"我们现在还有时间去看看米洛先生的墓。"

他抬起头来，却看到劳埃德先生骑着马，在正前方慢慢地向他们的目的地走去。

戴维有点紧张，他现在只能抓住机会和吴有金一起把米洛先生留下的密码给抄录下来。但他不可能当着劳埃德先生的面儿这么做，在戴维的直觉中，认为关于米洛先生的事情，越少人知道越好。

"那个人……"戴维向着劳埃德先生抬抬下巴，"你觉得怎么样？"

吴有金又在脑子里想起了卢卡斯警长告诉他的那些"黑幕"。"是个厉害角色，"他回答道，"听说以前有过许多不能见光的生意，他来到这里追踪印第安人应该不是只为了解救你或者寻仇什么的。"

"我看他也不太像做慈善的。他好像对米洛先生的坟墓感兴趣。"

戴维指着劳埃德先生去的方向，空旷的大坑中间那个高高耸立的灵塔，"上面有个石头雕刻的圆圈，印第安人给米洛先生取名叫作'铁圈'，大概用那玩意儿代替他的名字。"

"铁圈？"吴有金的嘴唇动了动，"这倒是奇怪了，我在来的路上，劳埃德先生给了我一个金属圈，让我鉴定一下是什么材料。"

"啊？什么样的圈？"

"很坚硬，很轻，但只靠物理方法判断我也不知道是什么，我需要试剂来鉴定。"吴有金摸摸口袋，"他还放在我这里……而且按道尔顿夫人的猜测，他来这里就是冲着这种金属来的。"

"好吧，这事儿后面可以再说，现在我们得赶紧过去，不然他要是突然想挖开坟墓，那我们就麻烦大了。"

"那里究竟有什么？你太紧张了。"

"遗言，"戴维严肃地对吴有金说，"那是米洛先生留下的关键遗言。这段遗言又必须通过血狼，让他把遗物给我们，因此我们也必须保住血狼。"

"你到底在说什么啊？"吴有金有点晕了。

"反正就是'回家'这个任务要做下来，必须从米洛先生那里加 buff[1]，而加 buff 的条件就是拿到道具，这个道具的线索就在他的坟墓和血狼手

---

[1] 游戏里给某一角色增加有力量的魔法或者超能力等。

里,两个条件少一个都不行。"

"哦,这么说就简单明了了!"

吴有金脑子瞬间闪过一个念头:既然这么有缘,都能穿越一百多年相遇,说不定他和戴维也曾经在《魔兽世界》里擦肩而过。

"走吧,"戴维拍拍吴有金的后背,"你带了纸和笔吗?"

"嗯。"吴有金的口袋里的确有个小本子,之前就曾用来记录行进路线和温度之类,而且——他一直担心这次有什么不测,万一那样也好留个遗言证明自己来过,或者在被扣押为人质的时候给卢卡斯警长传个签名信什么的。

两个人加快了步子向着灵塔的方向走去,虽然是步行,但因为劳埃德先生的马也走得慢吞吞的,所以很快就赶上了。劳埃德听到身后的脚步声,转头来看到了满脸汗水的两个人。

"劳埃德先生,"戴维用热情的声音说,"我告诉艾瑞克这里葬着我们的同胞,所以他就要求一定要来看看。"

"同胞?"劳埃德上下打量了下吴有金,"我觉得吴先生是个黄种人。"

真是蠢到家了!

戴维在内心里鄙视自己,好在吴有金迅速地找到了更让人信服的理由:"是同乡,劳埃德先生,戴维说这位先生也是在洛德镇生活过的,所以我觉得应该来看看。"

"这倒说得过去。"已经来到灵塔跟前,劳埃德先生下了马,晃着鞭子走过去。

"记录,钱钱,"戴维低声对吴有金说,"这灵塔里面藏着莫尔斯电码。"

吴有金使劲看那个用石头垒起来的东西,半信半疑地眯缝着眼睛,"这比玩色盲测试还难。"

"你得寻找一个合适的角度。"

戴维一边说,一边慢慢地寻找着光线和灵塔的夹角,当他移动到可以看到边缘清晰的侧影时,突然扑通一下跪了下来,双手交握在胸前。吴有金在旁边吓了一跳。

"你干吗呀？"中国人连忙拽了一下他的胳膊。

"快，跪到我身边来，最好趴在地上。"戴维吩咐道，"你们中国人祈祷不是都五体投地吗？"

"那是磕长头！我是无神论者！"吴有金说。但戴维向他猛打眼色，他虽然搞不懂这个家伙到底要干吗，但还是照做了。

"把你的纸和笔偷偷拿出来，别让那家伙看见。"戴维刚说完，"那家伙"就向他们走过来。

"你们在干什么？"劳埃德先生皱着眉头看着两个跪在灵塔前不远处的人。

"祈祷，"戴维面不改色地说，"我们在为坟墓里那可怜的灵魂祈祷，他孤零零地在这荒原上，连一首圣歌都听不到，他的灵魂一定很难安息。安德鲁神父说过——"

这个名字连他自己说出来的时候都噎住了，吴有金用一副看到鬼的表情扫了他一眼。

戴维维持着圣徒的模样说下去，"咳，就是洛德镇的安德鲁神父。他说过在这个残酷的世界上，只有主的爱能让我们彼此关怀和支持，所以我们对于这位先生也应该有些同情。让我们为他的灵魂祈祷，这是我们唯一能为他做的了。"

我的个妈呀！吴有金在心里说，这可真是太有才了，能想出这么扯淡又恶心的理由。

劳埃德先生哼了一声，"我看你也不像那么虔诚的人，杨格先生。"

"我这几天经历生死，信仰比以前坚定了！请给我们一点空间，先生。"

劳埃德先生又狐疑地打量了他几眼，抬抬帽檐，重新去观察那个灵塔了。

戴维把注意力都放在那一层层的石头上，他压低了声音对吴有金说：

"钱钱,开始了,把我说的都记下来。"

戴维虽然嘴巴在动,但声音仿佛是从喉咙深处发出来的,劳埃德先生偶尔回头,只能看到他蠕动的双唇,而旁边的中国人则时不时地把上半身都伏在地上,就像古怪的东方人求神拜佛时的姿势。不过在他观察灵塔的时候,吴有金就迅速地将戴维说的点、线和空格都记下来了。

他们花了不短的时间,终于在通力合作下把灵塔的信息都收录完成了。

吴有金闪电般将纸片儿放进口袋里,这时劳埃德先生正好转过身来,吴有金的心脏颤动了一下,接着装模作样地从口袋里掏出一条手巾抹了把脸。"太热了,"吴有金说,"我觉得这位先生肯定会感谢我们的,我为他祈祷得都快中暑了。"

"当然,他会的,我能听见他的灵魂快乐地唱歌呢!"

劳埃德先生却耸耸肩,甩着他的马鞭走向这两个人,"我相信你们二位是做了件让死者高兴的事,不过我有个更棒的主意。"他对他们说,"拆了这个墓怎么样? 我们可以把他的遗体带回去。"

23

有惊无险

魂都吓飞了
美人心事
《印第安纳·琼斯: 魔宫传奇》

戴维从来都不认为自己是个多么好的人, 但他做人也是有底线的。比如他捡到十美元会揣进自己的包里, 但如果捡到一万美元就会交给警察。或者, 他利用公司的网络下载一点儿盗版歌曲什么的, 但是要让他利用黑客技术卖点儿机密给竞标对手, 他是绝对不会做的。贪小便宜和违法犯罪的界限他守得很分明。

以前有个同事在给客户设计网站的时候, 偷偷地留了个后门, 后来进去窃取人家的商业机密。虽然得到了十万美元的报酬, 但他后面好些年都只能在监狱里跟 "T-bag" 们 ① 玩牌了。

所以, 戴维很拎得清什么能做什么不能做。

_____

①《越狱》里面那个双性恋的人渣角色。

尽管劳埃德先生说得冠冕堂皇，但他挖坟掘墓的提议还是让戴维坚决地摇摇头。"没必要吧，"戴维说，"既然他选择了埋在这里，那么就让他留在他想待着的地方好了。况且……咱们要拖着一副棺材赶路吗？接下来的可是山路。"

"劳埃德先生，如果要带这个人的遗体回去，那我们就可以不去印第安人的部落了吧？"吴有金也在一旁说道，"而且，我们本来也有两个伤员，再拖一副棺材大概就跟拖着大包小包的邮车队伍差不多吧。"

劳埃德先生没有作声，接着他突然用马鞭狠狠地抽打了一下背后的灵塔，几块石头被扫落下来，噼噼啪啪地掉落在地上。

还好刚才全记录下来了！戴维看着那缺了一小块的灵塔，跟吴有金交换了一下眼神，里面透着一股"我们够聪明"的侥幸。

"你们说得对。"劳埃德先生说，"我们还有更重要的事情，反正死人在这里也没法再爬起来，等我们先达成了首要目标，再来考虑帮助这位先生吧。我们等会儿就出发，不过在那之前，还要确认一下，你的那位红野人朋友是否愿意配合。"

"他同意了，"戴维连忙说道，"他愿意带路。只不过他可能走得不快，如果他没负伤的话大概会好些。"

要是你们没有一来就把他往死里揍，那可能会让我们双方都方便点儿。戴维用意味深长的眼神看着劳埃德先生，但对方显然没有发觉其中的幸灾乐祸和责难。

他们往回走，劳埃德先生跨上马，把戴维和吴有金抛在身后。

"你是怎么看出莫尔斯电码的？"吴有金摸了把额头上的汗水，"我偷偷把纸垫在火柴盒上写，也没注意你怎么观察那个石头堆的。"

"要看侧面的棱角，钱钱。米洛先生相当聪明，他是用每一层的石头来做出空格和点、线效果的。"

"真是个天才！"

"是啊，如果没死就更好了。你能翻译这些东西吗？"

吴有金摸摸脑袋，有些迟疑，"我不确定，这玩意儿以前倒是接触过，但太久了我不敢保证能完全正确。"

他一面说着，一面摸出口袋里的纸片儿，上头歪斜模糊地写着那些密码。

...——/————/.-.-/.————/-./.————/.————/————/../.-.-/....-/-/....-/.——/

"我能认出第一个是数字，应该是……'3'，第二个也是数字，应该是'9'……"

"先收起来，现在千万别让劳埃德看见。"戴维在吴有金的手上按了一下，后者连忙把纸片收起来了。戴维向他笑了笑，"真厉害啊，钱钱，想不到你还懂这个。"

"大学的时候我有个室友，他那时在追求一个文学专业的女生，想用一个浪漫的方法，就想到了莫尔斯电码。我们整个寝室的男生都在帮他编码——你知道，哪怕是个最简单的句子，编码依然是很长一串。所以就用了大大小小的巧克力、巧克力条、巧克力豆、巧克力块……"

"哇哦，我有种不祥的预感。"

"嗯，反正那女孩儿收到了巧克力，然后分给了她的朋友们。"

"然后呢？"

"没有然后了，女孩儿问他为什么不买那种大小一样的巧克力糖。"吴有金耸耸肩，"那哥们儿蠢爆了，对吗？其实他把买巧克力的钱拿去买玫瑰说不定更有希望。不过，我们倒是因为这件事多多少少记下来一点儿莫尔斯电码。"

"希望你能把它们都破译出来，否则我们就得去找个电报局才行了。"戴维加快了脚步，"现在还是先想办法保住那个印第安人吧。"

走在前面的劳埃德先生已经来到了血狼的身边，他下了马，正蹲在血狼跟前和他说着什么。戴维和吴有金加快脚步，小跑着赶过去，正听见劳埃德先生再次提出他的要求——

"我希望你能好好地带路，我保证这里的任何人都不会碰你。"劳埃德先生说,"实际上我并不想对你们做什么,只是有些事情大概你们能给我答案。可是说实话,你带路与否其实并不太重要,如果我把你埋葬在这里,我们依然可以找到你的部落,虽然可能会多花费一些时间。只是那时候,如果缺少一个可以沟通的人,说不定你的同胞和我的人之间会有更大的误会产生。"

血狼还没有说话,戴维已经赶紧冲上去了。

"劳埃德先生,"他说,"虽然他也会英文,但您一下子说这么多,他可听不懂啊。"

"不,杨格先生,我觉得他的英文水平应该比你想象的好多了。"理查德·劳埃德又似笑非笑地对血狼说道,"我们已经浪费了快一个上午了,中午的时候我希望继续启程。那个时候你也可以开始工作了,你要选择一条正确的路。"

"劳埃德先生……"

"我只是告诉你的印第安朋友千万别耍小聪明。"

他拍了拍血狼的肩膀,站起来甩着鞭子走开了。

戴维来到血狼面前,有些紧张。印第安人却平静地站了起来,他拍拍身上和手上的沙土,背部还是挺得很直,他转头看了一眼走向那群雇佣兵的劳埃德先生,又转过来看着戴维。

"我吃饱了,"他说,"他说中午出发就出发吧。"

这是吴有金第一次听见血狼说话,他不得不承认这个人的发音即使跟自己比起来也毫不逊色。

"如果中午出发,那今天晚上就能赶到营地了吧?"戴维有些担心,"这个时间很难找到机会让你逃走,如果是晚上可能会好点。"

"我带你来的路是最短的,"血狼说,"从这里往另外一个方向走也可以到达营地,但是我们会绕过一条裂谷,那里有我们以前编织的绳桥。只要通过绳桥再往山下走,就会慢慢回到干河谷上,顺着干河谷走就会看到通往部落的路……"

"走这条路上有机会？"

"我会先走过绳桥，"血狼盯着戴维的眼睛，"而你，戴维，'白皮白骨'，你要砍断绳桥。"

他们重新出发了，不过这次留下了三个人。

两个伤员，他们显然不能在崎岖的山路上行走，还有一个志愿者——劳埃德先生许诺了一笔额外的报酬，并且不用穿过枪林弹雨，于是那个人欣然同意留在这座灵塔附近等待他们回来。

劳埃德先生给他们留下了三匹马和足够的水、食物，并且表示他一定会尽快回来，在这之前这三位可以留在此地，如果觉得伤势好转，也可以自己原路返回洛德镇。

他当然会回来了，戴维心想，他对米洛先生的墓念念不忘呢，我们得盯着他点儿。

一行人再度出发，血狼带路，走在最前面，戴维和吴有金跟在他后面，再后面是劳埃德先生和其他人。因为缺少一匹马，所以血狼是步行，他的双手依然被绑在身前，脖子上拴着一根绳子，绳子的末端握在戴维手里。

这感觉真是别扭极了！戴维想起了马戏团里驯狮子、老虎的人，他一直坚定地反对动物表演，现在却成了驯兽师——这大概还算好听的，更贴切点儿说，他好像在虐待动物。戴维最开始表示过反对：让这个印第安俘虏捆着手走路就已经有报复的快感了，拴住脖子完全没有必要。

但是劳埃德坚持认为这个印第安人很危险，虽然手捆着但腿是自由的，因为要带路不能砍掉他一只脚，但至少把脖子勒住会安全些。"他跟你比较熟，由你牵着绳子，这不是挺好的吗？至少你可以用语言驱赶他，换成我们说不定会用鞭子呢。而且啊……"劳埃德先生对戴维说，"他有没有捆过你？多想想自己的遭遇，杨格先生，过度的仁慈毫无价值。"

戴维想起了自己在血狼的牵引下一把鼻涕一把泪地走过戈壁的情形，但他很没出息地发现自己现在一点儿也不恨那个人。

"对啊，我真想拿鞭子抽他。"戴维干巴巴地说，捏住了绳子，那动作仿佛在抓一条蛇。

戴维努力跟上血狼，让那一截绳子始终松松地垂成一个弧形，不至于真的勒住血狼。

吴有金继续低声跟戴维说了劳埃德先生那个金属圈的事情，包括他怀疑这金属圈可能在地狱湖的印第安人手里，又告诉他其实道尔顿夫人也说在她的房子里见到过那种金属圈。

"她不知道你进过她的房间，对吗？"

"当然了，"吴有金说，"你觉得我会把这事儿说漏嘴吗？我还想留着我的脑袋呢。"

他们不约而同地回头看了看——那个黑发美人儿正走在劳埃德先生旁边，那个男人说了什么，引得她大笑起来。当她的目光对上前面这两个人的时候，那笑容就飞快地消失了。

戴维和吴有金同时回过头来。"我觉得她一定对我们俩跟印第安人走这么近感到不爽。"吴有金说。

"觉得我们既是蠢货又是叛徒，"戴维撇嘴，"算了，反正她又不会真的揍我们。只要别让她知道我们牵着的是谁就行了。"

他忽然又高兴起来，"对了，你看过《行尸走肉》吗，钱钱？"

"当然了，电视剧和漫画都看过！"

"我觉得我们就像牵着丧尸的米琼恩，是不是有点酷？"

吴有金看着旁边的这个死宅，干笑了一声——算了，就当是苦中作乐吧。不过他现在最希望的，还是有机会赶紧破译出口袋中的那一串莫尔斯电码。

他们从这火山坑一样的地方往东北方向走，跟戴维来时的地方相距很远，但路看上去要平坦一些，大石头一直往山腰的地方铺下去，开始还是熔岩的模样，几乎没有什么植物。渐渐地就出现了砂岩，还有许多小草和灌木冒出来，甚至偶尔可以看到几株约书亚树。血狼好像不知道疲倦，一直往前走，戴维和吴有金坚持了很久，最后还是爬上马背，让可怜的畜生驮着他们在倾斜的山地上行走。

下午的阳光变得格外可恶，简直就像一个心肠恶毒的主妇，把他们当成香肠一样翻过来调过去地炙烤着，巴不得他们里外全熟透了。还好戴维穿上了劳埃德先生给他的衬衣，避免他那偏白的皮肤被晒伤，可尽管如此，他还是满头满脸的汗，觉得自己都快夹不住马腹了。

跟他有同样感觉的不止一个人。于是在走过一片山谷，看到大片的阴影后，劳埃德先生宣布可以休息半个小时。

戴维和吴有金滚下马背，缩到阴影里。血狼也走过来，在他们旁边坐下。戴维这才发现他并没有他们以为的那么轻松。他的眼睛有些发红，嘴唇干燥开裂，身上的伤口有些结痂了，但有些还在渗血。

别是伤口感染了吧？戴维有点担心，他看了看血狼捆着的双手，把自己的水壶拧开，对他说："抬头，我给你喝点儿水。"

血狼看了他一眼，慢慢地仰头、张嘴。

戴维小心地将一股水流倒进他的嘴里，血狼的喉结滑动了几下，把水咽进肚子里。

"还有多久啊？"戴维在旁边小声地问，"你不是说要到一个裂谷那里吗？"

水分似乎让血狼的精力也回来了，他甚至冲着戴维笑了笑，"很快了，我会在天黑的时候带着你们到达那个地方，那是一个好机会。"

他们正在说话的时候，劳埃德先生和道尔顿夫人走了过来。

领队的男人看着坐在地上的血狼，对戴维说："看来你的朋友也不是那么强大嘛。"

"他是步行的，如果想让马跑就得让马吃饱。"

"我觉得他在带我们兜圈子，"道尔顿夫人冷笑道，"万一他想把我们带到别的地方去怎么办？"

"其实这个很好分辨啊。"吴有金在旁边插嘴说，"如果是部落的聚居点，肯定是地势平缓的地方，并且接近水源。如果我们越走越荒凉肯定不对，但现在我们走的地方植被越来越茂盛，地势也渐渐地平缓下来，应该是正确的方向。"

道尔顿夫人将信将疑地扫了血狼一眼，又对吴有金说："行啊，艾瑞克，你这是要说服我吗？"

"我只是按照常识推断。"吴有金用无辜的表情看着她。

道尔顿夫人笑了笑，竖起食指摇了摇，"别为他说话，艾瑞克，别相信印第安人，否则你一定会付出代价的。"

吴有金没吭声。

他心底有点丧气，倒不是因为道尔顿夫人的种族歧视，而是他本来想趁着这短暂的休息机会偷偷让血狼看看那个铁圈，说不定印第安人真知道这东西到底从哪儿来的。

"现在是晚上 6 点 27 分，"劳埃德先生掏出他的怀表，"离日落还有两个小时不到。如果吴先生说的正确，那我希望至少在天黑前看到一点儿希望，这是分辨他是不是在捣鬼的最好办法。"

戴维有些紧张，"什么希望？"

"到达部落的希望，比如灯光、脚印，什么都可以，只要能让我知道我们正在接近目的地。"

"可是……"

"没有可是，杨格先生，我是一个耐心不太好的人，如果我觉得有人在跟我玩手段，我就会……"劳埃德先生掏出他的枪，抵在血狼的额头上，"……打爆他的脑袋。'逆风投石'先生，在我没有叫你另外的名字时，你好好想想我的要求，这不难。"

血狼依然面无表情地看着这个威胁他的人，仿佛听不懂对方说的话。

但戴维的心都要跳出嗓子眼儿了，他浑身僵硬地看着劳埃德先生把凶器重新插进套子里，额角的冷汗缓缓流下。

当劳埃德先生和道尔顿夫人转身离开的时候，他开始希望那倒霉的裂谷绳桥快点出现。

十分钟后他们继续赶路，队伍依旧没有变化。可戴维已经无心再骑马，他把绳子在手腕上缠了几圈，紧紧地跟着血狼。

"喂，到底还有多远啊？"他偷偷地问血狼，"劳埃德已经不耐烦了，我觉得他真能开枪，你最好让他尝点甜头。"

血狼却好像一点儿也不着急，他朝前方抬了抬下巴，"快到了，等看到绳桥，他们就会相信那是通往部落的正确道路。"

"是这样啊，"戴维没什么信心地咕哝道，"好吧，就算你真的能及时赶到绳桥那里，又怎么能保证可以先走过去呢？而且，我又有什么办法弄断它呢？"

血狼转头看了他一眼，戴维觉得那目光里带着笑，"如果我们能在日落后赶到，你自然就知道该怎么做。"

哈，这话说得可真妙，就好像一切都尽在他的掌握中一样。

戴维心中腹诽，他讨厌这种感觉，自己就像一件工具，不论被拿去做什么，工具都没必要了解主人的意图。但这念头只是冒出来闪了一下，他一点儿也不想把血狼比作自己的主人。

就在他的满腹狐疑中，一行人又走上了一座山丘。天色越来越暗了，太阳正在不停地滑向西方，带着一层层血红色的云雾，在大地上留下一点儿残存的热量。天幕正在从深蓝色向黑色过渡，在黑色的地方，已经有一两点亮闪闪的星星出现。

戴维的心情就像这不断黑下来的天空。他仿佛能感觉到背后那些人的目光像钉子一样戳在他的脊梁上。虽然劳埃德先生并没有出声，但其他人的喧哗却越来越响了。

当天终于黑下来以后，他们来到了一个斜向上的缓坡，而此时此刻，血狼还没有停下脚步。戴维终于听到背后传来一个声音——

"好了，站住！"

完蛋了，戴维停下脚步。血狼又往前走了几步，绳子被他拉直了。

说话的不是劳埃德先生，而是道尔顿夫人。她跳下马，其他的人也停住了，有些人从行囊里摸出了火把点燃，其中有一个人递给她一支。

"天黑了，杨格先生。"她冲着戴维喊道，"我们之前说过什么你还记得吗？"

戴维没吭声，他知道如果自己说记得，这个复仇女神就会来崩了血狼；如果说不记得，她就会重复一遍劳埃德先生的话，然后上来崩了血狼。

见到他不回话，道尔顿夫人干脆拿着火把走过来。"天黑了，"她放软了口气，就仿佛是在招待她的客人，"杨格先生，我告诉过你，不要相信印第安人，他们满肚子都是诡计。这个家伙肯定不老实。他说不定正带我们去一个陷阱，也有可能是为了保护他的那些野人朋友而故意将我们带到荒漠中。"

"就算带错了路，也不该杀头啊。"吴有金在一旁插嘴道，"况且我们去找那些印第安人，又不是为了喝茶聊天，他不愿意带路也是正常的。"

他的话让道尔顿夫人的眉毛竖起来。"你真是个圣人，艾瑞克。"这个美人儿冷冷地一笑，就像纳尼亚的白女巫一样凌厉，"我曾经也觉得应该把这些家伙当人看，但他们总是一次次地用行动告诉我这想法实在蠢得没救！他们生活在荒原上，就跟那些吃尸体的郊狼和停留在白骨上的秃鹫一样，你不能把他们当作人。"

这话真是……就算是尽力想要容忍这时代偏见的戴维也感受到了一股偏狭的恶意。但他并不厌恶说这些话的道尔顿夫人，反而感觉到难过。

"在南方的种植园里，白人觉得黑奴也不能算人；在印度，婆罗门也觉得贱民不算人。"他说，"如果我把自己当人，那不管是黑人、印度的贱民，还是印第安人，我都得把他们当人。"

道尔顿夫人的脸色有些发白："真是轻巧，杨格先生，你没有因为这些人而失去谁，真是你的幸运。"

"是的，所以我说这些并不是想指责你，夫人。我只是希望你能明白，不必一直用有些事折磨自己。"

"哈利路亚，我真要以为你是安德鲁神父假扮的，都只会说些废话！"她冷着脸一把将戴维推开，走到血狼跟前，举起火把照亮印第安人的脸。

血狼的眉头微微皱了一下，他稍稍侧过头。

"结束了，"道尔顿夫人看着他，"我觉得应该让劳埃德先生兑现他的许诺。"

这位女士的眼神让戴维和吴有金心惊肉跳，生怕她从那张鼻青脸肿的面孔上看出什么端倪来。但她似乎只是单纯地将失去亲人的仇恨投射在任何一个印第安人身上，她会乐于看着他们被杀死，不管是谁。

道尔顿夫人看了血狼一会儿，回头对劳埃德先生喊了一声，那个男人走上来，一手放在皮带上，那把枪在火光下明晃晃的。

"等等，"戴维忍不住挡在血狼面前，"至少问问吧，说不定很快就到了。咱们再怎么也得弄个'袋鼠法庭'吧……"

他转头对血狼说："你还是为自己的性命努力一下吧，到底还有多远，你给个预估也好啊！"

为什么到现在只有他两边都不讨好呢？戴维简直要气炸了！

血狼轻轻地将他推开，向着劳埃德先生伸出手。"给我一支火把。"他说。

"你已经不能继续往前走了，逆风投石。"劳埃德先生抽出了手枪，"我这个人从来都对承诺很认真，我说过的话绝对不收回去。"

"给我一支火把，"血狼依旧保持着那个姿势，"你们要看到标记，我指给你。"

"给他一支火把有什么关系，又不是给他枪。"戴维着急地说，伸手从道尔顿夫人那里夺过了火把，塞给血狼。

女老板差点给他一耳光，但最后只是冷笑一声，抱着手臂退开了，她脸上的表情就像是在看陷阱里的兔子。

血狼拿着那支火把向这个倾斜的山坡上走了十几码，然后站住了，他把火把举高了一些,于是在山坡边缘,有一条绳桥的前端便显露出来。

"哇喔……"吴有金咋舌——这绳桥的一头是用打桩的方式固定在山丘的边缘,而因为是斜坡的关系,他们都没有发现前方山体上有一块巨大岩石分成两半后形成了巨大的裂口。

"从这里过去就很近了。"血狼说,"这个桥很窄,你们必须一个一个地走。"

戴维来到这绳桥旁边,伸手摸了摸那手腕粗的绳索,看上去像是植物的纤维编织在一起后用油浸透又晾干的产物。

需要砍断的就是这东西吗?

戴维简直要翻白眼了——这玩意儿摸上去就像尼龙绳一样结实,要一下斩断除非用上好的日本武士刀!

"我弄不断它,"戴维轻声对血狼说,"它简直比我妈妈做的风干肉还硬。"

血狼瞥了他一眼,"那就让我先过桥,我来弄断它。"

戴维突然想到了《印第安纳·琼斯》第二部《魔宫传奇》,那里面绳桥断裂的场面可真经典啊。不过现在他觉得血狼像是琼斯博士,而自己和后面的牛仔们,就跟那些傻乎乎的邪教徒一样。

管他呢,他横下心,反正绳桥下面又没鳄鱼!

24

意料之外

跑吧, 血狼, 跑吧

陷入从未有的困境

谜底揭开

　　戴维转过头, 道尔顿夫人和劳埃德先生走近了一些, 身后还有其他人, 他们也看到了绳桥, 眼睛里充满惊讶和警惕。

　　"这通向哪里?" 劳埃德先生问。

　　血狼指着桥对面的黑暗: "过去以后, 再向着平原前进, 天亮前就能在最亮的那颗星星下抵达部落。"

　　劳埃德先生对这模糊的描述并不满意, "你在敷衍我们。"

　　"你要我给你看正确的路标, 这就是。" 血狼又顿了一下, "而且, 你们还有枪。"

　　他这是在故意示弱吗? 戴维猜测, 同时紧张地盯着劳埃德先生。但那位领头的人此刻没有注意戴维, 他把狐疑的目光投向那座绳桥。

"只有这一条路？"

"不，"血狼不紧不慢地说，"但这是最近的路。"

"你希望我们就这么走上去？"他笑了笑，"这个狭窄的玩意儿看上去一次只能走一个人，这有点冒险。"

戴维终于接上话："的确是冒险，劳埃德先生。"他又拽了一下绳桥这头的绳索，"我觉得这东西感觉不太牢靠，说不定走着走着就断掉了，先试一试比较好。"

现场安静下来，劳埃德先生环视着周围，并没有人觉得自己有必要自告奋勇地承担这项任务。最终他把目光落在了戴维身上，"你说得对，杨格先生。也许是应该有人先走过去。"

"我觉得让'逆风投石'去可能会好些。"戴维连忙说道，"他体格高大，也比较重，他要是能安全过去，那么我们就都可以走过去了。"

哦，天啊，差一点儿他就要我走过去了！这个混蛋就不怕我摔死啊！他大概只想要能带路的人吧！戴维一边紧张得心跳加速，一边对劳埃德先生的打算充满愤怒。

"但我们得放弃马，对吗？"道尔顿夫人说，"没有马，那我们后面的路该怎么走？你怎么能保证这个印第安人带我们来这里不是要一步步地让我们丢弃装备呢？"

这个女人真是太聪明了，戴维心想，而且还那么漂亮，要是再温柔善良点儿简直就完美了！

"人能过去是最重要的吧……"戴维说，"要不我们把衣服铺在木板上，它们看不到空隙大概就可以过了，不过前提依然是这个绳桥够结实。"

"所以依然需要试一试。"劳埃德先生似乎已经不想在这个回到原点的问题上浪费时间了，"那么就让这位向导先生试试吧。"

感谢上帝！戴维松了口气，向血狼眨了一下眼睛。但是他的高兴劲儿还没有过去，劳埃德先生又开口了："如果他能走过去，杨格先生，我希望你接着上，还有吴先生，也许你们可以用两个人的体重试一试。"

见过混蛋没见过这么混蛋的，现在连吴有金都开始后悔了——原来卢卡斯警长描述的这个人真是个心狠手辣的家伙。他现在显然没有把自己和戴维当成同伴吧。

"那就别磨蹭了，赶紧让他去吧！"队伍后面有人说，"我们需要节约点时间。"

很多人开始附和他。

劳埃德先生走上前，"请吧，'逆风投石'先生。"

戴维看着血狼，印第安人也深深地看了他一眼。戴维觉得那目光中有些暗示，可到底是什么意思，他又不知道——血狼肯定临时又有了打算，他只能这么模糊地判断。

印第安人的双手依然没有被解开，他握着火把，慢慢地踏上了绳桥。这简陋的绳桥主要是六根绳子悬挂在裂谷的两头，只有不到二十码的距离，其中四根平行，上面铺着宽窄不同的木板，两根在旁边当作扶手，一些细小的绳子编织成网状兜住侧面和底部。当血狼走上去的时候，它就摇晃起来，连火把的光似乎都开始剧烈地跳跃了。

戴维紧张地捏紧拳头，就跟等乐透开奖似的，血狼每踏出一步都像踩在他的神经上。在他充分地体会了爱因斯坦关于相对论最通俗的解释之后，血狼终于走到了绳桥的尽头。

他要动手了！戴维紧张地想，他要弄断绳桥了，他没有刀，他会怎么办？如果劳埃德先生向他射击会怎么样？

但出乎意料地，血狼却高高地举起火把，向他们画了个圈。

他这是什么意思？戴维忽然有种不祥的预感，他转头看了看吴有金，对方脸上已经显露出震惊和愤怒。

在他还没反应过来的时候，劳埃德先生已经走上前。"该你们了，杨格先生，吴先生。"他说，"看起来这绳桥应该是安全的。"

安全的话为什么你不带着你的喽啰们串成一串爬过去啊！

戴维在心底咆哮着，脸色阴晴不定。

"快一点儿，"劳埃德先生催促道，"还有吴先生，赶紧过去。"

他的手放在腰上，按住手枪的皮套。

吴有金赶紧来到戴维身旁，额头上冒出汗珠。"怎么办？"他低声说，"难道必须去走这个东西，万一真的断了呢？"

"你觉得他会不会向我们开枪？"

吴有金想了想，最后哭丧着脸点点头。

戴维又望了一眼远处的血狼，在火光下，他脸上的表情隐没在阴影中。戴维猜不透他的想法，但现在这情形，他和吴有金没有别的选择。

这个时候道尔顿夫人却有些迟疑地开口："或许我们不需要用人来尝试，我们可以把马驱赶过去，选一匹温驯点的……"

太晚了，夫人，如果当时你没有提出你的顾虑或许还好些。戴维在心底叹气，但他还是不会对她产生怨恨。

"反正这裂口下也没有鳄鱼，对吧？"他对吴有金说，而对方一脸"你是气糊涂了还是吓傻了"的疑惑表情。

戴维也顾不上跟他解释："只要走过去就好了，我们小心点儿，不会有事的，反正留在这里也不过是跟这群讨厌的人待在一起，对吗？"

说完，他拉住吴有金的手，对劳埃德先生伸出另外一只手，"再给我点儿光。"

很快又有一支火把塞到了他手里。

戴维和吴有金来到绳桥前，这宽度很难允许两个人并排通行。他微微地低头，感觉到呼呼的风声穿过绳索的缝隙吹到自己身上，带着一股冷飕飕的凉意。在绳索和木板之间的缝隙里，开始还能看到红黄色的沙砾和岩石，但再往前就只有黑漆漆的虚空了。

戴维吞了口唾沫，他走在前面，后头的吴有金拽着他的手，他回头咧开一个难看的笑容，"我还是第一次牵男人的手呢，当然我爸爸的不算。"

吴有金想回报他一个笑容，但是脸部的肌肉只能抽动一下。

"小心点儿！"道尔顿夫人在后面叫了一声，她是真的担心他们，但戴维也来不及告诉她"我不怪你"了。她心眼儿不坏，只是有时候太多刺儿。

他们一步一步地走上绳桥，拉着手，戴维举着火把，吴有金扶着侧面的绳子。两个人开始移动的时候，绳桥就剧烈地摇晃起来。戴维有点想吐，联想到自己第一次坐过山车的感受，胃部一阵抽搐。

没什么大不了的，他鼓励自己，他可是连枪林弹雨都经历过的人啊！

他们磨磨蹭蹭地挨到绳桥中间的时候，戴维抬起头，看到了血狼。那个男人正注视着这边，火把还在他的手上。

马上就快要到了，戴维冲他笑了笑。

但就在这个时候，血狼忽然将火把放在了绳桥上，火苗很快就舔上绳桥，如同一条会裂变的蛇，飞快地爬满了绳索！

"跑！"血狼突然大叫起来，"快！"

戴维只愣了半秒钟，突然就拽着钱钱向那头狂奔起来——现在他们已经不可能回头，必须在绳桥烧断前跑到对面。吴有金惊惶地叫了一声，脚下的绳桥像波浪一样起伏着，晃得他们几乎站不稳。

但戴维知道，他们可能只有十几秒的时间，甚至更短。

火苗已经向着他们奔袭过来，最开始燃烧的地方发出噼噼啪啪的声音，戴维和吴有金的心跳简直要失控了，他们脑子里只剩下一个念头：快一点，再快一点！

身后传来人们的惊呼和马的嘶鸣，还有一个尖利的女声："不！别开枪！"

枪响了两声，戴维和吴有金都感觉不到自己有没有中弹。他们离桥头越来越近，戴维甚至一只脚已经踏上了引桥的部分，而此刻燃烧的绳索发出断裂的声音，他们脚下突然一轻。

完了！

戴维脑子里闪电般地蹿过一个念头：我死了是不是就可以瞬间穿越回去？

但一双大手猛地抓住了他的右手，接着又是一拽，戴维就向前扑倒，趴在了地上。他身后的吴有金发出尖叫,拖住戴维的手突然往下沉。

"拉住我!"戴维叫道,扔掉火把又去拽身后的人,三个人在裂口边挣扎半天,终于都爬到了悬崖上。

戴维和吴有金喘着粗气,衣服都被冷汗湿透了,手脚撑在地上不停地颤抖。他们这辈子没有经历过比这更危险的情形,刚才那个瞬间似乎已经看见了死神的脸。他们大口大口地喘气,吞咽着唾沫,抬起头看着对方的时候,都能从那张脸上看到大汗淋漓、扭曲抽搐的肌肉,看到显露无遗的恐惧。

"我……"戴维一开口,就发现嗓子发音都很困难,"我大概会得心脏病。"

吴有金很想配合他的玩笑,却一个字儿也说不出。

他们又听到噼里啪啦的响声,此刻绳桥也已经彻底烧断,燃烧着半截荡到对面,悬挂在岩壁上,火苗还在不断地往上爬。

"血狼!"

对面传来劳埃德先生愤怒的叫喊。戴维转过头,看见他们的领队冲到了悬崖边,冲他们端起手枪,他后面又跟上好几个人。

血狼飞快地起身,把戴维丢在地上的火把捡起来,向着裂口处扔下去,悬崖上顿时又陷入了黑暗。

血狼对戴维说:"跟着我!"

接着他爬起来,像猎豹一样灵敏地往远处跑去。他的动作那么迅速,让戴维突然想起了佛瑞斯特·冈普[1]。

戴维吐了口唾沫,朝对面看了一眼,对吴有金说:"先走吧,咱们不能真的在这里当活靶子。"

"麻烦大了!"吴有金嘀咕道。于是两个人相互搀扶着站起来,跟在血狼身后潜入黑暗中。身后很快就响起密集的枪声,中间还夹杂着道尔顿夫人的尖叫。

---

①《阿甘正传》的主人公。

"你刚才说什么？"她的声音断断续续地传来，"……你叫了谁……"

哎，完了……戴维在心里叹气，现在一切都完了。

吴有金以前看过贝爷的《荒野求生》，他虽然很佩服那个站在食物链顶端的男人，但还是觉得在现在的文明社会，还要去荒野里受虐简直是脑子有病。他从来不参加什么驴行，也从来不参加背包族的邀约。旅游的时候喜欢选择成熟发达的旅游区，提前订好舒服的旅店，到了目的地就吃吃喝喝，走走逛逛。

简而言之，至少在他没有来到这里前，他从来不相信自己会在深夜的西部荒原上，走得口干舌燥、精疲力竭，全身都是沙土，手掌还磨破了。

他踩在凹凸不平的石头上，滑倒了好几次，双腿越来越不听使唤。

戴维走在他的前面，也跌跌撞撞的，再前面是那个印第安人。月亮从云层后面露出半张脸，照得前面两个人的背影镶出一道暗淡的亮边儿。

"嗨！"吴有金终于忍不住叫了一声，"我们现在到底是要去哪儿？就不能先停下来说清楚吗？"

前面的人停下脚步，不约而同地转过头来。

吴有金干脆在石头上坐下来，满心地怒气，"这下可真棒啊！我们没有了马，没了吃的，甚至没有水，而且还不知道往哪儿走。这真是太妙了，我们天一亮就会被晒干，然后倒下去，喂郊狼和秃鹫。我原本只是想来带你回去的，戴维，我可没准备好被枪击，被胁迫，还走绳桥，差点摔死！我这辈子都没有这么疯狂过！我受不了了！现在我们完蛋了，我们脱离了队伍，只会被他们当成叛徒。我们不可能跟印第安人住在一起，可是也没法回到洛德镇去！拿到了这个密码又怎么样呢？谁知道它指向什么？说不定只是几张破照片什么的，完完全全的废物……我真后悔，戴维，我应该听卢卡斯警长的话，我压根儿就不该跟着那混蛋来这里……"

吴有金说着说着，鼻子都有些发酸了。

戴维走过来，在他身边坐下。

"你有权利责怪我，钱钱，"他说，"要不是我，你根本不必经历这一切。可是，我们两个原本都不必经历这些的！如果不是为了回去……我们可以在洛德镇生活。"

吴有金抬起头看了他一眼，戴维的脸上也满是灰土。

"你能放弃吗？"戴维问道，"不再试图回去，安心待在这里，你已经有了一门手艺，我也可以学……我们两个就在这个世界伪装成跟他们一样的人，过几十年以后就埋在安德鲁神父的墓地里。如果运气好，到了21世纪，说不定会有我们认识的人来到这里，走过我们的墓碑前，惊诧于我们和他们那消失的朋友同名同姓。跟我说说，钱钱，你愿意让这情形发生吗？"

吴有金的喉头动了一下，有滴眼泪啪嗒落在他的手上。

"我也不知道现在该去哪儿，"戴维继续说道，"也许我们现在真的只能跟血狼回他的部落去。你觉得我们还能回头吗？"

吴有金低下头，"桥都断了。"

"是呀，而且劳埃德还暴露了血狼的真名。道尔顿夫人可能会先毙了他，再把我们俩撕成碎片。"

吴有金想了想，"我觉得她比劳埃德先生可怕多了。"

"是的，因为她是个美女，美女发脾气是这个世界上最吓人的事情。你见过她丢飞镖的样子，对吗？"

吴有金无声地点点头，摸了摸自己的口袋，"那个密码还在我兜里。"

"这一切都是值得的，钱钱，我们必须相信。"

"是啊……不然还能怎么办呢？"

他们两个又默默地坐了一会儿，直到血狼走过来。

印第安人手里拿着一把小刀，就是之前他们偷偷塞给他的那把。现在他已经把它从鞋子里摸出来，割断了腕上的绳索，捏在手里。

"走吧，"他对他们说，"现在我们要折返，走捷径的话，我们可以在明天中午前回到部落，立刻撤离。"

戴维看着他,"你刚才点火的时候,有没有没考虑过我们来不及跑到桥头的情况。"

血狼的脸在黑暗中模糊不清,他过了一会儿才回答道:"你们别无选择。"

戴维一下子跳起来,"我们差点摔死,或者是被身后那群疯子用枪打死!"

血狼的声音依旧很平静,"他们瞄准的是我,而且我知道你们能跑过来。赶紧走吧,如果你们不想碰到狼的话。"

然后他转过身,继续前进。

这一片荒原是血狼的领地,即便是在漆黑的夜里,他也仿佛是走在明亮的日光中。他轻易地找到乱石中间的小路、干涸的溪流,绕过风化脆弱的绝壁,很快就来到山下。他们向前走,中途又休息了两次,终于在天快要亮的时候抵达了红手的部落。

一些篝火在帐篷外面忽明忽暗地跳动着,印第安人都在沉睡,除了零星几个人在走动,到处都静悄悄的。

血狼领着他们来到自己的帐篷前,他撩开了门,看到一个燃烧殆尽的火塘,灰雨正在旁边的皮毛垫子上沉睡。

他们的突然闯入让印第安少女吓了一跳,她很快清醒过来,迅速地抓起垫子下的匕首。但当她发现进来的人是自己的哥哥,并且还带着伤的时候,她的表情从戒备变成了震惊。

兄妹两人用母语急切地交谈起来,戴维和吴有金只能在旁边喘着粗气。

"这姑娘好漂亮啊。"吴有金低声地对戴维说,"我觉得她像——"

"宝嘉康蒂公主?"戴维笑了笑,"是的,不过她叫灰雨,一个挺倔强的女孩儿。"

他们的选择是正确的,戴维看着灰雨生动的脸庞,一点儿也不希望她被劳埃德的人用枪指着。

血狼结束了跟妹妹的对话，转头来对戴维和吴有金说："灰雨会给你们一点吃的和水，你们休息一下，我得去找红手，让他命令大家暂时离开这里。"

"所有人吗？"

"所有人。"

"那你们往哪儿走呢？"吴有金问。

"往南，我们有时候会去另一个地方度过整个夏天。"

"那我们也要去吗？"吴有金说，"其实你可以给我们两匹马，我们能找到回洛德镇的路，好歹我们救了你，是吧……"

血狼没说话，他看着戴维，过了一会儿，又把目光落在他们旁边。

戴维顺着他的视线望去——是那个"聚魂棺"。

"如果你们想走，我可以说服红手。你们会获得自由的，但是你们必须现在给我一个明确而且统一的答复。"

戴维问道："你的意思是，如果我们现在离开，你不会把这个箱子给我们是吗？"

"铁圈唯一的条件，就是必须让我看到他留下的信息，你们不能给我，我就不能把它给你们。这跟你们是否救了我没有关系，你们可以要求我做别的来回报。"

真是公正无私且忠诚可靠的遗嘱执行人，胜过任何一个律师。

戴维咬咬牙，拉住吴有金，"我们还不能走，钱钱。"

"我们先回洛德镇，我们去找卢卡斯警长，他会帮我们，不会让劳埃德对我们怎么样……"吴有金说，"我们不能跟印第安人走，那样的话会彻底地被视为叛徒，将来有机会再来找他们吧。"

"你真认为我们现在回去，还有机会跟印第安人碰头吗？他们警惕白人，而白人对他们更加冷酷，他们或许根本不会再让我们找到。"

"可现在是我们离开的最好机会。"

"看看那个字条，钱钱，"戴维央求道，"现在还有点时间，万一你真的破解了呢？"

"可是……"吴有金抬头看了看帐篷上方的那一块小小的天空，暗蓝色的天幕正在变浅，又一个白昼正在到来。

"看，"戴维跑过去把"聚魂棺"上的东西都扫开，让它暴露在吴有金的眼前，"我们只差一步了，也许这里面真的就是一把钥匙。你愿意就这么放弃吗，钱钱，看看那张字条，你可以的……就一下！"

吴有金做了个深呼吸，终于从口袋里摸出抄写着莫尔斯电码的纸片儿。

"再给我一点儿光。"他要求到，血狼和戴维同时去给火塘添加了木柴。

帐篷里亮起来了，吴有金全神贯注地看着那些点、线和空格，绞尽脑汁回忆着好几年前他跟同寝室兄弟在昏暗的台灯下研究的情形。那些青春的时光和对于家园的记忆随着这些符号一起从心底涌上来，他的眼睛都变得酸涩了。

他摸出那一截铅笔，在纸片儿的角落里写下他能认出的符号：

"3……9……这是个点号……1……没错，这都是数字。哦，后面是个字母'N'，接下来还是数字，1……1……8，又是一个点号……4……6……"

他手中的笔突然停下来了，脸色变得有些发白。

"怎么了？"原本在旁边屏住呼吸的戴维立刻问道。

吴有金的表情有些绝望，"我……最后一个符号我认不出来。"

"再想想，钱钱，再好好想想。"

吴有金摇摇头，"不行，我真的不知道，我真的不知道！"

戴维抓起那张纸，看着上面的符号："39.1N118.46……这是什么意思？"

他盯着那几个毫无逻辑的数字，大脑皮层的活动从来没有这么剧烈过！

"39.1N118.46……39.1N118.46……39.1N118.46……"他正在喃喃自语，突然叫道，"钱钱，这难道是经纬度吗？"

"啊？但是……经纬度不是这么写的啊。"

"没错，符号不对，可是如果把最后的符号设置为O，39.1N118.46O，变成39°1'N118°46'O，这是很标准的经纬度的写法啊，那个O，很可能就是W。"

"所以就是北纬39度1分，西经118度46分？"

"所以这其实就是个坐标啊，钱钱！"

吴有金还是感觉有点蒙，但此刻他似乎也想不出更好的反驳理由，只觉得戴维这跳跃的思维其实挺冒险的，"可是，如果是经纬度的话，那么也有可能是E啊，那就是东经118度46分。"

"只有一个判断正误的方法了，"戴维说，"直接给他看看。"

他把目光投向了血狼。

吴有金狐疑不定地用手在裤子上搓，"可是，万一是错的呢？那他会不会就不会给我们这箱子了？"

"信用卡密码还允许输错三次呢！"

戴维拿过铅笔，在纸的背面工工整整地写下了"39°1'N118°46'W"这一行字，递给了血狼，"铁圈希望看到的是不是这个？"

血狼接过字条，凑到火塘前读起来。

吴有金的心脏狂跳起来，就好像当年他查询高考成绩那一刻，他看了看戴维，对方也抿着嘴唇，活像被告席上的犯人在等待陪审团做出是否有罪的判决。

时间过得很慢，血狼的目光好像粘在了那小小的纸片儿上，过了好一会儿他才抬起头来，把纸片还给他们。

戴维和吴有金的心都不约而同地沉下去了——完了，不对。

"那个箱子，"血狼从那边抬抬下巴，"它归你们了，你们画的符号就是铁圈让我记住的。"

25

再次逃亡

身上带着定时炸弹

意想不到的援兵

或许仍然有人性的存在

戴维和吴有金相比要高十厘米，所以当他和吴有金一人一个把手提着那个"聚魂棺"往前走的时候，老觉得自己这边的分量有点重。也许是他太紧张了，所以感觉从血狼的帐篷到酋长的大帐之间这几十码的距离简直有些漫长，因此这箱子也显得越来越重。

这里面到底是什么呢？

根据他们俩的掂量，这箱子里应该装满东西，没有那种空荡荡的碰撞声，但也肯定不是黄金，不然他们俩得使出吃奶的劲儿才能提起来。

无所谓了，等血狼向他的族长禀告过后，他们就正式拥有这个箱子了，打开它就能解开谜团。

"到了。"血狼对他们俩说，然后在那个最大的帐篷外面用印第安语言高声说了几句。

不一会儿，里面传来了一阵人声，接着帐篷里透出火光。一个年轻的印第安人举着火把出来，吃惊地望着血狼，还有他身边的毛嘴子，以及一个明显不是毛嘴子的黄皮肤小个子。

他们俩交谈了几句，不知道血狼说了什么，但那个青年人很明显给吓着了，点点头，就把他们放进了大帐里。

这里面的气味不太好闻，大概是因为烟叶的味道过于浓郁，还有一些辣椒做的食物以及炭火燃烧后的气味。

那个叫红手的休休尼人酋长显然是刚从睡梦中被唤醒，他的妻子为他披上衣服，然后退开。

血狼向他的酋长行礼，又是一阵述说。

"我觉得他正把昨天那一堆倒霉事儿告诉这位大爷。"吴有金压低了声音对戴维说，"我希望他能赶紧说服他们的头儿开始拔营上路，不然麻烦就大了。"

"还希望他能借我们两匹马，虽然我们可能还不了。"戴维也偷偷地回复他。

红手满是沟壑的脸上涂着红色和白色的颜料，他闭着眼睛听完血狼的叙述，又跟他说了几句。血狼就把吴有金那个破烂的字条递上去，红手慢慢地睁开了眼睛，看着那个字条，又转向戴维和吴有金，说了一句什么。

"红手在问你们是怎么破解出铁圈的留言的。"血狼义不容辞地充当起翻译。

因为我们聪明机智，并且刚好懂得莫尔斯电码。"铁圈先生让你们建立的墓上就有他的暗号，这暗号必须是跟他有相同知识的人才看得懂，"戴维用谨慎又谦虚的词说道，"当然，如果只有知识但思维不够灵活也是不行的。"

他不知道血狼有没有把后面这半句翻译过去，反正这次说出的印第安语句子相当简短。

红手又说了几句,血狼翻译道:"他认可你们的谜底,这跟铁圈嘱咐我们要做的事情一样,你们可以带走箱子,也可以离开这里,你们自由了。我建议你们赶紧启程,因为我们也要马上离开,这里已经不安全了,如果那些毛嘴子够聪明,他们很快就会从另外的方向找到这里,他们不会放过我们,也不会放过你们。"

这就可以走了?

虽然有点心理准备,也期盼着这一天,可当血狼真的说出来,戴维却觉得有些不敢相信。他看了吴有金一眼,对方的眼睛里也闪动着喜悦。

"那个……谢谢,"戴维说,"我是说,事实证明我们都不算坏人。我想多问一下,既然同意把这个箱子给我们了,那钥匙在哪儿呢?我记得血狼先生曾经说过,打开这箱子的钥匙被铁圈先生藏起来了,可藏在哪儿了呢?我想他应该还会多说点儿,甚至是隐喻……"

"什么叫隐喻?"

啊,又是文法!"就是用一件相似的事情来说另外一件事情,并且说出来不容易被人察觉。"

"那不是隐喻。"血狼打断了他,"钥匙的确不在我们手里,他说他放在怀念的地方。"

戴维的脸色有些发白——我不想再走过那该死的夜路,冒险回到那个火山坑里,骗过留在那儿的几个雇佣兵,再像疯子一样推倒灵塔刨坟寻找线索。

连吴有金都有些脸色不好,他勉强笑了笑,"先生,您难道是想告诉我,其实钥匙压根儿就找不到?"

"不,"血狼说,"他说他会放在某个地方。"

这消息还真有帮助。

血狼无暇欣赏这两个人精彩的表情,他接着说:"铁圈说,你们既然能找到第一个关于墓的谜语,那就能找到第二条线索。他在那里留着箱子的钥匙,等你们去取。"

他们到底碰上了一个什么人啊？戴维和吴有金同时在心底疯狂地呐喊，难道这位米洛先生的爱好是读《福尔摩斯》吗？哦，不对，那时候福尔摩斯都还没有诞生呢！

吴有金说："看来我们只能先带着这个箱子回去。"

"这位铁圈先生怎么不担心我们把这箱子砸掉呢？"戴维幽怨地说，"那就根本不需要钥匙了。"

"万一这箱子里有东西根本就不能砸呢？"

"还能是硝化甘油吗？"戴维叹了口气，"带回去就带回去吧。你们可以给我们两匹马吗？"

血狼想了想，对红手说了两句，红手摇摇头，伸出一根手指头。

"完了，他们就给一匹，"戴维看着血狼，"我没猜错吧？"

"我们马上就要走了，一匹马已经很慷慨了。"血狼说，"你们两个人骑一匹马绰绰有余。"

看起来再没有商量的余地了。血狼带着他们向红手告别，离开了酋长大帐。当他们走出来的时候，一些年轻的印第安人被红手派出去，挨个向帐篷里面的人喊话。于是整个寂静的营地变得喧闹起来，中间夹杂着一些婴儿的哭泣声。人们从梦中惊醒，走出家门拆下帐篷，捆扎行李，这景象让戴维和吴有金都有些难过。

他们原本应该在这里待到冬天吧，守着这些猎物和水源，让孩子在帐篷外玩耍。戴维想到那些他曾经不情不愿地救治过的人，第一次觉得如果祈祷管用的话，他不妨为这些异教徒祷告祷告。

血狼回到了自己的帐篷，灰雨正在里面收拾东西，血狼跟她说了几句，这个少女的脸上有些吃惊，但她并没有说什么，转头去了帐篷后面。

"我让她把'吉斯卡'带来，你们可以骑它，它是一匹强壮的公马，是我的财产。"血狼说，"我还有一匹'黄木花'，那也是一匹好马，但我和灰雨需要它，不能给你们。"

戴维有些意外，他结巴了一下，想要说出感谢的话，但又觉得经历过那么多事情后，这些话实在有些苍白和客套。血狼并没有注意到他的犹豫，他钻进帐篷，隔了一会儿出来的时候，手上拿着一个小小的皮口袋。他把手指伸进那皮口袋里，拿出来的时候沾着红色的东西。

他要干吗？吴有金疑惑地看了看戴维。

这时候血狼上前一步，忽然捧住戴维的脸，沾了红颜料的手指在戴维的脸上横着画了一道。

戴维吃了一惊，他本能地往后一退，但被血狼阻止了，很快脸上又被画了一道。

"不用担心，"血狼说，"红色对于我们来说，代表着和平。你是一个不同的毛嘴子，戴维，我也可以叫你'白皮白骨'。你对待我们就像是你对待你的朋友。不要改变，我希望你离开以后，也能够记住，我们其实是愿意交朋友的。"

血狼的话让戴维安静下来，静静地等着他在自己脸上一边各涂上三条红色的横线。

血狼同样在吴有金的脸上涂了三条，用印第安语吟唱了几句。当他结束的时候，灰雨牵着一匹黑色的骏马站到了旁边。

"走吧，神会保佑你们的。"血狼说，"但是请小心，你们并没有脱离危险，那个毛嘴子会追踪我们，也会追踪你们。他很贪婪，他的眼睛像蛇。你们有他想要的东西，我能猜到。"

"你说的是这个箱子，还是别的？"

"也许都有，他要的东西绝不会只是一种，这是贪婪者的本性。"

这话说得戴维和吴有金背后都冒出一股凉气。戴维勉强笑了笑，"谢谢你的提醒，我们会尽快回去的，到了镇上就安全了。"他又看了看血狼带着伤口和青紫的脸，想要说点儿什么告别的话——

他开始觉得其实血狼人真的不坏，他对待俘虏的态度和劳埃德先生比起来有着截然不同的区别，在这件事上文明和野蛮的分属恰好调换了。

戴维和吴有金上了马，他回头看看血狼，迟疑地说："那……你也保重吧，希望你和部落里的人都能平安。"

血狼点点头，冲他笑了笑。帅哥就是好啊，戴维在心底感叹，平时不苟言笑，现在青一块紫一块的，但只要笑起来就充满了魅力。

血狼提供给戴维和吴有金的是一匹健壮的好马，它身上一边搭着两个灌满水的皮囊和熏肉，另外一边是戴维之前被换下来的衣服裤子，还有其他的个人物品。再加上他们两个人和一个箱子，这马虽然不能飞奔，但还是可以快速地小跑前进。

他们离开部落的时候，血狼给他们说了详细的方位，并表示很遗憾不能亲自去送他们，因为现在整个部落都必须尽快离开，戴维和吴有金都全神贯注地听着，尽量记住。

虽然血狼没有来送他们，但是当戴维向外走，不时地就有一些印第安人走向他，叫着相同的发音，把一些小东西塞到他怀里——有五颜六色的石头串，骨头磨成的手链，还有一些吃的，甚至那个叫作断刺的小女孩儿也来了，她用力把几个木头雕刻的小人形塞进他的衣服口袋里，又拔腿跑开了。

"他们好像跟你很熟了。"吴有金问，"你跟他们相处得很好吗？"

戴维摇摇头，"只是冒充了一下庸医……我觉得自己挺混蛋的。"

如果是真正的医生，好歹能让断刺的父亲稍微舒服一些吧。戴维觉得自己一辈子都没法忘记那个孩子的眼睛。

"走吧，"他对吴有金说，"别让我们再耽搁他们的时间了。"

吴有金看着戴维的表情，他猜测其实戴维的俘虏生活并没有他预想的那么凄惨，似乎那些休休尼人对他还算客气，而且他也不像之前那样对这些土著充满了恐惧。这对于意外留在此时此地的人来说并不算是好事——他们无法阻止白人对印第安人做的事儿，而印第安人的复仇他们也同样无法阻止。

"我们已经在这里了啊……"

吴有金想起之前戴维说过的那句话，只能暗暗地感叹。

其实戴维对于来时的路还有一点印象，在血狼给他说了方位之后，他和吴有金慢慢地走出了山脉中的一段。太阳很快就升起来了，他们根据自己的影子调整方向，果然很快就来到了那一片红色的戈壁上。这个时候大概已经快要到中午了，两个人休息了一会儿，继续往前走。

为了不让吉斯卡累着，他们偶尔还会下马步行一段路。就这样不紧不慢的，他们在下午的时候接近了一条干涸的河床。

"这是那一条吗？"戴维有些不确定地向吴有金询问，"我是说，这是上次我们被袭击时露宿的那个河床吗？"

吴有金端详这地方半天，不太确定地摇摇头，"我不知道，我对地质学没啥研究，无从判断。"

戴维一屁股坐在沙地上，吉斯卡也乖巧地站住了。"我觉得我们迷路了，钱钱。"他说，"没有指南针在沙漠里走，简直就是在玩命。如果我们不尽快找到正确的路，水一旦喝完就彻底完蛋了。我们可能不得不杀了吉斯卡喝它的血，或者喝自己的尿，呕……天啊……"

"不要那么悲观，"吴有金打断了他的话，"现在我们一个皮囊的水都还剩着大半呢，我们至少可以支撑五天！"

"你忘了算吉斯卡的份儿。"

"好吧，那也至少可以支撑三天。"吴有金在戴维身边坐下来，"我们现在离回家已经很近了，我说的可不是洛德镇，你懂的。"

戴维看了一眼那个箱子，"我们费了很大的力气才把那东西弄到手，可还不算完，万一查到最后根本不是我们想的那样，怎么办？"

"那么不继续查下去又怎么会知道答案呢？"吴有金说，"我们没有回头路，戴维。你想一辈子在连电灯都没有的地方待下去吗？要知道，《星战7》你都还没看呢，我也还没有去拉斯维加斯看小甜甜的现场演出呢，就这么留在这个地方，死了我也会在棺材里挖出十条指痕的。"

听起来真是超可怕的。

戴维半天没说话，他静静地看着眼前的这条干河床，忽然转头对吴有金诡异地咧开嘴角，"原来你喜欢布兰妮啊，其实我高中的时候也喜欢她。"

他们两个不约而同地大笑起来，并且热烈地握手，条件所限，不然他们可能会碰杯。

"好吧，"戴维做了个深呼吸，"我觉得如果我们能在两天内赶回洛德镇，那也许一切都还有点时间转圜，因为那位劳埃德先生肯定不会比我们快。他想要找印第安人的麻烦呢，血狼已经看出来他的动机了，他好像对'铁圈'也非常感兴趣。"

"他其实想要的是那种奇怪金属，他真是聪明又可怕，实话说我有点担心道尔顿夫人呢。"

"哦，对啊，戴安娜那么美，"戴维又紧接着说，"而且其实她人不坏。"

"她说黄玫瑰旅馆中也有那种金属圈，也许我们可以再去找找。"

"什么？"戴维吃了一惊，"劳埃德先生不知道这个事儿吧？"

"她应该不会告诉他，她其实也有点提防他。"吴有金说，"劳埃德想搞清楚这种金属的来历，我觉得他的动机很不单纯，也许他已经觉察到这金属有多特殊，有多重要——"

吴有金的话突然断在了半截，接着他的脸色变得有些发白，额头上冒出了汗珠。

"喂，怎么了，你看上去像见鬼了。"戴维伸手碰了碰他。

吴有金回过神，有些焦虑，"我觉得劳埃德先生肯定会来找我的，他一定不会放过我，哪怕我们回到了洛德镇。"

"好像得罪他好几次的人是我啊。"

"不，他有东西在我这里……"吴有金把手伸进口袋，掏出了一个金属圈。

在这一阵乱七八糟、跌宕起伏的遭遇中，吴有金忘记了把这个还给劳埃德先生，而那位大人物也显然忘记了自己曾经把重要的东西交给中国人。

戴维终于见到了这个听到过很多次的金属圈，在这一天一夜的折腾中，他压根儿没有意识到钱钱居然有这个东西而且随时可以拿出来。他盯着这个平凡无奇的金属圈好半天，又伸手摸了摸，接过来掂量了一下，他立刻明白这东西或许真是他和吴有金这两个具备"未来知识"的人也无法鉴定的东西。连他都明白这东西有点古怪，更何况劳埃德先生，他不会轻易放弃自己的宝贝，当他找上门来的时候他们也绝不可能用"逃命的时候弄掉了"这种愚蠢的借口去搪塞他——劳埃德先生绝对会告诉他们用性命来赔偿才比较等值。

"我……"戴维把这个金属圈还给吴有金，"我觉得我们最大的活命机会是牢牢地抱住卢卡斯警长的大腿。"

吴有金没说话，他想起自己离开洛德镇时跟警长不欢而散的情景，找保护伞这件事情，顿时也变得有些不靠谱。

"你没得罪他吧，钱钱？"吴有金的脸色让戴维有些不好的预感。

吴有金不知道吵架这种事算不算得罪。他想要选择一个比较合适的回答，但戴维的眼神突然越过他凝聚在远处，接着一下子跳起来。

"有人来了！"

吴有金转过头，果然看到远处有一阵烟尘腾起，很明显是有人在策马奔跑，而且还不止一个。

戴维有点慌张，他没法决定是逃跑还是束手就擒——现在他和吴有金只有一匹马，而且还是负重前行，它能驮着他俩走那么远已经是超常发挥了，完全没可能再驮着他们和一堆东西飞奔。

那么，他们丢下一切直接跑吗？

首先，他们的两条腿肯定跑不过四条腿；其次，他们经历过暴晒、威胁、命悬一线的危机，绞尽脑汁才得到的"聚魂棺"就这么扔下，真是死也不甘心。

于是就只能束手就擒了。戴维看了一眼吴有金，对方也是站在原地，没有任何想要迈动步子或者跳上马背的预备动作。他也很清楚现在的情况，他们没有机会。

"你觉得来的是什么人？"戴维问他，"会不会是劳埃德先生？或者是血狼……"

吴有金眯着眼睛，"我不知道，但都不太像……劳埃德要找到部落还得在山里转悠一阵，而这个时候那些印第安人还在忙着收拾东西呢，大概没空来找我们吧。"

他们俩就这么等着那队人马渐渐地靠近，他们的模样也清晰起来，都是戴着宽檐帽，穿着衬衫外套和长裤马靴的白人。一共有五六个人，看上去都带着武器，有些口鼻处用方巾遮蔽着尘土。

他们在距离戴维和吴有金几码远的地方勒住了马，领头的跳下来。

"我们没有枪！"戴维马上把手举得高高的，"我们也没有钱，我们只是出来做短途旅行的，正在回家的路上。你们想要点值钱的东西我们都没有，要问路的话我们也不太清楚。"

"你有必要说这么多吗？"吴有金也举起了手，低声对戴维说，"搞不好他们本来就不打算拿点什么走。"

"嘿，嘿，不用紧张。"那个领头的一边走一边把脸上的方巾摘下来，"我打赌你们现在能有一个鹰元就算是好的了。"

戴维和吴有金看着他，突然同时愣住了，竟然毫无反应地看着他一步步来到面前。

"啊……"戴维傻里傻气地说，"日安，警长。"

没错，这个突然出现在他们面前的人竟然是德拉克·卢卡斯警长。他风尘仆仆，一看就知道已经跋涉了很长时间，但他的精神看起来还不错，并没有疲惫的样子。

吴有金也愣住了，心里五味杂陈，竟不知说什么好。卢卡斯警长跟戴维打过招呼，这才歪着头看了看他，"哇，原来黄种人晒黑以后特别难看啊。"

他的口气很轻松,似乎之前在洛德镇跟吴有金闹得不愉快压根儿就没有发生过。这让吴有金反而有些不舒服——他一点儿也不愿意承认自己的确是心眼儿比较小的那个,他决定把自己归类为心思细腻的那一类人。

"你怎么在这里?"吴有金问。

"来找你们。"警长说,"别误会,不是你一个人,还有戴安娜和劳埃德先生他们那一群人。不过能见到杨格先生倒是出乎我的意料。你们怎么会在这里,还孤零零的。"

"这是一个很长的故事,"吴有金说,"如果要从头到尾讲完,就跟山鲁佐德①讲故事一样。"

卢卡斯警长皱了皱眉头。

"意思是就像《一千零一夜》那么长。"戴维立刻接上话,"倒是你们,警长,为什么会出现在这里?为什么要去找劳埃德先生?"

"我也有一个长长的故事,不适合现在讲。"他看了后面的人一眼,"这些都是我的人,有民兵和警官,我们需要劳埃德先生回洛德镇配合我们调查一些事情,这有点紧急,没办法,而且我希望艾瑞克和戴安娜最好趁着这个机会跟我回去。我记得他的目的地是地狱湖一带,所以我们就来这里了。你知道他现在在哪儿吗?"

"可能还在山里迷路呢,不过他应该就快出来了,那光秃秃的地方就没几棵树,顺着平坦的大道很快就能走出来。"

"他找到印第安人了吗?"

"差一点儿,"吴有金回答,"本来见到戴维的时候他顺道捉住了一个俘虏,但那个印第安人带着我们逃出来了,他们整个部落都赶着要迁走呢,所以估计劳埃德先生是找不到他们了。"

---

①《一千零一夜》中宰相的女儿。她每晚讲故事吸引国王,讲到最精彩处,恰好天明,国王为了听完故事,便不忍杀她。

警长习惯性地用皮鞭把手摩挲下颌上的胡茬子,安静了一会儿:"你们是从印第安人那里出来的? 还有这些,这匹马和水囊,也是他们给你们的?"

"我们算是救了那个俘虏吧,这是他们的谢礼。"

这个解释倒是合情合理,但警长看到马背上还驮着的一个箱子。"那是什么?"他皱了皱眉头,"印第安人的谢礼还包括白人的东西? 那是他们的赃物吗?"

"不、不!"吴有金连忙解释,"说出来您可能不信,警长,不过世界上有些巧合在我们中国人的眼里就是缘分! 这箱子是洛德镇上一位老居民的遗物,您还记得凯文·米洛先生吗? 他的葬礼是托付印第安人完成的,刚好就是我们去的那个部落里的人,所以他们把这个东西送给我们当作报答,让我们把它带回米洛先生的故乡。"

半真半假,戴维想,我们没骗他,因为中间可有一大半都是实话,凡是不能说的我们都尽量藏在肚子里了。

警长又将信将疑地看了看那箱子。

戴维看着他的眼神,突然闪过一个念头:这玩意儿现在绝对不能算成自己和钱钱的。否则找到劳埃德后,那个家伙对箱子的好奇心一定会比警长还强烈!

一想到这里,他干脆接上了吴有金的话:"要不您先保管它,警长先生,就当作是您的东西——我是说,官方出面保管才能让人放心。要知道,劳埃德先生那边儿人多手杂,万一这东西丢了可就太对不起米洛先生了。"

警长点点头,终于不再注意它了。

吴有金和戴维都没吱声,但卢卡斯警长的目光在他们脸上来回打量。最后吴有金憋不住了。"他们现在可能已经不在那里了,"他支支吾吾地说,"我们就算往回走,可能也见不着他们。"

"那也可以试试,"警长说,"我让两个人把马让给你们,留下来看着东西。你们现在就带我们去，能赶上的。"

"可是……你不是要找劳埃德先生吗？怎么又要去见印第安人了？你们不久前才打算杀死对方，现在又要去见面，恐怕不太好吧？"

"你在担心什么？"警长皱起眉毛，"我又不是要去跟他们结婚。"

吴有金突然想起灰雨，实话说要联姻的话还真有人选。但他随即唾弃自己不合时宜的脑洞，气闷地转过了脸。

"到底是为了什么啊？"戴维忍不住好奇地追问，"有什么事情需要去找他们？"

卢卡斯警长停顿了一下，"这些年的印第安人袭击事件，可能有些古怪，我必须弄清楚他们到底有没有人性……"

26

事有蹊跷

燃烧的山谷
狭路相逢
女人的力量

事情就是这么奇怪。前些天劳埃德带着他的队伍离开了洛德镇以后，满肚子火气的卢卡斯警长在他那个小小的警局里待着，觉得自己应该做点儿什么。于是他跑去找安德鲁神父，还有那个总是醉醺醺的皮克林医生，告诉他们最好早点准备，比如墓地和麻醉药什么的，因为过两天肯定还会有尸体运回来。

安德鲁神父一边画十字一边表示虽然镇上有人跟着劳埃德先生跑了，可这个时候应该做的是向上帝祈祷而不是发出这样悲观的论调。"更何况教堂里的长椅都掉色了，比起担心墓地我更愿意募集一些善款来买油漆。"那个神父说出来的话真让人生气。

皮克林医生则趴在黄玫瑰旅馆的吧台上，向那个只有名字可爱的酒保乞讨第五杯威士忌——道尔顿夫人立下的规矩，最多只能卖给这个医生四杯威士忌，因为她不希望医生醉眼蒙眬地开错药最后让人觉得是她的错。

在这两个家伙面前遇到的挫折让卢卡斯警长心情更加恶劣。他一整天都在估算着劳埃德先生的脚程，他们走到了哪儿，会不会遇上印第安人。这让他晚上都睡不好，总感觉背后有什么声音在责备他一样。于是第二天早上，他决定带上他的人，赶上他们，如果不能阻止，好歹能作为法律的监督存在。

打定了主意，卢卡斯警长找来下属就打算出发。不过那个时候镇上又来了一个人——那是一个满脸沧桑的老黑人，穿着破烂的衬衫和外套，骑着马，身上和马上都有鲜血的痕迹。

他说自己是一个移民的男仆，跟着雇主一家从北方迁来，但路上遇到了劫持，他逃出来了，赶到这个镇上来请求帮助。这一起抢劫案跟之前的一样，卢卡斯警长第一反应就是印第安人干的，但是他问那黑人印第安人是在哪儿伏击他们的时候，那个老黑人却猛地摇头。"不是印第安人，"带着南方口音的黑人说，"是白人，先生。我很肯定，虽然他们打扮得很像印第安人，但他们绝对不是印第安人。"

这让卢卡斯警长很吃惊，他让那个黑人详细说说。于是老黑人告诉他，他和主人一家乘坐的大篷车走到沙漠中的时候，那些伪装的印第安人就从岩石后面冲了出来，他们穿着鹿皮衣，脸上画着油彩，用箭向他们射击，但是他们的准头不高，于是就有一个人冲着他们开了一火枪。

"印第安人有的能搞到火枪。"卢卡斯警长说，"这并不能说明问题。"

"鞋子，先生。"老黑人告诉他，"他们有人赤脚，有人穿着靴子，可没人穿鹿皮鞋。印第安人，特别是休休尼人，只有在面对朋友的时候才会脱下鞋子，那表示如果不真诚就会打赤脚走过尖锐的石头地。白人们不习惯鹿皮鞋，所以才会要么赤脚，要么穿靴子。还有，尽管他们画满了油彩，头发都是黑色的，但我能认出他们的轮廓来，他们跟真正的休休尼人不一样。他们除了叫喊的时候用休休尼语，其他的时候都不说话，他们大概只会说那几句。"

卢卡斯警长对于他能知道这么多细节表示惊讶，更进一步地询问，才知道这个黑人以前是种植园的奴隶，被解放以后受雇于一个北方商人，跟随主人来到西部。他们经常跟印第安人做生意，从他们那里收购兽皮什么的，所以他很清楚休休尼人、阿帕奇人和科曼奇人这些土著。

"而且，白人总是把跟自己不同种族的人看得很笼统，而我们黑人却擅长分辨白人。"他这么对卢卡斯警长说。

于是警长又询问了一下他们遇袭的地点和经过，就将这个幸存者托付给了安德鲁神父照料。他开始觉得有些事情可能超出了他的预料，经过慎重的考虑，他决定去拦阻劳埃德先生，同时去见一见印第安人，做一次正式的面谈。

"这是什么意思？"戴维问道，"袭击是白人干的？"

"我并没有找到证据，"卢卡斯警长回答，"我现在无法核实这个黑人的身份，也没法证明他的话的真伪，但我想，先找印第安人平心静气地谈谈或许有帮助。他们如果能文明地对待你，那说不定也能看在你的面子上不拿弓箭射穿我的喉咙。"

那是，好歹"白皮白骨"还是他们给取的名字。

"为什么白人要袭击那辆大篷车，他们抢劫自己人，打扮成印第安人是为了脱罪吗？"

"我不知道，杨格先生，现在我也弄不清楚。假如那个黑人说的是真的，那也只能说明他和他的雇主遭遇了这件事，而之前那么多的袭击事件就说不准了。"

戴维忽然心中一动，闪过一段回忆："道尔顿夫人说她的家人是被休休尼人袭击后杀害的，她还指明是血狼，但是我给血狼说起这件事情的时候，血狼说他从不杀女人。我觉得他们中肯定有一个说谎了，但是如果袭击的确不是印第安人干的，那么就说明了一件事儿：也许是真的有人冒充了印第安人袭击移民。"

"猜测,杨格先生,现在一切都是猜测。"

戴维耸耸肩,"是的,警长,请允许我头脑爆炸一下。"

卢卡斯警长古里古怪地扫了他一眼,"你的用词真特别,杨格先生。"

戴维尴尬地嘿嘿了两声。

卢卡斯警长又微微侧过头,看着落在他们俩后面半个马身的吴有金,"你很沉默嘛,艾瑞克,为什么心事重重的样子?"

我可不像你那样不记仇,吴有金在心中腹诽,我还内疚又不安了好一阵呢,结果看起来你却毫不在意,显得我很小心眼儿似的。

但他不得不承认,自己的确有些小心眼儿了。什么"以小人之心度君子之腹"之类的句子冒出来,他用力甩甩头,把它们都抛了出去。

"我……"他斟酌了一下用词,"其实我倒希望你这次找不到休休尼人,他们正忙着逃命呢,大概不会有时间跟你详谈。而且……万一劳埃德先生也找到了他们呢?"

"你是担心我们扑个空?"卢卡斯警长挑了一下眉头。

"我是担心印第安人还没走太远就被劳埃德先生找到,而我们又刚好撞见这个场景。"

戴维在心里想象了一下,顿时觉得腿有点软。他忍不住在心里偷偷做了个祷告,希望钱钱说的这最糟糕的情况千万别出现。

"对了警长,有件事。"

戴维和吴有金并没有谈过关于宗教信仰方面的事情,因为他们两个都是唯物主义者,基本上没怎么关心过这个。戴维的父母是虔诚的基督教徒,但戴维却对此没有兴趣,虽然父母每个周末都带他上教堂,但他觉得那更像是一个文化传统,考上大学离开家乡以后,他就不怎么去管这个了——他觉得如果真有上帝的话,其实上帝也应该是个程序员,毕竟他们干的活儿都是创造一个世界。

如果戴维和吴有金能有机会聊起这方面的话题，他们就会发现向神祈祷是一件复杂的事情，要么向他倾诉时只是单纯地希望得到帮助，无偿的，基本上这也就是个心理安慰，并没有什么用；要么一边祈祷一边功利性地给上帝一点承诺，就像请一个亿万富翁给自己开张大额支票，而自己能回报的就只有声"谢谢"，最多再递上一枝玫瑰花。

吴有金小时候会跟着父母去寺庙和道观里烧头香，逢年过节给过世的先祖点上香烛，烧点纸钱。他知道如果父母向神佛和祖先们许了愿，就得去还愿，而且这个愿望越重要，还愿的价钱就越高，这也算得上是谢礼。

所以尽管东西方文化有点差异，也没有相互沟通过，但其实在戴维和吴有金的心里，不约而同地认为祷告并不能真的指望它能变成现实。尽管如此，那些愿望也代表着内心深处一丝侥幸的念头。

当他们顺着原路来到红手部落原来的营地时，立刻就明白了他们之前那点"希望""但愿""祈祷"都化为了泡影，就冲着他们对待安德鲁神父的那些敷衍态度，上帝也不愿意回应他们的祷告。

现在这原本布满了帐篷的空地上燃烧着熊熊的烈火，那里面有一些帐篷，也有一些灌木，还有尸体。

枪声从周围的丘陵上响起，印第安人来不及带走的家当掉落在地上，有许多踩踏的痕迹叠在上面。

"他们碰上了！"戴维说，"劳埃德先生，肯定是他们，他们找到了休休尼人。"

戴维不敢看那些燃烧的尸体，但他知道他们一定都是印第安人，他也不敢想那里面是不是有他治疗过的人。

"有多少人逃走了？"吴有金脸色发白地说，"他们不会都被杀了吧……这是……种族屠杀……"

"在那边！"卢卡斯脸色凌厉地指着远处枪声响起来的方向，命令道，"戴维和艾瑞克留在这里！其他人跟我过去，威尔，你留在最后！"

戴维和吴有金这次没有反抗，他们乖乖地留了营地的废墟上，看着警长和五个人向着丘陵那边跑去。他们的身影很快就被岩石和树木遮挡了,而枪声依旧没有停止。

吴有金和戴维惴惴不安地等待着,他们仿佛置身于地狱,死亡和恐惧包围着他们,那些火焰的热度与日光的灼热几乎要把他们烤焦。他们的汗水争先恐后地从毛孔里冒出来,掌心却仿佛攥着冰块。

吴有金环视着周围的一切,看到沙土地上的血迹,用嘶哑的声音对戴维说:"他们今天早上……早上还活着。"

戴维没有说话。

"他们给了我们吃的……还有水……"吴有金又断断续续地说,突然弯下腰剧烈地呕吐起来。

戴维却没有来得及关注他的反应,他仿佛是被吓傻了一样,好半天只是看着这燃烧的山谷,然后他踢了踢马腹,向着卢卡斯警长走的那个方向追了过去。吴有金心里顿时咯噔一下,但是他来不及阻拦,戴维就已经蹿出去一大截。他别无选择,只能紧紧跟上。

他们来到了山丘上,远远地就看到了印第安人的尸体,除了赤裸着上身、插着羽毛的战士,还有几个女人和孩子。戴维和吴有金顿时觉得胸中燃烧起一股怒火!

劳埃德先生和他的人趴在几块大石头后面,正向着另外一边的岩石射击。

卢卡斯警长跳下了马,高声要求他们住手,一些人意外地回过头,但一些人依然在开枪。

"我说了,停止!"卢卡斯警长大声地喊道,向着劳埃德先生那边走过去。他的警员和民兵也围了过去。

"怎么办?"吴有金问道,"我们也要过去吗?"

戴维咬着牙,摇摇头,"我不知道,我们没有枪……可是……"

"可是我们不能看着他们搞屠杀!"吴有金接上了他的话,"走吧!"

他们也下了马,越是走近,就越能清楚地看到那些尸体的伤痕——都是火枪留下的创口。在地面上也有许多马蹄和车辙的痕迹。也许是部落中的人在撤离的途中刚好撞见了找来的毛嘴子，有些人逃走了，而另外一些人的弓箭、长矛和匕首无法抵抗他们的枪弹。

大概卢卡斯警长的突然出现让劳埃德先生有些吃惊，他们两个人交谈了几句，劳埃德先生举起手，他的人完全停止了射击。戴维和吴有金拔腿跑过去，也来到了岩石后面。

劳埃德先生中断了和卢卡斯警长的谈话，转头来看着他们，他的脸上有些吃惊，但眼睛里立刻浮现出蛇一般的冰冷的恶意。

"看看，"他冷笑道，"这两位体面的叛徒来了，我还以为他们跟着红野人跑了，现在看起来他们还记得自己来自哪儿？嘿，伙计们，跟这两位先生打打招呼。"

一阵污言秽语如同雨点劈头盖脸地向着戴维和吴有金砸过来。

"现在别说其他的事，"卢卡斯警长大声说，"劳埃德先生，我希望你立刻让你的人离开，不要再攻击剩下的印第安人，有些事情我还需要调查。"

"但他们会攻击我。"劳埃德先生拒绝了卢卡斯警长的要求，"我需要跟他们的酋长谈话，纯粹是因为我遭受了很大的损失，但他们好像并不在乎这个，所以我要求一点尊重。"

"你这是在屠杀！"戴维吼道，"他们没有枪！"

劳埃德先生傲慢地看了他一眼，"听你的口气仿佛你在印第安人的部落里待了几天就成了他们的人了。"

"没有什么'他们''我们'的！"吴有金愤怒地指着远处的尸体，"这些都是人，女人和孩子！"

"可悲的怜悯心。婆婆妈妈的软骨头！"劳埃德先生朝着他们脚下狠狠地吐了口唾沫。

要不是威尔·克莱门特和马克·格林这两个警员拦着，戴维就会失去理智地扑上去揍他。

"现在还剩下几个印第安人？"卢卡斯警长问道。

"大概五六个，"劳埃德先生烦躁地挥挥他的手枪，"也许是三四个，我不能确定。反正他们的酋长已经跑掉了，还有一些人。这几个是留下来断后的。我们想拦截一些车辆，可他们拖住了我们。"

"所以你向女人和孩子开枪？"

"子弹没长眼睛，警长。"劳埃德先生耸耸肩，"而我也从来不自诩为神枪手。"

"够了，先生，我是来告诉你，所谓这些印第安人抢劫白人的案子有了新进展，我必须找他们谈谈。就当帮我一个忙，暂时住手吧，我需要剩下的这些人。"

劳埃德先生挑起了眉毛，"进展？什么进展？"

"你会知道的，现在把这里的事情交给我，可以吗？"

"我从来不半途而废，警长。"

"你也需要活口，你来到这个地方就是为了把他们都干掉吗？"卢卡斯警长意味深长地看着他，"你从来不做赔本的买卖吧，劳埃德先生？"

这个凶手想了想，冷冷地一笑，"那你愿意担保我的收益吗？"

"这得看你的期望值是不是跟我想的一样，"卢卡斯警长朝那边抬抬头，"我需要他们，现在你也是。"

劳埃德先生忽然摊开双手，退了一步，"说得有道理，警长，我可以停火，该怎么把那些红野人带过来，你看着办。"

劳埃德先生让步了，戴维知道，他收手了，把处置权交给了警长。但是实际上，这并不能说是配合。在他们屠杀过部落里的人以后，那些印第安人已经不可能再相信毛嘴子们了——这表述还太轻微了，应该说他们现在痛恨这些白人，如果能先让他们剥掉白人的头皮，或许还有点谈判的可能。

这可真是个老奸巨猾的家伙，戴维对劳埃德先生充满了憎恶，但他不能看着事情就这么僵持下去。"让我去跟他们谈。"戴维大声说，"他们都认识我,虽然语言不通,但是他们知道我没有敌意。"

"哈,当然了,"劳埃德先生嘲弄地看了看他,"杨格先生,红野人最忠诚的朋友,胜过对他的同胞们的忠诚。不过当心,他们的逻辑跟我们不同,也许他们饿起来连朋友也会吃掉的。"

他一定没看过《梅杜萨之筏》那幅画 ①。

带着对文盲的鄙夷,戴维哼了一声,"我觉得他们的道德底线比您的还要高那么一点点。警长先生,让我试试吧。"

吴有金担心地问:"你打算干什么,戴维,就这么走过去吗?"

"他们认识我,"戴维把外套都脱掉,赤裸着上身,他的脸上还残留着血狼给他画上去的红色线条,"我只要把手举得高高的,他们就知道我没有恶意。放心吧,钱钱,我没事!"

吴有金望向卢卡斯警长,他希望他能说点什么,或者想出别的办法,但卢卡斯警长却沉默了一会儿,才对戴维说:"我不能给你枪,连一把匕首都不能给你,否则他们会怀疑你的诚意。"

戴维咧咧嘴,"我也不需要那个。"

卢卡斯警长拍拍他肩膀,"知道吗,杨格先生,我觉得我对你的判断有些失误了。你刚刚来的时候,我觉得你是个窝囊废。"

你真诚实,戴维哀怨地看着他,不过那时候我的确是。他正要迈步从岩石后头走出去,忽然又被一个人叫住了。

"等等!"道尔顿夫人从远处走过来,手里提着枪。

她也参与了屠杀吗?戴维心中发凉,他真的不愿意相信这个事实,可是他知道她是那么仇恨印第安人。

道尔顿夫人的衣服上和脸上都是灰土,头发也有些散乱,但她看上去没受什么伤。她盯着戴维,一步步地走近,"我跟你一起去!"

男人们都有些意外,卢卡斯警长摇摇头,"不,戴安娜,你没必要——"

①法国画家籍里柯所画的表现海难幸存者的一幅画,这个真实的海难故事中就发生过人吃尸体。

"很有必要!"道尔顿夫人打断了他的劝说,"我也可以不带武器。"

她把那柄枪丢在了地上。

"那只狼还活着,他就在对面,我看见了。"她对戴维说,"你不应该骗我,杨格先生。"

这质问让戴维有些心虚,但现在没空解释,而就算他愿意为血狼作保,也没法取得道尔顿夫人的信任了。

"事情很复杂……"戴维终于明白了为什么电影里总有这句台词。

"再加一个女人,他们会降低警惕的。"道尔顿夫人又转向了卢卡斯警长,"我知道自己在做什么,德拉克。"

"好吧,我会看着你们的。"警长不再反对,"别让感情冲走了你的理智,戴安娜,你得控制自己。"

她没有回应,只是对戴维说:"走吧。"

他们两个慢慢地从岩石后面挪了出来,在即将走出岩石的阴影时,戴维站住了,他看着道尔顿夫人,"如果,我是说如果你还愿意听我说话,夫人,我认为你的亲人遇害这件事可能存在一个很大的误会。不光是你,甚至其他人的遭遇也是。"

道尔顿夫人扫了他一眼,"你不会指望用这句话来说服我吧?"

"卢卡斯警长正在调查,他也需要知道印第安人的说法。你得告诉我你愿意跟我去不是因为你想杀血狼,今天你们杀的人已经够多了。"

"至少我没有向女人和小孩儿开枪。"道尔顿夫人的喉头动了一下,"行了,现在我没有杀他的念头,我总不会在你的眼皮底下用石头砸死他吧。我只是想要亲口问问他……要想保住他的性命,我觉得你该提防的不是我。"

戴维猜得到她想说什么,他点点头,"那请让我先出去。"

戴维把身体往外挪了一些,他试着叫血狼的名字,但并没有看见他出现。有几个印第安人的面孔在远处的岩缝间时隐时现,但他们没有冲他射箭,于是戴维更加大胆地把身体露了出来。

"是我，'白皮白骨'，还记得我吗，朋友们！"他高高地举起双手，"我还带了一位女士。"

有个印第安人似乎叫了几句什么，于是戴维又挥挥手，"我什么也没带！"

道尔顿夫人也跟着他举起双手，他们站得很开，完全没有可怀疑的地方。

那个印第安人又叫喊了几声，缩回去跟他的同伴商量了一会儿，终于向戴维招招手。戴维和道尔顿夫人加快了步子走过去。

吴有金在岩石的缝隙中紧张地看着他们这一步步交涉，心都要提到嗓子眼儿了，生怕他们走到当中就被几支箭头射中。一直到他们终于平安无事地转过那几块大岩石，才稍稍放下心来。

"他们会没事的，"卢卡斯警长低声对吴有金说，"戴维比我们想的都更聪明，他的胆子也比以前大，这几天他好像学到了不少东西。"

"我不知道他在印第安部落里发生了什么，但如果你知道我们遇到的那些事……"吴有金想到被迫走上绳桥，向着火焰燃烧的方向狂奔的那一刻，"能活下来真是谢天谢地。"

"你们安全了，"卢卡斯警长按住吴有金的肩膀，"现在我看着劳埃德，还有那些印第安人，放心吧，艾瑞克。不过我希望你以后能学会认真考虑我的意见。"

秋后算账未免也来得太快了些，吴有金在心里嘀咕，但现在他可真说不出什么反驳的话。

卢卡斯警长又用力按了一下他的肩膀，这才放开他，转向劳埃德先生。"你们是怎么找到这里的？"他问，"杨格先生说他跟你们分开了。"

"你是说他和那个红野人密谋背叛我们以后吗？"劳埃德先生把枪收起来，在岩石上坐下，"其实逻辑很简单。如果那个红野人想要把我从他的营地引开，肯定会带我们走相反的路。在杨格先生和他的那个新朋友逃走了以后——哦，对了，还有你，吴先生——你们三个人离开以后，我们改了个方向。我们回到原来的路线上去找干涸的河床，河床下面那些水洞给我们指示了暗流的方向。部落肯定得扎营在有水的地方，对吗？"

吴有金默不作声地听着劳埃德和警长的对话，决定以后尽量绕着他走，绝不轻易招惹他。等戴维回来他就要给他说这个事情，吴有金看着对面还没有动静的岩石，心想，准确地说是等他的朋友带着道尔顿夫人平安无事地回来以后。

或许还跟着好些印第安人，包括血狼。

27

艰难谈判

　　戴维和道尔顿夫人一进入印第安人的地盘，立刻就被几支弓箭指住了。在这怪石嶙峋的狭窄之地，只有五个印第安人，似乎还有两三个都带着伤。他们满脸警觉地看着戴维和道尔顿夫人，除了趴在岩缝中间监视着对面的那两个，其余的人都慢慢地向他们围过来。

　　"我们没有恶意，"戴维再一次强调，并且把手举得更高，"我们只想来谈谈！你们认识我的，对吗？你们还给了我一个名字，'白皮白骨'，你们还记得吗？血狼在哪里？可以让我见见他吗？"

　　戴维认真地打量着这些人，想找找有没有他诊治过的，但是他们脸上的血迹、油彩，以及防备、恐惧和愤怒的表情，让他几乎没有办法找到一丝熟悉感。

"他们听不懂,"道尔顿夫人低声说,"我真好奇你是如何跟他们建立友谊的。"

戴维装作没听见她的风凉话,他被他们押着又往里面走了一段路,终于停下来了。他们被带到一个稍微宽敞点的地方,那里竟然有十多个人,大部分都受了伤,还有一些老人和小孩儿。在中间的石头上,有个男人坐在那儿,让他身旁的少女帮他包扎肩部的伤口。他看到戴维走过来,眉头皱了皱。

"你为什么又回来了?"他的英语带着口音,还夹杂着怒气。

总不能说是在戈壁上迷路了又碰巧遇上了朝这边走的警长。

"来救你的命,"戴维说,"还有这些人。"

"那你应该再早点,在那个魔鬼还没有到达这里的时候。"血狼轻轻地推开为他包扎的灰雨,"现在你救不了任何人,他让我们的人死了很多,我也不会让他活着。"

这么谈下去一点儿帮助也没有。戴维想了想,他得说动血狼投降,至少是有个投降的意愿,哪怕提点儿条件也是可以的。

他朝血狼走近了一些,看着他——这么近看他身上的伤口可真不少,而肩膀上那一处大概是最严重的,就算被死死地缠住,还是不断地渗血。"你中弹了?"戴维问。

"不算,大概是有点碎片。"血狼说,"进入肉里的东西都要挑出来,我知道。"

"还有多少人负伤?"

血狼沉默了一会儿,"很多……但是都能动。"

"可是没有办法治疗,很快就会失血、感染,就算劳埃德他们不进攻,你们也会很快一个接一个地死掉。"

"你是说对面的那个毛嘴子吗?"血狼冷笑道,"他好像本来就不打算让我们活着。"

那也得是他得到了想要的东西以后。"听我说,"戴维低声道,"现在你们的力量很弱,而对面有十几个毛嘴子,还有枪,这么耗下去没好处,你没有必要跟劳埃德对着干。已经有很多人逃走了,对吗? 这些剩下的人,你难道希望他们都困死在这里? "

血狼盯着他,"你想说什么,要我们投降? "

"这没坏处,他们会停止射击的,还会给你们治疗。"

"我不信,"血狼扭过头,"我了解毛嘴子。戴维,他们不是每个人都像你或者是铁圈。"他把目光移向道尔顿夫人,"他们甚至不用说话,我从他们的眼睛里就能明白他们的打算。他们看我们的眼神就跟这个女人是一样的,里面藏着弓箭和利刃。"

"可是,既然有铁圈和我,那么就证明还有一些毛嘴子并不是屠夫。"戴维说,"警长来了——他就像是红手那样的人——他跟劳埃德达成了协议,让他的人收手,希望你们也停下,如果可以谈谈,那为什么还要让更多的人死呢? "

"那个毛嘴子,叫劳埃德的,他想从我们这里得到什么? "

"我不知道,"戴维并没有说出那种神秘金属的事,"可我知道你得同意警长的提议才能去问他。如果死在这里,那有什么意义? "

"当俘虏是最耻辱的事情——"

"哦,该死! "戴维咬牙切齿地说,"能不能把你那战士的骄傲丢到一边儿去! 看看灰雨,看看你妹妹,她那么漂亮,她活着说不定还能再结一次婚呢! "

"宝嘉康蒂公主"听不懂戴维的话,但她一直担心地看着他们,目光在哥哥的伤口上徘徊。

血狼看了看她,又看看周围的人,"如果我留下,那些毛嘴子会让他们离开吗,就是这里的人? "

"就你一个留下? "戴维想了想,如果你知道关于那种金属的事情倒也还好,如果不知道,估计这生意就谈不成。

"我留下，那个毛嘴子想问什么我都可以回答他，但他得保证让其他人离开这里，他们会知道去哪儿。"

"你是说你们原本打算去的那个营地？"

"是的，红手带着大部分人冲出去了，他们一定会在那里等着我们会合。"

"我可以试着问问。你要跟我过去和他们谈判吗？"

"可以。"血狼站起来，他的脚步有些虚浮。但这个时候灰雨突然激动地叫起来，语速又快又急促。血狼跟她说了几句，她和其他的印第安人都错愕地睁大眼睛，纷纷叫嚷起来。

戴维知道他们是不愿意让血狼离开。道尔顿夫人走到戴维旁边，她一直看着血狼，现在也不例外——包括她跟戴维说话的时候。"怎么？"她问道，"你的劝降失败了？"

"还没有，"戴维低声说，"只是他想用自己来换其他人离开，我觉得劳埃德肯定不愿意，除非他有劳埃德想要的东西，可这得他们去面谈。"

"他们不会让他就这么去见对面的恶魔，对吗？"

"显而易见，"戴维看了她一眼，"但这至少说明他们，并非你想象的那么冷血无情，不是吗？"

道尔顿夫人哼了一声，"对待自己人和其他人的态度不同这有什么奇怪。"

戴维对她的固执有些无可奈何，"好吧，夫人，如果你不打算杀他，又不打算帮我的忙，跟着我到这里来做什么呢？"

"看看而已。"

"啊？"

道尔顿夫人还是注视着血狼，"来看看这个人究竟是不是我记忆中的那个刽子手。"

好吧，自由心证还真麻烦！戴维吞了口唾沫。

现在，更多的印第安人向着血狼走过来，他们激动地说着，挥舞双手，似乎在争论，好半天都没有停止，看起来短时间内也不可能停止。这样下去不行，戴维知道，劳埃德先生不是一个有耐心的人，就算是卢卡斯警长在，也不可能容忍一块炸鸡凉了都吃不到嘴里。

"我留下吧。"道尔顿夫人突然说道。

戴维一时间还没有回过神来，于是道尔顿夫人又说道："我是说，我留在这里，你带着那个红野人去跟劳埃德说，让他同意他的提议。我可以送这些人走出一段距离，再回来跟上你们，这样总可以了吧？"

可以是可以，但你突然这么具有英雄气质我实在有点难以理解啊！戴维在心里嘀咕，同时觉得道尔顿夫人冒出这样的想法实在太不可思议了。

"你考虑过自己的安全吗？"戴维说，"在这种情形下要我把同来的一位女士留在敌方阵营里，实在不太可能。"

"你为他们作保了，"道尔顿夫人说，"你不是认为他们并非丧心病狂的歹徒吗？那就让我来试试。"

"这太疯狂了，夫人。你没必要这样。"

"我这辈子做过许多疯狂的事情，杨格先生，每一次都会让我明白真相。"道尔顿夫人朝着血狼抬抬下巴，"把我的决定告诉他们，快点儿。"

这是命令的口吻，戴维感觉这女人的强势就跟沙漠的炽热一样让他束手无策。于是他打断了印第安人的争论，把道尔顿夫人的提议告诉了血狼。

这合理而又有些过分冒险的方法让血狼也大为意外，但他很快就衡量出这是一个最能有效解决问题的方法。他又把这办法向他的同胞们讲了一遍，刚才那些争论得面红耳赤的人都不约而同地看着道尔顿夫人，他们渐渐平静下来，还有人在点头。

"我们同意了，"血狼对戴维说，"让这女人跟灰雨一起，我会让灰雨保证她的安全。"他又看着道尔顿夫人，"你很勇敢，女人，并不是因为你敢留下来。"

道尔顿夫人盯着他，"我倒愿意听你多说一点。"

"你留在自己所仇恨的人中间，而他们也仇恨着你。"血狼说，"我不明白你的仇恨为什么这么强烈，但我们是守信用的人，我们不会伤害你，直到整个事情完结。"

他转过头向灰雨说了几句，于是那个印第安女孩儿走到道尔顿夫人身边，做了个引导的手势。

"好了，"道尔顿夫人向戴维眨眨眼睛，"我能不能顺利回去，也得看你的了。"

真是漫长的一天。

戴维带着血狼从岩石后面重新往回走的时候，在心中想，他原本只是个无名小卒，跟"斡旋"这个词儿毫无关系，可现在他却一下子跟几十条性命关联起来。他从来没有觉得这么累过，但又不能一屁股坐下来。

他们走进了毛嘴子中间，戴维停下脚步，看了一眼血狼。他现在不知该不该说点什么，可他也明白这个男人其实不需要他的任何嘱咐，很清楚现在的形势——戴维觉得只要他别再像在绳桥上那样搞一出，什么都好办。

吴有金看到他回来，走过去拍了拍他的肩膀，戴维勉强向他挤出一个微笑。

"道尔顿夫人在哪儿？"卢卡斯警长问道。

戴维把那位女士的决定告诉了他，同时也把血狼和道尔顿夫人的谈判意见糅合在一起简单说了一下。

"一个人换一个人。"血狼说，"这很公平。"

劳埃德先生却脸色阴沉，"不，很不公平，道尔顿夫人的安全比一百个红野人更珍贵。你做了个愚蠢透顶的交易，杨格先生。"

戴维涨红了脸，很想说说人类不分肤色人人平等这回事，但最后他只能憋着气对劳埃德先生说："你该先跟血狼谈谈，而且，在这件事上也不是你一个人做主。"

他把目光转向了卢卡斯警长。

劳埃德先生对他的顶撞并没有发火,他向警长抬了抬帽檐,"我尊重执法者,不过前提是他能好好地保护公民的利益。"

但是不保护强盗的利益,戴维在心底恨恨地想。

"好了,"卢卡斯警长终于终结了这场争论,"我这边是希望不要再发生任何冲突了,如果这个印第安人自愿投降,那么他现在就是我的犯人,我可以带他回洛德镇。其余的印第安人离开也无所谓,我的监狱可关不下那么多人。劳埃德先生,无论你是想为你的雇员报仇还是维护你的尊严都已经做得够多的了,我建议你就此收手比较好。"

劳埃德先生没有说话,血狼却突然开口:"我能回答你所想要知道的问题,毛嘴子。"

他是对劳埃德先生说的。

"你不用去找红手,也不用去问我们中的其他人,我知道你想要什么,也知道答案。你有我就够了,让他们走。"

劳埃德先生眯起眼睛。

"你想知道铁圈,是吗?"血狼说,"你看那坟墓的眼神我能明白,就像秃鹫们看到野牛的尸体。"

"说得你好像真的和秃鹫对视过一样,"劳埃德先生干笑了两声,"可是,我为什么要相信你,你在跟我赌博。"

"你以为部落的人都能回答你的问题吗?不,你杀的那些人,那些老人、女人和孩子,他们什么也不知道,也不会知道的。"

劳埃德先生默不作声,而卢卡斯警长又开口说道:"我不想干涉你的考量,劳埃德先生,但这个印第安人的条件我同意,我也需要向他询问一些事情,如果你不能同意现在的解决方法,我就只有带走他,而且我必须开始单方面履行跟他的协议。"

"你要向我开枪?"劳埃德先生偏了偏头,"你打算为了印第安人向我开枪？就像你庇护这两个倒霉鬼一样？"

戴维和吴有金怒气冲冲地看着他。

卢卡斯警长笑着摇摇头，"别误会，劳埃德先生，我谁也不庇护，我只是希望事情简单点，不管是谁，在洛德镇挖矿也好，喝酒也好，赌钱也好，都能平安地活着，不必担心走出镇子就被冷箭射死，还被剥掉头皮。我希望我的这个镇子少跟他妈的仇杀扯上关系，不要在接下来的十年甚至二十年里都有印第安人偷偷摸摸地绕着洛德镇打转，动不动就干掉我们的人！我管不了你的那些破事，我要我的地盘平安无事！"

哇，真是太帅了！果然不愧是年轻版的保罗·纽曼！戴维简直想跳起来给警长鼓掌！

这番话显然也对劳埃德先生产生了作用，他盘算了大约一分钟，把枪收回套子里，退后一步，"照你说的办，警长。可别忘了道尔顿夫人，也为她着想一下。"

这个伪君子。

戴维腹诽的同时，也松了口气，吴有金向他竖起了大拇指。

接下来的事情就变得简单而迅速了——

现场的指挥权回到了卢卡斯警长的手里，他立刻让血狼冲着那头的印第安人喊话，让隐蔽的幸存者都走出来。血狼把计划安排告诉那些印第安人，有些人点点头，有些人则不甘心地盯着毛嘴子们，但最终所有人都听从了他的吩咐，有些人走了，有些年轻人则留了下来，包括灰雨。

"他们要留在这里掩埋尸体，"血狼对卢卡斯警长说，"不能把我的族人们留给郊狼、乌鸦和秃鹫。"

卢卡斯警长同意了，那些印第安人处理完这些就可以自行离去，但血狼得跟着他回去。道尔顿夫人则跟着灰雨他们留在营地这里，等他们也离开后，她才可以回到洛德镇。

"我可以提一个要求吗？"卢卡斯警长对血狼说，"道尔顿夫人一个人回来不太安全，我想留一个警察在这里等她，不过请放心，我不会让他带枪的。"

血狼和留下的人商量了一下，同意了这个条件。

于是，他们正式地开始往回走。

卢卡斯警长是头一个，后面跟着两个民兵，血狼紧随其后，他被收走了武器，但分到了一匹马，而且不像第一次被劳埃德先生俘虏时那样被捆得结结实实的。戴维和吴有金在后头看着他肩膀的伤，血迹似乎还没有干，戴维有些担心感染的问题。

劳埃德先生和他的人则集结成另外一支队伍，走在他们的右后方，仿佛刻意跟他们拉出一段很远的距离。他依然若无其事，但出发时戴维注意到他让一个人牵了两匹马离队，他说是要去接还留在铁圈坟墓那边的人。这倒是实话……戴维差点儿都忘了那三个掉队的。看来劳埃德先生至少对自己的人还是很照顾的，但这个"自己人"的圈子戴维是完全没有兴趣加入的。

他们从营地离开的时候，一些印第安人也向着相反的方向走去，只有掩埋尸体的人留了下来，包括道尔顿夫人和一个叫马克的警官。

他们离开的时候已经又接近傍晚，太阳把道尔顿夫人的影子拉得很长，而她背对着光，脸上只有一片模糊的影子，戴维不知道她脸上会有怎样的表情，有些失落地转过头。

现在他只能向前看，看到血狼的背影，还有更远更远的洛德镇。在经历这一切后，他竟然对那个荒凉的小镇产生了强烈的眷恋，心中涌起一股无比想要回到那里、扑到不知积了多少灰尘的床上的冲动。

这感觉就像是一个荒谬的词儿——"想家"。

接下来的一切都很顺利，顺利得就像沿着瓶口慢慢滑落的一滴红酒，甚至饱含让人沉醉的味道。

戴维和吴有金跟着卢卡斯警长，带着作为嫌疑犯和俘虏的血狼，跟劳埃德先生一前一后地回到了洛德镇。当他们走近这个小镇的时候，戴维和吴有金看到那些错乱搭建的房子，那些褪色的墙壁和屋顶，穿着邋遢、到处乱走的居民，还有尘土飞扬的道路和无精打采地嚼着草料的马，感动得差点掉下眼泪来。

戴维想到自己刚来时对这个地方的观感，就像是从曼哈顿一下子掉到了里约热内卢的贫民窟。但现在他看到的洛德镇，处处都透着可爱与亲切，甚至连醉醺醺的皮克林刚好从黄玫瑰旅馆中走出来，坐在台阶上吐了的景象，也透着一股生活的真实之美。

卢卡斯警长下了马，让警员威尔·克莱门特把血狼押送到牢房里，然后对戴维和吴有金说："行了，等皮克林先生稍微清醒点儿，我就让他来给这个印第安人治疗。你们先回家洗个澡，睡一觉，就会感觉像刚出生时那么有活力了！"

是因为来到这个世界而伤心得哇哇大哭吧。

戴维苦笑着点头，又看了看血狼的背影，"他怎么办？"

"等处理过伤势以后他也得休息，我明天再跟他详细谈谈。"卢卡斯警长又顿了一下，扫了一眼不远处的劳埃德先生，"我会叫人守着牢房的，在我跟他谈之前，不会让其他人接触他。"

这是警长的地盘，戴维稍稍放下心来。他牵着马——血狼赠送给他的那匹，上面还有那个"聚魂棺"——向警长说了声谢谢，然后对吴有金说："走吧，钱钱，我们得先买点儿吃的。"

中国人点点头，慢吞吞地从马上下来，却来到卢卡斯警长面前，双手捏着帽子，似乎有些难以启齿，扭扭捏捏的。

原本正把马缰绳交给旁人的卢卡斯警长看到吴有金这个模样，有些诧异地停下了动作，"还有什么事吗，艾瑞克？"

"呃，不……嗯，是的。"吴有金用力捏着自己那顶脏兮兮的宽檐帽，"我只是觉得该跟你说一句，我是指这些所有的事情……我想说……嗯，没有别的意思，只是想表达下我的想法，真正的想法……这不是件容易的事情，你知道……"

"你到底想说什么？"

吴有金做了个深呼吸，"我想谢谢你，警长。你救了我，还有戴维……我很、很抱歉，我之前不该那么跟你说话。"

他说完以后，甚至勇敢地抬起头来看着面前这个人的眼睛。

卢卡斯警长愣住了，似乎一瞬间还没明白过来，但他很快就笑了笑。"回去吧，"他语气很和蔼，"好好休息。"

吴有金不好意思地点点头，转身跟着戴维往自己那可怜的棺材店走去。两个人穿过街道，不时地有人向他们打招呼，恭喜他们活着回来，向他们开着善意或者恶意的玩笑。但戴维和吴有金全不在意，现在这种粗俗的问候都让他们感觉亲切。

快要到家门口的时候，安德鲁神父在街上叫着他们的名字跑过来，手里还挥舞着一个纸袋。

"哦，哦，感谢上帝，你们平安无事。"这镇上唯一的神职人员大呼小叫地来到他们面前，他依然是这里唯一的例外：衣着干净整洁，金发梳理得一丝不苟，俊美白皙的脸上胡子刮得光溜溜的。

"感谢上帝，"戴维这个时候对任何人都非常和气，"谢谢，神父，见到您真高兴。"

"我也是！这几天我可为你们每个人祈祷过——不管我能不能想起来名字。"安德鲁神父说，"怎么样，看你们的样子似乎经历了很多，你知道，我乐于向任何人敞开大门，如果你们觉得有些话想找人说，我就在那儿，你们可以找到我。"

虽然他是好意，可现在戴维和吴有金连一点儿推销都不想听。"我们会的，神父，等我们稍微缓过气来。"戴维虚伪地笑着。

"当然当然。对了，"神父把手里的纸袋子塞给他们，"你们家里应该没吃的了吧，这个拿去，你们用得上。"

吴有金打开袋子，里面是两个黑面包，看上去还挺新鲜。

"谢谢。"戴维狐疑地看着他，"这个不要钱吧？"

"哦,不,当然不!"

"太感谢了!"真稀奇,戴维和吴有金飞快地对看了一眼。

"这是怀特先生给教会的礼物。"神父补充道。

果然还是如此啊!戴维咧咧嘴,但是这熟悉的一切都让他觉得愉快,"我们会去的,神父,回见。"

"再见。"当他们走出很远一截的时候,安德鲁神父依然在身后大声说,"记得来啊,主会对每个人张开怀抱的,最近连他们救的那个黑人也在我这里,你们可以和他一起听听我的布道……"

吴有金和戴维头也没回地向他挥手。

他们终于回到了家,摆着未成形的棺材和木料的甜蜜的家。把马拴好以后,门一关上,戴维和吴有金就不约而同地瘫在了椅子上,砰的一声把面包和"聚魂棺"都放在桌子上,厚厚的灰尘随着他们的动作在空气中飘散开来。他们俩谁也没有说话,就这么静静地坐着,听着外面那些嘈杂的声音,闻着房间里淡淡的灰尘味儿,盯着来之不易的箱子。过了很久之后,戴维才低声说:"嘿,钱钱,我饿了。"

"还好神父给了我们点儿面包,但我们还是该烧点儿开水吧?"

"大概是的。"

然后他们又陷入了沉默,两个人谁也没动。

"我觉得我们还是先洗个澡比较好。"这次是吴有金先开口。

"没错。"戴维附和道。

然后他们又这么维持着原来的动作待了近一刻钟。

戴维终于从石化中恢复过来,他把手肘撑在桌子上,用手在桌上的灰尘上画出了一个经纬度。

"39°1'N, 118°46'W,这是我们此行最大的收获。"他说。

"还有这个。"吴有金拍了拍箱子。

"接下来我们要确认这个经纬度坐标指的是什么地方。如果有个准确的地图就好了。"

"也许可以找找，"吴有金不抱希望地说，"但这个镇上连学校都没有，稍微有点藏书的地方大概就是安德鲁神父的教堂，不过，我怀疑那里也只有福音书和赞美诗。"

"可还是得想办法找找。"戴维说，"如果我们想回去，这个坐标就至关重要。"

他这句话让吴有金抬起了头，"回去？"

"是的，回到我们的时代去。"戴维说，"我们所做的一切不都是为了这个吗？"

"是的。"吴有金低声说。过了一会儿，他又问道："戴维，你觉得……我只想问问你的想法……你觉得我们身处这个时代，真的能在任何时候置身事外吗？"

戴维摇摇头，"不能，可是我们必须这样……不然的话……"

他突然不说话了。

"说下去，"吴有金向他倾过身子，"不然会怎么样？改变历史？"

"不，"戴维苦笑了一下，"不然的话我们就回不去了。"

28

神父及时雨

奇异的笔记
总觉得有点可怜
听证会上的意外

生活在一夜之间回到原来的模样——只是相对来说的"原来",也可以说是一个暂时忘记了所有麻烦的幻想。

吴有金和戴维洗过澡、吃了东西之后,舒舒服服地躺在换过被子的床上,足足睡了十个小时。他们醒来的时候,就像吃了菠菜的大力水手一样精力充沛。

吴有金的强迫症让他先在家里做了个大扫除,把所有散乱的东西重新规整,才在门上挂出了"营业"的小木牌,但洛德镇最近好像没有什么人要去见上帝,所以他们俩就凑在一起商量接下来该做的事儿。

戴维把米洛先生的箱子放在桌子上,就像看自己亲手做的神奇女侠树胶模型一样仔仔细细地打量了一遍,最后他看了看那把锁。那是一把沉重的铜锁，就像婴儿的拳头一样大，它的样子跟一般的锁头不太一样，锁眼在底部，看上去是一个很规整的"+"号。

"我说，"吴有金也看了看那把锁，猜测道，"其实米洛先生对他的遗产布置得很细致，要打开这个箱子我们得解出一个接一个的谜语。先是需要从他的坟墓上得到坐标，然后才能拿到箱子，再通过坐标去找到箱子的钥匙。"

"如果我们找不到他坐标上留下的东西呢？真的不考虑直接砸了这玩意儿吗？"

"你还没放弃这个念头吗？我倒是想，可还是不敢，"吴有金说，"我这里有斧头、锯子，一顿乱劈，说不定可以弄开，不过谁知道这里面放着什么东西呢，要是暴力破拆就会爆炸，或者是有别的什么机关，不通过锁眼拆掉机关就会泄漏、融化之类的。"

"听起来简直像是印第安纳·琼斯博士才会遇到的难题。"戴维搔搔头，"哎，我只是提个想法，也许的确不该冒这个险，但是现在找到这个坐标还是挺难的。美国几个大城市的坐标我倒是大概知道，比如，旧金山是37°48'N, 122°25'W，丹佛是 39°45'N, 104°59'W，这还是当年地理测验时候的看图选择题。"

戴维倒真的没有特别关注过经纬度这个问题，他开始后悔过去没有好好地听地理老师讲课。他大致地回忆了一下，对吴有金说："至少我们该高兴的是，这个坐标不会让我们买火车票跑到东部去。39°1'N, 118°46'W应该就在内华达州。"

"所以我们还是得去弄张地图。"吴有金想了想，"这里没有邮局，我看警长那里也没有贴地图的派头，不然还是去找神父问问看？"

"就算他有地图册，说不定给我们看也是要收租金的。"

"他也给了我们吃的，虽然不能算他出钱。"

这么看来倒也不是不能接受，吴有金又想了想，"另外，我觉得我们至少得先自己测量一下洛德镇的经纬度，这样有个参照。"

"哦，可以啊，不过你会测量？"

"最简单的还是可以，但肯定会有误差，我得先去找个精准的表。不如我们现在就去教堂一趟。"

戴维点点头，又犹豫了一下，"要不，再去警长那边看看血狼的情况怎么样，我总觉得劳埃德不会就这么放过他。"

吴有金似乎想说什么，但最后还是点了点头。

他们暂时把箱子塞在了吴有金的床下，换了衣服出门，向着这镇子里稍微干净一点儿的建筑走去。

上帝的地盘就像他们离开前一样冷清，虽然教堂的门微微地敞开，但几乎没有什么人出入。日光从十字架后上方投射下来，在地面映射出一个巨大的阴影，就好像是指示着进入的方向。当戴维和吴有金站在门前，准备要进去的时候，那些路过的人都会多看他们一眼。

"走吧，"戴维说，"不然他们都会以为我们出去一趟就给吓傻了。"

两个人进了教堂，里面弥漫着一股淡淡的香味，似乎是什么东西燃烧过的气味。一个穿着麻布衬衣和长裤的黑人正拎着一个提炉在圣坛和桌椅之间来回走动。

"哇，这是要做弥撒吗？"戴维意外地说，"真没想到神父居然还有乳香啊？"

"哦，不，"那个黑人回答道，带着轻微的南方口音，"这只是一点儿普通的香料碎屑，神父说可以烧了熏一熏房子。"

"是这样啊，不错的主意。"戴维打量着这个黑人，他长得不太高，看上去有五十多岁了，头发已经开始泛白，"抱歉，先生，我以前在洛德镇似乎没见过你。"

那个黑人笑了笑，露出雪白的牙齿，"我叫约翰，最近遇到点不幸的事，刚刚来到这里。上帝保佑卢卡斯警长，允许我留下来，尊敬的安德鲁神父收留了我，他说教堂里还差人，所以我就在这里住下了。"

原来他就是那个遇到了抢劫的幸存者，戴维和吴有金互相看了一眼。

"很高兴认识你，"戴维说，"我们是来找神父的，他在哪儿？"

"刚才在墓地那边种一些东西，我马上去通报。"黑人向他们微微鞠躬，穿过小门出去了。

"好像就是他说出的情况让卢卡斯警长觉得要深入调查，对吗？"戴维说，"也许我们可以跟他谈谈。"

"你是指关于劫杀移民的事吗？"吴有金摇摇头，"我们对这个时代的事情已经管得太多了，戴维，我们不能再牵涉得更多。让警长去调查吧，哪怕血狼是冤枉的，我们也不该插手的。"

这话有些冷酷无情，但戴维知道吴有金说的是对的，他们现在最重要的事情是赶紧打开箱子，调查清楚米洛先生的秘密。可戴维还是忍不住去想象血狼的现状——

他带着伤，被关在自己曾经待过的那间牢房里。戴维知道睡在那鬼地方是什么滋味儿，一想到血狼也得经历这些，他就有点儿难过。而且相比于当初他的遭遇来说，血狼现在面临的可不仅仅是卢卡斯警长的审问，更麻烦的是觊觎着别的东西的劳埃德先生——那个男人绝对会想办法单独审讯血狼的。

我能做什么？戴维扪心自问，或许可以找卢卡斯警长谈谈，至少在血狼不能自保的时候加强一下保护的力度。

就在他思考的时候，吴有金用手肘捅了他一下。戴维立刻抬起头来，刚好看到那个黑人领着神父走进了教堂。

"啊，杨格先生！吴先生！欢迎，欢迎，欢迎你们来教堂！"神父用热切的口气说道。

哦，真可怜！戴维几乎发自内心地同情他，觉得他就像那种万年没有人光临的旧货店老板一样，看到两个打劫的推门进来也欢欣鼓舞。

"日安，神父。谢谢你昨天给我们的面包，它可帮了大忙。"吴有金跟他客套。

"哦哦，不算什么，"神父满脸笑容，"神爱世人，我也爱你们。"

天啊,幸亏他长得好看,说这话才不会被揍。戴维虚伪地笑着说:"是的,感谢上帝,我们现在也许还要请您帮忙。"

"没有问题,"神父交握着双手在他们面前坐下来,"我愿意为你们开解,孩子们,我知道你们前几天遇到了非常可怕的事情,你们一定怀疑自己是不是被诅咒,为什么那些颠沛流离、胆战心惊的遭遇会降临在你们身上。我知道你们一定会认为自己的意志太过于软弱,轻易被这些事所击倒,其实上帝在支持着你们,但你们并没有发现,我会告诉你们他为你们做了什么……"

啊,天啊,这个人没有音乐就能自己跳舞!

戴维想要扶额,吴有金的脸色也有点僵硬。"哦,神父,那个,请等等,"他连忙打断了神父的长篇大论,"实际上这事儿您可以后面慢慢地说,我们今天过来主要是想找您借点儿书。"

神父的脸色有些意外,但他还是礼貌地问:"很好,这也是亲近上帝的方式,你们要什么样的福音书?"

"世界地图或者美利坚地图什么的,也能跟上帝亲近点儿吧,毕竟这是他的创作。"戴维回答道。

神父的脸色更加奇怪了,他抬起手来,指着教堂角落里的一个小房间,"以前有人给我们捐赠过一些书,也许你可以在那里面找找。"

"这里居然还有人捐书?"吴有金意外极了。

"哦,当然,是道尔顿夫人。她买下那幢房子以后,觉得有些东西不需要,大概我接手会合适些,我记得里面似乎有地图之类的,还有个地球仪……"

"太好了!感激不尽,神父!你知道吗,我们今天一起来就祈祷过了,上帝他老人家果然回应了!我们这就去拆他给的礼物!"戴维连忙拉着吴有金站起来,飞快地握了握神父的手,向着他指的方向奔去。

推开那扇刷了白漆的门,戴维就闻到了一股味道,是纸张和皮革混合的味道。在这个四十多平方英尺的小房间里,立着一个书柜,地上还摆放着两只箱子。戴维打开箱子看了看，里面是白色的罩袍和法衣。他打开书柜，看见里面整齐地摆放着各种图书，它们竟然保存得很好，没有霉味，也没有腐烂，甚至没有什么灰尘。

"这是道尔顿夫人捐赠的吗？"吴有金上前来抽出一本书，翻了翻，在扉页上看到一行手写的话——"赠予亲爱的凯文，我骄傲的儿子"，落款写着"阿尔弗雷德·米洛"。

"看起来的确是米洛先生的。"吴有金将那本《神曲》重新放进书柜里，"肯定是道尔顿夫人清理那房子里的东西时觉得没有用才拿到这里来的，不过神父还保存得挺好的，真难得。"

"让我们看看有什么。"戴维立刻在书柜里翻找起来，他在左边，吴有金在右边，挨着看那些书。

这柜子里的书大概有八十多本，有不少文学作品，还有一些工具书，有些书的边缘有些发黑，似乎被灼烧过，有些书的封皮都掉了。他们在这堆书里翻找，过滤掉那些适合躺在长椅上喝着红酒看的玩意儿，又过滤掉一些充满了科学研究弯路的过时著作，最终把地理大发现之后的书选了出来，其中包括世界上不少地方的图册，还有几幅折叠起来的地图，最后吴有金找到了两个硬面笔记本。

"哦，这个……"吴有金拿着它们，"难道米洛先生连日记都没有烧掉就死了吗？我可真不想知道他的隐私——"

"除非这隐私是关于他那些科学研究上的小秘密的。"戴维拿过两个笔记本，"我没有负罪感的，钱钱，要知道名人的回忆录很多都是他们死了以后被人从日记书信里挖出来的。"

吴有金呼出一口气，"如果我知道自己要死，肯定会先格式化所有的硬盘，再注销我所有的网络账号。"

"前提是我们通过窥探米洛先生的秘密能找到回去的方法——如果时间同步，说不定他们已经开始翻找我们的脸书来寻找失踪线索了。"

这事真吓人！吴有金担心地想，如果亲朋好友真的报过案，他们一定会去翻他的微博,那他转过那么多苍老师的微博的事情,就会曝光了!

"让我们来看看米洛先生有没有把他的心事写在这个笔记本里。"戴维一边说,一边席地而坐,在腿上翻开笔记本。

吴有金凑过头去看了一眼,立刻发出一声小小的惊呼——

原来在那个笔记本上,并没有写什么特别的开篇词,只有封面上有一个 K.M 的签名缩写,翻到第一页就是很多数字,这些数字被分成日期和时间,做成了一连串的表格。他们不断往后翻,发现这些记录的时间跨度很长,米洛先生从 1840 年 3 月 21 日开始,到 1852 年 4 月 3 日,每天分四个时段记录,分别是早上 7 点,中午 12 点,下午 5 点和晚上 10 点。但那些数字到底代表什么却让人无法理解,它们的差别有时候并不大,比如某一天是"23、78、48、50",但有时候却相差巨大,比如"19、89、128、11"。

"这到底是什么?"戴维问吴有金,"看上去一定不是温度。"

"当然,"吴有金说,"如果那样的话温差可就太大了,无论说的是摄氏度还是华氏度。我觉得我们可以先把这个本子收起来,以后再来研究这些数据。"

"行,这是你擅长的。"戴维把笔记本放到一边,又打开另外一个笔记本,"哇,这个有点意思。"

第二个笔记本上也有米洛先生的名字缩写,但这次他没有在笔记本里记录数字,而是画满了图。这些图显然是机械方面的设计草图,有些像是齿轮,有些像是形状特殊的轴承,当然,跟标准的机械设计图相比还是挺粗糙的,但是米洛先生画得很认真,还在旁边标注了尺寸。有时候他会把一些图胡乱地涂改掉,有时候会把一些图用红色的线条圈起来。越到后面这些图的改动越多。在每隔几页的空白处,还有他写下的想法,以及一堆数字。

"他在设计什么?"吴有金奇怪地问。

"也许是什么机器,还记得神父说的吗?那个雷电之夜,他几乎烧光了自己的房子。"

"你是说因为这个机器？他造出来了？"

"不知道，"戴维回答，"我们其实不知道他有没有造出来，或者只是在做实验，总之这个东西应该是他花了大力气弄出来的，我们得弄明白他到底想要做什么。"

吴有金翻看着那些图，猜测道："这些部件不是他自己能弄到的，这样的锻造只有铁厂才能完成，所以我觉得他这些需要组装的零部件，应该是在外地定做，然后运送到洛德镇上来的。"

"而且应该持续了很长的时间。"

"这真是个有趣的信息。"戴维把这两本笔记本夹在腋下，"我们把它们拿回去，好好研究一下，说不定大有收获。"

吴有金表示赞同，同时把那一堆地理图册也抱起来："我们可能得向神父打个借条，他看起来不太像愿意把教堂的东西慷慨外借的人。"

他们俩走出小屋，盘算好用一张纸条把这堆宝贵的发现搬到自己的棺材铺里去，却发现原本坐在长椅上的神父正换上衣服急匆匆地往外走。

"啊，先生们！"神父看到戴维和吴有金后说，"刚才卢卡斯警长派人来说，叫我带上约翰到警察局那边去，有些事情需要他的证词。"

"哦？"戴维连忙问道，"今天在审问那个印第安人了吗？"

"看起来是这样的。"

戴维看了吴有金一眼，"我想，我该去旁听一下。"

吴有金的眼神中有一些不安的东西，但他还是点点头，"也行，反正我们并不是太着急，如果你真的想去……"

他除了偶尔发作的啰啰唆唆，说话还从来没有这么吞吞吐吐过。但戴维并不想指明这一点。

于是他们俩带着这堆书本，跟着神父和黑人约翰一起来到了警察局。

卢卡斯警长那简陋的小楼里大概从来没有挤满这么多人——

除了被提审的血狼和卢卡斯警长，还有理查德·劳埃德先生，他带来了两个跟班；皮克林医生站在角落里，此外还有两个警员，再加上镇上稍微体面点的居民，挤进来的安德鲁神父、约翰、戴维以及吴有金，这个原本不大的房间简直拥挤得让人觉得连空气都有些不够了。

"这里只比奥斯维辛的毒气室稍微宽松一点点。"戴维一边低声跟吴有金报怨，一边紧紧地抱住那些笔记本和书。

吴有金竖起食指，比了一个"安静"的手势。

戴维不再多话，他也看到卢卡斯警长和劳埃德先生不约而同地朝这边看。现在警长就像戴维第一次被审问时那样坐在那张精美却饱受磨难的桌子后面，只是没有跷腿，劳埃德先生找了把椅子坐在他的斜对面。这两个人的连线中间仍然是那张三条腿的凳子，上面坐着血狼——他看上去有些憔悴，但是精神还不错，肩膀上缠着白色的绷带，上面隐隐约约能看到血迹。

戴维和吴有金用最轻的步子慢慢地磨蹭到角落里，就在皮克林医生的旁边。尽管他有点儿熏人的酒气，但今天的医生还算清醒，他举起手向他们打招呼，甚至还咧开嘴微笑。

戴维也冲他笑了笑，问道："那个印第安人的伤势怎么样，医生？"

"还不赖，还不赖，"皮克林医生用浓重的苏格兰口音说道，"他没感染，谢天谢地，只是一些皮外伤。虽然失血多，但他身体不错，吃了点东西就恢复过来了。"

戴维稍微放心了一些。

警长跟旁边的一名警员说了几句什么，那个年轻人就从桌子的抽屉里拿出纸和笔，坐在了侧面。

不错，戴维心想，好歹这里还有几个接受过教育的。

一切都准备好了，警长提高了声音，对他的俘虏说："这里不是法庭，血狼，所以我们不是在审判你，只是要求你履行自己的承诺，把你知道的一切都告诉我们。你不用担心，在这里的人都是你的证人，我们会把你所说的都会被如实记录下来，不会被歪曲。"

"哇,警长这么说起来似乎有点针对某人呢。"戴维在吴有金的耳边轻声说,"你觉得他今天这是故意在提防着那位吗?"

吴有金略微点头,"不过,我也不知道为什么劳埃德先生愿意在这么多人的监督下审问,他不是想要问那些金属的秘密吗?"

"也许是警长用了什么办法。警长总是有办法的,对吗?"

吴有金看了看那位青年版的"保罗·纽曼",觉得戴维说的没错,他们总是预估不到卢卡斯警长究竟有多大的能力。但是……

"你说他为什么不把那张三条腿的凳子拿给我修修呢?我宁愿不收他的钱,我可以建议他换个凳子吗?看着真别扭……"

"克制一下,钱钱,克制一下。"

在简短并且意味深长的开场白之后,血狼抬起头来,看了看侧后方的劳埃德先生,又环视了一圈房间里的人,最后他看见了角落中的戴维。他的目光只停留了一秒钟,又回到了卢卡斯警长身上。

"从哪里开始,先生?"他问道,"我们和你们的故事很长。"

"也许从你们袭击移民开始,"卢卡斯警长说,"从你第一次袭击白人开始说吧。"

血狼笑了起来,"你要我说二十年前的事情?那也可以……我第一次对毛嘴子下手时,还是个小孩儿。"

原来他所说的,是米洛先生第一次进入红手部落周围的情况,那个时候才八九岁的血狼,向着这个传说中不是好人的家伙扔出了一块石头。原本指望能让他脑袋起个包,结果最后却收获了一个毛嘴子朋友。在毛嘴子的人还不多、对矿藏的需求也没有那么狂热的时候,红手部落和其他部落的印第安人跟他们相处得还不错,甚至能做点交易。不过当洛德镇上的人越来越多,更多的探矿者进入了印第安人的领地,事情就改变了。

红手带领他的族人从洛德镇周围后撤,去到了别的地方。休休尼人还是按照以前的习惯狩猎,偶尔能看到一些移民在路上赶着车,来到这里。他们的确发生过冲突,但是血狼说,他们只是预防那些移民进入他们的地方，因为其中有些人是探矿的。为了建立起威慑，他们偶尔会骚扰一下白人，但只是盗窃或者惩罚，不会结下血仇，这也是为什么他们偶尔会在洛德镇周围出现的原因。

"也就是说，你没有杀过移民。"

"我们驱赶过一些移民，"血狼说，"用弓箭和恐吓，也许让他们流了点血，但是没有要过他们的命。"

"但是不止一个幸存者到我的面前来控诉你们的暴行，他们都说亲眼看到你们杀了人，甚至不放过女人和孩子。"

"其他部落里的人我不能肯定，但是红手说过，为了不跟毛嘴子结下死仇，我们不能沾上毛嘴子的血。"血狼又抬起了下巴，"而且休休尼人是最优秀的猎人，我们即便打猎的时候也不会杀死带幼崽的母兽。"

"那你的意思是我的人撒谎了吗？"劳埃德先生突然开口，"我的雇工告诉我，的确是你们袭击了他，证据就是另外几具尸体。"

"如果真的有人死了，总有人在撒谎，"血狼回头看着，"但那一定不是我。"

劳埃德先生笑了笑，"怎么证明？向着你们那搞不清楚是狼还是秃鹫的图腾发誓吗？"

"先生们，"卢卡斯警长打断了他们的对峙，"我说了今天并不是审判，而是先听听血狼所陈述的事。"

劳埃德先生做了个手势，"请原谅，警长，我忘记了这里是你做主。"

他的口气听起来可真是冒着酸气。戴维和吴有金互相看了一眼，就知道那家伙来旁听不会只是乖乖地坐着。

但卢卡斯警长并没有跟劳埃德先生多纠缠，他忽然指着角落里的戴维对血狼说："那个人你认识吗？他就是幸存者之一，在来到洛德镇的时候，他的六位亲人被杀死，他亲自指认是印第安人做的。"

场上的注意力一下子集中在了戴维这边，他吓得一下子全身僵硬。

这不行，为什么聚光灯打过来得这么突然，是要闪瞎我的眼睛吗？戴维在心底咆哮着,剧本不能这么写,我还没背台词呢!

他感觉到血液从自己的脸上退去,脑袋里只徘徊着一个念头:完了!做伪证会不会被吊死啊!

29

谎言的叠加

被发现了！

中学生的实验

科学观测二人组

"杨格先生，"卢卡斯警长高声说道，"真高兴你也来到这里了。也许你能说说自己的遭遇。"

怎么说？戴维的脑门上开始冒汗，他连之前的那些细节都忘记了，还有那些亲戚们的名字，他该记在小本子上的。吴有金在旁边拉了拉他的衣服，满脸的担忧——中国人知道戴维的底细，也知道他现在被逼上了独木桥。

一个谎言往往需要更多的谎言来补完。戴维忘记这句格言到底是谁说的了，他真想向那人表示敬佩。

"杨格先生，"卢卡斯警长又一次说道，"不必担心，这不是法庭，别紧张。虽然让你回忆那些悲惨的经历很残酷，但现在它有助于我们判断一个人的清白，或许还不止一个人。"

哦，不按着《圣经》发誓就意味着可以说谎了吧？戴维虚伪地笑了笑，咳嗽了两声，"啊，警长，其实有些事情我已经记不清了，那时候我很惶恐，后来我过的日子您也知道，前几天我还在惊吓中度过，现在突然又让我回忆创伤……"

"很勉强，我理解，"卢卡斯警长说，"但我还是希望你说出你知道的，这很重要。"

戴维真是骑虎难下，他无比后悔一刻钟前的决定，他压根儿就不该来这里，哪怕他真的很担心血狼的处境，也可以换个时间来探望。想到这里，他看了看印第安人，血狼也转过头来注视着他，黑色的眼睛里异常平静，并没有任何惊慌和畏惧，似乎并不担心有什么对他不利的证词。

戴维在脑子里飞快地把能回忆起来的场景都大致过了一遍，迅速地梳理了叙述中应有的逻辑关系，这才用非常缓慢的语调、非常多的停顿把以前编造的故事又讲述了一遍。

相比于刚来时对卢卡斯警长说的，这次他讲的更加模糊，只说了一个"亲人"的名字，就是来自于叔叔的"约翰·杨格"，还有来自于狗的"汤姆·怀特"，然后就从他们那不确定的旅程跳到了死亡的部分，他只能根据回忆尽量简短地说出怎么被袭击、割断喉咙之类的，然后就跳到了他获救的那一刻。从他开口到讲完，大概不到三分钟。

卢卡斯警长的表情相当微妙，而其他人也有些呆滞，就好像他们原本打算听到一场血泪控诉，惨烈、激昂、惊心动魄，最后却被人用读税务通知一样干巴巴的语气在几分钟内表达完毕，这种失落感来得实在有点猝不及防。

就在这样的落差带来的长久沉默中，劳埃德先生忽然发出了一声嗤笑。

"真意外，"他满脸讥讽地对戴维说，"我第一次听到有人把自己六个亲人遇害的事情说得这么轻描淡写，连怎么死的都讲不清楚。杨格先生，对于这个红野人来说，你还真够朋友。"

他这口气让人厌恶，但戴维不敢多说——他又忘记了自己编造的那个侄女的名字了，他更不敢去揣测卢卡斯警长还记得多少自己的"案子"。"这么说不公平，"他虚弱地反抗道，"我说过我记不清了，人可不能在短时间里接受连续的打击，你肯定也不知道遗忘是人类保护自己的一种方式……"

"好了，杨格先生。"卢卡斯警长打断了他的话，"这方面的争论，我觉得以后你可以找机会私下跟劳埃德先生探讨。既然你说得这么模糊，那我就问几个关键的问题好了。"

啊，天啊……感觉是坐在测谎仪旁，所有人都看着那张印着心率血压的打印纸——跟被扒光了没什么两样。

但戴维已经没有办法退缩了，卢卡斯警长没有给他丝毫的机会："你当时说的是印第安人袭击了你们，你确定是他们杀死了你的亲人？"

戴维缓慢地点点头。

"我需要你说话，杨格先生。"

戴维喉咙发干，"是……是的。"

"那么你确认血狼参与到劫杀中了吗？"

戴维想起自己来到这个地方的时候，被那些尸体吓得屁滚尿流的经历，还有当时看到印第安人从岩石后面起身，向着自己射箭的情形，他觉得如果自己能再没良心一点儿就好了，他可以毫无负罪感地指证血狼，从而避免自己陷入被揭穿的危险境地。但是很可惜，他依然有着最基本的道德观——当然是在他努力地保护自己的基础上。

"我不敢保证，警长，我是说，我不能百分之百地肯定。"戴维说，"那时候我可吓坏了，而且我第一次见到印第安人，他们都长得一样，你知道……"

"你来到洛德镇以后跟我描述的印第安人中，有一个很像是血狼。"

"大概是的，我不记得了，不过……也许他的确在，但那时候离我挺远的。"这一句全是实话,戴维想,血狼说过他看到自己在戈壁中游荡,来到了那些尸体旁边。这么说起来,其实血狼知道自己跟那些死者并不是亲人?

戴维的后背在出汗,但似乎血狼还没有把这件事情告诉卢卡斯警长,否则他不会这样问话。

"那么,在我们救你的时候,拦截的这些印第安人是不是袭击你的那一批?"警长接着问道。

这很关键,戴维知道,这是最关键的。他必须保护血狼,这样也是在保护他自己。

"不是!"戴维用笃定的口气说,"他们不一样。"

"哈,有意思!"劳埃德先生笑起来,"那么就是先后有两拨红野人跟你遇到过,前一波杀了你的亲人,后一波呢?难道他们只是路过?"

戴维痛恨他的口吻,怒气让他的胆子也大了起来。"我不知道!"戴维加重了语气,"万一他们是来打猎的呢?"——如果当初他们没有向着我射箭那我说不定还会说点对血狼更有利的证词。

"好了,"卢卡斯警长打断了他们的话,总结道,"也就是说,杨格先生依旧指认是印第安人杀害了他的亲人,但他拒绝指认是面前的这位。"

周围响起一阵七嘴八舌的议论,戴维板着脸,努力维持着镇定的模样。

"其实这不难理解,"卢卡斯警长说,"我想让大家再听听约翰先生的说法。"

他招招手,那个跟着神父来的老黑人走上前,向着他鞠躬,然后又向周围的人行礼。

卢卡斯警长吩咐道:"说说你的遭遇,约翰。"

于是老黑人将他之前告诉警长的一切又说了一遍,和之前警长单独告诉戴维和吴有金的一样,特别是关于伪装的印第安人。

这些话让周围的人都露出了复杂的表情,以至于在约翰说完以后,他们连议论的声音都没有了。警长让约翰回到神父旁边，这才说:"按照约翰的证词，同样不能指认血狼，但有了新的嫌疑犯，就是假扮成印第安人的歹徒在劫杀移民。考虑到杨格先生的话，这也许还牵扯到之前发生的类似案件。"

劳埃德先生表示反对:"这只是基于两个人证词的推测，而且没有任何东西能证明有那样的一拨人存在。一个把印第安人当朋友的小子，一个老眼昏花的黑奴，你不会真的把他们的说法当回事吧，警长。"

"让你失望了，劳埃德先生，实际上在很多案子里，证人的身份只是一个参考，他们说了什么才是最重要的。"

"语言是最不可靠的，警长。"劳埃德挥挥手，"人都会撒谎，你还需要物证。"

"当然，我完全同意你的话，"卢卡斯警长说，"因此这并不是审判，只是我们寻找真相的一个过程。我是个有怪癖的人，先生们，我坚持我吊死的人里面没有无辜者。"

"那你要怎么来证明这个问题呢?"劳埃德先生问道，"那些死人没法再给您证词。要找证据?恐怕它们都已经埋在沙漠里了。"

"我会有办法的，"卢卡斯警长说，"但这需要一定的时间。"

这话说出来似乎有点落了气势，戴维并不明白卢卡斯警长为什么这么说，甚至连他为什么要举行这个非正式的听证会也不明白。但管他呢，戴维现在对这个人充满了信任——他一定有必须这么做的理由。

卢卡斯警长又让另外几个人分别说了这几年来陆续发生的劫杀案的情况，包括接到报警和救助过移民的警官们，但这些人的说法和以前的传言并没有太大的区别，跟劳埃德先生的雇工们遇到的几乎一样。劳埃德先生的表情在这个时候稍微缓和了一些，不再说话。

无聊的下半场听证会要结束前，卢卡斯警长宣布经过这次的碰头，休休尼人劫杀移民的事情还存在很多疑问，所以血狼并不是以罪犯的身份留在这里的，让他待在牢房里纯粹是因为他没有地方住。所以，警方也就有义务保证他的安全,直到事情查清楚。

这是在预防劳埃德先生暗地里对血狼做什么吗？戴维猜不透,但他觉得如果不把血狼当成罪犯,说不定他还可以找个时间到这里来跟他谈谈,特别是血狼是否真的清楚自己跟那六个死者是一种"偶遇"的关系。

戴维和吴有金带着书混在人群中走出了警察局,他们跟神父说了借书的事儿,就回到了棺材铺里。

戴维关上门,告诉了吴有金他现在担心的事情——血狼很可能会揭穿他伪装的身份。

但是中国人显然比他要乐观。"但是他没说,是吧？"吴有金分析道,"在今天的听证会之前他其实并不知道你是以什么身份来到洛德镇的,他没有必要去跟卢卡斯警长说这个；今天听证会上他大概知道你说了什么,但是你既然没有指认他,他也不会傻乎乎地去揭穿你；最后,按照那天你们遭遇的距离,你觉得他真的认出你了吗？"

逻辑上说得通,戴维心想,可我还是得找机会单独跟他谈谈,而且必须就在这两天。

"听着,哥们儿,"吴有金又说,"眼下我们最重要的事情,是赶紧把那个坐标的位置落实,现在的洛德镇上可不比以往,我总觉得会发生点儿什么事。如果他们是要火并或者挨个决斗,我希望都别牵扯到我们身上。我们不是这里的人,我们是异乡人,戴维,我们的家在很远的未来！无论我们投入多少感情,我们都无法改变历史和这些人的想法,我们也不需要那样做。"

今天的吴有金似乎话特别多——不对,他总是时不时的话多,但是那些话很多都是废话,这么正儿八经的倒是让戴维有些意外。他感觉到他似乎话里有话。

"你说得对,"戴维点点头,"那就让我们开始吧,好好读一读这些东西。"

他们把从神父那里得到的书和笔记本都摆在桌子上，开始认真地从中间寻找起线索。

最先开始的是地理书籍，在里面仔细地找出最近年代的地图，然后寻找经纬线的度数，不过让他们失望的是，地图上的经纬度只有粗糙的整数，要想找到精确的刻度很难，按照那个范围，他们可以把整个内华达州都画进去，还可以加一点儿爱达荷州和犹他州的地盘。

"这样不行，"戴维失望地合上那些地图，"我们不能去搜查一整个州。"

"也许我们可以手动测量。"吴有金说，"但只有先测出洛德镇的坐标，才有办法去推测那个坐标的大致方位。"

"手动？你是说自己观测？"戴维惊讶地看着吴有金，"钱钱，你学历比我高是有道理的！"

"啊，我好歹在念中学的时候也是学霸——嗯，就是你们这里的优等生。"

"那要怎么做？"

"如果有六分仪和手表要好些，如果我们找不到精确计时的手表，大概误差就会很大。"吴有金遗憾地说，"可惜我来到这个地方的时候，手机就没电了。"

"啊！"戴维说，"我的倒是有电，但是为了省电我关机了，不知道过了这么久还能不能开机。"

"试一试！"吴有金说，"你从纽约来，应该是用的美国东部时间，对吧？"

"东部时区，没错，我来的时候是夏令时。我们现在在内华达州，应该是太平洋标准时区。"

"这里的时间和你的东部时间相差了三个小时，和北京时间相差九个小时。只要我们能得到一个准确的时间，后面的就好办了。"

"好！"戴维又问道，"那什么六分仪，你到哪儿去找？"

"先问问看，说不定可以去黄玫瑰旅馆那里买一个。据说那地方什么都可以交易，要是我们出钱，说不定有人可以给我们弄到。"

"好吧，那么这个问题也算是有办法解决。"

"接下来会花费点时间，我们得在空旷的地方竖一根日影杆，花两三天观测，之后还得计算……我记得有一个三角函数。"

戴维从来没有这么真心实意地感觉到庆幸——都说中国人数学好，现在看起来还真是这么回事。

"让我当你的助理吧，'教授'。"戴维恭维道，"虽然我对计算什么的不行，可我对数据还是很敏感的，我会忠实地把它们归纳整理。我擅长归档，你知道。"

"你好像以前是做编程的？"吴有金想了想，"这么说起来，其实我们俩都还没有好好地了解一下彼此能做的事儿。"

"会知道的，会知道的，"戴维热情地说，"优点都是在交往过程中逐步发现的。"

"最后就是结婚吗？"吴有金难得地开了个玩笑，两个人都觉得滑稽，不约而同地哈哈大笑起来。

过了好一会儿，他们平静下来，戴维咳嗽了一声，"我没有别的意思，钱钱，但我得说，我喜欢神奇女侠很多年了，我是直男。"

"嗯，"吴有金也觉得这气氛有点诡异，"我也是。"

他们友好地握握手，开始分头为科学观测做准备。

30
道尔顿夫人回来了

不速之客

请客吃饭

天才编剧

在洛德镇随便立一根木杆还是很容易的，不容易的是让它一直竖着。为此他们需要找一个人少但是空旷的地方。戴维和吴有金想了半天，觉得教堂的墓地是一个好地方。

"没错！"吴有金表示同意，"反正你的'亲戚们'都还埋在那儿，你在那里插上一根棍子，时不时地去看看，完全不会引人怀疑，说不定那么做，还会让大家觉得你对那些不幸的'亲人'充满了感情。"

戴维觉得有道理，于是他们当天晚上就在棺材铺的木料堆里找到了一根长四英尺左右的边角料。吴有金又把它打磨得比较规整、光滑。第二天一早，两个人便出门前往教堂。戴维觉得只拿根棍子去有点傻，但这破地方也找不到花店，于是他在路边挖了一棵仙人掌，用外套包着，来到了教堂。

谢天谢地，在那六个坑被填上以后，神父还好心地用粗糙的木板给他们做了个简陋的墓碑，上头写着戴维杜撰的名字。戴维赶紧把它们一个个地记下来，像背诵指令一样牢牢地记住。他先在"小侄女爱丽丝"的墓穴跟前刨了个坑把仙人掌种下去，之后才把那根日影杆插进旁边的空地。吴有金还用他做木工的水平尺让它完全垂直地面上。

"可以了！"戴维对吴有金说，"不过，万一神父把它拔掉了怎么办？"

"他看起来不像是那么讨厌的人啊，"吴有金摸摸下巴，忽然摘下自己的宽檐帽放在木杆顶上，"行了，这表明我们是放在这里向死者致意的。"

戴维点点头，"那就这么办，现在我们来校准时间。"

他抬起头来向四周望了望，确认没有人看到他们，才从口袋里掏出自己的手机，"我把它藏得可好了，虽然我过来的时候电量还是满格，但估计现在已经释放了很多了。"戴维摸索着这巴掌大的现代文明产物，仿佛拉开手雷引线一样地按下了开机键——黑色的屏幕透出了光，当看到那个缺了一口的苹果时，戴维和吴有金不约而同地鼻子发酸，这小小的手机开机画面让他们俩一下子想到了一百多年后五彩纷呈的世界，那里有他们的亲人和朋友，有因特网，有 IMAX，有波音飞机，有滑板车，有平板电视和 XBOX，还有敢穿比基尼的姑娘！

但这怀念并没有持续多久，当熟悉的斯嘉丽·约翰逊酥胸半露的壁纸出现后，戴维赶紧看了看时间："现在是东部时间早上 10 点 14 分。"

"那么就是太平洋时间 7 点 14 分。"吴有金掏出一只刚买来的旧怀表把时间校准好，"行了，你的手机还有多少电？"

"8%。"戴维伤心地看着右上角的小标。

"关了吧，说不定后面还有用呢。"吴有金说，"所以我还是觉得诺基亚的超强待机才实用，开机放一个月都没问题！反正在这里没人给我们打电话，也没法上网。"

"如果早知道自己会掉到这个地方来，我会准备一个的。"戴维用手指在斯嘉丽·约翰逊的红唇上抹了一下，才关上手机，小心翼翼地放回口袋里。他无聊的时候真的设想过，如果自己不得不来到洛德镇这样的地方，哪些东西是一定会带上的。当时他觉得自己割舍不下"神奇女侠"的模型，现在他觉得应该带上指南针、瑞士军刀、抗生素、火柴、急救包、绳索……

"我们今天正午时要再来记录一次。"吴有金掏出卷尺，把影子的长度量好，记录在米洛先生的那个笔记本空白处，才结束这些假动作，走出了墓地。

刚要离开，教堂的彩绘窗户就被推开了，安德鲁神父热情地冲他们招手。

"日安，神父。"戴维勉强向他问好。

"日安，先生们，我看到你们是从墓地那边过来的。"

"是啊，昨天的听证会让我思念起我的亲人们，所以来看看他们。"戴维对他说，"我带了点礼物放在他们身边，这没问题吧，神父。"

"完全没有问题，"安德鲁神父一边保证，一边探出头往那个方向瞅，"你是说那根棍子，上面顶着宽檐帽？"

"这是一种东方习俗，"吴有金连忙胡诌，"我保证跟别的宗教没关系。"

"劳驾，让它在那儿吧，还有一株仙人掌。"戴维也补充道。

神父满腹狐疑地点点头，然后说："哦，对了，如果你们愿意的话，可以去一趟黄玫瑰旅馆，听说道尔顿夫人回来了，上帝保佑，她平安无事。"

这倒真是一个好消息！

戴维和吴有金对视了一眼，都决定去看望一下那位女士，毕竟是她最后的那个举动化解了紧张的局势，现在她回到洛德镇，也算是印第安人信守了承诺。

道尔顿夫人在洛德镇超高的人气早就让她那个旅馆中挤满了来慰问的客人，在这些粗鄙的淘金者眼里，美艳又泼辣的女老板是这个镇上最宝贵的财富之一，她的笑容和她的美酒一样慰藉着他们那颗跟沙漠一样荒芜的心，就连她的怒骂也是醉人的。她离开的那几天，他们觉得连威士忌的魅力都减退了，黄玫瑰旅馆成了一个空壳，只有现在她回来了，这幢房子才又活过来。

戴维和吴有金来到那里的时候，就被这聚集起来的问候者吓了一跳，他们费力地挤进人群，挨了无数个白眼和呵斥，才终于来到吧台前——看到那么多人围着，就知道道尔顿夫人一定在这里。

她的确在那儿，坐在高脚凳上，波比为她斟满了一杯白兰地。她还穿着那天的男装，头发和脸上都有些尘土，脸色也透着疲惫，但精神不坏，甚至微微带着笑意。

现在坐在她旁边的有好几个人，卢卡斯警长、皮克林医生、陪伴她的马克警官，还有劳埃德先生和他的跟班。

"嘿！"吴有金忽然扯了扯戴维的衣服，"看，看那儿！"

他的下巴冲道尔顿夫人的旁边抬了抬。

戴维转开视线，差点吃惊地叫起来——

紧挨着道尔顿夫人坐着的还有一个身穿鹿皮裙、梳着两条辫子、头上坠着五彩珠子和编织品的印第安少女。

"灰雨？"戴维压低了声音对吴有金说，"她怎么来了？"

"难道是被抓来当俘虏的？"吴有金猜测，"那可就又有麻烦了！不过，不像啊……她都没有被捆起来。也许她只是担心血狼，所以跟来？"

"那也依然是个麻烦啊。"戴维甩甩头，"走吧，一起去问问。"

他们又拨开人群，凑到了吧台前，向道尔顿夫人问好。"您能平安回来真好！"戴维真心实意地说，"一路上还顺利吗？"

道尔顿夫人中断了和卢卡斯警长的谈话，转过头来看着他们，她黑色的眼睛里有些说不出来的东西，让戴维难以描述。"多谢你的关心，杨格先生，我很好，"她的口气里也听不出是怒是喜，"印第安人还算讲信用，马克警官也帮了我不少忙。"

"我注意到您还带回了一个……同伴。"戴维试探着看了看她背后的那个少女。

灰雨看到戴维，向他点头致意，说出了一个印第安词语——听起来很像他们给他的名字。

"这个女孩儿是自愿跟着道尔顿夫人回来的。"卢卡斯警长接过了话头，"其他的印第安人已经离开，去跟他们部落的人会合了，不过这个女孩儿执意要跟她回来，因为语言不通，现在我们都不明白是为什么。"

"她是血狼的妹妹。"戴维解释道。

几个人都露出恍然大悟的表情。"原来是这样，"道尔顿夫人敲敲桌面，波比又给她倒了半杯酒，"这就好理解了，那些印第安人要离开的时候，她跟他们说了好一阵，差点吵起来，然后就跑到我面前来拉着马缰，好一阵连比带画的才让我们搞懂她的意思。"

"倒是可以让她和血狼见见面，"卢卡斯警长说，"但是她总不能也住在牢房里吧？"

"她可以和珍妮住在一起，反正那间卧室本来就可以放两张床。"道尔顿夫人指指楼上，"她没有武器，似乎也不怎么会用，如果她是血狼的妹妹，我相信她足够聪明的话，不会在我们的地盘上做什么危险的事。"

"她不会的。"戴维连忙说，"她只是个女孩子。"

"哦，别急着这么为她担保，杨格先生。"道尔顿夫人冷笑了一声，"不要忘了你也这么为血狼做过。"

她果然还在记恨，戴维讪讪地住嘴了。

"先让她安顿下来吧。"卢卡斯警长说，"让珍妮多看着她点儿，就算她不做傻事，也别惹麻烦。"

道尔顿夫人点点头。

"您可以先休息休息，"劳埃德先生在旁边说，"我很高兴您回来，我不想占用您太多时间，但如果您恢复了体力，我想跟您单独聊聊。"

"当然可以。谢谢你的探望，劳埃德先生。"

那位大人物又向女主人抬了抬帽子，就转身离开了——他从头到尾没有跟戴维他们说过话，也没有正眼看过他们。这态度虽然让戴维和吴有金都感觉到一种蔑视，却不能不承认这混蛋做起来还挺有派头的。

他离开以后又有几个男人迅速地补位上来，卢卡斯警长也向道尔顿夫人告别。"我觉得皇后陛下也没有必要接见所有的臣民，"他笑嘻嘻地说，"你现在需要的不是白兰地，而是洗澡、大吃一顿，然后睡觉。"

"我会的，谢谢你留下马克陪我。"道尔顿夫人伸手拥抱了一下卢卡斯警长，还有那位马克警官，"也许等我恢复过来，你也会找我谈谈。"

"哦，不不，是等你召见我，陛下。"

道尔顿夫人冲他笑了笑——真诚的那种笑："你不会等太久的。"她又看了看戴维："我也会找时间和杨格先生还有艾瑞克聊聊的。这几天我的事情会很多。"

她看起来不像是要重建友谊——戴维和吴有金的心里有点发颤。他们也识趣地跟着卢卡斯警长一起向女主人告辞。在那些热情的粉丝拥过去之前，戴维回头看了看灰雨，那个少女用明亮的黑眼睛注视着他，让他的心中微微一酸。

走出黄玫瑰旅馆，戴维和吴有金磨磨蹭蹭地拖在后面，就指望着跟卢卡斯警长拉出点距离。但他们的打算显然落了空，走下了台阶，卢卡斯警长拍拍马克警官的肩膀，低声交谈了几句，马克就大步离开了。之后，他转过身来，似笑非笑地看着戴维和吴有金。

"我最近有点忙，"卢卡斯警长说，"不过我一直觉得应该请你们吃顿饭。"

"啊？"戴维愣了一下。

"为了表示感谢，毕竟是因为你们带路，我才能顺利找到劳埃德先生，并且带回那个印第安人。"

"哦，这个啊……"戴维飞快地看了吴有金一眼，中国人冲他眨眨眼，于是戴维推辞道，"别这么客气，警长，其实没什么大不了的，这不是碰巧了吗？况且要不是遇到您，我们也找不到回来的路啊。"

"嗯,说得也对。"卢卡斯警长点点头,"那你们就请我吃饭吧,既然我帮了你们这么大的忙!"

失策!戴维和吴有金简直要捶胸顿足,他们真的低估了卢卡斯警长的脸皮厚度。

他们俩都憋红了脸没有说话,警长却大笑着一边一个勾住他们的肩膀,"好了,这是什么表情啊,我的食量没有你们想的那么大。"

不是这个原因啊!被动二人组在心中哭泣,你如果真的只是想简单吃顿饭我们就把自己的脑袋拧下来放盘子里。

卢卡斯警长微微一用力,扣住这两个人的肩膀就带着他们往前走,同时说道:"道尔顿夫人才回来,我们没必要挤在一堆仰慕者中间,我知道其实罗比也卖点吃的,特别是酒,不如今天就去他那里。"

戴维稍稍抗拒了一下,"可……可是,我还有点别的工作……"

"啊,那可以晚点再继续,刚好我还没吃早饭呢!"警长微笑着,放在戴维肩头的手微微用力,"你历险回来就变得勤奋了吗?你呢,艾瑞克?"

他又转头望着吴有金,"你难道不该多跟我说点儿什么?"

中国人低头看着自己的脚尖,"我已经道过歉了,关于劳埃德先生的事情……你是对的。"

"的确,不管你有没有听进去,我都警告过你,所以你不光应该向我道歉,更应该感谢我。"

吴有金猛地抬起头,正看到卢卡斯警长居高临下地冲着他微笑,吴有金顿时觉得自己矮了一截。

"请就请……"他嘀咕道,"我就不信你还能把我吃穷!"

卢卡斯大笑道:"很好,艾瑞克,我再也不会说你是个吝啬鬼了!"

他们来到了洛德镇的外围,那里有一个供邮政马车休息的驿站。作为驿站,它算得上是洛德镇最早有人烟的地方,屋子也分外古老。石头和木板搭建的矮房子丑得难以恭维,马厩和车房也垂垂老矣,唯一稍微新一点儿的地方就是饭堂,那是驿站看守罗比·艾斯维尔五年前上任后修的, 里面有两张桌子和五把椅子, 还有个炉子和时不时迎来老鼠参观的橡木餐柜。邮政马车在这里停靠的时候, 劳累的车夫会在这里将就一顿, 那些搭车的人也会弄点吃的填饱肚子。因此, 在驿站偶尔还是有不少人吃饭的。

"告诉你们一个秘密吧," 卢卡斯警长对戴维和吴有金说, "罗比做任何东西都难吃得让人想揍他, 但是在这个地方谋份生意, 总得有少见的本事。他就会一样: 煎兔肉。他用印第安人的办法捉野兔, 用弓箭和吹筒, 绝对不用猎枪。他知道一枪, 只需要一枪, 也会把那种灰黄色的小不点儿给轰成一堆肉渣。"

戴维和吴有金将信将疑地走进那个饭馆, 里面有两个人已经坐在桌旁开始吃早餐了, 他们穿着马车夫的装束, 面前的白蜡餐盘里放着令人乏味的干面包和一小块熏肉、几把豆子。那些食物看上去就跟山羊拉的屎一样, 让戴维恶心。

卢卡斯警长带着他们在另外一张桌子旁边坐下后, 朝里面灶台旁边那个光着上半身的大胖子招手, "嘿, 罗比! "

驿站看守阴郁地抬起头来看了看他, "警长……"

"要三份煎兔肉, 三杯水, 三份麦饼。" 卢卡斯警长又顿了一下, "不要咖啡, 记住, 也不要面包片。"

罗比失望地答应了一声。

"千万别喝他泡的咖啡, 只比泥水好一点儿, 面包片嘛……说不定比你们的年纪还大。" 卢卡斯警长挤挤眼睛, "我要了三份兔肉, 不会让你们饿着的。"

说得好像是你在请客。戴维和吴有金冷漠地看着他。

不一会儿, 罗比端着他们的东西送上来了, 还贴心地放了一瓶胡椒酱。他走开以后, 卢卡斯警长把鼻子凑近金黄色的兔肉, 深深地吸了口气。

"如果不是因为他的这份绝技还可以, 这个驿站估计五年前就没人愿意来了。"

戴维和吴有金没心思陪他聊一个胖子的厨艺，他们默默地切割着兔肉，吃着这顿不怎么有食欲的早餐。然而卢卡斯警长心情却很好，他把胡椒酱涂满了麦饼，又把兔肉卷在里面，一口接一口地往嘴里塞，仿佛饿了半年。

第一个忍不下去的是戴维，他放下餐具，说道："如果您不介意，警长，我们可以先付钱，我们真的有点儿事……"

卢卡斯警长咽下嘴里的东西，喝了一口水，他冲着戴维摇了摇头，"要走？不，杨格先生，你和艾瑞克哪儿都不能去。至少在你们跟我说清楚真相之前，你们必须待在这儿。"

"真相？"戴维咧咧嘴，"我不懂您指的是什么？"

"得了，杨格先生，你以为我是白痴吗？你和艾瑞克——"他朝着吴有金抬了抬下巴，"你们两个有事情瞒着我，而且是很重要的事情。"

戴维心中咯噔一下，但他不准备就这么坦白，"我不明白，您这是在跟我们打哑谜……"

卢卡斯警长笑了笑，"不，你以为我在讹诈，实际上我只是想告诉你们，在这个地方你们唯一能指望的人是我。不管你们做过什么，绝对和那些探矿找矿、梦想着在西部挖出金子的傻瓜不一样，你们有别的目的。而且奇怪的是，在戴维来到这里之前，似乎艾瑞克并没有什么特别渴望的东西，而当你们俩碰到了一起，事情就越来越诡异了。"

戴维偷偷咽了口唾沫。

"别以为我相信你在听证会上说的那堆鬼话。"警长看着戴维，"你前后矛盾，小子，你穿着古怪的衣服来到这里，跟你那死去的亲戚们完全不同，你以为我听了你那些故事以后就会给你打上 A 等盖章通过？不，我只能给你一个 B，而且我会看看你到底要做什么。从你来到这里的那天开始，我就在关注你，你和艾瑞克刚来的时候太像了。我早就知道你们俩会干出点儿什么事来的，现在我的猜测证实了，你们不觉得为了我的耐心，该给我一个答案吗？"

这不是卢卡斯警长第一次向他们透露出探听的意图，但绝对是说得最直白、目的最明确的一次，而且他的表情和动作散发着一种胸有成竹的气场。他的餐刀在兔肉上划拉的时候，戴维和吴有金都感觉背上的皮肉发痛。

他吃定他们了！

戴维和吴有金默默地看了看对方，觉得现在串供已经晚了，他们必须说点什么，而且得让警长相信——至少是现在相信他们。

有时候能力越大责任越大。戴维在心里想，现在是没有办法了，我得做彼得·帕克，扛起我的责任。钱钱是个聪明的家伙，他应该知道该怎么配合我。

"警长，"戴维放下了餐具，压低声音，就像他第一次参加长辈的葬礼那么严肃地看着对面的男人，"实际上你说的一点没错，我……我是说了谎。那几位死去的受害者并不是我的亲人，我跟他们只是偶然碰上了。但是为了在洛德镇留下来，我不得不这么说。"

卢卡斯警长面无表情地看着他，"继续……"

"我来到这里其实没别的目的，主要是找钱钱——哦，就是艾瑞克。我们俩以前就认识，当然不是在中国，而是在纽约。他家是唐人街的，开了家不错的洗衣铺兼裁缝店，后来做不下去了，就来到了西部，说是参加修铁路可以挣钱。后来他家唯一一个留在纽约的亲人跟我说，他死后有一小笔遗产可以给钱钱，但是钱钱已经好几年没有给他寄信来了，所以希望有个熟悉的人来这里找他。"

"所以你就来了？"

"我开始买了火车票的，也带了行李，可中途我弄错了车站。火车开走以后，我的行李全丢了。于是我用仅有的钱付给一个移民，让他顺路捎带我来洛德镇。他原本是要去卡森城的，才会在洛德镇附近休息，我只离开了一会儿，他们就遇到了意外。我发誓我确实没有看见血狼对他们下手，真凶的面目我不知道。当我回去的时候，血狼——如果真的是他，离我其实有段距离。"

卢卡斯警长歪着头看向吴有金，"钱钱？这名字听起来有故事。"

"在中文里'有金'就是有很多钱的意思！"戴维抢着说，"他爸爸以前跟我说的。"

但卢卡斯警长还是看着另外那个人。

"嗯，没错……"吴有金只好开口，他一直用指甲刮着桌面上一块看不顺眼的污迹，"是这个意思。"

"这可真没想到。"卢卡斯警长冷笑道，"所以，其实你们两个早就认识？"

"是的，我们都是一个地方的人，是邻居。"戴维用手肘碰了碰吴有金，"是吧，钱钱？"

"嗯，是……你说我们穿着相像，那是因为衣服都是我爸做的，他会点儿裁缝的手艺。"吴有金开始入戏了，说得头头是道。

"这个故事挺动人的，童年的友谊啊，受人之托啊，信任啊。"卢卡斯警长挥舞着餐刀，"真的，我都被感动了。不过我有个疑问，既然那位委托人很久都联系不上艾瑞克，而他来到洛德镇也不过两年，你是怎么知道他在这里的呢？"

戴维的舌头像被猫咬掉了一样，但是钱钱——勇敢又机智的钱钱——立刻接替了他回答道："实际上我给过地址，就是在去年的时候，我去过一趟卡森城，记得吗？我从那里寄了一封信。"

"对！"戴维迅速补位，"可惜那信也在行李里。"

证据毁灭了！

卢卡斯警长依旧不为所动，"很好，这次得分可以到 A。那么，艾瑞克，你留在洛德镇的原因是什么？要知道，你来的时候可从来没有提过你在纽约还有亲人。还有你，杨格先生，既然你已经找到了'钱钱'，为什么还逗留在这儿？"

你怎么这么多问题？你是谜语人①吗，满身都是问号……

戴维心里有些烦躁，但脑子里却在飞速地思考，他太佩服那些临场写戏的编剧们了，都是怎么想出来的？好在他的强项是顺着逻辑推演："并不是要一直留在这里的，我们是要回去，但暂时还不行。我们还有没办完的事儿。"

"什么事？"

关键！关键！成败在此一举！

戴维深深地吸了口气，"我们还得找到另外一个人，叫作艾丽娅·米洛。"

不光是卢卡斯警长意外，连吴有金都用错愕的眼神看着他，那目光中包含的信息明显是：你在鬼扯什么？你要干吗？你跑太远我是没法配合你的！这双簧我演不下去了！导演，换人！哥们，接下来你自己上吧，我要开始装死了！

但是戴维却用坚定的眼神看了看吴有金，又转头来继续对卢卡斯警长说："其实，我答应钱钱家里人委托的原因可不光是因为友谊，我自己也想来这里一趟。因为我的一个亲人也在这里，就是艾丽娅·米洛，她是我的姨妈，在和她的丈夫来到洛德镇以后，就杳无音信，我的父亲和母亲都想弄清楚她到底怎么了。所以在接到钱钱的信说他在洛德镇以后，我就决定要来这里看看。"

现在卢卡斯警长和吴有金看戴维的眼神都变了，一个依旧将信将疑，但明显不再暗含讥讽，而吴有金，戴维看得出他的瞳孔深处向着自己竖起了大拇指。

没错，我就是这么机智！这么生拉硬拽地也能把仅有的线索利用起来，逻辑上完全讲得通。我说的半真半假，之前和后面发生的一切都可以用米洛太太为借口来解释！我真是个天才，要是能回到21世纪，我一定要去好莱坞闯闯，说不定也能卖掉几个故事！哦，不，光是把我现在的经

————
① 谜语人是《蝙蝠侠》系列中的一个反派，老是出谜语、提问题。

历卖掉，我就能发财了！

戴维对自己编出的这个理由相当满意。他看着卢卡斯警长，对方顿了一下，接着开始继续切盘子里的兔肉，但是动作却慢了下来。

"真巧，巧得就好像一把准心歪掉的枪打中了靶心。"卢卡斯警长说，"你觉得我该相信你吗，杨格先生？"

"我已经说出了真相。"戴维模仿着安德鲁神父那种神圣不可侵犯的派头，"您可以调查，警长，我和钱钱做的很多事情，其实就是为了弄清米洛先生和我姨妈发生了什么。"

他把放在旁边的书递过去，"不信你看，我和钱钱刚才还去教堂那里找来了米洛先生的遗物，我们在认真地调查这件事情。"

卢卡斯警长接过书来翻了翻，看到那些赠言，他的表情缓和了一些。这些东西似乎真的能证明戴维的动机，至少在某种程度上不能说为了撒谎而提前准备好的。

他把书还给了戴维，"好吧，杨格先生，也许你说服了我。"

终于骗到你这个混蛋了！戴维在心底吼道，你不知道我死了多少脑细胞！

但当他刚接过书的时候，卢卡斯警长突然扣住了他的手腕。

"我还有一个问题，"警长盯着他，又意味深长地看了看吴有金，"那次去黄玫瑰旅馆，在道尔顿夫人的房间里做手脚的人，就是艾瑞克吗？"

吴有金的脸腾地一下就红了。

他被戴维卖了，毫无疑问，虽然并不是有心，可现在这局面，他能说个不字吗？

"……是我……"他自暴自弃，丢弃了所有的尊严，"我们是想去找找米洛先生留下的线索。"

"哦，果然是这样……"卢卡斯警长拖长了声音，松开了戴维，重新带上了惯有的无赖一样的笑容，"我没有疑问了。"

31
观测是高学历的人做的事

探监

灰雨的变化

结果出人意料

那顿早餐最后一共花费了六美元，但对于戴维和吴有金来说，这是个可以接受的价格，虽然他们被敲诈了，但两个人调动了这辈子最积极主动的补漏技巧，特别是戴维——他简直超常发挥——终于让卢卡斯警长暂时相信了他们。

真的，只能说是暂时，谁也不敢保证那个看上去没什么脑子的西部汉子会不会在坐在他的椅子上剔牙时又突然想到了他们的某个BUG。

但现在这都不重要了，只要他们尽快地找到那个坐标，也许很快就会远远地离开这里，那时候卢卡斯警长再想要调查他们，也只能吹胡子瞪眼了。

戴维和吴有金从驿站回去，磨磨蹭蹭地就到了11点，他们又得出门，前往墓地记录测量结果。

"这次就说我们是去拿帽子的，"戴维跟吴有金一边走一边商量着借口，"不过得想想明天怎么换个说法了，不能每天早上把帽子放上去，中午又去拿，就算是东方习俗也没有这种强迫症型的吧？"

"明天再说吧。"吴有金倒是很乐观，"其实我觉得神父压根儿就不会怀疑这个，他那教堂本来就冷清。"

他们又来到了墓地，仙人掌和木杆都在原地，那帽子也好好地挂在上面。两个人都感觉有些欣慰——至少今天很安全。吴有金从木杆上取下帽子，从衣服里掏出他做棺材的皮卷尺，仔细地量了地上的木杆影子长度，抬头看着戴维，"不是最短距离，我们还得等一阵。"

他们坐在地上，盯着那木杆的影子，烈日在头顶上慢慢移动，但影子的长度仿佛静止了一样。不一会儿戴维就感觉汗水从背心处冒出来，看着吴有金专注的样子，他觉得有些无聊了。

"那个，钱钱，"他说，"我想，反正我对测量这些事儿也不懂，你来记录就行了。我想离开一会儿，等下直接在家里碰头好吗？"

把两个人一起拖在这里的确有点傻，但是吴有金觉得这个时候有个队友可以安慰他一些。他不满地看着戴维，"你要干吗？饿了想吃午饭也得等着我一起吃啊。"

"不，不！我绝对不是个吃独食的人，钱钱，你别用这么阴暗的念头来猜度我，我只是有点事要办。"

"你要办的事情是躺在家里的长椅上睡觉吗？"

戴维为难地搔搔头，"我懂你的意思，可我真的不是偷懒，我……想要去警察局一趟，灰雨来这里的事情，血狼有权知道。"

吴有金的脸色有些不自然，他又露出了那种表情——戴维之前就见过，但那表情转瞬即逝，而且太过于微妙，他并没有在意，但现在这表情简直是在吴有金脸上写着"最好别去"。

"你知道，"吴有金缓慢而迟疑地对戴维说，"我觉得你不应该再多见那个印第安人了。之前他就很凶,你知道他的能耐。后来你被他俘虏,他很照顾你,可你也救过他,这不是就够了吗? 你们扯平了! 而且他看到了你刚来这里的情形,万一他说出什么不利于你的话……"

"不掺和这个时代的事情,也不跟这里的人深交。"戴维说,"我知道你的意思,钱钱,我们是要离开的,不能改变历史,也不能有什么可留恋的。但是就像我说过的,我们已经身在这里了,有些事儿该做就得做啊。"

吴有金摇摇头,"可是,我觉得你做得太多了。"

戴维笑了笑,"钱钱,你在这里的时间比我长,你难道对于这些'原始人'连一点感情都没有吗? 其实我真觉得他们虽然有时候太野蛮,但人并不坏。"

吴有金没回应,戴维拍拍他的肩膀,离开了墓地。吴有金独自蹲在那根木杆前,也不知道在想什么。

快到中午的时候,街上的行人不多,警察局虽然敞开着大门,也只有一个警官在值班。戴维走进去以后,发现是认识的弗兰克。他打了声招呼,指了指牢房那边。弗兰克正陶醉于小半瓶啤酒,非常宽容地挥挥手让他进去了。

戴维走向牢房,看着那简陋的陈设,有些怀念的感觉。他曾经在那块肮脏的毯子上辗转反侧,为发生在自己身上的可怕现实难以入眠。现在想起来他当时是多么茫然啊,万万没想到后面发生的事情更加曲折离奇,连电影里都不会那么演。

他站在铁栏杆前,看着里面——这牢房看上去似乎被打扫过,不过那"令人怀念"的毯子还在,而血狼正坐在上面。

真是奇妙的缘分,戴维这么想。

仿佛是感觉到了他的视线,血狼慢慢地回过头,他面前的餐盘里放着土豆和面包,看上去不太丰盛但干干净净的,分量也不少。

"午安,"戴维有些不自然地笑了笑,"打搅你用餐了,不过我只有现在才有空来看看你。"

血狼放下食物,走到他旁边来。

"你来看我?"他问戴维,有些意外的样子。

"算是吧,"戴维想了想,"还有些事跟你说。不过……你现在怎么样? 我是指待在这地方。"

"卢卡斯警长是个公正的首领,"血狼回答,"如果你们的人都能听从他的命令,也许我们不会那样忌讳跟毛嘴子交往。"

那就是说警长对他不错,没有揍他,也没有为难他。这是不是可以理解为,卢卡斯警长还没有将他当作罪犯? 戴维有些放心了,但怎么开口跟血狼说灰雨的情况倒犯了难。

他那种吞吞吐吐的模样让血狼觉察到了。"该下的雨一定会下,该出来的太阳一定会出来,"印第安人对他说,"用石头堵住泉眼也不能阻止水渗出来,你有什么想要说的还是早一点说吧。"

戴维简直想要赞扬他的比喻技巧,但他只是勉强笑了笑,"我肚子里可冒不出泉水,我是想告诉你,道尔顿夫人回来了。"

看血狼的表情,显然他不知道现在说的这个名字。

"就是那个自愿交换你的女人。"

血狼点点头,并不意外,"哦,是她。她当然能回来,我们的人都是信守承诺的。"

"不过,跟着她回来的还有一个你们部落的人。"

"嗯?"

"就是……灰雨……"

血狼猛地抬起头,眉头紧紧地皱起来,"她怎么会来?"

"我也不知道啊,她说的话我可听不懂,"戴维又宽慰道,"道尔顿夫人说她是自愿跟着她回来的。现在灰雨在黄玫瑰旅馆,就是道尔顿夫人经营的旅馆,和女仆珍妮住在一起,看起来很好。我觉得她只是担心你,我会照顾她的。"

血狼低着头没说话。

戴维继续说着好话:"我会给她说说你的情况,让她放心,如果卢卡斯警长允许,她也能来看看你——"

"戴维!"血狼突然倾过身体,严肃地说道,"你能让她马上来见见我吗?"

"现在?"

"现在。"血狼又补充道,"她来到这里的事情很多人都知道了吗?"

戴维想了想黄玫瑰旅馆里人头攒动的情形,点了点头。

"那个,叫作'劳埃德'的毛嘴子,也知道了吗?"

"他恐怕是最先知道的人之一吧,他最先去欢迎道尔顿夫人回来。"

血狼的眉头皱得更紧了。他抱着双臂,在牢房中来来回回地走了几趟,这样子的血狼让戴维感觉到他非常担心灰雨——可是这样的担心又是因为什么呢? 难道是因为劳埃德先生? 他在担心劳埃德先生会对灰雨不利?

但戴维觉得这不算什么大问题,毕竟这是在洛德镇,不是在杳无人烟的沙漠中,劳埃德先生不可能肆无忌惮,随随便便就去黄玫瑰旅馆把灰雨从道尔顿夫人的地盘上带走。从某个角度来说,现在道尔顿夫人是那个印第安女孩儿的保护人,大概是为了报答她自己在做人质时灰雨对她的保护。

"我说,你不用太紧张,她在黄玫瑰旅馆住着挺好的。"戴维对血狼说,"我一定经常去看看她。"

血狼沉默了一会儿,"也许,但我还是要尽快见见她。"

真没办法! 可这要求一点儿也不过分。

戴维叹了口气,"好吧,我等会儿就去黄玫瑰旅馆。"

在"欢迎女神回家"的热潮过去以后,那些赶来慰问和看热闹的都离开了,黄玫瑰旅馆的人恢复了正常的流量。其实除了发现新矿脉,其他什么也没法刺激洛德镇的男人保持长久的兴趣了，就算是有了新来的漂亮姑娘也没有用，他们还是老样子，喝酒、打牌、大吃大喝，当换上长裙和衬衫的灰雨来帮着上菜的时候，他们也只是用她听不懂的语言占点口头上的便宜而已。

戴维走进去，在吧台前坐下，他向波比要了一杯龙舌兰酒，然后思考着怎么让灰雨明白他的意思。

"她看上去不错，"戴维朝灰雨的方向抬了抬下巴，"这么快就开始工作了吗？"

波比专心地擦着杯子，头也不抬地回答："在这里人人都要工作，黄玫瑰没有闲人，洛德镇也是。"

他这话似乎是针对戴维说的，但那个坐在吧台前的男人并没有任何感觉——他由衷地觉得自己是个客人，没有任何可以被指责的地方。

"点菜怎么办？"戴维问道，"她会知道是什么东西吗？"

"跟珍妮说，"波比回答，"那姑娘只负责送送东西。"

戴维把最后一点儿酒全倒进喉咙里，然后向珍妮说他需要两份三明治打包，他就在靠窗的位置，等会儿让那个印第安姑娘拿来给他就好了。

"你别想骗她，"珍妮警惕地看着他，"夫人说了，她虽然是个印第安人，但现在受我们保护。你想要找女人睡觉，可以来我的房间，但是要给钱。"

哦，天啊！戴维在心底呻吟，他对于妓女的全部认识都是穿着暴露、身材火爆、随便说句话都充满挑逗的那种，跟现在这个随意挽着发髻、因为没有化妆而雀斑明显、身上还系着围裙的姑娘半点儿也联系不上。

他向珍妮保证他对"灰雨"就像对修女嬷嬷那么尊敬，他只是渴望她能像布施乞丐那样给他送点儿吃的。好在珍妮是个头脑简单的姑娘，她很忙，也没打算跟戴维纠缠，就匆匆地去招待其他人了。不一会儿，灰雨就拿着一个纸包来到了戴维面前。

她气色挺好，虽然换下了鹿皮裙子，但头发还是编着辫子，上面点缀了五彩的珠子和羽毛。衬衫和长裙虽然有点旧，但是还算合身，也很干净。

当她看着戴维的时候,黑色的眼睛里有种复杂的神色,她认得他,也知道他和自己的兄长有交情。

"谢谢,'灰雨'。"戴维模仿着血狼的发音复述那个名字,对面前的印第安姑娘说,"我是'白皮白骨',你认识我吗?"

他原本没指望灰雨能回应,但是这个印第安姑娘却向他点点头,"你好……"

她的发音还带着浓重的印第安口音,腔调古怪,但她的的确确说的是英文。戴维瞪大了眼睛,有点不敢相信。灰雨脸色发红,仿佛在为自己的说出那个词儿而羞愧,但是她依然坚定地、清晰地再次说出了"你好"这个词儿。她把油纸包再次递给戴维,一声接一声地说"你好"。

这就像是光碟卡住了……

戴维接过了纸包,猜测这姑娘只是刚刚开始学英文,还没法理解更复杂的信息。

他看看周围没人,悄悄地拉了拉灰雨的裙子。印第安姑娘看着他,没有离开,甚至向他贴近了一些。

"你是来找他的,对吗?"戴维用手指做出四个爪子跑步的样子,然后收缩嘴唇,露出自己的犬齿,像狼那样摆出嚎叫的表情。

灰雨的眼睛亮了一下,但脸上的表情并没有什么大的变化。"真是个聪明的姑娘。"戴维在心底里暗暗赞扬。他又拉了拉灰雨的裙子,再指指自己。

"如果能跟我走的话,你就可以见到血狼。"戴维又指了指自己,再次活动手指。

灰雨的下颌用几乎觉察不到的动作点了点。

戴维又看了看周围,没有人注意到他们,但是戴维也不可能带着灰雨就这么走出去。

探监可是基本人权,戴维嘀咕道,可现在似乎找不到合适的人提建议。也许给道尔顿夫人说一说她会让灰雨去的,哪怕她不太喜欢血狼,但是戴维一想到要亲口跟她说这个事儿，胃部就开始抽搐。

算了，偷偷摸摸就偷偷摸摸吧。

戴维又向着厨房后面的方向指了指，然后把外带的纸包塞进口袋，把几个鹰元放到她手里，用力地摇了摇，就转身离开了。

出了门，戴维向着外面走了几步，就迅速钻进了小巷子，绕到了黄玫瑰旅馆的后门。他忍受着中午阳光的炙烤，任凭汗水从额头和脖子上滚落下来。他盯着那个褪色的木门，看着它被风吹得微微颤动，就像高中生第一次约会女孩儿那样用无比迫切的心情等待着。

"快来吧，快来吧！"戴维念叨着，"你就擅离职守一小会儿，公主，那位女王陛下不会介意的，快来吧，快来吧，快来啊……"

紧张让等待变得格外漫长。戴维觉得起码过了两个小时，但实际上只有十分钟，那扇门终于打开了，然后灰雨小心翼翼地踏出一步，打量着周围。

公主在寻找她的王子呢！

戴维立刻站起来，向着她挥手。灰雨向他跑过来，一边走还一边掏出一张方巾把头发包了起来。她就是有办法，戴维高兴地想，这姑娘跟我想的一样聪明。

戴维带着灰雨来到警察局，这次同样没有费什么劲儿就来到了血狼的面前，弗兰克只是对来客的身份表示好奇。戴维坦率地告诉他这位女士只是来看看自己的哥哥，弗兰克表示完全理解。

于是血狼感激地向戴维点点头，立刻和灰雨用自己的母语说起来，他们的语速很快，就算戴维什么也听不懂，也可以感受到他们的语气中充满了焦虑。当然了，每一个当哥哥的都不想让自己的妹妹来到一个满是"敌人"的地方。

戴维想要提醒血狼和灰雨注意时间，他可不想看到道尔顿夫人怒气冲冲地走进来指责他不要脸地拐带走她的保护对象。但看到两兄妹热切的交谈，戴维觉得插不上嘴，连咳嗽两声好像都挺讨厌的。

他有些无趣地把脸转向门外，突然看到一个让他胸口发紧的人正朝着这边走过来。

理查德·劳埃德也来探监了。

戴维心中充满了愤懑！他觉得太不公平，命运对他实在是太残酷了，为什么总让他碰上这样倒霉的事情！他担心什么怕什么，就会来什么，如果他买大乐透的时候也有这么高的准确率就好了！

如果说这个小镇上谁最想把血狼撕成碎片，那非劳埃德先生莫属。他简直像一头恶龙，时刻虎视眈眈地盯着他们，说不定什么时候就会扑上来。唯一能抵挡他的，就是卢卡斯警长，但奇怪的是，在早上敲诈了一顿饭并且激发了戴维和吴有金的脑细胞运动之后，他就像突然消失了一样。

戴维看着劳埃德先生越走越近，心跳也越来越快！戴维发誓，如果这个时候卢卡斯警长及时出现，他就原谅警长早上的流氓行径。

然而警长并没有给戴维这样一个机会，当劳埃德先生已经走进了警局，他也没有像有求必应屋 ① 那样出现。

他还要先跟弗兰克警官打声招呼，戴维当机立断地来到灰雨和血狼身边，低声说："不速之客来了，探监要结束了。"

血狼把头转向门口，看见劳埃德先生走了进来，弗兰克迎上去，说了几句话。他们客套地寒暄，但弗兰克并没有权利拦住他，况且也找不到理由，所以劳埃德先生就这样大刺刺地向他们走过来，那模样仿佛是在玩德州扑克的时候拿到了一手好牌。

"今天我的运气不太好，"他先是看着戴维，冷笑了一声，"我真不想在一天内两次看见你的脸，杨格先生。"

你以为我就很愿意吗？戴维恼怒地看着他，"您现在离开可以减少这种挫败感，先生。"

"你离开也会有同样的效果，"劳埃德先生的头朝外面偏了一下，压低

---

① 指"哈利·波特"系列小说里那间只要有人需要，墙上就会显现出大门的密室。

声音说,"现在赶紧滚出去,不然我会让人拎着你的四肢把你像头死猪一样丢到门外。"

他做得出来!戴维从他灰色的眼睛里就能看到他的决心,但是他并没有退缩。

"我不管你想做什么,劳埃德先生。"他咽了口唾沫,"现在血狼不是罪犯,他由卢卡斯警长负责;而他的妹妹,这位小姐,道尔顿夫人现在是她的保护人。"

劳埃德先生看着戴维的表情让戴维想起了史矛革看着比尔博·巴金斯的样子。"你觉得他们两个人能吓到我?"劳埃德先生笑起来,"滚,如果你还有点脑子。"

戴维想开口,但一只手穿过栏杆按在他的肩膀上,他听到血狼的声音在背后响起来:"我知道你要什么,毛嘴子,而他们不知道。"

戴维转过头,看见血狼正注视着劳埃德,神色平静,看起来胸有成竹。

理查德·劳埃德向他走过去,一把推开戴维,"你从一开始就猜到了吗,印第安人?"

"你们要的东西无非就是那些,黄金、白银……还有其他能卖钱的金属。"血狼说,"我们很早就知道了,你们的贪婪让你们很凶残,但也很容易看清。我们看到过你们的人抢过什么,也知道我们有什么会让你们垂涎。"

"我是个生意人,"劳埃德先生耸耸肩,"能用交易解决的事情,我绝对不会用枪。之前你让我蒙受了损失,逆风投石先生,不,应该叫你'血狼'。我很生气,很生气,但我是个理性的人,我觉得这笔生意依然有可以挽回的机会。现在交易是这样的:告诉我你的部落里是否有我想要的东西,我保证不干掉你和你的妹妹,怎么样?"

这是不公平交易吧?戴维在旁边腹诽道,直接说威胁不就好了,干吗还要用这种商量的口气。但他知道现在劳埃德先生的确占了上风,他威胁的重点其实是灰雨,被关起来的血狼反而更安全。

戴维所寄予期待的卢卡斯警长和道尔顿夫人的保护,其实劳埃德并不会真的有所忌讳。

血狼还没有回答,旁边的灰雨却突然开了口:"不……"她的声调还有些奇怪,但是发音却相当清晰。

男人们都愣住了,所有人的目光都集中在她身上。

"不!"她再次重复道,"不!"

接着她用印第安语很快地说起来,最后又重重地重复:"不!"

"哈!"劳埃德发出冷笑,"有意思,这位小姐似乎在拒绝我的提议。"

"是你吓着她了,她又听不懂你在说什么!"戴维连忙来到灰雨的身边。血狼拉住妹妹的手,对她说了几句,灰雨咬着嘴唇,用仇恨的目光看着劳埃德先生。

"我喜欢倔强的女人,更何况她还这么漂亮。虽然她是个印第安人,可也很有魅力,对不对,杨格先生?"劳埃德盯着戴维,目光却在他和血狼的脸上来回打量。

这不怀好意的暗示让戴维都恶心起来了,他从牙缝里挤出一句话:"离她远点儿!"

"这取决于你,血狼。"劳埃德说,"我只是在寻找一些金属,它们有可能是石头的样子,我也不知道,吴先生或许能给你一点提示。我有决心,也有耐心,但我想,你快点告诉我对我们两个都有好处。"

他又转向戴维,"告诉你那个中国朋友,我有一件重要的东西寄放在他那里,我还不着急向他要回来,但这不代表我忘记了。我还会去找他要答案的,如果他也能帮我说服血狼先生就更好了。"

完了,他连钱钱都一起威胁了!他还记着那个金属圈的事!戴维觉得自己和吴有金还是想得太简单,劳埃德先生没有要回金属圈并非他来不及或者是忘记了,其实他是把饵放出去,抓住机会才拉线。

早知道就该在撕破脸的时候把那个金属圈扔回到他脸上!

然而现在来不及了,必须赶紧给钱钱提个醒……戴维这么想着,脸色更是发白了。

这一轮劳埃德先生获得了压倒性的胜利，他的嘴角露出一丝微笑，稍稍地后仰起身体，仿佛戏弄猎物的恶龙终于决定给他们一个痛快。"今天暂时就这样吧，"他说，"我还不会离开洛德镇，让我们愉快地相处吧。"

他转身打了两个响指，带着他的喽啰们离开。

但就在这个时候，卢卡斯警长正好走进来。弗兰克立刻立正向他的上司问好，而卢卡斯却盯着劳埃德先生皱起了眉头。

"你来这里做什么？"他看着他们这群人，一只手的大拇指扣在腰带上。

"慰问老朋友，"劳埃德先生笑了笑，"你可以看看你的小猫小狗，我可没碰他们。"

他头也不回地走出门，留下满脸疑惑的警长。

这时候戴维绷紧的肌肉才放松下来，他觉得后背都流汗了。"你到哪儿去了？怎么现在才来？"他忍不住向警长抱怨道。而卢卡斯警长眯起眼睛看着灰雨，对戴维说："你带她来这里的？"

"啊……嗯，让囚犯跟亲人见面不是基本人权吗？"

"就你这么多事！"卢卡斯警长恶狠狠地瞪着他，"快，把这个姑娘给我送回去！"

仿佛所有的错事都是我一个人做的！戴维简直要被气死了！今天压根儿就不该来见血狼！

32

夹心饼干

快要崩溃的钱钱

六分仪是人类最伟大的发明

卡森城, 去吗?

戴维怀抱无限的郁闷, 领着灰雨往黄玫瑰旅馆的方向走去。然而他的霉运并没有结束, 就在他走到一半的时候, 突然看到拎着裙子的道尔顿夫人大步向他走来, 她的另外一只手上提着一把枪。

"我可以解释——"

戴维的话还没说完, 道尔顿夫人已经用那把枪顶住了他的下巴。这可是让戴维一生难忘的经历: 愤怒的美人、冰凉的枪管、身旁的女孩儿……要是这剧情是关于三角恋的该多么美妙啊!

可是戴维却听见道尔顿夫人用尖锐的声音说道: "你是傻子还是疯子, 杨格先生, 你以为从我房子里偷东西的事情还会发生第二次吗?"

戴维的后颈在冒汗, 心脏怦怦地狂跳, 但还是努力地挤出一个笑容,

"您一定是误会了——"

"从现在开始,你进我的'黄玫瑰'只能干两件事:喝酒、吃饭。如果你乱走,我就砍掉你的脚;如果你乱跟人说话,我就割掉你的舌头;如果你在大厅之外的任何地方出现,我就轰掉你的脑袋。"

"等等,夫人……"

"现在你告诉我,你懂,还是不懂?"

戴维觉得尊严已经扫地,但那枪管和道尔顿夫人凌厉的眼神让他明白,性命是比尊严更要紧的东西。"懂了……"他说,却不敢点头。

道尔顿夫人收回了枪,向着灰雨招招手。

"我现在保护她,"道尔顿夫人对戴维说,"等她能清楚地表达她的想法,我会让她做想做的事情,但这之前,你们别想利用这女孩儿做任何事。你,还有劳埃德,都一样。"

我们差别很大的!

戴维觉得深受侮辱,但他无可奈何。灰雨经过他身边,黑色的眼睛深深地看着他,然后走向道尔顿夫人。两个人很快转身离开,消失在黄玫瑰旅馆的大门里。

戴维像被钉在耻辱柱上一样,被路过的人打量和耻笑,简直就是公开处刑。他脸上红一阵白一阵,最后狠狠地咬着牙,转身向教堂走去。他要去找钱钱,他们可以喝一杯,彻底忘记这些没有文化和基本法制观念的野蛮人。

不过还没有等他走到教堂外,就看见吴有金戴着他的帽子慢慢地走过来。

"嗨!"戴维抹了把脸,努力把刚才那一连串的沮丧都甩掉,"怎么样?测量完了?饿了吗?要不要吃点东西?我说,钱钱,你觉得今天为了庆祝我们喝点儿酒怎么样?"

吴有金的脸色有些发红,额头和鼻尖上还挂着汗珠,他看了一眼戴维,没有回答。

戴维有些心虚，"你累了吗？那我们先回去吧……你知道吗，我刚才去看了下血狼，他在那里可真不安全，警长不在的时候，弗兰克都不怎么注意闲杂人等……"

他努力地找话题，可吴有金依然没有反应，似乎他的那些话压根儿没有对他产生什么影响，依然是心不在焉的样子。

"怎么了？"戴维终于发现了吴有金的不对劲，"说话啊，钱钱，你该不是又被神父传播了福音吧？"

"福音？"吴有金终于转过脸来看了看他，恍惚的眼睛里出现了一点神采，"啊，你在说什么啊？他只是来关心了一下你种在坟头上的仙人掌。"

"那你干吗一副被摧残过的样子，观测不顺利？"

"也许，不，其实也不是数据的问题，"吴有金又皱起眉头，"再过两天，过两天……"

他好像不太愿意说，戴维看到他这模样就想起自己在高中时期看到的那些被誉为"书呆子"的同学，四分卫和拉拉队长联手欺负的对象——他自己也是其中之一。

共同的体验让戴维决定体谅一下吴有金，他不再催促他，默默地跟着他一起回到了棺材铺。

不知道是不是因为之前这一连串的不顺利，戴维又开始小心谨慎地在洛德镇上过日子了。他克制了自己再往警察局跑的冲动，也不敢去黄玫瑰旅馆挑战道尔顿夫人的枪管，更重要的是，他不知道自己在街上溜达，会不会又碰上劳埃德先生。在没有卢卡斯警长的时候，他相信劳埃德先生对他的愤怒足以带来一场灾难——比如说决斗，比如说让他的喽啰们排着队跟自己决斗……

这些让人头皮发麻的联想使得戴维觉得，在事情解决之前还是低调一些比较好。

于是在接下来的三天里，他只跟吴有金待在一起，在教堂墓地和棺材铺这两点之间移动，陪着吴有金记录那些数据。还有一次，他特地去给那株移栽的仙人掌浇水来着，因为他实在太无聊了……

不过，就在这样的日子里，戴维发现吴有金似乎变得不对劲了。

虽然说是自己把观测的任务强行甩给他的，但就他们两个的知识水平来说，显然这安排是合理的，而且吴有金也没有明确地表示过反对。然而第一天测量后，吴有金趴在桌子上写写算算，脸色就有些不对劲。当他第二天第三天继续记录数据回来运算之后，几乎不怎么搭理戴维了。

就算戴维想要套话，吴有金也仿佛心不在焉，将脑子放在了别处。

这一定有问题，可到底是什么问题，戴维却不知道，就算他用引以为傲的逻辑推演了几遍也猜不出来。他没有去逼迫吴有金说出来，因为他知道这早晚都会真相大白的。不过，如果他早知道是以哪种方式，说不定他真的会向吴有金施加一点小小的压力……

第四天晚上，戴维在他的房间里睡得正香的时候，被一阵砰砰的声音给惊醒了。要知道自从他到了洛德镇，睡眠就不怎么好，时刻都在提防着有一颗流弹穿过窗户打到他的墙壁上，就跟生活在阿富汗和叙利亚一样。

所以那声音响起来没多久，他就醒了。他趴着没动，像野兔一样竖起他想象中的长耳朵仔细辨别——那声音来自隔壁房间，吴有金的房间，一阵一阵的，时轻时重。

戴维立刻爬起来，偷偷摸摸地来到墙边，如同卑鄙的长舌妇一样把耳朵贴上去。

的确是钱钱那边传来的声音，像是在地板上砸什么东西，而且在间隙中似乎还能够听到一点抽泣的声音。

戴维有股不祥的预感，他光着脚跑到隔壁，一把推开了门。

在点着一支蜡烛的房间里，只有一张小圆桌周围布满了橙黄色的光。在这昏暗的光线中，吴有金跪在地上，一下又一下地砸着一堆书、本子，还有来之不易的铅笔，他的动作徒劳而又绝望。戴维冲过去抓住他的手，看到他眼睛通红，满脸的泪水。

戴维真的给吓到了，用力摁住吴有金，努力挤出一个笑容，"嘿，钱钱，你睡不着吗？失眠了？做噩梦了？冷静点，兄弟！"

吴有金看了看他，忽然用力甩开他，接着狠狠一推，他的表情让戴维有些心惊胆战。

"完了……"吴有金摇摇头，"我们回不去了！"

戴维依然保持着微笑，"别犯傻了，钱钱，你大概累了，很抱歉我把事情都交给你——"

"你还不懂吗？"吴有金向他咆哮，"我们完蛋了！我们被困在这鬼地方再也回不去了！永远回不去了！"

看样子钱钱的研究工作遇到了不小的麻烦，人都有情绪，这很正常，戴维立刻决定肩负起心理疏导的责任。

"你累了！"他用肯定的语气对吴有金说，"现在躺到床上去，闭上眼睛，睡一觉就好了。"

吴有金却歪着头看他，冷冷地一笑，"是不是还要让我喝点儿热水啊。"

戴维莫名其妙地瞪大了眼睛——钱钱可从来没有用这样的口气跟他说话。

吴有金不再捶打那些书和笔记本，他就像用尽了力气一样，歪歪斜斜地走到床边，一屁股坐下来，低垂着头。

"我们回不去了，戴维。"吴有金声音低哑地说道，"我们根本找不到那个坐标，我们得到的信息毫无价值，除了留在这个地方，我们什么也做不了，完蛋了，彻底完蛋了……"

看起来不像是简单的情绪发泄，戴维担忧地想，他凑过去，在床前的地板上盘腿坐下来，尽量用平常的口气跟吴有金说道："我不如你聪明，钱钱，我相信你说的肯定有道理，可你得详细地告诉我才行。为什么那个坐标找不到？"

"时间……"吴有金说,"我们每天去观测记录的数据根本没用,要想通过测量正午太阳高度角算出纬度,现在的时间是根本不行的,必须是春分和秋分日,或者是夏至和冬至日。现在才7月底,我们测量的数据用不上!"

"那就是说我们至少要等到秋分日才行,现在就完全没希望吗?"

"现在的数据没法算,就算有经纬度,也得减去黄道夹角。"

"那我们可以等等,只要两个月,不,其实只要一个多月就到秋分了!"

"可是那时候依然会有误差,如果误差一个纬度,可能就会差到一百一十多公里!"吴有金抬起头来,一脸的苦笑,"我们永远也没法拿到一个准确的经纬度,没办法!"

戴维觉得背心有些发凉。他看了一眼地上的笔记本和散落的草稿纸,想象着吴有金在昏暗的灯光下计算时,越来越浓重的绝望包裹着他。

吴有金用手揉了揉眼睛,看着戴维,"我这几天一直在记录,我并不介意你心不在焉,戴维,我压根儿不在意你偷不偷懒。可是你知道吗,这件事从一开始,我就忘记了观测的正确时间。天啊!我竟然忘记了要在二分二至日才能测量到正确数据!这是我小学就应该知道的常识,这是常识!我来到这个地方已经忘记了很多东西,最可怕的就是我竟然将最基础的科学知识都忘记了!戴维,这里就是一个蛮荒之地,他们不稀罕任何科学,活得像畜生一样,只会用武力来达到目的……我们待在这鬼地方,早晚都会被同化的!我就是这样的例子!我已经感觉到了,以前那些习以为常的东西,我统统在遗忘,昨天晚上我竟然花了一分钟才想起普朗克常数,以前我还专门选修过物理入门。"

"那是什么?"

"哦,天啊,描述量子大小的,h=6.6260755(40)×10^{-34}J·s。"

"我完全听不懂,钱钱,你还是很了不起的。"

"闭嘴,戴维!"吴有金变得更加愤怒,"你比我好!你比我更能适应这个地方，我看得出来！你那么轻易地就可以和印第安人交上朋友，血狼也好，他那个漂亮的妹妹也好，你已经和他们很熟了……我看得出来他对你真心信任，还有卢卡斯警长，为什么你就能那么轻易地给他编瞎话？我做不到，戴维，我不像你。我是个黄种人，一个中国人，被这些白人看成是苦力的种族，跟这个地方格格不入，我找到了一个机会躲在这个棺材铺里，小心翼翼地活着，生怕因为一个失误被人揪住决斗，或者被看出来历有问题，把我当成罪犯。我用了很多方法来掩饰自己，还是提防不了那个奸诈的警长！你知道我每天在他的监视下过日子有多痛苦吗？他的眼神让我紧张得快要吐了！我没法再待下去了！"

"钱钱……"

"让我说完！"吴有金制止了他，"知道吗？你来了以后，我快高兴疯了！这简直拯救了我！原来这一切不是我的噩梦，这个地方果然是有时空通道的！我有了一个可以交流的人，一个跟我有相同时代背景的人，他没有种族歧视，懂我的价值观，懂我看待这个世界的方式，他懂我在说什么。更重要的是，他能跟我一起寻找回家的办法！我简直是被拯救了——也许我表现得比较冷漠，可是，老天啊，你在这个鬼地方做戏两年，脸皮早就钙化了，缺少表情是最能保护自己的方式！你人不坏，戴维，虽然你总是耍小聪明，但你真是一个好人，比我外向多了，又好交流。我们原本是天然的同盟，可是你跟我不同，你为什么要那么积极主动地去管闲事？你知道这会给我们带来什么后果吗？要想回去，就不能让自己留恋这里的任何东西，不能改变这里原有的事情，就算是野蛮的屠杀，也不关我们的事。在这里的人，我们也不能跟他们交朋友，他们会让你心软，让你忘记自己原本应该是什么样的人，在哪里生活！别把我当坏人，戴维，我并不铁石心肠，我只是清楚在这里逗留得太久对我们意味着什么。你不是已经开始改变了吗？你现在还把回去当成头等大事吗？"

他情绪失控的时候总是这么爱说话，戴维看着吴有金，觉得有些不是滋味。

"对不起……"他真心实意地感到了内疚,"我想我大概真的太忽略你的感受了,我很抱歉。我没想到你的压力这么大……但是,钱钱,你应该相信我,我并没有忘记咱们的目的。我还是要回去的,和你一起回去,咱们的那个世界。"

吴有金又用手揉了下眼睛——他在努力控制自己不要落泪,戴维看得出来,中国人对于自己的情感表达一直都很克制。

他抓住吴有金的手,"听我说,你不能放弃希望,我们已经很接近了,别气馁!我跟血狼和警长能说上话,可这并不代表我就有多喜欢他们。就像你说的,咱们在洛德镇住着,要好好地隐藏自己,总不能什么事情都不参与吧,那不是更让人怀疑?你应该相信我,要我一辈子不能玩XBOX,不能更新推特,不能吃到巨辣汉堡,这简直比无期徒刑还难熬。"

吴有金没说话,他低头看着自己的手指。

戴维继续鼓励他,"好吧,就算是你忘记了关键的时间节点又怎么样?还有别的办法啊,上次你不是说过六分仪?"

"六分仪是通过晚上观测北极星来计算的,这个倒用不着等到二分二至日,可中间有很多细节我已经记不清了。"

"这也不是问题!"戴维说,"能搞到六分仪,就可以问到会使用的人,那些当过海员或者要测量矿脉的人,总有人会用这个辨别经纬度,咱们先去找六分仪就行了!"

戴维提供的新思路似乎让吴有金有些意外,他慢慢地抬起头,似乎在思索着。戴维给了他一点恢复的时间,看着他红红的眼睛里又渐渐地有了神采。

好了,戴维想,总算是抢救回来了。他松开吴有金的手站起来,用力拍拍他的肩膀,"睡吧,钱钱,明天我们就想办法找到六分仪。"

吴有金乖乖地"嗯"了一声,倒在床上,仿佛用尽了力气一样,草草脱掉鞋,拉过被单盖在身上。

戴维走出房间,为他带上门,在门关上的那一刻,躺着床上的人幽幽地问道:"你真的没把血狼当朋友吗?"

"……有。"戴维说,"但朋友也是可以放弃的。"

六分仪,这玩意儿戴维还只在博物馆和电影屏幕上见到过。在有全球 GPS 定位导航的年代,它到底该怎么使用也像谜一样。但这倒不是问题,在西部淘金的年代,可以碰上形形色色的人,只要找到有航海经历的就有可能知道用法,更加关键的是,这能让吴有金恢复点信心。

昨天晚上的那场小小风波过去以后,戴维就明白自己需要努力补救一下,也许他不是个细心体贴的人,但是他也并不那么混蛋。何况钱钱的努力并非只为自己。

戴维站在黄玫瑰旅馆外面,上午的阳光已经有些灼热了,让他的额头冒出了汗珠。他摸了摸下巴,皮肤上仿佛还留有道尔顿夫人用枪管抵着时的触感。

戴维咽了口唾沫,还是抬脚向黄玫瑰旅馆走去。

这次绝对不跟灰雨说一句话,连看都不看她。戴维下定决心,他只会待在波比的地盘,然后散播一个消息:他要买六分仪,给的价格还不低,如果能教会他用就更棒了。

戴维推开黄玫瑰旅馆的门时,铃铛吸引了不少人注意,有些人看到他的时候,忍不住笑起来,然后跟同伴们低声说着什么。大厅里弥漫的烟雾让远处的人面目不清,嘈杂的声音中夹杂着大笑和污言秽语,竟然显得生气勃勃。戴维忽然有点羡慕这个西部小镇上的淘金客们,就算他们是一群没有文化的野蛮人,可活得简单多了。如果他和钱钱也能这么没心没肺,就可以顺顺利利地接受命运,在这个地方凑合着活下去了。

可惜他们俩都不太像是能凑合的人,特别是在发达的文明时代生活过之后。

在这样的感叹中,戴维缩到了吧台旁,对波比说:"请给我一杯啤酒。"

高大得像熊一样的酒保用独眼看了看他,一边擦着杯子,一边说:"你来可以点威士忌、潘趣酒、啤酒或者白兰地,也可以来点香肠、熏肉甚至牛排和土豆浓汤,但是如果你试图跟那个印第安女孩儿搭话,我就会把你的脑袋按在这张桌子上,用最厚的酒瓶子使劲砸,你听懂了吗?"

戴维看着波比挽起袖子的前臂,上面鼓鼓的肌肉和同样可观的伤疤数让他很明白对方的意思。"我只要啤酒,"戴维努力微笑着,"我的眼光只会聚焦在酒杯上。"

波比从吧台下摸出了锡杯,接了满满一杯酒放在他面前。

戴维咽下一口略带苦涩的啤酒,舔了舔嘴唇,对波比说:"我想买个东西,是在哪儿贴个广告吗?"

波比看了他一眼,"我这里有各种左轮手枪,还有猎枪、长刀和匕首也有,都是好货,你想要什么?"

"哦,不不不,我和艾瑞克有一把枪了,我是说,那足够了!"

波比冷冷地哼了一声,"两个人一把枪?在这里至少应该是一个人两把枪。如果聪明一点儿,甚至应该在靴子里再藏一把。"

"哦,你的建议很好,"戴维敷衍道,"不过现在我需要购买另外一件东西,六分仪你有吗?"

波比仿佛条件反射一样立刻回答:"没有。"

我猜也没有,戴维依然微笑,"那我写个广告吧,我求购。"

"这镇上识字的人加起来不超过二十个。"波比放下手里的杯子,"你出多少?"

"五美元,更高点儿也行,但是得教我使用。"

波比还没有回答,旁边一个醉醺醺的老头就咧着嘴笑起来,"五美元买一个六分仪?嚯……真希望我能有一个……不过,小子,恐怕你在这里是找不到的。"

"谁说得准呢?"戴维耸耸肩,"洛德镇有那么多来自四面八方的人,也许会有人有的。"

"是有一个,曾经……"那老头说,"小子,告诉你,这镇上的人我全都认识,他们每一个……也许我叫不完他们的名字,但我知道每个人的来历。就像你也一样,你这个倒霉的小子,你不是埋了六个人在这里吗?我告诉你……这镇上唯一一个有六分仪,还会用六分仪的人,上个月刚刚离开。"

"啊?"

老头摸了摸胡子,"老威廉,他曾经是个大副,不过现在他的眼睛瞎了一只,只能做点儿倒卖矿石的生意,在洛德镇没什么搞头,他就去了卡森城。"

"上个月去的?"

"上个月,"老头又打了个酒嗝,"如果,你再多加两美元,我就去一趟卡森城,帮你向他买回来,保证教会你。"

戴维看着他通红硕大的鼻子,昏黄的双眼,还有发黑的牙,觉得他一拿到两美元就会冲波比嚷嚷:"再来十杯!"

"不,谢谢,先生。"戴维说,"我还是抱有希望的。"

那老头撇撇嘴,"你会想到我的,小子,我保证。"

戴维不打算再跟他搭话,喝完了啤酒,掏出钱放在吧台上,"我明天再来一趟,波比,希望能有好消息。"

酒保收下了钱,盯着他,"你要六分仪干什么?"

戴维干笑了两声,"晚上太寂寞了,我想了解宇宙。"

波比看他的眼神就像看一个疯子。

尽管戴维通过波比放出了风声,也给足了价钱,但就像那个醉鬼所预言的一样,洛德镇上并没有他要的东西。其实对于这些探矿者来说,指南针就是最实用的了,而且几乎不需要任何技巧。

一连三天,戴维都会来黄玫瑰旅馆,向波比要一杯啤酒,然后得到一个让他失望的消息,再垂头丧气地离开。他严格地牢记着第一天来时波比的告诫,对于大厅里灰雨是不是在干活没有丝毫的好奇心。

等到第四天的时候,戴维再一次碰上了那个醉醺醺的老头,老头看他的神情简直像是拿破仑征服了法兰西。"我说过什么？"他对戴维讲，"你以为洛德镇有多大？小子，你对这地方一无所知，当你需要它的时候，它可不会随随便便就让你如愿的。"

戴维不吱声。

那老头凑到戴维的耳朵边，压低了声音说道："你别装模作样了，小子，你以为我真的相信你买六分仪是为了观星？这里每个人都有秘密，你也不例外。可我不在乎，没人在乎……等到了我这年纪你就知道什么都不如喝一口酒重要。"

他嘴巴里的臭味让戴维皱着眉头犯恶心。

但老头并不在乎，他眯着眼睛笑笑，"还是一样，多给我两美元，我买回来给你。"

戴维终于转过头去看着他，过了好一会儿才说："两美元，带上我去卡森城找到那个大副，同意的话我再请你喝一杯酒。"

33

远行吧，少年！

尾巴甩不掉
这可是个大城市
愤世嫉俗最难搞！

　　"去卡森城？你和我？"

　　吴有金坐在椅子上，面前摊放着米洛先生的笔记本。自从他放弃了用日影来推算纬度之后，就转而把注意力放在了这几本笔记上——虽然现在还没有头绪。他刚才正计算着这些草图上的尺寸吻合度，就听见戴维告诉他一个有些突然的消息。

　　"对！但不只你和我，还有黄牙比利，他才认识老威廉。"戴维点头，"从洛德镇到卡森城有邮政马车，我们在会做烤兔子的那个胖子的店里等着，然后坐上去，只需要花一个鹰元和三天的时间就能到。"

　　"然后再去找那个有六分仪而且会用的前大副？"

　　"没错。就算没找到也没什么关系，卡森城可比这里要繁华，那里是州府，人更多，肯定不止一个人懂那东西。"

吴有金却没有戴维这么兴奋，他用手指在桌面上抠了两下，迟疑地说："这是一大笔开销啊……我们俩的来去路费，在卡森城的花销，还有……如果真能找到六分仪也就罢了，可万一还有波折……我这两年攒的钱，除了老胡的遗产就是自己做棺材赚的，一共只有三百多美元。这段时间因为之前的那些事儿，只有花销没有入账，只剩下不到一百美元，我们快要财政赤字了，如果再找不到线索的话……"

戴维愣住了——

自从来到这里他只在开始时为钱苦恼过，自从跟吴有金结成同盟之后，似乎金钱问题他从来没有考虑过。但是当吴有金这么坦率地把他们的财政危机摆到明面上，戴维才意识到钱的确是他们行动的重要组成部分。

戴维想起了之前吴有金对他"亲人们"的棺材的开价，再联想到钱钱可怜的存款，忽然感觉到自己的确是太混蛋了一点：在这个地方，钱钱作为一个原本没有什么实用技能的异乡人，重新学习赚钱的手艺，辛苦攒下的积蓄，为了他们两个能离开已经消耗得差不多了，而戴维却从来没有意识到自己也该想办法挣钱……

也许他应该想办法搞点钱来，但现在还没有想到方法——总之这事不能再让吴有金一个人承担。

打定了这样的主意，戴维对吴有金说："不管怎么说，待在洛德镇是没法搞定那个坐标的，我们还是得去卡森城。我会去找黄牙比利，让他再给我们计划一个最经济的方案，我们在卡森城尽量别拖延，无论能不能顺利搞到六分仪，都尽快回来就是了。"

吴有金想了想，对于戴维的说法中最赞同的一句是"待在洛德镇无法搞定坐标"，这件事的重要性盖过了其他的所有顾虑，他终于同意动用他们仅存的最后一点现金，再做一次冒险。

既然事情这么愉快地决定了，戴维上前友好地握了一下吴有金的手，告诉他自己得立刻去黄玫瑰旅馆再见一见黄牙比利,确定了出发时间再回来。

但戴维出了门后,却在去黄玫瑰旅馆的路上拐了个弯,穿过了两幢木屋,踩过一堆朽烂的皮革来到警察局附近。

那幢熟悉的建筑依旧矗立在空地上,旗杆上星星图案不足的美国国旗偶尔被风吹起来,上面有一个破洞时隐时现。警察局的大门照旧是打开的,不时有人从里面进出,腰上插着枪、胸前别着金属五星的警员在门口走动着,有一个是戴维见过的。

他犹豫了一下,终于还是忍不住低着头向警察局大门走去。

我只是去告个别,戴维在心里想,好歹也算有交情,我是个有教养的人。

"哦,杨格先生!"正在门口溜达的警员威尔·克莱门特招呼道,"你又来了!"

又?上次我来的时候值班的是弗兰克吧?

戴维假模假样地向他问好:"你好,克莱门特警官,卢卡斯警长在吗?"

"在,他在跟那个印第安人聊天。"

哦,不……真巧,我也想跟血狼聊天。

"你要进去吗?"警察向里面偏了偏头,接着用可怕的音量吼道:"警长,杨格先生找你!"

等等……

戴维无力地伸出了一只手,就好像一个凡人试图阻止闪电侠。

我还在犹豫,好吗?

但现在说什么都晚了。这个人肉蜂鸣器通报过后,卢卡斯警长很快就出现在门口。"哦,杨格先生,你真是我们这里的常客。"他的口音就仿佛一根划燃的火柴,轻易就让戴维感觉到身上的怒气被点着了。

很多次都不是我自愿来着——至少头一次不是!但戴维得忍着,向卢卡斯警长抬了抬帽子,"我想看看血狼。"

"当然可以。"卢卡斯警长点点头，走下来一把揽住戴维的肩膀，像个好哥们儿一样拖着他往里走，"我说，杨格先生，我没发现你这么讲义气，估计这个镇上，只有你和那姑娘把这个印第安人放在心上。"

那是因为我知恩图报，本性善良！戴维朝卢卡斯警长虚伪地笑了笑，来到牢房外。

牢房里多了一张椅子和一张桌子，还有一些纸和笔，门开着，看起来警长之前就是在这里跟血狼交谈。印第安人看到戴维进来的时候，表情有点意外，但明显带着欣喜。

"不介意我在场吧？"卢卡斯警长无耻地说，大刺刺就在旁边那张戴维也睡过的糟糕的床上坐下来。

戴维心中有无数的刻薄词儿飘过，但他还是忍耐住了。

"我只是来看看你的情况，"戴维对血狼说，"也不知道你还要在这里住多久，有什么需要的现在给我说说，我能帮你搞来。比如衣服，或者别的——当然是在警长允许的范围内。"

"我很好，"血狼说，"除了那个毛嘴子会来，别的一切都很好。"

他说的应该就是劳埃德先生，这也是戴维放心不下的事情。卢卡斯警长仿佛看出了他的担心，"劳埃德没有机会接近他，我的人一直守在这里。"

"那就好，他至少还有点理智。"戴维含含糊糊地点头，"那……我就先走了……也许这几天都不能来看你，你需要我去给灰雨留什么口信吗？比如也让她过来几趟什么的。"

"你要去哪儿？"血狼问。

"唔，想去卡森城转转，最近在镇上有点无聊，我想看看那里有什么活儿我能干。"

血狼的表情露出了惊讶的神色，他看起来并不知道卡森城在哪儿，"很远的地方吗？"

"大概只需要三天路程，跟上次去你们部落差不多。"

这时，旁边的卢卡斯警长插嘴道："你一个人去？"

关你什么事儿？ "不……当然不。"戴维依然很虚伪。

卢卡斯警长却不依不饶地继续追问："就是说艾瑞克也要跟你一起去了？"

"哦，是的，应该也不会是别人了。"

"这两天我听到消息说你在求购六分仪，去卡森城难道是为了这个？"

"不，不是，"戴维不自然地笑起来，"我们只是觉得应该改变一下生活方式。"

卢卡斯警长盯着他，眼神有点儿高深莫测，戴维依然维持着傻笑，但后背冒出了冷汗。最终卢卡斯警长什么也没有说，他站起身来，戴上帽子，无趣地摆摆手。

"我有点事儿要出去一下，就不打搅了。先生们，你们随意。"

他把双手扣在皮带上，就这么走出了牢房。

早就该有点眼色了！戴维在心中腹诽，继续虚伪地说再见。

吴有金在家里收拾着东西。

他刚来洛德镇的时候什么也没有，唯一能做纪念的就是那件 T 恤和牛仔裤，还有已经没电的手表和黑莓手机。为了隐藏身份，他从来不敢把它们藏到自己的房子里。不过上次在小木屋遇险之后，他就和戴维将这些东西都抬回来了。和一个有同样经历的盟友住在一起，给吴有金增加了一些安全感。两年来都无法信任别人的感觉实在是太糟糕了。

他从储藏室里找到一只小巧的皮箱，可以背在背上，它的上一个主人是老胡，虽然被虫蛀破了一点点表皮，但还是结实耐用的，而且刚好能装下两个人的换洗衣服和一点杂物。他们必须轻装出行。吴有金也无法预料是否能在卡森城找到六分仪，但无论如何他们都没有办法在那里逗留太久。吴有金想过，一旦真的没有了钱，就意味着他们的活动会暂时陷入困境，他们必须尽快再攒一些——万一那个坐标是很远的地方，他们还得准备一大笔旅行的开销，甚至做好彻底离开洛德镇的准备。

离开，这个词儿让吴有金在擦拭皮箱的时候手抖了一下。

虽然他真的是日思夜想地要回去，但想到要离开这个地方，他忽然又有些惶恐。毕竟在来到这个时代之后，洛德镇算得上他的庇护所，是他唯一熟悉的地方。如果他和戴维离开这里，是不是真的就能回到他们要去的那个世界呢？万一回不去，又无法走回头路，他该怎么办？

吴有金并不算是一个有冒险精神的人。在同龄人中，能考上不错的大学，进而到美国深造，可以算得上佼佼者，至少在他从幼儿园到大学的同学里，他都算有出息的。他没有多么高远的志向，没有觉得自己将来也有可能去试试诺奖，他只是在学习和研究材料的时候觉得有趣，并且愿意继续在这领域探索下去，将来他或许会着重选择一个更加精准的研究方向，也可能在完成学业以后回到祖国，进入一所高校任教。他原本以为自己可以有一个比较明晰的人生规划，但是这诡异的命运让他简直仿佛清零重来了一样，他想要回去，但是天生保守的性格让他没有做出特别有突破的举动，甚至可以说，他虽然抗拒着，但也已经发现自己似乎越来越害怕走出洛德镇——因为他好歹在这里认识了一些人，比如安德鲁神父，比如道尔顿夫人，还有卢卡斯警长，他甚至有了属于自己的房子和工作，如果他因为冒险而放弃，说不定就真的什么也没有了，更不要说回到21世纪。

但是戴维，这个美国人的到来，让他看到了希望。那个有些冲动和自私、爱耍点小聪明的男人其实本质上并不坏，更重要的是，他比自己的胆子要大，性格也更外向，是个行动派。他推动着自己踏出了预备已久的那一步，这不到四个月所取得的进展，比他两年来所有的收获加起来都要多。

大概正因为戴维让他看到的希望如此大、如此具体，当吴有金发现自己犯了一个极大的低级错误时，才崩溃得如此之快。

他深深地为自己感到羞耻，幸好戴维让他很快地清醒过来——他们没有后退的路，只有一直向前。就冲着这一点，吴有金甚至有些感谢戴维。

他从床板下摸出一个牛皮包，从里面掏出一些鹰元，仔细地数着，最后拿了十个放在怀里。

他刚刚把这些宝贵的财产揣好，就听见楼下有人敲门。

他应该把"暂停营业"的牌子挂出去的！

吴有金下楼打开门，还没来得及说出"今天、明天、后天和大后天都不做棺材"这句话，就被一股力气推进了房间，接着门啪的一声又关上了。

"艾瑞克，听说你要出远门。"卢卡斯警长摘下帽子顺手挂在门背后，"我冒昧地来问问你，打算去卡森城干什么？"

哦，天啊！吴有金想，我就该拦着戴维的，他就不应该再去警察局看血狼，再怎么想去也不行！

"你都知道了，"吴有金做出平静的样子，耸耸肩，"也没什么特别的，想去看看，最近过得太紧绷，打算到那里找找有趣的事情，买点东西。"

"比如说六分仪？"

连这也知道！太阳底下无新事……吴有金没答话。

卢卡斯警长冷笑一声，"出高价在这个小镇上求购六分仪，这可是一件值得嚼舌根的怪事。"

果然还是不该那么高调啊。"戴维呢？"吴有金说，"你其实可以直接问他的，他只是有些奇思妙想，毕竟在这里他还没真正地找到个活儿。"

"他不会跟我说实话，就和你一样。"卢卡斯警长拖过一把椅子，在门边坐下来，长腿伸展在地板上，刚好挡住了出门的路。

"知道吗，艾瑞克，杨格先生还在血狼那里，我觉得他一时半会儿的不会回来。他其实挺担心那个印第安朋友的，冲着这一点我有点儿喜欢他了，起码他是个坦率的人。"

"他人是很好，"吴有金总觉得这人话里有话，"很高兴你对他消除成见了。"

卢卡斯警长冷冷地哼了一声，"你和杨格先生有秘密瞒着我，我不介意,因为你们虽然古怪,但还算安分守己。不过最近你们惹的麻烦似乎越来越多了,我不希望事情继续这样发展下去,变得不可收拾。"

自从我和戴维被弄到这里以后事情就已经无法收拾了,吴有金很想这样说,但他知道那又会引出更多的疑点需要解释。况且卢卡斯警长本来就不是个好糊弄的角色,他相信的是腰上的手枪,还有对一切的控制权。

卢卡斯警长接着说:"安德鲁神父告诉我,你们从他那里拿走了凯文·米洛先生的几本笔记本和书,那里面是什么内容?"

神父那个大嘴巴,吴有金腹诽道,还是没说话。

卢卡斯警长摁住了吴有金的肩膀。"那里面有地图吗?我记得六分仪可以用来定位?你们怎么会对那个怪人感兴趣?难道说……"他的手微微地用力,"你们发现了他留下的秘密?"

痛啊……吴有金表情扭曲地推开他的手,"你这想象力也太丰富了。"

"是宝藏吗?"

"是啊,一吨黄金!"

"我会跟你们一起去卡森城!"

"你难道听不出来我在开玩笑?"

"但我没有。"卢卡斯警长站起来,又习惯性地用双手扣着皮带,"我会跟你们一起去卡森城,不管你们真的是去逛逛,买那该死的六分仪,还是干别的,我都会跟着你们的。"

吴有金满腔的愤怒,却只能努力压着不敢进一步激怒他。"那这里怎么办?"他说,"血狼还在这里,劳埃德还虎视眈眈地等着对他来点私刑呢!你答应过保证他的安全,只有你才能保护他!而且……你敢保证劳埃德他们会在你离开洛德镇后遵纪守法?"

留下吧留下吧留下吧……你就是洛德镇的救世主和上帝,你的圣光才能让这片荒野和这里的人有点理智。

"我会带上他。"

吴有金的眼睛都要瞪出来了。

"你说得对,血狼留在这里的确不安全,他现在也不算囚犯,不需要在牢房里服刑。而且……"他又意味深长地笑了笑,"他是不是也能给你们帮上点儿忙?我记得他也认识米洛先生,对吗?"

退无可退!吴有金用手紧紧地扣住椅子,有点被逼入绝境的感觉。

其实戴维不太懂现在的情况。

他骑着一匹瘦弱的牝马,在一条几乎看不见的道路上走着,在他前面的人分别是吴有金、血狼和卢卡斯警长。他们排成一条线,就像是这荒漠上的一列蚂蚁。

戴维和吴有金没能坐上邮政马车,但是卢卡斯警长安慰他们说这其实是他们的幸运,他们没去坐那个倒霉玩意儿简直太正确了——那些邮政马车简直就是地狱的摇篮,是被双眼喷火、喷着硫黄的马拉着狂奔的,车夫和押车的就是魔鬼本人。所有的邮包都有攻击性,如果他们坐在车厢里,那些东西就会跳起来把他们揍得鼻青脸肿。这些马车不会只载他们,它就像一条贪吃的蛇,沿途会把每个驿站的搭车人都捡起来塞进去,而那上面的座位往往只有可怜的几个……

听起来他给他们找几匹劣马骑着去卡森城应该是一种恩典。

但是为什么他们会一起上路呢?

戴维想,也许破绽的确是从他这里开始的:求购六分仪——卢卡斯警长得知他们的目的地——他去找吴有金——加入队伍——担心血狼被劳埃德伤害——带上血狼——卢卡斯警长用一美元和十分钟的谈话从黄牙比利那里拿到了老威廉的地址——四人一起出发……

这真是拿着鸡蛋孵出来一只秃鹫的感觉。

戴维夹了一下马腹,赶上前面的吴有金,跟他并排走着,压低声音问道:"我说,钱钱,我不太想纠结你和卢卡斯警长说了什么,或者说他知道了多少,现在的问题是他跟着咱们到了卡森城后怎么办,看着咱们搞到六分仪以后测量出坐标吗？你能跟他谈谈吗？让他在卡森城做点别的，找点漂亮妞，或者喝点什么，打打牌什么的。"

"我倒是希望找找快活呢！"吴有金脸色阴沉，"可我一句话也不想跟他说。"

之前他们一定闹得很不愉快，戴维叹了口气，"但我们必须得让他跟我们保持距离。如果是血狼还好办，他不太爱寻根问底，而且他更信任我们，就像信任'铁圈'米洛先生。"

"你确定吗？"吴有金别有深意地扫了他一眼，"也许我们都太容易把别人往好处想了。"

他整个人都古里古怪的，戴维努力回想着这么不讨人喜欢的钱钱是从什么时候开始出现的。都说中国人神秘而琢磨不透，看起来是这样的。戴维暗自叹气，按照计划发展，他们只需要勘定坐标，再找到回去的办法，就行了——只要回去，一切都解决了。

戴维看着前方，正是血狼的背影——大概是为了这次远行，他换上了毛嘴子的衬衫和长裤，穿上了靴子，取下了头上的羽毛，但他的长发还是编成辫子，彩色的珠串挂在脖子上。他的身材和卢卡斯警长很接近，因此戴维猜测这身衣服都是警长借给他的。

这么穿着倒是真的像个白人，本来他的肤色就不像其他族人那么深，反而有点像拉丁裔，要是没了那些装饰物，倒不容易被看出是印第安人。

他们平安无事地走了两天——原本走邮路会花三天，但卢卡斯警长领着他们走了更近的路，节约了不少时间。这两天也不太难熬，他们带的粮食和水都充足，血狼则证明了休休尼人的确是优秀的猎人，他会走进一些灌木林，回来的时候总能逮着一只野兔或者蜥蜴，甚至还有蛇。它们烤熟以后撒上香料味道还挺不错的。

除了吴有金时刻都跟戴维待在一起，不愿意跟其他人说话以外，一切都还算正常。

他们就这么"顺利"地到了卡森城。

在 21 世纪的时候,戴维和吴有金都没有来过这个内华达州的首府,而现在他们竟然在这个地方刚刚成为州府的时候就来瞻仰了。但是这鬼地方实在不怎么样——

直到 1864 年内华达州才加入联邦,卡森城成为州府也不过六年的时间。它的人口总共不过几千人,构成跟洛德镇很像,除了它的地位还吸引了一些联邦官员、律师、退伍军官、政客和骗子以外,主要的居民依然是来做买卖的移民和淘金者。他们在群山下的平原边上建起了这座城,用拙劣的手艺搭建出没有美感的木头房子,然后给城里的地面铺上并不平整的石板,在最大的空地上草率地竖起旗杆,表明这座城市的特殊身份。

就算是州长的府邸,也不见得好到哪儿去,在准州时修建的两间白色平房就跟最普通的农场工人住的一样,后来再扩建修缮也不过是用不怎么样的技术让房子大了点、房间多了点而已。

但这里还是明显比洛德镇繁荣了许多,许多人聚集在旗杆广场附近,买卖马匹和其他牲口,拍卖各种各样的东西。行人中有白人、黑人、黄种人、拉丁裔,甚至还有一些印第安人。

因此血狼来到这个地方的时候,没有任何人向他多看一眼。

从这个角度来看,似乎这地方也不太坏。

“我们得先找家旅店住下。”卢卡斯警长建议道,这个时候天色已经晚了,他们正站在旗杆广场的边缘,跟所有旅行者一样透着点疲倦。

“我没意见。”戴维的肚子咕咕直叫,他看向了吴有金——

“行啊,找个旅店!”他说,“找个有姑娘陪喝酒的。”

34

翻版"黄玫瑰"

有趣的蒙克先生

寻找威廉

阴魂不散

没有那么容易

　　期待和现实总是有差距的,戴维一直都明白这个道理,但他没有料到的是,有时候这个差距就如同地球到月球那么远……

　　当吴有金提出那个让人憧憬的要求以后,同行的人都表示了赞同,卢卡斯警长还提出了更实在的建议。

　　"我知道一个地方,可以住下来,可以喂马,也有小妞陪着喝酒,还能跟其他人玩牌。"他笑了笑,露出雪白整齐的牙齿,"跟我走吧。"

　　这真是充满了诡异的感觉。

　　戴维和吴有金相互看了一眼,默默地跟着那个男人走过了竖着旗杆的公共广场，又走过了几条勉强成形的街道，最后在一幢看上去半新不旧的二层小楼前停下了脚步。

现在天色已经完全暗下来了，大概是因为在夜晚看不出太多的缺点，戴维觉得这房子的模样在周围的建筑中算得上出众，它并没有那种歪歪斜斜的粗糙感，造型甚至还可以说是挺拔，门廊墙壁都是结实的木料，上面还曾经刷过油漆，只是已经脱落得几乎看不出到底是什么颜色了。它的窗户和门都敞开着，百叶窗上积累的灰尘并不太多，看起来经常有人打扫。灯光、吵闹声和音乐掺杂在一起从房子里溢出来，跟黄玫瑰旅馆有点像，但更加热闹。

"我认识这里的主人。"卢卡斯警长说着，向门廊那边走去，几个坐在门廊出的小男孩儿都一下子跳起来。

"为您效劳，先生！"其中一个说，"您需要什么？"

"把我们的马喂饱，再给我们来点吃的！"

"没问题！"这个门童领班响亮地回答，接着叫来他的喽啰，像猴子一样蹿过来接过其他人手里的缰绳，其中一个在跑到血狼面前的时候顿了一下，"这位也是您的同伴吗，先生？"

"他叫马克！"

于是这几个孩子再无异议地将马牵到马厩那边去了，只剩下那个"领班"带着他们几个往里走。

"喂，真的要去吗？"吴有金悄悄地对戴维说，"我怎么觉得他不怀好意。"

"那也不至于吧，"戴维说，"我记得除了黑奴，好像也没有别的人口买卖了。"

"有华工！"吴有金瞪着他。

"那我想进去点一杯啤酒，再来一块牛排，你呢？"

吴有金咬咬牙，"走吧！"

戴维笑了笑，又拍拍血狼的背，"来吧，这里的人好像跟印第安人已经挺熟了。"

血狼没说话，点了点头。

他们走进这间像是酒馆又像是旅店的房子，就好像走进了一个更加宽敞、气派的"黄玫瑰"——

天花板和墙壁上都点着许多蜡烛和油灯，室内的光线还不错，至少每个人的脸都看得清清楚楚的。吧台和餐座旁坐满了人，在中央的一小块空地上，有些男男女女跟着小提琴和风笛的音乐跳舞，就算是没啥音乐细胞的吴有金都能听出来那调子已经像野马跑到了天边，但是舞者们依然跳得兴高采烈，用靴子把地板踩得咚咚响。

高举着托盘的侍者小心地穿过舞池，把食物送到客人的桌子上。他们那紧张的表情让戴维联想到二战电影中走过地雷区的战士。

"领班"把他们带到一张空桌子前，可惜只有三把椅子。他东张西望，接着迅速跑到隔壁桌前，将一个呼呼大睡的醉鬼推到地上，拖着那把椅子回到他们跟前。

"我喜欢这孩子，"卢卡斯警长笑着从包里摸出一枚硬币丢给他，"去，给我们弄点儿吃的，最好有啤酒和牛排，千万别拿熏肉来糊弄我们。还有，告诉蒙克先生，德拉克·卢卡斯来了。"

"好的，先生。"那孩子把硬币塞进毡帽里，一溜烟地跑了。

其他人在桌子旁边坐下，戴维问道："你以前来过这儿？"

"来过，在准州长还在纽约当警察局长的时候，我就来过。蒙克比我来得还早，他当时是驿车公司的车夫，来自盐湖城，后来他倒腾金矿股票发了一笔小财，就在这里定居了。他对卡森城非常熟悉，比任何一个政府官员都靠谱，如果你们想要在这里做什么，最好找他帮帮忙。"

听起来他倒是真的给了不错的建议。

"那……"戴维说，"陪酒的姑娘在哪儿？"

"会有的。"卢卡斯警长笑眯眯地说。

餐桌上又沉默了，跟旁边那些跑调的欢乐舞曲和尖声大笑比起来，这一小块儿地方简直清冷得如同修道院，他们四个都宣了缄默誓。

好在很快就有个大胖子端着托盘朝他们走过来了。

他的体型真是胖得惊人，简直就像一条跑到了陆地上的鲸鱼，一扭一扭地撞开人浪，一下子搁浅到他们的桌子旁。

"给你们吃的，小兔崽子们！"他粗声大气地说，把装得满满的托盘重重地放到桌子上，一小块面包跳出来，落到地上，但他的脸上依然带着笑容。

"塞米！"卢卡斯警长跳起来，猛地抱住了这个胖子。

第一次看到他两只手都圈不拢的样子呢！

这两个体型相差过于悬殊的人摈弃了最简单的握手，用别扭的拥抱表达了对彼此的想念之后……椅子又不够了。

那胖子敲了敲旁边的桌子，立刻有人站起来给他让了座儿。

他点头致谢，砰的一下将自己扔在那把椅子上。

质量真过硬！戴维在心底赞叹。

"先生们，"卢卡斯警长说，"来认识一下我的朋友塞缪尔·蒙克先生，一位慷慨的绅士。"

这位"绅士"大笑起来，"滚你的吧，德拉克。你在拍我的马屁，肯定又要支使我干活儿了！"

"应该说是帮点小忙。"卢卡斯警长毫不生气，将他们一一介绍给这位蒙克先生，除了说血狼是个归化的印第安人"马克"以外，别的倒没什么出格的。

"我的朋友们想要找六分仪，最好是再有当过水手的人教一教他们怎么用。"卢卡斯警长说，"以前洛德镇上有一个，都叫他老威廉，但他来卡森城了，你知道吗？"

"就为这事儿？"蒙克先生笑了笑，"得了吧，德拉克，你绝对不会为这点小事儿来找我，快说说，你小子还有什么事情瞒着我。"

四双眼睛都盯着卢卡斯警长，只不过其中有两双还偷空传递了一下信息：

我就说他没那么好心！他肯定还有不可告人的目的！戴维看着吴有金。

这目的的确不可告人！他盯着我的时候我全身都发毛，可我不懂为什么！吴有金看着戴维。

"现在该怎么办呢？"

"别说话，吃东西，看他们怎么演！"

戴维和吴有金不约而同地伸手去拿托盘上的啤酒杯——不管怎么说，这酒闻着就不赖，他们忍了好一会儿了！

于是就在蒙克先生和卢卡斯警长谈话的时候，戴维和吴有金毫不客气地拿过了托盘上的食物大吃大喝，戴维甚至还多拿了一块牛肉三明治，用手肘撞了撞血狼，把这东西塞给他。

这三个人毫无负罪感地边吃边围观，但卢卡斯警长只是看了他们一眼，似乎并不介意。当然蒙克先生更加"豪爽"，这里是他的地盘，他并不害怕有人窥探他这一桌的交谈。

"我想先找到老威廉，"卢卡斯警长从他的衬衫口袋里掏出一张字条儿，是从黄牙比利那里搞到的，"他好像在一个叫作'香草夫人庄园'的地方干活儿，是吗？"

"哦，那是矿工们聚居的大房子，不过里面的人来来去去的，也许他早就不在那儿了！不过，只要他在卡森城待过，我都可以帮你找到，"蒙克先生保证，"或者你想要会用六分仪的人，我也可以想办法。"

"当然，你有办法，塞米，这我不担心。"

"还有呢？"蒙克先生说，"快点把你的事儿一次性说完，别他妈吞吞吐吐的，你知道我有多着急吗？"

卢卡斯警长笑了笑，"你还记得理查德·劳埃德吧？"

"哦，"蒙克先生脸上的肥肉抖了两下，"那个剥皮魔鬼啊……他其实在这里有点产业，毕竟他新买的矿脉就在附近，而且据说在塔霍湖周围他又搞到了一个锡矿。不过我最近都没怎么见到他，他不惹我的时候，我并不想跟他打交道。"

"那是因为他最近忙着在我那儿捣乱呢！"卢卡斯警长用靴子踢了踢蒙克的腿，"有烟吗？"

胖子从口袋里掏出一根细雪茄丢给他。

卢卡斯警长点燃，满足地吸了一口，"知道吗？我就知道你这里才有这么好的东西。"

"他为什么去洛德镇？"

"一开始的借口是他的人在附近被印第安人打劫了，他雇了一帮人，把一个休休尼人的部落给扫荡了。"

蒙克厌恶地吐了口唾沫。

"我觉得他在隐瞒什么秘密，应该跟休休尼人有关系。"卢卡斯警长朝血狼抬了抬下巴，"这是马克，他以前还认识凯文·米洛，但现在被劳埃德盯上了，我就带他过来了。我想问问你知不知道那家伙究竟在做什么，到底有什么企图。我想让他尽快地滚出洛德镇，别再给我找麻烦了。"

蒙克用手抠了抠光溜溜的头皮，"行，我会帮你弄清楚的。"

"谢了。"

蒙克先生从椅子上站起来，戴维看到那椅子腿颤抖了一下。

"楼上只剩下一个房间了，不过我会让人再弄两张垫子上去，你们四个人挤挤下，"蒙克先生用他厚实的大手拍了拍卢卡斯警长的肩膀，"很高兴再见到你，德拉克。"

卢卡斯警长笑着按了一下他的手，"对了，我这里有个朋友对你这里陪酒的姑娘很感兴趣。"

蒙克先生惊异地看着他，又扫过旁边这三个人的脸，接着他咧嘴哈哈大笑起来，"等着，我立刻就让奥利维亚过来！"

蒙克先生扭动着肥大的屁股，又像鲸鱼一样扒开人群，离开了他们。

"他人不错。"戴维评价道。

"是个混球，不过很讨人喜欢。"卢卡斯警长慢慢地品味着雪茄，脸上突然浮现出诡异的笑容。

戴维顺着他的目光望过去，看到人群又像被鲸鱼排走的海水一样分开了——一个最多只比蒙克先生瘦了一磅的胖女人正向他们走过来！

"哈，德拉克！"她用狮子一般雄壮的声音说道，"塞米说你来了，还需要我陪着喝酒！这真是太棒了！你知道我有多久没喝个痛快了吗？"

戴维的脸瞬间就变绿了。

卢卡斯警长却大笑着站起来，伸开了双臂，"奥利维亚，宝贝儿，你真是一点儿都没变！"

他斜眼看了看戴维，眼神里带着戏谑。

这个该死的恶魔！

戴维在心底怒吼。

踏上这间旅馆二楼楼梯的时候，戴维觉得天旋地转，双脚发软。他似乎听到了吴有金的声音，但又隔得很远。他伸手抓了几下，很快旁边就有人扶住了他，并且力气很大，一下将他的胳膊架在了肩膀上。

戴维觉得自己肚子里大概有接近一品脱的威士忌和白兰地的混合物，也许还有一品脱的啤酒。这个量大大超过了他在大学一年级时跟兄弟会成员们度过狂欢节时的量——并且，他现在还没有吐！

他傻笑着对扶着自己的人比出了一个"V"字，但是那个人的脸却模糊得厉害。

他赢了一条鲸鱼呢！尽管她喝得更多，可是按照体型比例来看，显然他才是胜利者。

戴维沉浸在满腔的喜悦中，想要跟吴有金说话，他觉得有件很重要的事情要跟他说，但现在有点想不起来。不过这没有关系，他只需要睡一觉，醒来以后就会想起来了。他们现在在一个安全的地方，没有沙漠、没有子弹、没有盗贼、没有阴险的罪犯，也没有印第安人——

不对！戴维甩甩头，有一个印第安人……他是……

"到了！"身边的人说，把他带进了一个房间，然后让他躺下来，帮他脱下外套和靴子。

等等，戴维开始觉得有些事情不对，他要跟钱钱说件事，还有那个印第安人……他能想起他的脸，但是名字叫什么来着。随着他倒在柔软的垫子上，一种强烈的倦意像棉被一样覆盖了他，他努力地想要开口，挣扎起来，但最终却只能胡乱扭动着身体，发出哼哼唧唧的声音。

"睡吧，睡吧，安静地睡吧……"那个声音在他耳边继续说着，让戴维觉得熟悉，他仿佛被说服了，渐渐地平静下来，任凭睡意如潮水渐渐地淹没了他……

"好了！"血狼从戴维身旁站起来，拿起一条毛毯搭在他的身上。

"谢谢，"吴有金站在后面，感激地说，他知道搬动一个醉鬼有多麻烦，"不过，就让他这么睡在垫子上没事儿吗？"

"他大概感觉不到什么不适，"血狼看了戴维一眼，"但明天早上头会很疼吧。"

吴有金恨恨地看了一眼房间里的另外一个人，"他原本不该喝这么多酒！"

卢卡斯警长耸耸肩，"是你说要找个有姑娘陪喝酒的旅店，他也要求了，我只是满足你们。"

这么说似乎也无法反驳，但吴有金依然非常气愤。不过在阴暗的角落里，他也庆幸自己是个华人，那位"奥利维亚小姐"显然对白人更有兴趣，没有逼着他大杯大杯地灌酒。

"这里的毯子不够，"血狼说，"等他酒慢慢醒过来的时候，他就会感觉冷了，我再去找老板要两张。"

"好了，"卢卡斯警长懒洋洋地脱下夹克，解开腰上的枪套，环顾了一圈，"我要睡床，你不介意吧？"

他选了整个房间里最好的一件家具，在这间州府的"高级旅馆"中，这客房简直比马厩好不了多少——木板拼接的墙壁上没有粉刷任何涂料，窗户一半是朽烂的木质百叶，另外一半是面粉口袋，除了两张凳子和一张桌子，就剩下那张连树皮都没有刨干净的床了。

这手艺可真够烂的，吴有金这么评价，他宁愿睡地上的垫子。

等等，现在还有更重要的问题！吴有金晃晃脑袋，从跑岔了的思路上回来，"刚才你和蒙克先生说到理查德·劳埃德的事情，你这次跟我们一起来卡森城，不光是为了监视我们吧？你是不是要对付劳埃德了？"

卢卡斯警长正在把他的枪挂上床头，这时候却停下了动作。"真看不出来，艾瑞克，你居然还能抓住重点。"他笑着说，"你觉得我能对付他？"

"他动摇了你在洛德镇的掌控权，所以你要把他赶走！"吴有金觉得自己的胆子变大了一定是酒精的作用，"我是没想到……你会这么直接，你不是……一直想要回避跟他的冲突吗？"

卢卡斯警长一条腿踩在地板上，另一条腿搁在床沿上，把身体正对向吴有金，"你觉得我只是因为他盘踞在洛德镇才要收拾他？"

"你很看重那个地方，我知道……"

"我以前在战争中属于北军，我参加过两次进攻里士满的战斗。"

吴有金觉得这话题转得有点快，但卢卡斯警长却自顾自地接着说了下去，"头一次我们败得有点惨，1862 年末到 1863 年初的时候[①]，很多黑人来到了前线，开始跟我们一起作战。他们打起仗来不要命，你没见过那种场景，艾瑞克，你能从他们的眼睛里看到烈火。后来有一次休息的时候，一个叫瞎眼约翰的黑人小子跟我说了他的故事。他只有一只眼睛，另外一只被他的主人剜出来，当着他的面喂了狗。而那天中午，他是最幸运的一个，其他三个黑人被八只狗吃得干干净净，因为他们试图从地狱里逃走，其中就有他上了年纪的父母。他能活下来的原因是他年轻体壮，能值一千三百美元，就算少了一只眼睛，也可以卖到一千美元。"

吴有金哆嗦了一下，他看过《汤姆叔叔的小屋》。

---

① 南北战争时期，林肯宣布解放黑奴之后，大量逃亡的黑奴加入北方军队作战。

"我经历过战争，杀过人，也看到过别人杀人，更知道什么是奴役。战争快要结束的时候我就来到了西部，这里有许多的机会，只要交十美元，就能获得几十公顷的土地①，甚至是黑人也可以。我乐意待在这里就是因为虽然这里充满了来冒险的流氓和傻瓜，但这里有一套新的秩序。也许有些人不喜欢你的肤色，或者不喜欢黑色的、红色的皮肤，但他们不能再明目张胆地挖走你的眼睛！我不允许，我也可以阻止！当有人试图那么做的时候，我就会收拾他，懂了吗？"

他说完，却没有等吴有金的回答，就利索地脱下马靴，倒在床上，把脸转向墙壁，睡了。

吴有金愣在原地，一时间脸上有点发烧——好吧，他承认自己完全相信了刚才卢卡斯警长的话，那些话让他感到惭愧。除了是个混球之外，那个人还是有些优点的。

戴维睁开眼睛的时候，觉得昨晚一定发生过什么：比如他的头可能被放在砧板上，让一个铁匠用大锤用力地砸过；或者是一群野马从他身上奔腾而过。他的头要炸了，身体酸痛，仿佛一下能听见关节断裂的声音。

戴维发出痛苦的呻吟，像个脊柱断掉的人一样在棕毛垫子上挣扎。

"需要帮忙吗？"血狼从旁边伸过手来，他托住戴维的身体，轻而易举地将他扶起来。

"我在哪儿？"戴维打量着这简陋的房间，怀疑自己被丢进了储藏室——风吹起窗户上的面粉口袋的一角，外面嘈杂的人声和马车吱吱嘎嘎的声音传了进来。

"蒙克先生提供的一个房间。"血狼看了看四周，"警长要睡床，我让你和艾瑞克睡的垫子。"

"那你呢？"

---

①指美国总统林肯在1862年颁布的《宅地法》，无偿分配美国西部国有土地给移民，旨在鼓励西进。

血狼指了指垫子旁边,那里只有一块毛毯和裹起来的衣服做的枕头。

戴维感激地冲他笑了笑,"那,钱钱和警长在哪儿?"

"下楼吃早饭去了。"血狼说,"你要去吗?"

戴维现在什么也吃不下,他就像个怀孕的女人一样联想到食物的味道都恶心得想吐。早知道就不跟那胖女人喝酒了,他恨恨地想,警长绝对是故意的!

"要起来吗?"血狼向他伸出手,"你需要清醒一下。"

戴维看着他,"你为什么在这里,没有跟他们去吃饭?"

血狼反而奇怪地看着他,"你不能一个人待在这里吧?"

戴维感激地冲他一笑,握住他的手,接着被一股强大的力量拽了起来。他感觉到一阵天旋地转,打了个趔趄。血狼又扶住他,"你喝酒不行啊,戴维。"

这根本不是我的问题吧?戴维郁闷地想。

血狼把他安置在那树皮都没有好好剥掉的凳子上,从一个马口铁水罐里给他倒了一杯水。

"谢谢……"戴维觉得自己嘴巴里一股怪味儿,突然有些自卑,他虽然没有洁癖,但一直是个卫生习惯很好的人,现在这种浑身酒臭的状态简直让他无地自容,特别是面对着血狼——现在这个印第安人穿着干净的衬衫、长裤和马靴,看上去简直像西部片里的正面角色,勇敢救助白人女主角的那种!

"这一路上我其实很想单独跟你谈谈。"血狼盯着戴维。

"嗯?"戴维揉着额头,并没有发现血狼的语气跟平常不同。

"你很够朋友,白皮白骨。"血狼说,"我知道,把我带出来是为了防止那个毛嘴子暗地里地对我做什么事,你帮了我很大的忙。"

其实带上你是警长的主意……但是戴维暧昧地笑着,决定吃下血狼的感激。

"我俘虏了你,但是你救了我的命,按我们部落的规矩,我必须回报你。"

"哦,这个啊,哈哈,那你记着这一点就行了。"戴维很高兴,他知道印第安人在这个方面很死心眼儿,那意味着他有了个外挂!

血狼认真地盯着他的眼睛,用带着一点口音的英文慢慢地说:"我一定会回报你的。"

"嗯……好啊……谢谢。"

怎么感觉有点过于……认真了啊。

就在这气氛尴尬的时候,门外响起了噔噔噔的皮靴声,接着门被推开了,吴有金和卢卡斯警长走了进来。

"你醒了啊!"吴有金的语气带着欣喜,这关心倒真是发自肺腑。

"我们给你带了点吃的,如果你还吃得下的话。"卢卡斯警长把一杯泥浆一样的咖啡和一片涂着黄油的干面包丢在他面前——这就是毫无诚意的敷衍了。

戴维很有骨气地拒绝了这狗都不吃的早餐,表示想先洗一洗自己来清醒一下。

"楼下有口井,你可以下去自己打水。"卢卡斯警长靠在窗前,一边望着外面一边说,"你有五分钟的时间,然后我们就会去香草夫人庄园,运气好的话能找到老威廉和你们要的六分仪;运气不好的话,他已经离开那个地方了,你们得回来求塞米帮忙再找个改行的水手。"

"五分钟太短了!"戴维抗议道。

"三十分钟后那些矿工就会出发去工作,我可不想等到天黑了再去拜访那个地方。"

戴维哼哼了两声,转身从行李包里翻出牙粉盒子,跑下了楼。

卢卡斯警长从口袋里摸出他的烟卷儿,慢悠悠地点燃。

吴有金掏出表看了一眼,虽然现在天亮了,但其实还不到七点,卡森城并没有完全醒过来,除了那些早起的勤奋鸟儿,似乎还没有人愿意在这个点儿开始工作。

也许可以不那么赶的,他猜测。不过,现在他们这四人小组就仿佛是个旅行团,带团的就是卢卡斯警长——他身兼团长和导游两个职务,他能找到卡森城里的每个地方,还能安排他们的食宿,好像这件事儿在不知不觉中就成了他做主。

"为什么不好好争取一下自己的权利呢?"吴有金对自己生气,不如就从给戴维多五分钟的洗漱时间开始。他吸了口气,正要开口,就看到卢卡斯警长一下子站直了身体,把烟卷扔在地板上,同时退后了半步。

我还没说话呢!

吴有金看着他,"怎么了?"

卢卡斯警长微微侧身,举起手示意他不要靠近。他将自己隐藏在那半张面粉口袋后面,这才指了指窗户外面。

血狼和吴有金都小心地挪到他旁边,顺着他指的方向看去——

就在旅馆外那条灰黄色的路上,有几个人正骑着马慢慢走过,他们离这里还有段距离,但基本上能看清楚了,领头的那个穿着灰色的衬衫和长夹克,头上戴着帽子,不时地转动着头打量四周,当他的脸侧过来的时候,吴有金轻轻地叫了一声。

"妈的,"他忍不住骂了一句脏话,"这混蛋怎么来了?"

是的,理查德·劳埃德正领着四个随从走过去,他的脸上毫无表情,却让吴有金心里一紧,万一碰上可就麻烦了,而且……卡森城似乎还算他的势力范围?

真是阴魂不散啊!

35

没有威廉, 只有约瑟夫

千万别节外生枝

激动人心的观测开始了

作为一名富有的矿主, 理查德·劳埃德在卡森城有一幢自己的房子, 他会一面和州府上的人都打好关系, 一面在这里做买卖: 那些矿石、股票和别的投资, 什么赚钱他都会试着来一点儿。不过他最为关心的还是那些矿石交易, 它们从铁路上装车运到炼银厂能为他赚来大笔的财富。因此他在卡森城的时候, 最常待的地方只有三处: 自己的房子、"群山" 酒店和广场附近的交易所。

当然这些都是蒙克先生告诉他们的。

为此, 卢卡斯警长带着他们避开了这几个地方和附近的道路, 绕了一个不太大的圈子找到了香草夫人庄园, 那个传说中有各种人聚居的大杂院。

它是三排平房围起来的 U 形区域, 中间的空地上有水井和牲口棚, 入口处有一个独立的小房子和不友好的大栅栏。想要进去很容易，但总得跟那个坐在门口、闻着鼻烟、看每个人都像是欠着他钱的老头打交道，他守着这院子，既是门房，也是管家和男仆。

这老头干瘦、矮小、穿着褂子，还有一条小辫儿——是一个中国人。

能跟他平心静气交谈的人只能是吴有金了。因为卢卡斯警长觉得，最好先找这人问问，总不能一个房间一个房间地找人。

于是吴有金出马了，他用中文向那个老头问好，拱手作揖。老头对于同宗同源的人的确要热络一些，他带着明显的福建口音，而吴有金说的普通话让老头认为他是北方来的。

"你不是被卖猪仔的吧，少年人？"寒暄过后老头这么问道。

在他面前需要另外一套说辞，吴有金想。"不是的，我有个亲戚在这里留下了点遗产，让我来继承。"他说，"他姓胡，早年也是修铁路来美利坚的。"

"哦……"老头点点头，"那他是运气好的，修铁路的能活下来就不容易了。不过，我要是他，就卖了身外物回老家去，不留在这里了。"

"大约是留得久了，也就不想回去了。"吴有金笑着说，"您老不是也在这里住下了吗？"

老头干笑两声："留得下和走不掉是两回事啊！狐死首丘，我这年纪，若能回去还待在这里吗？洋鬼子的地盘毕竟还是洋鬼子的地盘，少年人，你是来了多久？"

"两年了。"

"哦，"老头说，"少年人图个新鲜，来这里看看还是不错的，但不要留得太久，若是太久，不要说像我一样走不动，就是连回去的路也找不到了。"

吴有金心中有些发颤，脸上挤出一丝微笑，"老先生教训得是，我也待不了多久，处理好老辈子的事还是要回去的。"

"那就是对的。"老头仿佛有些满意，看着吴有金的眼神带着些羡慕。

吴有金便说需要找一个叫威廉的人了结债务，他以前当过水手，正住在这里。

"威廉？"老头手里摩挲着那个画了山水图的鼻烟壶，皱着眉头想了想，"我想不起住在这里的兔崽子们里有谁叫这个名字，洋鬼子们长得都差不多，他们只要离开了这里，我就会丢了他们留下的垃圾，然后忘了他们。我每天可是很忙的，对吧，我记不住那么多人。"

"当然，但我相信你能管理这么多住宿的人，一定是有特别的能力，比如记住他们的来历，特征什么的。"吴有金恭维这老头，"听说老威廉当过海员，他的身上应该有文身，他们那些在船上拉缆绳的总喜欢画点，比如船锚啊，美人鱼啊，还会有基督或者圣母……我记得以前有水手们会在脚踝上文上猪或者鸡，说是可以防止溺水，文上十字架抵抗鲨鱼，还有航海星……哦，对，他们还会在指关节上文'HOLD FAST'，说是这样握住轮盘的时候手劲不会松。"

这一番提醒，终于让老头眼睛一亮："哦，我想起来了，曾经是有个这样的洋鬼子住进来过，他的全身就像是一幅画儿，胳膊肘上都文着锁链，跟我说可以预防风湿病。不过我看他干活也不那么利索嘛，要我说，不如弄点艾灸烤烤，可惜洋鬼子这里找不到什么好中药……"

"他就是老威廉吗？"

"哦，我说了想不起这个名字了，我记得他应该是叫比尔什么的。"

"他今天在吗？"

"走了，在这里干得不怎么样，说是投资了一个富矿，结果勘测有误，他没钱了。据说回东部去了，觉得还是在船上的生活比较适合他。"

吴有金忍不住心中一沉，不过那老头很快又说道："但跟他住一个房间的那年轻人还在，好像叫约瑟夫·怀特，我看到他的胸口文了只锚，手臂上文着一只燕子。"

"据说文燕子是为了祈求航行顺利。"吴有金掏出一美元递给老头，"他现在在吗？我们的马进去喝点儿水你不反对吧？"

"哦，我不收你钱，少年人。在卡森城的中国人不太多，能相互照应就照应下吧。"老头挡开他的手，冲着一间房偏了偏头，"他还在里面睡觉，那小子这段时间都没有找到活儿，他再交不出房钱老板就会要我赶他走了。"

吴有金感激地对老头一迭声地说谢谢。

老头咧咧嘴，"别耽搁，少年人，别耽搁。"

吴有金回到卢卡斯警长他们身边，并没有把他跟老头的对话说太多，只是转述了最后关于水手的那段儿。他带着他们走进了"庄园"，一些已经起床的人正围着水井洗漱，有些人提了水桶灌满牲口棚的水槽。警长向其中一个人打听了几句，然后示意他们留在外面，自己走进了那间平房，不一会儿，他就带着一个身强体壮的男人走出来。那个男人赤着上身，五彩斑斓的皮肤上就好像满是拼贴画。

"这是怀特先生，"卢卡斯警长说，"他在波士顿的莱曼·阿斯顿船运公司当过五年水手，他会用六分仪，但手上没有，我们得找塞米帮忙弄一个。"

"听说你们要用那玩意儿？"前水手先生粗声粗气地问道，"我在船上的时候倒是跟着领航员学过，但得等到晚上。如果你们愿意出五美元，我今天晚上的时间就归你们了——另外得让我吃饱。"

这价格并不过分，戴维和他握握手，算是达成了交易。

"我们住在蒙克先生的旅馆里，"戴维说，"可以的话，我们晚上就在那里等你，可以先吃饭，等天完全黑了以后再开始。"

约瑟夫·怀特表示没有异议。

于是他们愉快地离开了香草夫人庄园，双方都显得心满意足。吴有金在队伍后面，转过头看了看那个坐在房子外面的中国老头，有点遗憾没有好好跟他聊聊。他始终觉得心头有点闷闷的，但这感觉没法跟任何人说。

接下来的一整天似乎都是为了等到晚上做正事儿，虽然没有找到老威廉，但替代者的顺利出现使得这次来卡森城的目的很容易就达到了。接下来该做什么，戴维和吴有金都有点茫然，但他们没有胆子乱跑，他们还记得劳埃德先生也在城里，虽然卡森城比洛德镇大得多，并不一定能碰上，但是真的撞上了可就倒霉了。

最后戴维和吴有金决定就待在蒙克先生的旅馆里，听那些客人说说这个地方的奇闻逸事。

哦，对了，他们才听警长说，原来当地人都把内华达州亲切地称为"华休"，如果你还是老老实实地用官方名称叫这个地方，他们就会立刻辨别出你是个外来者，盘算怎么捉弄你，或者从你的包里掏出钱来。

"跟蒙克待在旅馆里是个明智的决定，"卢卡斯警长听完他们的计划后，表示赞同，"让血狼也跟你们在一起。别点太多的菜，要知道塞米虽然是个不错的胖子，但生意归生意，他收钱的时候不会给你们打折的。"

听起来他的计划好像不是和他们一起留在旅馆？

"我有别的事。"卢卡斯警长这么回答他们，然后他把他们丢进旅馆，转身离开了。

他没说他要去哪儿，他甚至连旅馆的门也没进，马也留下了，就这样把背影留给了戴维他们。这真是有说不出的古怪。

"他有事儿瞒着我们。"戴维对吴有金说，"真奇怪，他会去干吗？要去见什么人吗？说不定在卡森城有相好的姑娘吧？"

也许是的，吴有金耸耸肩，"管他呢，咱们只要赶紧完事儿就好了。"

血狼也表示赞同。"万物都有影子，人人都有秘密。"这个印第安人说。

真理，戴维笑着点点头。

戴维和吴有金其实很想在卡森城到处逛逛。就在去香草夫人庄园这一段短短的路上，他们已经如同走进了西部片的布景里，那些简陋的、尘土飞扬的道路，乱七八糟的简陋建筑，穿着老式西装格子衬衫或者皮衣、戴着牛仔帽、挎着枪的野蛮之徒，脸上涂着油彩、头上插着羽毛、披着斗篷的印第安人，还有满脸风尘、精明强悍的女人……

虽然他们已经熟悉了洛德镇，但是卡森城，这里仿佛是一个更大更丰富的洛德镇，一切都有着更"逼真"的刺激。似乎只要蹲在街角，找一个安全的角度，只需要过几分钟就能现场看到一次正儿八经的拔枪决斗；或者是看到用三角巾蒙面的劫匪们策马狂奔，一边按着马背上鼓鼓囊囊的帆布钱袋，一边朝天鸣枪冲出银行，后面还跟着佩戴金属五角星的警察们……

想一想就激动人心。

他们待在蒙克先生的旅馆里的时候，虽然藏在一张靠里面的桌子旁，但还是忍不住时不时地看着外面，讨论着《大地惊雷》里面的精彩段落。当他们谈到老酒鬼警长开枪的镜头时，戴维忽然觉得他们来到这个时代可不是为了枯坐在旅馆里的，他们可以穿得"富有欺骗性"一些再出去。

"也许我们运气好，碰不到那些家伙，"戴维说，"或者我们可以把脸涂黑。"

"如果运气不好呢？而且……"吴有金气馁地说，"我也不太擅长伪装。"

两个人头脑中闪过的各种镜头立刻如同燃烧的胶片一样化成了青烟。

"你知道所有伟大的事业都夭折于丧失信心吗？"

"我觉得还是别节外生枝比较好。"

戴维垂头丧气，"那就待在这里吧。"

他们安定下来，但达成了一个妥协——绝对不回楼上那猪圈一样的房间，好歹在楼下霸占了一张桌子，还能够支着耳朵听听来来往往的人说点八卦，虽然那无非是：某某在山那边发现了一条富矿，仅仅一天就从穷光蛋变成了收入四万美元的有钱人；某某矿简直是十年来最值钱的矿脉，报纸上已经有了广告，矿主在寻找合伙人；某个矿主因为暴饮了太多的香槟来庆祝他收获第一个十万美元，心脏病突发而亡，现在他的遗孀正寻找一个愿意跟她共享财产的新丈夫……

戴维觉得这实在太无聊了，如果西部淘金年代就这德行，他也挺佩服编剧们能写出那么多荡气回肠的故事。他决定找点儿新的话题。

他碰了碰血狼——这个印第安人坐在他身边，从头到尾都没有参与过他和吴有金不切实际的讨论，只是安静地喝着啤酒。"我说，"戴维问他，"你以前来过这里吗？"

血狼摇摇头，"毛嘴子多的地方，我不怎么去，你们的那个镇是我到过的毛嘴子最多的地方。不过铁圈来过这里，那是很久以前。"

戴维愣了一下，"你是说，米洛先生也来过卡森城？"

"说的似乎是这个地方。他有时候会给我们讲一些故事，包括他们来到这里的事情，我问他有多少毛嘴子来到这里，他说在卡森城的比在洛德镇的多……那时候他们会和我们交换一些东西，他们的房子也没有修起来，他们只是想在山里挖东西。"

"他也是因为想挖东西才来这里的？"

"不，铁圈说他原本想把自己的房子建在这里，但他刚刚住进来没多久，就有人在山里发现了东西，然后越来越多的人涌到了卡森城，他讨厌这样，就搬到了洛德镇。"

这件事倒是第一次听说。戴维对吴有金说："真想不到，似乎我们到哪儿都有米洛先生的痕迹。他可真是比我们想的更加神秘。"

"要不要向蒙克先生打听打听？"吴有金说，"警长说他是这里有点影响的人物，说不定他知道得更多。"

他们不约而同地望向那个在餐厅中穿梭的庞大身影，而仿佛是感应到他们的视线，蒙克先生转过头来，冲着他们咧嘴一笑，接着他跟一个侍者说了什么，就向他们走过来了。

"他不会回答一个问题就要我们喝一杯吧？"吴有金有点紧张。

"这次该你上！"戴维斩钉截铁地说，"再喝我就要酒精中毒了！"

但蒙克先生显然比他们想的要温和许多，他一屁股在他们面前坐下，表示卢卡斯警长的朋友就是他的朋友，虽然就算是朋友的朋友也不能赊账，但有麻烦的话还是可以找他。

"哦，不是麻烦，"戴维虚伪地笑着，"只是有点好奇，因为我们发现原来我们共同认识的人很多，世界挺小的，就像锁链一样可以一环一环地扣起来。比如我刚到洛德镇的时候发现我其实认识钱钱，而钱钱认识卢卡斯警长，卢卡斯警长认识米洛先生，米洛先生又认识'血——'嗯，又认识马克。我很好奇，除了警长，您是不是也有我们认识的人？"

蒙克先生眨巴着眼睛，那双眼睛因为镶嵌在过于肥胖的脸上而显得有点微小，但缝隙里却闪烁着光芒——也许是错觉，戴维这么想。

"哦……"他抠了抠下巴，"这么说起来，让我想想……要把你这个锁链扣起来，我倒真认识一个人，你说的是那个凯文·米洛，那个怪胎？我认识他。"

戴维和吴有金飞快地对视了一眼，眼神中传递着激动。

"他是个有趣的人，安德鲁神父说他是坚定的无神论者。"戴维虚伪地笑了笑，"谁能不信上帝呢，对吧？"

"信不信的我不在乎，就算是信撒旦我也愿意和他做生意。"蒙克先生哼了一声，"但是凯文·米洛那个家伙，他压根儿什么都不信。他是个神神道道的家伙，他在这里修房子的时候，我帮他买过一些木料，他欠了我三美元，于是他拿出他的威士忌补偿我。他跟我说这世界将会发生变化，比如将来煤矿不再是吃香的东西，人们会从闪电中得到能源，还有火车也可以用电。我觉得他很有趣，问他，那么我们要怎么到天上去，从上帝手里把雷电偷来呢？结果你们知道他怎么回答的吗？"

"他怎么说？"戴维和吴有金异口同声地问道，他们在桌子下面捏着拳头，手心里都出汗了。

"他说，其实煤可以变成电！"[①]蒙克先生哈哈哈大笑起来，"真是个异

---

① 世界上第一座火力发电厂是1875年在巴黎建设的，本书故事发生时，美国西部的人们根本不知道火力发电这回事。

想天开的家伙！"

戴维和吴有金觉得眼前有点发晕，戴维定住神，又问道："那……他还说过什么荒谬的东西吗？"

"哎，太多了！"蒙克先生拍了一掌大腿，"还有什么钢铁的用处很大，能带着人飞起来，还能在海面下很深的地方生活之类的，我觉得他应该是个写小说的吧？他人不坏，平时也不说话，我觉得他跟我扯了那么多，是因为那天我们一起喝酒来着。后来我再跟他碰头，他就不说这些了，我觉得他胡说的时候比较讨人喜欢。不过他太太是个很不错的女人啊，黑发，高挑，有点像东方人，一个真正的淑女，他看她的眼神简直就像淘金者看到金矿，我觉得能让米洛先生像个正常人的只有米洛太太……"

戴维和吴有金都要热泪盈眶了，蒙克先生还在絮絮叨叨。

"他……"戴维控制着自己，又继续问道，"后来呢，我是说……他在卡森城，修了幢房子就走了？"

"是啊，他不喜欢这里，他觉得人太多，说是太太在人多的地方就会偏头疼，委托我卖掉了房子，然后就搬走了。"

"他修的房子还在吗？"吴有金追问道。

"哦，当然了，那房子本身修得还不赖，"蒙克先生说，"在内华达州还是个准州的时候，纽约警察局长被踢到这个地方来当准州长，他跟他的情妇可穷得响叮当，但还是得有个府邸对不对？我接手了米洛先生的房子，接着又添了点东西，就转手卖给他们了。"

吴有金这个时候真特别想给这些西方人普及一下中国的诗词艺术，特别希望他们懂得什么叫作"山重水复疑无路，柳暗花明又一村"，什么叫作"有心栽花花不开，无心插柳柳成荫"，什么是"众里寻他千百度，蓦然回首，那人却在灯火阑珊处"。各种形容此情此景的诗句从他记忆的深处翻涌出来，仿佛是向他吹响"回家"的号角。他心花怒放，却还必须克制，继续用蛮夷的语言表达"我只是随便听听熟人的八卦"这种态度。

蒙克先生的小眼睛在他和戴维的脸上扫来扫去，似乎对于他们的反应很感兴趣。

"你们对老米洛很熟悉？"

"哦，不，不！"戴维说，"我们只是从安德鲁神父那里听说过他，他坚决地拒绝神父的传教，似乎他在临死的时候也坚决不忏悔，这让神父印象深刻。而且，他留下的房子现在是洛德镇的大美人道尔顿夫人在住……就算没见过米洛先生，也觉得他是个传奇人物啊。"

蒙克先生有些陶醉地叹了口气，"戴安娜，是的……的确是个大美人，除了我的奥利维亚，她是我见过的最美的女人。"

微笑，微笑，戴维和吴有金都虚伪地微笑着——在这个观点上没有必要去跟一个男人争论。

就在这个时候，门口有人叫着蒙克先生的名字。

"好吧，"胖老板先生又一拍大腿，"很高兴跟你们聊到那些熟悉的名字，我还得继续经营现在的生活。再叫点酒，先生们，你们可以打发整个下午呢。"

他站起来要走，吴有金迟疑了一下，又叫住了蒙克先生："那个……卢卡斯警长在卡森城里还有别的朋友吗？我是说……我们看到了劳埃德先生，他不会碰上他吧？"

蒙克先生皱了下眉头，接着耸耸肩，"谁知道呢？也许有，也许他只是去找找乐子，卡森城毕竟比洛德镇要大得多！至于劳埃德，我倒不知道他也回来了，不过放心吧，至少在卡森城，他还不是全能的。"

这个鲸鱼一样的胖子扭动着肥大的髋部离开了他们，桌子被他转身的动作顶得移动了五厘米。

在一段时间内，戴维和吴有金都没有开口，还在回味刚才那一番震动他们的对话，而血狼也照例不开口，这一张桌子上维持着诡异的缄默。

"那个……"戴维终于决定由他来重新开始话题，"想不到米洛先生还有这么传奇的经历。"

吴有金看着戴维的眼睛，"是啊……我真想知道他的家乡究竟是哪里，一定是个出人意料的地方。"

"一定是的。"戴维斩钉截铁地说，转向血狼，"你听说过吗？米洛先生给你说过他的家乡吗？"

血狼摇摇头，"不，我们没谈过，他并不像是个留恋过去的人。"

这没关系！戴维没有感到失望，他向外面望去，"不知道他留下的那幢房子在哪里，如果有机会说不定我们应该去看看。"

"当然，"吴有金紧接着说，接着又解释道，"实际上我想这也算得上缅怀……"

"这是应该的，也是必须的。不过我们现在应该再等等，毕竟卢卡斯警长没回来，我们也还得等着搞到六分仪……"

这时候蒙克先生又回来了，手里拿着一个用帆布包起来的东西。

"嘿，先生们，你们的宝贝到了。"他揭开帆布，拿出一个铜绿斑斑的东西和一个磨损得很厉害的硬壳小册子。

"六分仪！这么快！"戴维有些惊喜——他们上午回到旅馆才向蒙克先生提出需要求购一个六分仪，没想到刚过了中午就真的弄到了。

这是真正的地头蛇！吴有金敬佩地看着这个人，决定在心里把"死胖子"前面的那个"死"字去掉。

"这个是什么？"他又指着那个硬壳小册子。

蒙克先生耸耸肩，"不知道，我认识的词儿可不多，但那个拿东西来卖的人说，你们要用六分仪的话，也需要这个。"

戴维接过来看了看，这薄薄的本子上画着简单的地图，还有一些时刻表。但这些表格中的数字显然有些凌乱。在这个年代，连本初子午线都没有正式确定。但好在戴维在地图和表格中找到了格林尼治天文台的子午线标度。

他有些感激蒙克先生，因为他这白痴竟然不知道六分仪的使用还得配合这种表格。

而今天突然获得的关于米洛先生的消息也让戴维多了一份信心：说

不定他们的运气开始好转，他们后面做的事儿会越来越顺利的。

天很快就黑了。

跟洛德镇天黑以后除了黄玫瑰旅馆别处都一片死寂的情况相比，卡森城里显然要热闹得多。这里除了酒馆，还有其他一些可以找乐子的地方，这里的女人也比洛德镇多，她们让这个地方的夜晚显得柔软而多彩，让外来者忘记了白天肆虐的那些黄沙、西风和烈日。

卢卡斯警长和约瑟夫·怀特是跟夜色一起到来的。

当戴维他们的心情随着逐渐变暗的天色而开始焦躁的时候，他们两个走了进来。

"我顺路去带怀特先生过来，"卢卡斯警长笑眯眯地说，"他还在担心怎么找到你们，似乎直接到旅馆来询问会显得很失礼。"

他肯定是在回避戴维和吴有金可能追问他的"下午去哪儿了"这种问题。

我们虽然很想知道，但也不会真的傻到直接发问。戴维这么想着，皮笑肉不笑地对他们表示欢迎，并告诉怀特先生已经点好了晚餐，吃完以后就可以开始展示他的才华了。

约瑟夫·怀特没有打算跟他们客气，大概他更愿意好好地利用这几个冤大头——他吃了双份的牛排，还叫了一大罐啤酒，撑得自己能把下一餐放到明天晚上。

戴维和吴有金用看死人般的目光看着他胡吃海塞，担心的不是他讹了他们多一倍的饭钱，而是开始测量后他稍微弯一下腰肠子就会爆。

约瑟夫·怀特酒足饭饱以后，胸口露出的船锚文身似乎都泛着油光了。

"好了，"他终于大发慈悲地对戴维说，"你们搞到六分仪了吗？"

"在这里！"吴有金小心翼翼地把那个帆布袋拿出来，"还有一本表格。"

"哦！"怀特先生用惊讶的口气说，"我忘记了提醒你们这个，看来我的担心是多余的！"

你这混蛋真的不是打算讹诈一顿饭以后借口没有对照表格而将这个活儿赖掉吗？戴维小肚鸡肠地想。

但怀特先生看到表格却显得很振奋，他一把抓过那两样东西，站起来——动作之大让戴维担心他的裤带会被崩断。

"好了，我们可以出发了！请带上一盆水，先生们，我们必须得离开这嘈杂的地方，到城外去！"

一盆水？

戴维古里古怪地看着他：难怪说当过水手的人都很迷信。但吴有金的神色却泰然自若：他在中国的时候也知道什么叫起乩，那过场可多多了。

但是——

他们看了看卢卡斯警长，又看了看血狼，最后还是觉得跟后者说会比较靠谱，"那，就带上一个盆和一袋水吧。"

36

真的准确吗？

总算有了结果
等等，这是怎么回事
希望之光，熄灭了

卡森城和洛德镇相比，差异不仅仅是人多，或者是热闹，或者是粗野，或者是龙蛇混杂，还有那时不时就会刮起来的西风。

它们也许是从不远处的山上憋着一股劲儿俯冲下来的，也许是从沙漠中偷偷摸摸腾空而起的，反正，它们来得就是那么突然，而且脾气也很暴躁，喜欢在卡森城里城外呼啸而过，把尘土和男士们的帽子一起吹上天，偶尔还邪恶地掀起女士们的裙子。

每当西风肆虐的时候，任何露天行走的人都是它们的敌人，它们会围着这些人拼命地展示自己的力量，是十足的恶霸。

戴维觉得今晚最失策的就是没有戴好方巾遮住口鼻，那样的话无论风刮得多大，他都可以开口说话。他可以对走在前面的约瑟夫·怀特提出疑问"我们到底需要走多久，到底需要离卡森城多远才能观测"，而不必担心一开口就吃进一嘴沙子。

戴维捂着嘴，手里的火把被吹得快要熄灭了，他看了看另外三个人——卢卡斯警长和血狼毫无异议地跟在怀特后面，甚至连他身边的吴有金也一边用手捂着嘴，一边艰难地在风中前进。

等等，难道只有他一个人对现在的状况不满？

戴维站住了，就在他决定哪怕满嘴吃沙也要问一问的时候，约瑟夫·怀特却在前面停下来了。

他转身冲他们挥挥手，做了个手势，于是众人都站住了，走到一起。

"就在这里吧！"怀特指了指脚下，"听我的安排，准备开始了。"

"现在？"戴维也顾不得沙子了，"可是风这么大……"

"它会一直刮到凌晨呢！"怀特说，"今天运气算好的了，要是最热的那两个月，从下午两三点就开始起风了！现在星星很清楚，是好机会！"

戴维耸耸肩，"OK，你说了算！"

他们把各自带的东西都卸下来。

血狼利落地捡来干枯的山艾树枝堆好，很快燃起了一个看上去被吹得十分虚弱的篝火，但好歹照明有了。

吴有金则按照约瑟夫的要求把借来的那个白铁盆放在一块平整的石头上，卢卡斯警长将两壶水倒了进去。

"你们想知道六分仪怎么用，是吗？"约瑟夫问道。

"特别是我！"戴维走上前，把六分仪递给他。

这个前水手接过来仔细地看了看，又摩挲了一会儿，充满怀念地叹了口气，"如果我还在船上，大概也能当个领航员了。"

现在后悔职业选择有点儿晚了，戴维不耐烦地哼了哼。

不过约瑟夫并没有哀叹太久，他很快就拿着这个仪器蹲到了那盆水面前，开始摆弄。戴维蹲在他身边，听他讲解该怎么用——

"今天晚上光线刚刚好，有点儿月光，又不太亮，这样北极星就看得很清楚，"约瑟夫指着六分仪的一个部件说，"看，这儿的望远镜你能看到吗？你见过望远镜的吧？我想是个人都见过……"

"好了，让我们找到北极星……告诉你，其实白天用太阳当目标也挺好的，但是我们在海上的时候，有时候日光太强烈，就算这玩意儿有个反射镜眼睛也受不了，所以我个人是喜欢晚上来。

"你得把北极星的高度和水平线重合……是啊，咱们不在海上……否则我干吗让你们带盆水呢？你是不是傻瓜？水平线是什么你听不懂吗？

"看着这个量角器！你知道量角器吧？仔细看度数……

"行了，这就是北极星的高度！

"让我记录一下这些数字……纸和笔，这东西难道很贵吗？多带点没坏处啊！

"记着，你要是用北极星做目标，维度就得减去半度……别问我为什么，我怎么知道，反正以前领航员都是这么跟我说的！你给我记住就行了！

"好了……把那个本子拿来让我查一查……什么？你觉得我这样就能给你答案？要这么简单你干吗要找我？

"让我算一下，这里其实有个公式，你会数学吗？这需要个聪明的脑瓜……

"我告诉你啊，今后你可以自己试一试。但是嘛，这肯定会有误差的，不能因为你觉得不准确就不给我钱！

"下面来试试经度，月亮也可以测，但是实话说那要复杂一些，我想想……现在是几号来着，好像有个东西需要查……先生，我已离开海船很久了，你有这本小册子真是帮了大忙了！

"别催我，我正在算……嗯，稍等，我得再看看。

"啊哈，我知道了……

"好……我的活儿干完了。拿去吧，先生，看，就是这样，结果出来了！"

......

在忍受了雇员对自己的无数次鄙视和训诫之后,身为老板的戴维铁青着一张脸走到吴有金身边,递给他那张宝贵的纸条:"他测出了这个地方的纬度,大概是北纬 39°,西经 117°。"

吴有金瞪大了眼睛,"没有错吗?"

"肯定会有误差。"戴维说,"他说应该在加减半度之间,所以至少把 39° 1' 和 118° 46' 包括在里面了。不管怎么说,好消息就是,那个坐标的地点至少离卡森城和洛德镇这两个地方不远。"

"也许我们还得验证一下。"

"当然了,钱钱,这事儿还是得靠你。实话说,你那个测日影的办法可能还得用起来。"

"我不知道怎么用那个验证纬度,不过经度的话......有地图应该还好,虽然现在他们没有设立本初子午线,但我们知道在哪儿,我们有精确的时钟,还有地图,可以推算出来,就算依然有误差,但也能跟这个结果对照。"

在昏暗的篝火光下,两个人不约而同地露出了微笑——那笑容被华休的西风吹得简直像是偏瘫病人才有的,但确确实实发自肺腑。

吴有金悄悄地扫了一眼其他人,确认约瑟夫·怀特正在向卢卡斯警长讨烟卷抽,而血狼正在不远处警戒——他时刻都在注意有没有野兽,这才压低了声音对戴维说:"我有个猜想......如果今天蒙克先生说的话是真的,就是米洛先生留下的那个房子的事情,要是他真的留下来了......那坐标指的会不会就是那个地方?"

"嘘——"戴维冲他挤挤眼,"也许,钱钱,也许,但现在说这个太早了,咱们先回去,最好是找机会验证下坐标再说。我们得先在地图上画个圈。"

吴有金点点头,他又看了一眼卢卡斯警长,不知道什么时候,约瑟夫已经心满意足地从他身边走开了,他正好转过头来看他们。吴有金心里掠过一阵阴影,他总觉得警长现在没有找他们盘问并不代表他不在意这个事情，他会怀疑他们搞到六分仪的目的，而且……可能这次找理由会更难！

他们几个人往回走的时候，风渐渐地停了。

虽然戴维和吴有金仍然隐藏着秘密，但毕竟取得了难得的进展，表情中有怎么也掩盖不住的开心。因为约瑟夫·怀特的坚持，在完成测量以后他们就付清了余款，所以今晚的这位主角也很开心。

怀特先生是个信誉良好的人，并且还很有商业精神。在拿到尾款之后，他并没有像那些目光短浅的人一样立刻撇清关系，而是跟戴维一路聊着，把他在海船上学到的东西一股脑地都告诉了他。他讲那些满船乱蹿的老鼠，讲他们怎么保存茶叶和烟卷，讲海鸥怎么啄食鲸鱼的尸体……总之，怀特先生健谈而友善，在他的兜里有钱以后，他是非常可爱的。

他们就这样愉快地回到了卡森城。在西风和人声都寂静下来以后，城里除了偶尔走动的醉鬼和因为没地方住而蜷缩在屋角附近的流浪汉以外，似乎所有人都一下子消失了。

怀特先生精神十足地抬了抬帽檐告别，"再见，晚安，先生们，愿上帝保佑你们！我得回去睡了，如果你们还需要我，可以到老地方来找我。我随时恭候！"

看来在卡森城找一份工作还是件不太容易的事情。

他们和和气气地跟怀特先生告别，重新回到了蒙克先生的旅馆，再次钻进那间比谷仓还差劲儿的客房里。

戴维和吴有金浑身疲惫，打算去下面的水井好好洗洗身上的尘土，但在他们拿起铁水罐走到门口的时候，卢卡斯警长忽然关上了门，接着拖过凳子，靠着门坐了下来。

"我们得谈谈。"他说。

戴维和吴有金心中咯噔一下，方才的兴奋如同背心那一点点燥热的感觉一样，顿时被夜风刮走了。

该来的还是会来，就像沙漠再热再干也是会迎来冬季，花儿再美再香也会凋谢，少女再娇羞也会结婚生孩子——也许还会跟不同的男人生。

"我建议你们最好坐下，"卢卡斯警长看着呆立在面前的两人说，"也许我们要谈好一阵呢。血狼先生，我觉得你也可以坐在旁边的凳子上。"

戴维四下看了看——这房间里就只有两张凳子，卢卡斯警长的意思是他们坐在地上吗？然后像傻瓜一样仰望他？

绝不！

这时，吴有金已经快速退到了房间的另外一头，在床沿上坐了下来。

机智！戴维向他竖起大拇指，但是……不觉得这距离太远了吗？而且血狼坐在中间的位置，他们现在就好像网球赛的布局：他们和卢卡斯警长是球员，而血狼像个裁判。可现在这局面，岂不是说卢卡斯警长相当于他们两个人的战斗力？

或许是自己想多了，他们俩也抵不上警长一个。

戴维甩甩头，唾弃自己这没出息的念头，在吴有金身边坐下来，打起全部精神，脑中开始剧烈地头脑风暴，准备再编出一个令人信服的故事。

"你们这次准备了什么故事给我说？"

对手发球就来了个猛的！

戴维能感觉到吴有金已经浑身僵硬，每次正面对上警长的时候他都是这副德行，这球只有自己来接了。

"首先，"戴维咳嗽了一下，"我觉得这么说不公平，你已经预先就认为我们是在欺骗你了。"

"好吧，那么现在把你的手按在心口上，向上帝发誓：如果你们对我撒谎了，明天就会撞见理查德·劳埃德，并且被他绑起来扔到沙漠里去喂狼。"

从某种程度上来说，戴维和吴有金一样算得上是无神论者，但有时候这跟信不信没关系，重要的是联想……

"为什么不先告诉我们你今天下午去了哪儿？"

吴有金忽然开口。

兄弟你一来就直奔要害的话，至少得跟我商量一下吧?! 戴维眨巴着眼睛，有点措手不及。

然而卢卡斯警长却笑起来，"我们是要做个交易吗?"

"公平点儿。"吴有金板着脸。

"你干吗这么说?"卢卡斯警长微笑着。

对话向着不太对的方向发展，戴维觉得这不符合谈判的逻辑，他咳嗽了一声，决定接过主动权，"是的，如果你还是不信任我们，那我们也不信任你。既然是一起来的……嗯，同伴，那么你去干什么也不能瞒着我们吧?"

卢卡斯警长看了戴维一眼，"我去交易所了。"

戴维愣了一下。

"我需要知道劳埃德最近有什么买卖。"卢卡斯警长接着说，"有些事情需要搞清楚。"他又转向血狼，"你还记得那个黑人说的话吗? 他说袭击者是扮成印第安人的白人，我想这事儿也需要弄清楚。"

这倒是个出乎意料的答案。吴有金追问道:"你是说……你相信那个黑人的话，觉得那些袭击有问题?"

"我不知道，现在什么也没发现。别乱猜，小子。"

血狼转过头，严肃地看着卢卡斯警长，"我不知道真相，但是休休尼人不能容忍嫁祸和欺骗。"

"没人受得了那个，"戴维说，"难道你认为这和劳埃德先生有关系?"

"我说了我什么也没有发现。"卢卡斯警长皱了皱眉头，"好了，别缠着我，现在该你们了!"

球又打了过来。戴维咽了口唾沫，看着吴有金，而后者却伸手在兜里掏了两下。戴维看到衣服口袋里鼓出来的形状，一下子抓住吴有金的手腕，压低了声音急切地说:"你疯了，钱钱? 你拿'那个东西'干吗?"

他说的"那个东西"是一个圆环。

那东西来自于……劳埃德先生。

但吴有金却坚定地、用力地把戴维的手推开,终于将那个圆圈从口袋里掏了出来。"他还记着这个,你跟我说过,在警察局的时候他就提到过。"吴有金说。戴维的确给他转达过劳埃德那讨厌的话,他觉得需要给钱钱提个醒,别落单。

"那又怎么样,他不是还没动手吗? 你现在拿出来是想干吗? "

"我们总要付出点代价的,不能一毛不拔。"

吴有金的脸绷得紧紧的,把那个金属圈亮出来,直直地举在身前,"我认为,理查德·劳埃德是知道我们来卡森城才跟着来的,因为我这里还有他的东西。"

这个圆环吸引了卢卡斯警长的目光,他站起来,慢慢地走过来,从吴有金的手上接过了那个金属圈。他仔细地打量着这个东西,目光异常专注。

吴有金继续说道:"他想让我判断这个东西的成分,但我没法分析……我不是干冶炼的,而且我没有试剂。这东西很古怪,我没有见过这样的金属,它的密度和硬度都很奇怪,又不是锂合金……"

卢卡斯警长把这个金属圈还给他,"你怎么会知道这些关于金属的知识? 锂是什么? "

"啊!"戴维的反应还算快,"钱钱好歹念过书,他还知道很多古怪的东方知识!"

"你闭嘴!"卢卡斯警长皱着眉头呵斥戴维,又紧紧地盯着吴有金,"劳埃德为什么觉得你会知道这东西的来历? "

"我不知道!"吴有金说,"也许他只是想赌一把运气,因为他已经自己试验过了,没法熔化这个金属圈,他也搞不懂这东西到底是什么。他说他是偶然得到的,我不知道他说的是不是真话,但我肯定他对这金属相当感兴趣。"

吴有金又看了一眼血狼,"他去找印第安人的目的,说不定也跟这种金属有关系。"

卢卡斯警长想了想,忽然解下他的腰带,从其中一个插着匕首的皮扣上解下一个虎口大小的金属环。"真巧,"他说,"刚好我也有一个。"

道尔顿夫人刚刚接手米洛先生留下来的房子时,离米洛先生去世大约只有一个月,而那时卢卡斯警长接任治安官的活儿也不过八个月,正好借着这个比较大的工程认识认识这镇上的人。道尔顿夫人在镇上颇有名气,男人们都乐意为这个美人儿做点什么,卢卡斯警长也去帮了忙。

当时那房子还残留着不少雷击之后的痕迹,破了个大洞的屋顶,炸烂的家具,到处都是木屑和碎片,还有被熏黑的墙壁和烧焦的房梁。人们丢掉了不少杂物,有些则留了下来。那些还能用的东西一半捐给了安德鲁神父的教堂——这也许能弥补他多年来传道被拒的遗憾,一半由道尔顿夫人清点过后丢在了阁楼上。

这枚古怪的金属环就是在一片焦黑中找到的。道尔顿夫人将米洛先生的金属都仔细分了类,其他的都还算正常,就是有几个大小不等的圆环有点特别。她将它们放在阁楼上,准备以后有用处就拿出来,也许可以做点扣环什么的,而其中最小的一个就被卢卡斯警长拿走了,用在自己的皮扣上。

"所以,"戴维说,"你能确认这是米洛先生留下的东西,但是并不知道它是什么做的?"

卢卡斯警长点点头。

"道尔顿夫人倒是给我说过她有好几个这种圆环,"吴有金说,"但劳埃德告诉我他是从一个印第安人手里买的,而印第安人又是从一个死人手里弄到的。"

"他并不知道这个东西的真实来源!"血狼插话说,"他不知道'铁圈',所以他认为要找到更多就得询问我们,他怀疑这东西是我们制造的。他为了金属就要杀人。"

"不，不，"卢卡斯警长纠正道，"他不是为了金属，是为了钱！想想，既然他认为是特殊的金属矿炼出了这个东西，如果他能搞到这种矿脉的话，意味着什么？稀有金属，这可比金矿更值钱！"

"但是……如果这东西真的是米洛先生制造出来的，那为什么又会出现在印第安人手里？"戴维转向血狼，"你能肯定'铁圈'没有拿一些给你们？"

"他给我们的只有那个箱子，此外还有一些技艺和他的友谊。"

"好吧……"戴维微笑，"当然，你们的确是很单纯的友好关系。"

"就算是流入其他印第安人的手里也很正常，"卢卡斯警长说，"毕竟当时从那房子里丢掉的废物很多，而且人来人往的，说不定有些人会顺手牵羊捡走，然后又当作稀奇古怪的玩意儿卖给印第安人。"

这么一串联倒真的有点儿说得通了。

戴维觉得现在逻辑通顺了，但他还是得先确认一个前提，"钱钱，你觉得劳埃德跟你说的是真话吗？他在给你这个金属环的时候，真的没有故意骗你？"

"或许，可我也没法验证。"

那么只能假设劳埃德先生说的是真话。

"好吧，"卢卡斯警长说，"反正也没法验证他说的到底是真是假，那就先这么想吧。不过，你们对米洛先生的兴趣就是因为这个东西吗？别再用他老婆是你姨妈什么的这种鬼话来糊弄我了，你知道谎话越多越会出意外，现在都说到这个地步了，你干吗还像个小处女守着贞洁一样遮遮掩掩的？"

我不是处……男，戴维哽了一下，不知道该怎么回答。

吴有金开口了："开始只是好奇，对于米洛先生的各种传说，但后来我们觉得他或许有了不起的发现，虽然他死了，但一定会留下线索。他的发现被埋没了很可惜，而且我们也很好奇，说不定他的发现能改变很多事情……也许是这个世界。"

"你指的是什么发现？科学吗？"

"也许是机械制造……"吴有金回答道，"我们在教堂的图书室看到了他的笔记。"

卢卡斯警长看着他的眼睛，吴有金没有回避，尽管他很想转开头，但现在只要稍微退缩一点儿就输了。

想想哈利·波特和伏地魔的最终决战，魔杖射出的光束就是决定生死的线段！

"好吧，"卢卡斯警长终于退后了几步，"这么说其实你们到卡森城找六分仪也是为了研究米洛先生的遗产？"

"差不多……"戴维终于接上了话，"其实我们也没法说清楚到底是怎么回事，但至少你看到了，从这奇怪的金属圈到米洛先生那些奇奇怪怪的传闻，都表明他可能获得了一个巨大的科学进步，我们应该搞清楚。"

"然后呢？"卢卡斯警长看着他。

"然后？"

"总得有个目的。"卢卡斯警长摊开手，"你瞧，我们能猜到劳埃德是想搞到矿石来赚钱，那你们这么费力地想搞清楚米洛先生可能留下的发现，是为什么？要卖掉这个结果，还是发布这个发现获得名声？你们也应该有个目的。"

目的就是回到一个理性的现代化社会！回家！

"如果真的有不得了的发现，那我们带回纽约会是不错的投资机会，"戴维说，"怎么都会比在洛德镇里埋着的好。"

"是的，回纽约啊……"卢卡斯警长意味深长地笑了笑，挺了挺身子，"我们的目的有点不同，先生们，但目前对付的是同一个人，坦诚有利于合作，所以……我明天会再去一趟交易所，你们有什么想法吗？"

吴有金看了看戴维，"我明天可以在蒙克先生这里着手经度测量的事儿，你要不要就跟着去那里看看……另外，那幢房子……"

"哦，是的是的，"戴维点点头，"我和血狼应该可以跟着警长先生一起去交易所，但是还有个地方也得去。"

"老米洛的旧房子？"

这个他也知道！但戴维和吴有金已经波澜不惊了——既然蒙克先生知道，那卢卡斯警长知道也不奇怪。

"不过我建议你们暂时别考虑那地方了，虽然塞米把它卖了个不错的价钱，但是州府正式成立以后，州长先生和他那位太太当然不可能再继续住下去，他们再次卖掉了那房子。猜猜现在是谁住在那儿？"

这问题就像比尔博·巴金斯让咕噜猜他口袋里是什么一样。

"理查德·劳埃德。"

哇哦，这可比魔戒还棘手。

37

交易所见闻

种族歧视

新发现

并不如想的那么简单

秘密行动

戴维无法形容他的感受。

虽然他早就在西部片中感受过淘金时代的蛮荒气质,但真的置身于卡森城的时候,这个州府的简陋依然令他触目惊心。那只比谷仓好一点的州长和议会办公地点寒碜得让人绝望;西风一起就灰尘漫天的"城市大道",只有稍微繁华和重要的地方才会铺上凹凸不平的石板,人和马走上去就吱吱嘎嘎作响;一排排贫民自己搭建的矮房子和有钱有技术的富人们弄出的稍微好点儿的双层建筑毫无章法地分布在内华达州最重要的这个地方,直截了当地向外来者表明——我们的来历千差万别,我们的性格迥然不同,我们的发迹不清不白,小心点儿,别在这里冒冒失失的像个傻瓜,说不定你碰到的连账都赊不起的穷光蛋第二天就身价十万美元了,他可以雇人跟你决斗,要你的小命!

跟这些粗陋的市政建设刚好相反的是,这里的矿业交易倒是繁荣得跟纳斯达克一样。

除了在露天广场上进行一些小额和非矿藏的交易之外,城里还有一处专门的交易所。那里原本是一个酒馆,但随着越来越多的淘金者愿意在那里谈生意,于是它顺理成章地被联邦政府确认为一个正式交易场所。它拥有卡森城所有建筑的特点:简陋、肮脏,但又很实用。

外面的窗户看上去像是被亡命徒的子弹、印第安人的弓箭和女人丢出的茶杯一起招呼了几遍,残破得只剩下零星的木框。交易所里的吵闹声如同洪水一样从这些破破烂烂的窗户里倾泻而出,仔细听的话还夹杂着无数金币清脆的响声。

淘金者在这里交易一切矿藏——富银矿、鸡窝矿[①]、石英矿和胶泥矿,甚至还有煤矿……门口的小孩儿们用黑乎乎的手将油墨附着不牢固的报纸送到人们手里,那上头全是激励人心的好消息:

"××矿的矿砂金含量极高,每百磅矿砂可以卖到两百到三百美元,而且还连带在附近发现了银矿,检验员们正在核定银矿的质量。从州登记所拿到了所有权证书的矿主 B.H. 拉姆斯先生正在计划发行本矿的股票。

"太平洋铁路的开通已经让矿石的运输变得很容易了,粗矿砂的运费大大下降,不光是优质矿砂的价值增长,连普通的矿砂也可以从波士顿转运到利物浦卖出好价钱。

"××矿每英尺价值四百美元,在两次转手后已经增至每英尺八百美元,股东们决定加大投入,这个富银矿未来将更有价值……"

这些报纸上仿佛都飘浮着金矿股票的香味。

---

① 指金银或者别的矿物在岩石中聚集成团,东一个西一个,顺着矿脉打进去可能会有很多,也可能很少。

在交易所里进出的人有些衣冠楚楚,有些衣衫褴褛,但他们脸上的神色都很像,眼睛里闪着同一种光芒。唯一的区别在于有些人笑容满面,而有些人脸上带着忧愁、焦虑和贪婪。

这里就是西部的华尔街,戴维在心底感叹道,金钱永不眠。

他们往交易所里走去,卢卡斯警长在最前面,戴维和血狼跟着他。报童们塞给他们好几张报纸,接着又争先恐后地扑向别的猎物。

他们走过交易所白色的门廊,里面烟雾缭绕,有些人窃窃私语,有些人声音大得像在吵架。在最里面的圆台上,一堆人吵吵嚷嚷着似乎在竞拍什么,主持人使劲地用手杖敲桌子也没用。

他们几个左顾右盼的新手神色很快就引起了别人的注意,一个留着络腮胡的男人靠过来,随之而来的还有浓烈的酒精味、烟草味和体臭。

天啊,他就像一个行走的垃圾桶!戴维好不容易才控制着自己没有倒退三步。

"嘿,先生,有兴趣投资一个富矿吗? 就在洪堡,才发现的,矿脉很明显,都是矿砂,还有一些鸡窝矿,开采成本很低,"这个男人猥琐地笑着,"现在每英尺才三百美元,还在寻找原始股东,有兴趣吗?"

听起来好像是天方夜谭,但他嘴巴里的味道却让这些话一点儿诱惑力都没有。

戴维没有说话,卢卡斯警长则熟练地打发了他——表示自己有合作伙伴,现在已经有投资的矿脉和别的股票。于是那个男人露出失望的表情,继续去骗别的傻子了。

这小小的插曲立刻吸引了其他猎手,有人上来询问股票是否出售,还有人询问矿脉的位置和售价。

戴维默默地当起了跟班,他不太明白卢卡斯警长怎么才能在这里找到劳埃德先生的狐狸尾巴,但他也很有耐心,在这个天然就充斥着一种狂热、圆滑、探究和相互猜度气氛的场所,戴维知道自己就像一个光屁股的小孩儿一样,很容易就被看了个通透。

血狼对这些毛嘴子的金钱游戏没有丝毫兴趣，脸上一派冷漠。不过，要知道他到底会为什么而激动本来就是件难事儿，戴维想，对于印第安人来说，挖开山里的石头来提炼那些亮闪闪的玩意儿是件非常不可理喻的事情吧。

他们就像混在一群鲨鱼中，处处危机四伏，好不容易才费力抵挡了好几拨妄图撕下肉块儿的窥伺者。最后，终于有人来到了他们面前，成功地引起了他们的注意。

那是一个干瘦的男人，穿着体面的鼠灰色外套，手指上有一个镶嵌着劣等祖母绿的金戒指，头油在他那稀疏的发顶闪着过剩的亮光，上唇的胡须却干燥得像是枯萎的沙棘。他来到卢卡斯警长面前，微微弓着腰，仿佛很谦卑的样子，然而脸上却又有些倨傲。

"我看到您拒绝了很多人，先生，但我打赌您一定会对我提供的机会感兴趣。"他按着胸口，"我叫胡里奥·冈萨雷斯，我正在为一个新矿寻找合伙人，我想您应该是最适合的人选。"

"也许你高估了我，冈萨雷斯先生，"卢卡斯警长说，"为什么你那么确定我们能给你的矿投资？"

"眼力，先生，您有没有实力我是可以看出来的。"

那你的眼睛肯定是一千度的近视，戴维忍不住想笑。

"您不看那些无能的家伙，您带着两个跟班，这彰显了您的身份！"

你才是跟班！你爸爸、你妈妈、你爷爷奶奶叔叔阿姨儿子孙子都是跟班！戴维立马愤怒起来！

但胡里奥·冈萨雷斯压根儿没有关注他，他说了那个矿的名字，原本看上去马上就要拒绝他的卢卡斯警长忽然凝滞了一下——这细微的动作被站在他背后的戴维注意到了，于是他竖起耳朵，在吵吵闹闹的噪音中仔细听那个家伙的话。

"'盖亚'，"——他说出那个矿的名字——"现在刚刚被探知，她的矿石含银量非常非常诱人，而且储量巨大，大到没有任何一个人能够独立地、完全地让她展开身体，所以我们需要更多的人加入。"

"'我们'？"卢卡斯警长说，"听起来您已经找到了不错的合伙人。我可以知道他们的名字吗？"

"只有一位，可靠的绅士，卡森城——不，内华达州都知道他，理查德·劳埃德先生。他是原始股东，你可以相信，有他投资的矿脉绝对不会赔本的。"

"可是我没有听过这个矿的消息，一丁点儿都没听到过。"

"这个啊……"那猥琐的矮个子笑起来，压低了声音，"因为我们现在不打算让太多的人见识到她的迷人面貌，她现在还没有公布呢！"

"听起来更让我担心了。"

"如果您愿意，我倒是可以带您去看看，或者由劳埃德先生亲自带您去，她离卡森城不远。"

"在洪堡吗？还是在塔霍湖附近？"

"不，在离洛德镇不远的地方。"

洛德镇？

戴维心中纳闷，他太不关心探矿的事情，也从来没有在黄玫瑰旅馆或者别的地方听人说那些淘金的新闻，虽然他的确知道那些鼹鼠一样的探矿者们在附近忙忙碌碌地打洞，但还真没听说过他们有所收获。

真的有那么一个矿吗？如果发现了富矿，早就应该作为爆炸新闻在洛德镇传开了吧？或者发现者就是劳埃德先生的人，而他们并没有声张？

戴维又想到了那些声称被印第安人袭击的人，他们是劳埃德先生的雇员，在洛德镇附近被袭，当时说的理由是经过洛德镇去卡森城。

也许他们就是来自于那个秘密开发的矿？

戴维半信半疑，各种回忆都交错在一起，一时间理不太清，而且眼前这个男人说的事情真假也不好判断。

"也许我们可以换个地方谈，"卢卡斯警长决定换个地方钓鱼，他回头冲戴维挤挤眼，"你上次说过是哪儿的威士忌很棒？"

仿佛心领神会一般，戴维准确地说出了蒙克先生的旅馆。

"哦，那里……"胡里奥·冈萨雷斯挑了挑眉毛，"蒙克先生的地方总是有好酒，我请你们，先生们，为了表示我的诚意。"

"我相信我会更多地了解这笔生意的。"卢卡斯警长微笑着跟他一起走出了交易所。

戴维跟着他们，故意在门口的台阶上刮着鞋底——泥土混合着里面的锯末，弄得他的马靴非常恶心。

"你怎么看，血狼？"戴维问身边的印第安人，"我觉得那家伙肯定是个小人，他的眼睛像蛇一样。"

"但他不是蛇，"血狼说，"他是蛇的芯子，为他的主人寻找猎物，侦察环境。"

戴维看了看他，"你要是会写作，肯定会有许多好句子留下来。"

"我是个猎人，是个战士，"血狼说，"我能感觉到敌意和不对劲的地方，所以你要跟紧我。"

戴维愣了一下——这话听起来是说他会保护自己？

太好了！戴维由衷地高兴，至少在近身格斗方面，有了一个不错的靠山。

他们重新回到了蒙克先生的旅店。卢卡斯警长跨进去的时候就冲着他的朋友递了个眼色，外表看起来没有什么心机的乐呵呵的老板立刻就明白了他的意思——现在他们俩并不认识，就只是单纯的客人和老板的关系。

他们找了一张角落里的桌子坐下，卢卡斯警长叫了几杯酒。当血狼也在旁边落座的时候，胡里奥脸上露出了一点点意外的神情，但他很快就将这异常的神色掩饰了过去，对卢卡斯警长说："我该怎么称呼您呢，先生？"

"兰利，约翰·兰利。"卢卡斯警长熟练地撒谎，"我在德克萨斯有两个牧场,但听说西部的机会更多,我想来看看,如果机会真的不错,也许我可以用草地换点金子。"

"兰利先生,您绝对是正确的,现在投资矿业可比牧场生意挣钱多了。"

"但我有个疑问,""兰利先生"压低了声音问道,"如果这位'盖亚'女神真如你说的那么有潜力,那位劳埃德先生为什么不在自己熟悉的圈子里寻找合作伙伴,而让你在交易所里寻觅呢?要知道,这可是件冒险的事,也许你会看错人,这可危险得很。而且,在西部的生意里,我可是个新手……当然也许你们就想要一个新手,因为他不懂那些矿脉,也不知道你们会耍的手段。"

胡里奥笑了笑,"是的,听起来不可思议,兰利先生,您的猜测和担心我完全能够理解,但我的合伙人觉得这桩生意没有必要让他过去的伙伴来插手。我并不想说他们的坏话,然而他们是那样迷恋黄金和白银,已经看不到矿藏最迷人的地方了。"

"来西部的人都是为了淘金吧?"

"这也许是最初的目的,但是,兰利先生,当您真的了解这门生意以后,你就会发现,其实最为迷人的部分是从平凡无奇的石头和矿砂中提炼出让人想不到的东西,金子,银子,或者是别的东西。"

"还有比金银更加值钱的吗?"

"也许,也许有些金属并没有铸造成钱币的天赋,但它们或许有更了不起的用途,它们需要精明的人来发掘,被金银的光芒晃花了眼睛的人是看不到的这些。我并不想贬低卡森城的矿主和淘金者们,但他们的目光的确不算远大。"

真是巧舌如簧,戴维心想,血狼看得挺准的,这家伙就是个卖嘴皮子、自称是劳埃德的合伙人,可能就是一个手下,专门在交易所里钓凯子的。不过没有关系,反正他们自己的动机也不单纯。

卢卡斯警长露出会意的笑容,"很显然您说动我了,但我想也许我贸然答应,对您和您的合伙人并不算件好事,因为我如果轻率地投资,那么也不会对这个矿藏有多少责任心。我有两个要求,首先我想要跟您的合伙人,那位劳埃德先生聊一聊;其次我想就算你们先要保密,但矿石的检验报告还是应该有的,对吗?"

"当然,兰利先生,但是我也有必须带回去的消息,"胡里奥说,"我得知道您最少能投入多少?"

卢卡斯警长露出思考的表情,然后缓缓地伸出两根手指在他面前晃了晃。

胡里奥的眼睛亮了一下,"两万美元?"

戴维简直要笑出声了:两万?卢卡斯警长能掏出两百美元就要谢天谢地了。不过他也真够奸诈的,反正只是晃晃手指,就算胡里奥猜测二十万美元他也不会反对吧。

谈到这里,显然那个男人非常满意,他告诉卢卡斯警长,劳埃德先生现在就在卡森城,他们会先商量一下,再正式跟他会谈。地点就在劳埃德先生的房子,在州议会后面的十字路口东边,房子刷成了白色。

"那么时间呢?"卢卡斯警长说,"您的合伙人一定很忙,我并不想占用他过多的时间。"

"我会尽快给您回复。劳埃德先生的生意不止一处,他最近才回到卡森城,有许多事情要处理。明天还会去塔霍湖那边,也许后天中午可以一起喝一杯。"

"那就这么说定了。"卢卡斯警长端起面前的威士忌,和胡里奥碰了一下杯。那个男人也客气地和戴维碰了杯,却略过了血狼。

"实话说,兰利先生,我觉得您是个特别的人,"那个男人喝了酒,扯开了话题,"在我们这里,印第安人随从很少跟主人一起坐在桌子上,也不会跟白人一起喝酒。"

"是吗?"卢卡斯警长说,"但在我这里没有这样的规矩。"

"他们是异教徒,兰利先生,留心些。"

"谢谢你的提醒,胡里奥。"

这是赤裸裸的种族歧视,戴维想,果然跟劳埃德是一样的,对于他们来说,印第安人跟牲畜差不多,所以他们才会随意地屠杀原住民,就像狼走进了羊群。

血狼显然听得懂那个人的话,但他的脸上毫无表情,不知道在想什么。戴维偷偷地看了看他,在心底为他感到愤怒。

这时候,吴有金走过来,手里还端着新送来的酒。"蒙克先生让我顺便把这个带过来,"他笑着对他们说,"这是爱尔兰威士忌。"

戴维接过托盘,想给他让出一个位置,"谢谢,钱钱,一起来喝一杯吧。"

他故意没有用艾瑞克·吴这个名字,担心万一这个家伙事无巨细地告诉劳埃德,那可就不妙了。

但胡里奥没有在意这个名字,只是有些惊讶又好笑地看着卢卡斯警长:"您还雇用了一个中国佬,他们会说英语就是个奇迹。嘿,中国佬,你为什么没有猪尾巴?"

说完,他自顾自地哈哈大笑起来,而戴维和吴有金都想把酒瓶子往他的头上丢过去!

他们再次回到狗窝一样的房间里。戴维和吴有金都表示胡里奥·冈萨雷斯是仅次于劳埃德先生的第二号"讨人嫌",如果有可能的话,他们很愿意在某个时候给他套上麻布口袋使劲地揍一顿。

"这样的机会很多,"卢卡斯警长表示,"但现在还不到时候,老实说,从这个人身上我们能得到很多有用的信息。比如,劳埃德在洛德镇附近的确有我们想不到的动作,他的保密工作做得很好——当然,也可能这个冈萨雷斯是在撒谎,说不定他在施展一种更加高明的骗术,但我们也不能排除他说的是实话。"

"如果他说的是实话,那么劳埃德明天不在卡森城的消息也可能是真的了？"吴有金说。

"所以这就是一个机会。"卢卡斯警长从水杯里沾湿手指，在桌子上画出地图，"胡里奥·冈萨雷斯说的房子在这里，旅馆到那里只有不到二十分钟的步行距离。明天劳埃德去塔霍湖，如果没有猜错，那里有他另外的产业，我听过他投资林场的事儿。他会习惯性地带上重要的跟班，所以那房子可能没什么人留下——"

"你是说我们趁机破门而入？"戴维吃惊地看着卢卡斯警长。

"你是傻子吗？"卢卡斯警长不耐烦地扫了他一眼，"到塔霍湖有十几英里，他们想过去处理事情就得很早上路，天不亮就从卡森城出发。我们不需要大白天的当盗贼，只要看到他们离开，找机会进去就行了。"

"进去？"

"嘿，杨格先生，别做出这样的表情，你既然知道那是米洛先生留下的房子，难道就没想过要去看看？"他又转头看着吴有金，"你呢，钱钱？难道说你没有动过这种念头？"

别用那个名字称呼我，你是什么时候把戴维那家伙叫的词儿学会的？

吴有金维持着面瘫的表情说道："我们当然想去，但我很怀疑这么些年以后那里还有没有残留的线索……就算有，是不是值得我们冒险？"

戴维觉得吴有金虽然不太可爱，但偶尔还真是有一语中的的天分。他转向卢卡斯警长，使劲点头，"对，就是这样。"

卢卡斯警长对他们俩的犹豫并没有生气，他举起双手，"我无所谓，先生们，你们完全可以自己决定是否参与这件事。我是一定会去那里的，我要知道那个'剥皮者'到底有没有在洛德镇附近搞事。当然，也许我还会发现一点儿米洛先生的东西，但会不会带出来就没法说了，我无法判断到底什么是你们觉得有价值的。"

这就是说"我自己去干自己的事儿，你们想要的东西我连多看一眼都没兴趣，要想获得有价值的线索，就得跟我配合"。

这简直跟威胁差不多。

戴维和吴有金对望了一眼，在眼神中完成了诅咒警长一万遍和最后不得不屈服这个过程。"好吧，"戴维说，"既然你要去的话……我们也可以试试，不过，我要求血狼跟着我们！"

戴维的想法真是出奇的简单——身边总得有个靠得住的。

卢卡斯警长耸耸肩："没问题，但一切行动都得听我的。我说进去就进去，我说出来就出来，哪怕你们在屋里发现了堆成山的金条，也得给我出来。"

这个要求倒没什么，戴维想，如果能在屋子里看到劳埃德的现金，就统统带走；如果看到债券，就在上面撒尿——当然前提是他们的时间够用。

这样初步达成一致后，卢卡斯警长就下楼去找他那位"鲸鱼"朋友商量去了，只留下另外三个人在房间里。

"我不喜欢他叫我钱钱，"吴有金说，"他根本不知道我的本名，我在洛德镇只说过我叫艾瑞克·吴。"

"别在意这种细节，钱钱！"戴维不知道这个人在钻什么牛角尖，"我们现在该想想当贼要注意什么。"

"不被人发现。"吴有金气馁地说。

"我们不是去当贼，"血狼说，"无论是我们还是卢卡斯警长，我们都没有想过要拿走那个'剥皮者'毛嘴子的东西，很多东西原本就不属于他。"

戴维忍不住笑起来，"你说得这么有道理，真是让我感觉到宽慰。"

吴有金也笑着摇摇头，"实话讲，我觉得我们根本不会在那幢房子里找到特别有价值的东西。按照笔记上的记录，米洛先生那些超乎寻常的点子大部分是在离开卡森城以后才记录的。"

"你发现了些什么？"

吴有金想了想，从行李中翻出那几个本子："也算不上发现，但在翻来覆去看这些东西的时候，我的确注意到一些事情。"

他把其中一个笔记本翻开，摊在桌子上。上面画着一个机械装置，有曲轴和一个复杂的齿轮组，连接在一个类似火炉的东西上，但那火炉画得很潦草，也许根本就不是火炉。在这幅图的旁边，标注着一组组的数字。

"看这里，"吴有金指着齿轮组中的一个齿轮说，"在一组齿轮中，有一个光秃秃的圆圈。"

"也许他画累了，想要省略一些。"

"那他可以把其他的都用圆圈代替，看他把阴影都画出来了，我不觉得这是种省略。"吴有金又翻到另外的一页，"看这里……"

现在是另外一种机械设计了，上面画着迷宫一样的管道，就跟小鳄鱼洗澡的管子一样，在小鳄鱼的位置，又是一组齿轮，虽然布局再次变化过，但中间也有光秃秃的圆圈，这次是大小不同的两个。

"还有好几个设计图上有那种圆圈，"吴有金说，"如果统计一下这些有圆环的图，说不定会有些发现，比如……"

"比如？"戴维摊开双手。

吴有金叹了口气，"别说我发疯，伙计，比如这些难以辨认的金属圆环其实是一种机械零件，说不定还是关键部件。"

"等等，如果说这些东西是零件，而且它们被造出来了，那是不是说明其他的部分也差不多已经被造出来了？"

吴有金耸耸肩，"也许……"

"好吧，"戴维说，"这只是个推论。最好真能在那房子里找到我们想要的东西。退一步讲，就算没有，能弄清楚那个'盖亚'矿的事情也不错。"

他们沉默了一会儿，血狼忽然开口："那个矿也许真的存在，因为我们见到过毛嘴子在地狱湖的东边出没，他们不跟我们打照面，我们也避开他们。但以前从来没有毛嘴子会到地狱湖东边，那里没有金子，也没有人烟。"

这倒是一个新情报，戴维想，不过，似乎没有必要告诉卢卡斯警长，反正他那么能干，也能调查出来，现在只要准备好晚上的行动就好了。

38

潜入，像暗夜中的阴影

令人费解的秘密

千钧一发

落入魔掌

那天晚上，在华休西风刮得正猛的时候，戴维几个就出门了。他们换上了深色衣服，戴着帽子，用沙土打扮自己——从头到脚像扑粉一样给自己拍上了黄沙。蒙克先生往他们外套上使劲地洒劣酒，让他们闻起来就跟那些探矿失败的淘金者一样，充满了酒臭味。

"然后你们歪倒在那幢房子对面的墙根下——就是挂着铁匠招牌的房子外面，没有人会怀疑你们的。"蒙克先生指点道，"那地方有个最大的好处，就是堆满了废料和酒桶，所以刮风的时候也能遮挡一下，有不少醉鬼会去那儿睡觉，你们很安全。"

"前提是我们得先赶走其他的醉鬼。"卢卡斯警长冲他的朋友点点头，"谢了，塞米，记得我跟你说的事情。"

蒙克先生用粗肥的手指做了个"没问题"的手势。

于是卢卡斯警长将帽檐压低了一些，率先走进了黑夜的风中。

戴维忍耐着夹着沙土的风和刺鼻的酒味儿，跟在警长的身后。他这辈子，除了在七年级的时候为了跟"骷髅会"的兄弟们去镇上的小剧院里偷偷看一场特别的脱衣舞秀外，再没有尝试过化装出行呢——并且那一次的行动还因为他们贴上胡子也不像成年人而失败。

他回头看了看吴有金，中国人一脸严肃，仿佛是去参加葬礼，那模样就像浑身酒味也清醒得能开平方根。

戴维又往血狼的方向看了一眼，这个印第安人真的是一个很好的猎手，在需要的时候就能收起锋芒。现在他正微微地耸起肩膀，看上去的确跟卡森城中的普通人没有区别。

于是这样一支参差不齐的队伍真的要去找劳埃德先生的麻烦吗？就好比海豹突击队员和军情五处特工带着偶尔玩 BB 弹的业余游戏宅和连枪都没摸过的和平主义者一起去解救人质。

想一想就有点眩晕呢！

但戴维已经没有退路了。他跟着一行人来到铁匠的房子旁边，卢卡斯警长用一种凶悍的姿态吓走了唯一一个倒霉鬼，为他们夺得了很好的位置。两块老旧的木板堆在地上，旁边是一辆旧马车的车辕，上面还叠着好几个空酒桶。他们坐下来，风擦着他们的脸吹过去。

对面就是那幢曾经属于凯文·米洛先生的房子。

那是一座少见的砖木结构的房子，样式简单，看上去方方正正的，似乎很结实。门廊和外墙都刷成了白色，二楼显然是加盖的，上面砖头的颜色看上去很深。两层楼的窗户都关得很严实，百叶窗帘闭合着，只能看到其中一些透着油灯的灯光。

"现在轮流睡一会儿，"卢卡斯警长低声对他们说，"我第一个，接着是杨格先生，然后是艾瑞克，最后是血狼，谁发现有动静，就提醒其他人。"

这安排倒不错，毕竟就这么干坐着也挺浪费时间的，但在这鬼地方谁能睡得着啊。戴维满心抱怨着，还是缩到了吴有金的旁边。"好歹休息一下，等会儿才有精力。"吴有金好声好气地劝说他，戴维感动地抱住他的肩膀，"钱钱，你才是最好的朋友。"他们像两只靠在一起取暖的日本猕猴一样，拉紧领口，闭上了眼睛。

风呼呼地吹着，到了午夜过后才慢慢地停了。戴维没有意识到自己睡了多久，他压根儿没想过真能在这样的地方睡着，直到被轻轻地推醒，他都还在梦中抱怨睡不着。

"看，他们出来了。"卢卡斯警长转头对他们几个轻声说。

戴维向那幢房子望去，发现门口已经站了好几个人，他们都骑着马，戴着帽子，马鞍上驮着包袱和卷起来的毯子，注视着大门。门开了，透出昏黄的灯光，一个熟悉的身影从里面走出来，虽然因为背光看不清楚脸，但是那轮廓已经足够让他们判断出这是谁。

理查德·劳埃德来到他的跟班中间，又转头对留在屋子门口的一个男人说了几句什么，就跳上了马。伴随着急促密集的马蹄声，这一行人迅速地离开了。

那道门随即关上，不一会儿，门里的灯光也熄灭了。

"他们走了？"戴维说，"劳埃德离开了，房子里只剩下一个人了。"

"是我们只看到了一个人。"卢卡斯警长说，"你们在这里等一会儿，我先进去，等我从里面打开门，你们再进来。"

"如果房子里还有其他人怎么办？"吴有金说，"你一个人进去没问题吧？"

"一个人行动要方便得多，如果有人我也不会惊动他们。"卢卡斯警长笑了笑，"我的本事可大了。"

"我跟你一起去。"血狼忽然说道，"再厉害的猎人也不能一个人对付狼群，我可以像沙蛇一样不发出声音，也可以在黑暗中看到危险。"

卢卡斯警长看看他，又看了看另外两个毫无战斗力的队友，点了点头，"好吧，希望我们运气好。"

血狼点点头,又拍了拍戴维的肩膀,跟着卢卡斯警长向着那幢房子走去。他们本来就穿着深色的衣服,不一会儿就消失在了房子侧面的阴影中。

戴维和吴有金靠在一起,有些紧张地盯着对面。现在,房子里灯光已经完全没有了,风也完全停了下来,在这寂静的夜里,除了有些蝙蝠的鸣叫和醉汉的梦话之外,似乎什么声音也没有了。

"我……"戴维开口的时候觉得声音有点沙哑,"我觉得这有点儿出格,对不对,钱钱。"

"唔……"中国人缩着双手,"我也是这么想的,我这辈子都没有想过自己会半夜私闯民宅。"

"你觉得咱们俩真的有必要进去吗?现在回头或许还来得及,我们现在就走,他们开门以后看不到我们,会结束这一切的。"

"如果他们需要支援呢?"

"我看不出咱们俩能提供什么支援,就算是电影里的贼,要撤退的时候至少外面的同伙还有辆车。"

"别用这种比喻,行吗?"

"对不起,我只是有点紧张。"

他们又沉默了一阵,气氛依然没有缓解。

"我其实不太抱希望。"这次是吴有金先开口,戴维有些茫然地看着他。

"我是说,这房子里能残留的东西,我们用得上的那些,可以帮助我们回去的。"中国人耐心地解释道。

"哦,"戴维答应了一声,"我想也是,都过了那么久了。可是现在我们没选择了。"

的确,现在只要有一点儿可能都不应该忽视,因为可以利用的本身已经很少了,多发现一点是一点。其实唯一的疑问是:他们两个战斗力基本为负值的人,是不是真的能悄悄地进去,又全须全尾地出来。

所以其实还是紧张吧。

好在这样的情绪也没有维持太久——过了十多分钟,吴有金用手肘碰了碰戴维,"看,好像门开了。"

真的,戴维眯起眼睛,借着月光和星光努力辨认。那幢房子的门的确再度打开了,但这次没有了灯光,只有一个人影探出半个身来,向着他们这边挥手。

"走吧!"吴有金站起来,用一种决绝的口气说道。

戴维和吴有金踏进了劳埃德的房子,提心吊胆、小心翼翼,活像走在雷区。尽管他们是从大门进去的,并且有卢卡斯警长和血狼一个朝外一个朝里地注意着周围的情况,尽管除了蝙蝠和老鼠,没有其他的生物会注意他们,但是戴维和吴有金还是心脏狂跳,血压升高,紧张得绷紧了全身的肌肉。

卢卡斯警长在他们身后关上了门,极其轻微的锁扣响声都让他们觉得刺耳。

"好了,"卢卡斯警长用耳语般的声音说道,"我们刚才看过了,房子里一共有六个人,四个在这里,还有两个在二楼,我和血狼保证了他们俩不会大喊大叫,也不会看到我们的脸。但现在我们还是得好好地分配一下,这房子好歹有三层,一楼二楼,还有个地下室。我们总不能干到天亮。"

戴维和吴有金立刻拼命点头,这种情况下卢卡斯警长是老大,他们的服从毫无条件。

"我们必须节约时间,先生们,趁着天还没有亮。我们分成两组,我和艾瑞克一组,杨格先生和印第安朋友一组,先分头行动,最后在一楼集合,再一起出去。"卢卡斯警长指了指下面,"好了,谁愿意先去地下室?"

听起来简直像是恐怖片里会展开的桥段,戴维觉得关于杀人分尸和召唤撒旦等等要命的剧情都会在那个熟悉的地方发生。

"我们去三楼吧,"戴维率先开口说道,"你保证那两个人都已经捆好了,对吗?"

"还堵着嘴,蒙着眼睛。"

戴维点点头,在微弱的光线中充满歉意地看了吴有金一眼。

他们就这么迅速地分开了。

吴有金站在黑暗中,模模糊糊地看着戴维和血狼走上楼梯,去到有些许灯光透出的三楼,忽然觉得自己身上有些发冷,而身边那个人轻微的呼吸声则让他的汗毛都竖起来了。

"到这边来。"一股力量拽着吴有金原地打了个趔趄,他不由自主地跟着卢卡斯警长朝楼梯旁边走过去。

"你熟悉这里?"为了摆脱尴尬,吴有金低声问道——他觉得警长在黑夜中就像猫一样看得清清楚楚,甚至还顺手折断了一截蜡烛,在楼梯下点燃。

"不,当然不,"警长小心地举着光源,朝楼上抬了抬下巴,"上头那两个白痴只要被枪口顶着脑袋,什么都会说的。"

他朝着周围看了看,在墙角看到了他要找的东西。

"哦,就是这个,"他掀开一块磨损得厉害的棕毛地毯,果然看到一个活门,"他们说劳埃德偶尔会去地下室,而且会待很久。说不定我们会在下面找到点儿惊喜。"

"他们是谁?"吴有金纳闷地问道。

"上头的两位先生,"卢卡斯警长回答,"一个公司会计,一个门房,向他们问话一点儿都不难,只需要拔出匕首装模作样地在他们脖子上比画一下,他们什么都会告诉你。再加上我身边还有个印第安人盯着他们的头皮。"

"哦。"听起来的确是没什么难的,吴有金冷漠地回应。

活门被打开了,伴随着一阵腾起的灰尘,一股霉味儿和烟味儿从里面冲出来。

吴有金皱起眉头,卢卡斯警长端起烛台,先踩实了木头台阶,走下去几步，才向吴有金伸出手，"来吗，公主？"

吴有金板着脸，"我还不至于怕黑。"

他们在昏暗的光线中慢慢地走进地下室，这里面空无一人，屋子当中有一张宽大的桌子，周围堆着不少木箱，还有几桶私酿酒。卢卡斯警长把桌子上的油灯点燃，地下室瞬间亮了不少。

吴有金仔细地打量着周围：那些砌着石料的墙面上有不少污迹，看上去已经有不少年头了；地面粗糙打磨过以后，铺上了细沙，上面残留着不少烟头和脚印；木箱子中有一部分被打开了，吴有金探头过去，看见满是稻草和锯末的填充物中间，有两瓶标记着法文的酒。

"这里似乎……没什么有价值的东西。"吴有金略微有些失望，"而且还那么乱，为什么不把东西好好地摆规矩呢？"

"别在意那些，"卢卡斯警长向他招招手，"来看看这儿，艾瑞克。"

吴有金走到他身边，看着那张桌子——

桌子上全是烟灰和酒渍，只有一小块地方稍微干净些，正好在椅子前面，似乎是重要的人坐着的位置。很多东西摆在上面，包括几张地图和牛皮纸。

"这是什么？"吴有金皱着眉头看了看，辨认着地图上的标注。

"是卡森城附近的地图，"卢卡斯警长指着图上的点，"应该是铁路修建以前的，这里没有铁路的标记。看，从这里到这里，就是洛德镇的位置，向这边走就是地狱湖。"

他皱起眉头，"不过这个地方我倒是没注意过……"

他的指头停在一个地方，那是一个红色的圆圈，标记在地狱湖东边的一个地方，看上去是在一片丘陵中。

"地狱湖东边……"吴有金挠挠头，"我记得血狼说过——"

他忽然住嘴，想起血狼的确说过有毛嘴子在地狱湖东边出没，但这个情报是他们三个人在的时候透露的，卢卡斯警长并不知道。

"他说什么了？"警长不耐烦地催促道，"现在没时间吞吞吐吐的。"

好吧，的确如此。

"血狼说他们曾经见过有些毛嘴子在地狱湖东边出没，他认识一个叫黑蛇的，跟在劳埃德身边，但不知道他们是去干吗的，那儿似乎是无人区。"

"这倒是有意思的事情，"卢卡斯警长又迅速地把其他几张地图翻出来。这几张稍微新一些，有太平洋铁路的标示，而那个圆圈还是画在原地。另外还画着一些弯弯曲曲的黑线，这些黑线连接着卡森城，还有洛德镇和铁路，甚至远远地延伸到了塔霍湖。

"有意思，"卢卡斯警长说，"这地点看上去很关键。艾瑞克，你觉得这会不会是那个矿……那个叫作'盖亚'的矿？"

真有趣，其实我也这么想。但吴有金闭着嘴，没吭声，他现在手指痒痒的，觉得这张桌子实在该好好收拾收拾，比如——他的眼睛移到了旁边的那几张牛皮纸上：

那上面用炭笔画着几幅简单的图，看上去没有什么章法，就像小孩儿的涂鸦，但看起来却有几分熟悉——那寥寥几笔显然是机械设计的主要部件，还有一些数字在旁边标注示意，重要的是，这些东西的大体结构，似乎有点像米洛先生曾经在笔记本上画过的玩意儿。

吴有金心中登时咯噔一跳。

"我们先把这些带走吧，"他对卢卡斯警长说，"在这里讨论有点不合适。"

"他们不会那么快回来，不过，反正我也是打算带走的。"卢卡斯警长迅速将这几张纸收起来，叠成小块放进衬衫口袋里。

他们端起蜡烛，打算继续搜寻地下室，但还没有离开桌子边上，便隐约听见一声闷响。

两个人同时抬起头，吴有金伸出手，指尖抖了一下。

"声音……好像是从上面传来的。"

戴维跟在血狼的身后慢慢走上了二楼。

楼上唯一的光源是一盏快要熄灭的油灯，就悬挂在走廊的墙上。在微弱的光线中，能看见两个房间，虽然都关着门，但是其中一扇完全关上了，而另外一扇则虚掩着。

戴维有些紧张，但并不害怕。这里比地下室好多了，他大概有点幽闭恐惧症，必须得待在宽敞的地方，还有一个理由是血狼在他的身边，这让他有安全感。

"咱们先去哪个房间？"戴维低声问道，"我觉得里面至少有一个是劳埃德的卧室吧。"

血狼在两扇门之间打量了一下，指着关着的那扇，"先去这里。"

他从腰上掏出一把短刀，锋利、窄小，能贴着足踝和手腕隐藏起来。他将这把刀插进门缝里，用力地撬了几下，门就打开了。

他真是无所不能！戴维想，不过还好现在并没有什么先进的机械锁或者电子锁什么的。

他们走进这个房间，里面黑漆漆的，弥漫着一股烟草和廉价香料混合的味道。月光从半开的百叶窗外面透进来，隐约能看清楚屋子里面的情况。

这里显然是劳埃德的房间了，它的陈设是这幢房子里最好的，而且出乎意料地干净整洁。这让戴维有点意外，但想想也并不奇怪——也许理查德·劳埃德的内心和这房间一样，有着极为细致的布局，他把自己的东西都归纳到位，收藏在家具里，轻易不会让人找出来。

"这里很新，"血狼吸了吸鼻子，"木头和石料的味道都很新。"

戴维注意嗅了嗅，也发现房间里还有一些石灰和木料的气息，隐约还有点油漆味儿。

这个年代还没有开始用甲醛吧，他惋惜地想，如果有就好了，劳埃德应该每天都呼吸一点儿。不过既然这么新，说明房间里往日的痕迹被遮盖了很多，已经找不到什么残留了。

"先看看这个毛嘴子有什么，反正来也来了，而且还有点时间。"他学着印第安人的口气说道，"风刮起来都要带点沙呢，咱们不好空手而归，对吧？"

在微弱的光线中，血狼的表情带了点惊奇，但随即就笑起来，"说得不错，白皮白骨。"

是啊，戴维隐隐有些得意，他也觉得自己这次的修辞用得不错。

他们在房间中搜寻起来，小心翼翼地不弄出太大的动静。戴维努力控制着自己不要太贪婪，不要试着将橱柜抽屉里的那些镶着祖母绿宝石的包银酒壶拿走，也不要看到圆形的黄金袖扣就动心——天啊，那上面的鹰型浮雕可真不错。

看来淘金真的是一门不错的投资啊！戴维开始理解那些终日在山脉和交易所中流连的邋遢鬼们了。

"都是些没什么用的东西，"血狼说，"华而不实，越是想要，越是永远不能满足。"

"说得很有道理，但……有一个也不错啊。"戴维恋恋不舍地把一个袖扣在手上颠了颠，放回抽屉里的绒布面上。正当他要关上抽屉的时候，忽然又犹豫了一下：

这抽屉看上去很大，但天鹅绒布面却并不需要那么多空间，说不定下面还有一层，放着金表和钻石戒指什么的。

我就看一看——戴维欺骗自己，同时拿起了放袖扣的那层绒布面。

抽屉里果然还有一层绒布面，但里面却没有金表或者金币什么的，戴维伸出手摸了几把，抓起了几张纸。

难道是债券？戴维心中惊喜，要知道在这个时代能搞到几张金矿的原始债券那可真是发大财了！

"好了，我们该去别的房间了。"血狼在他身后提醒道，同时关上了一扇柜门。

关于金币的叮当幻想被打断了，戴维一边回应着，一边也来不及看，就把那几张纸叠起来塞进了口袋里。

他们走出房间，小心地关上门，又去了隔壁。那扇门虚掩着，里面看上去没有什么光亮，戴维低声问血狼："你和警长搞定的那两个人，是不是就关在这里面？"

"只有这里可以暂时借用一下，"血狼推开门，"他们的眼睛蒙着，手也捆着，不会有问题的。"

戴维跟在他后面走进了房间，里面黑漆漆的什么也看不清，戴维忽然撞在了血狼的背上。

"干吗突然停下来……啊！"

他的后半截话被一股力道打断了，血狼突然推了他一把，接着他感觉到一阵风掠过跟前。接着他仰面跌倒在地上，而血狼跟一个门里蹿出来的黑影扭打在一起！

这到底是怎么回事？戴维在心底怒吼，你们好歹把那两个人捆结实点儿啊！现在这个时代没有手铐吗？

但他的腹诽还没有结束，又有一股力量突然从后面勒住了他的脖子。这力道如此大，简直让戴维差点窒息！他想要咳嗽，但只能从喉咙里发出含糊的呻吟。他就这样被往后拖着，像一条冲上沙滩的海豚。

不！

戴维用手去拉脖子上的胳膊，但对方不但丝毫没受影响，还从旁边又伸过来一双手，按住了他乱蹬的双腿。

竟然不止两个人！戴维惊恐地看着门里面，那正在跟血狼搏斗的又是谁？

大概是血狼听到了他喉咙里的呻吟，印第安人努力摆脱了对手，朝外面迈出一步，看到戴维被往外拖，就向他跑来。然而血狼并没能赶过来，后面的袭击者揪住了他的衣服，狠狠地给了他的肋下一拳。这偷袭让血狼撞到了墙上，他不得不再次回身去对付那个人。在这短暂的时间里，戴维借助微弱的光线看清楚了血狼的对手——

一个身高体壮的黑人，绝对超过了六英尺，看上去全身的肌肉都要撑破衬衫了，比"大鲨鱼"奥尼尔①还要壮。

这哪里像会计和门房啊！难道劳埃德雇佣的人都是海格②那种类型的吗？这些人到底是从哪儿冒出来的啊！戴维一边飞快地思考，一边担心血狼，还有楼下的吴有金，他要发出一些警告。

身后的两个人已经把他拖到了走廊上，他们正在用绳子捆他，还想用臭烘烘的东西塞住他的嘴。戴维终于逮着机会往一只手上咬了一口，背后的人疼得叫了一声，接着捉住他的人力道一松，戴维稍微轻松了一点，他把走廊上堆着的一个木箱猛地掀起来，落到了一楼地板上，发出咚的一声巨响。

但紧接着他又被摁到了地板上，那恶臭的东西终于塞进了他的嘴里，四只手把绳子缠到他身上，他终于完全没法动了！

见鬼，这到底是怎么回事？

---

① 沙奎尔·奥尼尔，美国著名篮球运动员，外号"大鲨鱼"，身高2.16米，体重147千克。

② 鲁伯·海格是《哈利·波特》系列小说中的角色，人类和巨人的混血儿，是霍格沃兹魔法学院的看门人，也曾担任神奇动物课教师，是哈利·波特的好友。

39
就这么被捉走了
真人体验秀
坐标啊坐标
救援的打算
重新走入沙漠

戴维已经毫无反抗之力了。

他现在被捆得像个木乃伊，连一个刀片都插不进绳子和他的皮肉之间，而且他一点儿也不敢想塞进嘴里的东西到底是什么。唯一值得庆幸的是，他的眼睛还没有被蒙起来，所以他看到血狼和那个黑人撞进了房间里，随即就响起一片稀里哗啦的声音。

戴维没空同情劳埃德先生的家具，只迫切希望血狼别被那黑大个儿给打垮，另外他也无比期待警长和钱钱能及时出现，帮上点儿忙。

但他的期望很快落空了。

他被那两个人像拖包袱一样拖着，顺着楼梯往下走，他的背部、屁股和腿不断地撞击着台阶，就好像被人用木棒乱揍一样。

肯定都有瘀伤了！就不能抬着自己吗？戴维在心底怒吼着，嘴里却只能发出呜呜的声音。

他很快被拖到了一楼。其中一个人打开了门，另外一个则叫了一声，从腰上掏出了什么东西，这时戴维听到了警长的声音，还有连续的枪响。

他努力地想要抬起头来，但拖着他的那个人似乎更着急了，拽着他就冲出了门，另外一个人也退了出来，他们把他像个口袋一样丢上了马背，接着就是剧烈的颠簸。戴维面朝下地搭在马鞍上，胃部被猛烈撞击着，残存的一点食物带着酸味涌到喉咙里，又被那恶臭的东西堵了回去——

这真他妈不是人受得了的！戴维简直要疯了——天啊，血狼、钱钱，或者是警长阁下，随便谁赶紧来救救自己吧！

但是戴维并不知道，他的祈求并没有什么用，因为就算是知道他被拖出了门，被毫无尊严地掳走，其他三个人也没法帮上哪怕一丁点儿忙。

血狼依然在二楼跟"奥尼尔"缠斗，而当警长他们开枪还击着赶到门口的时候，只看见两匹马绝尘而去的背影，钱钱想要赶上去，但警长已经果断地转身到楼上去帮血狼了！

当他三步并作两步地跑到二楼时，血狼已经被那虎背熊腰的黑人给撞到了墙上。卢卡斯警长毫不犹豫地向着那边开了一枪，墙上被轰掉了一块皮，"奥尼尔"顿时愣住了，接着他忽然蹿进了旁边的房间。

卢卡斯警长和血狼紧跟着冲了进去，只来得及看到他黑乎乎的影子从窗口一跃而下，地面传来一阵稀里哗啦的声音，那家伙用难以置信的速度迅速地逃走了。而几乎与此同时，有尖锐的哨声从另外一个方向响起来，卢卡斯警长从窗户边缩回身子，把枪插回套里。

"卡森城的警察马上就要到了。"他对血狼说，"我们开了枪，动静太大了。"他又回头看了一眼这个房间，很快就在墙角看到两个已经毫无知觉的人，身上和嘴巴上还有他们绑着的布条，但头却以一个诡异的角度扭在一旁。

"那些人是谁？"血狼抹了抹鼻子下面的血，他的嘴角也破了，脸颊上青了一大块。

"我不知道！"卢卡斯警长说，"反正肯定不会是劳埃德的人。"

这时吴有金也从门口跑了上来，紧张地说道："好像有人来了，赶紧走吧！"

"估计也来不及了，"卢卡斯警长稍微整理了下头发，"没关系，我认识这里的警长。现在没有人证了，我可以让他相信我们是来抓贼的。"

血狼看着吴有金，愣了一下，问道："戴维呢？"

有一阵子的安静，接着卢卡斯警长低声说："他们带走了他，但我们会把他找回来的。"

血狼站在原地，没有说话。

卢卡斯警长难得地伸手拍了拍他的肩膀，又检查了一遍房间，才对吴有金说："走吧，我们到下面去。不过等会儿你们两个最好别说话，虽然杰克·福斯特警长人还不坏，但他不怎么喜欢有色人种。"

哦，又一个种族歧视者，吴有金冷冷地想，反正他也不是第一次碰到。

三个人来到一楼的时候，急促的马蹄声已经在门口停了下来，四五个大汉从马上跳下，其中一个身材瘦高，匆忙中也没有戴帽子，露出了铮亮的光头。

"站住，先生们！"他和他的人拔出手枪指着刚刚走出大门的人，"我想你们聪明的话就把手举过头顶。"

"杰克！"卢卡斯警长高声招呼道，并且把自己的脸从阴影中移到亮光里，"放松点儿，你要捉的人不是我们！"

那个光头男人愣了一下，放下了枪，"哦，天啊，德拉克！怎么会是你？我没看错吧，这是劳埃德的房子。"

"不，你当然没有看错。"卢卡斯警长笑着走下台阶，"实际上可能是一个误会，让我来跟你详细说说。"

"你是应该跟我说说，但还得等等，"这个叫作杰克·福斯特的治安官① 冲后面的人偏偏头，"'乌鸦'、老温克，还有你，刺猬头，你们进去看看。"

他的下属们答应了一声，陆续钻进了门里，吴有金和血狼被他们粗鲁的动作挤到了一边。

"里面有两个死人。"卢卡斯警长一边说一边走到他的同僚面前，"杰克，碰上这事儿算我倒霉，我只是在菲尔德太太的店里耽搁得太久了，带着我的朋友们回蒙克的店里，但是在路过这房子的时候看见二楼的灯光里有人影扭打在一起，接着有人惨叫了一声，声音不太大，我们就想着去帮帮忙，谁知道那伙人有枪。"

"你们交火了？"

"当然，我可不是喜欢站着当靶子的人。"

"他们逃走了？没打中一个？"

"哦，杰克，杰克，这黑灯瞎火的，就算是只大象也打不中啊！"

福斯特警长用枪托擦了擦光头，笑起来，"他们是来偷东西的吗？"

"我不知道，"卢卡斯警长说，"反正我们在二楼发现了两个死人，估计是他们干的，都捆着呢！"

"你看清了吗？有几个人，长什么模样？"

"三个，其中一个是很高大的黑人，就像野牛一样强壮。"

"黑人？"福斯特警长挑了挑眉毛——尽管那地方光秃秃的就如同他的头皮，"有意思……"

卢卡斯警长压低了声音："怎么，杰克，你知道是谁？劳埃德可不是普通人，敢到他的房子里来偷东西杀人的，应该也不得了吧？"

福斯特警长的脸色变得有些诡异，但他没有回答这个问题，而是把目

---

① 其实卢卡斯警长和杰克都是"治安官"（Sheriff），不过有时候也翻译成了"警长"，所以卢卡斯其实是乡镇一级的治安官，在那个小地方也是执法官，而杰克相当于就是大一点的郡县里的治安官，逐渐会靠近城市里的那种警长，但是本文中一直用"警长"这个翻译，其实他们俩的实际职务还是治安官。

光移到了卢卡斯警长身后。

"哦，德拉克，瞧瞧你，"他用那样一种嫌弃的口气说道，就好像突然嘴巴里涂了狗屎，"一个中国人，一个印第安人，你现在就交这样的朋友吗？"

"我从来不在这些方面挑剔朋友，你知道的，杰克。"

"所以你就喜欢窝在洛德镇那种地方。"

"实话说，那里挺不错的。"

他们俩不怎么和谐地闲聊了两句，直到一个警察从房子里走出来，报告说楼上确实发现了两具尸体，而且打得乱七八糟的，很多东西都被翻找过。

怎么看都像是盗窃杀人。

福斯特警长终于把枪插进了腰间，他拍了拍卢卡斯警长的肩膀，"行了，德拉克。也许今晚不能睡了，走，到我那里喝一杯怎么样？"

这个混乱的夜晚在杰克·福斯特警长的地盘迎来了终结。

这是一幢相对体面的建筑，应该盖起来还没有几年，立柱和外墙上刷的灰浆还没有完全剥落，漂亮的木门上也没有裂缝。在大厅里的地板上，锯末新鲜得散发着木质的气味。

吴有金和血狼坐在房间的角落里，看着卢卡斯警长被他那位同行当作正经人邀请到了桌子旁，平等地坐在同样款式的木椅子上。杰克·福斯特从抽屉里拿出他的威士忌，他们俩低声交谈，吴有金竖起耳朵全神贯注也听不清到底说了什么。

现在他感觉有点冷，之前因为剧烈运动和担惊受怕而出的汗已经干了，衬衫和内衣都贴在皮肤上。他坐在椅子上，手脚似乎都麻木了。

他的眼前不断地浮现出戴维被拖上马劫持走的情景，心中就好像扎了根刺一样。他不知道自己到底在想什么，是愧疚当时没能把戴维救下来，还是后悔没有坚持追上去？或者是怨恨卢卡斯警长没有在第一时间想到拯救戴维？最后他克服了这些情绪化的念头，勇敢地承认是自己没用才帮不上忙，同时也理解在那种情况下想要救人基本上是不可能的。而且此时此刻，卢卡斯警长跟那个种族主义者的谈话也正是想办法救回戴维的方法之一。

"我不喜欢这里。"血狼忽然对吴有金说，他的脸上带着伤，血口子和青紫色的肿胀看上去有点吓人。

"我也一样。"吴有金苦笑着说，"洛德镇里偶尔有人叫我'中国佬'，可他们愿意跟我一起喝酒，或者坐在一个酒吧里。在这儿……我老觉得自己只是个洗衣服的。"①

"而看我，就像看一只动物。"血狼说，"毛嘴子适合生活在这里，我们都不适合。"

他用天生的敏感觉察到了卡森城的危险，吴有金心想，而且说得还挺有道理。

"我们得尽快离开这里，"吴有金说，"当务之急是把戴维找回来。你会追踪术吗？我记得印第安人在这方面似乎很厉害。"

血狼点点头，"我们可以在旷野中追踪猎物，万物走过都会留下痕迹，只要我们想要寻找，就总会找到的。不过，时间会洗掉痕迹，所以我打算今天就去寻找戴维。"

他的口气听起来很坚决，并且没有考虑过是否需要征得吴有金和卢卡斯警长的同意。

"我会跟你一起。"吴有金说，"不过先看看警长能问出点什么线索来。"

没人费心想过给他们倒点儿喝的，甚至没有人打算多看他们一眼。终于，在吴有金和血狼被当作透明人丢在那里半个多小时后，卢卡斯警长和杰克·福斯特最后碰了一次杯子，站起身来。

"祝你好运，德拉克。"福斯特警长拍拍他的手臂，"这件事我会跟劳埃德先生说清楚的，跟你们无关，但得等他回来以后……你现在不必留在卡森城，反正洛德镇离这里也不远，如果有需要的话，我会派人去找你的。"

---

① 当时很多华人在美国西部的生意是做佣人和开洗衣作坊。

"谢了,杰克!"

卢卡斯警长抬抬帽檐,转身向吴有金和血狼走来。

"看你们的样子真是难过,也许现在只有回到塞米的店里吃点热乎乎的东西才能缓过气儿来。"

吴有金憋着气跟他走出了警察局的门,这才忍不住问道:"怎么样,你向那混蛋问到什么了? 是谁抓走了戴维?"

"劳埃德的对头,"警长说,"当然了,他的对头很多,但跟血狼搏斗的那个黑大个儿泄露了他们的身份。走吧,小伙子们,天都快亮了,我们可以边走边说。"

毫无疑问,理查德·劳埃德有着不怎么好的名声,不过他的势力和财力也足以让人忽略这一点。他隐秘的发迹史是内华达州许多人都听说过的,大家心照不宣,在积累资本的过程中,他并没能完全消灭他的敌人。而且,如果想要进一步成为矿产大亨,他还得不断地制造新敌人。他购买过一些矿藏,用不怎么光彩的方式,有不少还挺成功的,不过另一些虽然弄到了手,但留下了隐患。比如现在遇到的这个,据说就是在靠近地狱湖的另外一个山区,他开始想要入股,后来觉得自己全资更棒,于是他在股票上动了点脑筋,让另一个股东相信自己在轮盘赌上有超乎寻常的运气,又放出假消息说另外一个砂矿可能很快就会确认,这样他就顺利地把那倒霉鬼踢出去了,他也成为那个矿最大的股东,狠狠地赚了一笔。

被他坑得精光的股东叫作温吉利·维纳,来自南方,最出名的并不是他的愚蠢,而是手下那个被解放的黑奴,外号叫作"参孙"。当然没有人搞明白为什么会用这个名字来给一个黑人起外号,但大家都承认,至少从体格和力气上来看这并无不妥。他离开时就像来到这里的时候一样,兜里只有一百美元,以及一个黑人随从。那是三个月前的事情了,谁都没有想倒维纳先生居然还带着人重新回来了,并且如此大胆而直接。

"这么说,能确定是那个叫温吉利·维纳的人带走了戴维吗?"

"不一定是本人,我觉得更像是雇佣的。"卢卡斯警长说,"要知道作为一个没什么本事的南方小少爷,他走运的时候大概还有点男子汉气概,不走运的时候也不会有勇气自己亲自出手报仇的。"

"他们来劳埃德家里是想干什么呢?偷东西?"

"或许目标是证券和股票。"卢卡斯警长推测道,又转向血狼,"你们在楼上的时候有没有发现什么?"

"也许戴维发现了。"血狼说,"他打开过一个柜子,那里面似乎有些东西。"

"但你没看清楚是什么?"

"房间里很暗,而且我们并没有在同一地方。"

"好吧……"卢卡斯警长说,"也许这能说通为什么他们要带走戴维。他们应该是在我和血狼捆好了里面的人和回来找你们的那个空当里潜入的。他们知道我们不是劳埃德的人,所以没有要正面冲突,说不定还想看看我们打算做什么。也许维纳是命令过他们要找什么东西,带走戴维只有两个可能:第一,他们发现戴维拿了他们的东西,干脆就带走了他——当然这方法比较笨;第二,他们没有找到想要的东西,却无意中发现了劳埃德的另外一拨敌人,所以他们带一个人质回去交差。如果他们明白敌人的敌人就是朋友的话,应该不会伤害戴维的。"

吴有金怪里怪气地问道:"你是想说暂时不用急着去救戴维吗?"

"你就像只奓毛的猫。"

吴有金立刻就要亮出爪子。

"少安毋躁。"卢卡斯警长说,"我们当然要去找戴维,反正他已经不是第一次被带走了,但我们首先还得带上马和手枪,对吧?另外,你还记得我们在地下室里看到的那个矿的位置吗?"

吴有金猛地想起来:"那个……也是在地狱湖附近,你是说劳埃德侵吞的维纳的矿就是那个?"

"我可没这么说,但有可能就是'盖亚'。"卢卡斯警长用手指点点脑袋,"他的人又在交易所融资,寻找新的合伙人,说不定就是故技重施。"

他看了看血狼，"怎么样，伙计，你怎么想？"

印第安人安静地看着他，"我不太懂你们毛嘴子的争夺游戏，我只需要救回我的朋友，只要你愿意这么做，我就会跟着你。"

"很好，"卢卡斯警长说，"那我们先跟塞米聊聊，然后天一亮就出发。"

戴维简直想死！

他觉得自己如同要被挤干水分的海绵宝宝，又或是被汤姆踩在脚底的杰瑞，离死亡就差那么 0.01 毫米。他不是第一次像个货物一样被扔在马背上驮着，但跟血狼对待他的方式比起来，这回的劫匪们简直就像是 SM 爱好者一样，每一个动作都是为了让他发出更凄厉的惨叫。

他大头朝下，肚子被坚硬的马鞍顶来顶去，仿佛要得胃穿孔了。他的脑袋充血、发昏，眼泪、鼻涕一起流，汗水顺着额头往下滴。唾液和胃液把堵着嘴的东西都浸湿了，牙根和舌头发麻，连下颌都仿佛不属于自己了。

而且以上这些真的都还不算什么，更为屈辱的是，每当他痛苦得不能忍受而拼命扭动身体的时候，身后的劫匪就会用鞭子狠狠地抽打他的腿和屁股。

戴维不无怀念地想起了被血狼俘虏的那一次，原来当时印第安人真的顾及过他的感受——至少把他扛在马背上的时候，行走的速度还控制在他能接受的范围内。

他估计自己还能坚持三十分钟——或者最多一个小时——之后就会死于窒息，或者是因为羞怒交加而引起的脑溢血、心脏骤停什么的。

但实际上他坚持得比他想象的要久，大概也就过了一百万年那么长吧，两个劫匪停了下来，跳下马，同时把他拽下来，扔到地上。

我的手臂就算没断肯定也骨裂了！戴维悲愤地想，从喉咙里发出呜呜的声音。

一个劫匪终于拽出了他嘴巴里的破布，戴维立刻呕出一股酸水。

现在天已经蒙蒙亮了，但周围还是很黑。旷野之中，东方天际的那一线灰白的边儿上，树木和岩石黑漆漆的影子已经可以看得见了。再过一会儿，天就会大亮，戴维就能够清晰地看清楚这个地方，然而这并没有什么用，反正他也知道自己是个异乡人，对于这片沙漠戈壁陌生得就像袋鼠到了南极。但他意识到，天亮以后他就会完全地看清这两个劫匪，那时候或许他们觉得要么干掉自己，要么挖掉自己的眼睛，二者都会是一种比较好的选择。

"嘿，乔伊！"一个劫匪对他的同伴说道，"咱们到哪儿了？没跑错方向吧？"

"没有，"那个被叫作乔伊的劫匪回答道，摘下帽子，他光秃秃的头顶上反射着微光，"我的眼睛就算在夜里也像老鹰一样锐利，相信我，维纳先生说的就是这里。'"

"真是奇怪，为什么要在这个地方碰头？"第一个劫匪抱怨着，靠在一块石头上坐下来，不一会儿，戴维看见他身前燃起一簇小火苗，接着有个红点儿一明一暗地亮起来。

"那屋子里没有他要的东西，肯，我们今晚白跑了一趟，还碰上了别的倒霉鬼。我说，那个叫劳埃德的家伙得罪的人可不少。"乔伊絮絮叨叨地抱怨，带着一点儿法国口音，"你说他会相信咱们吗？不管怎么样，咱们干了这活儿，他就得把剩下的钱付了；如果是想接着再干一次，那可就得另外给钱了。"

"没错，希望他讲点儿道理，"另外那个劫匪朝着戴维的方向抬抬手，"咱们可还给他带了个礼物来，他应该很想知道还有谁也要对付劳埃德吧？"

他们向戴维看过来，那个秃顶的乔伊问道："喂，小子，你到那房子干吗？想偷什么？"

当个普通的蟊贼或许生存的概率会高一点儿，戴维揣测。"我只是想看看有什么值钱的，"他决定撒谎，"我不是本地人，我只是知道这个屋子的主人出门了，想碰碰运气。"

两个劫匪同时哈哈大笑起来，被叫作肯的那个笑得尤其大声，他又吸了几口烟,然后朝戴维走过来,猛地抓住他的头发。

"你觉得我们是傻瓜?"他边笑使劲摇晃他的脑袋,"我们看到你和那个印第安人了,你们对劳埃德并不陌生,还有你们的另外两个同党,都是有备而来的。"

戴维觉得自己的头皮都要被揭下来了,他没骨气地叫疼,这似乎让肯感觉到愉快,他终于大发慈悲地松了手。"想想你该怎么回答我,小子。"他说,"如果你还可以帮点忙,我们就当送给维纳先生一个小礼物,如果没有,我想你只会对郊狼和秃鹫有点用处了。"

又要撒一个谎,半真半假,戴维现在并没有感到害怕,只是相当无力地发现,自己这几个月来撒的谎都快要赶上整个青春期的量了。

"我们……我们的确是冲着劳埃德去的,"他慢吞吞地说,同时在脑子里飞快地写剧本,"他坑了我们的钱,我们只是想找点补偿……那家伙是个恶棍,他卑鄙无耻,说好了给我们新矿的股份的……"

至少他说的里面有些是真的。

"哦,我懂了,"乔伊点点头打断了他,"那个劳埃德看起来是不讨人喜欢,但这跟我们无关,我们只是干活儿的。不过……今天晚上你们却让我们的活儿干得不漂亮,这事儿可很重要,现在我们必须把你交给维纳先生,你得向他说明,也许接下来你们可以多合作,这也算我们从另外一个方面完成了工作。"

连当劫匪都这么没有敬业精神,戴维忍不住有些鄙视他们,但他知道自己的生命安全暂时有了保障。

乔伊接着说道:"现在我们需要等到天亮,等维纳先生来了以后再考虑接下来怎么办。"

天很快就亮了,天空从浅灰渐渐地转白,然后就是金红色的朝霞。

卢卡斯警长走出大门的时候,阳光正好直射到他的脸上,他微微地压低了帽檐,下了台阶。门童殷勤地为他牵来了马,他丢给那孩子一枚硬币,开始检查辔头和马鞍。

"德拉克，"蒙克先生从门口费力地跑下台阶，把手里的东西递给他，"喏，我总算是弄完了。你这小子，几乎每次来都会给我找麻烦。"

"在卡森城没有什么事情对你来说是麻烦，"卢卡斯警长冲他的好朋友挤挤眼，"我知道你的能耐，塞米。你真要想做点什么，比治安官和州长阁下都还要容易。"

"那都是因为我一直远离麻烦，这就是我们最大的不同。"蒙克先生压低了声音，捏了一把卢卡斯警长手里的东西，然后放开他，"这份地图上我已经标注好了线路，你说的地狱湖东边的那个地方，如果我猜得没错，就是有人在我这儿议论过的隐矿脉'盖亚'。但你得自己去找了，朋友，那地方没有几个人真的去过，我只能祝你好运。"

"谢谢，这很有用。"卢卡斯警长打开地图看了看，又把它揣进了怀里。

"你一早离开是对的，"蒙克先生又说道，"就算你骗过了福斯特警长，他还是会在劳埃德回来以后转告他的，你们干的事儿他一听就明白。卡森城是他的地盘，他会让你不好过的。"

"他要真赶上我们至少还需要两三天的时间，我希望在这个空当里能把戴维找回来。另外……"卢卡斯警长顿了一下，"你觉得暂时借用一下维纳的人怎么样？"

"他很好说服，他的'参孙'也是，但他雇佣的人绝对不了解劳埃德，说不定是逃亡的亡命徒，你最好小心点儿。"

"谢谢，塞米。"卢卡斯警长在蒙克先生宽厚的胸膛上捶了一下，"我就知道你还是很爱我的。"

"当然了，伙计。你从棕熊的嘴巴里救过我，没人比我更愿意你健健康康地活着。"

他们拥抱了一下，卢卡斯警长越过蒙克先生的肩膀看到吴有金和血狼正好也走出了大门，他向他们招招手。"上马吧，先生们，"他大声说，"我们又得进入沙漠了，你们最讨厌的那个地方。"

40
拐向洛德镇

坏人的套路

不, 我不是个懦夫

西部花木兰

太阳已经完全升起来了, 辉煌的金色还没有变成残酷的炽白, 只是恰到好处地驱散了夜晚的寒气, 让温度变得怡人。

戴维坐在地上, 因为温度的回升而缓了口气。他的手脚还被绑着, 因为长时间不能活动而有些麻木了, 他想起了那些因为捆绑时间太长而肢体坏死、不得不截肢的故事, 心中充满了悲哀——他竟然不能带着完整的躯体回去。

好在阳光照着他的时候, 皮肤上的温度又让他有了点希望, 虽然夜晚的低温和一路上的折磨让他冷得发抖, 但现在他活了过来, 重新有了对抗这两个劫匪的力气。

叫作乔伊和肯的两个恶棍很放心地席地而坐, 靠着岩石休息, 秃头的乔伊甚至打起了呼噜。在日光下，戴维总算看清了他们的模样，乔伊的鹰钩鼻和突出的下颌让他活像一只秃鹫，而肯身材粗短，嘴部宽阔，活像一头龇牙咧嘴的比特犬。

一看就不是好人！戴维在心底咒骂，长成这样就是为了方便在通缉令上画出特征。

他们一定杀过人，并且对此不会有任何心理负担。戴维虽然知道他们现在还不至于杀了自己，但如果他稍微轻举妄动，这两个家伙肯定不介意多"教育教育"他。

现在唯一的希望，就是他们的雇主，那个叫维纳的人能通情达理，明白他不是他们的敌人，放了他只会增加对抗劳埃德的力量。他不会计较维纳的人对自己和血狼做的事儿，只要大家有同一个目的，其实应该很好沟通……

戴维一边把事情朝好的方面想，一边小幅度地扭动着身体——如果他的肢体没有那么麻木，也许逃跑的时候，会增大成功的概率。

就这样熬到了太阳褪下温情脉脉的面纱，露出残忍的火热面目，气温热得让人开始出汗的时候，远处终于出现了两个人影，他们骑在马上，从一片缓坡上下来，烟尘在泛白的日光中飘扬起来。乔伊和肯像是有感应一样，不约而同地爬起来，他们向那头望了望，接着招招手。

两个人走近了，其中一个身材魁梧，就好像黑色的本·格瑞姆[1]。戴维认出他就是昨晚跟血狼打得难分难解的黑人。对于血狼竟然能跟这种体格的人较量，戴维心中是充满了敬意的。

黑人身边的那个人，则显得又矮又瘦，看上去年纪也不大，最多三十岁，顶着一头蓬乱的浅黄色头发，他努力地想要让它们听话，但只靠手撸一撸而没有一顶合适的帽子显然是不行的。他脸色发青，黑眼圈重得像被人揍过一样。他穿的衣服看上去还不错，但靴子磨损得厉害。另外，他像大多数男人一样在腰上插着一把枪，不过那皮带收得不紧，枪套都快掉

---

①《神奇四侠》里的石头人。

到膝盖了。决斗的时候他会因此而送命的,戴维觉得,至少掏枪的速度够对手给他七八个窟窿的了。

他们走到乔伊和肯面前下了马,两个劫匪立刻打招呼。

"日安,维纳先生。"乔伊对瘦小的男人说,"我以为你会早一点到的。"

"嗯哼,"对方从鼻子哼出了他的蔑视,"你们定的地方让我不太满意,你们的活儿干得也让我不满意。'参孙'跟我说,你们跑得比他快。我可不想计较你们有多胆小,我只想知道要你找的东西到底有没有给我找回来?"

他的口气真欠揍,戴维想,就活像自己工作中的那些客户。这么一想,他突然觉得乔伊和肯也不容易。

秃顶的"乙方代表"和气地笑笑:"我们接受这个工作的时候可说清楚了,这事是碰运气,而看起来您的仇人也不是个简单人物,这一点您雇佣我们的时候可说得不太诚实。"

这是两个亡命徒,而且不是本地人,戴维大概也能猜到,在卡森城这一带估计是没有人敢去招惹劳埃德先生的,维纳想要报复,对这两个人一定有所隐瞒,所以现在这两个绑匪要毁约也是理直气壮。这就是传说中的狗咬狗了吧……

维纳用阴气沉沉的眼神看着乔伊,"这么说起来,你们空手回来了?"

"也不能这么说,"肯走上来,抓住戴维的领子,像拖一头死猪一样把他拖到了维纳的跟前,"我们在那个人的房子里遇到了另外一伙人,这是其中一个。他们看起来有同样的目的,或许能给您提供点新的思路。"

维纳青白的脸颊有些泛红,他怒气冲冲地瞪着戴维,又看看肯,"我要这个废物干吗?我要我的债券!那些不记名债券!你们这些蠢货,这些小偷小摸的毛贼跟我要的东西完全不同!"

"哦,先生……"戴维受不了他尖锐刺耳的声音,呻吟着说,"请不要把我当成一个普通的小偷,我想现在咱们之间肯定有点误会……"

他这时候不得不打起精神,用最声泪俱下的表演控诉理查德·劳埃德卑鄙下流地骗了他和几个朋友,让他们干了活儿又不给他们应得的报酬。他结合了自己私下的编程活儿却被拖欠了报酬的愤怒,何况说劳埃德的坏话并不是什么困难的事,甚至算是真情实感的自然流露,所以他的表演显得相当可信,他能看到维纳看他的眼神渐渐柔和了一些,最后似乎有些同情了。

"这样啊……"最后维纳问道,"那么,你们到那里去是打算找什么呢?"

"据说他在家里藏了很多金条,还有他购买的钻石和宝石,我们觉得那里面应该有一部分属于我们。"

维纳露出鄙夷的神色,"所以你们活该被他骗!他才不会把侵占的钱都变成实物,那些股票和债券才是重点。他那些阴险的手段让他偏好不记名债券,只有拿到这些,才是最有用的。"

说起来就好像你聪明到没有被他坑过一样,戴维努力做出敬佩的表情看着维纳。

"您是对的,先生。"戴维对他说,"也许我们可以合作,毕竟我们都渴望让那个恶棍受到教训,几个人的力量总比单打独斗要好,您应该考虑我的建议。"

维纳的手指不自然地揉搓着鞭子,似乎在评估他的话。此刻乔伊说道:"我建议您接受这个建议,先生。再去那个房子里拿东西可能不会那么容易了,换个方法说不定更好。"

"我们可不会再去第二次了!"肯也补充道,"我是说,咱们当初收的钱是干一次活儿,你没告诉我们这房子主人的真实底细可是让我们承担了风险的,如果没有合理的价钱,咱们的合作就此终止吧。"

他的直白把维纳先生气得脸色泛黑。

"你们要毁约?"维纳先生不自量力地就想要去掏枪,但肯的速度显然更快,在维纳的手指还没有摸到枪套的时候就已经瞄准了他的头。

"我杀了八个人,其中有七个是试图对我动枪的。"肯恶狠狠地说,"为了你好，先生，别碰你那玩意儿，让它好好当个装饰品就行了。虽然你有'参孙'，但相信我，现在手枪可比蛮力好用多了。"

黑人捏紧拳头哼了一声，但是没有轻举妄动。

维纳先生的脸因为屈辱而泛红了，还好这个时候乔伊来圆场了。"我们并不想跟您过不去，维纳先生。"他说，"我们是诚实的人，只想赚点钱凑够路费，内华达州不欢迎我们，我们得找新的地方。如果您愿意付钱，我们当然也是非常乐意工作的。我们带来这位——"

他转向戴维。

"杨格，戴维·杨格。"

"是的，这位杨格先生，显然他和您的目的一样，哦，不，至少是一致的，这也算是我们帮了您的忙，对不对？从这一点来说，我们可是很敬业的。"

被枪指着头的时候，这话还是有点分量的。戴维很佩服乔伊和肯的谈判技巧。

虽然脾气暴躁又无能，EQ 基本上是负数，但好歹维纳还能够审时度势，他勉强点点头，承认乔伊说的有道理，并且同意解开戴维的绳子。

"现在我们两方都还没能拿到自己想要的东西。你有什么想法，杨格先生？"维纳问道，"总之，我暂时是不会回卡森城的。劳埃德听到消息后会在卡森城严加防范，我们可能都需要避避风头。"

戴维表示完全同意他的意见，但是既然要合作，就得跟同伴们一起商量商量。他需要联系上昨晚的另外三个人。

"他们很厉害的，比我强得多，"戴维真诚地说，"也许您愿意跟他们谈谈，维纳先生。"

这个瘦小的男人瞟了乔伊和肯一眼，阴阳怪气地说："再厉害的我也见识过了，反正都没看出来，不过既然如此，还是先试试看吧。你说的那几个人，怎么联系上他们？"

戴维被问得有些茫然：其实他不太知道现在该怎么办。回卡森城去找钱钱他们可不一定能找到，因为劳埃德肯定会知道昨晚的事情，钱钱他们是不是得藏起来？而不回卡森城，要躲到什么时候？况且跟这堆人在一起，估计麻烦也少不了。

"我们先离开这里，"乔伊建议道，"实际上我和肯打算再往东走，据说那边有个镇子，好像叫作洛德镇，从那里可以搭上驿站马车。"

戴维眼睛一亮，对啊，先回到洛德镇，再想办法联系卢卡斯警长。洛德镇是他们的大本营，他们早晚会回来的，自己先稳住这几个人，再做别的计划。

"我知道那里！"戴维以热切的口吻说道，"实际上我们和劳埃德闹翻以后，就躲在那里，他的势力在那儿是没用的，我们在那里很安全。"

维纳半信半疑地看着他，又和旁边的黑人低声说了几句，这才转身咳嗽了两下，充满了装腔作势的虚伪。

"那就出发。"他说，"你认识路吧，杨格先生？"

戴维很想说其实他也不太熟，但如今的情况，他只能硬着头皮点了点头。

吴有金扯下脖子上的方巾，抹了把额头的汗。他觉得裤裆下湿热难受，汗水似乎把布料都渗透了，但这尴尬的难处实在不好跟人明说，况且现在也不是什么好时机。卢卡斯警长就在他身边，前方是血狼，他们现在站在卡森城外两英里的地方，头上悬挂着泛白的太阳，伫立在一片沙土中间。

"他能找到吗？"吴有金有些担心地问，他听说过印第安人追踪猎物的本事，但现在离戴维被掳走已经过了八个多小时，而且是从卡森城那凌乱的道路上慢慢地摸索到这里的，从那些被无数马蹄和靴子踏过的道路上怎么能分辨出昨晚两个劫匪留下的痕迹呢？一路来到这里，又只剩下了风化的碎石和沙土，怎么找到已经逃得无影无踪的劫匪呢？

"休休尼人都是优秀的猎人，在这片沙漠上，他们能够捕捉任何动物。"卢卡斯警长说,"你应该对血狼有点信心,他可是能多次潜入镇上的高手,又是红手部落里数一数二的人物。"

吴有金勉强点点头,决定放下质疑。血狼之前跟他说过,两匹从劳埃德房子那边疾驰而出的马,一匹上驮着两个成年男性,这连续的痕迹其实很明显,马蹄就像是鼓点儿,有节奏,而不同的重量分布会造成不同的蹄印。他时不时地下马,像一只猎犬般观察着土地,就这样慢慢地来到了此地。

吴有金觉得血狼的理论说得通,但他自己学着去看的时候,却完全没有办法找到蛛丝马迹。最后他只能听从卢卡斯警长的建议,安静地跟在后头。

"血狼会努力找回戴维的,他把戴维当自己人。"

吴有金看了卢卡斯警长一眼,猜测他是在安慰自己。

血狼在地面上看了好一阵,这才转头回来对他们两个人说:"他们在这里停留过,但接下来的痕迹就很混乱了。"

"什么意思?"吴有金有些紧张。

"大概是休息过,除了马蹄印变浅,还有很多躺过和坐过的痕迹,"血狼指着一块地方,然而吴有金只能看见一堆凌乱的沙土,"而且,应该有人来过了,有新的马蹄印,就在前面不远的地方,两匹,其中有一匹上的人很重。他们应该下马交谈过,然后一起离开了。"

"听起来这个地方是碰头的,"卢卡斯警长猜测,"说不定就是温吉利·维纳和他的'参孙'。"

血狼点点头,"但是……"

"但是?"

"我无法判断他们接下来去了哪儿。"

吴有金诧异地问:"为什么?"

"他们改变了马匹的分配,"血狼指着沙地说,"现在有两组马蹄印记,而且都很相像,一轻一重,但蹄印是在沙土边缘,不如之前明显,如果更清晰一点，我会看清重量的区别和蹄印的宽度。现在只能看出他们往不同的方向去了。"

"去了哪边？"

"一组是往东的，另外一组往东南方去了。"

卢卡斯警长紧皱着眉头，从口袋里掏出一个小小的指南针，他的脸色不太好看。

"怎么了？"吴有金再度紧张。

"我只是再次确定一下方位。"卢卡斯警长说，"如果这破玩意儿还跟以前一样好用，那从这里往东的话就是回洛德镇，而往东南走，是地狱湖的方向。"

吴有金皱着眉头，"等等，现在的情况我们得慢着点儿……首先，如果血狼的追踪没有错，我的意思是，如果的确认准了这是那两个劫匪的踪迹，现在他们跟雇主会合了，又带走了戴维，但搞不清楚究竟去了哪个方向。我们要救戴维，可以去洛德镇，也可以去地狱湖。"

卢卡斯警长点点头。

"但是……"吴有金又看了看血狼，"请原谅，我不是对你不信任，但是万一，呃，万一真的搞错了，要知道从卡森城出来的路上肯定不止两匹马走过。我们现在没有确切证据表明这就是戴维留下的痕迹……如果真的照着这样追查下去，说不定没法把他找回来。"

血狼并没有因为吴有金的话而生气，"我没有看错。我能分辨沙蛇的爬行，能找到狐狸的巢穴，当我要寻找猎物的时候，我总能找到。"

吴有金放弃了跟这个印第安人继续沟通，把目光转向卢卡斯警长，他自己都没有意识到，这个时候他会觉得卢卡斯警长的想法才是最重要的。

"你的担心有道理，艾瑞克。"警长望着茫茫的砾石荒漠，"但至少现在血狼的逻辑和发现的痕迹跟我们了解的一切都能吻合，在没有别的线索的情况下，我觉得咱们应该相信他。"

吴有金着急地说："好吧，就算现在我们的确找到了戴维的痕迹，但接下来又该怎么办呢？线索已经断了！"

"我们可以分开。"血狼说道，"你们去东边，也许戴维在那里，我去地狱湖，他也可能被带到了那个地方。"

卢卡斯警长摩挲着下巴，没有回答，但吴有金顿时觉得血狼的提议完全没有问题——洛德镇是警长的地盘，如果戴维真的被劫持到那里就好办了；地狱湖那边是印第安人的地盘，血狼对那边更熟悉，如果戴维被带到那里，血狼能做的事更多。

"就这么办吧。"显然卢卡斯警长也觉得这建议比较现实，"到时候我大概只需要解释为什么你没有跟着我回来。"

"我逃走了，"血狼忽然笑了笑，"从一位朋友的手里。"

朋友？吴有金忽然觉得重音落在了那个词儿上，而警长也没有反对。这个男人反而跳下马，向血狼伸出手，"知道吗，其实我觉得咱们完全可以再多找点机会喝酒。"

血狼低头看着那只手，慢慢地握住了——他虽然知道毛嘴子的一些礼仪，但接受的次数并不多。

"我们会找到他的。"卢卡斯警长使劲晃了晃握住的手。

血狼没有说话，只是重重地点点头，然后翻身上马，向着东南方疾驰而去。

现在只剩下吴有金和警长了，忽然之间，周围变得非常安静，吴有金心底的担忧也逐渐加深了……

戴维饿极了，但他不敢开口向前面的人要吃的。要知道，他现在能松开绳子，跟乔伊坐在同一匹马上，就已经是好运降临了。现在已经是下午了，太阳的威力正在减弱，再过三个小时，这个又胖又红的家伙就会重新变成懦夫，滚回到自己的被窝里去，并且带走热量，把世界留给黑暗。

那个时候，戴维不知自己会不会因为又饿又冷而真的挂掉。

要是他们是向着洛德镇的方向就好了，至少他知道自己要去哪儿。

但戴维也不明白为什么最后变成了这样——

他给维纳坦白说洛德镇怎么走他其实不太清楚,反正向着东边前进应该没错,而维纳则被乔伊拉到一旁低声说了很久,接着他被丢给乔伊和肯,他们带着他向着另外一个方向走了,维纳则跟他的男仆向洛德镇走去。

这事情的发展莫名地有些诡异啊……他能肯定维纳和这两个恶棍又做了交易,但交易的内容是什么却完全不知道。坏人出牌真是没有规律,而他的命运就跟随意丢出的筹码似的,陷入了完全未知的境地。

现在,戴维跟那个瘦高个子的秃顶乔伊共乘一匹马,虽然他总算不必被绑着像个装土豆的口袋一样搭在马鞍上,但被迫贴着乔伊,闻到他身上的汗味和狐臭,依旧是种折磨。

"我说,"戴维忍不住询问道,"现在你们要带我去哪儿?"

乔伊发出公鸭一样的笑声,"不要担心,戴维·杨特先生,现在我们是朋友了,绝对不会把你带去喂狼的。"

"我叫杨格,戴维·杨格。"

"是我的错,"乔伊抬了抬帽檐,"现在我和肯跟维纳先生达成了一个新的协议,我们要到某个地方去,也许那里是理查德·劳埃德疏忽的地方,我们可以发起一次小小的突袭。您了解那个劳埃德先生,跟着我们至少可以辨认一下他和他的喽啰们,给我们一点有益的建议,对吧?"

"我还是不明白……"

"嘿,你可真是个傻瓜,戴维。"肯在一旁大大咧咧地说,"你怎么会认为维纳能真的跟着你去洛德镇。当然他原本就不是什么聪明人,但好歹能听听意见。我就直说了吧,谁知道你说的那个镇子上是什么情况,要是你带到那里就翻脸对付我们怎么办?不过,如果真像你说的那样,劳埃德的势力还没有渗透那里,维纳就还能在那里找到可以帮忙的人,并不一定需要你带着他去——你在那儿有朋友,容易让人产生一些不怎么讨人喜欢的念头。"

戴维没吱声,他的确是打算到了洛德镇以后就想办法跟那个倒霉鬼拉开距离的,但他没有想到这不算恶意的小算盘就这样被人给识破了。他有点焦虑——如果无法回到洛德镇,而是跟着这两个亡命徒,那么卢卡斯警长他们找到自己的概率就大大变小了。

上次被血狼掳走,至少卢卡斯警长知道"作案人"的身份,所以明白该怎么去救他。但这次如果真被这两个家伙带入荒漠中,要想被找到可真是比登天还难。戴维心中对乔伊和肯充满了怨恨——他们真是残忍又狡猾,竟然事到临头还花言巧语地劝住了头脑简单的维纳。

戴维觉得更加不安全了。

"你们打算到哪里去搞突袭?"戴维小心地问道,"难道你们还打算干掉劳埃德?"

"也许呢!"肯摸了摸腰上的枪,"维纳先生这次可是搞清楚了,小偷小摸找点纸券就想要回他的东西,那简直太天真了。我们的建议是最实用的——子弹能解决一切问题,这可是我和乔伊给他的最真诚的礼物了,是我们亲身经历得出的经验,我们用那些小可爱解决了多少麻烦啊!还好他在关键时刻是明智的,采纳了我们的建议。"

他们竟然真的想要暗杀劳埃德?

戴维一想到要对那个男人开枪就有些胆战心惊,同时觉得这两个亡命徒简直是找死。要不是还有点理智控制,他真想立刻跳下马,撒开腿就跑得远远的,别让血溅到自己身上。

但他不能那么做,戴维咽了口唾沫,把话头绕回到刚才那个问题上:"现在你们打算去哪里……伏击啊?"

"那地方叫什么来着?"肯皱起眉头,看不出他是真不知道,还是在装傻。

"艾勒姆,还是艾乐梅来着?"乔伊说,"反正印第安人给那一片土地起的名字是地狱湖。我们到了那里以后,维纳的'参孙'会提前赶来帮忙,他知道最精确的地点,据说是个隐秘的矿。其实劳埃德过段时间就会去那里……那个矿一定很值钱。"

"哦,绝对的!"肯的声音里有掩饰不住的贪婪,"可惜维纳是个蠢货,让劳埃德钻了空子，他该选我们这样可靠的合伙人才是。"

他们盯上了维纳想要夺回来的东西。

戴维背后吹过一股凉风。

为了赶时间，吴有金和卢卡斯警长用最快的速度返回了洛德镇。他们不眠不休，折磨两匹可怜的马，只在吃饭的时候让它们喘口气，终于花了一天半的时间赶回了洛德镇。

依旧是参差不齐的房子，黄沙漫天的道路，粗野而又脏兮兮的面孔，但当这一切在吴有金面前慢慢呈现出来的时候，他紊乱的心跳竟然平静了一些。他有些不愿意承认，但理智告诉他，在这个陌生又危险的世界里，洛德镇的确是唯一能让他感觉到安全的地方。他也说不清楚这究竟是为什么，大概是因为好歹这里有一幢属于他的简陋房子，还有一群他认识的人。

吴有金望着卢卡斯警长，说道："我要先回家一趟，万一戴维在这里，他一定会回去的。"

卢卡斯警长却摇摇头，"先去黄玫瑰旅馆。"

"为什么？"

"我们是抄近路赶回来的，也许维纳那伙人都还没到。就算到了，这些外来者一定会去那里，他们要吃饭，要休息，要看看女人。"卢卡斯警长歪了歪头，"走吧。"

吴有金没有反对——实际上这段时间的遭遇已经让他意识到一件重要的事情：他确实没有必要时刻跟警长唱反调，就算他是个讨厌鬼，也是个能干的讨厌鬼，他对付过的恶棍比自己在电影里看到过的都要多，他的判断肯定是对的。

"你的表情真奇怪。"卢卡斯警长见吴有金毫无异议，倒露出一点点吃惊的样子，"我以为你会跳起来指责我忽视戴维的安全呢！"

"我又不是在野党，只会跟你对着干！"吴有金还是忍不住翻了个白眼，"咱们能快点去吗，我饿了，还想顺便吃点东西。"

他们推开了黄玫瑰旅馆的门，里面的人都转过来看着他们，中间夹杂着高高低低的问好，都是冲着卢卡斯警长的。他一边跟那些老伙计们致意，随口胡诌着这几天的外出，一边领着吴有金来到吧台前，两个男人给他们让了座。

波比还是那么酷，戴着一只眼罩在擦杯子，他略微地向警长一颔首，摸出一只酒杯，"威士忌，警长？"

"是的，谢谢。"

他用剩下的那只眼睛扫了扫吴有金，"你要淡啤酒吗？"

随便你给我什么，反正我也不算你的服务对象。吴有金自暴自弃地说："好。"

"波比，这两天见到过杨格先生吗？"

"那个犹太人？"

"他不是犹太人。"吴有金插嘴道。

"没看见。"

吴有金和卢卡斯警长交换了一个眼色。

"那这几天有看到什么新来的吗？"警长又问道，"可能还带着一个高大的黑人。"

波比想了想，还是摇摇头。

"戴安娜在吗，我有点事情想找她。"

波比指了指远处，洛德镇的玫瑰就站在一张桌子旁，跟几个男人交谈着。道尔顿夫人今天穿着一身男装，头发扎成了辫子，就好像印第安姑娘一样，但浑身上下的女性荷尔蒙依然熏醉了周围的男人，他们看着她的模样就跟虔诚的教徒看着神像一样。

"我去请她帮我们留意一下，"卢卡斯警长跟吴有金耳语道，"你能找找那个女孩儿在哪儿吗？就是血狼的妹妹。"

听起来倒是一件好差事，可你到底想干吗呢？吴有金用疑惑的眼神看着他。

41

往日旧案重提

女人的力量

鼹鼠巢穴

把皮肤涂成红色

"嗨, 戴安娜。"

卢卡斯警长向他的老朋友打招呼, 那位女士转过头来, 有些惊讶, 但立刻报以热烈的笑容和拥抱。"德拉克!"她用力地搂着他, "你什么时候回来的? 你不是一个人来喝酒吧?"

她向他身后望去, 看到吴有金正在四处张望。

"我还该带两个人来的, 但很遗憾, 他们都出了点儿意外。"卢卡斯警长挽住老板娘的胳膊, "来, 我得告诉你一些事情。"

他将在卡森城里听到的关于劳埃德的一些事情给道尔顿夫人讲述了一遍, 其中也包括他们"非法"进入劳埃德的房子和随后发生的事情。道尔顿夫人开始只是听着卢卡斯警长的讲述, 没明白他为什么突然会把这个过程如此详细地告诉自己。她表情轻松，甚至还能抽空问问那些细节，不时地爆发出一阵笑声，但当卢卡斯警长讲到他们在地下室的发现和维纳被坑掉后打算捞回来的秘密矿藏股份以后，道尔顿夫人似乎隐约预感到了什么。

"你是说……那个房子和我的这幢房子都是米洛先生修的？"

"而且在这两幢房子里都发现了一些奇怪的图形，就好像是工程师画出的什么机器的设计图。只不过在你的房子里，你将米洛先生留下的书和笔记本捐给了教堂，而劳埃德在地下室还留着一些图。"

"我觉得那些东西都没什么用。"

"我也是这么认为，当我们随意翻翻的时候，是这样的。"卢卡斯警长说，"我看见艾瑞克在看那些东西——他们把那些笔记从教堂里又弄出来了。还有劳埃德也在看，在卡森城的那幢房子里，他也有凯文·米洛遗留下来的东西。"

卢卡斯警长从口袋里掏出几张纸——它们被折叠起来，又在口袋里揉了几天，皱巴巴的，正是在劳埃德的地下室里发现的图。当时卢卡斯警长就把它们带走了，但这几天的忙乱和追击让他还没来得及取出来细看，而吴有金也早因为担心戴维而忘得干干净净了。

现在卢卡斯警长将这些图拿出来，展示在道尔顿夫人面前。

"看看，戴安娜，"他说，"你还记得当时收拾米洛的笔记时有没有看到类似的东西吗？"

道尔顿夫人凑近了那些图，她仔细地辨认了一下，"我不能肯定，我对那些机械一窍不通，但是它们的确很像。"

"这就够了，在同一个人建造的两幢房子里，留下相似的图纸，已经很能说明问题了。"卢卡斯警长把那些图纸又重新叠好，放进口袋里，"我觉得艾瑞克应该比我们更清楚米洛先生在设计什么。"

"万一这是一个巧合呢？"

"劳埃德刚好也是个机械设计爱好者？"卢卡斯警长摇摇头，"不，亲爱的，我不认为那个屠夫有这样的本事。他的全部才能都用在了开枪杀人和巧取豪夺上。我怀疑，他可能在地狱湖那边还藏着秘密……你还记得劫杀移民的案子吗？"

道尔顿夫人的脸色明显地沉下去了，就像是明艳日光突然被乌云遮蔽。"你在说什么，德拉克？"她声音低沉，仿佛来自地狱，"我没有一天能忘记那些场景，我六年前失去了一切……我母亲的血飞溅在我脸上的温度，现在我还记得。还有马丁，我最小的弟弟，他才五岁，你不知道他们对他做了什么……他下葬的时候我只能用手巾蒙住他残缺的脸。"

"戴安娜……"卢卡斯警长握住她的手，"我要你再好好想想，你真的能够确定当时是印第安人抢劫了你们吗？"

戴安娜的眼神有些凌厉，"你这是什么意思？"

"没错，印第安人是劫杀过移民，但是我想了想，有些案子很奇怪。"卢卡斯警长说，"六年前那个时候，你遭遇抢劫的地方离洛德镇不远，你独自骑马来求助，告诉我你们被印第安人袭击了。"

"而你刚刚脱离了军队来到西部，一个并不太老练的警长。"道尔顿夫人笑了笑，"是的，你当时立刻带人去了事发地，你帮我带回了我家人的遗体。"

"你是唯一一个目击了凶手的人，我们都没有看到，而后面发生的那些类似的案子就没有像你一样的情况了，接下来的好几次袭击都是杀光了所有人。再发现幸存者的概率很小，后来就是戴维·杨格了，还有就是那个理查德·劳埃德的雇工，最近一次的是那个被营救的黑人。"

"你想说什么。"

"血狼否认了他们袭击移民的事，特别是关于屠杀女人和孩子，他拒绝承认。"

"你相信他的话？"道尔顿夫人冷笑道，"哦，德拉克，你不会那么天真吧？"

"但那个黑人明确地告诉我，他分辨出袭击他们的印第安人是白人假扮的。"

道尔顿夫人竖起眉毛,"你想告诉我这么多年来我所仇恨的对象是错的?其实真凶并不是那些红野人,而是一群无聊的变装杀人狂?德拉克,这太荒谬了!印第安人恨我们,这是很明显的!"

"我们和他们的确有冲突,我也不想说洛德镇的人和附近的部落相处得很好。但是,戴安娜,你想过没有,如果这些年来的袭击案中有些真的不是印第安人做的呢?戴维声称是印第安人,但他和你一样,在此之前没有跟印第安人打过交道,而后面发生的袭击都跟劳埃德有关,他的人和他所说的,关于印第安人和随后发生的报复、交火……这些我们并没有真的看到。"

道尔顿夫人撑住额头,做出一个"暂停"的手势,"等等,德拉克,我现在明白你想说什么了……你的猜想太不可思议了,让人难以置信,如果不是我认识你,我会以为你在刻意为那些红野人脱罪。"

"你知道我从来不会一厢情愿地做什么事,"卢卡斯警长又顿了一下,"好吧,大部分时间不会。我现在的猜测是这样的:第一,这么多年来袭击移民的印第安人中,有很大一部分是假扮的,特别是那些杀掉所有人的案子,当然不排除有一部分抢劫是真的印第安人做的,但这比例应该不会很大,因为有些印第安人会顾忌我们的报复,而像休休尼人这样骄傲的猎人又对杀害妇女儿童的事情很不屑;第二,这些劫杀案都发生在洛德镇附近,但是我听了那个黑人的话以后把这些年的案子都回想了一遍,发现一个有趣的现象:包括你,戴安娜,像你遭遇到的这种凶残的案子,杀掉所有人的案子,都发生在距离地狱湖很近的地方,如果现在有地图,我可以给你画出一条弧线,而其他伤害有限的,则散落在距离远近不同的地方,就像乱打出去的子弹……那么,有没有可能是这些劫杀案都另有目的?"

"什么目的?"

"让人远离地狱湖。"

"德拉克,哪怕你说的有道理,可追问又来了:这是为什么?"

"地狱湖那边的某个地方，可能藏着某个人想要隐瞒的秘密。"

吴有金无聊地转动着酒杯，左边是一个醉醺醺的拉丁裔大胡子，正在谈他那听着有些梦幻的运输生意；右边是两个刚来到西部的南方小子，疲惫又兴奋地描绘着他们憧憬的土地和黄金。

在这两拨竞相嗷嗷叫的郊狼中间，吴有金觉得自己沉默得如同阴影里的蜥蜴，深沉得如同静止的沙蛇，而唯一能跟他媲美的就是一心一意擦拭着杯子的波比。

吴有金转头看了看远处的卢卡斯警长和道尔顿夫人，他们俩一直在谈话，说了好一阵子。虽然听不见他们在说什么，但是道尔顿夫人的脸色一直在不停地变换着，最后简直有些吓人了。吴有金真的很怕她突然抄起酒瓶子给卢卡斯警长开瓢——虽然那的确会是一个很帅很性感的场景。

吴有金又不安地喝了一口啤酒，决定不去操心自己无法掌握的事情。卢卡斯警长让他找找血狼的妹妹——那姑娘好像是叫作灰雨，这名字虽然奇怪，但她的确是个漂亮的女孩儿——大概是要向她说明下血狼的情况，毕竟他跟着他们离开却没有回来——

"你好，你的哥哥是个奇怪的人，他独自去追踪沙漠里的歹徒了，为了救回我们的一个朋友。我可以向你发誓我们绝对没有干掉他，然后编瞎话来骗你，虽然我们拿不出任何证据。"

吴有金觉得怎么看他都没法让灰雨信任他。

"我说，"他跟波比闲聊，"那个印第安姑娘在哪儿？"

波比斜眼看着他，"你不是第一个打听她价格的男人，可惜那姑娘不做生意。"

"啊，这……这很好，"吴有金尴尬地抓抓头，"不过我不是那个意思，我是说，道尔顿夫人不是不喜欢印第安人吗？我不明白为什么她会让这姑娘留在这里。"

"她是个好人。"波比说,"她的心里有仇恨,可还没有因为这仇恨而变得冷血。"

吴有金张了张嘴,却不知道说什么。波比对他的老板很忠诚,他话不多,但每次说的话都会让人觉得无法反驳。他不可能靠波比找到灰雨,也许得到厨房里去转转。吴有金喝完了剩下的啤酒,朝卢卡斯警长那边抬抬下巴,"记在他的账上。"

然后他滑下椅子,从大门走了出去。在装模作样地走出一段距离之后,他像只沙鼠一样偷偷摸摸地绕到黄玫瑰旅馆的后门,这些用来扔垃圾和搬运货物的地方始终不会关紧,褪色的木门上的搭扣被偶尔刮过的风吹出啪嗒啪嗒的声音。

吴有金推开门,走进去,溜到了厨房。

不算宽敞的厨房里,弥漫着一股食物烹饪过后混合起来的奇怪味道,还夹杂着一些烟尘气息。那些悬挂在墙上的火腿和放在架子上的各种食品看上去有些凌乱,但两个仿佛侏儒一样矮胖的双胞胎厨师——据说叫作酒桶和烟斗——能够准确地从上面抓到他们想要的肉、干酪、燕麦……当然他们跳跃的频率也说明这架子搭得未免太高了一点。

吴有金很快就看到了充当女侍的珍妮进门来,匆忙地把食物放到托盘上就出去了,而在她经过的一个操作台前,换上了白人衣裳的灰雨正低着头,利索地用刀子削马铃薯。

吴有金有些紧张地走过去,向她打招呼。

"嗨……"他说,"那个……"

"你进来干吗?"灰雨刚刚抬起头,侏儒双胞胎之一就发现了吴有金,"这里不准进来,你这个白痴,当心我把这滚烫的锅子扔到你脸上!"

他是西班牙人,吴有金想,瞧他这难听的口音,跟迈阿密的非法移民一模一样。

"我是来找你的,灰雨!"他顾不上跟愤怒的酒桶较量,连忙对印第安姑娘喊道,"你还记得我吗?戴维的朋友!戴维……哦,'白皮白骨',毛嘴子,那个毛嘴子。"

灰雨显然还不能理解那么多的单词量,她的脸上露出迷惑的神情,但"戴维"这个名字显然还有点作用,她的眼睛明显亮了一下。

侏儒拿着木铲向他走过来了!

"能跟我出来一下吗?"吴有金加快了语速,"我有点事情想跟你说,特别重要的,特别特别……嗯,发生了一些事情,警长想见见你,他让我来找你,关于你的哥哥……"

侏儒已经扬起手,像要拍蟑螂一样威胁般地举高了木铲——等等,那玩意儿真的还要做吃的吗?

吴有金都想要转身逃走了,但这个时候灰雨却跨出一步挡在了厨师的面前,她手里的刀斜向下挥出的姿势真像一位女侠。

"哥哥……"她重复着这个词,接着又说出了另外一个词,那是个印第安词语,仿佛是"血狼"的名字。

谢天谢地!

吴有金连忙拉住她的手腕,拽着她往大厅那边走,同时对厨师说:"别盯着我,先生。你的锅子快煳了!难道你还怕我当着道尔顿夫人和波比的面带走'黄玫瑰'的人?"

那矮胖的厨师立刻爆发出一连串的西班牙语,就算听不懂也能从他的语气中听出咒骂的意思,但吴有金管不了那么多,他一边带着印第安姑娘往外走,一边在脑子里飞快地思考着,卢卡斯警长找灰雨到底做什么?这姑娘留在黄玫瑰旅馆其实很安全,看上去这里的人都挺照顾她的。难道警长想带着灰雨去找血狼?让她劝劝那位"刀锋战士"?也没有必要吧……

就这么胡乱猜测着,戴维带着印第安女孩儿来到了大厅里,很快就看到卢卡斯警长发现了他们,并向他招手。

"干得不错,"警长满意地笑了,同时对道尔顿夫人说,"怎么样,戴安娜,考虑下我的建议。"

"我会的。"女老板转头来看了看吴有金,"嗨,艾瑞克,你的气色不错。"

她的口气有点奇怪,但勉强算是带着善意。吴有金点头,想要称赞一下她的美貌,但宅男的羞涩让他没法自然地说出奉承话。

"好,戴安娜,你能帮忙我非常感激,那么我会在艾瑞克家里等你的消息。"卢卡斯警长站起来,戴上了帽子,又对印第安女孩儿说,"跟我们走吧,'灰雨',你很快就会见到你的哥哥了。"

哎?带着姑娘走?吴有金有些错愕。

此刻道尔顿夫人也站起身,握住灰雨的手,在她耳边低声说了几句,然后为她整理了下油黑的辫子,轻轻地拍拍她的肩膀。她们俩看上去关系还不错,灰雨向道尔顿夫人微微地点头,转身跟着卢卡斯警长走了。

三个人出了黄玫瑰旅馆的门,吴有金就急不可待地追上卢卡斯警长,压低了声音问道:"你跟道尔顿夫人谈了什么?她怎么会让灰雨跟我们走了?"

警长看了看旁边的印第安女孩儿,回答道:"戴安娜很通情达理,你对她有什么误解吗?"

"她已经显示了她的仁慈,但我很奇怪竟然体现在对待她原本仇恨的种族上。"吴有金又催促道,"别吞吞吐吐的,你是怎么说服她的?你们是不是有什么交易?"

"反正不是买卖人口。"卢卡斯耸耸肩,"我只是提醒她,也许这两天会有陌生人来到洛德镇,而那人知道的事情或许可以让她找到杀害全家的真凶,所以她会帮我们盯着,如果温吉利·维纳或者他的喽啰露面了,她会很快让我们知道。而且,她还会看住他们,有必要的话,不会让他们轻易离开洛德镇。"

吴有金对警长的说法将信将疑,他们谈了那么久,似乎这点儿内容还不够。"那灰雨呢?"他又问道,"你干吗把她从黄玫瑰旅馆带出来,你要她做什么?道尔顿夫人竟然还同意了。"

"她的作用很大，"卢卡斯警长眨眨眼睛，"她比你想的还要重要。"

戴维口干舌燥地坐在地上喘气，虽然马肚子下的阴影并不太大，但对他来说这点阴凉也已经足够了。他很想喝水，但是带走他的那两个劫匪——乔伊和肯——似乎没有那么大方的想法，愿意多分一些自己的水给他喝。他们只是在像看到一株植物马上要枯死的时候，勉为其难地倒上几滴水。

他们压根儿没考虑过戴维会不会因为没有食物和水而撑不下去。现在是他被这两个人带走的第三天了，他只吃过四顿饭，都是难啃的干面包，还有一只被打穿了脑袋烤得半焦的蜥蜴。

戴维心中窝火，但因为手无寸铁而无法反抗。他也没法逃走，如果没办法抢到一匹马，并且带上食物和水，他最终会倒毙在沙漠里。跟着他们估计也没有好下场，戴维想起他们的目的就觉得背后一阵阵地发冷。

对付理查德·劳埃德，甚至还有温吉利·维纳？

这黑吃黑的胃口未免也太大了，说不定最后连自己也会被连累成为炮灰。戴维越想越觉得不妙，想逃的念头越来越强烈。但现在他找不到机会，特别是当他们已经走入地狱湖的边界以后，这机会越来越渺茫了。

戴维想起了他第一次被血狼带到这附近时看到的景象，虽然跟现在有些区别，但他还是能回忆起来——

这里植被稀少，跟荒漠的其他地方没有什么区别，不过地面上那些零星出现的奇形怪状的石头倒真是跟之前看过的很不同。血狼带他去的那个地方应该是地狱湖更深处，还有不大的盐碱湖，而且火山熔岩也更大更奇怪。

他想起了血狼告诉他"地狱湖"得名的由来，忽然觉得自己眼下的处境和以往发生的事情是蚂蚁在爬莫比乌斯环，他两次踏入了同一条河流。

"嘿，"他有气无力地向乔伊和肯说道，"你们想知道这个地方为什么叫地狱湖吗？"

　　谢顶的乔伊正取下帽子扇风,他转头看了看戴维,笑了笑:"你是说这里,艾勒姆? 其实我不太喜欢红野人,所以连带他们给取的名字也不喜欢,但是如果这是个有趣的故事,倒可以说出来解解闷。"

　　"就是说这里满是罪人的鲜血和尸骨,凡是杀人、陷害、抢劫等等罪行,只要发生在这里,都会遭到惩罚。罪人会被从天而降的火球砸死,连石头都烧化了,所以这里才会是这样。"

　　戴维一边说,一边在心里向血狼致歉。他觉得那位勇士会允许自己将那个充满神话色彩的故事进行加工再造,虽然并不会真的让两个歹徒产生什么敬畏之心。

　　果然,他的胡编乱造让乔伊哈哈大笑,肯也笑起来,从地上捡起一块火山熔岩,"听起来不太像红野人们的传说,倒像是上帝的怒火。"

　　"上帝肯定是觉得这些印第安异教徒最大的罪过就是没有改变他们的信仰。"乔伊说,"要知道,他们没有资格占据这么多的土地。"

　　"所以他们的人数就得少一点儿,让这些土地更好地利用起来。"肯接着说,"应该有更多的南方人过来,西部大得很,而且任何人只要有本事,就能过得好一些。"

　　戴维觉得这两个人真的无可救药。但是他从肯的话里听出了一些蛛丝马迹,"这么说起来,你们也是南方人?"

　　"曾经是。"乔伊说,"可北方佬已经把我们的一切都夺走了,所以现在我们只能算是拓荒者,一切都得靠自己挣。"

　　他们是联盟军的老兵,戴维明白了,南北战争以后到西部来的人,跟卢卡斯警长一样。但显然他们并没有像警长那么好运能获得正当的职业并且扎下根来,而是成了铤而走险赚血钱的人。大概也是因为这个他们才被同样是南方人的维纳所雇佣,而他们的贪婪和凶狠也得到了非常合理的解释——

　　他们不惧怕劳埃德,既不了解、了解以后也会觉得除了命之外没有什么可以损失的。而如果真能从劳埃德和维纳身上搞到更多的东西,那就是赚了。

这片蛮荒之地果然是什么样的人都有啊。

戴维越来越不安，他问道："那……既然我们已经进入了地狱湖，接下来要怎么办？维纳先生说过你们要到达的地点吗？那个神秘的矿？"

"那里只有他和劳埃德的人才能准确找到，他说那地方很隐秘，"乔伊眨眨眼，"所以我们不必着急，等黑参孙来了以后，我们才能跟着他去，然后动手。在此之前，维纳告诉我们可以在他以前歇脚的地方等着。"

维纳还是没有完全信任这两个人，戴维想，还好温吉利·维纳不是完全的废物，但如果要等，又要等到什么时候？

大概见休息的时间已经太长了，肯走过来轻轻踢了戴维一脚，"行了，你看上去就像是马上会倒毙一样，趁着还有点力气，赶紧走吧。"

他们继续往前赶路。

戴维忍耐着饥渴，看着路上的沙土渐渐地少了一些，突出的岩石和远处的丘陵愈加明显，看起来跟上次见过的地貌越来越像了。但这里没有盐碱湖，显然是另外一个方位。天色暗淡下来，又是一天要过去了，压下来的夜幕就跟戴维的心情一样沉重，他不敢想明天会怎么样。

等到最后一线天光就要消失的时候，乔伊从马背上跳下来，指着不远处一块形状奇特的岩石叫道："到了，就是这里吧？"

戴维眯起眼睛，顺着他指的方向望去，看到一个大体呈现出弧形而又在顶端呈现出锯齿状的巨石。

肯也跳下马，掏出腰上的指南针晃了两下，这才回答："没错，就是这个地方，维纳叫它'鸡冠石'。他以前从这条路走的时候，总会在这里逗留。"

他们显得很高兴，加快脚步来到那个巨石下，拴好了马，吩咐戴维赶紧燃起篝火，然后就拿石头在地上敲来敲去。

"你们干吗？"戴维点燃了火堆，莫名其妙地看着他们的动作——敲了有一阵子了，他们活像两只郊狼把鼻子触在地上嗅来嗅去。

两人没有回答,但乔伊很快就发现了要找的东西,他用手扒开浅浅的浮土,地面下露出一块不大的木板,掀开以后露出了黑乎乎的洞口。接着他趴下身去,摸出了一堆油布包裹,打开以后首先看见了两瓶酒。

"啊哈!"他兴奋地叫道,"是威士忌!"

原来维纳还像鼹鼠一样在这里藏着东西,戴维有些吃惊,但并不奇怪:这就跟杰克·史帕诺船长会在驶过的荒岛上藏一地窖的潘趣酒一样。

"哦,这东西得有一阵子了吧。"肯丢掉了油布包里的一块干熏肉,然后又拿起别的东西扔出来。

戴维在火光中看到其中有一些褪色的羽毛和五彩的珠串,还有棕黄色的皮裤。他走过去,看见其中还有一个玻璃小瓶子,瓶口被布条缠绕着,有些液体浸了出来。他用手指沾了一些,抹开以后,指腹的皮肤就变成了棕色。

"这是什么玩意儿?"戴维说,"维纳先生在这里藏着这些干吗?"

42

救援是个非常费力的工作

狭路相逢
枪战，我却没有枪
进入地狱

吴有金终于在自己的床上睡了一个好觉，这是他一周多以来难得的轻松时刻。稍微有些灰尘味道的枕头和床单都没有影响他的睡眠，只是当他醒来以后意识到自己可能鼾声大作，会让睡在隔壁的灰雨听见，他才感觉到一丝赧然。

但这情绪并没有持续太久。

吴有金忍不住悄悄地从窗户里往黄玫瑰旅馆的方向张望——现在是他们回到洛德镇的第二天，如果温吉利·维纳，或者是那两个匪徒会来洛德镇，那现在应该到了。

当然，最好是戴维也回来了。

也许他该再去黄玫瑰旅馆探听消息，不过——吴有金又缩回了脑袋——卢卡斯警长保证过这方面他会留意，而吴有金需要做的是照顾好灰雨，同时准备好东西。如果戴维没有在洛德镇出现，那就说明他真的被带往沙漠中了，卢卡斯警长和吴有金得立刻赶往血狼之前所说的方向：地狱湖。

吴有金光着脚在窗户前呆立了半晌，然后来到床前，趴在地上，从最里面的角落里拖出了他的宝贝箱子——那个存放着他和戴维穿越时随身物品的箱子，现在又多了另外一个箱子。

米洛先生的"聚魂馆"，它静静地躺在那堆东西旁边，在吴有金经历了那么多波折后，似乎都要忘记它的存在了。而他们在卡森城遇到的一切，原本就是为了打开它。吴有金凝视着这个木头箱子，有种想把它劈开的冲动。

毁了就毁了吧，说不定压根儿就不需要什么钥匙！没有任何自毁装置！里面很可能就有一切疑问的答案！

但是……吴有金又捏紧了拳头——米洛先生留下它一定是有意图的，都已经承受了这么多，不能冒险尝试，而且就算打开又如何？目前别的都是其次，救出戴维才最重要。

吴有金决定不打乱卢卡斯警长的安排，还是先准备进入沙漠的装备。他把箱子重新放好，推回了原来的位置，走出房间，听到楼下传来一些轻微的响声，他又朝隔壁房间望了一眼，门开着，却没有人，床上倒是整整齐齐的。

吴有金连忙跑下楼，看见灰雨正在用他那少得可怜的干粮熬一锅玉米粥，还有两块刚买回来的面包。

"呃……"吴有金尴尬地抓抓后脑勺，"那个，你都起来了啊……早安。"

灰雨还是梳着印第安姑娘的辫子，插着鲜艳的羽毛，但是衣服已经换上了白人女孩儿的棉布长裙。她看着吴有金，露出微笑，看上去很友善。

"早安，"她用生硬且带着口音的英语回应道，"吃饭……请……"

"哦，哦，你会说我们的话了。"吴有金松了口气，只要能沟通就好，"谢谢,我没想过让你做早饭。"

灰雨依然对他微笑着,舀了一碗玉米粥递给他,吴有金在桌子前坐下来,灰雨也不客气地坐在了他对面。

餐桌擦拭得很干净,餐具和食物都放得很整齐,即便是吴有金这种挑剔的强迫症患者,也觉得很满意。他不由得抬头对灰雨露出了微笑。

"我们……一样……"她在自己的脸上比画了一个圈。

吴有金立刻明白了她的意思:跟白人比起来,自己作为黄种人跟她更相像,所以她会觉得自己或许也是印第安人,只是部落不一样,或者是生活在"毛嘴子"当中。如果追究起起源问题,说不定他们还真有基因关联呢,所以吴有金不想纠正灰雨的说法,而且这姑娘的确也挺讨人喜欢的。

"是的,我们是一头的,嗯,我的意思是,朋友。"

"朋友!"灰雨点点头,"你,白皮白骨,还有我的……哥哥。"

她的表达能力进步了不少,看来在黄玫瑰旅馆的这些日子,的确很努力地在学习。

吴有金努力用最简单的词告诉她,血狼没有回到洛德镇,而是向着地狱湖的方向去了。"也许我们会去接应他,"吴有金换了个词,"我的意思是,碰头,见面,总之……我们会再去找你哥哥的。"

灰雨安静而专注地看着他,似乎在努力理解他说的话,最后她抓住了重点,"见'血狼',你带着我?"

"对,对,我们会去找他。"

灰雨又露出微笑,舒展开眉头,"谢谢。"

就这么收获了感激让吴有金觉得惭愧,他只能希望最好是维纳带着戴维来到洛德镇,这样血狼即便是到了地狱湖,追踪到那两个歹徒,也不需要因为营救戴维而跟他们发生正面冲突。

他低头喝了一勺玉米粥,甜丝丝的还不错。就在这个时候,他听到身后传来了敲门声。

卢卡斯警长站在门外,微微地喘着粗气,似乎是跑过来的,脸色也不是很好。"打搅你们的二人时光了,"他歪着头往里面看了一眼,"不过我还是得来通知你这个不是很好的消息:维纳来了,还有他的黑参孙,但是没有看到戴维。"

鸡冠石下的篝火已经只剩下一点儿余温了,现在太阳正慢慢地爬升,温度也重新升高了。经过一个晚上的休息,有少许食物跟酒下肚,戴维的力气恢复了不少。肯和乔伊都还在睡,他们枕着马鞍,帽子盖在脸上,发出雷鸣般的呼噜声,似乎一点儿也不担心戴维逃走——当然了,反正他没法牵走马,而单靠两条腿根本没法走出沙漠。

不过戴维这个时候也没有想过要跑,他半躺着,手里拿着那些印第安人的衣服,盯着面前的小瓶子。

他并不笨,稍微琢磨一下已经懂了。很明显,那个小瓶子里的液体是用来改变肤色的,再加上这些衣服……戴维很容易就想到了之前卢卡斯警长披露的消息:被救的黑人指认有人假扮印第安人。

那就是说,这是真的咯?

如果的确有人假扮印第安人,他们把伪装物放在这里,是因为也将这里作为歇脚处吗?如果这是维纳藏着的东西,那是不是证明,他知道假扮印第安人的事情?

那么,血狼和他的族人劫杀移民的事,真的是被冤枉的了?

想到这里,戴维决定将衣服和小瓶子都带走,这可是重要的物证。如果有机会回到洛德镇,见到卢卡斯警长,就可以拿给他。这样像道尔顿夫人一样对血狼充满了仇恨的人就会明白,也许她所恨的应该另有其人。

不过,要搞清楚真相,还得再问问温吉利·维纳。

戴维自己都没有意识到,其实在这个时候,他的担忧和绝望已经被另外的考虑给排挤到一边儿去了。他现在甚至还希望维纳真的跟他雇佣的亡命徒碰头,好让他可以打探真相。他更希望能见到血狼,告诉他可能他和整个部落都被栽赃了。

在他反复思考这些的时候，乔伊和肯终于懒洋洋地起身了。他们一边收拾，一边吃东西，戴维被"仁慈"地赏了半瓶酒和一块熏肉。

"我们要接着走吗？"戴维一边强迫自己往下吞，一边问，"维纳先生什么时候来？"

"我们会在这里等他，"肯回答，"但不是枯等，他说这地方是去矿上的必经之路，所以我们得在周围转转，寻找一个好地方。"

"我会和你留在这里，杨格，"乔伊说，"等肯回来以后，又换我。总之咱们今天会稍微轻松一些，不需要再走远路了。维纳来了以后，会带我们去矿上。"

"好地方？"戴维傻乎乎地问，"还需要找什么好地方？"

肯和乔伊对望了一眼，发出一阵响亮的笑声，就仿佛是捕食的老鹰掠过天空时发出的啸叫。戴维瞬间明白了他们的意思——

他们打算搞个伏击，他们是认真地想要对付理查德·劳埃德！

吴有金跟着卢卡斯警长朝黄玫瑰旅馆走的时候，心中忐忑不安，因为焦虑而无意识地捏放着拳头。

他们现在要跟维纳正面接触，卢卡斯警长的意思是单刀直入，直接挑明他们找错了对手，现在应该联手对付共同的敌人。

"我们没有时间废话了，"卢卡斯警长说，"如果他们磨磨蹭蹭地来洛德镇，那就意味着戴维跟另外一拨人到了更远的地方，他会遇到什么我们不得而知。还有，血狼是不是追上了他我们也无法判断。只有维纳明白，只有他知道接下来会发生什么。如果他对劳埃德足够痛恨，就意味着他会乐意找点帮手，应该会欢迎我们加入。"

的确没有时间再去跟维纳培养什么感情了。

吴有金明白，他猜测道："如果是戴维指点他们来到这里，那他也会说明我们和劳埃德有过节，跟他们搭上线应该是比较容易的。"

"但是要提防点，维纳除了比劳埃德笨一点外，说不定狠毒的程度也不相上下。"

吴有金讨厌跟人类打交道的原因之一就在于此,总是得去猜测人心,他不擅长这个。他知道卢卡斯警长比较适合,所以脑子里也不打算储备任何计划,大概在卢卡斯警长身后开启"跟随"技能,配合一下就完全可以了。

他们把灰雨留在棺材铺里,两个人来到了黄玫瑰旅馆。

外来的新面孔在这里分外醒目,更何况其中还有一个人高马大、如同煤山一样的黑人。温吉利·维纳还在努力跟波比搭话,并不聪明地既想要掩饰自己的身份,又想要套出关于劳埃德和其对头的情报。但是波比保持着他一贯的风格:"随便你怎么演,我就静静地看着你装。"

维纳连一个词儿都不能从波比嘴里掏出来,就像他没法用木勺子从金砖上刮下一丝金子。

卢卡斯警长转头看了看吴有金,低声说:"他很好对付,瞧着吧。"

是啊,看得出来,只要别惹到旁边的巨怪。吴有金默不作声地在旁边坐下,看着卢卡斯警长来到维纳的旁边,冲酒保抬了抬下巴,"一杯威士忌,波比。"

独眼的拉丁裔大汉为他斟满了一杯,卢卡斯警长将这杯酒推到维纳跟前。

"别跟波比说那么多,先生。"警长对维纳说,"他的英文不太好,我是这里的治安官,如果你有需要打听的事儿,我会给你答案的。"

维纳挂着浓重的黑眼圈,浑浊的绿色眼珠在卢卡斯警长脸上转了一圈,然后谢谢了他的好意。"我是被人指点过来的,"他含含糊糊地说,"您认识一个叫戴维·杨格的人吧?"

"哦,杨格,一个好小伙子,诚实的人,虽然来这里的时间并不长,但很讨人喜欢。"

戴维要是听到这评价估计会被吓到,吴有金恶趣味地想。

"哦,对,是他。"维纳也虚伪地笑起来,"总之,是杨格先生指点我来这里的,他说这里会有他的朋友愿意跟我认识一下,而且这里的人很勇敢。"

"这里的人的确胆子很大,不管是割头皮的印第安人、抢劫犯和通缉犯,还是那些用合法手段妄图劫掠他人的奸商。"

维纳发青的脸上浮现出一点点血色,仿佛明白了卢卡斯警长的暗示,他端起那杯酒,"向您致意,长官,我是个不幸的人,被一个强盗夺走了财产,我原本在卡森城有不错的生意,但现在除了以前的仆人,一切都没有了。"

"哦……"卢卡斯警长拖长声音,慢慢地说,"也许我知道您,先生。我几天前才去过卡森城,在那里的交易所里听到了许多不幸的事情,也许其中就有关于您的。如果您能告诉我姓名的话……"

"温吉利·维纳。"这个愚蠢又潦倒的男人说,"我曾经是理查德·劳埃德的合伙人。"

"您的胆子比洛德镇所有人的加起来都大,维纳先生,竟然跟一头狼合作,或者说是一条毒蛇。"

好吧,吴有金在旁边听着,心想,总算是进入正题了。

果然,当卢卡斯警长表明了他的立场,温吉利·维纳就仿佛被露水点开了花心,虽然他最多只能算是一朵苏门答腊的尸香魔芋,但也立刻散发出了(恶心的)味道。他开始把自己打扮成小白兔,善良、孱弱、单纯,带着钱和高贵的南方气度来到这里,却遇到了狡猾的劳埃德恶狼,被啃得连骨头都不剩。但他依然是勇敢而且传统的南方人,他们不会屈服在联邦军队之下,当然也不会害怕劳埃德。所以他得复仇,并且,他相信被劳埃德坑害的人不止他一个,他要打败那个撒旦在人世间的代理,替自己和受害者们赢得公正。他是个被害者,一个善良而无私的人——从他解放的这个黑奴一直忠诚地跟随他就能看得出来。

他可以去竞选议员,吴有金在旁边评判,装得如此正义凛然必须得靠强大的心理素质和达到一定厚度的脸皮来支撑。

不过卢卡斯警长并没有热烈地鼓掌,反而有些为难地摸了摸下巴,

"我佩服您的勇气,维纳先生。但问题是,您打算怎么做呢? 当然了,我可以为您提供一些帮助,可那很有限,要对付劳埃德不光需要勇气,还得有枪和勇士。如果并非出于正义的初衷,那就得考虑下别的动力了。"

"当然,这一点我完全能明白。"维纳又喝了一口威士忌,他太久没有享受过美酒了,甚至伸出舌头舔了舔嘴角残留的一滴,"实际上,我并不能说是一无所有,我跟劳埃德最大的问题,就在于他无耻地占据了我们共同开发的一个秘密矿藏,如果有人帮助我,我愿意重新共享这个矿的股份。"

"这里的金银矿很多,维纳先生,我基本上都了解……请恕我直言,我们知道有些矿的价值并没有它传说的那样高,还有一些因为各种原因贬值得厉害。"

"也许您该相信我,长官。"维纳急切地说,"当然了,不是金矿,也不是银矿,可它很特别,非常特别! 如果它不是那么特别,劳埃德就不会那么不择手段地独占它,还花了很多力气让人远离那片区域。"

"它在哪儿?"卢卡斯警长追问道,"劳埃德做了什么?"

维纳的目光闪烁着,"我也想告诉你,长官,但是在得到实实在在的帮助前,我还是应该有所保留的,对吗?"

卢卡斯警长笑起来,"当然,维纳先生,这是您的权利,我觉得非常合理。好吧,那我们现在可以谈谈具体的细节了。比如你到底需要什么,有没有计划,而我能怎么帮你呢?"

还有戴维呢,得问清楚他在哪儿! 吴有金有些着急地咳嗽了两声。

卢卡斯警长没有回头看他,但是顿了一下,接着补充道:"哦,对了,也许杨格先生也可以帮上忙,如果我们能联系上他。"

戴维正坐在乔伊身边,远远地看着肯骑马回来。背后巨石阴影越来越窄,烈日正爬上他们头顶的天空,很快他们就没有任何可以躲避的地方了。汗水顺着鬓角滚落下来,戴维用袖口抹了抹,却不敢摘下帽子。

"嘿,"乔伊向他的同伙挥手,"怎么样,找到了吗?"

肯耸耸肩，跳下马，走到他们面前，竖起拇指朝西边指了指，"这鬼地方到处都是石头，越往那边走越多，而且看上去很像是熔化了，奇形怪状。不过倒是很容易选个好位置打伏击。"

"没有可以瞭望的地方吗？"

"最高处得往西边走，似乎有些丘陵，但问题是那里在射程以外了。"

他们两个人又开始商量到底该在哪儿动手，似乎都不打算离开这块鸡冠石。戴维猜测他们会在这里跟温吉利·维纳碰头。毕竟要想狙击劳埃德，还需要摸准他去矿上的路，并且把握住最佳的时间，这些都只有曾经跟劳埃德一起拥有过神秘矿藏的维纳知道。他一旦找到了帮手，就会赶来。

维纳会在洛德镇上找到卢卡斯警长和钱钱来帮忙吗？戴维忐忑不安地想，特别希望他的救星能够从天而降。

乔伊和肯两个人讨论得越来越热烈了，他们似乎不太注意戴维，走出去一段距离后，同时背对着他指着地形商量他们的计划。此刻，戴维突然感觉到帽子上落下了些小石子儿，他朝周围看了看，什么也没有，当他转过头来的时候，一块更大的石子儿砸在了他的帽檐上。

这次他终于找到了方位——

鸡冠石的上头，匍匐着一个人，虽然逆光让他的脸有些模糊，但戴维从那黑色的长发和熟悉的轮廓看出了他的身份。

血狼！他心跳加快了——为什么会是印第安人第一个找到自己？他们的追踪术可真厉害！戴维想到了在探索频道看过的那些纪录片，以前他还觉得过于夸张来着，现在只想对着血狼欢呼。

既然他能跟上来，那么是不是意味着卢卡斯警长和钱钱他们也知道自己的下落了？虽然像只被吹满了的气球一样充满了希望，但戴维还是努力摁住想摘下帽子挥舞的手，向血狼提示了一下不远处的两个劫匪。

即便血狼是个很厉害的猎手，大概还是对付不了两个老兵，两个铤而走险的亡命徒。

血狼微微点头，似乎明白了戴维的担心，他比画了两个手势，慢慢地将身子缩回到岩石的另一面。

此刻乔伊和肯也转过身重新走回来，脸上挂着一种诡异的满足。

"应该是今晚了吧？"肯没头没尾地问道，乔伊则耸耸肩，"也许是的，他也不能拖延太久吧？他知道我们在这里等着，可没有什么耐性，而且他不是特别想念他的矿吗？他会赶到的。"

"你觉得如果劳埃德那边的队伍发现了我们，维纳的黑鬼可以挡挡子弹吗？"

"哦，如果我们真的能干掉劳埃德，只怕有十个那样的黑奴他都能牺牲掉。"

他们继续议论着，但只有肯在戴维的旁边坐下来，乔伊则穿好衣服，戴好帽子，做出打算轮换的模样。

这是个好机会，戴维的心怦怦直跳，血狼要打趴肯还是可以做到的，而且毫无疑问他也会帮忙。

乔伊戴上了帽子，骑上马，向他们摆手，"我再去溜一圈，回头见，先生们。"

回头你只能见到捆成一团的好朋友了，戴维皮笑肉不笑地向乔伊点点头，"一路小心。"

他的演技得到了肯定！两个劫匪并没有丝毫怀疑地分开了，肯甚至还打算再享用一点地窖里的藏酒。当乔伊的背影消失在远处，肯立刻匍匐在地上，试图从敞开的地洞里重新掏出酒瓶子。

这个时候，一道黑影从鸡冠石的边缘跃下，像山猫一样敏捷。是血狼，他扑向肯，目标是他的脖子。

然而那个匪徒也是经历过战争和杀戮的人，他反应极快，感觉到身后的敌意，忽然回过头来，正好跟血狼撞在了一起。

他们就像两只野兽一样撕咬在一起，在地上打滚。虽然之前在劳埃德的房子里见过，但现在才是真正的交锋。肯把他在战场上练就的杀人技巧全部使了出来，他的手数次摆脱血狼的钳制，试图去摸腰间的匕首，血狼则是用一种几乎出于本能的猎杀技巧，想要压制住敌人，把手里的短刀送到对方的脖子和胸口上去。

两个人的强弱差距并不大,激烈的搏斗弄得尘土飞扬,戴维在旁边想要帮忙,却看不清楚现在的局势。他四下里扫了一遍,抓起一块石头,准备加入战斗。但石头都快被捏热了,他还是没有找到下手的机会。

这时,远处传来"啪"的一声巨响,三个人同时被惊了一下。这电光石火之间,最先回过神来的就是赢家。

血狼翻身起来,狠狠一拳砸在肯的额角上,那个男人顿时眼前晕眩,昏了过去。血狼赶紧将他的皮带抽出来,把他的双手捆在身后,这才摇摇晃晃地起身,朝旁边吐了口带血的唾沫。

他看上去体力消耗很大,有些气喘吁吁的样子,全身都是沙土。

戴维都要热泪盈眶了。他扔掉了石头,惊喜地问:"你怎么找到我的?钱钱和卢卡斯警长也来了吗?"

血狼却摇摇头,做了个"安静"的手势。戴维还不明白,紧跟着又是几声枪响。这次的声音更近了,似乎在朝这边过来。

戴维立刻紧张起来,"发生了什么事?"

"先躲起来!"血狼说完,立刻拖着半昏迷的肯到了鸡冠石后面,又在马匹和俘虏的身上搜了搜,只找到一把手枪,还有一小袋子弹。

"你会用枪?"戴维不太抱希望地问道。

血狼摸了摸那把枪,"铁圈以前教过我,但毛嘴子的东西我用不惯。现在我自己的弓箭又没带出来……你会吗?"

血狼把枪递到戴维的面前,倒让戴维有些紧张。"还是你来吧。"戴维不自信地说,"我在射击场的时候脱靶的次数可比谁都多。"

血狼没有听懂他后半截话的意思,但对那把枪的归属倒是清楚了。他从来没有多余的废话。血狼拿到武器以后,戴维承担起看守俘虏的任务,三个人一起躲在鸡冠石后面,小心地看着枪响的方向。

枪声更加密集,也更加响亮了。戴维靠着血狼,小心翼翼地探出头去,看见乔伊离开的方向出现了几匹人马,拉出长长的烟尘朝着这边驰来。

43

一场恶战

不，事实并不是这样的

灰雨的作用

矿藏的秘密

"你看得清楚吗？"

戴维问血狼，他的心咚咚直跳，瞪大了眼睛想要看清楚奔袭而来的人，但飞扬的沙土加上太远的距离，只能让他勉强辨认出最前面的那个人戴着帽子，很像是乔伊，并且不时地回身射击。

虽然戴维不是近视眼，但血狼作为优秀的猎人，视力显然更好。此刻的他表情很怪异，似乎还带着困惑。

"到底怎么了？"戴维有些急躁。

"是印第安人……好像是阿帕奇人，"血狼跟着又否定了自己，"不，不太像。"

那些人越来越近了，戴维已经可以确定最前面的就是乔伊，他被追击着，显得有些狼狈。后来他跳下马快速扫了四周一眼，发现同党和戴维都不见了，就匍匐在一块岩石后面，向着追来的人开枪。

此刻又有两匹马冲出了烟尘，但不敢再贸然往前，只是不断地变换着位置，躲避乔伊的子弹。那两匹马上的人头戴羽毛，身穿着鹿皮衣，脸上和身上都涂抹着油彩，看上去的确是印第安人。戴维对于印第安服饰没有任何常识，根本无法判断这些印第安人到底是什么部落的，但是血狼也认不出来就有些奇怪了。

乔伊虽然是个恶棍，但好歹是个在军队中受过训练并且经历过战争的恶棍，即便被围攻，即便同伙突然不见了踪迹，但他并没有慌乱，仍尽力向敌人开枪，而且准头还不错。一个印第安人似乎被子弹擦到了耳朵，发出惨叫，掉落到地上。

另外的那个则向着乔伊举起了枪——

等等！戴维怀疑自己看错了，印第安人也用枪吗？

他的惊诧很快就再次升级了。紧接着又有两个人赶了上来，也是印第安人的打扮，甚至还背着弓箭，但他们也举起枪向乔伊这边射击。

这是什么剧情？难道印第安人已经开始使用热兵器了？他们从哪儿弄来的枪？难道是抢劫移民的？总不会是买的吧？又是谁教他们射击呢？

戴维盯着那边，他没打算去帮乔伊，但现在看起来那个家伙胜算不大。印第安人虽然有人负伤，但人数多，火力也不错。他们开枪的姿势倒是很熟练，看上去不像是刚拿到火器的。

枪战还在继续，血狼手里拿着枪，但没有贸然出手，他回头看了看戴维，示意他也不要暴露。

乔伊的弹药即将告罄了，从他不断地摸腰带上的皮口袋就能看出来。他开始一边开枪，一边寻找后退的路线，他必须重新摸上马，但这时候要抓住那被惊吓的畜生显然很冒险。

上帝并没有眷顾乔伊，当他试图从岩石后面突围的时候，一颗子弹击中了他的肩膀，接着又有一颗子弹射入了他的左腿。他发出惨叫，仰面摔倒。一个印第安人冲上来，一口气把所有的子弹都打在了他身上。

乔伊只来得及吐出两口鲜血和最后一口气，蹬了蹬腿，就不再动弹了。

这如同暴风骤雨一般的战斗结束得如此之快，让戴维的心脏跳得如同擂鼓一般。他捂着嘴，不敢作声，远远注视着那几个印第安人过来围住乔伊的尸体。之前那个被子弹擦伤了耳朵的也爬了起来，怒气冲冲地踢了一脚尸体，骂道："狗屎！"

带着西班牙口音的英语！

戴维瞪大了眼睛——这……是遇到假的印第安人了啊！

仿佛是为了验证，其中一个甚至还摘下了羽毛头冠和假发，露出淡黄色的短发。

难怪血狼无法分辨他们属于哪个部落，他们根本不是真正的印第安人，只是将那些相关的衣服胡乱打扮地穿在身上。可是……为什么这些人要装作自己是印第安人呢？这个问题只在戴维脑子里存在了一秒，紧跟着就像是突然找到了拼图的关键碎片一样，将之前零星的东西都串成了一幅清晰的画面——

这些伪装成印第安人的家伙在地狱湖周围出没，那么袭击移民的很有可能就是他们，之前发生的劫掠或许就是他们干的。

这个念头一冒出来，更多的解释就变得合理了。

难怪血狼他们一直否认杀死过移民，而道尔顿夫人却依然对印第安人恨之入骨。

但是，这些人为什么要假扮印第安人呢？而且如果连道尔顿夫人的亲属被害都是这些人干的，那他们应该在地狱湖附近盘桓了好多年。这又是为什么呢？

可惜现在并不是寻找答案的最佳时机。假印第安人开始搜查乔伊的尸体，还有一个把跑远的马牵回来，作为自己的战利品。

乔伊身上稍微值钱的东西都被拿走了，包括他的枪和皮带。之后他就这样被丢在原地，如同一条倒毙在路边的野狗。

戴维在心中暗暗祈祷，希望这些凶手赶紧离开。现在他和血狼可一点儿胜算都没有，何况还拖着一个俘虏。

但仿佛就像是故意折磨他一样，假印第安人并没有遵守郊狼的狩猎法则——吃完了就走，反而在这附近探查起来。

"这傻子不是单独来的，还有其他人的脚印，哦，瞧，第二匹马！"其中的一个"印第安人"在观察了附近的地面以后说，"他有朋友在附近，也许我们得见一见。"

天啊，戴维绝望地想，你们要交朋友也得考虑下我们的感受啊！

血狼转过头来，低声对戴维说："我可以开枪，也许不太熟练，但是我能击中一到两个。你骑上马，跑快点就能躲开。"

他们把属于肯的马也牵到了鸡冠石后面，因为时间仓促，只是胡乱地把缰绳绕到石头上缠了几圈，那匹骟马焦躁地来回踏着蹄，鼻孔不安地喷着气。

然而戴维看看远处的马，却没有同意。"一起走，"他说，"我们现在就摸过去，反正他们没有看到我们，你不必开枪，我们骑一匹马也没有问题。"

"它承受不起两个人的重量，速度会很慢，最终我们两个都逃不掉。"血狼严厉地说，"多余的分枝必须砍掉，才能让小树活下去。"

"可你不是多余的！"戴维说，"这比喻真是烂透了！"

"现在我有枪，听我的。"

哦，这话倒是不容易反驳。戴维又瞥了瞥不远处的马，咬咬牙，"行！我去，你先顶住吧。"

他转身跑向肯的马，但是他打定主意绝对不会骑着马逃走，他记得肯并不只有一把枪。不管怎么说，血狼能来这里救他，他可不能表现得像个混球。

就在他自己都觉得自己像真正的西部英雄,比如鲁斯特·考特伯恩,或者邓巴中尉一样的时候①,身后传来了一声巨大的枪响。

就算吴有金是个瞎子,也能看出来温吉利·维纳现在非常不满。他骑在马上,却好像骑在剑龙的背上,胯下顶着尖锐的骨质板,因此才会不停地扭动身体,活像某种发情的肉虫。

当然了,他肯定会觉得失望的。他来到洛德镇,指望这里有无数个跟理查德·劳埃德有私人恩怨的亡命徒,只要他发出"共同复仇"的号召,就有几十条大汉拿着枪跟他浩浩荡荡地向沙漠开拔。而现在,他身边除了黑参孙,看上去战斗力还不错的卢卡斯警长,剩下的就是一个矮小的中国人——比起手枪,似乎他们更拿手的是拨弄算盘和挥动菜刀。而另外的成员就更让人沮丧了,两个女人,虽然漂亮——都很漂亮——但女人嘛,战斗力几乎是等于零的。

这种队伍显然不能对付理查德·劳埃德和他的雇佣兵们。

维纳曾经用(他以为)聪明的方式旁敲侧击地向卢卡斯警察询问,是不是还会有更加可靠的人选跟在后头作为他们的增援,但卢卡斯警长模棱两可的回答实在难以让他安心,他很憎恨这种处境,却没有更好的选择——

如果他口袋里有一小撮金沙,他就可以招募到一群要钱不要命的凶徒来为他复仇,然而现在只有荒漠上吹来的黄沙和几个鹰元是他的全部财产了。

维纳只能跟着卢卡斯警长往前走。至少在离开洛德镇的时候警长为每个人都配好了武器、食物和水,就如同一个真正的指挥官,安排好了每个人行进中的位置和工作。那两位女士也不例外。

"她们都跟理查德·劳埃德有深仇大恨,这才是最重要的。"卢卡斯警长这么对维纳介绍道,"那位印第安姑娘的很多族人都死在劳埃德的枪口

---

① 《大地惊雷》和《与狼共舞》的主角。

下，道尔顿夫人被劳埃德欺骗过，而且她们远比你想的更加厉害。要进入地狱湖那一带，一个可以当向导，一个可以给我们提供支援，而且枪法还不错。"

维纳对他的话并不完全相信，但同样也没有立场反对。于是他们简单地碰了碰头，就决定出发了。

维纳在黄玫瑰旅馆的僻静角落里向新盟友说出了他的计划：他雇佣的人——当然目前看来就算没有给后续的钱，也依然是雇佣关系——带着戴维·杨格已经前往了地狱湖，他被劳埃德霸占的秘密矿藏就在那里，具体的位置很隐秘，只有他和劳埃德的人知道，所以没有他的带领，是不可能找到的。

劳埃德往往会找借口去别的地方，绕道来这个矿藏，而且还用了点小手段尽量让其他人远离。当维纳知道他要去塔霍湖的时候，就明白他很可能又会来这里了，于是他先是突袭了空宅子，想要捞到点儿东西，但显然失败了。于是他决定把赌注压在地狱湖这边，如果能干掉劳埃德，就相当于把以前的损失都弥补回来了，甚至得到了更多的补偿。

维纳向卢卡斯警长许诺："那个矿藏的股份是不记名债券，所以如果劳埃德消失，我们找到那些债券，再做一个公平的分配，相信会是一件皆大欢喜的事情。"

"恕我直言，维纳先生。"卢卡斯警长看起来并没有被那虚幻的报酬许诺打动，他只是压低了声音对这个南方公子哥儿说道，"您得告诉我，那个矿到底是什么？金矿和银矿的储藏量再丰富，也不至于让劳埃德弄得如此神神秘秘的。"

维纳的脸色有些僵硬了，他努力地维持着一切尽在掌握的表情，却又将双手交叠起来，不自然地遮住了下巴，仿佛是在防御的样子。卢卡斯警长没有催促他，只是点燃香烟，从烟雾后面静静地注视着他。维纳很快就屈服了，他压低了声音，说道："的确，那是一个富矿，但并不是金银矿。"

"总不会是钻石矿吧？内华达州似乎不产这个。"

"哦,说出来您也许不会相信,警长。如果我坦诚相告,你会认为我是个骗子。"

"试试看呢,维纳先生。"

"那是一个稀有金属矿,我从来没见过那种矿石,镶嵌在石头里,是那种被熔化过后的石头。含有金属的部分像云母一样闪闪发光。"

"也许就是云母矿呢?"

"我虽然并不是一直做矿业,但我能分清什么是云母矿,什么是金属矿。警长,我们当时就用一些矿石做过实验——它们很轻,但是非常坚硬,很难粉碎,我们悄悄地送了一些到旧金山去,得到了非常让人兴奋的回复:这种金属也许会比黄金更加珍贵,因为它们要么是首次发现,要么来自陨石。"

这倒是卢卡斯警长第一次如此接近劳埃德的秘密。

他把香烟放下,问道:"这个矿的发现者应该不是你,对吧?"

维纳很大方,"的确不是我,是劳埃德。听说他也是从其他人那里得到的线索……当时他并没有那么多钱独立开采这个矿,而且他也没有办法确定这个矿藏的价值,但是后来他从别的地方找到了资金,拿着旧金山那边伪造的矿石检验证书,就吞没了我的股份。他是一个不折不扣的骗子,出尔反尔的小人。"

"嗯,我同意您最后的判断。"卢卡斯警长抽着烟,决定把另外一些疑问放到后面再问,以免维纳抗拒,这会让接下来的旅途变得很无聊。于是其他的出发细节很快就在黄玫瑰旅馆的这个角落里敲定了。

在这支小分队组建起来并且踏入沙漠之后,他们走得平安无事,最大的威胁不过是遇到了两头在远处窥探的郊狼。但它们衡量过 2∶6 的实力差距以后,非常干脆地掉头寻找别的美味去了。

其实卢卡斯觉得,如果它们有耐心一直跟着,说不定在后面还能捡到一顿大餐——他们已经进入了地狱湖,按照维纳带的路,总会撞上劳埃德的人,流弹会造成一些不幸。

这样的预感很快就变成了现实。那是在他们进入地狱湖的范围、并且越来越接近中心区域时，维纳开始注意寻找他记忆中的标志物——按照他的说法，那两个南方军老兵会带着戴维·杨格在指定的地方等他，还会提前关注劳埃德的动向。

吴有金一直跟维纳保持着距离，他更愿意和两位女士待在一起，让卢卡斯警长去对付那个讨厌的家伙。

但是在进入地狱湖以后，他有些着急了，因为没有戴维的任何踪迹。他们如果在没有找到戴维的时候就撞上劳埃德，那麻烦可真不小。他也曾私下里跟卢卡斯警长说过他的担心，但那个男人很笃定地表示这概率太小，比五人玩牌的时候抽到四个 A 还难。

维纳倒是胸有成竹的样子，他似乎对于这一带的情况了如指掌。带着他们一直往前，在休息了一个晚上、清晨出发走了一段时间以后，他指着前方对卢卡斯警长说："看，就是那里，马上就要到了。"

他手指的方向是一块大岩石，但因为距离很远，看上去比指甲盖大不了多少，隐约像个鸡冠的形状。

"他们就在那儿，我的两个人，还有杨格先生。我以前把那里作为一个落脚点，还储存了一些东西。"维纳说，"这个地方是我的，在我还没有被劳埃德算计的时候，我配合了他的计划，所以他也让我选了一片警戒区。"

"警戒区？"卢卡斯警长说，"你的意思是为了保护那个矿？"

"是这样的。"

"你们当时在这里安排了人？"

维纳别扭地哼了一声，"是安排了，不过不是你想的那样……"

他的话还没有说完，卢卡斯警长突然举起手制止了他继续说下去。警长紧紧地皱着眉头，"听——"

空气中传来不祥的震动，他们内心的猜测还没有讲出来，原本在后面的道尔顿夫人已经催促着马赶上来，严肃地说："是枪声，先生们。"

戴维的人生中从来没有经历过如此跌宕起伏的剧情: 他被掳走了, 撒谎——不完全是撒谎——保命, 然后救星从天而降, 但与此同时又遭遇了袭击, 绑匪死了一个他还活着, 救星舍己救他, 而他用前所未有的勇气决定不独自偷生。

然而目前的情况是: 就算他想好了要尽力将血狼和自己都救出险境, 但那些冒牌印第安人显然已经发现了血狼, 他们开枪了, 并向着血狼这边包围过来。

戴维已经要来到肯的坐骑身边了, 那倒霉的畜生被枪声吓着了, 正在死命挣扎和嘶叫, 戴维死死地抓住缰绳, 让它冷静下来。

他回头看了一眼——

血狼还在岩石后面, 半蹲着向不远处射击, 那些假印第安人用小一些的石头做掩体, 暂时不敢上前。血狼脚边原本昏迷着的肯似乎被枪声惊扰了, 正慢慢地扭动着醒过来。

事不宜迟, 戴维抓住了马的缰绳——他现在翻身上马, 只要紧紧地把身体贴在马背上, 用靴子狠夹这畜生的肚子, 就能像射出的箭头一样跑进沙漠, 脱离子弹攻击的范围。但此时此刻, 他似乎完全忘记了这种可能, 他的眼睛盯着鞍袋, 判断那鼓起的形状。

他掏了一边, 除了水壶之外没有别的, 而身后的枪声简直像纽约的印度裔的士司机在堵车时拼命按喇叭催促一样, 不赶紧回应就会焦虑而死。于是戴维又转到另外一边。

谢天谢地, 里面果然有一把左轮手枪, 甚至还有一小袋子弹。

这时候, 那匹马突然发出尖锐的嘶鸣, 一下子瘫倒在地上, 差点儿压着戴维。他吓了一跳, 接着就看到马的头部有一个洞, 汩汩地流出血来。

哦, 这可怜的畜生, 戴维想, 不过这是上帝帮我在坚定决心!

他像捧着核弹的钥匙一样拿着枪往回跑, 同时看到被绑着的肯正缓慢地起身, 就要挣脱双脚和双手上的绳子。

戴维心里着急, 简直从来没有跑得这么快过! 在肯几乎就要成功的一瞬间，他像炮弹一样跃起，重新把肯撞翻在地。而这个时候血狼才抽空回头看了一眼，他脸上的表情瞬间变得很愤怒。

"你怎么在这里？"印第安人怒气冲冲地说，"离开！你应该骑上马走远一些！"

"然后留下你在这里等死，被人打得全身是窟窿，或者是被偷袭者砸破脑袋？"戴维咧咧嘴，"抱歉，我不是无情无义的人。"

"放开我！"肯插嘴叫起来，脏话源源不绝地泼着，直到戴维掏出枪抵住他的脑袋，才找回了一点理智。

"我不想杀你，"戴维说，"你要是有脑子的话还是先看看周围的情况吧，我们被包围了，乔伊出去的时候引来了一群歹徒，他们已经干掉了他，你如果还有力气，不如想想我们该怎么脱身。"

肯灰头土脸地被他曾经的俘虏压在沙地上，脸上气愤难平，但他的确听到了密集的枪响和子弹打在岩石上的声音。于是他拼命昂起脑袋想要看清楚情况，但显然做不到。

血狼把身体贴在岩石内侧，依然怒视着违背他嘱咐的戴维，"赶紧走，你做不了任何事。"

"送点弹药还是可以的。"戴维毫不妥协，"我找到了子弹，还有枪，你要是手里有准头，我们活下去的希望还是很大的。"

他把那一袋子弹抛到血狼身边，然后离开了肯，来到岩石旁边，低声对血狼说："我建议咱们先解开那个混蛋，我只需要提把刀盯着他，让他好好地瞄准——就像督战队那样，咱们就能多个人手。"

他的表情和语气带着从未有过的严肃坚决，似乎压根儿就没听到过所谓的"撤离"建议，就是最顽固的山羊也不会有这么倔强的表情了。

血狼看了他几秒，从腰上掏出了一把匕首递过去。

戴维笑着接过来，就好像以前自己拙劣的火山模型在科学比赛上得到了一等奖。"交给我吧。"他拍了拍胸膛，"你现在只需要再坚持一会儿。"

不等血狼回答，他转身来到肯的面前，用匕首抵着他的脖子，说道：

"再说一遍，我不想杀你，肯，因为现在我们面对的敌人不少，你至少顶点儿用。他们不会放我们活路的，因为他们已经暴露了自己的伪装。如果你愿意为自己的性命拼一把，我倒是很乐意把枪给你。"

肯脸上的表情阴晴不定，但戴维不能长久地等下去，他把匕首往他脖子上用力地摁了一下，刀锋轻轻地陷入了肯的皮肤里，"当然，如果你还是想跑，我只能割断你的喉咙，这样至少没有后顾之忧。"

"你的枪法一定很烂，"肯终于回话了，"还是让我来吧，我至少能打死一两个。"

"说到做到吧，先生。"戴维把他手脚上的绳子挑断，又把枪扔给他，"小心点儿，那些人不好惹，当然我也是——我就在你身后。"

"别太得意，你这狗娘养的。"肯恶狠狠地瞪了戴维一眼，很快就来到血狼身边。

现在战局得到了一些小小的逆转，肯毕竟是在南方军队里待过，他熟练地瞄准射击，对方阵营很快就传来了一声惨叫，至少有一个人被击中了。

进攻变得更加猛烈，对方的枪声响得更加密集。

"该死！"肯已经看到了远处乔伊的尸体，他的额角上冒出了汗珠，"这样下去不太妙，他们人太多了。"

或许肯的畏惧是对的，但现在已经退无可退，只要转身，就会被追击，戴维和血狼都记得乔伊的教训。

就在这个时候，对方又有人发出了惨叫。

这倒让三个人同时都吃了一惊——血狼和肯都很肯定自己没有那么厉害的枪法，接连射中两个人。但还没有等他们从错愕中回过神来，又有一声惨叫响了起来。

这次他们分辨清楚了，枪声从更远的地方传来，而且开枪的不止一个人——

戴维忍不住撑起身体，小心翼翼地向声音传来的地方张望，很快，他就发现了几个人影出现在沙漠中。

"是什么人？"肯问道，"看上去跟这些人不是一伙儿的？"

"难道是维纳先生？"

"他可没那么好的枪法！"肯吐了口唾沫。

"也许是他带来的救兵。"戴维说，"管他的呢，现在可是个好机会。"

血狼和肯抓紧机会继续向对手开枪，而那些"印第安人"迅速明白自己已经陷入了包围，他们毫不恋战，转身就要撤退。但就在他们试图爬上自己的马时，又有一个被击中了大腿，摔倒在地。这就像是朝剩下那几个扔了炸药包，他们火烧屁股一般不顾一切地胡乱找到最近的马，跳上去就向着来的方向逃走了。

戴维轻轻地舒了口气，但肯绷紧的神经并没有丝毫松懈。"那些人是谁？"他紧张地指着远处，有几匹马正在接近，正是向假印第安人开枪的不速之客。领头的是一个男人，他身边的骑手却有一头飞扬起来的黑发，纤细的身形看上去像一个女人。在他们身后陆续还跟着三个人……

"哦，天啊，上帝保佑！哈利路亚！"随着那几个人越来越近，戴维简直心潮澎湃——

他良好的视力已经完全能分辨出最前面的卢卡斯警长和道尔顿夫人，而毫无疑问，后面跟着的人里肯定有吴有金！他得救了，现在他这边的人占多数！

但血狼并没有像他那样激动地盯着远处，他首先缴了肯手里的枪，接着跑到"印第安人"身边，先捡起他们的枪，又把活着的那个捆起来。

这会儿工夫，卢卡斯警长已经来到了戴维的面前，他坐在马上朝纽约男孩儿笑了笑，"你要怎么感谢我呢，杨格先生？"

"除了以身相许怎样都可以！"戴维真诚地望着他，"您是怎么找到我们的，警长？"

卢卡斯警长向身后歪了歪头，"想必你还记得温吉利·维纳先生吧？"

看来他们合作了——后面的维纳向着戴维抬了抬帽子。

"您的枪法真不错，警长。"戴维并不想搭理那个混蛋，又把目光集中在紧随其后的女士身上，"还有您，道尔顿夫人，您真让我惊讶！"

"很高兴看到你没受什么伤，杨格先生，不过似乎吃了不少苦头啊。"黑发美人把她的柯尔特左轮手枪插回皮套里，动作熟练又帅气，简直像个女王。

戴维勉强地笑笑——这可真不是一点儿苦头，他整个人身心得到的磨炼简直可以让他涅槃重生了，就像邓布利多的凤凰一样。

"这些假印第安人的来头我们要好好地问一问，"卢卡斯警长朝那个剩下的活口抬抬下巴，又招呼血狼，"怎么样，朋友，或许他也能解答你的疑问。"

"是的，我也有很多的问题。"

"等等！"戴维抓住了重点，"你怎么知道这些印第安人是假的？怎么分辨的？"

卢卡斯警长耸耸肩，"哦，我分辨不出来，我只是带了一个能分辨出来的人。"

他回头望了一眼，除了维纳和他的黑奴站在远处并不愿意过来，最后面的两个人正在兴奋地催促着马奔来。

"灰雨！"血狼用休休尼人的语言大叫着妹妹的名字！

"钱钱！"戴维也感动地叫出了亲爱的战友的名字！

44

前往秘密矿藏

我觉得我还可以抢救一下

藏着变形金刚呢！

仿佛真的进入地狱

　　吴有金笨拙地驱策着胯下的牝马来到了戴维的跟前，他手忙脚乱地跳下来，用力地跟戴维拥抱了一下。

　　"谢天谢地你没事！"这个中国人简直有点热泪盈眶了，"我们一直在找你，我一直希望你已经回到了洛德镇，但是，但是……不过，血狼真了不起，你知道……是他坚持追踪才找到你的！"

　　这个情景会让戴维以为他们一起在越南或者阿富汗的战壕里待过，他也有点感动了，他从来没有这么强烈地感觉到吴有金确确实实是自己在这孤独世界中最重要的朋友。

　　他用力握了一下吴有金的手，又回头看了看血狼——印第安人正把妹妹抱下马鞍。这次真得好好谢谢他，戴维暗地里下了决心，但此刻显然不是好时机。

他看了看还在不远处徘徊的维纳主仆,问道:"他们在洛德镇找到你们的?"

"是我们找到了他们,"吴有金说,"我和警长留意了很久,维纳没有别的帮手了,他需要我们,所以卢卡斯跟他谈了条件,他要搞掉劳埃德,愿意跟我们分享一个隐秘的矿藏。"

"所以是他带你们找到这里的?"

"这里是他设立的一个中转站,或者是据点,诸如此类的吧。"

"那为什么又要带上灰雨?"戴维还是看着血狼兄妹。

"知道卢卡斯警长和道尔顿夫人为什么冲着这边开枪吗?"吴有金说,"我们要到这里的时候听见了枪声,警长把自己的望远镜递给了灰雨,她看出袭击你们的印第安人是假货,所以才能放心大胆地搞定他们。如果是真的,那说明这附近有印第安部落,可不能酿成大冲突。"

原来卢卡斯警长已经怀疑到了印第安人的劫掠案件,这次是专门让灰雨来辨认部落的吗?

"喂,你们两个,"卢卡斯警长在远处挥了挥马鞭,打断了吴有金和戴维的对话,"现在我们得碰个头,说说接下来该怎么做。"

这的确很有必要。

除了被捆在一边的伤员,所有人都聚集在了一起——雇用打手肯、卢卡斯警长、温吉利·维纳、黑参孙、道尔顿夫人、灰雨和血狼,还有戴维和吴有金,一支算得上壮大了的队伍。

"除了血狼和维纳先生及他的仆人还没有见过,其他人应该不用介绍彼此了,对吗?"

血狼克制地向维纳主仆点了点头——他还记得和那个黑大个儿在劳埃德的房子里有过一场恶战,现在突然这么彬彬有礼地待在一起实在很奇怪。

黑参孙面无表情,倒是维纳向血狼极为随便地拨弄了一下帽檐。

"好了,这就算是认识并且寒暄过了,"卢卡斯警长拍拍手,"我要说说咱们这次来到地狱湖的目的,那就是找到理查德·劳埃德的秘密矿藏,搞清楚他到底要做什么,还要弄明白之前的印第安人袭击案件是不是他在捣鬼。"

因此这个团队由有着各种不同诉求的人结合在一起:

维纳主仆是为了报复,夺取秘密矿藏;肯是为了钱,也是目前的保命之策;道尔顿夫人为了查清真凶;血狼和灰雨为了族群能获得清白;卢卡斯警长为了重新控制他的势力范围;而戴维和吴有金,他们两个则显得毫无目的,似乎就是被莫名其妙地卷入了这件事。实际上戴维和吴有金却是在进行一场赌博,他们有一种奇怪的感觉——也许劳埃德的秘密比他们想的更加诡异,而且这事隐约也会牵扯到米洛先生身上去。

卢卡斯警长对温吉利·维纳说:"现在,你能找到通往那个秘矿的路吗?"

维纳向周围远眺了一番,点点头,"虽然有段时间没来了,但我还知道怎么走。我需要有人走在前面,这条路上说不准又有埋伏。"

卢卡斯警长回头看了看躺在地上的人,对方的双手双脚都被捆着,受伤的腿用一条方巾勒住了止血。他把那个人拽过来,伸手在他脸上抹了一把,所有人都看见棕色的皮肤立刻变浅了一些。

"我可以把你扔在这里,这样也许到傍晚的时候,就会有狼来咬断你的喉咙。"卢卡斯警长把手在他身上擦了擦,"不过,我也可以把你腿上的弹片掏出来,给你包扎,允许你趴在马上跟我们走。当然,还是会捆着你的手脚,但你会活下来。"

那个人瞪着他。

卢卡斯警长继续笑着,"用英语跟我说说,小子,你们这群人是哪儿来的?丢下你的那群家伙现在逃到哪儿去了?还有别的人在地狱湖周围吗?"

那个人张了张嘴,终于用带着西班牙口音的英语回答:"我们是从新墨西哥州过来的，一位绅士雇用了我们，只是扮成印第安人，像他们那样对待白人移民就行了。"

"雇佣你们的，是叫劳埃德吗？"

"我不知道，也许叫这个名字，也许不是，反正我没见过他，我只是从头儿那里拿钱。"

"你们的人还有多少？在哪儿藏着呢？"

"我说不准，我只是跟着四五个熟悉的人一起行动。别的队伍我都没有见过，也许只是在另外的地方，也许只有我们几个。"

"刚才逃走的会去哪儿？"

"也许是到'暗堡'去了，那是一块有裂隙的风化岩石，可以当作山洞。从这里向东走，很快就会找到。"

"你们知道这附近有一个矿吗？"

"不，不知道，我们从来不关心这个，我们干一个活儿只拿一个活儿的钱，什么矿业都跟我们无关。"

"很好，我没有什么问题了。我还想提醒你，如果我们出发后再遇到你的化装朋友，就会用你当人肉盾牌，你觉得会发生这样的情况吗？"

那个可怜虫使劲摇头，"不会的，先生，现在你们的人数更多，他们不会贸然再来。我们都是为了挣钱，并不需要赌命的！"

他真是个"诚实"的人，卢卡斯警长赞许地点点头，"希望你说的这些能救你的命。"

"我们不会去那个暗堡吧？"戴维问道，"我们不是该直接去秘矿吗？也许劳埃德还没有到那儿呢，可以赢得一些时间吧？"

"我倒是想去那个所谓的暗堡，"道尔顿夫人冷笑道，"如果那些冒牌的印第安人真的躲在那儿，我们可以把他们都揪出来，问清楚是不是劳埃德让他们杀人、抢劫、嫁祸！"

吴有金咳嗽了一声，有些抱歉地对道尔顿夫人笑了笑："我同意戴维的意见，我们现在也许得先选择更重要的事情，那些假印第安人目前还不是威胁,但劳埃德到了秘矿,我们就得面对更棘手的情况。"

道尔顿夫人的脸色不太好看,但她并没有找出反驳的理由。

"对不起,戴安娜。"卢卡斯警长也劝说道,"想一想,劳埃德才是整件事的关键,我们要弄清楚他的秘密,才会知道一切。假印第安人只是下游的一环,既然那些家伙暂时不会来阻止我们,我们没必要主动去招惹他们。"

道尔顿夫人虽然不太高兴,但她还是绷着脸点了点头。

于是卢卡斯警长转向可以带路的那个人,"那就出发吧。维纳先生,天黑前能到吗?"

"也许,"温吉利·维纳说,"我记得那是一个非常危险的地方,我们可不能走得太快。"

地狱湖,它的确是一个非常宽广的地理范围。由于印第安人在附近的势力和它贫瘠又险峻的地势,并没有多少人愿意走近它。所以就算是在洛德镇待了很久的卢卡斯警长和道尔顿夫人,也是头一次看到这片荒漠深处的模样。

地面的沙粒变得粗糙,石头的碎屑也越来越大,更多形状怪异的岩石出现,仿佛是有许多巨人在这里玩过泥巴,他们任性地把泥团随意捏在手里,然后相互投掷,或者狠狠地掼在地上,让泥团碎成块儿。之后他们扬长而去,留下这些丑陋的东西石化成了现在的样子。

不知道是不是有更多的岩石在沙层下,地面的起伏坡度也变得更大了,马匹走起来需要更加小心,行进的速度也更慢。戴维骑着原本属于乔伊的马,对身旁的吴有金说:"这里的地形很诡异啊,看上去这些石头似乎是火山熔岩,但熔化的模样又很奇怪……倒是有点像米洛先生的坟墓附近的石头。"

"对,可这里的数量多得多,体积也大得多。"吴有金压低了声音,"我不是学地质的,但我记得火山岩的气孔应该不少,这里的石头看上去像是熔化过,但是石头上的气孔并不多。"

他甚至专门跳下马,捡起几块递给戴维。

这些石头上的气孔的确分布得很稀疏,但还是像喷出岩,拿在手上掂一掂,却又比预料的重。有些石头的断裂面上显露出清晰的界线,外壳的气孔和内部实心结构形成了明显对比。戴维无法判断这些石头是怎么变成这样的,他开始后悔业余时间看了太多的漫画而不是科普读物。

"我们在天黑前得找个地方休息吧?"走在队伍前方的肯转过头来问道。他黑着脸,看上去极为不耐烦。他当然会不爽,他被推到最前面是因为维纳先生担心带路会首先遭到伏击,在第二个会稍微安全些。虽然肯也不愿意当盾牌,但现在他是最没有同盟支援的人,必须接受这支队伍里的任何安排。

艰难的跋涉让肯怒气勃发。他在出发前还被迫干了个体力活——埋葬乔伊,这让他对接到的雇佣差事更加不满。现在距他们从鸡冠石出发已经四个小时,而且仍然没有尽头,而地狱湖的古怪景色预示着更加艰难的前景,肯对接下来的事情也有了些不好的联想。

"很快就要到了,"维纳先生拒绝了他的提议,"我们现在不能停下,万一那些假印第安人赶上来,或者是他们还有别的什么埋伏,我们可应对不过来。只要到矿坑附近就安全了。"

肯悻悻地重新回过头,维纳身边的卢卡斯警长则接着问道:"为什么矿坑附近反而安全?劳埃德怎么不让更多的人看守那里?"

维纳脸上露出意味深长的笑容,"等到了那里你就明白了。"

他们继续朝前走,最后地形开始往下倾斜了,但坡度不大,更多更巨大的火山岩出现了,稠密的大小不一的岩石连马走进去都有些困难,马蹄子时而卡住,时而打滑。

维纳从马背上跳下来,爬上一块稍微平坦些的巨石。已经快到傍晚了,太阳正在落下,天边的晚霞还是让人赞叹的金红色,落日的余晖正洒在这片略有些倾斜的地面上,大大小小的巨石投影被拉得很长。乍一看,他们这群人就仿佛站在巨型刺猬的背上，正向刺猬的头部挺进，而维纳就立在一根刺的根部，眯着眼睛向一个方向望去。

卢卡斯警长不知道他在看什么，取出马鞍袋里的望远镜向同一个方向看去。他的脸部肌肉抽动了一下，放下望远镜的时候，表情很是诡异。

"他看见什么了？"戴维用手肘碰了碰吴有金，他们的马也没法前进了，只能站在原地。

"我怎么知道？"吴有金撇撇嘴，"也许是在赞叹大自然的鬼斧神工。"

但卢卡斯警长显然没有这么好的闲情逸致，他跳下马，很快来到维纳先生旁边，跟他低声交谈起来。

这举动太不寻常了，道尔顿夫人也忍不住跳下马，从后面来到戴维他们旁边，"怎么了，是走错路了吗？"

"也可能是快到了！"吴有金想要传播点儿正能量，"维纳先生大概在辨别路线。"

戴维转头看着身后，血狼和灰雨落在最后，血狼的马上还搭着那个受伤的俘虏。"我说，"戴维冲血狼叫道，"你们以前来过这里吗？这儿看着怎么那么奇怪啊？"

血狼摇摇头，"我们不到这边来，这里没有任何值得来的。没有水和植物，没有可以狩猎的动物，甚至连蜥蜴都讨厌这个地方。"

"你是说连动物都不来？"

"很少，很少有活的动物愿意待在这里，大概除了毛嘴子。"血狼说，"难道你没有发现我们一路上连一只兔子都没看见吗？"

他说的倒是真的，戴维偷偷地对吴有金说："这就有点诡异了，你说，会不会是什么磁场？"

"你的想象力很丰富，"吴有金笑了笑，"不过我们马上就可以验证了。"

他从口袋里掏出一个小皮盒子，打开后里面有个老式的指南针。吴有金几乎是立刻就不笑了。指南针上的蓝白指针像是兴奋过头的泰迪一样，一会儿逆时针一会儿顺时针地转圈。

戴维点点头，"这里的磁场果然有问题！"他说，"怪不得温吉利·维纳一直没有用指南针之类的工具来辨别方向，他是靠着记忆硬把这条路背下来的吧？"

他们闲聊的这段时间里，卢卡斯警长已经和维纳先生说完了。他转身向戴维他们走近几步，大声说："我们快到了，但接下来不能骑马过去，大家都下来吧，带上你们的随身物品。水、食物和武器都可以，别的就算了。把马拴在这些石头上，我们还得靠它们回去呢。"

这就快到了？

戴维有些吃惊，他倒是很想知道维纳先生和卢卡斯警长看到了什么，因为从他的角度望去，夕阳普照的这片乱石地上并没有任何跟"矿藏"联系得上的东西。他充满怀疑地和吴有金对望了一眼。

"它在哪儿？"吴有金忍不住嚷嚷，"我们步行还有多远？"

卢卡斯警长来到他跟前，使劲拍了一下他的腿，"下来吧，艾瑞克。不在一个固定的角度看，你永远是个瞎子。"

吴有金不情愿地下了马，卢卡斯警长把望远镜递给他，"顺着东南方看，有一块三角形的石头……"

按照卢卡斯警长的指示，吴有金找到了远处那块不算最大、但绝对是最容易辨识的一块石头，因为别的虽然奇形怪状，但几乎都缺少那一个朝天的犄角，无法构成直角三角的模样。更奇怪的是，当这个时间点石头的影子被拉长，这块岩石身后竟留下一个规整的长方形阴影。

"阴影中间有一条被覆盖的圆形坑道，走下去就是那个秘矿。"

吴有金放下望远镜，还没有从惊愕中回过神来，"这……是在演《鼹鼠的故事》吗？"

卢卡斯警长微微皱了皱眉头，收回了望远镜，"艾瑞克，有时候你说的话真是让人难懂。"

这不是重点，吴有金转向对戴维，一脸紧张地说："嘿，戴维，你有幽闭恐惧症吗？"

这个秘矿的情况的确让人意外，周围竟然真的没有什么看守的人。当然它的隐秘也是原因之一——如果不是在特定的时间点被温吉利·维纳指出来，第一次来到这里的人几乎不可能辨认出来，有人守卫，反而容易暴露。

现在，卢卡斯警长根据维纳介绍的情况重新安排了队伍的排序，包括打前哨的、中间的和殿后增援的。

他把自己安排在了最前面，配合他的是黑参孙和肯。维纳先生是绝对不会冲锋在前的，所以他心安理得地跟道尔顿夫人留在了第二梯队，还有戴维和吴有金。最后是血狼和灰雨——灰雨负责留在洞口观察，血狼则要注意后面有没有偷袭者。

黑参孙对安排没有异议，反正他只是盲目地服从自己最熟悉的人；肯虽然不太情愿，可情势所迫，他也没有可能再临时投奔劳埃德。于是所有人都抓紧做着进入的准备，卢卡斯警长堵住俘虏的嘴，捆得结结实实的，把他跟马匹都拴在远处的乱石堆中。

检查了随身武器后，维纳先生再一次强调了矿坑里的危险。

"洞口开得很窄，大概一次只允许一个人下去，因为旁边还留出了矿车的通道。但里面的空间非常大，真正保护这个秘矿的人都在下面。"维纳先生说，"反正以前我过来的时候，总能看到长期驻守在这里的五个带枪大汉，他们都跟魔鬼一样，眼睛里燃烧着火焰，鼻子里喷着硫黄，特别是他们输牌的时候，嘴里一直在蹦着火星儿。"

"有多少个矿工？"卢卡斯警长问道，"他们也有枪吗？"

维纳的脸上露出古怪的表情："这就是另外一个异常的情况了，我来过这里几次，都没有看到过矿工。事实上，我也不明白劳埃德到底开采了多少矿石，我来的几次，他都用油布把那些采矿的机器遮着呢。"

"也许他在等待更好的机会把这个矿出手，"肯插嘴说，"谁知道呢。说不定他没有能力开发，只是屯着。"

"或者是他根本不知道怎么开发，"吴有金低声对戴维说，"我觉得他们并不清楚这种稀有金属矿该如何开采。"

天色更暗了，太阳即将落到地平线以下，一弯新月已经在颜色最深的天幕上显露出了形状。光线暗淡下来，气温也直线下降，晚风带着沙土吹打到脸上，有时候眼睛也睁不开。

但当他们终于来到洞口的时候，因为巨石的遮挡，反而在这一小片空间中获得了诡异的宁静。

洞口的确不大，从地面往下凿出了陡峭狭窄的阶梯，每次只能允许一个人通过；旁边是一条平滑的斜坡，上面铺着木制轨道，有推车上下的痕迹。因为沙土不断地灌进来，无论阶梯还是斜坡，都非常滑，走在上面必须加倍小心。一股尘土的沉闷味道从洞口深处飘来，让人觉得鼻腔难受，想要打喷嚏。

卢卡斯警长拿着枪，慢慢地往下挪，很快就消失在前面黑乎乎的空间中，这让后面的几个人心惊胆战。接着是黑参孙和肯，然后是维纳先生。

戴维自告奋勇地想要在道尔顿夫人前面先下去，但那位女士把他往后面推了一把。

"省省吧，杨格先生。"女老板笑了笑，"我敢发誓你掏枪的速度比你的准头更让人担心，而且……你杀过人吗？"

戴维窘迫地笑了笑，退让了。

"我从来没有觉得自己这么弱小过，"他偷偷对吴有金说，"你说我要不要为了证明自己有用，开枪的时候冲到最前面去？"

"我觉得你还是不要给警长添麻烦比较好。"他的朋友真心实意地说，"我们最好专注于安排好的事，不要拖后腿。比如等会儿下去的时候，小心脚下不要摔倒。"

这是真的，顺着阶梯往下走，光线会变得越来越暗，隔了很远的距离才在开凿的石壁上挂着一盏油灯。每次马靴踩在阶梯上，沙子就很贱地帮他们润滑，成心想让他们一个接一个地滚下去。

戴维小心翼翼地往下走,同时打量着坑道的两侧:在油灯豆大的火苗中,他能看见那些木料建造的支撑梁,还有一些散落的碎石。他往后看了看,血狼跟着吴有金,发现他回望的时候,点了点头,而更远处的入口,灰雨正蒙着头巾趴在那儿,手里拿着枪。

那姑娘学习用枪的时间只有不到半小时,戴维心中的不安更加强烈了。

他们花了十几分钟才艰难地走完第一段阶梯。

果然就像维纳先生说的那样,来到第一层平台之后,空间一下子开阔了许多。阶梯下的空地上即便放着一台油布包着的机器也能容纳所有人。挂在墙上的两盏油灯,让那机器在地面上投射出黑魆魆的影子。

"这是什么?"戴维好奇地问,拉开油布的一角,一股机油味冒了出来,接着露出了金属的柱子、齿轮和铁箱,上面除了机油的油垢,还覆满了灰土,脏兮兮的。

"也许是捣矿机?"吴有金猜测道,"听说那东西是蒸汽动力的。矿石得捣碎了才能运出去吧。"

"不!先生们。"温吉利·维纳用那种"你们是白痴吗"的眼神看着他俩,"捣矿机不会放在这里,它的体积要大得多,每根捣矿锤可以达到六百磅。况且在这里也没有办法用蒸汽驱动它。"

吴有金"哦"了一声,并没有脸红,他又不是学科技史的,对于这种蒸汽时代的产物,已经被淘汰的机械,他不了解是完全正常的。

"那它是什么,为什么放在这里?"戴维的好奇心还是没有满足,他想要把油布整个儿掀开,却被道尔顿夫人拦住了。

"分清主次,杨格先生。"她说,"这东西既然没有妨碍我们,就让它在这里待着吧。"

戴维缩回手,做了个"遵命"的动作。

"再往下就有人看守了,"维纳先生说,"下面的空间更大,也是开采过一些矿石的地方。劳埃德每次来都会在那里。"

"我们下去会跟他们正面遭遇？"道尔顿夫人问道。

"很可能会，所以最好提前准备。"

肯举着枪，"出其不意地开枪就行了，我们在暗处，他们在明处，全部干掉。只要我们动作够快，他们来不及反应。"

"那太冒险了。"卢卡斯警长摇摇头，"万一劳埃德已经到了，还带着人呢？我们不能最开始就制服他们全部，而他们的人数又比我们多怎么办？恕我直言，先生们，我们之中枪法好的人不超过三个，也就是说，无论怎么样，对方的实力都比我们强。"

他说话真是不留情面！吴有金和戴维都很自觉地没把自己归类到那三个人中间去，至于其他人的自我判断，就不能保证了。

"你有办法吗，警长？"

"我们可以把他们引出来。"卢卡斯警长说，"不用到达第二层空地，就在阶梯上，在他们的盲区里先制服一些人，剩下的人怎么也好对付点儿。"

这倒是个不错的主意。

"那……我跟戴维可以留在后面吗？"吴有金举手申请，"我们两个不太会用枪，肉搏也不行，不妨碍行动做个后援比较合适。"

临阵脱逃实在让人不齿，哪怕说的是实话。吴有金看见卢卡斯警长的眉头皱了一下，其他人也都露出意味深长的表情，甚至连戴维都奇怪地看着他——至少戴维明白按照这个中国人平常的性格，这么公开表示有点意外。

但警长同意了吴有金的提议，把血狼调换到前面来。印第安人的肉搏技巧非常出色，甚至可以在猎物出声前就割断它们的喉咙，确实比棺材店老板管用得多。

他们又一次商量了接下来的步骤，并准备实施。

戴维看看那群人，偷偷地拽了拽吴有金的袖子，"钱钱，你干吗突然跟他们说要留在后面，就算不说，他们也不会让我们对付看守的。"

吴有金压低了声音回答："我当然知道了！我只是想跟你留在后面，

为了这个……”

　　他的头微微向那个蒙着油布的机器偏了一下，“你难道不想知道那玩意儿到底是什么吗？我觉得有几个部件很眼熟啊！”

45

机器的秘密？

打起来了，跑不掉

讨厌的黄雀啊

罪孽这种东西，一百瓶漂白剂也洗不干净

　　戴维是个程序员，他的特长是跟代码打交道，对于机械的概念并不太明晰，但他有个不错的优点是：很愿意听听比他专业的人的意见。当吴有金向他暗示那个油布包着的机器可能有些蹊跷时，他突然也意识到一件事。

　　"米洛先生的笔记本？"他低声问吴有金，"钱钱，你觉得这机器像那上面画的？"

　　"我不敢肯定，"吴有金回答，"所以我想留下来好好确认一下。"

　　原来他是在打这个念头，这的确比下去跟几个傻大个儿互相开枪更重要！戴维点点头，向吴有金说："那就再等等，他们很快就会出发了。"

　　两个人背着手站在油布遮盖的机器面前，又要努力装出自然的模样，看上去有些滑稽。当道尔顿夫人或者肯偶尔转头来看他们的时候，哪怕带着轻蔑的戏谑神色，他们也视若无睹。

不过，除了嘲笑这两个废物胆小之外，其他人并没有注意到他们的真正目的。现在是关键时刻，必须制住看守才谈得上对付劳埃德。

卢卡斯警长安排了最容易让人放松警惕的道尔顿夫人作为诱饵，她会假扮成自己最为痛恨的娇弱受难女子，发出塞壬一样让人迷醉的声音，把那几个"水手"引出来。然后血狼会从暗处突袭这些落单的看守，尽量削弱他们的力量，黑参孙会从旁协助。如果被识破，卢卡斯警长和肯会向看守们开枪，先下手为强。只要先成功地干掉两三个人，接下来的事情就好办得多了。

当然，如果效果不好，或者对方的人数超过了他们的预期，那么就必须经历一场残酷的枪战了，能不能活下来全得靠运气。如果是那样，作为懦夫的维纳先生，以及戴维和吴有金也必须拼命才行——不会真有人指望能靠他们反败为胜。

"希望不会真要用到你们。"肯一边检查着自己的手枪和子弹，一边嘲笑戴维和吴有金。

小不忍则乱大谋，大丈夫能忍胯下之辱……吴有金很想把中华民族的传统智慧传递给戴维，但他发现朋友对肯的挑衅并不介怀，反而努力地掩饰着内心的兴奋。好吧，也许对于戴维来说，接触米洛先生的秘密是更加重要的事情。

在其他人检查各自的装备时，卢卡斯警长向他们走过来，他的目光在戴维和吴有金的脸上轮流扫过，最后看着吴有金，从靴子里摸出一把匕首递给他。

"我估计你很难用上，"他说，"但考虑到你的枪法很烂，子弹早晚也会打光，有个备用的武器也好。不过，你最好有勇气把这刀子捅进别人的身体里。"

吴有金脸色古怪地看着那把匕首，没有立刻接过来。卢卡斯警长干脆走上前来,用那把匕首的刀尖在吴有金的颈口、肋下和腹部轻轻地点了几下。

"记住,你的力气没那么大,用力捅这几个地方效果更好。"警长把匕首插进了吴有金的腰带。

吴有金有些吃惊地看着他,"你不打算说点别的?"

"你想听什么,艾瑞克?"

"我和戴维可帮不上你什么忙,你要埋怨的话我完全可以理解。"

"这个嘛……"警长压低了声音,"要我说实话,你别搅和进来被流弹击中就是帮了我大忙了,我并不介意你和杨格先生躲在这里。哪怕你们有别的计较……"

他意味深长地看了一眼戴维,还有那个盖着油布的机器。

吴有金倒觉得有些愧疚了——他也不太明白为什么会有这样的感觉——也许有时候他太自私了。他和戴维虽然一直想要脱离这个时代,回到自己的世界去,但是对这些人,卢卡斯警长、血狼、道尔顿夫人,还有灰雨,要说完全不关心地看着他们陷入危机,那也是做不到的。

"我……"吴有金摩挲着腰带上的匕首,"我和戴维不是逃兵,我们并不是想要推卸责任。无论怎么样,我们会做好自己的事情。"

"啊,这个……"卢卡斯警长笑着摆摆手,"我倒是真希望你做到一件事。"

"当然,如果你需要。"

"如果下面的情况不太好,你就带着杨格先生,或者杨格先生带着你直接往外面跑吧,马在外头,你们和灰雨应该可以跑得出去。"

吴有金瞪大了眼睛,一时间不知道说什么,旁边的戴维也愣住了,其他更远些的人并没有听见卢卡斯警长的话。

"你觉得很危险?"戴维郑重其事地低声问道,"你宁愿我们逃走?"

卢卡斯警长却不置可否,"我们在敌人的地盘,一切都不可知,但能活下去总是件好事。"

吴有金张了张嘴,还没想好说什么,卢卡斯警长已经转身走回其他人中间,招呼他们准备出发。

于是原本就安静的矿道中一下子连细语的声音都消失了,只剩下人们移动时衣服摩擦出的窸窸窣窣的声音,还有马靴踩在沙土上细不可闻的杂音。

戴维和吴有金站在原地,看着前面的那些人逐渐消失在坡道上,互相望了一眼。

戴维首先开口:"他其实没有那么可恶嘛。"

"这让我有点愧疚了,真是的……"吴有金嘀咕。

"我知道,"戴维深表同意,他也觉得真要跑反而会有负罪感,"我们该怎么办?"

"我们不能逃走。"吴有金毫不犹豫地说,"我们还是得先检查这台机器,之后再去接应他们,逃走的话实在太丢人了!"

戴维点点头,"我同意你的看法。血狼今天才救了我,我可没法子只顾自己逃命!"

他们达成了一致,先快速摸摸这台机器的底细,再去增援卢卡斯警长——不管是不是真的有用。

于是戴维和吴有金揭开了油布,终于得以一窥这玩意儿的全貌:

当真的看到这机器的模样,即便是对机械不太了解的戴维也感觉到了蹊跷。这台机器并不像蒸汽时代的产物,它不太大,只比一辆矿车大一些,也有带着锈迹的齿轮和螺栓。除开这些齿轮和螺栓,戴维和吴有金还看到了被脏污的机油覆盖的大块金属,当他们把那些机油擦干净之后,发现那是一整块铸造构件,看光泽很明显是合金,而且并非常见金属,带着一种浅灰色,他们曾经见过。

"很坚硬,"吴有金掏出匕首在那块金属零件上划了一道,没有留下任何痕迹,"这跟那个古怪的圆环质地一样。"

"我的天!"戴维说,"这就意味着其实劳埃德的矿坑里藏着一打那种金属,那他还装出什么都不知道的样子?"

"也许这东西并不属于他,他只是碰巧得到了,而他想要知道怎样获得更多。"吴有金说,"我怀疑现在的冶炼技术能否加工出这样的金属零件。"

"米洛先生,我觉得跟他有关系。"戴维用拇指支着下巴,"你觉得这机器是做什么用的呢?"

吴有金站起来走开了几步,认真地打量——这机器的底部有一个支架,齿轮和轴承将中间的精密零件包裹着,似乎外部有什么接入到了那个零件中间,奇怪的是外部的齿轮和轴承却没完全咬合,而且……他好想给它除除锈。

"它只是一个部件,"吴有金肯定地说,"是一个不完整的部分,而且有人改造了它。"

"会是谁?"

"不会是劳埃德,我猜。"吴有金说,"也许是米洛先生,在我们知道的人里,只有他是这片蛮荒之地有能力这么做的人。说不定这台机器也不是米洛先生造的,因为如果我们可以从时空缝隙穿越到这里,说不定之前还有人……"

戴维按住额角,紧紧地皱着眉头,"你想说的是,这玩意儿可能来自未来?"

"也许,也许不仅仅是它。"

卢卡斯警长在阶梯的阴影处停下来,他向后面的人做了个手势,于是其他人也按照顺序在后面挨个儿蹲下。卢卡斯警长望向队伍,能看到温吉利·维纳,更后面就没有人了。戴维和吴有金没有跟上来,他说不上是庆幸还是有些失望,但这时候他也不打算搞清楚自己的真实想法。

他向维纳指了指前方,意思是询问是否快到目的地了。

维纳向他竖起拇指,点了点头,然后比画了一个数字 10,意思是再往下走十码就是看守们的地盘了。

卢卡斯警长又对血狼和黑参孙招招手，于是他们俩一边一个，占据了阶梯上的两个攻击方位。

"戴安娜，"最后卢卡斯警长说，"关键就看你的了！"

道尔顿夫人冲他笑了笑，起身将枪递给他，接着摘掉帽子，把头发打散，用手揉乱，还在美丽的脸颊上抹了点灰尘。

"一位落难的贵妇人，迷路了，丢失了水和粮食，"她压低了声音说，"更糟糕的是我和妹妹的马在外面陷入了一个土坑，她和我都需要骑士的帮助。"

"他们在等你，"卢卡斯警长说，"做得漂亮些。"

"我会给你们发出信号。"道尔顿夫人犹豫了一下，"艾瑞克他们可能不会下来了，你也没有真的希望他们能帮上忙吧？"

卢卡斯警长对她笑了笑，"去吧，戴安娜，小心点儿。"

道尔顿夫人在他的肩膀上按了一下，转身往台阶下走去。

在矿道中，油灯燃烧得很安静，偶尔莫名地晃动一下，在每个人脸上拂过一阵阴影。这一段矿道离出口很远，离下面真正的矿脉也有一段距离，没有动物经过，没有人贸然开口，就连呼吸声也被刻意地压低了。卢卡斯警长一时间没有听到任何声音，如果不是心跳和血流的声音在耳朵里有回响，他几乎产生了一种自己已经聋了的错觉。

他们静静地等待着，仿佛都要跟这灰黄色的矿道凝结在一起了。

但渐渐地，一些模糊的声音从坑道下方传来，仿佛是几个人在说话，其中夹杂着比较高调的女声，还有一两个男人的声音。

卢卡斯警长迅速地给血狼和黑参孙递了个眼色，他们两个人往前走了两步，紧紧盯着前方。很快，道尔顿夫人带着悦耳的笑声出现在了阶梯上，她向着他们的方向伸出两个手指晃了晃。接着，她突然迅速地往阶梯上跑了好几步。

血狼闪电般地蹿出去，直扑跟着道尔顿夫人的一个男人，他的动作如此之快，几乎是从阶梯上纵身跃下，一下子将那个倒霉鬼撞在了坑道墙壁上。对方只发出了短促的惊呼，就被血狼扼住喉咙，抓着头猛地撞击在墙上。那人瞬间昏过去，软绵绵地委顿在地上。

黑参孙的动作显然要迟钝一些，他瞄准第二个人的时候，那家伙已经发现了不对劲，正掏出枪来。但黑参孙的力气大得多，他张开手像铁箍一样一下子把那个看守抱在怀里，那人叫了一声，枪掉在地上。黑参孙用另一只手抓住他的后颈使劲一扭，对方的骨头就发出了清脆的断裂声。

他很容易就干掉了一个人。

"太快了，"道尔顿夫人皱了皱眉，看着黑参孙扔下尸体，"我以为你只会打晕他。"

这个杀戮机器却咧咧嘴，有些得意。

血狼将昏过去的看守捆起来，塞住嘴巴，又回到卢卡斯警长这边。道尔顿夫人正在向领队描述下面的情形——

"下面只剩下三个人了，"她说，"一共五个人，正在玩牌，我进去的时候有一个特别警惕，看上去像领头的，但其他的都有些麻痹大意。他们相信了我的话，所以派了两个人，不过同样的计策肯定不管用了。"

"只有三个人，也没有那必要了，"维纳说，"以前这里的看守差不多也就这个数量，何况连工人也没有了。我们冲下去就可以干掉他们。"

卢卡斯警长没有马上同意他的建议，只是让道尔顿夫人再详细说说她所看到的，特别是下面那些看守待着的位置是什么布局，矿坑往下走还有多深等等。

道尔顿夫人将那个开阔地仔仔细细地描述了一遍，并确认的确还有一条往下延伸的矿道，但显然已经没有人工作了，因为油灯只在矿道的入口处亮着，轨道上的矿车也倒扣在阶梯上。

"好吧！"卢卡斯警长终于下定决心，"我们可以去收拾剩下的三个了，请准备好你们的枪，先生们，还有女士，不过我还是希望最好别把他们都打死……我们来的目的不是杀人，愿意告诉我们信息的活口更宝贵。"

黑参孙有些不满地哼了一声，但维纳先生没有对警长的叮嘱表示反对，他也只好装作听不懂。

卢卡斯警长对血狼说："需要开枪的事儿我们来就行了，你留在最后，注意那两个笨蛋会不会出现。"

印第安人点了点头。于是卢卡斯警长握着枪，第一个往台阶下走去。

戴维和吴有金凝视着面前的机器，仿佛面对着一个保险箱，明知道里面藏着钻石，可就是撬不开。

"我觉得应该把这些外部的东西都拆掉，"吴有金说，"核心部件应该就是那个银灰色的，我得仔细看看才行。"

"我们没有螺丝刀这些玩意儿。"

"这矿道里应该有工具箱，"吴有金又顿了一下，朝周围看了看，"我不太确定，也许下面会有？"

他说的是阶梯下，卢卡斯警长他们离开的方向。

两个人不约而同地看着那里，不知道说什么好，最后还是戴维不自然地咳嗽了两声，"我没有听到枪声，好像也没有别的动静。"

"也许……"吴有金不安地回过头，"也许他们并没有碰到什么抵抗，这矿道看上去就像荒废了一样。"

"一切顺利最好了。"戴维很想挤出乐观的笑容，但两个人的表情都透着一点儿内疚和别扭。

两人又沉默了一会儿，戴维终于忍不住建议道："要不，我们还是下去看看吧。反正我们也没法子把这个机器弄开，说不准还能在下面弄到些工具。"

吴有金也点点头，"嗯，我们就下去看看，没事儿再上来。"

他们站起来正要出发，却看到一个印第安少女从上面的台阶走下来。

"啊，灰雨。"戴维招呼道，"你不是在洞口吗——"

他的话还没有说完，最后的尾音就仿佛被刀咔擦一下砍断了，因为随着面带惧色的灰雨慢慢走下台阶,她背后渐渐地出现了一个男人,端着枪,穿着皮夹克和马靴,戴着黄色的牛仔帽,胡子刮得干净整齐,脸上带着倨傲的冷笑。

"晚上好,先生们。"理查德·劳埃德对戴维和吴有金说,"你们怎么会出现在我的地盘上?"

戴维和吴有金像是突然被液氮喷了全身,瞬间就冻住了,从心脏到皮肤都冻得硬邦邦的。

他们僵硬地看着理查德·劳埃德用枪逼着灰雨走下台阶,让他们更加惊惶的是,在劳埃德的身后,还跟着好几个全副武装的男人,其中有些穿着印第安人的服饰,但脸上的油彩已经抹去了,正用恶狠狠的眼神盯着戴维和吴有金。

完了!

吴有金在心底哀号,这下被人给包了饺子了!怎么才能给卢卡斯警长发出警报呢?哦,前提是劳埃德乐意让他们活着。

"过去!"那衣冠楚楚的禽兽在灰雨的背上用力一推,这姑娘一下子就撞到了戴维和吴有金身上。

"喂!"戴维愤怒地朝他叫了一声——如此粗鲁地对待女士怎能让他不心生反感。

劳埃德却有些嘲弄地摊开手,"抱歉,是我的错,杨格先生,不过现在你还有空在意礼节,看来我们对于事态的严重性有不同的理解。"

灰雨勉强平复了一下呼吸,紧紧地靠在两位同伴身边,戴维和吴有金不约而同地微微遮挡住她。他们都没有接劳埃德的话。

"先把他们都绑起来吧,"劳埃德朝后面的人偏了一下头,两个男人立刻上前来,像捉小鸡一样把他们的双手扭到背后,捆得结结实实的,这些野蛮人如此不留情面,让戴维疼得直咧嘴。

劳埃德享受地看着他们扭曲的表情,转动着手枪,慢慢踱步。

"是谁带你们找到这个地方的？"他慢吞吞地问道，"那位可敬的警长呢？"

戴维和吴有金都紧紧闭着嘴，不打算主动开口。看起来劳埃德还不知道温吉利·维纳和他们已经暂时结成了同盟，也不知道警长正在下面一层。

我们得想个办法，至少拖住这混蛋，或者想办法让警长知道增援小队已经被俘了……戴维看着吴有金，希望聪明的中国人能懂他的眼神。

可惜他和吴有金并不是双胞胎，也没有倾心相爱，这挤眉弄眼的样子并不足以让对方知道他要说的话。好在吴有金也估量到了目前的情形：越迟让劳埃德发现警长他们，局势就越有翻盘的可能。

肾上腺素的作用让吴有金觉得自己从来没有这么勇敢机智过，他决定试着跟面前的头号恶棍周旋一下，看看有没有机会让卢卡斯警长发现上面的危机。

吴有金清了清喉咙，试图显得镇定而无畏。"我想搞清楚一件事，"他对劳埃德先生说，"那个金属……你弄不明白，我也弄不明白，但是我觉得有必要弄明白，而这里或许藏着答案，事实上……这里的确有答案，如果你能够告诉我们关于这台机器的事情，还有这个矿藏的秘密。"

劳埃德看了看那台被掀开了油布的机器，摇了摇头，"现在是我向你们提问，做主的是我。我的人说，那位警长带着人在鸡冠石附近袭击了他们，但我没想到你们会来这里。"

戴维看了看那几个还没有"卸妆"的印第安人，想起几个小时前惊心动魄的交战，恨恨地说："果然是你制造了地狱湖附近的劫案！这么多年，你杀害了不少移民，还让附近的休休尼人背了黑锅。"

"但很有效，不是吗？"劳埃德笑了笑，"很多人都绕着这个地方走，除了那些新来的，他们运气好的能活着到达目的地，运气不好的则能告诉其他人离印第安人远点儿——这在西部可是很重要的一课。不过，别把这些事儿都怪到我头上，那些红野人也真的会袭击白人，剥人头皮也不是我们的习俗。"

"你经营这里很久了！"戴维说，"这些劫案的时间跨度那么大，你发现这个矿的时间比交易的时间长得多吧？"

劳埃德的眼神像剑一样刺向戴维，但随即又变成了讥诮："你们也知道这个矿有交易记录？很好，你们知道的比我预料的还多，一定是有人领着你们来的，是你们抓到的俘虏，还是另有其人？"

"你的仇人不少，劳埃德先生，"吴有金说，"其实你想一想就能知道谁既跟你有过节，又知道这个地方。"

劳埃德耸耸肩，"当然，我只是需要确认。不过我以为温吉利·维纳已经懂得一个道理：他那种笨蛋并不适合在西部生存。但显然他误以为自己能找到帮手扳回一局。怎么，他跟你们还有警长达成交易了吗？比如愿意跟你们共享这个矿？"

"我们只是对真相好奇，"吴有金说，"不是每个人都有你那么重的贪欲，劳埃德先生。"

"有欲望才能让人活得有劲儿，"对方大笑起来，"如果我没有贪欲，也许在三十年前就被狼给吃掉了。在西部，贪欲就是最实用的东西，你得对这个地方怀有憎恨和爱，就像对待一个中意的婊子，想要去占有她，又想要狠狠地揍她，让她臣服。这样你才能在西部活下来。"

吴有金其实并不太想跟劳埃德在这样的条件下讨论生活哲学和人生观、世界观之类的，但他的确需要拖延时间。

"也许你是对的，"他硬着头皮继续说，"不过，我并不觉得需要坑蒙拐骗和动刀动枪才能在这片土地上活下去，我来到这里也并不想对这个矿怎么样，甚至是对你怎么样。我只是想知道，你占有这个矿这么长时间了，那种奇怪金属和这些机器，应该不是你弄出来的东西，我想知道它们的来龙去脉。这丝毫不会损害你的利益，你也没有必要认为我们是威胁。实际上我们可以做个交易——比如你告诉我们你知道的，帮助我们研究这东西，而我们会告诉你答案。你不是一直想要知道这种金属的真相吗？"

劳埃德在吴有金面前站住了，他眯着眼睛，在这个中国人和戴维脸上来回看了看，忽然伸手抓住了他们两个的下巴，用力地转动他们的头。他的手劲儿如此大，让两个人都疼得皱起了眉头。

等到这位先生终于决定放过他们的时候，戴维怀疑自己的下巴已经被指甲掐出血了。

"我一直小瞧了你们，"劳埃德低声说，"告诉我，你们究竟是谁？从哪儿来的？"

他抓住了问题的关键！戴维和吴有金有些胆战心惊，但不知道劳埃德是不是真的能够接受"来自未来"这种超越他认知的真相。

"我们来自纽约。"吴有金说，"是你不熟悉的纽约，所以我们也知道你不知道的事情，如果我们开诚布公地谈谈，说不定对双方都有益处。告诉我们你是怎么知道这个矿的，还有这些金属机器，是怎么来的，我们可以相互帮助。"

"嗯，我同意，"劳埃德说，"我会暂时保住你们俩的命，也很愿意听听你们的意见。不过，还是得先告诉我维纳和卢卡斯警长在哪儿？在确保他们都不会打搅我们以后，再来谈合作好了。"

这个混蛋完全不上钩啊！

吴有金真的感觉到了焦虑……

46

受难和坠落

黑暗秘密

到底谁是穿越者

机器轰鸣

理查德·劳埃德这个人，至少从外表上来看跟"坏蛋"是一点儿也扯不上关系的，在他没有用枪托把俘虏砸得满脸鲜血的时候，甚至会让人误以为他是一位绅士。

现在，当吴有金和戴维跟他的"协商"再次回到原点，他走过来，脸上带着似笑非笑的神色，但眼神里却闪烁着一种刀尖上的光。

"我们没有必要再谈下去了，是不是？"他对戴维和吴有金说，"在条件都开得差不多的时候，总得有一方先做点让步，而我往往不会让步。我想你们应该对现在的形势有点基本的自觉，给我老老实实地回答问题：你们那些卑鄙的同伙到底在哪儿？"

戴维和吴有金紧张地看着他，这次都不约而同地闭着嘴。

"好吧,"劳埃德说,"我得失礼了。"

他对身后的喽啰偏了偏头,于是两个男人走上来拉开了灰雨。印第安姑娘愤怒地大叫着,很快被他们堵住了嘴,另外又有两个人走上前来,揪住了戴维和吴有金的衣服,往他们的脸上和肚子上狠狠地招呼了几拳。

戴维从来没有被这么暴力地对待过,他觉得内脏都要破裂了,一股酸水从嘴里吐出来。他倒在地上,接着又是一阵猛烈的拳打脚踢。戴维努力蜷缩抵挡,看到吴有金也被按倒在地遭受同样的对待。

这是正义的主角必然遇到的命运考验!

戴维咬紧牙关,拼命地想象着蝙蝠侠——就算是老爷①,跟小丑相遇的时候也难免要吃点苦头。

理查德·劳埃德冷冷地看着被教训的戴维和吴有金,招手把剩下的两个人叫来,低声说了几句,他们三个人掏出枪,往阶梯的方向走去。

他们继续往下层走就会很快发现卢卡斯警长和其他人!

吴有金忽然在被殴打的间隙中大叫了一声,突然抓住踢向自己的那只脚,一下子将打手掀翻在地,然后迅速地跳起来,猛地扑向劳埃德。

他这出乎意料的爆发让所有人都措手不及,简直就跟克拉克·肯特瞬间撕开外衣一样,就连劳埃德也没有防备,竟然被他一下子扑了个结实。两个人同时倒在地上,顺着阶梯就滚了下去。

在矿道的第二层,卢卡斯警长遇到的抵抗很微弱。在被道尔顿夫人引诱、分散过后,留在原处的三个人并没有发现异常,只是为玩牌的人少了两个有些不满。领头的那个会时不时地朝阶梯上方看一眼,另外两个却只关注面前赢的那些烟卷和鹰元。当卢卡斯警长、肯和道尔顿夫人端着枪从阶梯上下来的时候,领头的最先看到,他起身想要抓起桌上的枪,但卢卡斯警长冲他摇了摇头。

"啊,别这么做,千万别!"卢卡斯警长诚恳地说,"我并不想对各位开

①读者称呼蝙蝠侠的外号。

枪,完全没有必要为冲动丧命。"

领头的看守又惊又怒地僵立在原地,另外两个甚至连手上的牌都没有丢下,还一脸呆滞。血狼和黑参孙走上来,把这三个倒霉鬼的武器搜走了,又将他们的双手捆起来。

"贱货!"领头的看守愤愤地对着道尔顿夫人吐唾沫,得到了那位女士一记响亮的耳光。

后面的人也来到了这层空间,它显然比上面更狭窄,当九个人挤在这里的时候,必须把那张粗糙的牌桌挪到角落里去。勉强夯实过的地面上,堆积着一些脏兮兮的鹤嘴镐和别的工具,旁边还有煮过食物的炊具,留着黑乎乎的污迹。在靠着墙的地方,又有一个盖着油布的机器,只是体积比第一层的那个小了一些。卢卡斯警长掀开满是灰的油布,再次看见了那种银灰色的金属,但这次外面没有任何齿轮和轴承的配件,只是一些完全封闭的几何形零件。

卢卡斯警长把油布放下来,又看了看被矿车堵住的坑道。

那下面已经没有了照亮的油灯,只剩下幽深的黑暗,一股潮湿的泥土气从里面飘散出来,仿佛恶魔不祥的呼吸。

"下面开采过吗?"卢卡斯警长向温吉利·维纳问道。

"据说不少矿石都是从下面运上来的,至少我看到的样品都是。"这位被排挤的股东说,"但是现在为什么会封闭我就不知道了。也许这三位先生了解原因。"

那个领头的看守恶狠狠地看着他,"鬼才知道!我只是收了钱守在这里,确保不会有卑鄙小人闯进来。"

"这活儿你干得并不怎么样。"卢卡斯警长笑了笑,"你什么时候被雇来的?这个矿已经停工很久了吗?"

领头的并不太想回答,不过肯用枪管使劲顶了顶他的腰部:"你只是要赚钱,对吧朋友,我们都一样,不想把命丢在这里。"

那人哼了一声,这才说:"劳埃德先生只雇了我们半年,听说他雇人一向如此，不会有太长的时间。反正从我们来这个矿坑就没看到有工人干活，它似乎没有再动工。那下面我们也没有去过。”

"你的雇主呢？他一般什么时候过来？来了之后做什么？"

"劳埃德先生来得不多……我不太明白他来做什么，他偶尔也会到矿道里去，不过我们不会跟着。"

从他这里问不出来什么。卢卡斯警长想跟维纳商量一下，是不是需要挪开挡路的矿车，看看下面的情况。他刚准备开口，突然听见阶梯上传来了枪声，接着有两个人从上面滚下来，后面还跟着追下来的几个人。

"小心！"

血狼一把将道尔顿夫人推开，那两个人立刻跌倒在她原本站着的地方。

"艾瑞克！"卢卡斯警长看清楚了其中一个，但还没来得及伸手帮忙，另外一个人就飞快地爬起来，一把掐住了吴有金的脖子。

理查德·劳埃德的帽子已经掉了，原本干干净净的衣服上全是沙土，头发和脸上也沾满了脏东西，看上去很狼狈——当然也更愤怒。"很好，好极了，"劳埃德低声笑道，"我简直低估了这个中国佬的胆子，看起来他对你们很够意思啊！"

吴有金的脸上带着两块擦伤，但最难受的是脚踝处的剧痛——别是扭伤吧？或者是韧带撕裂？他有些惊惶地想。更严重是他的脖子还在劳埃德手里，如果气疯了的劳埃德决定扭断它，谁也没法救。

值得庆幸的是，他那冲动的一扑好歹给卢卡斯警长他们预警了，不然等劳埃德来到这里从背后发起袭击，那就真的一点儿胜算都没有了。

"劳埃德先生，"卢卡斯警长最先镇定下来，他首先垂下了枪口，"你终于出现了，现在我们没有必要太紧张，可以先谈一谈。"

"让我跟你们这些小偷谈？"劳埃德用膝盖使劲顶了一下吴有金的腿，把他摁着跪下来，"还有骗子和懦夫。"

"这些头衔你都可以戴到自己身上！"温吉利·维纳咬牙切齿地看着

这个仇人。

"哦，是你，维纳先生。"劳埃德轻蔑地看着他，"如果你好好地在南方当你的寄生虫，也许还会活得轻松一点儿，想要来西部发财是你不自量力，别把自己的无能算在我头上。我没有让你口袋里一个硬币都没有地滚出卡森城就已经很仁慈了。"

维纳简直立刻就要开枪，还是卢卡斯警长眼明手快地按住了他，而这个时候，劳埃德背后的几个人已经都端起枪，呈扇形排开了。

"大家都冷静点，"卢卡斯警长说，"我说过，我并不想到这里来杀人。"

"我倒不介意在这里干这件事，"劳埃德冷笑着说，"我或许可以先扭断这个中国佬的脖子，上面还有一个纽约来的笨蛋，我可以把他扔进矿道里饿死。哦，对了，还有一个印第安小妞，我对红野人没有兴趣，但这几位先生不挑食。然后是你们，学学印第安人剥头皮的方法也不错。"

他在激怒对手，好寻找机会开战，吴有金明白劳埃德的企图。他很想揭穿他，但喉咙被掐着，又被按在地上，他只能发出痛苦的呻吟。

吴有金的担心其实是多余的，虽然维纳先生怒不可遏，连肯和道尔顿夫人都怒气勃发，但卢卡斯警长并没有受到影响，他专注地看着劳埃德。

"好像你忘记了我们也有枪，劳埃德先生。你控制着俘虏不就是为了让他们活着吗？这样我们才会有所忌惮。"卢卡斯警长说，"而且我们跟你之间的这些问题，也不是开枪就能解决的。"

"我只记得跟这个无能的维纳先生有点生意上的矛盾，但我不记得跟其他人有什么恩怨。"劳埃德又看了看道尔顿夫人，"特别是您，女士，我好像也没跟您睡过。"

"你身后的那些冒牌货，那些印第安人！你是什么时候让他们抢劫移民的？"道尔顿夫人死死地盯着劳埃德先生背后的一个手下——那个擦去了油彩的假印第安人露出一张典型的拉丁裔面孔。

"哦，很久了，"劳埃德耸耸肩，"我不记得了，如果您有认识的人被误伤了，我表示抱歉。你们不该从这里路过，这是一片不祥的土地。"

"你应该付出代价，"血狼说，"你毁坏了休休尼人的名誉，还夺走了我族人的生命。"

"瞧，"劳埃德大笑起来，"尊敬的警长，好像我们之间的问题真的需要靠开枪才能解决啊！"

吴有金突然爆发出来的勇气不光拉着劳埃德落到了矿道的第二层，还让殴打戴维和按住灰雨的喽啰也大吃一惊。其中一个和其他人一样，赶紧跟着他们的老板跑了下去，所以这时候这里就形成了"2:2"的局面。更有利的是，挟持住灰雨的那个瘦高个子似乎犹豫了一下，不知道是应该留下还是跟上去。

就在他松懈的一刹那，灰雨突然从靴子里拔出一把匕首，用力刺进了那人的腰部！

瘦高个子发出一声惨叫，倒在地上，踢打戴维的那个胖子回过神来，怒吼一声就向着灰雨扑过来，而这个时候，戴维眼明手快地抱住了他的腿，胖子一下子没站稳，重重地摔在地上。灰雨立刻抢上一步，双手握着匕首刺进了他的喉咙。

温热的血一下子喷溅出来，沾了灰雨和戴维的皮肤上，那胖子捂住伤口，只发出了几声含混的叫声便断了气，另外那个受伤的瘦高个子正努力地想要爬开。戴维飞快起身，从胖子的尸体上拽下皮带把他捆了起来，又用他自己的方巾绑住了伤口。

这连续的动作发生得极快，戴维既没想过自己会如此敏捷和果断，更没想到灰雨这姑娘下手能这么狠。休休尼人都是优秀的猎人——他想起以前警长和吴有金说的，发现自己对印第安人的了解还是太浅了。

"做得好！"他向灰雨竖起大拇指，伸手在脸上抹了一把，滑腻的鲜血让他有些恶心。

灰雨的呼吸有些急促，但还算镇定，她用衬衫擦了擦匕首，重新插进了靴子里，在尸体身上翻出一把枪递给戴维，用生硬的英语说："给你，瞄准。"她又指了指下面。

戴维明白了她的意思,他们现在必须下去看看情况。

"那你跟着我!"他又去把瘦长个子的手枪也摸出来插在腰上,把灰雨拉到身后,轻轻地走下了台阶。

不一会儿,他们就看到了第二层的情况,值得庆幸的是,劳埃德这边的人全部是背对他们的。戴维握着枪的手心直冒汗,他抬起枪管想要瞄准劳埃德,但有四个喽啰围着他,他只露出被沙土弄脏的一小块背影。

戴维知道自己没法射中劳埃德,但他可以射中一个喽啰,这大概能打破现在的僵持局面,或者至少能削弱劳埃德这方面的战斗力。他回头看了一眼灰雨,印第安姑娘脸上挂着紧张的汗珠,但眼神坚定地向他点点头,似乎看出了他的意图。

真是心有灵犀!

戴维做了个深呼吸,稳住自己的手,向着最容易瞄准的那个人扣动了扳机……

突然的枪响和惨叫让劳埃德这边的人有瞬间的惊惶,而且他们一开始并没有发现枪击来自背后,于是向着卢卡斯警长这边开起了枪。

一时间,还击的枪声大作,子弹在这狭窄的空间中乱飞。

卢卡斯警长眼明手快地拉住旁边的道尔顿夫人躲到了桌子后面,其他人则迅速趴下,只有黑参孙发出一声惨叫——他的右肩上中了一枪。

"谁先开的枪?"道尔顿夫人一边朝劳埃德射击,一边大叫。

"不是我们的人!"卢卡斯警长说,"但是管他呢!"

在这混乱的情形中,戴维还没有被发现,他又大着胆子向劳埃德的人开了两三枪。终于,在他侥幸击中一个喽啰之后,有个人发现了来自背后的威胁。

"后面,在后面!干掉他!"那个人转过身来向着戴维开枪。

没有躲避空间的戴维索性拉着灰雨跳到旁边的坡道上一路滑下来,

冲进了这乱局里。

这是戴维从来没有经历过的火爆场面，他就像一头栽进了西部片里，还是高潮的部分。但这跟《西部世界》完全不同，尤尔·伯连纳[①]手里的枪不会对人类有任何伤害，这里的每颗子弹却都足以致命。子弹在矿道的墙壁上打出一个个的小洞，在金属矿车上撞出当当声。凡是能躲避的角落都被占据了，没有掩体的人就只能趴在地上。在这狭窄的空间中，除了被瞄准射中，流弹也来添乱，特别是在金属物上反弹过来的子弹，已经击中了劳埃德那边的一个倒霉蛋的脑袋，让他扑通一下倒在地上不停地抽搐。

戴维一边朝着劳埃德开枪，一边把灰雨按在身下往警长藏身的那张木头桌子后面移动。大概是看到了戴维的危险，道尔顿夫人也帮忙掩护着他和灰雨往这边挪动。

这个时候，卢卡斯警长突然冒险迈出一步，抓住灰雨拖到了桌子后面，同时借力推着戴维，总算把他们两个都弄到了安全的区域。

"我不知道该夸你还是揍你！"卢卡斯警长揪着戴维的领子，在他耳边大吼，"老老实实地待在这儿！"

他往那头望去，现在的局势已经很明朗了：

戴维的突袭让劳埃德措手不及，他们的损失比较大，有三个人受重伤，基本上丧失了反击能力，劳埃德和剩下的两个喽啰离得很远，没有办法配合。因为低估了戴维和灰雨，他完全没有料到背后会受到袭击，一下子放松了对吴有金的钳制，俘虏瞅准机会缩到了油布盖着的机器旁边。有好几次劳埃德想要重新抓住他，都被卢卡斯警长用火力压制住了。

这边黑参孙的伤势比较重，也已经丧失了战斗力，血狼将他按在地上，用力勒住他的伤口。温吉利·维纳大概从来没有见过这样的场面，趴在地上连抬起头都不敢，卢卡斯警长也不知道他到底有没有受伤。道尔顿夫人和肯可以确定没有受伤，但肯显然不会冒险去营救吴有金。

[①] 电影版《西部世界》中饰演机器人的演员。

"听着,"卢卡斯警长说,"不管你的枪法有多烂,什么也别管,只要向着劳埃德那边开枪就行了,别让他有机会再靠近艾瑞克。"

"你……要干吗?"

"你也不想艾瑞克死,对吧?"卢卡斯警长说,"难道要等到子弹打完再去救他吗?"

"可是——"戴维还想说点什么,但他不确定是该劝阻还是支持,就在这一晃神的工夫,卢卡斯警长已经慢慢地向着吴有金那边移动过去了……

吴有金的喉咙和右脚踝都火辣辣地疼,肋下也被撞了不少瘀青,移动都困难。现在,他把自己紧紧地缩成一团,试图拉开机器的油布,拼命想要嵌进机器和墙根的缝隙里。

砰砰的枪声让他胆战心惊,生怕一颗子弹就让自己的生命在这里画上个句号。幸运的是因为他毫无战斗力,所以除了想要重新抓住他的劳埃德,没有人愿意在他身上浪费子弹,而卢卡斯警长的掩护也让劳埃德暂时没有办法顾得上他。

这台机器比上一层的那台小了很多,就像是一台小型冰柜,但完全是灰色的金属组成的,似乎没有用任何螺丝一类的零件组合,完全是几何镶嵌成型的,也找不到任何焊接点。

吴有金用微微有些充血的眼睛看着这台机器,忽然觉得腹部有什么东西在不停地跳动……

完蛋了!他惊恐地想,我中弹了,我中弹了!我果然会死这个地方!肯定是肠子都滑出来了,就跟那些战场上被打中的士兵一样!

他颤抖着低下头,努力地睁开眼,却发现是口袋里的东西在不断地弹动,仿佛是一只活泼的蟋蟀。他伸手去掏,却摸到一个非常轻但是非常坚硬的金属圆环……

天啊,他都忘记了这玩意儿。这是劳埃德先生交给他以后一直没有机会收回去的金属环,跟米洛先生有着神秘的联系,和这些机器的质地非常相像。但它之前一直安静得很，对自己的命运没有任何不满，为什么突然在这个时候醒过来了，这么活跃地显示自己的存在呢？

震惊之下，吴有金几乎忘记了自己身处子弹横飞的现场，他把那个圆环掏出来托在手上，但圆环一下子飞到了机器上，紧紧地贴住外壳，接着它像有意志的爬虫一样，在机器上慢慢地移动着。在吴有金目瞪口呆的注视下，这个圆环顺着几何形的外壳来到一个椭圆部位，接着，仿佛融化的巧克力一样，一点一点地沉入了金属，甚至还留下了一圈圈涟漪。

紧接着，机器发出了一声声轰鸣，声音越来越大，甚至伴随着震动。坑道中的油灯都被震得摇曳起来，仿佛这个矿都要塌陷了！

47

到底是什么玩意儿

H.G. 威尔斯, 伟大的预言者

你们都猜错了

米洛先生, 过去的影子

　　吴有金还记得 2008 年发生在中国的那场大地震, 他当时还是一名高中生, 离震中很远。地震的惨烈给他留下了深刻的印象, 之后他又在大学里遇到了亲身经历过地震的同学, 听说了许多地震发生时的故事。

　　现在, 在遥远的时间和空间中, 已经淡忘的回忆突然被这连续不断的震动触发, 勾起了一种前所未有的恐惧。随着掉落的沙土和小石子, 吴有金感觉自己就要被活埋在这地下深处了, 他本能地叫了一声, 回头向着出口的方向望去。

　　他离那段向上的阶梯还有很长一段距离, 而且即便是被这突如其来的震动弄了个措手不及, 那些厮杀的人也很快继续向着死敌开枪——当然准头更差了。劳埃德的一两个喽啰萌生了退意, 向着阶梯的方向转移。

只有一个人在朝他的方向移动,嘴里还叫着他的名字。

"艾瑞克,趴下!"卢卡斯警长对他喊道,"抱住头,别乱动!"

吴有金有一瞬间的愣神,在这危急关头居然还有人顾着他,让他有些吃惊,而这个人居然是卢卡斯警长,更让他觉得有些感动。

"你做了什么?"理查德·劳埃德从另外一个方向望过来,他看到吴有金趴在机器旁边,表情狰狞而急迫地问道。

我什么也没动好吗?这玩意儿太高科技了,简直比 T-1000[①] 还要牛,它要变形我都不奇怪!吴有金在心底疯狂吐槽——大概是吓的,他仅存的理智对自己下了个中肯的判断。

劳埃德显然把这机器轰鸣和矿坑震动的原因怪罪到了吴有金头上,他也试图向着机器的方向移动,但戴维他们的火力使得他无法加快动作。而此时,那两个逃走的男人已经快要沿着阶梯逃到上一层了。震动和出逃的人也让温吉利·维纳和肯不约而同地向阶梯跑去,甚至连负伤的黑参孙也挣扎着爬起来,跟在后面。

他们刚刚消失在上一层阶梯的尽头,一阵轰隆隆的巨响突然传来,中间还伴随着几声惨叫,沙尘和碎石从阶梯上滚落下来。片刻之后,只见黑参孙灰头土脸地从阶梯上滚下来。如果他像蜥蜴一样可以改变肤色的话,肯定已经吓得变成白人了。

"上面塌方了!"他声音发颤地说,"维纳先生,还有……他们都……"

枪战停止了,现在每个人都知道他说的是什么意思。

"我们会被活埋在这里!"劳埃德向吴有金冲过来,眼睛有些发红,"都是你这个白痴干的好事!你对那机器做了什么?"

"我都没碰它一下!"吴有金尖叫起来,"关我屁事啊!我并不想跟你死在一起啊!"

卢卡斯警长挡在吴有金前面,冲着劳埃德的下巴来了一拳,猝不及防的攻击让他打了个趔趄,向后退了几步。

①《终结者》系列里的液态机器人。

"当务之急是停止这震动！"卢卡斯警长转向吴有金，"你有办法吗，艾瑞克？"

吴有金倒是很想点头，然而他只能看着那台机器继续轰鸣。"这震动不像是它制造的！"他将手按在机器表面，"它只是在发出声音，这频率不至于弄垮矿洞，也许它只是个遥控器，声控的！"

戴维跑过来，也用手在机器上试了一下，对吴有金说："遥控？这里还有什么？"

"上面那台机器！"吴有金指了指阶梯。

戴维顿时醒悟过来，转头向上一层跑去，但劳埃德站在台阶上拦住了他的去路。"别想了，小子，"他恶狠狠地说，"你和这个中国佬朋友把我当傻子耍，就跟凯文·米洛一样！现在，把你们知道的都告诉我，马上！否则我就在你的脑袋正中开个洞。"

"他是去阻止这个矿坑塌陷，傻瓜！"道尔顿夫人用枪指着他，"让开，不然我也在你的脑袋上开个洞！"

"没关系！"劳埃德阴森森地笑了，"我们就一起死在这里吧，美人儿！"

"好了！好了！"吴有金从卢卡斯警长身后走出来，"我没法说清楚，但我觉得这震动是机器启动造成的，它和上头那台的材质很相似，看看上面的情况也许能想到办法。"

劳埃德看了看他，突然一把抓住戴维，用枪抵住他的腰。血狼见状往前冲了一步，被道尔顿夫人拦住了。"我们两个一起去，"劳埃德说，"相信你们不会反对的。"

"好好好！"戴维连连点头，"不能浪费时间了！"

他只来得及向身后的人点头示意，就跟劳埃德一起爬上了阶梯。

碎石和尘土依然在纷纷掉落，但震动没有加剧，似乎一直在同一个频率持续。他们来到第二层的时候，一眼就看到了通向上面的路，那里已经被巨石和断裂的木梁彻底堵死了。这堆可怕的障碍下面，还压着一具尸体,从露出的腿和鞋子判断,应该是落在最后的温吉利·维纳。

戴维没有时间去同情这个倒霉蛋,径直走向揭开了油布的机器——

果然是它在震动。那块合金零件已经将外面覆盖的齿轮和螺栓都震碎了,它滚落在地上,并且陷入了地面。它的周围延展出好几条裂纹,一些小石子儿在不停地跳跃着。它似乎在努力地钻入地下——不过,并不是深入,看上去更像是往斜下方钻入!

它是在寻找另外那台机器!戴维心中冒出这个念头,并且有种直觉:自己一定是对的。

"我们得把它抬下去!"戴维说,"它应该是在寻找下面那台机器!"

"你怎么知道?"

"我就是知道!"戴维吼道,"要不然你给我一个解决办法?"

劳埃德第一次被他堵得哑口无言,只好用枪管指着他,朝那机器的方向摆了一下。

戴维气哼哼地跑过去,想要把机器从土里取出来。那玩意儿摆脱了外面的零件之后体积小了很多,大概就像一台微波炉,但即便是这样,他要在这震动中把它弄出来还是有些费劲。戴维试着比画了一会儿,冲劳埃德说:"嘿,来搭把手,这需要两个人!"

对方没动。

"你想像他们一样吗?"戴维冲着巨石下的尸体抬了抬下巴。

劳埃德被说服了,但一只手仍然举着枪,只把另一只手伸向地面,准备赏脸给撬一个角。

就在他的手接触到机器表面的一瞬间,一束肉眼可见的蓝光在他和机器之间爆出一簇火花,他发出一声短促的惨叫,同时被一股力道推倒在了地上。

他迅速地爬了起来,重新用双手握住枪,指着戴维。"你自己来!"他命令道,"我不会再碰它!"

戴维有些吃惊,因为他的双手接触到这台机器时,它乖得像个宝宝。

但他这时候没有空来仔细思考这个。他不得不更低地俯下身子,把手插入地面和机器中间的裂缝,用尽吃奶的力气将那光滑的金属撬动。

奇怪的是,当他触碰到这机器时,震动明显小了很多。这东西抱起来远比它看起来的轻,几乎可以肯定材质跟那神秘的圆环是一样的。戴维用最快的速度带着它往下层跑,劳埃德举着枪紧跟在后。

他们还没有走下最后一级台阶,戴维手中的机器就仿佛感受到一股强大的吸力,随着几声抽气和低呼,两台机器像磁铁一样自动地撞在了一起,它们在地面上拖出两道长长的痕迹,所有人都看到它们接触的部位就像融化的冰激凌一样黏合起来,接着如同亲热的情侣一样纠缠、扭曲、变细、延展,最后变成了一个完美的椭圆形。

与此同时,除了戴维和吴有金,所有人的耳朵里都听到了尖锐的噪音,他们捂住耳朵的时候发现……震动已经停止了。

这算是绝处逢生?

戴维和吴有金两个人面面相觑,惊魂未定,他们很快发现其他人都面带一副听到弗洛伦斯·詹金斯夫人[①]唱歌的表情。

"只有我们没受影响?"吴有金对戴维说,"这是……什么?"

我也不知道啊!戴维拼命摇头,他来到血狼身边,扶住他的肩膀,"你们怎么了?听到什么了吗?"

血狼皱着眉头,大声冲他叫道:"这声音像刀子一样刺进了耳朵!"

"可我什么也没听到啊!"戴维错愕万分。

劳埃德一手捂着耳朵,一手举起枪指着戴维,"为什么你没有听到?"他的枪口又转向吴有金,"还有你,中国佬!我就知道你和这个小子有问题!"

"有话好好说!"吴有金大声嚷嚷,"我们也不知道这究竟是怎么回事啊!"

---

① 电影《跑调天后》的原型,毫无音准和节奏可言的歌者。

"那又是什么？"劳埃德的下巴朝那个立起来的椭圆形抬了抬，"你们怎么让那两台机器变形的？"

我也很想回答你啊，先生！吴有金又急又气，对于不懂科学又脾气暴躁的人充满了无力感和愤怒。

"怎么让这声音消失？"道尔顿夫人尖叫着说，"这到底是什么魔法？"

劳埃德对吴有金命令道："中国佬，去，摸一下这玩意儿。"

吴有金愣住了，不知道劳埃德打的什么算盘。

戴维着急地冲他摇摇头。

"别动！"卢卡斯警长抓住了吴有金的手，盯住劳埃德，"你觉得他能做什么？"

警长并非不受影响，戴维能看到他额头上的汗珠滑下来，在沾满尘土的侧脸上滑过一道痕迹。

"我说过这个中国佬和杨格有问题，我现在在证明给你们看。"劳埃德加重了语气，"快去！"

"够了，我们都不知道那是什么鬼东西，最好别动它！"警长抓着吴有金，不让他轻举妄动。

"所以，这两个人能告诉我们答案！"劳埃德又向前走了两步，催促他们，"快去！摸一下，踢一脚，随你的便！"

"没弄明白前你别想拿人做实验！"卢卡斯警长又把枪指向了劳埃德。他们两个就像是要决斗一样地针锋相对，而其他人就算有机会忍住噪音向劳埃德开枪，那混蛋也势必能打中卢卡斯警长或者吴有金。

"我去，我去行了吧？"

戴维试图化解这僵局，但劳埃德却摇摇头，"你已经证明过了，小子，现在我想知道这个中国佬的底细。你们了解这机器，是不是？你们知道它到底是什么！"

"不比你多多少！"吴有金说，"我也不知道它为什么会这样！"

劳埃德又阴森地笑了笑，"好吧，胆小鬼，或者还有一个办法。警长，或许你可以跟这个中国佬一起碰一下这玩意儿，看看它会发生什么变化。"

"我说，就不能找个工具捅捅它吗？你刚才摸的时候就被弹飞了！"戴维还在试图劝说劳埃德。

"但你没有，这肯定是有原因的。"劳埃德说，"我想知道原因！"

它会有选择性地排斥接触者？吴有金暗暗吃惊，其实他也很想去触碰这如同滑板一样的椭圆形金属——它仿佛是被拉长了的镜子，只是表面光泽暗淡。他几乎可以肯定这东西并非这时代的产物，也许触摸真的会发生什么，这谁也无法预料。如今没有时间慢慢论证和猜测了，实践才是唯一的出路。

"让我试试，"他对卢卡斯警长说，"反正我们被困在这里，要解决的麻烦不止一个。"

卢卡斯警长看了看静止竖立在不远处的椭圆形金属，想了一会儿，慢慢放下了枪。"也许劳埃德先生的建议可以考虑一下，"他说，"如果你要碰那个，我们一起试试。"

吴有金愣了一下，立刻摇起头，"没有必要吧，你可是我们这边的主要战斗力，万———"

"现在我们和劳埃德是七对二，别太紧张，"卢卡斯警长压低了声音，"而且，说不定可以终止这该死的声音呢，我都快被它弄疯了！"

事情暂时达成了统一，劳埃德和他仅剩的那个保镖不放下枪，戴维、道尔顿夫人、灰雨和血狼也用枪指着他们，卢卡斯警长和吴有金则来到了那机器旁边。

吴有金凑近它，光滑的金属表面没有任何缝隙，这机器圆润得像一个鸡蛋，足有一人高，同时它又很扁平，只比冲浪板厚实几英寸。在它身边，吴有金没有任何不适，但卢卡斯警长紧紧地皱着眉头，似乎难以忍受。

吴有金紧张地做了个深呼吸，向卢卡斯警长示意，准备两个人同时把手放在金属表面上。早点结束或许对他有好处，吴有金这么想。

就在他们的手同时接触到那金属的时候,卢卡斯警长的身体突然被弹了出去,吴有金却毫发无伤!

那金属颤抖了一下,发生了变化——

它的中心开始泛起涟漪,一圈圈地向边缘扩散,涟漪的正中心逐渐扩大,变成了一个空洞,接着这空洞也越来越大,让整个金属椭圆变成了一个椭圆圈。最后金属只剩下单薄的一层外圈,那种尖锐的声音终于停止了。

戴维嘴里喃喃地说:"这……到底是……什么鬼?"

所有人都瞠目结舌地望着那个变成圈的金属。从中间的空洞望出去,看到的并非后面的岩壁,而是一种时刻在变化的波纹。

吴有金退后几步,打量着这超级迷幻的景象,忽然从地上捡起一块碎石,向着那里扔了过去。

石头穿过波纹,却没有落到地上,直接消失了。波纹只发生了一连串扭曲,就又若无其事地按照自己的方式变化。

吴有金转头看着戴维,表情仿佛中了百万乐透。

"这是一台时间机器。"他对戴维说,"天啊……一台真正的时间机器!"

他们太过兴奋以至于没有注意到周围的人放下了捂着耳朵的手——就在那机器的空洞形成之后,噪音也停止了。

戴维还在震惊中,劳埃德却很快地抓住了吴有金话里的重点。"你在说什么?"他问道,"什么机器?它能做什么?"

这就是没有看过威尔斯①小说的人,吴有金在心里说道。

但其实戴维也很想让吴有金再重复一下他的判断。"时间机器?"他上前抓住吴有金的胳膊,"你能肯定吗?"

"没有别的解释,这机器肯定不属于这个时代。"吴有金声音低哑,语速很快,他的脑袋突然之间变得异常灵光,"首先这金属的材质我们不知

①H. G. 威尔斯写过著名科幻小说《时间机器》。

道，冶炼方式也不知道，在这个年代或许能开采到稀有矿石，但是怎么把它铸造成这样呢？你知道记忆金属吧，但那种金属受热还原的状态跟这机器完全不一样，这机器是一整块金属，它的变形仿佛是直接在原子层面进行过编程一样。这在我们的年代也无法做到，这是更未来的东西！戴维，兴不兴奋，刺不刺激？这有两个可能，产生两个结果：一是有人穿越到这里，带来了机器，或许已经穿越回去，或许失败后留下了这机器；二是这机器自己穿越到这里，我们撞上了，它可能帮助我们回去，也可能失败……看看那变化的景象，说不定就是一个虫洞，一个稳定的虫洞。有入口就有出口——当然，当然，我也不知道出口在哪儿，但肯定不是这里！戴维，你知道其实虫洞能以原子的大小存在，这么大的一个一定有着强大的脉冲能量来支撑，能实现一次穿越还是多次穿越，我们都不知道。但我们可以试一试，真的，也许这是我们的机会！"

糟糕，他的毛病又犯了，戴维暗暗叫苦，现在可不是他滔滔不绝的好时机。

"我有点听不懂你说的，"戴维试图让朋友冷静下来，"但我们还是先弄清楚这东西到底是什么来历比较好，你怎么知道那石头是穿越了不是被分解了？就算是时间机器，万一我们穿越到过去或现在火星去怎么办？或者进去再出来，发现眼前站着霸王龙……"

他们的交谈让一旁的人不耐烦起来，卢卡斯警长刚爬起来，劳埃德已经忍无可忍地叫道："你们在商量什么？快告诉我真相！"

"真相？"卢卡斯警长拍了拍身上的沙土，嘲弄地说，"劳埃德先生，难道不是应该你最知道真相吗？这机器可是放在'你的'矿坑里。"

劳埃德脸上的表情有一瞬间的凝滞。

所有人都望着他，现在的确是问个清楚的时候了。他们都被困在了地下一百五十英尺左右的地方，回到地面的可能性小之又小，而唯一的"出口"是一个神秘莫测的机器，每个人都需要一个解释。

劳埃德脸上的神色变化了好几次，看得出来就算是他这么老奸巨猾的家伙，也经历了一场剧烈的内心斗争。最后他放下了枪，仿佛心平气和了。"我可以告诉你们这机器的来历，"他说，"但是相应的，我也要知道杨格先生和吴先生隐瞒了什么。咱们得公平一点，对吗？"

戴维和吴有金还没有回答，卢卡斯警长就率先答应了。

"不过我们需要先休息一下，都这个时候了再想杀掉可以出力的人手是非常不明智的，"卢卡斯警长把枪插回了腰间，"我们需要商量商量，看看怎么解决问题，无论是关于这个机器还是从这鬼地方出去，都没法靠枪子儿来完成。我想各位也会同意我的看法，对吗？"

他的目光扫过戴维和吴有金，最后落在了道尔顿夫人脸上。

这位复仇女神胸中依然燃烧着怒火，想要撕碎劳埃德，但是卢卡斯警长的眼神她很明白，现在并不是她下手的好时机。于是她以难以觉察的幅度，向警长轻轻地点了点头。

戴维明白现在的情势并不容他和钱钱有更多的选择，他短促地叹了口气，对劳埃德说："这要求还不算过分，但我们怎么能知道你说的是实话呢？"

"你们不知道。"那混蛋傲慢地说，"信不信随便你们。"

真是憋着一口气想揍他！戴维有些窝火，但他知道这的确是事实。

"好吧，我同意了！"吴有金挣扎了一下，"你先告诉我这机器到底是怎么来的？"

劳埃德往后退了两步，扶起一张倒下的椅子坐好，把枪放在膝盖上，他仅剩的手下也退到他身边。

他想了想，才开口道："这机器，啊，不光是机器，还有这矿坑，都跟凯文·米洛脱不了关系。这机器实际上应该是他的……或者说，至少在我所知的事实里，他拥有这机器。"

"米洛先生？"戴维大吃一惊，"你是说洛德镇的凯文·米洛。"

"我认识他的时候他并没有住在洛德镇，而是在卡森城。"劳埃德继续说道，"那是二十年前的事情，我还只是个刚从南方初到西部的穷小子，他在卡森城雇我干过一件隐秘的差事。"

"有多隐秘？"

"他让我埋了一具尸体。"

想不到米洛先生居然有这么劲爆的过往！戴维感叹，他原本以为那位素未谋面的先生只是个爱好科学的无神论者。

"那具尸体……是什么人？"吴有金问道。

"四十多岁的男性，我并不认识，但我记得他的穿着很奇怪。我当时想要拿走他兜里的一些钱，反正他也不需要了。但是剥下他的外衣后，我发现他里面穿着奇怪的东西，那是一层银色的物质，仿佛第二层皮肤，像是金属，又很柔软，我想要把它脱下来，却怎么也找不到开口，甚至连刀也割不破。我留了个心眼儿，觉得这里面有蹊跷，就暂时把尸体浅浅地埋在沙漠里，想要再次挖出来的时候，尸体却消失了。从此以后我就注意上了凯文·米洛。他相当聪明，与其他来西部淘金的人明显不同。我拿住了他的把柄，准备着将来让他帮帮我的忙。后来他身边突然出现了一个女人，他们在卡森城住了一段时间，就搬离了那里。那房子折腾几次之后我买了下来。知道我在地下室里找到了什么吗？"

"'Jumanji'！ [①]"戴维咕哝了一声。

劳埃德皱起眉头，"什么？"

吴有金连忙拉回话题："请接着说。"

劳埃德不再理会戴维，"实际上他们走之前已经把简易地下室封闭了起来，而买房子的准州长并没有打算作为长期的住所，因此那里的东西都保持着差不多的原样。就在地下室里，我发现了一个遗落的圆环——"

吴有金叫起来："就是你给我鉴定的东西！"

"是的。"

"你说你是从一个印第安人那里买的！"

"我骗你的。"

---

①《勇敢者的游戏》。

吴有金对他面不改色地说出这句话表示吃惊，更对他的厚颜无耻和滴水不漏表示佩服。

劳埃德又笑了笑，"不过，倒不能说跟印第安人完全没有关系。那个圆环让我想起了很多年前那具尸体身上的东西。那个时候我有了一些钱，也有能力办一些事情，所以我打算回头找找凯文·米洛。他在洛德镇，他的新家刚刚经历了一次离奇的火灾，人们告诉我他的妻子死了，但没有尸体……又一具消失的尸体。都跟他有关系，不觉得很奇怪吗？"

事情还牵扯到如此久远的过去，连戴维都听得瞠目结舌，这剧情简直比电视剧还精彩。

"你联系上他了？"卢卡斯警长插嘴问道，"什么时候？我没见你来过洛德镇。"

"我不需要来，我找人给他递了封信，而且那时候你也还没有到这里来当警长。那场火灾之后，他刚好需要人帮助他，就在地狱湖那一带。他跟印第安人是朋友，但印第安人似乎不太喜欢白人进入那一带，于是他同意跟我合作。"

"米洛先生到地狱湖去做什么？找矿？"戴维想到了吴有金告诉他的关于米洛先生的传闻——他和妻子经常提着工具盒外出，却从来没带回过矿石。

"如果说是找矿的话，也勉强算吧。"劳埃德摊开双手，"他发现了这里，当时只是一个浅层矿的矿洞，他需要进一步开采，而那个时候，这两台机器就已经在这里了。我当时看过他画了一些图纸，上面是机械的东西，但这两台机器是不是他制造的，我不能肯定。我追问过他机器的事情，他敷衍我，我知道他有秘密。"

"每个人都有秘密，劳埃德先生。"卢卡斯警长说，"米洛先生活着的时候，从来没有给洛德镇的人透露过这个矿的任何事情。你们两个一直共有这个矿，还是他去世以后你窃取了这个矿的所有权？还有，这里的矿石到底含有什么？"

"我说过,他想要进一步开采,可是他只有一个人,而且看得出他也并没有把你们镇上的人当作朋友。"劳埃德不无恶意地笑起来,"我至少能帮他挖掘到这里,而且我们的确也找到了一些矿石。"

"为什么维纳先生说他也拥有这个矿的股份?"

"我们现在站着的地方是这个矿开掘的中间层,我还需要点钱才能继续往下挖掘,所以我把这个地方包装了一下,拿到交易所去,看看有没有新来的傻瓜买账。温吉利·维纳先生显然是个新手,不过我没打算让他血本无归,原本他是可以拿到一些钱的,但是他放不下南方庄园主的自尊。先生们,这是西部,南卡罗莱纳的空气可能有海洋的湿气,让人舒服,但这里是内华达州,是卡森城,除了风沙之外享受不到别的。这里是个残酷的世界,我想让他意识到这一点。"

吴有金对他能这么自豪且委婉地表达"坑人"这个词儿,也是很服气的。

"这个矿的特殊金属矿石是假的?"

"不是,"劳埃德向周围看了一眼,"这些矿石里的确含有一些奇怪的东西,这是凯文·米洛还活着的时候给我展示过的,我亲眼见过。我一直怀疑这些金属可以铸造像那圆环和这些机器一样的东西。但我不知道冶炼方法,米洛给我看的都是成品,他把有关这些东西的秘密藏在了另外的地方,我不知道的地方。"

"看来你的合伙人都对你不太信任。"戴维用嘲弄的口气说。

劳埃德并没有生气,"他对任何人都不信任,否则他干吗要把自己的后事交给那些红野人?"

血狼对他的侮辱性用词没有表现出明显的愤怒,甚至不打算顺着他的话头接下去,反而是道尔顿夫人尖锐地插进来问道:"你让人假扮印第安人截杀移民,就是为了掩盖这个秘密?"

48

坏人的过去到底重要不重要

也许还有点机会
最后的时刻

哦，上帝啊，不要！

戴维在心底哀号——当道尔顿夫人问出这个问题，就意味着她只是想要罪人最后表示一下"我该死"，然后她就会痛痛快快地动手。但现在可不是解决劳埃德的好时机，还有很多问题需要他来解答，说不定他还知道米洛先生更多的秘密。

戴维的担心显然卢卡斯警长也有，他对道尔顿夫人说："戴安娜，你知道现在问这个没什么好处。"

"我想知道真相，我有这权利。你们每个人都想要知道自己关心的真相，我也是。"

"你需要保持冷静，"卢卡斯警长说，"告诉我你现在并不打算做出什么冲动的事情。"

"你了解我，德拉克。"

"把你的枪给我。"卢卡斯警长说，"之后我也会要求劳埃德先生说出事实。"

道尔顿夫人脸上的表情非常复杂，她黑色的眸子里闪烁着危险的光芒，而劳埃德则抱着双臂，饶有兴趣地看着她和卢卡斯警长。最终道尔顿夫人屈服了，她把枪扔给了卢卡斯警长。

"你不该这么对我，但我原谅你。"她对卢卡斯警长说完，又盯着劳埃德，"现在告诉我真相。"

劳埃德摊开双手，"没错，是我，如果你想问地狱湖一带发生的那些劫案，我可以承认至少百分之九十吧，我猜真的印第安人也会偶尔来找点猎物，我可不能抢了他们的成绩。一定程度的威慑会让很多人远离这个地方，况且大家都知道西部充满了风险。不过我不记得所有的倒霉蛋，所以你如果有什么亲戚撞上了，我可不能肯定那就是我的人干的——哦，还有，那些人一直不停地换，谁能说出所谓的'真相'呢？"

血狼在旁边冷冷地说道："我们只猎杀动物，驱赶毛嘴子，除了决斗和复仇，我们不杀人。"

"谢谢你了，红野人。"劳埃德用鼻孔发出轻蔑地哼哼。

戴维偷偷地看了看道尔顿夫人的脸色，让他意外的是，那位女士竟然显得很平静。这就仿佛是暴风雨前的宁静，戴维觉得，不过让他庆幸的是卢卡斯警长的先见之明会让这暴风雨暂时掀不起来。

"这么说你在这里经营了许多年了，"卢卡斯警长盘着指头算了算，"五年前米洛先生过世，在那之前你就已经在这里挖掘了。"

"是'我们'，凯文·米洛和我，但是说实话，他对我的保安措施并不知道。他全部的注意力都花在捣鼓这鬼东西上了，还有这些矿石。我相信他其实已经有些眉目了，但他最终把秘密带进了坟墓，这让我很生气，知道吗，我在这里花的精力可不少。这就是我知道的全部了，先生们，还有女士，如果不介意，现在轮到你们的朋友了。"

戴维咳嗽了两声,"等等,我很奇怪,劳埃德先生从生意的角度来说,你在这里投入的时间太多,风险也太大,你其实根本不确定米洛先生的机器和这矿藏究竟会带来什么好处。"

劳埃德笑了笑,"我的确不能完全搞清楚。但在太平洋铁路还没有修通的时候,这里的很多早期移民也不相信火车会带来改变。但是我知道,因为我在很早以前就看过火车运送人和货物,如同血管输入血液一样将一个荒芜的地方变成了繁荣的城市,它带来的是改变和机会。对我也同样,特别是火车开始给沿途的银行运送金币的时候……我知道米洛先生的秘密也会是一个惊天的变化,虽然他遮遮掩掩,但它一旦被掌握,或许比铁路带来的改变更大!我是个聪明人,我知道在这样的价值面前,付出耐心是有回报的。"

"哦,铁路,"吴有金冷笑了一声,"太平洋铁路可是用中国人的血汗和尸骨打通的。你就算知道了这机器和矿石的底细,可能也需要付出血钱来保证它的收益吧。"

卢卡斯警长显然同意吴有金的意见,他也耸耸肩,"很有意思,劳埃德先生,直白地说,如果不是太了解你的过去,或许我会相信你的话,认为你是一个……嗯,实业家。"

劳埃德并没有生气,反而大笑起来,"西部给了我机会,我不否认有些发迹的手段过于激烈,但那是这个地方的生存法则。当你只有十几岁、身无分文、只有聪明的头脑和不顾一切的胆量时,西部就是一个绝佳的舞台。我没有父母,没有其他的亲人,但我并没有觉得自己多么悲惨,我靠双手得到了很多,因此我很相信自己的判断。"

如果不是他的手段过于卑鄙和残忍,戴维还真愿意承认他是一个不错的冒险家,如果是在大航海时代应该可以成为哥伦布或者麦哲伦。

但遗憾的是,他现在就是个不折不扣的混蛋。

或许是道尔顿夫人无法忍耐的发难让这混蛋变得不耐烦了,他用手敲击着膝盖,大声嚷嚷:"我不想再为自己的过去多做说明了,现在轮到你们了,杨格先生和吴先生,把你们的秘密说出来,别扮小白兔了。"

我可是有钢牙的!吴有金气哼哼地腹诽道,望了望戴维。

现在,他们的确是到了无路可退的关口,不光是劳埃德,连卢卡斯警长、道尔顿夫人和血狼他们几个,也把目光聚焦在他们身上。戴维明白,其实对于他们俩的怀疑,卢卡斯警长和其他人早就有了,只是一直没有表露过。但在此时此刻,他们都不会再容忍自己和同伴继续保有秘密——当劳埃德把焦点转移到他们身上的时候,甚至连卢卡斯警长都不再阻止。

况且在这个时候,隐瞒也毫无意义了……

戴维看着吴有金,决定自己承担开口的责任。他咳嗽了两声,想了想从什么地方开始。

"我……"他拖长了声音,"我的确来自纽约,而钱钱……艾瑞克·吴先生,他也的确来自中国。但是我们都不是这个时代的人,我们来自142年后的2014年。"

他说完以后停顿了一下,准备迎接"你是在逗我"这样的反应。但是所有的人并没有露出特别吃惊的神色,只是表情有些诡异。

想想也是,在亲眼看见了这神秘的变形机器以后,似乎"来自未来"这样的设定也不是不能接受了。

"所以当时那六个死去的移民也不是你的亲戚?"卢卡斯警长说,他双手抱在胸前,看着戴维。

"没错,我只是刚好遇到了他们。"

"告诉你一个秘密,杨格先生,我对你的怀疑就是从你那糟糕的演技开始的,你连眼泪都挤不出来。"

"哦……是吗?"戴维尴尬地笑了笑。

"但是艾瑞克,"卢卡斯警长转向吴有金,"从一开始他的嘴就很紧,什么都不说。"

吴有金没敢直视他。

劳埃德摆摆手,"行了,先生们,现在没有必要去追究不重要的细节。

我想知道的是，你们到底对这台机器了解多少，还有对凯文·米洛留下的线索又掌握了多少。"

戴维叹了口气，"实话说，并不比你多。"

他老老实实地讲述了自己如何从公司的茶水间来到这个时代，忽略了当时如同坐过山车一样跌宕起伏的情绪，只是着重讲述他和吴有金接上头之后怎样努力去揭开米洛先生秘密、以便找到回家的方法的过程，包括在休休尼人部落里得到的那个箱子，戴维也说了出来——反正现在机器在这里，而他们也不一定能从矿道里出去，再继续隐藏也没有特别的意义了。

戴维的表达很简单，逻辑清晰，很有条理，说完的时候他自己都很满意。他和吴有金的友谊已经很深了，但他知道如果由吴有金来阐述这些，会变成一次冗长而且重点混乱的演讲。

我们不能因此而睡着！戴维这么觉得。

"这么说起来，你们也怀疑了凯文·米洛，那么他留下的那个箱子现在在哪里？"劳埃德问。

"在……"戴维看了看吴有金。

"在我那里。"确切地说是在我的床底下。

吴有金不打算把自己的秘密暴露得那么彻底，他只是坦诚地说他们虽然拿到了米洛先生的这个遗物，但是还没有打开："按照米洛先生留下的暗示，那个箱子的钥匙应该是从坐标处得到，我们的确找到了坐标指向的故居，但那里似乎什么都没有留下……呃，除了指向这个地方的线索。"

"这就是你们偷偷溜进我家里的原因？"劳埃德摸了摸下巴，"但不巧碰到了维纳先生和他的那群蠢货。"

"如果没有他们，我们可能会在那房子里找到重要的东西。"吴有金遗憾地叹了口气，"后来戴维被劫持，我们也没有机会再回去。"

劳埃德想了想，从衬衣里掏出一根挂在脖子上的银色链子，那上面吊着一个摩挲得明晃晃的十字架，还有一把同样明晃晃的铜质钥匙。

吴有金的眼珠子都要鼓出来了。

劳埃德说:"我接手那房子的第一件事,就是把每块地板都撬开了看看有没有什么藏起来的东西,然后我在地下室的某块墙砖后面发现了这个。凯文·米洛把它很小心地裹在一块油布里,而且我相信那是他在搬离之后重新回去,偷偷藏起来的,因为石料的颜色和周围的有些不同。"

如果米洛先生在这房子转手的间隙里回去,倒是完全有这样的机会。

戴维在心里飞快地换算了下时间:内华达州从准州变成正式的行政州是1864年,而蒙克先生说那之后房子就从州长手里被劳埃德买去了。那是在六年前,米洛先生去世的前一年,他很可能已经开始安排后事了。他把箱子和钥匙分开藏起来,是为了等待懂得莫尔斯电码和经纬度的人——换句话说,不是这个时代的人。那么他也是时空穿越者吗?

戴维冲吴有金挤挤眼,从中国人的脸上明白他也瞬间跟上了自己的逻辑。

劳埃德并没有觉察到这两个人剧烈起伏的内心活动,他接着说:"所以,就算你们没有碰到维纳那伙人,依然不会找到你们要的东西。不过如果你需要的话,我倒是可以有条件地把钥匙给你。"

做人做得这么讨厌,就算戴着十字架天天祈祷也是会下地狱的——磨得再光滑也没有用!

吴有金明白劳埃德的建议其实很鸡肋——虽然他的确想要得到箱子的钥匙,但那是为了知道凯文·米洛更多的秘密,现在机器已经暴露,秘密的价值打了折。更重要的是,他们现在被困在矿坑里,能否顺利出去还是个未知数,即使拿到了钥匙又怎么样呢?

"听听他的条件,"戴维仿佛看出了吴有金的犹豫,压低声音对他说,"反正现在咱们也不会有什么损失了。"

这话倒是实在,于是吴有金同意了。

"这个东西……"劳埃德冲那台机器抬抬下巴,"它到底能做什么?这是一个门吗?把你们知道的都告诉我,让它不再排斥我!"

吴有金叹了口气，想起星爷的那句台词——"以你的智商我很难跟你解释"。

"这么说吧，"他尽量选择比较简单的说法，"这台机器，或许可以实现时空穿越，就是在现在这个时间和地点跨入这道'门'，可以到达另外的时间和地点。但这只是我们的一种猜测，也可能跨越这道门之后就被分解成了原子。目前来看，它有非常超前的技术，我的意思是，不光超越1870年，也超越了2014年。"

劳埃德追问道："这么说，凯文·米洛也像你们一样来自未来？甚至比你们还要先进？"

"也许，"吴有金耸耸肩，"但这个机器显然可以选择使用者。这个时代的人——比如你和卢卡斯警长——碰到它的时候，就立刻被弹开了，这说明它可以甄别使用者。也许是依靠比加速器质谱碳–14测年法更精确的技术，也许是别的，我也不知道。如果米洛先生没有依靠这个机器回去，那说明他可能的确是这个年代的人。"

"但是他知道很多近代还没有出现的技术，"戴维接着说，"蒙克先生向我透露过一点，他觉得是笑话，但那的确是一种'预见'。"

"他不是未来的人，那么他的妻子呢？"卢卡斯警长突然插话，"要知道，火灾发生以后米洛夫人就消失了，并且没找到任何遗骸。"

吴有金点了点头，"倒是有这样的可能，她来自未来，也可以把那些将要发生的事情告诉他。而且她来得很早，劳埃德先生所说的那具消失的尸体，可能原本就是她的同伴。"

如果是这样，那这一切倒是可以找到解释：这台机器带来的穿越者至少有两位，一男一女，其中一个死去了，另一个留下来，随后又离开。他们先进的科技留下了蛛丝马迹，使得这片蛮荒之地有了神奇的秘密，并在很多年后产生了影响。

"他是用电来驱动这台机器的吗？"卢卡斯警长又问道，"发生火灾那天，据说他和他的妻子竖起了金属杆，将闪电导入了房子里。"

"如果是因为需要一定的能源来驱动这台机器,倒是有可能的。"吴有金转向戴维,"也就是说,其实事故是雷电的能量太大造成的? 还是说它有自动蓄能的功能?"

"你问我啊?"戴维觉得有点荒谬,"我只是个程序员……我能告诉你的是只要是设计程序,都会给自己留条后路……工业设计是相通的,对吧?"

"嗯……"吴有金拉长了声音点点头。

"喂,你们两个,"劳埃德脸色不善,"别自顾自地说话,既然你们对这台机器有点想法,能证实吗? 如果它能实现穿越,可以带我们离开矿坑吗?"

对啊,这才是最现实的难题。

吴有金看看那道门里面变化的波纹,有些心虚——如果要证实的话,只有让他或者戴维穿过这道门,但那一面会是什么时间什么地点他完全不知道。也许机器设定的是上一个使用者的时间,也可能它早就坏掉了,那样就会变为一次有去无回的测试。

"我觉得要离开这里可能还是得想办法打通矿道,"吴有金斟酌着用词,"用炸药都比用这个机器好点儿。"

"炸药这里有,但是很可能造成更严重的塌方,"劳埃德摇了摇头,"你应该弄懂这玩意儿,中国佬,别对我隐瞒。"

我也很想啊,这是我等了很久的机会。吴有金心里窝火,但他知道这时候跟劳埃德斗嘴并没有什么帮助。

"你看到了,"吴有金耐着性子继续说,"只有我和戴维能碰它,你们连接触它都很难,又怎么进入这道门呢? 要证实它是不是真的可以穿越,只有我和戴维先进去,可万一我们又无法回来呢?"

卢卡斯警长也赞同吴有金的看法,"别把希望寄托在这神秘莫测的东西上,劳埃德,现在我们彼此都已经把该共享的消息摊开来说了,你得明白现在的重点并不是这机器,而是怎么回到地面。反正我们几个都没法碰它，就让它暂时待在这里吧。"

"你说的倒没错。"劳埃德站起来，一边摸着下巴一边走近那台机器，他似乎对之前的遭遇心有余悸，跟机器保持着距离，只是慢腾腾地打量着它。就在大家都以为他要打机器的主意时，他突然一把将戴维拽过去，用胳膊勒着他的脖子，飞快地掏出枪顶在他的头上。

这变故让众人猝不及防，血狼往前冲了两步，在距离他们不到两码的地方又站住了。

"别乱动！"劳埃德恶狠狠地说，"我受够你们了！既然要知道这机器管不管用，就让中国佬先去试试吧！如果他回不来，我就干掉你！"

"喂！"戴维着急地叫道，"做科学实验是允许失败的！"

"见你的鬼去吧！"劳埃德用枪托在戴维头上使劲一敲，戴维只觉得眼前一黑，鲜血流了下来。

文明果然无法对抗野蛮，戴维在心里嘀咕，身体软了下去。

血狼一下子拔出了匕首，劳埃德冲他哼了一声，"冷静点，红野人！你们的弓箭和匕首永远快不过子弹的，别犯傻！"

吴有金急得叫起来："别动手！我听你的，我听你的行了吧！"

劳埃德向机器那边偏偏头，吴有金犹犹豫豫地磨蹭了半步就被卢卡斯警长一把拽住。"不行！"他厉声说，"这邪门的东西会把你怎么样你根本不知道！"

吴有金想要挣脱，但扭了几下发现自己力气还是小了一些。"戴维很危险！"他对卢卡斯警长说，"虽然我们对这机器还不完全了解，但是它的确提供了一种穿越的可能，可以试一试。"

"就算你去了，也不一定能回来。"卢卡斯警长紧皱眉头，"如果它真的能像一扇门那样出去进来，为什么艾丽娅·米洛消失了？如果艾丽娅·米洛和那具男人的尸体都是来自未来，为什么他们当时没有能穿过'门'回去？"

"你说的这些都可以让我来论证，现在的问题是戴维是人质——"

劳埃德不耐烦地打断了他们，"别磨蹭了，吴先生，赶紧的，现在不是争论的时候。"

他又把戴维勒紧了些，用枪管在他额头上碾了两下。

吴有金脸色发白，他点点头，猛地挣脱卢卡斯警长的手，向那扇"门"又走了几步。卢卡斯警长紧跟上他，拦在他前面，同时对劳埃德说："这么做很不明智！现在艾瑞克和杨格先生对我们很有帮助，任何一个都是！"

"没有什么比测试这台机器更重要！"劳埃德盯着吴有金，"快去！我只说最后一次！"

吴有金紧张得快要吐了，他面前的空气仿佛是活的，不断地扭动，形成无规则的波纹，就仿佛是无数透明的小虫子聚集在一起。他又看了看戴维——倒霉的戴维因为轻微的脑震荡而显得昏昏沉沉的，头上流下的鲜血滴落在衣服上。

好吧！吴有金咬咬牙，这个时候他的确没有太多的选择，劳埃德这条疯狗已经不愿意再给他们时间了，他只想牺牲掉吴有金来测试这台机器。而对于吴有金自己，这也是场赌博——

完蛋，或者回去！

"回去"，这个词儿本来应该是对他充满了吸引力的……

吴有金有些心酸，他想，也许他可以跟卢卡斯警长说一声"承蒙照顾"，但他却只是用力地推了卢卡斯警长一把，"行了，闪开，我不能再耽搁了！"

"你这个蠢货！"卢卡斯警长怒不可遏。

就在他们两个对峙的时候，吴有金发现卢卡斯警长的脸色突然一变，猛地拽住自己往左边一闪，他还没有反应过来，身后几乎同时响起了劳埃德的怒吼，还有灰雨的尖叫。

原来，就在劳埃德看着"门"前的两个人争吵时，血狼以最快的速度冲过来，一下把他撞翻了。三个人都倒在了"门"前。血狼扭开了劳埃德勒住戴维的胳膊，然而劳埃德也是凶悍的角色，他瞬间把枪口指向血狼，想要扣动扳机。印第安猎人眼明手快地将他的手枪往上一推,子弹击中了坑道顶部。

两个人扭打成一团,劳埃德唯一的手下先是愣了一下,立刻上前帮忙,他刚刚掏出枪,就被卢卡斯警长击中了脖子,捂着喷血的伤口倒下了。

虽然只剩下了劳埃德,但他的战斗力的确惊人——大概是过去那些劫掠生涯让他拥有了一身可怖的杀人技巧,即便是血狼这样的战士,在突袭之后也没有占到什么便宜。卢卡斯警长几次将枪口对准劳埃德,又因为两个人的动作而无法开枪。

这时,被推到一旁的戴维甩甩头,似乎恢复了一些神智。他摇摇晃晃地站起来,努力分辨着眼前的状况,缓慢地去摸枪。还没有等他找到武器,劳埃德已经注意到了戴维的动作。这个恶棍用力蹬开血狼,再次把枪口对准了戴维。

"小心!"血狼扑向戴维。

枪声响了,血狼的肩膀上爆出一簇小小的血花,然后他的身体失去了平衡。戴维下意识地抱住血狼,但他高估了自己负伤后的力气,于是他们两人不约而同地倒下去,仿佛被一只无形的手推向了那道"门"。

只有一瞬间,在所有人的注视下,血狼和戴维消失在了那透明的波纹之中。

矿坑中陷入死一般的寂静,所有人目瞪口呆地看着那片波纹突然像是被冻住了一样不再活动。

"这是……这是怎么回事?"卢卡斯警长震惊地问道。

劳埃德站在"门"前,缓缓地向那片波纹伸出手,但刚刚碰到波纹的边缘,那机器就发出尖锐的声音,接着他再一次被巨大的力量弹出了两码的距离!

"为什么?"他怒吼道,"为什么那个印第安人可以穿过去!"

没有人能回答,甚至连吴有金也瞠目结舌地呆立在原地,活像个傻子一样手足无措。

这时，原本冻住的波纹渐渐地稀释，很快就消失得无影无踪，而那台机器再次发出声音并开始震动，随着这震动，椭圆形的金属开始熔化、变形、缩小……

它似乎要变回原来的模样了。

49

劳埃德的结局

箱子里的真相

再见，蛮荒之地

留下还是离开？

在目睹血狼消失的同时，灰雨发出了令人心碎的哭叫声，那姑娘不顾一切地冲过来，想要抓住那正在不断缩小的椭圆"门"。道尔顿夫人紧跟在后面，眼疾手快地将她拉住。印第安女孩儿伤心地叫嚷着，却没有人明白她在说什么，那声音透露着惶恐和悲痛。在道尔顿夫人用力的拉扯下，她慢慢地跪倒在地上，捂住脸发出了呜咽。

吴有金完全可以体会到她此刻的心情——自己最亲近的人就这样突然消失在眼前，让人无法接受。虽然他和戴维不算是灵魂伴侣，但作为同一战壕的战友一起奋斗了这么久，却突然像中弹了一样在他眼前倒下，这打击真是巨大。

劳埃德没有理会在他一步之遥的灰雨和道尔顿夫人，只是直视着吴有金,怒吼道:"你又在骗我!你说过这东西只接受你们!"

"刚才被弹出去的又不是我!"吴有金也愤怒了,"你以为我想让戴维当小白鼠吗?要是你自己能穿越早就让你上了,我他妈一点儿也不想跟你待在同一个地方。"

劳埃德脸色发青,他用枪指着吴有金:"想想办法,中国佬,别让这东西又变回那四四方方的模样。"

吴有金摇摇头,"我不知道,我没法操作它!"

劳埃德往前走了两步,"我让你试试!"

"别犯傻了,"卢卡斯警长也用枪对着劳埃德,"这是我们无法控制的东西,你该放手了!"

"我的长处就是不会放手!"

劳埃德开了枪,卢卡斯警长一侧身子,几乎同时向他开了枪,但他的劣势是身旁还有一个赤手空拳的吴有金,他不得不拉着他往旁边跑。而且这还不算最糟糕的,当双方互相射出了几发子弹后,卢卡斯警长的枪发出一声令人心颤的轻响,他迅速地掏出了道尔顿夫人的那一把,可惜这把枪也只响了两声,接着再次卡住。

他的枪都没子弹了。

完了!人倒霉起来连枪都卡壳!

吴有金的脑子里瞬间出现了自己被爆头的场面,内心一阵绝望。

劳埃德的脸上露出了狞笑,先把枪放下,又直直地抬起来:"吴先生,也许你可以带着我进去!过来,时间很紧了!"

他一步步地向吴有金走过去,卢卡斯警长则从马靴里拔出了匕首,"别把事情做绝了,劳埃德,我说过现在只有艾瑞克才能帮我们。"他做出防卫的姿势,挡在吴有金面前。

吴有金觉得内心一热,"他有枪,德拉克,他——"

"闭嘴,蠢货!"卢卡斯警长恶狠狠地骂道。

"你们两个都够蠢了!"劳埃德正要开枪,突然发现对面两个人的表情同时一僵，他内心闪过一瞬的不祥预感，还没有来得及回身，就感觉到背心一凉。

就在他的注意力集中在吴有金这边的时候，不远处的道尔顿夫人突然跃起，从腰间拔出短刀，双手紧握着插进了他的后背。

劳埃德发出惨叫，想要转身，但道尔顿夫人已经飞快地抽出刀，又一下子捅进了他的侧腰。

血喷出来，飞溅到道尔顿夫人的脸上、身上，她就仿佛是浴血的复仇女神，双眼中燃烧着火焰。

"你这个婊子！"劳埃德想要对她开枪，但是伤口的剧痛让他失去了准头，道尔顿夫人瞅准了机会一刀砍在他的手上，把半个手掌都削了下来，连带枪一起掉在了地上。

恶狼的獠牙和爪子都没有了。劳埃德倒在地上，徒劳地想用手去捂住伤口，然而快速失血让他意识模糊。道尔顿夫人那两下一定刺穿了他的肺部和胃，他张嘴大口呼吸，鲜血却涌出来，堵住了他的喉咙，泛着泡沫的血水流出口腔，浸湿了周围的泥土。劳埃德挣扎着，咒骂每个人，从道尔顿夫人到吴有金，然后是他的父母和上帝。他的眼睛仿佛长出了荆棘，流出不甘的毒液，脸上的肌肉因为痛苦和狂怒而扭曲。没有人知道他过去经历了什么，但每个人都看到了死亡是如何带走他的。

很快，他的声音低了下去，动作迟缓了，最后，眼中慑人的光芒也消失了。

他死了。

浑身是血的道尔顿夫人站在一旁，冷冷地看着劳埃德的尸体，把刀丢在旁边，捡起了那把残留着劳埃德体温的枪。

她走到卢卡斯警长面前，意味深长地看了他一眼，"你真的不该收走我的枪，德拉克……"

吴有金的心咚咚直跳——眼前的女人就仿佛是莎拉·康纳和雷普利

准尉的合体！①要是戴维在的话，立刻就会爱上她的。戴维……吴有金难过极了，真遗憾他看不到这位女神此刻的英姿。

道尔顿夫人不再理会男人们，她回到灰雨身边，把那姑娘搀扶起来，尽力安慰她。卢卡斯警长抹了把脸，看着躺在地上的劳埃德，又转向那台机器——

在这段时间里，它重新变回了一块金属的模样，平整而光滑，就跟刚刚生出来的鸡蛋一样完整。

"好了，"警长抹了把额头的汗，对吴有金说，"我对这怪东西不感兴趣，如果你要带走我也没有意见，但是现在我们最好先想办法离开这里。"

"那戴维怎么办？"吴有金有些不甘，"还有血狼，我们要放弃他们吗？"

"再找不到出去的办法，我们连自己都得放弃了。我有个主意：先出去，然后你想怎么折腾那机器都行。"

在半小时不到的时间里，吴有金可以说经历了人生最惊险的波折，他的脑子有些混乱，情绪也很不稳定，但卢卡斯警长说的是实话，待在这里只有等死。现在机器无法启动了，他就算想要撇下其他人逃走，也不可能。

他脱下外套，小心地把那台重新陷入沉睡的机器包起来——这未来金属的质量很小，虽然提起来感觉只有五磅的样子，但是吴有金将它放在身边的时候，却感觉无比沉重。他听到卢卡斯警长让道尔顿夫人看好幸存的人，包括灰雨和受了重伤的黑参孙，自己去上一层看看塌方的情况。

吴有金没有跟上去，他觉得很累，只是直愣愣地看着劳埃德的尸体，对于这个他曾经畏惧的强敌就这样死在面前，还觉得有些不真实。但转念一想，从他来到这个时空，一切就都显得不真实。

他愣了很久，终于颤巍巍地伸出手，强忍着恶心，把尸体脖子上的链子取了下来。链子上的十字架和钥匙都沾满了血和沙，吴有金不得不用自己衬衫的一角擦拭了半天，才放进口袋里。

①《终结者》第一部和第二部里的女主角，还有《异形》系列的女主角。

546

"你为他难过?"道尔顿夫人坐在啜泣的灰雨旁边,面无表情地看着吴有金。

"不,不,"吴有金连忙摇摇头,"我只是……我不想看到有人死在我面前,可是我也很想活下去。我愿意劳埃德死,但我又有点可怜他……你可以说这是伪善。"

道尔顿夫人冷冷地看着他,"不,艾瑞克,这是愚蠢。"

吴有金尴尬地笑了笑,并没有反驳。

这时卢卡斯警长从上面一层走下来,脸上带着欣喜。

"有个好消息,朋友们。"他说,"我找到炸药了。"

吴有金重新回到地面上是一天之后,太阳已经从地平线上升起,地狱湖那诡异的地貌在朝阳制造的阴影中显得柔和而瑰丽,仿佛是后现代派画家用黑色、红色、黄色和金色的油彩堆积出来的作品。他站在矿坑的出口,还带着夜晚寒气的风吹在他的脸上,夹着沙土的味道,却让他觉得甘美无比。

他在看到这个画面的一瞬间,有一种孤独的感觉,就好像在这片蛮荒之地只有他一个人。

从某个角度来说,他在这个世界里也的确是一个人了。

几个小时前,卢卡斯警长在矿坑的第二层中找到了一小箱炸药,除开略微受潮的一些,还有不少能用。在"饿死于矿坑中"和"被石头砸碎脑袋"的选项中,大家都觉得后者会痛快一点,于是他们决定用炸药把堵住通道的石头弄开。

道尔顿夫人和卢卡斯警长跟开矿的淘金者们打过许多交道,多少知道一些炸药的使用方法,难就难在把握分量。用少了炸不碎石头,多了则引起更大的塌方。他们谨慎地确认了这塌方是几根支撑柱倒塌造成的,并非整条道路都被堵死,因为在石头的缝隙中还能感觉到灌进来的风。

于是他们先用保守的量试验。第一次只是让最大的石头崩掉了几块,第二次稍微好点,第三次才把巨石炸掉——他们也没有更多的炸药来试第四次了。

除了受伤的黑参孙,所有人,包括女士都来清理这条通道,他们还得将那几具血肉模糊的尸体搬开。

"可以把维纳先生带回去吗?"黑参孙虚弱地问道,眼睛里流露出恳求的神情,他的凶悍似乎随着主人的死去和自己的负伤而消失殆尽。

"有马的话也许可以,我们带他回去,给他一个体面的葬礼。"吴有金忍不住安慰道——虽然他觉得维纳先生算不上什么好主人,但对于黑参孙来说,可能没有判断就没有选择。

总之,他们干了几个小时,每个人都累得气喘吁吁,浑身大汗,最后被饥饿和疲惫折磨得连话都不愿意说。但好在他们都出来了,带着伤员和那台机器。他们还成功地找到了马,包括劳埃德他们的那几匹,接着疯狂地灌下水和食物。

稍微休整过后,卢卡斯警长和吴有金一起用碎石把死者掩埋在了矿坑里,包括劳埃德。他们用油布裹好了温吉利·维纳的尸体,牢牢地捆在马背上,踏上了归途。

这是吴有金走过的最沉默和漫长的旅程。每个人都沉默地骑在马背上,不跟周围的人交谈。没有了维纳先生带路,卢卡斯警长走在最前方依靠记忆往回走。他们一直离开了地狱湖的外围磁场才正常,指南针发挥了作用,让他们找到了正确的路,回到了洛德镇。

当吴有金缓缓走近这一片毫无美感的陈旧建筑时,他发现自己隐约地有一种安全感。他记得起这里的街道,看得见警局外树立的旗杆和教堂高耸的十字架,闭着眼睛也能走到黄玫瑰旅馆去。

卢卡斯警长下了马,对他们说:"好好休息一下,先生们,还有女士们。今晚你们终于可以睡个安稳觉了,我们明天再碰头,怎么样?"

道尔顿夫人毫无意见,她表示会带灰雨回去,这姑娘需要洗个热水澡,还有真诚的安慰。黑参孙表示自己无处可去,卢卡斯警长问他是否愿意先在教堂栖身，安德鲁神父会收留他——之前他也收留过同样不幸的黑人，而且，维纳先生也可以葬在教堂的墓地里。参孙当然觉得这是很好的安排。

最后是吴有金，卢卡斯警长拍了拍他的马，仰头望着他，"告诉我你没事，艾瑞克，向我保证你不会做傻事。"

"能做什么呢？"吴有金耸耸肩，"我现在只想睡觉。"

"我会来跟你谈谈的，你得等着我。"

"我保证。"

"很好。"卢卡斯警长重新上马，带着黑参孙和驮着尸首的马向教堂的方向去了。吴有金看着他的背影，好一阵儿没动，直到他感应到一样回头看了看，吴有金才不自然地挥挥手，催动胯下的马向自己的家走去。

他一手拎着那台包在衣服里的机器，一手掏出钥匙打开门。多日没有居住的木屋子里有点灰尘的味道，但所有的东西都规规矩矩地待在原地，并没有人动过的痕迹。

吴有金站在门口，仔仔细细地打量这个地方：客厅不太大，角落里堆放着备用的木料，椅子和桌子一类的家具刚好够两个人坐下来，其他的如橱柜之类的也不多——以前的主人本来就没留下多少东西，而他一直坚定地要回去，也没想过添置什么。事实上，如果买点布料来做几个软垫肯定会更舒服些，再弄点杯子来泡咖啡和茶，甚至可以买点酒，日子也会很妥帖。

吴有金意识到，其实他一直把自己当成了这里的过客，但实际上，他几番进入沙漠，经历了许多命悬一线的场景，每次回来，这里都是他唯一的避难所。

他来到楼上的卧室里，从床下最里面的角落拖出一个小木头箱子——

这里面有些衣服已经很久没穿了，包括戴维的星战T恤，还有水磨的牛仔裤，早就没有电的防水运动表和手机——两个，一个自己的黑莓，一个戴维的苹果。这些原本藏在小木棚里,后来戴维发现了,他俩就把它带回了屋子。现在这些都堆在箱子的左半边,而右半边是一个更小的箱子,四角包着铜皮,用两根铜条加固,坠着一个生锈的铜锁。

吴有金从口袋里掏出那根链子,拇指和食指摩挲着链子上光滑的铜钥匙,然后他深深地吸了口气,把钥匙插进铜锁里。

虽然外表满是绿色的铜锈,但钥匙稍稍一转,锁还是轻易地就打开了。原来费尽千辛万苦得到的东西,真正打开的时候,好像也没有想象中那么不得了。

打开盖子,里面很空,只有一个笔记本和两枚戒指。

吴有金拿起那个本子——一个牛皮封面的笔记本,因为长年锁在箱子里没有接触阳光而有点潮湿的味道。

这个本子里藏着所有问题的答案,吴有金有这个预感。

这是凯文·米洛先生的一本日记,是从他来到西部定居开始写的,前面的部分平淡无奇,就是关于他如何从英国的利物浦到达波士顿,又来到西部,希望能在这片原始土地上发现一些新矿藏。他虽然也是一个淘金者,但目的并不是找到黄金,而是勘探稀有金属。从某个方面来说,他算得上是一个科学探险家。

他在卡森城定居下来以后,会时不时去野外考察。某一天,他在野外见到了两个受伤的人,一男一女,他们的穿着很奇怪,身边还散落着一些分解成碎片的金属。凯文·米洛救了他们,同时对那种金属产生了兴趣。然而那个男人还没有回到卡森城就死去了,女人请求他不要将尸体葬到教堂墓地里,也不要曝尸荒野,于是米洛先生就雇用了一个年轻人将尸体带到沙漠里埋了。

这些事跟理查德·劳埃德所说的对应上了。

经过他的帮助,女人恢复了健康。凯文·米洛请求她告知那金属的秘密,大概是出于对他的感激,或者是发现他人还算不错——至少是在这个时代不多见的无神论者,于是女人就将他们的来历告诉了他。

"艾丽娅告诉我她和她的同伴来自 2301 年,"米洛先生在日记中这样写道,"在那个时代,科学家们掌握了关于时空穿越的技术,但还不太成熟,并且被严格约束。她和她的同伴就是一组试验人员。他们的确是来到了设定的年代,但是辅助穿越的机器出现了问题,这导致了他们的伤亡。为了保证对历史产生最小的影响,他们身上的衣服可以在检测到穿着者的生命体征消失后对尸体进行分解。

"不可否认,她说的一切对我来说就仿佛是荒谬的故事,但是那奇异的金属的确是我从来没有见过的,而且她向我展示的衣服有着超乎寻常的韧度,甚至高温都无法破坏它。在没有合理的解释之前,我只能选择相信她。而且,她看起来人不坏,至少是位优雅而美丽的女士,跟这片土地比起来,就如同清泉一般迷人。"

于是在这样的相处中,凯文·米洛爱上了这个来自未来的女人。艾丽娅因为机器的损坏而无法返回自己的年代,她留下来,并且同样爱上了米洛先生,她还将一些先进的科学知识传授给了米洛先生。但艾丽娅从来没有放弃修理机器,米洛先生也怀抱强烈的求知欲,根据她所传授的知识,结合这个年代的工艺,想要弥补一些缺失的部分。

在日记中,米洛先生写道:"艾丽娅所描绘的未来世界对我来说充满了不可思议的奇迹,我可以想象她从那样一个无比先进的时代来到这里会有怎样的落差。我们相爱,毫无疑问,但她渴望回到未来我也完全理解。我没有办法跟她走,因为她说过那台机器会读取人体中一种叫作'时代同位素'的东西,只有符合这个时代标记的人才能使用,这是为了保证不会发生古人到未来的事情。这就意味着她可以离开,而我会留在这里。如果她留下,我会欣喜若狂;如果她离开,我会心碎。但那是她的选择,我无从掌握。我所能做的只有尽力达成她的心愿……"

然而修理这机器远比米洛先生想象的要难,这样过了好几年,艾丽娅·米洛夫人怀孕了,生下了一个男孩儿。他们并没有将孩子留在身边,因为那个时候他们已经找到了修复机器的办法,就是利用强大的电能。

"艾丽娅不愿意将孩子留在西部的镇上，"米洛先生写道，"她甚至希望这孩子从一开始就不知道我们是他的父母，因为对于他来说，母亲随时可能离开他，他必然会承受一次剧痛。她提出了一个大胆的想法，将那孩子送到印第安部落去，跟她曾经存在的轨迹完全隔离开。于是我将孩子带到了休休尼人的部落去，请求他们收养这个孩子。他们是很好的人，在我跟他们的交往中，他们远比白人要讲信用。"

后来这个男孩儿在印第安人的部落中长大，虽然他的外貌跟其他的印第安人稍微有点区别，但依然受到爱护。米洛先生有时候会去部落里见他，并且教他说英语，让他当向导。

看到这里的时候，吴有金忍不住暂时合上了笔记本，内心剧烈翻腾——他总算是明白了为什么血狼的外貌跟其他族人略有不同，为什么米洛先生会在临终时将这遗物交给血狼，也明白了为什么血狼可以跟戴维一起消失在时空之门里。

血狼的身体里有一半是未来人种的遗传，那是不是意味着他们两个穿越过去的时代也会有点偏差？

吴有金在脑子里想象了许多种可能，但其实很清楚他们两个会遇到什么并不是他能知道的。他强迫自己把注意力重新集中在这本日记上，继续阅读。

接下来的事情就是那次诡异的雷电火灾。

没错，米洛先生的确帮助他的妻子重新实现了穿越，但是利用这个时代的技术制做出的辅助设备在强大的能量通过时彻底四分五裂，燃起了大火。

"机器在分解的时候发出了强烈的光和高热，我曾经在那扇神秘莫测的门中看到了奇怪的景象，有一次是炙热的海滩，女士们近乎全裸地在那里嬉戏，还有许多孩子和半裸的男子；还有一次是某个城市，充满了飞驰而过的交通工具，还有如同巴别塔一样的巨大建筑，上面满是五颜六色的文字和图画,还闪烁着如彩虹一般的光芒! 我想那或许就是艾丽娅所说的未来世界,尽管只有短短的一瞬间,可我已经窥视到了它的精彩绝伦,或许也有我无法接受的疯狂与伟大! 我再一次更加深切地体会了艾丽娅为何那么想要回去……也许她的世界比我看到的更加超乎想象。我真希望也有机会去看看。"

吴有金明白了:在机器出了故障以后,它所搭建的时空隧道发生了错位和扭曲,也许正是这个原因才导致了自己所在的迈阿密海滩和戴维所在的纽约曼哈顿办公楼里各自出现了一个"后门"。两个不知道什么时候会被触发的时空缝隙吞入其中,将他们带到了这里。没有人能再跟他们一样遭遇到这样的意外,他和戴维的相遇的确是随机选择的结果。

这简直就是"缘,妙不可言"。

吴有金惊讶地发现自己还保留了一点幽默感,随着这点幽默感的出现,那些关于这段经历的灰色情绪渐渐地变淡了一些。他甚至感到庆幸:幸亏有两个"后门",而且……幸亏来的人是戴维。

米洛先生的希望落了空,他再也没有办法控制这台机器,因为他的身体被这台机器排斥。但米洛先生并没有放弃希望,因为他的妻子曾经向他做出过承诺:

"艾丽娅想要通过回到她的世界提出申请的办法,再次来到这里并带我离开。她不会骗我,我需要做的只是等待。"

然而米洛先生只是孤独地过了许多年。他不断地研究这台机器,并且利用妻子教给他的知识寻找到了那个稀有金属矿脉。他测试过那里的矿石,跟机器的金属性质有些接近,但是因为再没有未来知识的输入,他无法测定稀有矿石中具体是什么成分,想要提炼出这种纯度极高的金属也变得不可能了。他将机器带入矿坑,尝试再次用辅助设备组装起来,但再也没有成功过。

"那个地方的磁场有问题,又有稀有的金属,也许是远古有过陨石雨,然后被地层变化渐渐地掩盖了,不管怎么说,那里是一片值得研究的地方。如果艾丽娅回来，可能会帮助我解开这谜团，但是没有了她，我个人能了解的东西并不太多，我实在太想念她了。"米洛先生的笔调充满了无奈和哀伤。

时间慢慢过去，米洛先生没有等到妻子回来便患上了重病，于是他写下了详细的计划，将自己的后事交给了不曾相认的儿子，穿上了妻子留下的那件衣服。没有人知道他真正的坟墓，当他被埋葬以后，就永远地消失了。

他在最后的那篇日记中写道："也许艾丽娅会回来，在很久以后……她见不到我，但可以找到我们的儿子。也可能会有别的穿越者来到这里，他们会知道我的故事，会明白他们不是孤独的。如果他们能读懂我留下的信息，就会帮助我的儿子，也帮助他们自己。时间其实并不算什么距离，如果你真的爱上什么人，就丝毫不在意。因为跟漫长的跨度相比，最为真实的就只有那相处的短短一瞬间。"

因为跟漫长的跨度相比，最为真实的就只有那相处的短短一瞬间……

吴有金重复着最后的这句话，把笔记本紧紧地捏在手里。

这个时候，天色已经转暗，太阳正从沙漠上慢慢地落下，金红色的晚霞从他的窗口照进来，他仿佛听到有歌声响起。

他来到窗口，循着声音望出去，看到在黄玫瑰旅馆的二楼露台上，灰雨穿戴着她的印第安服饰，向着日落的方向歌唱。印第安歌谣没有人能听懂，但是少女的声音高亢悦耳，还带着这个种族特有的忧伤和苍凉。她的手随着歌唱的节奏在胸口不停地画圈，仿佛是在将什么东西往回带。

她在祈祷，吴有金这么认为，她一定是在为血狼祈祷，希望这祈祷也能保佑戴维。

也许他的家人也在遥远的故乡为他祈祷过，在经过这么多年后，希望他们对于失踪的自己已经放弃了寻找。吴有金的眼睛有些湿润了，他用手背狠狠地擦了擦。

"你哭了？"身后响起一个熟悉的声音。

吴有金回过头，看见卢卡斯警长站在门口。他连忙摇摇头，把原本的哽咽吞了下去。

"下面的大门开着。"卢卡斯警长手里拿着帽子，衣服还没换，脸上带着疲惫，"我饿极了，咱们先去吃点东西怎么样？我请客。"

吴有金没动。

卢卡斯警长朝外面偏偏头，"走吧，艾瑞克，这几天很糟糕，我想喝几杯，你呢？"

"该我来请你，"吴有金说，"我应该谢谢你，这一段时间你很照顾我。你是个好人，德拉克。"

他终于说出来了。

卢卡斯警长一脸惊讶，"哦，这可真少见……艾瑞克，真难以相信这话是你说的。"

"我们平时相处得……"吴有金想了个准确的词儿，"实在有些剑拔弩张。我没有想到你会保护我，我是说在矿坑里的时候。"

卢卡斯警长笑起来："知道吗？其实我一直觉得你的来历不简单，或者说，你待在洛德镇是另有所图，但我没想到真相如此出乎我的意料。"

"你可以不护着我的，德拉克，毕竟我们也不算什么朋友。要是当时你放开我，我也完全不会怪你。"

"你难道不是洛德镇的居民吗？"他耸耸肩，"实话说我觉得你跟我遇到的中国人比起来有很大的不同，这是我注意你的关键因素。但只要你住在这个地方，我就会保护你。劳埃德不应该伤害这镇上的任何一个人。另外，如果你都要请我喝酒了，那我们应该是朋友了，同意吗？"

的确是无法反驳呢……

吴有金笑着点了点头。

卢卡斯警长看了看房间，"那台机器呢？你会重新启动它吗？"

"也许。"吴有金轻微地摇头，"我可能会不断地尝试，但是我不会偷偷溜走的,我会从容一点,好好地告别。"

卢卡斯警长沉默了片刻,随即露出微笑,"那么在这之前,就把洛德镇当作你的家乡吧。"

戴维说得对,他真的很像保罗·纽曼——不,甚至比他还要帅。吴有金再也不会讨厌这个人了,这样一来他在洛德镇最大的不适就消失了,也许接下来的日子会变得很愉快。他会尽力把这里当作故乡的。

就先从借用黄玫瑰旅馆的厨房做一顿锅贴饺子来酬谢警长开始吧。

50
尾声: 等等, 没有搞错吧, 上帝……

　　戴维·杨格躺在床上, 盯着天花板上的吸顶灯, 柔和的灯光一点也不刺眼, 甚至还有些悦目。他身上穿着棉质的病号服, 柔软舒适, 除了药水从针头流进皮肤的时候有些冰凉以外, 他全身都感觉舒服而放松。在病床旁边的柜子上, 电子呼叫装置显示着他的床号、护理登记和时间。

　　2019 年 11 月 3 日。

　　这是一个让他有些出乎意料的时间。他果然是从那道"门"里穿越回了他的时代——虽然有三年多的偏差, 但几乎可以说准确率相当高了——好吧, 至少比回到石器时代强了千万倍。他多想有办法告诉钱钱, 那机器可以识别他们的年代, 只要能重新启动, 勇敢地跳进去就行了! 除了脑袋昏一下什么问题都没有!

　　几分钟前他刚刚苏醒, 那位美丽的护士非常高兴, 因为他终于可以告诉她自己的姓名和社保号码了。他检查完自己并没有发现肢体残缺和别的什么不适之后, 才询问这是什么地方。

当护士说出"皇后区公立中心医院"的时候，戴维简直要潸然泪下了。

护士很体贴地把纸巾递给他，转身去找医生来检查，只剩下戴维自己平复激动的心情：

"生活重新开始了！也许我已经成为失踪者，工作什么的都没了，但我还没有完蛋，我可以再找一份，租个新房子，买一辆二手自行车。"戴维对自己说，"沙漠、秃鹫、枪战、金矿、威士忌、印第安人……这些统统都可以当成一场噩梦。"

印第安人……戴维哽了一下，想起在跌进时空之门的时候，血狼为他挡了一枪。

"嗨，杨格先生，"护士很快带着一位胖乎乎的女医生进来了，她微笑着向戴维打招呼，"真高兴你醒过来了，你昏迷了一整天。"

"我怎么会在这里？"戴维问道。

"有人发现你昏倒在一条小巷里，就拨打了911。你只是有点小擦伤，别的一切都好。"医生说，"我想劝你的是，也许玩西部游戏还是在安全的游乐场所里比较好，而且不要使用真枪——"

戴维打断了她的话，"你们只发现了我一个人吗？我还有一个朋友……"

"扮演印第安人的吗？"医生耸耸肩，"他刚刚做了手术，等下就会醒。"

"他在这里？"戴维激动地坐起来。

"当然在这里，你们俩是一起送来的。"医生随手就拉开了隔帘。

在戴维旁边的病床上，血狼安静地躺着，麻醉药的效力还没有过去，他闭着眼睛，睡得很沉。戴维的眼眶又有些发热，庆幸血狼没有因为自己而丧命。

"你向他开的枪吗？"

"什么？"戴维愕然地回头看着医生。

"他肩膀上有处枪伤，警察已经来过了，等他醒了他们会再来的，你也得去做笔录。"

等等，戴维张了张嘴，但没有说出话来。他要怎么解释自己并没有向血狼开枪，而且他们也不是在玩角色扮演游戏呢？对了，还有自己失踪了三年，再出现的时候跟一个没有任何身份证明的印第安人在一起，这得有个好理由。

大概今后得负担两个人的开销，戴维有些忧郁，他得赶紧找工作了。

虽然这么想着，但他的确是笑出了声。